Q... COMME QUERELLE

Sue Grafton

Q... COMME QUERELLE

roman

TRADUIT DE L'AMÉRICAIN
PAR MARIE-FRANCE DE PALOMÉRA

ÉDITIONS DU SEUIL
27, rue Jacob, Paris VIe

COLLECTION DIRIGÉE
PAR ROBERT PÉPIN

Titre original : *« Q » is for Quarry*
Éditeur original : Penguin Putnam Inc.
ISBN original 0-399-14915-5

ISBN 2-02-059262-2

www.seuil.com

Ce livre est dédié

à Bill Turner et Deborah Linden

à Bob et Nancy Failing

et à Susan et Gary Gulbransen,

sans qui il n'existerait pas.

Merci à tous.

Remerciements

L'auteur tient à remercier les personnes suivantes pour l'aide précieuse qu'elles lui ont apportée :

Steven Humphrey; le Dr. Robert Failing; les anciens sergent-inspecteur Bill Turner et adjoint principal Bruce Correll de la Brigade des homicides; le sergent Bob Spinner de l'unité de police scientifique médico-légale et Diana Stetson de l'Administration pénitentiaire et du Service de garde à vue du Bureau du shérif du comté de Santa Barbara; l'ancien enquêteur Larry Gillespie du Bureau du procureur du comté de Santa Barbara; Betty Pat Gatliff, spécialiste de reconstruction plastique médico-légale; John Mackall, avocat; Lucy Thomas et Nadine Greenup, de la bibliothèque médicale Reenves et Anna Bissell, infirmière diplômée et infirmière en chef du Cottage Hospital de Santa Barbara; le Dr Martin Walker; Robert Sorg de Bob's Canvas Shop; Chuck Nation de Nation's Auto Ulphostery; Linda Perkins de DeBrovy's Custom Canvas; Richard Madison; Anita Donohue de Julian Ranch; Lamar et Cheri Gable; Jay Schmidt; Maggie Harding et Joe B. Jones.

Je tiens aussi à exprimer toute ma reconnaissance à Joe Mandel, Gregory Spears et Chris Kovach, qui m'ont autorisée à utiliser leurs noms.

CHAPITRE 1

En ce mercredi de la deuxième semaine d'avril, Santa Teresa s'affichait avec exubérance. La somptueuse végétation hivernale, avec sa débauche de bougainvillées magenta et saumon, venait d'exploser dans une palette racoleuse de crocus, jacinthes et pruniers en fleurs qu'elle exhibait sans vergogne. Le ciel était bleu tendre, l'air doux et embaumé. Les violettes émaillaient l'herbe. J'en avais assez de passer mes journées cloîtrée dans les bureaux de l'identité judiciaire à rechercher des actes de concession et des états de crédit d'impôt pour des clients qui, j'en aurais mis ma main au feu, s'adonnaient avec allégresse au tennis, au golf et autres occupations oiseuses.

Je souffrais sans doute d'une forme mutante, peut-être incurable, de fièvre printanière et me sentais excédée, incapable de tenir en place et coupée de l'humanité. Je m'appelle Kinsey Millhone. J'exerce la profession de détective privé à Santa Teresa, Californie, à cent cinquante kilomètres au nord de Los Angeles. J'allais avoir trente-sept ans le 5 mai, soit quatre semaines plus tard, et cela contribuait sans doute à mes états d'âme. Je mène une existence réduite à l'essentiel, que ne trouble aucun rejeton, animal de compagnie ou plante d'intérieur.

Le 15 février, deux mois auparavant, j'avais emménagé dans de nouveaux bureaux, après avoir mis fin à ma collaboration avec le cabinet d'avocats Kingman & Ives. Lonnie Kingman venait d'acquérir un immeuble au bas de State Street et m'avait proposé de m'y héberger, mais je sentais qu'il était temps pour moi de prendre mon indépendance.

Première erreur.

La deuxième avait été de faire affaire avec deux propriétaires – l'histoire avait mal tourné et m'avait laissée à la rue.

Quant à la troisième, toujours en matière de local professionnel, je m'y heurtais encore. En désespoir de cause, j'avais en effet loué un espace dans un banal bungalow de Caballeria Lane, où une rangée d'autres bungalows en stuc, tous identiques, s'alignaient le long du trottoir comme dans l'histoire des *Trois Petits Cochons.* Étroit et bordé de voitures, ce quadrilatère était coincé entre Santa Teresa Street et Arbor, à un pâté de maisons au nord de Via Madrina, en plein centre-ville. Si le loyer semblait correct et l'emplacement idéal (à une petite distance à pied du palais de justice, du commissariat de police et de la bibliothèque), le bureau lui-même s'éloignait cruellement de mes rêves.

Il comportait deux pièces. La première me servait de bureau proprement dit, la plus petite, d'entrée et de bibliothèque tout à la fois. S'y ajoutait une kitchenette de bateau, qui abritait un mini-réfrigérateur, ma cafetière et mon siphon d'eau de Seltz. Il y avait aussi une petite salle d'eau vieillotte, équipée de toilettes tristounets et d'un lavabo. Tout ça sentait le moisi et je subodorais que de minuscules bestioles s'affairaient le soir le long des plinthes, une fois les lumières éteintes. Pour compenser, le propriétaire du bungalow m'avait fait don d'autant de seaux de peinture ordinaire que je voulais et, une semaine durant, j'avais passé le plus clair de mon temps à repeindre un rose d'origine dont la nuance électrique évoquait des viscères en pleine activité. Le propriétaire avait aussi pris en charge le nettoyage des tapis, mais ça ne se voyait guère. L'usure avait feutré une moquette en nylon beige d'épaisseur inégale, qui semblait incapable de reprendre du poil de la bête. J'avais changé plusieurs fois l'emplacement de mon bureau, de mon fauteuil pivotant, de mes classeurs, de mon canapé et de mon assortiment de fausses plantes vertes. Rien n'avait réussi à dissiper le sentiment d'accablement général qui imprégnait les lieux. Je disposais d'un petit matelas d'économies (vingt-cinq mille dollars, au cas où ça vous regarderait) – largement de quoi m'offrir des bureaux plus chic. Mais, pour trois cent cinquante dollars par mois, le local était donné et répondait à l'un de mes principes de base dans la vie : ne jamais, au grand jamais, vivre au-dessus de mes moyens. Je me refuse à devoir prendre du travail pour arriver à couvrir mes frais généraux. Le bureau est là pour me servir, non l'inverse.

Les deux bungalows voisins étant vacants, je me sentais seule – d'où, peut-être, un sentiment ambigu et nouveau chez moi, sur ma condition de célibataire dans un monde de gens mariés. Hormis deux mariages aussi éphémères que ratés, j'ai vécu le plus clair de mon existence sans attaches. Et sans en être troublée. Le plus souvent, je savourais ma liberté, ma mobilité et ma solitude. Mais là, les circonstances conspiraient à me déstabiliser.

Un peu plus tôt cette semaine-là, j'avais croisé mon amie Vera avec son mari, Neil Hess, médecin de son état. C'était en fin d'après-midi et je courais, mine de rien, sur la piste réservée aux cyclistes le long de la plage, lorsque je les avais repérés devant moi. Vera était une ancienne employée de la California Fidelity Insurance, société pour laquelle j'avais également travaillé. Elle avait rencontré Neil, décrété qu'il était trop court sur pattes pour elle et avait essayé de me le refiler. J'avais tout de suite vu qu'ils se plaisaient et elle avait eu beau me dire que non, pas du tout, je l'avais convaincue qu'ils étaient faits pour s'entendre, et la suite l'avait confirmé. Tous deux se promenaient, cet après-midi-là, avec leur moutard de dix-huit mois, dans sa poussette, et un jeune golden retriever d'humeur joyeuse qui batifolait, s'intéressait à tout et tirait comme un fou sur sa laisse. Vera – alourdie, bovine, placide et sereine – avait visiblement embrayé sur une seconde maternité, très prochaine à en juger par sa silhouette ballonnée. Nous nous étions arrêtés pour bavarder et je m'étais aperçue que depuis notre dernière rencontre, qui datait de trois ans, ma vie n'avait pas changé d'un iota. Même appartement, même voiture, même travail, même copain *in absentia* dans une liaison qui ne menait nulle part. Cette révélation m'avait serré le cœur.

À ce moment-là, Henry, le propriétaire bien-aimé de mon appartement, écumait les Caraïbes en compagnie de son frère, de sa sœur et de sa belle-sœur, Rosie, patronne de la gargote située à un demi-pâté de maisons de chez moi. Je ramassais son courrier, j'arrosais ses plantes d'intérieur une fois par semaine et son jardin un jour sur deux. Comme le restaurant de Rosie ne rouvrirait pas avant cinq jours, je ne pouvais même pas prendre mes repas, en attendant leur retour, à la cantine où j'avais mes habitudes. D'accord, je suis à deux doigts de pleurnicher, mais je me sens tenue, moralement, de dire la vérité, toute la vérité.

Ce mercredi matin là, donc, il m'était apparu que je me comporterais plus décemment si je cessais de m'apitoyer sur mon sort et liquidais mon problème de bureau. D'où une expédition dans une boutique d'articles d'occasion, gérée au profit d'une bonne cause, où j'avais acheté deux classeurs, un placard en bois avec casiers assortis et une armoire peinte rigolote comme tout, pour ranger mon trop-plein de fournitures de bureau. Je m'étais alors laissée tomber sur un tabouret bas, cernée par les cartons que je n'avais pas ouverts depuis que je m'étais installée dans le bureau de Lonnie, trois ans et demi auparavant. Je me serais presque crue à Noël, à découvrir des objets dont j'avais complètement oublié l'existence.

Je venais d'atteindre le fond du carton numéro trois (sur huit au total) quand on frappa à la porte.

– Je suis là ! hurlai-je. (Je me retournai et vis le lieutenant Dolan sur le seuil, les mains enfouies dans les poches de son imperméable marron clair.) Quel bon vent vous amène ? Ça fait une éternité !

Puis je me levai, m'essuyai la main sur mon jean et la lui tendis.

Poignée de main solide et chaleureuse, sourire presque penaud, comme si le plaisir qu'il avait à me voir ne le cédait en rien au mien.

– J'ai croisé Lonnie au palais de justice. Il m'a dit que vous aviez pris cette location, du coup j'ai eu envie de passer.

– Excellente idée ! Ça me fait vraiment plaisir de vous voir.

– Je vois que vous êtes en plein rangement.

– Il serait temps ! J'ai emménagé le 15 février et je n'ai strictement rien fait depuis.

– À ce que j'entends dire, les affaires tournent au ralenti.

– En effet. En tout cas dans le genre de métier qui me plaît.

J'observai Con Dolan alors qu'il faisait le tour de la pièce. Il paraissait mal à l'aise et cachait son embarras derrière un flot continu de menus propos. Il me parla de Lonnie, de la météo et de sujets divers et variés et je m'efforçai de lui répondre sur le même ton. Impossible de dire ce qui l'amenait, mais il en viendrait sans nul doute au vif du sujet en temps voulu. Il n'avait jamais été du genre à faire un saut à l'improviste. Je le connaissais depuis dix ans, période qu'il avait passée pour l'essentiel à la tête de la Brigade des homicides de Santa Teresa. Il était en arrêt de travail actuellement – une série de crises cardiaques l'avait mis sur la touche. D'après ce qu'on racontait, il brûlait de retravailler à plein temps. Mais, toujours d'après la rumeur, ses chances étaient faibles, sinon nulles.

Il s'interrompit pour inspecter les parties privées, jeta un coup d'œil à la salle d'eau, puis revint vers moi.

– Lonnie m'a dit que l'endroit ne vous enchantait guère et je vous comprends. C'est sinistre.

– N'est-ce pas ? Je n'arrive pas à trouver de solution. Il manque quelque chose, mais impossible de savoir quoi.

– De l'art.

– Vous croyez ?

Mon regard se perdit sur les murs blancs et nus.

– Absolument. Trouvez vous de grandes affiches de voyage et de l'adhésif double face. Ça donnera tout de suite du pimpant à la pièce. Vous pourriez aussi épousseter vos fausses plantes.

Il entamait la soixantaine et ses problèmes cardiaques lui jaunissaient le teint. Les poches qu'il avait sous les yeux avaient viré au gris sale et tout son visage semblait pâtir de troubles de la circulation. Il profitait de son arrêt de travail pour se raser un jour sur deux, et celui-ci n'était pas le bon. Il avait eu tendance à avoir le visage empâté en des temps meilleurs, mais là, les coins de sa bouche tombaient, comme figés dans une expression de mécontentement perpétuel. Exactement mon type d'homme.

Et puis il n'avait pas arrêté de fumer : son imperméable, quand il l'ôta, empestait la nicotine. Le dernier souvenir que j'avais de lui ? Lorsqu'il était à l'hôpital. Ma visite avait manqué de naturel. Le bonhomme m'avait toujours intimidée et je ne l'avais jamais vu avec une chemise de nuit en pilou – encore moins avec son derrière ridé exposé à la vue. J'éprouvais depuis lors des sentiments plus amicaux à son égard. Je savais qu'il m'aimait bien, même si son attitude à mon endroit avait longtemps oscillé entre le bourru et le renfrogné.

– De quoi s'agit-il? lui demandai-je. N'allez pas me raconter que vous avez fait le trajet jusqu'ici pour me donner des tuyaux de déco.

– À vrai dire, j'allais déjeuner et je me suis dit que vous accepteriez peut-être de vous joindre à moi... Si vous êtes libre, bien sûr.

Je louchai vers ma montre. Il n'était que 10 h 25.

– Mais oui, tout à fait. Laissez-moi le temps de prendre mon sac et ma veste et je vous retrouve devant.

Nous partîmes à pied et tournâmes à droite au coin de la rue pour remonter Santa Teresa Street. J'avais parié pour le Del Mar ou l'Arcade, deux restaurants où les gars du service avaient leurs habitudes. Mais non. Nous longeâmes trois autres pâtés de maisons d'un pas alerte avant d'entrer dans un minuscule estaminet connu sous le nom de « Sneaky Pete[1] », même si l'enseigne en annonçait un autre. L'endroit était presque vide : un couple à une table et quelques vagues buveurs impénitents

1. « Pete le faux derche ».

mauvais : 20 % de taux de survie en cas de réaction positive au traitement, ce qui n'est pas prouvé. Il a déjà fait six chimios et testé une ribambelle de médicaments encore non homologués, qui l'ont rendu malade comme un chien.

– C'est terrible.

– Atroce. Il se remettait un peu, mais a recommencé à se sentir patraque. Il a été réhospitalisé il y a deux jours. Les analyses de sang ont révélé une grave anémie et on l'a mis sous perfusion. Du coup, ils ont décidé d'en profiter pour pratiquer d'autres examens afin d'en avoir le cœur net. Lui voit tout en noir, bien sûr, mais pour moi, tant qu'il y a de la vie, il y a de l'espoir.

– Je suis désolée.

– Pas autant que moi. Je le côtoie depuis quarante ans, plus longtemps que je n'ai connu ma femme.

Il prit un cendrier en métal sur la table voisine et tira sur sa cigarette. Puis il la tapota et fit tomber deux bons centimètres de cendre.

– Comment se fait-il que vous ayez fait équipe ? Je croyais qu'il travaillait dans le nord du comté. Vous étiez avec la police, non ?

– Il était déjà au bureau du shérif quand nos chemins se sont croisés. C'était en 1948. Je venais d'une famille d'ouvriers, je n'avais pas fait d'études et n'étais pas du genre intello. Je sortais de l'armée et je la ramenais. Suffisant et insolent. Pendant deux ans, j'ai vadrouillé, sans faire grand-chose. J'ai fini par décrocher un emploi de pompiste dans une station-service à Lompoc. Autrement dit, une impasse.

« Un soir, un type s'est pointé et a braqué le gérant de nuit. J'étais dans la salle de derrière à faire le ménage, je terminais mon service, quand j'ai compris ce qui se passait. J'ai attrapé une clé anglaise, je suis passé discrètement par la porte de côté et suis revenu devant. Le type était si occupé à surveiller que mon patron n'appelle pas les flics, qu'il ne m'a pas vu venir. Je ne lui ai pas fait de cadeau et lui ai botté les fesses. Stacey était l'adjoint du shérif qui l'a interpellé.

« Il n'avait que dix ans de plus que moi, mais il s'est chargé de m'éduquer. C'est lui qui a eu l'idée d'une carrière dans la police. Je suis allé à l'université avec le G.I. Bill[1] et suis entré dans la police dès qu'un poste s'est libéré. Il m'a même présenté à Grace et six mois après je l'épousais.

– Bref, il a changé le cours de votre vie.

– De plus d'une façon.

– A-t-il de la famille dans la région ?

– Pas de parents proches. Il ne s'est jamais marié. Pendant un moment, il est sorti avec quelqu'un, comme on dit maintenant. Une gentille fille, mais je ne sais pas... Ça n'a rien donné. Depuis la mort de Grace, nous avons passé pas mal de temps ensemble, tous les deux. On part chasser et pêcher à la première occasion. Maintenant que je suis arrêté, on ne s'en prive pas.

– Comment prend-il la situation ?

– Avec des hauts et des bas. Trop de temps libre et pas grand-chose à faire, sinon broyer du noir. Je suis incapable de vous dire combien de fois j'ai entendu cette histoire : le type prend sa retraite au bout de trente ans de bons et loyaux services et la première chose qu'on apprend, c'est qu'il est tombé malade et a passé l'arme à gauche. Stacey n'en parle pas beaucoup, mais je sais comment il fonctionne. Il a le moral à zéro.

– Il est croyant ?

– C'est pas le genre. Il jure être athée, mais je demande à voir. Moi, j'ai toujours pratiqué, du moins du vivant de Grace. Je ne vois pas comment on affronte la mort sans croire à quelque chose. Sinon, ça n'a aucun sens.

Il leva les yeux au moment précis où Tannie apportait deux grandes assiettes pleines de sandwichs et de frites, plus deux commandes pour l'autre table. Dolan interrompit son récit pour bavarder un peu avec elle. J'entrepris de taper sur le cul de la bouteille de ketchup jusqu'à ce qu'un épais suintement sanguinolent recouvre l'angle sud-ouest de mes pommes de

1. Loi permettant aux anciens combattants démobilisés de parfaire leurs études aux frais du gouvernement fédéral.

terre frites. Tel que je le connaissais, Dolan avait une idée derrière la tête, mais il prenait son temps. Je soulevai le chapeau du petit pain et salai tout ce qui était en vue. Je croquai une bouchée et sentis le jaune d'œuf imbiber la mie. Le mélange de salami piquant et de fromage élastique et pimenté emportait la gueule et rendait le sandwich comparable à un *Putain-que-c'est-fort!* braillé à pleins poumons, qu'on m'aurait tartiné sur la langue. Je ne pus retenir un gémissement d'extase gastronomique. Gênée, je levai les yeux vers eux, mais ni l'un ni l'autre ne parurent l'avoir entendu.

Lorsque Tannie s'éloigna enfin, Dolan écrasa son mégot et fut pris d'une quinte de toux si longue et si mauvaise que tout son corps en trembla. Je m'imaginai ses poumons comme deux bulles de B.D. hachurées de noir, s'envolant dans un sifflement d'asthmatique.

Il hocha la tête.

– Désolé, dit-il. J'ai attrapé un mauvais rhume il y a un mois et j'ai du mal à m'en défaire. (Il avala une gorgée de bourbon pour calmer sa gorge irritée, puis il saisit son sandwich et poursuivit son récit entre deux bouchées.) Pendant que Stacey était cloué au lit, j'ai fait de mon mieux pour ranger son appartement. Un vrai bordel. Il devrait sortir de l'hôpital demain et je ne veux pas qu'il retrouve cette pagaille en rentrant.

Il posa son sandwich pour allumer une autre cigarette, qu'il immobilisa dans le coin de sa bouche tandis qu'il sortait un rouleau de papiers de sa poche intérieure de veste.

– Hier, j'ai examiné une pile de paperasses qui encombraient sa table de cuisine. J'espérais trouver le nom d'un ami que je puisse contacter, quelqu'un qui lui remonte le moral. Ça lui ferait du bien d'avoir un projet. Il n'y avait rien de tel, mais j'ai découvert ceci.

Il posa devant moi le rouleau de papiers qui refusaient de rester à plat. Je liquidai mon sandwich et m'essuyai les mains à une serviette avant de prendre les documents. C'était la photocopie d'un dossier émanant du bureau du shérif. La mention « Cause Probable 187 » en page de couverture indiquait qu'il s'agissait d'un homicide, dont le numéro d'enregistrement suivait. Les pages étaient maintenues par des agrafes – soixante-cinq ou soixante-dix feuillets en tout, assortis de notes manuscrites au dos. Je revins à la page de couverture.

Victime : sans nom patronymique
Découverte du corps : le dimanche 3 août 1969
Emplacement : carrière Grayson, A1, Lompoc

Sous l'intitulé « Enquêteurs » figuraient quatre noms, dont celui de Stacey Oliphant.

Dolan se pencha vers moi.

– Comme vous le voyez, il était sur l'enquête au début. C'est nous qui avions découvert le corps. On était partis en jeep et on s'était garés sur le bord de la route pour tirer le chevreuil. Il doit y avoir une grille maintenant, mais le domaine était ouvert à l'époque. Dès qu'on a posé le pied à terre, on a senti l'odeur. Nous savions tous les deux à quoi nous en tenir : un truc mort depuis plusieurs jours. Il ne nous a pas fallu longtemps pour savoir ce que c'était. On avait balancé la fille au bas d'un talus, comme un sac d'ordures. C'est le dossier sur lequel il travaillait quand il est tombé malade. Ça l'a toujours tracassé de ne jamais avoir trouvé qui elle était, sans même parler de qui l'avait tuée.

Un début de souvenir me revint.

– Ça me dit quelque chose. Elle n'aurait pas été poignardée avant qu'on abandonne le corps ?

– Exact.

– Bizarre qu'on n'ait jamais réussi à l'identifier.

– Lui aussi le pensait. C'est un des dossiers qui lui est vraiment resté en travers de la gorge. Il continuait de croire qu'il avait négligé un détail. Il le reprenait chaque fois qu'il en avait la possibilité, mais il n'a jamais vraiment progressé.

– Et quelle est votre idée ? Faire une nouvelle tentative ?

– Si je parviens à le convaincre, oui. À mon avis, ça le transformerait.

Je feuilletai les photocopies, étudiant la chronologie et les faits.

– À première vue, le dossier paraît très complet.

– Jusqu'aux tirages en noir et blanc des photos de la scène du crime. Il y en avait deux autres, mais c'est celui-ci qui a retenu mon attention. (Il s'interrompit pour s'essuyer la bouche, puis il écarta son assiette.) Ça lui remonterait le moral de le reprendre et de voir s'il peut étoffer certaines informations. Il pourrait prendre la direction de l'enquête tandis que nous ferions le travail sur le terrain.

Je le dévisageai.

– « Nous » ? Vous et moi ?

– Pourquoi pas ? Nous pouvons vous rémunérer au temps passé. Pour l'instant, je suggère seulement qu'on se voie tous les trois et qu'on en parle. Si l'idée lui plaît, nous irons de l'avant. Sinon, je trouverai bien autre chose.

Je tapotai le dossier.

– J'enfonce une porte ouverte, mais cette enquête date de dix-huit ans.

– Je sais, mais hormis l'intérêt que lui porte Stacey, on n'y a pas touché depuis 1970. Admettons que nous parvenions à résoudre cette affaire… Vous imaginez ce que ça signifierait pour lui ? Cela pourrait faire toute la différence !

Pour la première fois, son visage s'était animé.

Je fis semblant de soupeser le pour et le contre, mais le débat ne dura guère. J'en avais assez de la paperasserie. Ras le bol d'éplucher des dossiers et de vérifier des antécédents.

– Stacey a toujours ses entrées dans les services ?

– Sans problème. Beaucoup de collègues l'admirent. Nous devrions pouvoir obtenir tout ce que nous voudrons – à condition que ce soit justifié, bien sûr.

– Laissez-moi emporter ça chez moi, que je le lise.

Dolan se redressa en essayant de cacher sa satisfaction.

– Je serai au café Caliente de six heures à minuit. Passez à huit heures et on pourra faire un saut à Saint-Terry pour requinquer Stacey et accélérer le mouvement.

Je me surpris à sourire.

CHAPITRE 2

Je passai le début de l'après-midi dans mes nouveaux locaux, à me déchaîner sur ma Smith-Corona portable. Je tapai deux rapports en souffrance, fis du classement, établis des notes de frais et liquidai tout ce qui traînait sur mon bureau. J'abordai les factures à régler à 15 heures. À 15 heures 30, je rédigeai mon dernier chèque et le détachai de la souche. Je le glissai dans l'enveloppe prépayée, puis léchai le rabat sans penser à rien et faillis me couper la langue. Je passai ensuite dans l'entrée et rapatriai tous les cartons non vidés dans le placard. Rien de tel que de se sentir un peu motivé pour accélérer le rythme.

Ce soir-là, mon dîner consista en un sandwich beurre de cacahuète-cornichons, accompagné d'un Diet Pepsi *on the rocks*. Je le dégustai dans mon séjour miniature, roulée en boule sur le canapé qui tient juste dans le décrochement de la baie vitrée. En guise de nappe et de vaisselle, je pris plusieurs épaisseurs d'essuie-tout qui me servirent aussi à me tamponner les lèvres avec grâce, quand j'eus terminé mon repas. Le printemps approchant, il ne faisait pas encore tout à fait nuit dehors. L'air restait frisquet, surtout après le coucher du soleil. Par la fenêtre entrouverte, j'entendais le ronronnement d'une tondeuse à gazon dans le lointain et des bribes de conversation quand des piétons passaient. J'habite à une rue de la plage, dans une voie latérale où se déversent les voitures en mal de stationnement lorsque Cabana Boulevard est saturé.

Je me laissai glisser confortablement au creux du canapé, le dos bien calé, en socquettes, mes pieds sur la table basse, et m'attelai à ma tâche. Je commençai par survoler le dossier, histoire de reconnaître le terrain. L'enquête avait été confiée à un inspecteur du nom de Brad Crouse. L'assistaient, outre Stacey Oliphant, l'inspecteur Keith Baldwin, les sergents Oscar Wallen et Melvin Galloway et l'adjoint du shérif Joe Mandel. Les effectifs étaient consistants. Crouse avait dactylographié le plus gros des rapports, sans lésiner sur les doubles, que Stacey semblait avoir ensuite photocopiés dans l'ancien dossier de police. À en juger par le nombre de corrections, l'inspecteur Crouse n'était sûrement pas sorti premier de son cours de dactylo. En collant l'oreille à la page, j'aurais peut-être entendu l'écho hargneux de ses jurons incrusté dans les lignes.

Reprendre un vieux dossier produit une impression bizarre. C'est comme de se gâcher la lecture d'un roman policier en jetant un coup d'œil subreptice à la dernière page. Le document final – une lettre d'un expert des sols de San Pedro, Californie, datée du 28 septembre 1971 –, laissait entendre qu'il serait impossible de distinguer l'échantillon soumis par le bureau du shérif du comté de Santa Teresa de ceux prélevés dans des dépôts similaires ailleurs dans l'État. Bien à vous. Croyez à mes regrets. Affaire close, camarade. Je repris le dossier par le début et commençai de le relire, cette fois en prenant des notes.

D'après le premier policier arrivé sur les lieux, le corps de la fille avait roulé le long d'un talus et s'était immobilisé quatre mètres plus bas environ, à quinze mètres de l'autoroute. Con Dolan et Stacey Oliphant l'avaient repéré vers 17 heures ce dimanche-là, soit à 1700 heures en adoptant la nomenclature militaire, comme le faisait le rapport. La victime gisait sur le flanc gauche sur une bâche froissée, les mains liées devant elle par un morceau de fil de fer plastifié de couleur blanche. Elle portait une chemise en Dacron bleu foncé et un pantalon de coton blanc imprimé de pâquerettes bleu foncé avec un point rouge au milieu. Il y avait une sandale de cuir à son pied droit ; on avait retrouvé l'autre sandale dans les buissons un peu plus loin. Les traces relevées dans la terre indiquaient qu'on l'avait traînée dans l'herbe au bord de la route. Même du haut du talus, Dolan et Oliphant avaient remarqué de nombreuses blessures à la poitrine, toutes infligées à l'arme blanche. On voyait aussi qu'elle avait la gorge tailladée.

Oliphant avait aussitôt contacté la police de Lompoc par C. B. La carrière se trouvant dans le comté, deux adjoints de service avaient été dépêchés sur les lieux. L'adjoint Joe Mandel et le sergent Melvin Galloway étaient arrivés vingt minutes après le premier appel. On avait photographié le corps et le périmètre immédiat. Le cadavre avait été déposé à la morgue de Lompoc en attendant l'arrivée du coroner. Entre-temps, les adjoints avaient ratissé la scène du crime, prélevé des échantillons de sol et mis la bâche dans un sac avec une branche cassée découverte à proximité et deux brindilles qui semblaient tachées de sang.

Le mardi 5 août 1969, Mandel et Galloway étaient revenus sur la scène du crime pour effectuer des mesures – la distance entre l'autoroute et l'endroit où on avait découvert le corps, la largeur du bitume, l'emplacement de la sandale abandonnée. Le sergent Galloway avait pris des photos supplémentaires des différents périmètres, montrant le talus, les buissons abîmés et les traces révélant qu'on avait traîné le corps. Il n'y avait aucun croquis des lieux, mais peut-être les avait-on séparés du reste du dossier.

Je pris une minute pour mettre en ordre les clichés, peu nombreux et d'une remarquable banalité. Il y avait là huit tirages en noir et blanc : un de l'autoroute, un d'un policier montrant une branche cassée, un du talus au bas duquel on avait trouvé le corps et quatre du corps photographié à une distance de quatre mètres et demi. Pas de gros plans du visage de la victime, pas de photos de ses blessures ou du lien qui ligotait ses mains. On voyait bien la bâche sous elle, mais il était difficile de dire dans quelle mesure elle avait recouvert le corps entièrement ou pas du tout. Les temps ont changé. Aujourd'hui la procédure aurait requis cinquante clichés de cette nature, ainsi qu'une vidéo et un croquis détaillé de la scène du crime. Dans la même enveloppe, je découvris cinq autres photographies en couleurs – à présent passées – montrant les sandales, le pantalon, la chemise, le soutien-gorge et le slip de la fille, placés sur ce qui ressemblait à une feuille de papier blanc.

On avait procédé à l'autopsie le 4 août 1969 à 10 h 30 du matin. Je me crevai les yeux sur le rapport, me perdis en déductions, risquai des hypothèses, feignis de comprendre et déchiffrai assez du jargon technique pour me faire une idée de ce qu'on disait. Le corps étant dans un état de décomposition avancée, les mensurations n'étaient que des estimations. La fille aurait mesuré entre un mètre cinquante-sept et un mètre soixante-deux et pesé entre cinquante-quatre et cinquante-sept kilos. Elle avait les yeux bleus et des cheveux teints en blond-roux qui laissaient apparaître des racines foncées. Elle portait au lobe de l'oreille gauche un mince anneau d'or en forme de fer à cheval. Et un autre similaire au lobe de l'oreille droite, avec un clip tordu à l'extrémité inférieure. Le relâchement du tissu cutané, la crépitation gazeuse et la décomposition rendaient impossible toute appréciation du visage. L'examen du corps avait révélé huit blessures profondes à l'arme blanche au milieu du dos, sous les omoplates : deux à la base du cou sur chacun des côtés, cinq entre les seins et une grande entaille sous le sein gauche, le couteau étant entré dans le cœur. Les asticots n'avaient pas chômé. La décomposition avait empêché le légiste de déterminer la présence de cicatrices ou de signes particuliers. Ni fractures ni déformations du squelette, ni lésions visibles des organes génitaux. Rien à signaler côté trompes et ovaires, et la cavité utérine était vide. La mort avait été imputée à des blessures multiples infligées à l'arme blanche au cou, à la poitrine, au cœur et aux poumons.

En achevant son examen, le légiste avait prélevé les ongles de la victime – recouverts de vernis argenté. Dûment étiquetés par un policier, ils avaient été remis à qui de droit et expédiés aux services d'identification du FBI à Washington. Des radios de sa mâchoire supérieure et inférieure avaient fait apparaître de nombreux plombages en métal. L'inconnue présentait aussi ce qu'on appelle communément des « dents de lapin », avec une incisive en biais sur le côté gauche. D'après un dentiste consulté à une date ultérieure, des travaux dentaires auraient probablement été exécutés dans les deux années ayant précédé sa mort – soit en 1967-1968. Il lui donnait autour de vingt ans – à quelques années près. Un orthodontiste médico-légal, qui avait examiné le maxillaire et la mandibule à une période plus tardive, avait affiné l'estimation et donné quinze ans à la victime – avec une marge de trente-six mois en deçà et au-delà. D'après lui, elle avait dû mourir avant d'atteindre sa majorité, soit dix-huit ans.

Le mercredi 6 août, le sergent Galloway avait remis les effets personnels et les pièces à conviction suivants à l'adjoint en charge du greffe :

1. Une blouse paysanne bleu marine ; manches bouffantes, voile de Dacron – marque inconnue – taché de sang.
2. Un pantalon de femme de confection artisanale ; blanc, imprimé de fleurs bleues au cœur rouge – taille inconnue.
3. Un slip bikini rose, taille medium, de marque Penney.
4. Un soutien-gorge noir, taille 95A, de marque Lady Suzanne.
5. Une paire de sandales en cuir marron ; modèle à boucle, avec quatre maillons en laiton sur les courroies. Pointure 38 1/2. Portant la mention « MADE IN ITALY » en doré sur la semelle intérieure.
6. Une toile de bâche tachée de sang.

Les boucles d'oreilles de la victime, une mèche de ses cheveux et le fil de fer plastifié qui lui liait les poignets figuraient aussi comme pièces à conviction.

Le bureau du shérif avait dû diffuser les principaux éléments du signalement de la victime aux autres services de la police, car une série de rapports datés des semaines ultérieures concernait toutes les personnes dont on avait signalé la disparition et qui auraient pu correspondre à la description de l'inconnue. On avait retrouvé trois véhicules volés dans la région, dont un avec un assortiment complet de vêtements féminins sur le siège arrière. Qui s'était révélé totalement étranger à l'affaire, à en croire des notes manuscrites consignées par la suite. Le deuxième véhicule, une Mustang rouge décapotable 1966, immatriculée dans l'Arizona, et dont on avait signalé le vol dans un magasin de garnissage autos à Quorum, Californie, avait été restitué à son propriétaire. Le troisième véhicule volé, une Chevrolet rouge 1967, était lié à un homicide commis à Venice, Californie. Le conducteur avait été arrêté à la suite de cette découverte et reconnu coupable du crime.

Un vagabond interpellé avait, lui, été relâché après interrogatoire. Il y avait aussi un rapport sur une employée de vingt-cinq ans qui avait pris la fuite avec 46,35 dollars, en billets et petite monnaie, volés au patron d'une station-service à la sortie de l'agglomération de Seagate. On avait encore contacté et interrogé le gardien d'une plage domaniale voisine sur les personnes qui auraient pu attirer son attention dans ce secteur. Il n'avait rien mentionné d'inhabituel. À trois occasions distinctes, des auto-stoppeurs avaient fait l'objet d'interrogatoires, mais aucune garde à vue n'avait été décidée. C'était l'été 1969 et un flot continu de hippies remontaient vers le nord en suivant la côte. En règle générale, ils éveillaient les soupçons – on partait du principe qu'ils se droguaient, ce qui devait être le cas.

À 10 heures du matin, le 6 octobre 1969, l'inspecteur Crouse avait interrogé une certaine Roxanne Faught, employée dans une supérette sur l'A101. Elle avait contacté le bureau du shérif après avoir lu les journaux et avait déclaré avoir vu le vendredi 1er août une adolescente qui correspondait au signalement de l'inconnue. Celle-ci s'était servi un doughnut sans avoir de quoi régler la note, avait précisé Mlle Faught qui l'avait fait de sa poche. C'est pourquoi l'incident lui était resté en mémoire. Un peu avant, elle avait remarqué la même fille faire de l'auto-stop pour remonter vers le nord, mais elle n'était plus là quand Mlle Faught avait fini de travailler à 3 heures de l'après-midi. La fille de la supérette voyageait sans rien et n'avait ni portefeuille ni porte-monnaie. Plusieurs autres personnes avaient contacté la police en indiquant des pistes, mais aucune n'avait abouti.

Les jours passant, des appels avaient signalé des véhicules de diverses marques, modèles et caractéristiques qui avaient été vus près de la carrière avant ou après la découverte du corps. Comme dans toute enquête, l'intérêt porté à un crime précis semblait braquer le projecteur sur plusieurs délits périphériques : vagabondage, non respect de la propriété privée, ivresse sur la voie publique, vols simples – qui s'étaient tous révélés sans lien aucun avec l'affaire. De toute évidence, nombre de citoyens de l'endroit s'étaient évertués à retrouver le souvenir d'incidents bizarres et anormaux survenus dans les semaines ayant précédé l'homicide. Mais un de ces témoignages aurait pu contenir un indice précieux sur la victime ou sur le ou les assassins. Tous les appels téléphoniques, toutes les recherches effectuées hors des limites de l'État et toutes les rumeurs avaient fait l'objet d'une vérification en bonne et due forme. Chaque rapport s'accompagnait d'une liste des nom, adresse et numéro de téléphone des personnes interrogées. On avait contacté les gérants des grands magasins JC Penney de Lompoc et de Santa Teresa pour l'article vestimentaire portant la marque de l'établissement, mais on avait seulement appris qu'on pouvait se procurer l'article en question dans n'importe quel magasin de la chaîne. Au bout du compte, l'identité de la fille était restée un mystère et, l'automne s'enfonçant dans l'hiver, le nombre de pistes avait décru. La bâche ensanglantée ne portait aucun logo ni marque de fabrique. Le fil de fer plastifié était parti au labo de la police scientifique pour plus ample analyse. D'où il était ressorti qu'un fil de cette nature « avait très probablement été utilisé pour des travaux électriques à basse tension, exerçant peu ou pas de traction sur sa longueur et exigeant une protection maximale contre les frottements et l'humidité – peut-être un dispositif d'éclairage de véhicule ou d'équipements lumineux à basse tension ». En décembre 1970, les intervalles entre les rapports s'étaient allongés tandis que les nouveaux témoignages se raréfiaient.

Stacey avait repris plusieurs fois le dossier au cours des années suivantes. Il avait reconstitué la liste des témoins et semblait les avoir classés selon leur importance, en tout cas à ses yeux. Il en avait éliminé un bon nombre pour informations trop imprécises ou hypothèses trop tirées par les cheveux. Dans certains cas, les derniers éléments figurant au dossier montraient clairement que leurs questions et préoccupations n'avaient rien à voir avec l'enquête. Il avait réexaminé tous les appels téléphoniques mentionnant la disparition d'une adolescente. Dans un cas, la fiche dentaire ne correspondait pas à celle de la victime. Dans un autre, la police avait déjà prévenu le bureau du shérif que la fille était une fugueuse chronique et avait regagné son domicile quelques jours après. Dans un troisième, la mère du sujet avait téléphoné et informé les enquêteurs que sa fille était vivante et en bonne santé. Stacey avait même essayé d'exploiter les numéros de téléphone consignés dans les rapports, en espérant tomber sur des personnes dont les informations paraîtraient plus valables, mais beaucoup de ces numéros n'étaient plus attribués ou avaient changé de détenteurs. Quand j'en eus fini avec le dernier rapport, je repris une fois de plus tout le dossier et notai les dates pertinentes sur des fiches neuves, transformant ainsi les données de la narration en bribes d'information isolées que j'analyserais plus tard.

Lorsque je refermai enfin le dossier et regardai ma montre, il n'était que sept heures et quart : j'avais encore le temps d'attraper Dolan au café Caliente. J'enfilai mes chaussures, attrapai ma veste et mon sac à bandoulière et partis vers ma voiture.

Le café Caliente – ou « CC », comme on l'appelle – est un bar de quartier qui propose une ample carte de spécialités américaines rebaptisées à l'espagnole. La direction tentait probablement d'utiliser ces petits plats pour empêcher sa clientèle de boire trop et de risquer un P.V. pour infraction à la sécurité routière. Les abords immédiats avaient subi des transformations, depuis deux ans que je n'y étais pas venue. Le restaurant occupe une station-service abandonnée. On avait supprimé les pompes et les réservoirs de stockage souterrains au moment de la reconversion, mais en se contentant de recouvrir le sol pollué d'une couche de bitume, les cent mètres carrés ainsi obtenus servant de parking à la clientèle. Au bout de quelque temps, les voisins avaient commencé à se plaindre des suintements toxiques qui remontaient à la surface – des boues chimiques suffisamment agressives pour noircir les semelles. Au plus fort de l'été, le bitume devenait visqueux et imprégnait l'air d'une odeur de thé Oolong – autrement dit de pneus en train de cramer. En hiver la surface se figeait, ondulait et se fendillait, révélant une substance grumeleuse si corrosive qu'elle produisait des saignements de nez. Les chats abandonnés étaient secoués de quintes de toux irrépressibles à son contact. Les chiens errants se mettaient brusquement à tourner en rond en titubant, comme pris d'un accès de danse de Saint-Guy. Bien entendu, le propriétaire du terrain ne tenait nullement à débourser les centaines de milliers de dollars nécessaires pour réhabiliter le sol en profondeur, mais l'agence de protection de l'environnement avait fini par s'en mêler et le parking venait d'être complètement retourné pour déblayer toute la terre contaminée. Les travaux avaient mis au jour de nombreux objets indiens et le chantier était soudain devenu l'enjeu d'une querelle entre plusieurs parties : la tribu Chumash, le propriétaire du terrain, la ville et les archéologues. Le litige se révélait d'une telle complexité qu'on ne pouvait dire qui était dans le camp de qui.

Que les habitués de l'endroit aient crapahuté pendant des mois sur ce sol malodorant, supporté retards et désagréments, enduré les manifestants, les mises en garde au public, les avertissements placardés, les émanations diverses, les souliers crottés, voire les chutes occasionnelles, simplement pour boire leur pot quotidien, attestait leur fidélité. Une palissade fermait à présent le parking, le chemin conduisant à la porte d'entrée se réduisant à une mince passerelle de planches mises bout à bout. En m'approchant de l'établissement, j'eus l'impression d'être une gymnaste avançant en danseuse sur la poutre, juste avant de se rétamer sans grâce.

L'enseigne de néon rouge accrochée au-dessus de l'entrée continuait de grésiller comme une torche de jardin contre les insectes, et l'air véhiculait des bouffées de fumée de cigarette et de tortillas de maïs frites dans le saindoux de la semaine précédente. Un duo de moteurs de mixer était accompagné du claquement de castagnettes des glaçons qu'on pilait avec un mélange de tequila et de margarita. Le café Caliente ouvre tous les jours à six heures et ne ferme pas avant deux heures du matin. Il a pour autre avantage d'être situé juste à la périphérie de la ville et de fournir ainsi un refuge immuable aux policiers en dehors de leurs heures de service – lorsqu'ils ont besoin de relâcher la pression après une dure journée, ou après le déjeuner ou le petit-déjeuner.

Je franchis le seuil de l'établissement en espérant, je l'avoue, tomber sur Cheney Phillips, de la police de Santa Teresa. Nous nous connaissions depuis longtemps, mais n'en étions jamais arrivés au stade de l'idylle. Il avait une petite amie – mais on peut vivre d'espoir, non ? Le bruit courait qu'ils avaient rompu, pourquoi ne pas faire acte de présence ? Il faut dire aussi que je n'avais plus de nouvelles de Robert Dietz depuis des mois. Robert est un détective en semi-retraite, qui m'avait servi de garde du corps en 1983, lorsqu'on avait engagé un tueur à gage au rabais pour me retirer de la circulation. Depuis, nos contacts avaient été aussi intenses qu'intermittents, avec de longs et inexplicables intervalles entre ses passages. Pas plus tard que quinze jours avant, je l'avais appelé à Carson City, Nevada, et avais laissé un message sur son répondeur. Il n'avait toujours pas daigné me répondre : autrement dit, ou bien il se trouvait à l'étranger ou bien il s'était acoquiné avec une autre fille. Même si j'étais folle de lui, je ne l'avais jamais considéré comme mon chevalier servant, mon prétendant attitré, mon autre moi, mon seigneur et maître (ou ce que vous voulez mais qu'il aille se faire pendre !). D'accord, ni lui ni moi n'avions été d'une fidélité exemplaire ces quatre dernières années, mais il n'y avait aucun engagement entre nous ni promesses d'aucune sorte. Son silence désinvolte me contrariait, même si je ne donnais pas plus signe de vie que lui.

Dolan s'était installé au bar. Il portait un blouson d'aviateur en cuir marron fatigué. Je pris le temps d'inspecter la foule des consommateurs et vis son regard glisser vers moi. Dolan avait été trop longtemps dans la police pour ne pas surveiller les alentours ; il scrutait perpétuellement les visages dans l'espoir d'en trouver un qui correspondrait à l'une des photos anthropométriques passées un jour sur son bureau. En service ou non, aucun policier ne résiste à la tentation de croire à l'arrestation fortuite d'un malfrat.

Il leva une main en guise de salut. Je me faufilai jusqu'à lui à travers les groupes qui attendaient une table. Les tabourets étaient tous pris, mais il lui suffit d'un regard pour qu'un de ses voisins se lève et me cède sa place. Je posai mon sac à mes pieds et me juchai sur le tabouret. Le cendrier placé devant lui débordant de mégots, je ne dus faire appel à aucun de mes grands talents d'observatrice pour noter le nombre de cigarettes qu'il avait fumées, y compris celle qu'il était en train d'allumer au mégot encore incandescent de la dernière. Il buvait un Old Forrester et embaumait le cake aux fruits de Noël, cerises au marasquin en moins. Il grignotait aussi une assiette d'amuse-gueules : des beignets de jalapeños[1] fourrés de fromage fondu. Je me promis de ne plus souligner ses erreurs perpétuelles. Il n'y a rien de plus odieux que les gens qui attirent votre attention sur vos imperfections flagrantes.

– Je me demandais si Cheney Phillips serait là, lui dis-je. Vous l'avez vu ?

– Je crois qu'il est à Las Vegas... En voyage de noces.

– En voyage de noces ? Il me semblait qu'ils avaient rompu.

– C'est une autre, une fille qu'il a rencontrée ici il y a cinq ou six semaines.

– Vous blaguez !

– Hélas, non. Oubliez-le. Ce n'est pas votre genre d'homme.

– Je n'en ai aucun en particulier. D'accord, je n'ai pas de copain non plus, mais ça n'a rien à voir.

– Prenez donc un amuse-gueule.

– Merci.

1. Petits piments.

Je me servis et mordis dedans, savourant la giclée de fromage fondu avant que la force du jalapeño ne me mette la langue en feu. Le juke-box se réveilla, je jetai un coup d'œil derrière moi tandis que les accords d'une mélodie western-country invitaient à la danse. Le Wurlitzer était un modèle antique au caisson massif et arrondi, sur lequel se déployait un arc-en-ciel de couleurs alternées ; des bulles remontaient doucement le long de ses nervures.

Je reportai mon attention sur Dolan et tentai de déterminer la quantité de liquide qu'il avait ingérée. Il articulait clairement, mais je le soupçonnai d'être assez résistant pour ne manifester aucun signe extérieur d'ébriété même quand il tombait de son tabouret. Avait-il bu sans discontinuer depuis le déjeuner ou pris le temps de faire une sieste entre deux apéros ? Un coup d'œil à la pendule m'indiqua qu'il n'était que 19 h 35, mais il campait peut-être là depuis 4 h de l'après-midi. La perspective de travailler avec un individu imbibé vingt-quatre heures sur vingt-quatre ne m'emballait guère. Qu'il fume cigarette sur cigarette ne me disait rien non plus, mais je n'y pouvais pas grand-chose et moins j'en parlerais, mieux je me porterais.

– Comment va Stacey ? lui demandai-je. Vous l'avez contacté ?

– Je l'ai appelé à six heures pour lui dire qu'on ferait un saut. Il en a assez d'être tâté et palpé et a vraiment envie de sortir. Ils devraient le libérer demain, dès qu'ils auront les résultats des examens.

– Vous lui avez parlé de votre idée ?

– Seulement quelques mots. Je lui ai dit que nous lui donnerions plus de détails quand nous passerions. Que pensez-vous du dossier ?

– Son côté professionnel m'enchante. J'ai rarement l'occasion de voir des rapports de police.

– La procédure n'a pas tellement changé depuis vingt ans, mais nous avons fait des progrès : nous sommes plus complets, plus systématiques, et les nouvelles technologies sont venues en renfort.

Le barman vint vers nous sans hâte excessive.

– Et pour vous, ce sera ?

– Rien, merci, lui dis-je.

Dolan leva son verre pour demander un nouveau bourbon.

– Je croyais que nous allions voir Stacey ?

– Tout de suite ?

– Ma foi... Inutile d'aborder le sujet tant qu'on n'a pas son accord.

Dolan hésita, partagé entre le désir de reprendre un bourbon et l'inquiétude que lui inspirait son ami. Il repoussa son verre, chercha son portefeuille et en sortit une poignée de billets qu'il jeta sur le comptoir.

– À tout à l'heure !

Je pris mon sac et le suivis jusqu'à la porte.

– On prend ma voiture, me dit-il.

– Oui, mais si vous voulez rester plus longtemps, je vais me retrouver coincée. Prenons plutôt chacun la nôtre, je vous suis. Comme ça, je pourrai filer le moment venu.

Nous nous fîmes quelques politesses, puis il finit par céder. J'étais garée un demi-pâté de maisons plus bas, mais il m'attendit docilement, démarrant juste devant moi quand j'arrivai sur sa gauche. Il roulait à une allure étonnamment modérée lorsque nous sortîmes de la 101 en mini-cortège motorisé. Pour peu qu'on l'oblige à s'arrêter et à souffler dans un ballon, nul doute qu'il aurait facilement dépassé la dose autorisée. Je guettai la présence éventuelle de policiers, oubliant presque que Dolan en était un.

Près de Saint-Terry, nous trouvâmes à nous garer le long du même pâté de maisons, à deux voitures d'écart. Il faisait complètement nuit et l'hôpital illuminé prenait des airs de résidence de luxe. Nous passâmes par l'entrée de derrière et prîmes l'ascenseur jusqu'au cinquième étage du bâtiment central, le service de cancérologie. On avait baissé les lumières et le large couloir moquetté étouffait le bruit de nos pas. Trois potences à perfusion et deux moniteurs de tension s'agglutinaient contre le mur, à côté d'un chariot à linge et d'un autre sur lequel s'empilaient les plateaux du dîner servi un peu plus tôt. J'aperçus quelques visiteurs, mais on ne relevait aucun signe des échanges animés propres aux visites, entre patients et membres de leur famille. Se rétablir est une tâche exigeante et personne ne souhaite gaspiller son énergie en propos futiles. En passant devant le poste des infirmières, Dolan salua d'un signe de tête l'employée à l'accueil.

Stacey occupait une chambre individuelle qui donnait sur une rue résidentielle plongée dans l'obscurité. Il paraissait dormir, la tête de son lit d'hôpital rehaussée à quarante-cinq degrés. Des mèches de cheveux roux s'échappaient de son bonnet de marin en tricot rouge. Deux cartes de vœux de rétablissement tenaient en équilibre sur le large rebord de la fenêtre, mais on ne remarquait aucun autre détail intime. La télévision était éteinte. Une pile de magazines et un gobelet en carton rempli de glaçons à demi fondus encombraient sa table roulante.

Dolan s'immobilisa à l'entrée de la chambre. Les yeux de Stacey s'ouvrirent. Il agita la main, puis se redressa.

– Je vois que tu as pu venir, dit-il avant de se tourner vers moi. Vous devez être Kinsey. Ravi de vous connaître.

Je me penchai et lui serrai la main. Poigne solide et brûlante, comme s'il métabolisait deux fois plus vite que la normale.

– Je crois que vous avez connu mes instructeurs, lui dis-je, tandis que Dolan tirait deux sièges placés chacun dans un coin de la pièce. Morley Shine et Ben Byrd.

– Et comment ! Des gars bien, tous les deux. J'ai été navré d'apprendre l'assassinat de Morley. Une sale histoire. Asseyez-vous donc.

– Merci.

Dolan m'offrit un des sièges et s'installa dans l'autre. Pendant qu'ils bavardaient, j'étudiai Stacey. Il avait de petits yeux bleus au regard doux, des sourcils décolorés et un visage allongé, creusé de rides profondes. Même s'il donnait l'impression de ne pas s'être rasé depuis des jours, il avait bonne mine. Il semblait avoir le moral et s'exprimait avec vigueur.

Après quelques échanges préliminaires, Dolan en vint à l'enquête sur l'inconnue.

– J'ai passé le dossier à Kinsey pour qu'elle le lise. On s'est dit qu'on devrait en discuter pour savoir dans quelle direction aller. Le toubib parle toujours de te laisser partir demain ?

– On dirait.

Je les laissai débattre de l'affaire. Je ne sais pas pourquoi je m'étais attendue à de la résistance de la part de Stacey, mais il ne me parut pas du tout hostile à l'idée de reprendre le dossier.

– À propos, lança-t-il à Dolan, Frankie Miracle a été libéré sur parole. Son contrôleur, Dench Smallwood, m'a téléphoné pour me dire que Frankie avait trouvé à se loger en ville. À l'heure qu'il est, il a probablement un emploi tout ce qu'il y a de plus réglo.

– Ce serait une première !

– Comment Frankie Miracle se raccorde-t-il à l'affaire ? leur demandai-je. Je me rappelle avoir vu son nom dans le dossier.

– Il s'est fait épingler à Lompoc le 1er août, deux jours avant qu'on découvre le cadavre de la fille. Nous l'avons toujours soupçonné, bien qu'il ait nié.

Stacey prit le relais.

– Il avait tué sa petite amie à Venice le 29 juillet, sous l'emprise de la méthadone. Il lui avait fichu je ne sais combien de coups de couteau avant de lui prendre sa voiture et toutes ses cartes de crédit et de filer vers le nord. On a retrouvé la fille deux jours après, quand les voisins se sont plaints de l'odeur.

– Ce crétin avait signé de son nom à elle les facturettes de carte bleue chaque fois qu'il s'était arrêté pour faire le plein. Comme si on n'allait pas remarquer une Cathy Lee Pearse plate comme une limande, moustachue et avec une barbe de deux jours ! (Il s'agita sur son siège et se leva.) Continuez à faire connaissance, vous deux. Moi, c'est l'heure que j'aille en griller une.

– Avez-vous une hypothèse pour expliquer que la victime n'a jamais été identifiée ? lui demandai-je après que Dolan fut sorti.

– Aucune. Nous étions convaincus que l'affaire ne traînerait pas, que quelqu'un la reconnaîtrait avec le signalement donné dans les journaux. La seule idée qui me vienne, c'est que sa disparition n'a pas été signalée. Ou alors que le rapport des avis de recherche s'est perdu dans la paperasserie sur le bureau d'un policier. Il y a probablement une explication, mais comment savoir ? À l'heure qu'il est, nous ne découvrirons vraisemblablement pas qui l'a tuée, mais nous réussirons peut-être à l'identifier et à la rendre à sa famille.

– Quelles sont les chances ?

– Pas aussi inexistantes qu'on pourrait le croire. Avec le temps, les gens parlent plus volontiers. Peut-être qu'on réveillera la conscience de quelqu'un qui nous mettra sur la voie. (Il hésita et lissa les bords du drap.) Vous savez, la femme de Dolan, Gracie, est morte il y a quelque temps.

– Il m'en a parlé.

– Ç'a été un sale coup pour lui à l'époque, mais il semblait remonter la pente. Or depuis qu'on l'a mis sur la touche à cause de son cœur, il a la frousse. Tant qu'elle vivait, Gracie paraissait le tenir, mais maintenant il ne maîtrise plus sa consommation de tabac et d'alcool. Je cherchais un moyen de le remettre sur les rails et dès que cette histoire s'est présentée, j'ai sauté dessus.

– Vous parlez du meurtre de l'inconnue ?

– Oui. Je suis ravi que vous acceptiez de collaborer avec nous. Ça va lui redonner le moral. Il a besoin de travailler.

Je souris prudemment, guettant une pointe d'ironie dans le ton. Il n'avait pas l'air de savoir que Dolan avait exprimé les mêmes inquiétudes à son égard.

Dolan revint et resta debout à nous regarder l'un et l'autre d'un air interrogateur.

– Alors, on s'organise comment ? demanda-t-il. Vous avez défini une stratégie ?

– Justement, nous en parlions. Kinsey veut voir la scène du crime avant de décider quoi que ce soit.

– C'est vrai, confirmai-je.

– Génial, dit Dolan. Je nous organise ça pour demain.

CHAPITRE 3

Dolan passa me prendre chez moi à dix heures pile dans sa Chevrolet 1979. Stacey s'était installé sur la banquette arrière. Il effectua un créneau impeccable et descendit de voiture. Il portait un sweat-shirt bleu marine et un jean qui avait connu des jours meilleurs. L'extérieur de la Chevrolet ne ressemblait plus à rien. À la lumière du jour, je vis que la peinture naguère marron foncé s'était oxydée et avait pris la patine laiteuse d'une vieille barre de chocolat. Le pare-choc arrière était de guingois, l'aile arrière gauche froissée et une longue pliure du côté passager bloquait quasiment la portière. Je réussis à l'ouvrir en opérant une manœuvre en levier qui arracha au métal un grincement ulcéré. Une fois assise, je tirai sur la portière et tentai de la refermer. Dolan fit le tour du véhicule, la poussa et la ferma d'un coup de hanche.

– Merci, lui dis-je, déjà inquiète de ses prouesses au volant.

Il se pencha par la vitre baissée et tendit la main vers Stacey.

– Passe-moi ton arme, que je la mette dans le coffre avec la mienne.

Stacey ne put réprimer un gémissement de douleur en se tournant de côté pour extirper son pistolet de l'étui et le tendre à Dolan. Ce dernier gagna l'arrière du véhicule et fourra les deux armes dans le coffre avant de reprendre sa place au volant.

Le tissu beige sale des sièges de la voiture accrochait, m'empêchant de trouver une position confortable. J'y renonçai et restai collée à mon siège. Je me retournai pour regarder Stacey, assis raide comme la justice sur la banquette arrière, un oreiller coincé dans le dos. Son bonnet de tricot rouge lui descendait presque jusqu'aux sourcils.

– Je me suis pété le dos, m'expliqua-t-il. J'ai déplacé des cartons la semaine dernière. Sûr que j'aurais dû plier les genoux pour les soulever, comme ma mère me l'avait appris.

La boue encrassait les chaussures de randonnée de Dolan et de petites gaufrettes de terre jonchaient le tapis de sol de son côté. Il ajusta le rétroviseur pour s'adresser au reflet de Stacey.

– Tu aurais dû me laisser le faire. Je t'avais dit que je m'en occuperais.

– Arrête de jouer les mères poules. Je ne suis pas impuissant ! C'est juste un tour de reins ; ma sciatique qui fait des siennes. Même les gens en bonne santé ont des petits bobos, tu sais. Pas de quoi en faire un plat.

Dans la lumière impitoyable du jour, je vis qu'il avait le teint gris malgré la transfusion et que des salissures au-dessous de ses sourcils clairs lui creusaient les yeux. Il avait revêtu une tenue de plein air : un pantalon de velours côtelé marron, des chaussures de randonnée, une chemise en lainage à carreaux et une vareuse.

– Si vous vous passiez à l'avant ? lui proposai-je.

– Je suis mieux derrière. Je ne sais jamais quand je vais avoir besoin de m'allonger.

– N'empêche, dites-moi quand vous voudrez qu'on change.

Je tirai ma ceinture de sécurité accrochée quelque part dans les hauteurs. Il me fallut plus longtemps que d'ordinaire pour en dérouler une longueur suffisante et la boucler. Pendant ce temps-là, Dolan mit le contact. Le moteur toussa, s'éteignit à deux reprises, pour finir par crachoter et revenir à la vie – et vogue la galère. L'intérieur de la voiture sentait la nicotine et le chien. Je ne m'étais pas imaginé Dolan en père à chien, mais je ne posai pas de questions. Le plancher était couvert de reçus de station-service, de paquets de cigarettes vides et d'un assortiment de sachets de cellophane qui avaient contenu naguère des chips, des sandwichs au fromage, des crackers et autres casse-croûte bons pour le cœur.

Nous fîmes le plein à une station-service proche de l'autoroute, puis Dolan se glissa en douceur dans le flot de voitures, filant vers le nord sur l'A101. Dès que nous eûmes atteint notre vitesse de croisière, il enfonça l'allume-cigare et tendit la main vers le paquet de Camels posé sur le tableau de bord.

– Hé ! Pitié ! protesta Stacey. Tu as un cancéreux à l'arrière.

Dolan bougea de nouveau le rétroviseur afin de cadrer Stacey.

– Ça ne semble pas t'empêcher de fumer ta pipe.

– Histoire de passer le temps. Toi, au rythme où tu fumes, tu seras mort avant moi.

– N'importe quoi, maugréa Dolan, et il laissa le paquet où il était.

Stacey me tapota l'épaule.

– Vous avez vu ? Il a des attentions pour moi ! Vous auriez cru ça de lui ?

Le sourire de Dolan fut à peine perceptible, mais il lui adoucit les traits.

Après Colgate, la voie ferrée et l'autoroute filaient parallèlement à l'océan. Au nord, les montagnes de Santa Ynez dressaient leur masse sombre et morose, tapissée de végétation rampante. On n'y distinguait presque aucun arbre, seuls leurs contreforts déroulaient leur verdure. La topographie avait été définie en grande partie par des affaissements massifs de terrain, à preuve ces grésières et débris de schiste sur des kilomètres. La conversation entre Dolan et Stacey consistait en histoires de pêche et de chasse, interminables décomptes de tous les animaux qu'ils avaient tirés, ferrés, piégés, pris au collet, vidés, dépiautés et ramenés chez eux. Chez les hommes, ces activités passent pour de la franche rigolade.

Nous longeâmes à vive allure les plages domaniales, où les campings ne sont que des rectangles d'asphalte contigus qui ressemblent à des places de stationnement. Je vis des caravanes et des mobile homes alignés comme des touches de piano, leurs occupants installant dehors des tables et des sièges de pique-nique en aluminium, et entretenant les braises de leur barbecue portable dans un espace plus petit que leur jardin. Les enfants se gavaient de hot-dogs et de chips, faisaient les fous dans l'eau, puis partaient dormir dans le véhicule, les cheveux poisseux et le corps couvert de sel, comme des petits filets de merluche. Chez Dolan et Stacey, ces alignements de caravanes déclenchèrent le souvenir d'une autre enquête jamais résolue : deux adolescents abattus sur une plage isolée. Après quoi, ils passèrent leur temps à se montrer divers emplacements où les corps de victimes d'homicides avaient été abandonnés. On en recensait plusieurs dans le comté de Santa Teresa.

Quelques kilomètres après Gull Cove, Dolan prit l'embranchement de la California 1, en direction de l'ouest. Le paysage qui défilait me plongeait dans une douce torpeur. Ici, les collines déroulaient leurs ondulations, ponctuées par les masses hérissées des chênes vert sombre qui envahissaient les terres. Le ciel était d'un bleu délavé à peine marbré de nuages. L'air sentait le pâturage brûlant, desséché par le soleil et émaillé de boutons d'or, où du bétail paissait çà et là.

L'autoroute à deux voies décrivit une courbe vers l'ouest, puis vers le nord. De temps en temps, son tracé coupait des pans de roche escarpés qui se projetaient en surplomb au-dessus de la route. Par ici, trente-deux ans auparavant, un rocher colossal avait dévalé la pente, fracassant le pare-brise de la voiture de mes parents, au moment où nous passions. J'étais assise à l'arrière, je jouais avec ma poupée en carton, boudant parce que je venais de plier sa jambe gauche à hauteur de la cheville. J'avais éprouvé une bouffée de rage irrépressible, comme on peut en avoir à cinq ans, car son pied avait l'air complètement tordu et disloqué. J'allais hurler, quand un de mes parents avait poussé un cri de stupeur. Peut-être avait-il eu le temps d'entrevoir le rocher se précipiter et rebondir dans une avalanche de pierres et de terre. Trop vite pour lui permettre de réagir. L'impact avait fracassé le pare-brise, écrasant la tête et la poitrine de mon père et le tuant sur le coup. Le véhicule était parti sur la droite. Livré à lui-même et donnant de la bande, il avait fini par s'écraser contre la paroi rocheuse.

Le choc m'avait propulsée vers l'avant et coincée contre le siège du conducteur. Dans cette étroite cage de tôle froissée, j'avais accompagné les derniers moments de la vie de ma mère – interminables. Je comprends aujourd'hui ce qu'elle a dû éprouver. Ses blessures l'empêchaient de bouger et la douleur était insupportable. Elle m'entendait gémir, mais ne pouvait pas savoir si j'étais gravement blessée. Elle avait vu que son mari était mort et savait qu'elle allait bientôt le suivre. Elle émettait une longue plainte de désolation. Au bout d'un moment, j'avais cessé de l'entendre et je me souviens en avoir été réconfortée, ignorant qu'elle avait quitté son corps pour gagner d'autres rivages.

Dolan fit un écart pour éviter un écureuil qui traversait la chaussée devant nous. Instinctivement je tendis la main pour me protéger, puis recentrai mon attention sur la route, me dissociant de mes émotions avec la dextérité d'un expert en vivisection – un de mes talents, qui date sans doute de cette période lointaine. Je me rebranchai sur la conversation qui, je m'en aperçus avec un peu de retard, s'adressait à moi.

– Vous êtes avec nous ? me demandait Dolan.

– Bien sûr. Excusez-moi, je crois ne pas avoir entendu.

– Je disais que ce type, Frankie Miracle, dont nous avons parlé hier soir, s'était fait pincer à un contrôle de routine à la sortie de Lompoc. L'imbécile avait un feu arrière bousillé et quand les policiers ont vérifié la plaque, il est apparu qu'il s'agissait d'un véhicule volé et signalé par le bureau du shérif du comté de Los Angeles. Galloway lui lit donc ses droits et le met au trou. Avant de rédiger son rapport, Galloway consulte les avis de recherche placardés au tableau d'affichage et s'aperçoit que le propriétaire du véhicule a été victime d'un homicide. Il revient à la prison, annonce à Frankie qu'il est mis en examen pour meurtre et lui lit de nouveau ses droits. Deux jours après, Stacey et moi partons tirer le chevreuil et tombons sur la fille.

– Et sans cette histoire de feu arrière, Frankie aurait pu gagner l'Oregon et nous n'aurions peut-être pas fait le rapprochement.

– Et l'arme ? Je ne me rappelle pas qu'on en parle.

– Nous n'avons jamais retrouvé le couteau, toutefois au vu des blessures, le légiste a déclaré que la lame faisait douze centimètres au minimum. D'après certains témoignages, Frankie se baladait avec un couteau plus ou moins de ce gabarit, mais il ne l'avait pas sur lui quand nous l'avons épinglé.

– Il l'aura jeté ou enterré, dit Stacey. Là-haut, le terrain est accidenté. On a fait appel à la brigade de recherche qui a ratissé l'endroit, mais on n'a rien trouvé. (Il se pencha vers l'avant, tapota l'épaule de Dolan et lui montra une petite route qui partait à droite, cent mètres plus loin.) On y est. Juste après le pont.

– Tu crois ? Dans mon souvenir, c'était plus bas, près d'une barrière blanche.

– Ah bon ? Tu as peut-être raison.

Dolan avait ralenti, passant de soixante à l'heure à un petit vingt-cinq qui ne prenait pas de risques. Tous deux étudièrent une route gravillonnée à deux voies qui décrivait un virage en épingle à cheveux avant de disparaître. Elle ne dut rien leur rappeler.

– Non, conclut en effet Stacey. Essaie le prochain tournant. À moins qu'on l'ait déjà dépassée.

Il se retourna et scruta les alentours par la vitre arrière.

Finalement, Dolan fit demi-tour et nous repartîmes en sens inverse, roulant de nouveau à une allure de tortue jusqu'à ce qu'ils tombent d'accord sur l'emplacement. Dolan s'engagea dans une voie secondaire, une chaussée en asphalte recouverte de gravillons, qui suivait les contours d'une colline peu élevée. Juste devant nous, la route se scindait en deux, formant une fourche. Un portail verrouillé interdisait l'accès à la propriété, avec des panneaux « Défense d'entrer ». Une jeep stationnait près du portail, à droite.

– Où se trouve la carrière Grayson ? demandai-je, mentionnant la scène du crime sous le nom qui figurait dans les rapports officiels.

– Après le tournant à droite, à quatre cents mètres environ, me répondit Dolan.

Comme il se rabattait sur l'accotement et mettait le frein à main, un homme d'un âge certain, en jean, bottes de cow-boy et chapeau de cuir descendit de la jeep. Il était petit et trapu, avec une bedaine de père Noël grandeur nature, qui repoussait les boutons de sa chemise de style western. Il vint vers notre voiture avec un boitillement décidé. Dolan coupa le moteur et sortit de son côté.

– C'est Arne Johanson, le régisseur du ranch, me chuchota Stacey. Je lui ai téléphoné et il a accepté de venir nous ouvrir le portail.

Le temps que Stacey s'extirpe du siège arrière, j'étais descendue de mon côté et avais refermé la portière d'un solide coup de hanche. Dolan profita de ce qu'il était au grand air pour allumer une cigarette.

Stacey se dirigea vers le vieil homme et lui serra la main. Je remarquai qu'il faisait un effort pour paraître bourré d'énergie.

– Monsieur Johanson ! Merci de votre amabilité. Je suis Stacey Oliphant, du bureau du shérif du comté. Vous ne vous en souvenez probablement pas, mais nous nous sommes rencontrés en août 69 quand on a découvert le corps. Je vous présente le lieutenant Con Dolan, de la police de Santa Teresa. Nous faisions équipe à l'époque. Nous chassions là-haut quand nous sommes tombés sur la fille.

– Je savais bien que votre tête me disait quelque chose. Sympa de vous revoir.

– Merci. Nous vous sommes très reconnaissants de votre aide.

Le vieil homme me regarda en douce. Ma présence le rendait visiblement perplexe.

– Je voudrais voir vos papiers si ça vous ennuie pas.

Cela à l'intention des copains, mais ses yeux restaient fixés sur moi.

Stacey écarta sa veste pour montrer la plaque fixée à sa ceinture. Il précisa qu'il était à la retraite, mais Johanson ne parut pas s'en formaliser. Dolan fit passer sa cigarette dans un coin de sa bouche et sortit un portefeuille avec sa plaque, qu'il lui montra. Tandis que Johanson se penchait pour l'examiner, Dolan sortit une carte de visite professionnelle et la lui tendit. Johanson la fourra dans sa poche de chemise et coula un deuxième regard dans ma direction.

– Elle est avec nous, lui dit Dolan.

Je ne demandais pas mieux que de produire une photocopie de ma licence, mais le côté protecteur de Dolan ne me déplaisait pas, donc... Autant le laisser faire. Cette fois, quand le regard du vieux revint vers le mien, je m'intéressai à autre chose. Sans doute un vieux schnock vicelard pour qui la place des femmes était à la cuisine, sûrement pas dans le monde « réel », à égalité avec les hommes. Largement octogénaire. Des yeux en boutons de culotte, bleus et chassieux. Cuir tanné par le soleil, rides profondes et favoris neigeux et hérissés qui tranchaient sur sa peau brune. Il reporta son attention sur la cigarette de Dolan.

– À votre place, je ferais gaffe. Le feu prend comme un rien par ici.

– Ne vous inquiétez pas.

Johanson sortit un trousseau de clés et nous partîmes tous les quatre vers la grille et son antique cadenas. Sa démarche un peu chaloupée trahissait une vieille blessure. Il avait dû faire du rodéo dans sa jeunesse. Il choisit une clé, la fit tourner dans le cadenas et libéra le cylindre. Il poussa la grille déformée sur le côté en forçant, jusqu'à ce qu'elle rencontre un point d'ancrage dans l'herbe. Nous la franchîmes en file indienne, Dolan et Stacey en tête, moi sur leurs talons, Johanson fermant la marche.

– C'est deux flics qui sont tombés dessus ; ils chassaient dans le coin, nous annonça-t-il, ayant raté ou oublié que Stacey lui avait dit qu'ils se connaissaient.

Dolan marmonna quelque chose d'indistinct, ce qui ne parut pas décourager la volubilité du vieillard.

– On a des sangliers sur le domaine. La propriétaire autorise les chasseurs à les tirer de temps en temps pour réduire leur nombre. Les cochons sont de vraies teignes. Y en a qui ont fait demi-tour et m'ont chargé, j'ai récupéré un trou à ma patte. De sales bêtes, croyez-moi. Ils ont des défenses tranchantes comme des rasoirs à ce qu'on m'a dit. À la saison des amours, les femelles poussent des couinements à vous faire dresser les cheveux sur la tête !

– En fait, c'est le lieutenant Dolan et moi qui avons découvert le corps. Nous chassions par ici.

– Vous deux ? Ça alors ! Je savais bien que je vous avais vus quelque part.

– On a tous pris de la bouteille.

– Comme vous dites ! Moi qui vous parle, j'ai quatre-vingt-sept ans ; je suis né le 1er janvier 1900, tout rond ! Je me suis cassé la hanche ici, il y a pas longtemps, quand mon bourrin m'est tombé dessus. Ça ne s'est pas tellement bien ressoudé. Aujourd'hui, on vous enlève la vieille articulation et on vous en met une autre. Comme je boite toujours, je vais peut-être m'en offrir une neuve. Dites-moi… Où on en est de l'enquête ? J'ai pas vraiment suivi.

– Le bureau du shérif reprend quelques vieux dossiers, lui expliqua Stacey. Histoire d'y jeter un nouveau coup d'œil. Nous réétudions l'affaire et nous espérons la résoudre.

– Et pourquoi avez-vous fait tout ce trajet ?

– Nous voulions voir la scène du crime pour mieux comprendre certaines pièces du dossier. Les vieilles photographies que nous avons ne montrent pas la disposition du terrain, les rapports entre les distances, enfin… ce genre de détails.

C'était toujours Stacey qui parlait. Jusque-là, je n'avais pas dit un mot.

Les yeux de Johanson se posèrent de nouveau sur moi, avec la même curiosité à peine voilée.

– Je vois. J'ai amené mon fils ici quand on a retiré le corps du ravin. Il avait quatorze ans et trouvait malin de faire du stop pour un oui ou pour un non. Je voulais lui montrer ce qu'il risquait.

– Vous avez un fils aussi jeune ? lui demandai-je en essayant de modérer mon étonnement.

Il me sourit de toutes ses dents noires en bisbille.

– J'en ai même deux. Je me suis marié cinq fois, mais je n'ai pas eu de mômes avant le dernier round. Le plus jeune a eu trente-deux ans hier. Je l'ai mis à travailler au ranch. L'autre est un vrai clodo. Faut que je me dise que j'ai réussi à cinquante pour cent et pas le contraire.

Dolan lâcha sa cigarette et écrasa le mégot rougeoyant avec son talon.

– D'après vous, c'est ce qui est arrivé à la fille ? On l'a prise en stop et on l'a tuée ?

– Je dirais que oui. On n'a jamais pu savoir qui c'était, vous êtes au courant ? Si c'est pas pitié ! Toutes ces années pendant lesquelles son père et sa mère n'ont jamais su ce qu'elle était devenue. Probable qu'ils croient toujours qu'elle va pousser la porte... alors qu'elle gisait là, la gorge tranchée d'une oreille à l'autre !

– Nous espérons, entre autres choses, réussir à l'identifier, reprit Stacey.

Dolan allumait déjà sa deuxième cigarette.

– Merci de nous avoir accordé de votre temps, monsieur Johanson. Vous avez sûrement à faire et nous ne voulons pas vous retenir. Merci de nous avoir ouvert.

– Ravi de vous avoir été utile. Ne vous inquiétez pas pour moi. Je vais traîner un peu le temps que vous ayez fini et je refermerai la grille après.

– Nous ne serons pas long. Nous la tirerons en repartant.

– Oh, mais ça me gêne pas d'attendre.

Stacey et Dolan échangèrent un regard, mais aucun des deux ne prononça le moindre mot avant d'arriver au bord du ravin.

Johanson ne nous lâchait pas d'une semelle.

– Y avait pas de grille à l'époque. Le type a dû rouler un peu en cherchant où la larguer et se décider pour ici. Possible qu'il connaissait pas l'existence de la carrière. Il y a du passage sur cette route, à n'importe quelle heure de la journée ; des gars qui vont à la mine. Par mauvais temps, c'est différent. Les travaux s'arrêtent s'il fait trop mauvais.

– Curieux qu'elle n'ait pas été repérée par un employé de Grayson, fit remarquer Stacey.

– À cause de l'odeur ?

– Exact.

– Allez savoir. Il y a un tas de Mexicains. Des *wetbacks*[1] comme on les appelait à l'époque. Pas question pour eux d'attirer l'attention, surtout pour une affaire de police. S'ils

1. Ou « dos mouillés » parce qu'ils s'introduisaient illégalement aux États-Unis en traversant le Rio Grande, la nuit, à la nage.

l'ont sentie, ils auront cru à un chien crevé. Ils n'auront jamais pensé que c'était le cadavre d'une gamine.

Dolan s'en tint à cette réponse évasive, espérant peut-être couper court à la conversation. Sans tenir compte de Johanson, il fit quelques pas sur le talus. Malgré la surface terreuse et sèche, le sol paraissait meuble. Il cala son pied droit sur la pente et resta un moment les mains dans les poches de son jean à scruter les buissons.

– Elle se trouvait juste là, dit-il. Le terrain était beaucoup plus touffu à l'époque.

– On a débroussaillé à cause des pompiers, dit Johanson. En général, ils passent deux fois par an. Il a fallu qu'on menace la propriétaire pour qu'elle coupe. Le bois rapportait rien.

– Avec les risques d'incendie dans le coin, on ne peut pas négliger les broussailles, lui renvoya Stacey avec une patience sans faille.

– Ça ! C'est ce que je dis. Vous voyez les quelques arbres. À l'époque où on a balancé la fille en bas, celui-ci et l'autre là-bas n'y étaient pas. Des acacias noirs. Ça pousse comme du chiendent. Je les aurais bien abattus moi-même, mais la propriétaire n'a rien voulu entendre. En tout cas, les chênes, on me paierait que j'y toucherais pas, sauf s'ils étaient complètement pourris.

Dolan et moi ne lui prêtions aucune attention. J'observai Dolan qui remontait la pente en étudiant la portion de l'A1 visible de l'endroit où nous nous tenions.

– À mon avis, il a fait une marche arrière et a ouvert le coffre. Puis il s'est servi de la bâche de peintre pour traîner le corps sur cette petite distance. La bâche était couverte de terre sur une face et le poids du corps avait couché les broussailles et laissé une trace.

– Les jeunes venaient se peloter par ici, dit Johanson. Le lundi matin, c'était plein de capotes par terre, de vraies mues de serpent toutes ramollies ! C'est pour ça qu'on a mis la grille, pour empêcher les voitures d'entrer.

Je regardai Stacey.

– Était-elle enveloppée dans la bâche ? lui demandai-je.

– Partiellement. Nous pensons qu'il l'a tuée ailleurs. Il y avait des taches de sang sur l'herbe, mais rien qui indique qu'elle ait perdu du sang ici. Il a dû utiliser la bâche pour ne pas laisser de traces à l'intérieur du coffre.

– Si nous avions été équipés de leur nouveau matériel high-tech, dit Dolan, je parie que nous aurions trouvé notre bonheur. Des cheveux, des fibres, voire des empreintes. On n'a rien de précis sur ce meurtre. Lui a eu de la chance, c'est tout. Personne ne l'a vu la tuer et personne ne l'a repéré quand il l'a balancée dans le ravin.

Johanson dressa l'oreille.

– Le voisin au bas de la route... Il s'appelle C. K. Vogel. Je ne sais pas si vous vous rappelez ce détail, mais C. K. a vu une camionnette Volkswagen de couleur claire le matin du 28 juillet, là-bas sur l'accotement, pas loin. Barbouillée de symboles de la paix et de signes psychédéliques de hippies. Il a dit qu'elle était encore là à 11 heures du soir. Avec des rideaux sur les vitres, légèrement éclairée à l'intérieur. Le lendemain matin, elle avait disparu, mais il a dit que ça lui avait paru bizarre. Je crois qu'il a téléphoné au bureau du shérif pour leur signaler, après qu'on eut retrouvé la fille.

On ne pouvait se méprendre sur le scepticisme de Dolan malgré les efforts qu'il faisait pour rester aimable – pas commode pour qui le connaissait.

– Sans doute aucun rapport, mais on vérifiera.

– Il a dit aussi qu'il avait vu une décapotable. Peut-être celle de l'assassin. Rouge, d'après mes souvenirs, immatriculée dans un autre État. Moi, je serais vous, je l'interrogerais.

– Merci pour le renseignement, dis-je. J'en prends note.

Johanson me regarda avec intérêt. Illumination subite: j'étais secrétaire à la police, j'accompagnais les braves inspecteurs pour leur éviter les corvées de bureau.

Le vent tourna légèrement, me rabattant la fumée de Dolan dans le nez. Je changeai de position.

– Un détail que j'ai oublié de mentionner sur Miracle, reprit Stacey. Quand nous sommes revenus à la fourrière pour fouiller la voiture de Frankie, nous avons relevé des échantillons sur les tapis de sol qui correspondaient à la terre du talus. Mais au dire des experts, il était impossible de faire la différence entre ces échantillons et ceux des autres carrières de l'État. La côte ouest possède les plus grands dépôts de sédiments marins du monde.

– J'ai vu ce rapport, lui répondis-je. Dommage. Que vous a dit Frankie quand vous l'avez interrogé ?

– Il s'est perdu dans le détail de ses déplacements. Il a dit avoir fait du stop dans le secteur, mais rien qu'on ait pu confirmer.

– Il était complètement défoncé quand on l'a interpellé, ajouta Dolan. Herbe ou cocaïne. Le procès-verbal ne le précise pas. Il se shootait aux amphétamines à ce qu'on m'a dit.

– À l'époque, tous les types de moins de trente ans planaient, lui rappelai-je.

Exclu de la conversation depuis trop longtemps à son gré, Johanson se racla la gorge.

– Puisque vous êtes là, ça vous dirait peut-être de visiter. C'est le dernier ranch de cette importance. On va bientôt démolir la vieille maison. Et sans doute construire des lotissements à perte de vue.

Mon premier mouvement fut de décliner l'invitation, mais l'idée parut plaire à Dolan.

– Je n'ai rien qui presse. Personnellement, j'en serai ravi.

Il jeta à Stacey un coup d'œil entendu. Stacey haussa les épaules en guise d'assentiment, puis attendit ma réaction.

– Parfait pour moi, dis-je. Nous avons fini ici ?

– Pour l'instant. Rien ne nous empêche de revenir.

Johanson se tourna vers son véhicule.

– On ferait mieux de prendre la jeep. La route est complètement ravinée depuis les fortes pluies qu'on a eues il y a pas longtemps. Inutile que votre voiture de luxe prenne la boue et les cailloux.

Là, il en rajoutait. Je guettai la réaction de Dolan, mais il parut souscrire à l'appréciation du vieux.

Nous nous entassâmes dans la jeep, Stacey à l'avant, Dolan et moi tant bien que mal à l'arrière. Le cuir des sièges se fendillait et on avait ôté toutes les vitres en mica. Johanson mit le contact et baissa le frein à main. Les amortisseurs du véhicule n'étaient plus qu'un souvenir. Je levai le bras et m'agrippai solidement à la barre transversale alors que nous commencions à remonter, en cahotant et en gîtant, la route de gravier creusée de fondrières. Comme moi, Stacey se cramponnait à l'ossature de la jeep pour ne pas perdre l'équilibre, grimaçant de douleur à chaque secousse qui malmenait son dos endolori.

Des deux côtés, de hautes herbes rêches poussaient dru. Une élévation s'amorça sur la gauche puis s'aplatit, formant une mesa encombrée de nombreux engins. Sinon, la majeure partie du terrain était à nu et s'étageait en terrasses, vastes surfaces de caillasse ingrates que n'interrompait aucune verdure.

– La carrière ! annonça Johanson en hurlant pour couvrir les vibrations et les grincements du véhicule toujours sur sa lancée.

Je me penchai en avant et adressai mes remarques à sa nuque.

– Ah bon ? On dirait une carrière de ballast. Je m'attendais à des falaises de calcaire.

– C'est pas le même genre de carrière. Celles-là sont à ciel ouvert. Grayson extrait de la DE. De la diatomite. Tenez, j'en ai un échantillon. Regardez un peu.

Un œil sur la route, il se pencha et ramassa un morceau de roche sur le plancher de la jeep, puis me le passa par-dessus le siège. La roche était d'un blanc crayeux et inégal, à peu près de la taille d'un gros pain et creusée de sillons irréguliers sur la croûte. Je la passai à Dolan ; comme moi il la soupesa, étonné de sa légèreté.

– Vous appelez ça comment ? demandai-je.

– De la diatomite. Nous disons DE.

Un chatouillement d'inquiétude courut le long de mon dos pendant qu'il poursuivait ses explications.

– La DE est un dépôt d'enveloppes siliceuses de diatomées. Il y a très longtemps, toute la région était immergée. À ce qu'on m'a raconté, les animaux marins se nourrissaient de diatomées, des algues microscopiques. Maintenant, on la pulvérise et on l'utilise comme abrasif, des fois aussi pour ses propriétés absorbantes.

Stacey haussa la voix afin de dominer le crissement des pneus sur le gravier.

– Je m'en servais pour filtrer la bière quand j'en faisais à la maison, dit-il.

La route amorça une côte et la jeep peina, arrivant enfin à un tournant. La vieille maison apparut : massive, délabrée, pur échantillon de style victorien comme au lendemain d'un siège. On devinait sa splendeur passée, mais l'herbe et les broussailles l'envahissaient de toutes parts, dévorant le jardin et noyant les lignes brisées de la clôture en bois. Des années d'abandon avaient eu raison des communs, dont seules subsistaient les fondations en pierre brute avec, ici et là, des effondrements de charpente pourrissante.

La maison proprement dite était une construction de bardeaux blancs d'un étage, flanquée d'une aile d'un seul niveau des deux côtés de la façade. Quatre vérandas couvertes permettaient de laisser les portes et les fenêtres ouvertes aux éléments. Une autre véranda enveloppait le devant de la maison, elle-même surmontée d'une deuxième véranda. Une terrasse encerclait la toiture. De nombreuses fenêtres jumelles, étroites et obscures, rythmaient les façades ; beaucoup de vitres étaient brisées comme à coups de pierre, avec des éclats de verre encore accrochés aux châssis.

Johanson agita la main vers la maison, ralentissant à peine.

– Y a plus personne depuis belle lurette ! J'occupe la loge du jardinier, de l'autre côté de la grange ! nous hurla-t-il.

Je me sentis détourner les yeux, quand nous passâmes devant la maison, pour regarder vers le groupe de bâtiments annexes qui occupaient un périmètre ombragé devant nous. Grange, remise à outils, serre. Je vis des tonnelles où s'enroulait une vigne vierge aussi noueuse que de la corde. Des tables en bois abîmées par les intempéries étaient disposées sous le treillage. J'éprouvai une sensation de froid, comme un coup de vent sur la nuque.

Johanson se gara devant une petite maison délabrée et recouverte de lattes de bois. J'aperçus un peu plus loin une grange en bois brut qui penchait sur le côté, et encore plus loin une barrière également en bois qui filait à perte de vue.

Je me penchai de nouveau et posai la main sur l'épaule de Johanson.

– Excusez-moi, mais vous disiez que le ranch appartenait à qui ?

Il coupa le moteur avant de se retourner.

– À Mme LeGrand. Ou plutôt à Mme Kinsey, pour être exact. Elle est veuve et doit avoir quatre-vingt-dix ans bien sonnés à l'heure qu'il est. C'est la femme de Burton Kinsey, le bonhomme qui louait la carrière de son papa. Il a fait fortune avec la carrière, mais elle a hérité de tout à la mort du vieux...

Je n'écoutais plus ; un profond silence s'était fait dans ma tête, comme si j'étais momentanément sourde. C'était de ma grand-mère maternelle qu'il parlait, Cornelia Kinsey, née Cornelia Straith LeGrand.

CHAPITRE 4

Le vendredi matin, je me levai à 5 h 59, arrêtant la sonnerie une minute avant que le radio-réveil ne se déclenche en fanfare. Je regardai le ciel par la lucarne au-dessus de mon lit. Il ne pleuvait pas. Zut. Je ne me sentais pas d'humeur sportive, néanmoins je passai un marché avec moi-même : j'irais courir, mais sauterais la gym. Je me penchai et récupérai mon survêtement qui m'attendait par terre, bien plié. Je me tortillai pour passer le pantalon et le haut. Puis je m'assis et enfilai une paire de socquettes en bouclette, chaussai mes Saucony et attachai ma clé aux lacets avant même de me lever. L'idée me traversa l'esprit que si je prenais l'habitude de dormir en survêtement et en socquettes, je serais plus vite sur le pont. Il ne me resterait plus que mes tennis à enfiler et zou ! J'allai dans la salle de bains et utilisai les toilettes ; après quoi je me brossai les dents, me passai la figure sous l'eau et profitai de ce que j'avais les mains mouillées pour aplanir les reliefs tourmentés que le sommeil avait créés dans ma tignasse. Puis je descendis d'un pas léger l'escalier en colimaçon, ouvris la porte d'entrée, la refermai derrière moi et contournai le studio en direction du portail.

Le quartier dormait encore et il y avait de l'humidité dans l'air. Je longeai un demi-pâté de maisons, traversai et marchai jusqu'au carrefour suivant, coupant Cabana Boulevard, pour arriver à la piste cyclable parallèle à la plage. Je débutai en petite foulée molle, mon pied rencontrant le sol avec une secousse sourde qui se répercutait dans mes os. Chez moi, courir fait rarement l'objet d'un débat intérieur. Je me lève et je cours, sauf s'il pleut, évidemment ;

là, je m'enfouis sous ma couette. Sinon, cinq matins par semaine je me secoue et foule le bitume avant de perdre courage : je sais que mes états d'âme à la première foulée, quels qu'ils soient, auront disparu à la dernière. La gym, je peux m'en passer, encore que j'aie pas mal soulevé de fonte ces derniers mois.

Le soleil avait déjà fait son entrée en scène dans un tel éblouissement de lumière qu'il avait laissé un ciel d'un bleu immaculé à perte de vue. Les rouleaux formaient une barrière rébarbative, glacial monceau d'écume seulement salué par les aboiements rauques et admiratifs des lions de mer. Je courus sur deux kilomètres jusqu'au parc de loisirs de Cabana, fis demi-tour, et effectuai la même distance en sens inverse, ralentissant le rythme pour passer à la marche rapide en me rapprochant de la maison.

Je luttais contre l'envie irrépressible de réfléchir aux événements de la veille, toutefois mes pensées y revenaient malgré moi. Dolan et Stacey avaient tous deux réagi en entendant Johanson mentionner le nom de « Kinsey », mais mon expression leur avait sans doute fait comprendre qu'ils feraient mieux de garder leurs réflexions pour eux. Je n'avais pas dit grand-chose ou m'étais tue pendant que le régisseur du ranch nous faisait visiter la grange, les anciens vergers et la serre laissée quasiment à l'abandon. La plupart de ses vitres subsistaient, intactes. L'air humide sentait le paillis, la tourbe, le compost et le terreau. Dans ce milieu protégé, des plantes grimpantes allogènes et des rejets opportunistes avaient prospéré en une jungle intimidante qui se pressait contre les vitres, au risque de briser le verre. Dès que nous étions entrés, j'avais su que j'étais déjà venue dans cet endroit. Des cousines que je m'étais découvertes au hasard d'une enquête antérieure m'avaient juré que j'étais allée chez Grand quand j'avais quatre ans. Je n'en gardais pas le moindre souvenir, par contre je savais que mes parents avaient dû y venir eux aussi. Tous trois – mon père, ma mère et la sœur de ma mère, Virginia – avaient été bannis de la famille après que mes parents s'étaient enfuis ensemble. Mon père était un postier de trente-trois ans. Ma mère, Rita Cynthia Kinsey, une jeune fille de bonne famille de dix-huit ans – dont la propre mère estimait qu'elle pouvait prétendre à mieux qu'au titre de Mme Millhone –, l'avait suivi, adressant un superbe pied de nez à tout le clan Kinsey. Virginia avait fait cause commune avec le jeune couple. Peu après, la famille Kinsey les avait relégués dans l'équivalent Kinsey des ténèbres de l'oubli.

Bien que proscrits, mes parents semblaient avoir effectué des incursions secrètes dans le ranch chaque fois que mes grands-parents étaient en voyage. Le bruit courait qu'ils avaient gardé de nombreux contacts avec les trois autres sœurs, mais je n'en connaissais que deux exemples. Le premier, c'était la fois où j'étais tombée d'une véranda et m'étais abîmé le genou. Je revoyais nettement l'écorchure avec ses stries de terre et de sang – elle avait une odeur de fer. Je me rappelais aussi la douleur fulgurante que j'avais ressentie lorsque ma mère l'avait tamponnée avec une petite boule de coton hydrophile qui m'avait paru grésiller sur ma peau. Elle et moi avions soufflé à qui mieux mieux sur la lésion pour sécher l'antiseptique et atténuer la douleur cuisante. Quant à mon autre souvenir de Lompoc, mes parents étaient morts avant que nous ayons eu le temps d'arriver. Ma grand-mère connaissait mon existence depuis ma naissance. Je lui en voulais toujours à mort de ne jamais s'être souciée de me voir.

En arpentant la propriété en compagnie d'Arne Johanson, j'avais craint d'être obligée d'entrer dans la maison – et j'espérais bien y échapper, quand je m'étais aperçue que Stacey commençait à s'essouffler et que son visage s'était presque vidé de sa couleur. J'avais posé ma main sur son bras.

– Stacey ?

En m'entendant, Dolan s'était retourné. Stacey avait hoché la tête pour nous assurer que nous n'avions pas à nous inquiéter de son sort. Johanson continuait à foncer et bavasser sur le ranch, quand Dolan l'avait rattrapé.

– Monsieur Johanson ? Désolé d'abréger, mais j'ai un rendez-vous en ville et nous devons rentrer.

– Oh, ça prendra pas longtemps. Je voudrais pas que vous ratiez la maison.

– Une autre fois peut-être. On fixera un jour.

– Comme vous voulez, j'insiste pas.

En quelques minutes, il nous avait ramenés à la voiture de Dolan et nous avions repris l'autoroute. Le retour avait été calme ; Stacey était affalé sur la banquette arrière, son bonnet rouge rabattu sur yeux.

– Ça va, Stacey ? lui avais-je demandé.

– Marcher m'a rétamé. Toujours ce satané dos. Ça ira mieux dans une minute.

Son visage avait perdu son animation et il faisait son âge.

Dolan avait ajusté le rétroviseur, un œil sur Stacey, l'autre sur la route.

– Je t'avais bien dit de ne pas venir.

– À d'autres ! Tu m'as dit que ça me ferait du bien de prendre l'air. Que je devais me bouger davantage si je voulais remonter la pente.

– Vous avez assez chaud ? avais-je insisté.

– Cessez de vous tourmenter.

J'avais reporté mon attention sur Dolan.

– Et maintenant ?

Stacey ne lui avait pas laissé le temps d'ouvrir la bouche.

– On se retrouve chez moi demain matin. Dix heures, c'est bon ?

– Parfait pour moi, l'avais-je assuré.

– Bonne idée, avait ajouté Dolan.

Nous avions d'abord déposé Stacey. Il habitait non loin du centre de Santa Teresa, à cinq rues de mon bureau, une petite maison de location en stuc rose, juchée sur un mur de soutènement en parpaing rose. Dolan m'avait dit de l'attendre dans la voiture, le temps qu'il récupère l'arme de Stacey dans le coffre et monte derrière lui les six marches conduisant à la petite allée qui entourait le bungalow. J'avais vu que Stacey devait s'agripper solidement à la rampe pour se hisser en haut des marches. Dolan était resté parti dix minutes et, une fois revenu dans la voiture, s'était replié dans ses pensées. Ni lui ni moi n'avions ouvert la bouche jusqu'à chez moi. J'avais passé le reste de l'après-midi à faire des courses personnelles.

Ayant fini de courir, je fis à une allure normale le trajet entre la plage et mon appartement. Arrivée à la porte, je ramassai le journal du matin. Puis j'expédiai le *Dispatch* sur le comptoir de la cuisine et mis du café en route. Dès que l'eau commença à goutter à travers le filtre, je montai mon petit escalier pour prendre une douche et m'habiller.

J'en étais à la moitié de mon bol de Cheerios, assise au comptoir, quand le téléphone sonna. Je déteste être dérangée pendant mon petit-déjeuner et fus tentée de laisser le répondeur prendre l'appel. Au lieu de quoi, je me penchai et saisis le combiné de l'appareil mural.

– Allô ?

– Allô, Kinsey? Ici Tasha, je t'appelle de Lompoc. Comment vas-tu ?

Je fermai les yeux, déjà excédée. C'était une de mes cousines, Tasha Howard, le seul membre de la famille avec qui j'avais eu des relations un peu prolongées. Elle est avocate, spécialisée en droit des successions, et a des bureaux à Lompoc et à San Francisco.

J'avais fait la connaissance de sa sœur, Liza, deux ans auparavant, et j'avais découvert, lors de notre seule et unique conversation, des abîmes d'animosité jusque-là hermétiquement scellés en moi, qui suis par ailleurs d'un naturel serein. Sans doute un effet secondaire des propos que me tenait Liza et que je ne voulais pas entendre. Pour commencer, elle m'avait confié, avec une désinvolture ahurissante, que les nièces et les neveux de ma mère encore vivants lui vouaient un véritable culte. C'était une manière de me flatter, cependant j'avais eu l'impression que sa remarque déshumanisait la femme que je n'avais jamais vraiment connue. Je leur en voulais du droit d'antériorité qu'ils s'arrogeaient, et aussi du fait que le petit nom d'affection que je réservais à notre tante Virginia, « tante Gin », avait déjà largement cours chez ces mêmes cousins. De même que leur faible pour les sandwichs beurre de cacahuète-cornichons que j'avais cru être un lien secret entre ma mère et moi. D'accord, mes réactions n'avaient rien de rationnel, mais je m'étais sentie diminuée par les anecdotes inutiles de Liza.

Tasha, rien à en dire. Elle avait payé ma caution un jour que je m'étais retrouvée derrière les barreaux ; elle m'avait aussi confié un travail à une autre occasion. L'affaire avait mal tourné, mais pas par sa faute.

– Bien, finis-je par lui répondre. Et toi, comment vas-tu ?

Nos conversations semblent toujours ponctuées de blancs, comme dus à un décalage transatlantique.

– Très bien, merci. Écoute… Maman et moi devrions venir faire des courses dans ton coin et nous nous demandions si tu serais libre. On peut déjeuner ensemble si tu veux, ou se retrouver plus tard dans l'après-midi pour boire un verre.

– Aujourd'hui ? Ah… Merci de me poser la question, mais je viens d'accepter une enquête et je suis complètement coincée. Une autre fois peut-être ?

J'espérais que ma voix paraissait moins hypocrite que moi.

– Sûrement une période de travail intense…

– C'est jeûner ou crever de faim ! lui lançai-je. La dure loi de la jungle !

Sincèrement, je faisais de mon mieux pour ne pas sortir mes griffes. Même dans nos échanges les plus succincts, nous parvenions souvent à nous bagarrer à propos des rapports familiaux. Elle les aurait souhaités plus étroits, moi je n'en voulais pas.

– De toute façon tu te serais défilée.

– Mais pas du tout.

Je laissai le silence s'installer. Chacune entendait l'autre respirer.

– Bon, capitula-t-elle enfin. Maman reviendra en ville mardi. Je sais qu'elle aimerait beaucoup te parler. Tu as toujours ton bureau dans Capillo ?

– Euh, non. J'ai loué un bungalow dans Caballeria. J'ai emménagé il y a juste quinze jours.

– Je le lui dirai.

– Génial, c'est parfait. Pas de problème.

– Ne t'énerve pas si je te dis ça, mais j'espère que tu seras polie.

– Bigre, Tasha ! J'essaierai de bien me conduire. Il faudra que je me force, bien sûr.

J'entendis comme un sourire dans sa voix.

– Reconnais au moins que j'ai de la suite dans les idées.

– Exact. J'en prends bonne note. Je l'avais déjà remarqué.

– Epargne-moi ton ironie.

– C'est mon côté pince-sans-rire.

– Pourquoi es-tu si pénible ? Tu ne pourrais pas faire la moitié du chemin ?

– Je ne comprends pas pourquoi tu t'obstines à me relancer.

– Pour la même raison que toi, tu as à me rembarrer. On est teigneuses dans la famille.

– Je te l'accorde. Mais je ne supporte pas que Grand pense qu'elle a pu traiter mes parents comme de la merde et puis qu'elle se manifeste après tout ce temps comme si de rien n'était.

– Quel rapport avec nous ? Pam, Liza et moi n'avons rien fait à tes parents ni à tante Gin. Pourquoi devrions-nous être responsables du comportement de Grand ? Oui, elle s'est mal conduite. Oui, c'est une garce, et alors ? Peut-être que ta mère et tante Gin lui ont rendu la monnaie de sa pièce. Quand tes parents sont morts, nous étions petites. Nous ignorions ce qui se passait, et toi aussi. C'est ridicule d'entretenir une telle rancœur. Quelle utilité ? Nous sommes de la même famille. Que ça te plaise ou non, tu ne peux pas faire bande à part.

– Jusqu'ici je me suis très bien débrouillée sans « famille ». Alors pourquoi ne pas laisser tomber le sujet et vivre chacune sa vie ?

– Je te renvoie la question. (Elle s'interrompit, s'efforçant de reprendre son calme.) Désolée. On reprend. Je ne comprends pas pourquoi, chaque fois que je t'appelle, on se crêpe le chignon.

– Ce n'est pas à chaque fois.

– Si !

– Non !

– Cite-moi un jour où nous avons discuté sans en venir aux mains.

– Je peux t'en citer trois. Tu m'as engagée pour faire un travail. Nous avons déjeuné ensemble ce jour-là et tout s'est bien passé. Et depuis nous nous sommes parlé au téléphone à deux ou trois reprises sans nous chamailler.

– C'est vrai, me concéda-t-elle de mauvaise grâce. Mais je sens toujours ta colère qui bout sous la surface.

– Et alors ? Écoute, Tasha… Nous parviendrons peut-être un jour à surmonter nos différends. Mais en attendant, ça ne nous mènera nulle part de nous disputer pour savoir si nous nous disputons. Je ne prétends pas être rationnelle. Je suis barjo. Pourquoi ne pas en rester là ?

– O.K. Assez parlé. Nous voulions juste que tu saches que ça nous intéressait toujours. Nous espérons que ta visite d'hier au ranch nous fournira une ouverture.

– Ah, nous y voilà ! Comment l'as-tu appris ?

– Arne Johanson a téléphoné à Pam. Il lui a dit qu'il avait vu quelqu'un qui ressemblait comme deux gouttes d'eau à ta mère, il en a eu la chair de poule. J'étais étonnée que tu aies même mis les pieds au ranch.

– Je ne l'aurais pas fait si j'avais su.

– Ça, j'imagine !

– Ceci dit, je reconnais pleinement ce qu'il t'en coûte de garder le contact. Je suis toujours plus agressive que je le voudrais.

– Inutile de t'excuser.

– Minute, Tasha. Ce n'était pas une excuse.

– Laisse tomber, j'ai compris, c'est de ma faute, me renvoya-t-elle. Je suis avocate, je me heurte tous les jours à l'agressivité.

– Je croyais que tu t'occupais de successions ? Comment peut-on être agressif dans ce domaine ? Ça paraît tellement assommant !

– Réfléchis. Dès qu'on parle argent, une fois sur deux les gens deviennent odieux. Personne ne veut parler de mourir et personne ne veut renoncer à contrôler le magot de la famille. Dès qu'on en vient aux héritiers, on découvre une strate cachée d'ayants droit, m'expliqua-t-elle, hésitant avant de poursuivre. À propos… tu as sûrement appris qu'il était question de raser le Presbytère ?

– Le « Presbytère » ? C'est comme ça que ça s'appelle ? Je croyais qu'un presbytère avait à voir avec les presbytériens.

– C'est le cas. Notre arrière-arrière-grand-père Straith était un pasteur presbytérien. Comme à l'époque l'Église n'avait pas d'argent pour construire un presbytère, il l'a payé de sa poche. Je crois qu'il avait l'intention d'en faire don à l'Église après sa mort, mais des esprits plus rassis ont eu le dernier mot. Quoi qu'il en soit, la maison tombe en ruine. À ce stade, il reviendrait moins cher de la démolir.

– Si je comprends bien, Grand refuse de dépenser ses sous pour la remettre en état.

– Exact. Elle a essayé d'avoir le soutien de deux associations de sauvegarde, mais aucune n'est intéressée. La maison est loin de tout et a un style hybride. On ne peut même pas la retenir comme un témoignage de l'architecture de l'époque.

– Pourquoi ne pas la laisser en l'état ? C'est bien Grand qui possède le terrain, non ?

– Pour le moment, oui ; mais elle a quatre-vingt-dix ans et elle sait qu'aucun de ses héritiers n'a ni les moyens ni l'amour des vieilles pierres nécessaires pour se lancer dans l'aventure. De plus, elle a une autre maison en ville. Elle n'a que faire des deux.

– C'est vrai, ça me revient. Liza m'avait dit que presque toute la famille habitait à quelques rues de chez elle.

– Nous formons un noyau étroitement soudé, me renvoya-t-elle mi-figue, mi-raisin. En attendant, des promoteurs de tous poils sont sur le qui-vive. Essentiellement des viticulteurs intéressés par les coteaux. Il s'avère que le sol est de premier ordre. De plus, il récupère une bonne partie du brouillard de la côte, ce qui allonge la période de maturation du raisin.

– Combien d'hectares possède-t-elle ?

– Huit mille.

Il y eut un silence pendant que j'essayais de calculer ce qu'elle venait de m'annoncer.

– Tu plaisantes.

– Pas le moins du monde.

– Je n'aurais jamais cru.

– Ça n'a aucune importance pour le moment parce qu'elle ne vendra jamais. Notre arrière-grand-père lui a fait promettre de ne pas y toucher. Le problème ne se posera que lorsqu'elle nous quittera.

– Et elle n'a pas mis le domaine en société ou quelque chose du genre ?

– Non. La plupart des anciennes sociétés en fidéicommis sont apparues pendant les années trente – chez des gens de l'Est qui avaient de l'argent dans leur famille depuis des générations. Ici, il n'y avait que des exploitants agricoles, des gens proches de la terre et plus enclins à créer de petites sociétés familiales. En tout cas, il ne se passera rien tant qu'elle sera en vie, conclut-elle. En attendant, si tu changes d'avis pour ce verre, passe-moi un coup de fil. Tu as toujours mon numéro ?

– Il vaut mieux que je le note.

Je raccrochai et dus m'asseoir pour reprendre mes esprits. J'avais fini par éprouver une certaine sympathie à son égard. Si je ne me surveillais pas, j'allais finir par bien l'aimer cette fille, et alors, comment je ferais, hein ?

En allant chez Stacey, je fis un saut au bureau pour m'assurer que tout était en ordre. J'ouvris une fenêtre durant un court moment pour renouveler l'air et vérifiai si j'avais des messages sur mon répondeur. Je liquidai quelques points de routine, puis je refermai la porte à double tour. Je ne touchai pas à ma voiture et fis à pied les cinq pâtés de maisons jusqu'à chez Stacey, où j'arrivai avant Dolan. Stacey avait laissé sa porte d'entrée ouverte et ôté le verrou de la porte-moustiquaire. Je frappai à l'encadrement.

– Stacey ? C'est moi ! Je peux entrer ?

– Faites comme chez vous ! me répondit sa voix assourdie.

Je franchis le seuil et refermai la moustiquaire derrière moi. Les parquets étaient vierges de tapis, les fenêtres de doubles-rideaux ou de voilages – seule ma présence semblait éveiller un écho. Je sentis une odeur de café en train de passer, mais sinon l'endroit semblait vide. La pièce affichait sa nudité, comme si j'avais surpris son occupant en plein emménagement ou déménagement. L'intérieur de la maison ne faisait sûrement pas plus de soixante-quinze mètres carrés, presque entièrement visibles de l'endroit où je me tenais. L'espace se répartissait en un séjour, une cuisine et une chambre, plus une salle de bains dont la porte était fermée. Un linoléum imprimé d'un lacis de carrés et de rectangles bleus sur fond gris, avec une rayure mauve se faufilant à intervalles réguliers, recouvrait le sol. Les boiseries étaient sombres et mouchetées et un papier jaunissant tapissait les murs. J'aperçus ici et là des déchirures qui révélaient trois générations de tapisseries murales : un motif à petites fleurs, couvert par une couche à rayures fines, recouvert à son tour par des bouquets vaporeux de roses cent-feuilles aux teintes fanées.

Sous les fenêtres, à droite, il y avait un lit (un simple matelas) fait au carré. Une télévision reposait à côté, à même le sol. À gauche, un bureau en chêne et un fauteuil pivotant occupaient l'espace. Il n'y avait pas grand-chose d'autre. Six cartons identiques s'empilaient contre le mur du fond. Tous dûment fermés avec du papier adhésif, chacun portant une étiquette manuscrite qui détaillait leur contenu. Une porte de penderie restée ouverte révélait deux cintres en tout et pour tout.

J'allai sur la pointe des pieds jusqu'à la porte de la cuisine et y jetai un coup d'œil curieux apercevant une petite table en bois et quatre chaises dépareillées. Une cafetière en Pyrex trônait sur la cuisinière, au-dessus de la flamme bleue d'un brûleur réglé au plus bas. Le verre transparent laissait voir un breuvage aussi foncé que du chocolat amer. Toutes les portes des placards étaient grandes ouvertes, et de nombreuses étagères entièrement vides. Stacey avait visiblement entrepris d'emballer et de ranger les verres et les assiettes dans des cartons. Une grosse rame de papier journal occupait le plan de travail, de grandes feuilles d'au moins quatre-vingt-dix cm par cent vingt. Il faisait manifestement table rase, préparant son départ pour une destination inconnue.

– Si vous voyez un truc qui vous plaît, servez-vous. Je n'ai rien à faire de tout ce fourbi, me lança-t-il, subitement derrière moi.

Je me retournai.

– Comment va le dos ?

– Couci-couça, me répondit-il avec une grimace. Je me suis gavé de Tylenol et ça aide.

– Vous n'avez pas chômé, dites-moi. Vous déménagez ?

– Pas exactement. Disons que si je m'en vais, je veux être prêt.

Ce jour-là, il arborait un bonnet bleu marine. Avec ses sourcils pâles et son long visage ridé, il ressemblait à un fermier dans un champ en jachère. Il portait un jean délavé à la texture veloutée, un sweat-shirt bleu ciel et des boots marron clair en agneau.

– Vous êtes propriétaire ?

– Non, locataire. Depuis des lustres.

– Vous êtes quelqu'un d'organisé.

– Je suis sur le départ. Je ne veux pas qu'on ait à nettoyer le bordel derrière moi. C'est Dolan qui reprendra le bail.

Après ma mort resta en non-dit, en suspens entre nous.

– Il m'a dit qu'on essayait un nouveau traitement ?

Stacey haussa les épaules.

– Des tests cliniques. Un cocktail expérimental conçu pour des individus qui n'ont plus rien à perdre. Les pourcentages de réussite ne sont pas bons, mais ça rendra peut-être service à d'autres. Il y en a qui s'en tirent. La courbe en cloche, vous connaissez. Je pense juste que c'est idiot de me croire de ceux-là.

Dolan frappa à la porte et entra, apparaissant une demi-seconde après dans l'embrasure de la porte de la cuisine. Il tenait un sac de courses en papier marron dans une main et un deuxième, blanc et plus petit, dans l'autre.

– Qu'est-ce que vous fricotez, vous deux ?

Stacey fourra ses mains dans les poches et haussa les épaules d'un geste désinvolte.

– Nous envisagions de filer ensemble. Elle veut San Francisco, pour pouvoir traverser le Golden Gate. Moi, je suis pour Las Vegas et les danseuses à seins nus. On allait tirer à pile ou face quand tu es arrivé. (Stacey s'approcha de la cuisinière, me parlant par-dessus son épaule.) Un café… ça vous dit ? Je suis à court de lait.

– Noir, ça m'ira très bien.

– Dolan ?

Celui-ci brandit le sac blanc maculé de taches de graisse.

– Des doughnuts.

– Bigre, on ne se refuse rien ! s'exclama Stacey. Passons au salon et voyons de plus près quelle tête ils ont.

Dolan apporta ses deux sacs dans le séjour, tandis que Stacey sortait une tour de gobelets en polystyrène emboîtés les uns dans les autres, et en remplissait trois de café. Il revint au plan de travail et saisit la pile de papier journal et un marqueur.

– Vous voulez bien vous charger de ces essuie-tout ? Je suis en panne de serviettes et je n'ai trouvé que ces paquets en réclame. Quatre cents feuilles pour une bouchée de pain. Ridicule ! Pendant que vous y êtes, prenez aussi l'adhésif.

Je m'emparai du rouleau de papier collant et de mon café, alors que Dolan repartait chercher deux chaises dans la cuisine. Puis il alla prendre les deux autres gobelets de café, qu'il posa sur le bureau du séjour. Plongeant la main dans le plus grand des deux sacs, il en retira trois classeurs à trois trous.

– Je suis passé au service de photocopie et je nous en ai fait un à chacun... le dossier de police, annonça-t-il en les distribuant.

Je revis brusquement mes débuts à l'école élémentaire. Le seul bon souvenir que j'en avais gardé était l'achat des fournitures : un classeur, du papier à lignes, une trousse avec un stylo et un crayon.

Stacey colla deux feuilles de papier journal vierge sur le mur, puis il déplia une carte de la Californie et la colla aussi. On sentait l'instructeur-né dans sa façon de procéder. Dolan et moi nous servîmes de doughnuts et approchâmes nos chaises.

– À partir de maintenant, annonça Stacey, je prends la tête des opérations, sauf objection, bien sûr.

– Arrête de faire ta coquette et vas-y, lui renvoya Dolan.

– Alors O.K. Récapitulons ce que nous savons. Nous verrons ainsi où sont les vides. Pour l'instant, vous avez probablement l'impression que nous avons beaucoup plus de vides que de faits avérés, mais voyons les éléments dont nous disposons. (Il déboucha le marqueur et inscrivit le mot « Victime » en haut d'une des feuilles et « Tueur » en haut de la suivante.) Nous commencerons par l'inconnue.

Je sortis un paquet de fiches neuves de mon sac, en déchirai la cellophane et commençai à prendre des notes.

CHAPITRE 5

Il condensa les données du dossier d'une main rapide, écrivant en capitales, tandis que nous les commentions.

– Qu'avons-nous pour commencer ?

Il leva son marqueur et nous regarda. Comme tout bon pédagogue, il voulait s'assurer que la plupart des réponses viendraient de nous.

– Elle est de race blanche, dit Dolan. Âge : entre douze et dix-huit ans.

– Exact. Ce qui la fait naître entre 1951 et 1957.

Stacey nota l'information près du bord supérieur de la feuille.

– Date présumée de la mort ? demandai-je.

Je m'attendais à ce que Dolan consulte le rapport d'autopsie, mais il semblait le connaître par cœur.

– D'après le Dr Weisenburgh, il y avait entre un et cinq jours que le corps se trouvait là, ce qui nous donnerait entre le 29 juillet et le 2 août. Il a pris sa retraite, mais je lui ai rappelé l'affaire et il se souvenait de la fille.

– D'accord.

Stacey inscrivit la date de la mort sur la feuille, au-dessous de l'âge de l'inconnue, puis il continua d'écrire, cette fois sous sa propre dictée. Sans perdre de temps, nous passâmes en revue les éléments de base : taille, poids, couleur des yeux et des cheveux.

– Blonds d'après le rapport, mais probablement teints. On a relevé des racines plus foncées.

– Dents proéminentes, ajoutai-je, et quantité de plombages, mais pas trace de travaux d'orthodontie.

Stacey fit la moue.

– On devrait peut-être marquer une pause et en discuter.

Dolan hocha la tête.

– On se fichait des appareils quand j'étais môme. Nous étions une famille nombreuse, treize enfants, et nous avions tous les dents de travers. Vous n'avez qu'à voir. Celles du bas se chevauchent, mais en haut ça se tient. (Il se tourna vers moi.) On vous a mis des bagues quand vous étiez petite ?

– Grand Dieu, non !

– Moi non plus, renchérit Stacey. Ma foi, j'aime autant y avoir échappé. Pour en revenir aux dents de lapin, elles nous indiquent quoi ?

– Je dirais que la majorité des enfants affligés de ce type de déformation consultent un orthodontiste avant l'âge de dix ans, dit Dolan. Ma nièce a trois enfants et je sais qu'on commence tôt. Des fois, on procède en deux ou trois étapes. Si on avait envisagé des bagues pour cette fille, elle aurait dû les avoir au moment de sa mort.

– Sa famille n'avait peut-être pas les moyens, suggérai-je.

– C'est une possibilité. Autre chose ?

– Des caries pareilles dénotent aussi de mauvaises habitudes alimentaires. Sucreries, boissons gazeuses, grignotage de cochonneries, dit Dolan en louchant vers moi, puis vers Stacey. Ce n'est pas pour être snob, mais en général les enfants de la petite et moyenne bourgeoisie n'ont pas les dents aussi pourries.

– Elle a dû déguster, leur fis-je remarquer.

– Mais elle s'en est occupée, souligna Stacey. D'après le légiste, tous les plombages ont été faits en même temps, probablement un an ou deux avant sa mort.

– Ça a dû lui coûter un paquet, dis-je.

– Vous imaginez toutes ces piqûres de novocaïne ? ajouta Dolan. Des heures et des heures dans le fauteuil pendant que la fraise vous vrille le crâne !

– Arrêtez ! m'écriai-je. J'en ai les mains moites. J'ai la phobie des dentistes, si vous voulez savoir. Regardez plutôt, lui dis-je en lui montrant mes paumes.

Stacey réfléchit.

– A-t-on fait circuler sa fiche dentaire ?

– Pas à ma connaissance, répondit Dolan. J'en ai une photocopie ici. Elle pourra nous servir à faire des comparaisons. Nous avons en revanche le maxillaire et la mandibule.

Je le dévisageai.

– Sa mâchoire ? Au bout de dix-huit ans ?

– Et aussi ses dix doigts.

Stacey inscrivit une note sur la feuille.

– Nous allons essayer de convaincre le service médico-légal de nous tirer un autre jeu d'empreintes. On débouchera peut-être sur une piste au NCIC[1].

– Ça m'étonnerait, vu l'âge auquel elle est morte, lui fit remarquer Dolan.

– Sauf si elle s'est fait pincer pour vol à l'étalage ou prostitution, glissai-je avec mon optimisme coutumier.

– Le problème est que si elle est passée devant le juge pour enfants, son dossier sera clos et purgé à l'heure qu'il est.

Je levai la main.

– Vous rappeliez qu'elle n'a jamais été identifiée ; supposons qu'elle soit originaire d'un autre État, disons dans l'est ? Les faits divers n'intéressent qu'une population très locale.

– Celui-ci n'a sûrement pas retenu l'attention au-delà du comté, confirma Dolan.

– Passons aux vêtements. Des idées sur ce point ? demanda Stacey.

– À mon avis, il faut retenir qu'ils étaient faits à la main, dis-je. Si on ajoute ce détail à la mauvaise hygiène dentaire, ça nous indique de faibles revenus.

– Pas forcément, m'objecta Stacey. Si sa mère l'habillait, ça traduirait plutôt de l'intérêt et de l'affection. Sans blague. Et puis ce pantalon à fleurs devait se remarquer. Des marguerites

1. National Crime Information Center.

bleu foncé à cœur rouge sur fond blanc… Quelqu'un pourrait se rappeler le tissu.

– J'aimerais qu'on revienne en arrière, dit Dolan, et qu'on examine la déposition de l'employée de la supérette sur la hippie entrée dans le magasin. Comment s'appelle-t-elle… Roxanne Faught, non ? Nous devrions la recontacter et voir si elle a quelque chose à ajouter.

– Je l'ai déjà interrogée à deux reprises, lui répondit Stacey, mais tu peux tenter le coup. La boutique existe toujours ?

– Pour autant que je sache. Comme elle est restée fermée quelque temps, elle a peut-être changé de mains. Tu veux que je fasse un saut en voiture ? lui demanda Dolan.

– Laissez-moi m'en charger, leur proposai-je. Je peux y passer cet après-midi.

– Parfait. En attendant, quoi d'autre ? On a les mensurations ?

Nous passâmes plusieurs minutes sur ces détails. Cette fois, Dolan feuilleta le dossier à rebours, cherchant la liste des vêtements enregistrés aux scellés.

– Nous y voilà. Pointure des chaussures : $38^1/_2$. Slip : medium. Le soutien-gorge, 95 A.

– Autrement dit, buste plutôt large, mais petits bonnets, leur traduisis-je. Une silhouette carrée. Les filles de ce genre donnent l'impression d'avoir une forte poitrine, même quand elles sont minces.

Dolan tourna une page.

– Il est précisé qu'elle avait les oreilles percées. « Au lobe gauche un fil métallique doré en forme de "fer à cheval". Au lobe droit un fil métallique doré avec un clip tordu à l'extrémité inférieure. » Ça aussi, on pourrait s'en souvenir.

Stacey ajouta ce détail à la liste.

– C'est tout ? demanda-t-il ensuite.

Je levai la main.

– Du vernis à ongle. Argent.

– Noté. Rien d'autre ?

– Pas que je me souvienne.

– Dans ce cas, dit Dolan en se levant, vous m'excuserez, mais je dois en griller une.

À l'heure du déjeuner, je me portai volontaire pour aller chez l'épicier du coin acheter de quoi faire des sandwichs, mais ils devaient avoir eu vent de mon beurre de cacahuète-cornichon fétiche car ils préférèrent aller manger dans un restaurant chinois. Nous prîmes la voiture de Dolan et fîmes le trajet jusqu'à La Grande Muraille, avec façade de pagode et statue dorée de Bouddha en position du lotus, au-dessus de la porte. Au parking, j'attendis qu'ils rangent leurs armes dans le coffre, puis nous fîmes une entrée groupée.

À l'intérieur, les murs étaient badigeonnés du rouge chinois de rigueur, assorti à celui des banquettes en skaï et des guirlandes de lampions blancs en papier couraient autour de la salle comme autant de petites lunes. Stacey n'avait pas grand appétit, mais Dolan semblait disposé à manger pour deux. Moi, je mourais de faim comme d'habitude. Nous commandâmes des pâtés impériaux et des rouleaux de printemps, que nous trempâmes dans le condiment chinois incolore qui vous dégage les sinus. Après quoi, nous passâmes au porc Moo Shu, au poulet Kung Pao et au bœuf aux zestes d'orange, accompagnés chacun d'un dôme de riz blanc. Pour Dolan et moi, ce fut une bière, Stacey optant pour du thé glacé.

Pendant le repas, mes deux bonshommes se lancèrent dans des spéculations sur le tueur, sujet que je leur abandonnai volontiers : je n'ai pas été formée aux enquêtes sur homicide, même si j'ai croisé quelques cadavres au cours de ma carrière. Vu la nature du meurtre, leurs soupçons se portaient sur un homme, en partie parce que ce genre de boucherie exige en général un contact rapproché, propre à dégoûter les femmes. De plus, le nombre de coups portés évoquait une sauvagerie qu'on associait plus volontiers aux hommes.

– Attendez... Par les temps qui courent les femmes peuvent être de vraies brutes, fit valoir Dolan.

– D'accord, mais je ne vois pas une femme hisser le corps dans un coffre de voiture et le ressortir après. Ça pèse, cinquante-six kilos de poids mort.

– Comme tu dis ! lui renvoya Dolan. Donc, préméditation, d'après toi ?

– Si ça l'était, il aurait sûrement conçu un plan pour se débarrasser du corps. Le gars était pressé, assez en tout cas pour ne pas prendre le temps de lui creuser une tombe.

Il prenait des notes sur une serviette en papier que les crachotements de son stylo bille trouaient par endroits.

Dolan déchira son étui de baguettes et sépara les deux tiges en bois, les frottant l'une contre l'autre pour éliminer tout soupçon de fibre. Il inonda son poulet et son bœuf de sauce soja, formant une petite mare brune dans laquelle ses grains de riz nagèrent tels des alevins.

– Curieux qu'il n'ait pas choisi un coin plus isolé pour le larguer.

– Cette portion de route est au diable quand on ne connaît pas. Pas une habitation en vue. Il ignorait tout du va-et-vient de la carrière.

– Là, je te suis. D'après le légiste, il avait arraché quelque part le fil de fer dont il s'est servi pour lui lier les poignets et il a dû prendre ce qui lui tombait sous la main. Ce type a improvisé tout du long.

Je regardai Dolan mettre ses baguettes en pince et tenter de saisir un morceau de poulet, qui lui échappa avant d'atteindre sa bouche.

– La question est la suivante : visait-il cette fille en particulier ou était-il seulement en chasse et c'est sur elle que le sort est tombé ?

– Je dirais que c'est comme à la pêche. Il a dû tenter sa chance auprès de cinq ou six nanas et l'une a fini par dire oui. (Il se rabattit sur une autre technique de ramassage, utilisant une des baguettes comme une petite planche, contre laquelle il poussa la bouchée de poulet. Il réussit à hisser le morceau jusqu'à sa lèvre inférieure. Raté. Je le vis hocher la tête.) Je ne crois pas qu'on ait affaire à un tueur en série. Ça me semble plutôt un coup isolé.

Il fit une nouvelle tentative, cette fois en se penchant brusquement, la lippe en avant comme un fourmilier, tandis qu'il levait les baguettes. Il happa un zeste d'orange avant que le reste ne dégringole de nouveau dans son assiette.

J'attrapai une fourchette sur une table voisine et la lui tendis.

Stacey griffonna quelque chose sur la nappe, maintenant constellée de taches.

– Attends. On revient une seconde en arrière. Côté âge, je la situerais plus près de l'estimation haute... Seize, dix-sept, dix-huit ans, voire plus, pas du côté douze-treize de la fourchette. Une gamine aussi jeune, quelqu'un aurait forcément signalé sa disparition, qu'elle ait annoncé qu'elle sortait ou qu'elle ait filé sans un mot. Tu es un des parents, tu hausses les épaules et tu penses à autre chose, mais en ne la voyant pas rentrer, tu commences à t'inquiéter. Tu téléphones, tu t'aperçois que ses copains et copines ne l'ont pas vue non plus, tu te prépares à appeler la police. Si elle a vingt ans et disparaît dans la nature, on ne donnera pas forcément l'alerte.

– Exact. Peut-être qu'elle avait déjà fugué. Que c'était juste une disparition après beaucoup d'autres.

Dolan repoussa son assiette.

– Tant qu'à lancer des hypothèses à la noix, j'en ai une autre. Je ne pense pas qu'elle soit de la région. Pas de mutilations faciales, donc le tueur ne craignait pas qu'on la reconnaisse. Il ignorait combien de temps elle allait rester là. Mettons qu'on l'ait trouvée le jour même et qu'on ait diffusé son signalement dans le journal. Si elle est du coin, il va bien se trouver quelqu'un pour additionner deux et deux et découvrir le pot aux roses.

– Mettons qu'elle venait d'ailleurs, dis-je à mon tour. D'Angleterre ou d'Espagne. Il existe sûrement un tas de pays où on se fichait pas mal des soins dentaires à l'époque. Ça expliquerait aussi que personne n'ait signalé sa disparition.

– Interpol a pu diffuser un avis de recherche qui ne nous est jamais parvenu, supputa Dolan. Ça vaut la peine de vérifier. Qui sait s'ils ne l'ont pas dans leurs fichiers ?

– Il y a une note dans le dossier… Une femme qui affirme avoir vu une fille qui faisait du stop à la sortie de Colgate et correspondait au signalement, nous rappela Stacey. Ceci, quelques heures je crois avant que l'employée de la supérette de Gull Cove repère la hippie, le 1er août. Peut-être qu'elle remontait la côte ?

Dolan attrapa son classeur noir, où des bouts de papier déchirés signalaient l'emplacement des témoignages annexes. Il tourna quelques pages et vérifia ses annotations en marge – des pattes de mouche qui m'étonnèrent.

– Tu penses à Cloris Bago, dit-il. Elle déclare avoir vu, le 29 juillet à quatre heures et demie de l'après-midi, une jeune femme de race blanche, mesurant dans les un mètre cinquante-cinq, un mètre cinquante-huit, âgée de seize, dix-sept ans et portant une blouse paysanne bleu marine, un pantalon à fleurs et des cheveux longs tirant sur le blond, appuyée contre la passerelle de Fair Isle qui enjambe l'autoroute. Ladite Bargo aurait vu un véhicule s'arrêter, la faire monter et repartir sur la 101, en direction du nord.

– Ça mérite d'être examiné de plus près. Si l'inconnue faisait de l'auto-stop, on pourrait remonter la piste et voir s'il est possible d'établir d'où elle venait, peut-être même un semblant de chronologie. (Stacey saisit sa carte de la Californie et la déplia, tapant et étalant la feuille peu maniable sur la table.) Si elle arrivait du sud, elle aurait pris la 405 jusqu'à la 101. Les principales autoroutes reliant l'Arizona à la Californie sont : l'A15 qui vient de Las Vegas, l'A40 de Kingman, Arizona, l'A10 de Phoenix, et l'A8 de Yuma. Si elle était partie d'ailleurs, elle aurait pris un autre itinéraire.

Dolan repoussa son assiette.

– Tu n'arriveras jamais à retracer son parcours. Elle pouvait venir de n'importe où. Par contre, tu parles du 29 juillet. Du jour où Frankie Miracle a tué sa petite amie et filé. Si l'inconnue faisait du stop, il pourrait l'avoir prise à bord.

Nous en restâmes là et passâmes à autre chose.

Après le déjeuner, Dolan me déposa à mon bureau, où je mis à jour mes fiches et passai quelques minutes en recherche digitale, autrement dit dans l'annuaire du téléphone. On m'avait chargée de vérifier les témoignages relatifs à la jeune hippie qui avait fait de l'auto-stop entre le 29 juillet et le 1er août. Dolan devait prendre son téléphone pour retracer les allées et venues des anciens codétenus de Frankie Miracle, alors que Stacey se pencherait sur les ennuis du susdit avec la justice au cours des années antérieures. Nous étions convenus de nous retrouver ce soir-là au CC pour nous faire part de nos découvertes.

Pour Roxanne Faught, j'avais une ancienne adresse, mais rien sur Cloris Bargo. Or la chance me souriait et, pour une fois, commencer par ce qui sautait aux yeux fut payé de retour. Un examen rapide des pages blanches me révéla l'existence d'une Bargo – pas Cloris mais une sœur –, qui ne se soucia même pas de connaître mes intentions avant de me donner le numéro de téléphone et l'adresse actuels de la belle. Hou! la vilaine. J'aurais pu être une obsédée sexuelle ou un agent de recouvrement...

Je vérifiai sur le plan et pointai mon lieu de destination : un lotissement de bungalows de moyen standing, juste après la bretelle de sortie de Fair Isle où Cloris Bargo avait vu la fille. Je fermai à clé le bureau, fis démarrer ma Volkswagen et pris Capillo Avenue jusqu'à la 101.

La journée douce et brumeuse atténuait les contours du paysage, comme s'il avait été badigeonné de lait écrémé. Je baissai les vitres et laissai l'air m'ébouriffer les cheveux et me souhaiter bon vent. La circulation étant fluide, en moins de six minutes j'arrivai à Colgate.

Je pris la sortie de Fair Isle et filai vers les montagnes, comptant le nombre requis de rues avant de tourner à gauche dans York Street. La maison que je cherchais se trouvait à mi-hauteur de la rue, sur le côté gauche. C'était un quartier de pavillons (le rêve pour un premier investissement immobilier), dont la plupart avaient fait l'objet de travaux importants depuis les années soixante, lorsque le secteur s'était construit. Les garages s'étaient transformés en salles de jeu pour les enfants, on avait vitré les vérandas pour les inclure dans la maison, des niveaux supplémentaires étaient apparus et les remises situées à l'arrière avaient été agrandies et rattachées au bâtiment principal. Les pelouses prospéraient et les arbres avaient atteint leur maturité, au point que les trottoirs gondolaient sous la poussée de leurs racines. Les enfants, simples marmots quand leurs parents s'étaient installés, avaient grandi et quitté le nid, avant de revenir dans le quartier avec leur propre progéniture.

Je me garai devant une maison d'un étage en stuc blanc, agrémentée d'un rajout en bardeaux à gauche et d'une nouvelle entrée prétentieuse plaquée sur la façade de devant, avec des arches, un portail en bois de style rustique, des rosiers grimpants et des roses trémières, des hortensias et des phlox à profusion. Je poussai le portail et escaladai les marches de la véranda. La porte était grande ouverte et la porte-moustiquaire verrouillée. L'odeur de quelque chose qui mijotait me parvint des profondeurs de la maison : des fruits et du sucre. La radio de la cuisine était branchée sur une émission ouverte aux auditeurs, j'entendis l'animateur sermonner son interlocuteur. Je posai une main sur la porte-moustiquaire et abritai mes yeux pour voir à l'intérieur. La porte d'entrée se situant dans l'alignement exact de celle de la cuisine, mon regard porta jusqu'à la clôture de derrière qui séparait deux jardins.

– Il y a quelqu'un ? lançai-je.

– Je suis ici ! hurla une voix de femme. Faites le tour !

J'abandonnai la véranda et pris la petite allée qui longeait la maison sur la droite. En passant devant la fenêtre de la cuisine, je levai la tête et aperçus la femme dans l'encadrement de la fenêtre ouverte. J'avais dû la surprendre près de son évier car elle se pencha et ferma le robinet en abaissant son regard sur moi. À travers la moustiquaire, elle m'avait paru avoir dans les trente-cinq ans, estimation que j'arrondis à dix ans de plus quand je la vis de près.

Je m'arrêtai.

– Bonjour ! Vous êtes Cloris Bargo ?

– Je l'étais avant de me marier. Vous désirez ?

Elle se tourna de nouveau vers l'eau et baissa les yeux sur le plat ou l'ustensile qu'elle récurait.

– J'ai besoin d'un renseignement. Je ne vous retiendrai pas plus de cinq ou dix minutes.

Cela me faisait bizarre de discuter avec quelqu'un dont le visage me dominait de soixante centimètres. Pour un peu, j'aurais vu l'intérieur de ses narines.

– Vous ne vendez rien, j'espère ?

– Rien du tout ! Je m'appelle Kinsey Millhone. Je suis détective privé. Votre nom figure dans une enquête que j'effectue pour le bureau du shérif.

Elle m'examina de haut en bas, le regard plus incisif.

– C'est une première. Je n'ai jamais entendu dire que le bureau du shérif faisait appel à des gens de l'extérieur.

– Le policier en question est un inspecteur à la retraite du nord du comté, qui reprend un ancien dossier d'homicide... la jeune fille qui a été poignardée en 1969.

Elle posa quelque chose sur l'égouttoir, s'essuya les mains à un torchon, puis tendit la main vers la radio et l'éteignit.

– Je peux entrer ? lui demandai-je comme elle restait muette.

Elle ne m'y invita pas, mais fit un geste que je pris pour un assentiment. Je continuai jusqu'à l'arrière de la maison, où l'allée en béton s'élargissait pour former une petite aire de stationnement. À droite, on avait installé un fil d'étendage fixé à un poteau et par un boulon vissé au côté du garage. Des draps blancs ondulaient paresseusement dans la brise. Le jardin était joliment dessiné, des bordures blanches en bois, préfabriquées, d'une trentaine de centimètres de haut, cernaient les plates-bandes. On y avait planté récemment des nappes de pensées et de pétunias qui, pour l'instant, piquaient du nez. Un arroseur fixé à un tuyau jetait de temps en temps un voile d'eau sur l'herbe. Le mobilier de jardin avait connu des jours meilleurs. La rouille piquait par endroits les tubulures en aluminium et le cannage tressé en nylon vert et blanc était décoloré et s'effilochait. Au fond du jardin, un carré de terre exhibait plusieurs plants de tomate et une rangée de poivrons plantés depuis peu ; dressées comme une armature de tipi, cinq perches de haricots encore nues attendaient que les tiges naissantes s'y accrochent. Je ne vis aucun signe d'enfant ni d'animal.

Je gravis les six marches de la véranda. Elle m'attendait à la porte de derrière, la tenant ouverte pour moi. Elle s'effaça et j'entrai. Le temps que je fasse le tour de la maison, son attitude avait changé. Il y avait quelque chose d'obstiné ou de tendu dans sa façon de serrer les mâchoires. Un je ne sais quoi qui m'incita à lui fournir une preuve concrète de mon identité. Je lui tendis une carte de visite professionnelle.

Elle la prit et la posa sur le comptoir sans la lire. C'était une femme de petit gabarit, soignée, en bermuda marron clair et T-shirt blanc, pas maquillée, les pieds nus. Ses cheveux noirs coupés à la hauteur du menton étaient retenus derrière ses oreilles par des pinces.

– Jolies fleurs, lui dis-je.

– C'est mon mari. Moi, je m'occupe des légumes.

Dans la cuisine, on se serait cru dans le sud de la Floride en juin – une chaleur pas encore étouffante mais qui fait sérieusement songer à partir ailleurs. Deux grosses marmites à stériliser en acier inoxydable, équipées de casiers, chauffaient sur les brûleurs, au-dessus de flammes bleues réglées au plus bas. Leurs couvercles s'alignaient sur le plan de travail voisin, les petits régulateurs de pression étaient posés sur le rebord de la fenêtre. Des couvercles de bocaux, des caoutchoucs, des louches et des pinces fraîchement stérilisés reposaient sur des torchons blancs en étamine à la façon d'instruments chirurgicaux. Une troisième marmite contenait un liquide rouge foncé, aussi visqueux que de la colle. Je reconnus le parfum voluptueux et enivrant des fraises écrasées. Sur la table de cuisine au milieu de la pièce, il y avait douze bocaux d'un demi-litre.

– Désolée de vous déranger.

– Il n'y a pas de mal.

Elle repartit vers l'évier. Tout, autour d'elle et en elle, célébrait les valeurs rurales du Middle West : les conserves, les draps sur le fil d'étendage, le potager, le visage sans artifices.

– Vous vous souvenez de l'affaire ?

– Vaguement.

Comme elle ne m'avait pas demandé de lui rafraîchir la mémoire, je pris les devants.

– C'est un adjoint du shérif qui a recueilli votre témoignage. D'après ses notes, vous avez remarqué une fille qui faisait de l'auto-stop près de la bretelle de sortie de Fair Isle le 29 juillet 1969.

– Vous m'avez déjà dit la date.

Je ne tins pas compte de cette réprimande bénigne.

– Vous disiez avoir vu un véhicule s'arrêter et le chauffeur la faire monter. Or il se trouve que cette fille correspond au signalement de la victime découverte à Lompoc quelques jours après.

L'apparition de deux taches roses, aussi peu naturelles qu'un coup de blush appliqué par la démonstratrice du rayon beauté d'un grand magasin, modifia son expression.

– Aimeriez-vous un peu de thé glacé ? Je peux vous en servir, il est déjà fait.

– Avec plaisir.

Elle ouvrit un placard, y prit un gobelet en aluminium bleu brillant et le remplit de glaçons. Elle sortit du réfrigérateur un pichet de verre ventru et versa le thé. Je savais qu'elle cherchait à gagner du temps, et je ne voulais pas la brusquer. Il se passait quelque chose, mais impossible de dire quoi. Elle me tendit le verre.

– Merci, marmonnai-je, et j'avalai une grande gorgée de ce breuvage salubre avant de me rendre compte qu'il était déjà affreusement sucré.

Je sentis mes lèvres se serrer en cul de poule. Cela me rappela le sirop infâme qu'on vous oblige à avaler avant une prise de sang pour mieux diagnostiquer des maladies que vous espérez ne surtout pas avoir.

Elle s'appuya contre le plan de travail.

– J'ai inventé.

Je posai le gobelet.

– Quoi exactement ?

– Tout. Je n'ai jamais vu la fille.

– Personne ne faisait du stop ?

Elle hocha la tête.

– J'avais rencontré l'adjoint... celui qui a recueilli mon témoignage. Je venais d'arriver en Californie. Il n'y avait pas six mois que ma famille était là. Je ne connaissais personne. On avait eu un rôdeur dans le voisinage et cet adjoint était venu nous interroger. Il était allé de porte en porte en demandant aux gens s'ils avaient vu quelque chose de bizarre ou d'inhabituel. J'étais en congé de maladie. On m'avait opérée d'urgence de l'appendicite et j'étais encore en convalescence. Sinon, je n'aurais pas été à la maison. De fil en aiguille, nous avons eu une longue conversation. Je le trouvais mignon.

Elle s'interrompit.

– Prenez votre temps, lui dis-je.

– Une semaine après, il y avait son nom dans le journal au sujet de l'enquête sur le meurtre. Je n'avais jamais menti de ma vie, mais j'ai pris le téléphone et j'ai appelé le bureau du shérif en demandant à lui parler. Quand je l'ai eu au bout du fil, je lui ai dit la première chose qui m'est venue à l'esprit.

– Bref, le témoignage selon lequel vous aviez vu une fille dont le signalement correspondait à celui de la victime était complètement faux, conclus-je en espérant me tromper.

– J'ai dit ça comme j'aurais dit autre chose. Un tas de gens ont dû téléphoner avec des renseignements bidon. Tout ce que je voulais, c'était lui parler de nouveau.

Je restai silencieuse un moment. *Merde, trois fois merde.*

– Ça a marché ?

Elle haussa les épaules.

– On s'est mariés.

– C'est au moins ça de gagné.

Elle détourna les yeux vers la fenêtre. Je vis une voiture qui remontait l'allée en direction du jardin. Mon regard revint vers elle.

Elle baissa la voix.

– Rendez-moi service.

– Bien sûr.

– N'en parlez pas à mon mari. Je ne lui ai jamais dit la vérité.

– Vous voulez dire qu'il l'ignore ?

Elle hocha la tête.

– Et vous croyez qu'il vous en voudrait au bout de dix-huit ans ?

J'entendis la portière claquer et le bruit des semelles de son mari sur le ciment, entre le garage et la véranda de derrière. Il y eut une pause, le temps qu'il se penche sur ses pensées et ses pétunias. D'après moi, ils avaient besoin d'eau. Il parut de mon avis. J'entendis le grincement rauque du robinet quand il arrêta le jet, puis il déplaça l'arroseur et rouvrit le robinet. Il se dirigea vers la porte.

– Chaque fois qu'on lui demande comment nous nous sommes rencontrés, reprit-elle rapidement, il raconte que j'ai pris la peine de l'appeler pour témoigner. Il admire mon sens civique. Une de mes grandes qualités, à l'entendre. Il affirme être tombé amoureux au téléphone. Après, il dit que c'était un signe du destin parce qu'il m'avait vue en personne juste la semaine d'avant. Il me trouve différente. « Un cran au-dessus », comme il dit.

– Délicat...

– Plutôt !

La porte de derrière s'ouvrit. Son mari entra et s'arrêta pour s'essuyer les pieds sur le paillasson avant d'entrer. Bel homme. La cinquantaine, cheveux gris acier, yeux bleus, probablement d'ascendance hollandaise ou scandinave. Il était grand et mince, bien bâti, sans un gramme de graisse. En tenue de ville – pantalon tabac bien coupé, chemise bleu foncé, cravate à motifs bleu et tabac. Il portait son insigne à la ceinture. Je me demandai quelles étaient ses fonctions après vingt ans passés au bureau du shérif. Il avait déjà ôté son arme et son étui, sans doute remisés dans le coffre de sa voiture.

– Qu'est-ce qui est « délicat » ? demanda-t-il.

– Calculer pile le bon degré de cuisson, lui répondit-elle sans ciller.

Lui ayant menti autrefois, elle semblait experte en la matière.

– Je me présente : Kinsey, dis-je.

– Joe Mandel. Ne l'écoutez pas. Elle fait les meilleures confitures de fraises que vous ayez jamais mangées.

– J'imagine !

Des rides marquaient son visage, ses cheveux commençaient à se raréfier à mesure que les années réclamaient leur dû. L'allure sportive, sûrement capable de piquer un sprint pour épingler les mauvais garçons quand la situation l'exigeait.

– On se croirait dans un labo ici ! s'exclama-t-il. Vous nous complotez une mixture infernale, toutes les deux ?

– Plus ou moins, lui renvoyai-je.

Il ne chercha pas à savoir qui j'étais ni ce que je faisais dans la cuisine avec sa femme. Il se pencha, lui déposa un baiser sur la joue et lui tapota gentiment le bras.

– Je vais me changer et travailler un peu au jardin. On ira dîner à Sizzler ce soir, ça te sortira de cette fournaise. Tu as besoin d'aide ?

– Non, mon cœur. Merci.

– Ravi d'avoir fait votre connaissance, me dit-il avec un sourire rapide.

Je lui rendis son sourire et lui fis un geste d'adieu. Cloris le regarda partir ; son visage perdit son enjouement, faisant place à une expression plus réservée.

– Il a l'air adorable.

– Et il l'est. C'est pour ça que je l'ai épousé. C'est un homme bien. Jamais il n'aurait l'idée de me mentir.

– Alors pourquoi ne pas tout lui dire ?

– Occupez-vous de vos affaires, voulez-vous ? Je n'ai besoin de personne pour régler le problème.

CHAPITRE 6

Il faut une heure de route pour aller de Santa Teresa à Lompoc, mais je m'arrêtai à Gull Cove, exactement à mi-trajet. Au fin fond de moi-même, je savais pourquoi je m'étais portée volontaire pour cette mission. Outre le fait que j'aspirais à un peu de solitude, je caressais l'idée de retourner à la vieille maison de Grand. Telle une alcoolique fraîchement repentie, j'avais juré la veille de ne plus céder à la tentation et me disais déjà qu'y faire un saut n'avait rien de dramatique.

J'arrivai à la supérette de Gull Cove à deux heures de l'après-midi. L'établissement était situé dans une énorme bâtisse en bardeaux de cèdre, mélange racoleur de style contemporain et de traditionnel, mâtiné de quelques touches Cape Cod pour faire bonne mesure. Elle avait aussi abrité un espace de restauration ouvert vingt-quatre heures sur vingt-quatre, une boutique de souvenirs et un minuscule salon de beauté à deux cabines. Même de loin, on voyait que tout avait définitivement fermé. Des planches condamnaient les devantures et le bitume du parking, maintenant fissuré, avait viré au gris blafard. La végétation alentour, d'un brun sans joie, mêlait mauvaises herbes et fleurs sauvages et arrivait à hauteur du genou. Sur le flanc de la colline, derrière le bâtiment, un arbre unique et mort dressait tel un épouvantail ses branches tourmentées vers le ciel, comme pour guider les oiseaux. Gull Cove revendiquait une population de 100 habitants, mais je vous jure sur ma tête que je n'en vis pas un seul.

Je me garai le long des marches de devant et descendis de voiture. La grande terrasse en bois craqua sous mes pieds. Un avis placardé sur la porte principale annonçait que le complexe était fermé pour travaux de rénovation. Quelqu'un avait dessiné un Smiley qui ne souriait pas. Une autre main avait écrit « ON S'EN FOUT » au stylo bille. Une troisième créature, pas forcément humaine, s'était amplement soulagée près de la porte cadenassée. Je tâchai de voir l'intérieur de la supérette à travers la vitrine poussiéreuse et marquée de traînées noires, là où les pluies d'hiver avaient glissé sur le verre. Le local était complètement vide ; aucun comptoir ni rayonnage, ni le moindre élément d'installation, ne subsistait. On semblait parti pour une longue campagne de travaux.

Je me retournai et inspectai la route. Le complexe de Gull Cove était la seule surface commerciale à des kilomètres à la ronde – à trois cents mètres de l'autoroute, c'était un arrêt indiqué pour les automobilistes désireux de marquer une pause. On voyait facilement pourquoi quelqu'un qui faisait du stop risquait de se faire larguer là au passage. Peut-être qu'après ses beignets et son café, notre inconnue avait trouvé une voiture pour la conduire à Lompoc – pour elle, la fin du voyage.

Je revins à la voiture et vérifiai mes notes, cherchant la dernière adresse connue de Roxanne Faught : Q Street à Lompoc, soit à une demi-heure de là en remontant vers le nord. Pas la porte à côté pour une employée de bureau. Je mis le contact et repris la route, direction nord, le Pacifique à ma gauche. Ce jour-là, l'eau d'un bleu un peu plus sombre que le ciel était calme et la houle inexistante. Machinalement je repensai à la maison de Grand. J'allais peut-être l'apercevoir au passage. On la voyait sûrement de l'autoroute si on savait où regarder. J'allumai la radio pour me changer les idées.

J'atteignis la banlieue de Lompoc. La petite ville, plate et ramassée, offre un panorama de rues larges et de maisons d'un seul étage. Le vent souffle en permanence de l'océan et s'engouffre comme dans un entonnoir dans les ondulations des collines qui protègent l'agglomération. À cinq kilomètres plus au nord se trouvent Vandenberg Village et, derrière, la base militaire aérienne du même nom. Toute la vallée vit de ses ranchs de chevaux et de bétail, une grande partie des terres agricoles étant par ailleurs consacrées à l'horticulture pour le commerce de fleurs coupées, et les semences. De longues bandes jaune vif et rose électrique défilaient sous mes yeux, dont j'étais bien incapable d'identifier les variétés. Derrière se déployaient des hectares de ce qui semblait être du gypsophile. Beaucoup d'exploitations passant aux mains de promoteurs, des rangées de maisons de cinq pièces alignées au cordeau disputaient le terrain aux pois de senteur, pensées et delphiniums.

La ville proprement dite se flatte de posséder une piscine municipale et un centre administratif de taille respectable, en même temps que toutes les sociétés et commerces courants : Viva Thrift Shop, banques, cabinets d'avocats, fournitures pour véhicules et pièces de plomberie, magasins de détail et stations-essence, cafés, pharmacies et centres médicaux. Lompoc dessert une base militaire et compte des quartiers de résidents temporaires, régulièrement déplacés comme des pions sur l'échiquier au hasard de leurs affectations. On voyait mal à quoi les gens pouvaient s'amuser. Pas un seul bowling, salle de concert ou cinéma à l'horizon. À croire que la culture locale se réduisait à louer les cassettes-vidéo des navets de l'année précédente.

Je n'eus pas de mal à localiser Q Street, située, comme il se devait, entre P Street et R Street. L'adresse indiquée se trouvait sur le côté gauche de la rue, je ralentis en m'en approchant. La maison, posée sur des blocs de parpaing, consistait en une caisse de bois rectangulaire, recouverte d'un revêtement de feuilles de bitume estampé de façon à imiter la brique rouge foncé. Une véranda plaquée sur la façade de devant s'affaissait en son milieu. Deux pneus badigeonnés à la chaux servaient de jardinières de fortune, d'où s'échappait un dégueulis de géraniums roses. Une antique baignoire à pieds de griffon placée à la verticale s'enfonçait jusqu'à mi-hauteur dans le jardin. La niche en céramique abritait une madone en plâtre à longue robe bleu ciel. Je me garai le long du trottoir et descendis de voiture.

Dans le jardin de devant, un vieux en salopette baignait un chien. Dans les quatre-vingt-dix ans, mais solidement bâti. Il avait accroché un tuyau d'arrosage de façon à le faire passer par la fenêtre entrouverte de la cuisine et je supposai que l'autre bout était fixé au robinet. Comme je traversais la pelouse, il s'interrompit, lâchant l'embout du tuyau et coupant l'eau. Il avait un visage carré, des bajoues, un nez en patate et une bouche rectiligne, presque dépourvue de lèvres. Ses cheveux étaient coiffés en arrière, plaqués par la gomina, mais si peu fournis que j'apercevais son cuir chevelu. Les méfaits du soleil avaient moucheté sa peau de taches brunes, parsemée par endroits de plaques rouges. Ses yeux bleus étaient deux points mobiles sous des sourcils clairs et mités. L'air sentait le chien mouillé et une lotion anti-puces à l'odeur prenante. Un chien de taille moyenne au pedigree indéterminé se tenait dans une grande bassine en tôle galvanisée, avec de l'eau jusqu'à mi-pattes. Il semblait frêle, n'avoir que la peau sur les os, le pelage collé aux côtes, d'une maigreur qui le rendait presque transparent. Des puces mortes étaient saupoudrées sur sa peau comme une giclée de poivre. Le chien tremblait en gémissant et ne me fixait pas vraiment dans les yeux. Je regardai ailleurs pour ne pas le gêner.

– Je peux vous renseigner ? me lança le vieux d'une voix de fausset, inattendue chez un homme de son gabarit.

– Je l'espère. Je cherche Roxanne Faught et c'est la seule adresse que j'aie. Sauriez-vous où elle habite ?

– Ça vaudrait mieux. Je suis son père, me dit-il. Et vous, vous êtes qui ?

Je lui montrai ma carte.

Il loucha dessus, puis hocha la tête.

– C'est écrit quoi ? Désolé, je n'ai pas mes lunettes sur moi.

– Je suis détective privé à Santa Teresa.

– Vous lui voulez quoi, à Roxanne ?

– J'ai besoin d'une information à propos d'une ancienne enquête. Il semblerait qu'une adolescente soit entrée dans la supérette de Gull Cove quand Roxanne y travaillait, en 1969. J'aimerais lui poser quelques questions à ce sujet.

Il pressa l'embout du tuyau ; le jet ruissela comme une petite averse sur le dos et l'arrière-train du chien.

– La fille qui s'est fait tuer ?

– Tout juste.

– Ma foi, je pense pas qu'il y ait de problème. Je sais qu'un adjoint du shérif est passé une ou deux fois pour demander exactement la même chose.

– Vous parlez de Stacey Oliphant, le policier avec qui je travaille. Votre fille habite-t-elle toujours dans le secteur ?

– Si on veut. Voilà ce que je vous propose. Je lui passe un coup de fil pour voir si elle a envie de vous parler. Sinon, inutile d'insister.

– Épatant !

Il posa le tuyau, sortit le chien de la bassine et le déposa sur l'herbe. L'animal se secoua avec toute son énergie canine, envoyant de l'eau dans toutes les directions ; il ressembla bientôt à un porc-épic. Le vieux ramassa une grosse serviette de toilette et l'étrilla vigoureusement, puis l'emmitoufla dans la serviette et me le tendit.

– Il s'appelle Ralph.

Je cherchais à gagner ses bonnes grâces, je me saisis du chien sans protester. Je sentis l'eau tiède de son bain passer à travers la serviette et tremper le devant de mon T-shirt. Ralph reposait dans mes bras, sac d'os mouillé aussi confiant qu'un bébé, ses yeux rivés aux miens. Sa langue pendait au coin de sa gueule et j'aurais juré qu'il souriait. Je le secouai un peu, il parut apprécier. Comment ces animaux s'y prennent-ils pour réduire des êtres humains à de telles extrémités ?

Le vieux reparut et referma la porte avec soin. Il descendit les marches. Son jeu de jambes laissait à désirer, mais il s'en tirait. Il avait un bout de papier dans la main.

– Elle est chez elle et m'a dit que je pouvais vous donner ça sans problème.

Je lui remis le chien, pris le papier et déchiffrai le numéro de téléphone et l'adresse.

– Merci.

– C'est une petite maison en retrait de l'autoroute. Comptez une dizaine de rues jusqu'à North Street, ensuite prenez à droite. Quand vous arriverez dans Riverside, tournez de nouveau à droite. Vous la trouverez cinq rues plus loin.

Roxanne Faught avait converti sa véranda en une pièce ouverte sur le jardin en la meublant d'un tapis de sisal écru, d'une balancelle peinte en vert sapin, de fauteuils à bascule en osier blanc, de petites tables pliantes et d'un porte-revues double – un côté était bourré de numéros de *People*, l'autre d'exemplaires de *Better Homes and Gardens*[1]. Cinq pots en terre de soucis orange vif bordaient la véranda. Je trouvai Roxanne assise dans la balancelle avec une bouteille de bière et une cigarette à peine entamée. La maison était une construction en bardeaux blancs d'une totale banalité. Elle comportait des fenêtres et des portes aux emplacements voulus, mais rien pour lui donner un semblant de personnalité. La soixantaine, Roxanne était une femme séduisante, malgré un maquillage excessif qui accentuait les marques de l'âge. Ses cheveux étaient dans l'ensemble d'un blond cuivré, mais gris à la racine, où huit centimètres de repousse formaient un bandeau. Ses sourcils épilés dessinaient deux arcs minces, un trait noir soulignant ses yeux sombres. Le tabac lui avait noirci les dents, par ailleurs droites et régulières, sans doute des couronnes. Elle portait un T-shirt bleu marine à manches longues qu'elle avait retroussées, un jean et des tennis sans socquettes. Elle but une gorgée de bière et fit un geste vers moi, la bouteille à la main.

– C'est sûrement pour vous que papa vient de m'appeler. Montez donc vous asseoir.

– Je me présente, Kinsey Millhone. Merci d'avoir accepté de me voir si vite. Comme je ne savais pas exactement où vous habitiez, j'ai commencé par lui.

– Je n'ai jamais bougé de cette ville ! Je manque sans doute du sens de l'aventure. Ma grand-tante est morte et m'a laissé

1. Les équivalents de *Voici* et de *Maisons et Jardins*.

juste assez de sous pour finir de payer la maison. Je peux vivre sans travailler à condition de ne pas faire de folies. (Elle s'interrompit et saisit une mèche bicolore qu'elle examina d'un œil critique.) Comme vous le voyez, j'ai fait l'impasse sur le salon de beauté. Ça me coûtera moins cher de les teindre moi-même, le jour où je m'y attaquerai. Elle, impossible de m'en passer, ajouta-t-elle en agitant sa cigarette. Bof, il y a si longtemps que je fume que je suis probablement condamnée. Autant se faire plaisir. (Elle toussa, une fois seulement, libérant quelque chose de coincé dans le tréfonds de sa poitrine.) En quoi puis-je vous être utile ? D'après papa, vous êtes là pour la fille qu'on a tuée, voyons voir... il y a vingt ans de ça ?

– À peu près. Dix-huit en août.

– Vous savez le plus intéressant là-dessus ? Elle a captivé l'imagination des gens. Elle est morte depuis des lustres et certains se demandent encore qui c'est et comment la rendre à qui de droit.

– Et aussi qui l'a tuée, ajoutai-je.

– Comme vous dites, mais alors là, bonne chance ! Vous avez du pain sur la planche. Asseyez-vous donc. Je vous offre une bière ?

– Non, pas pour le moment, merci. (Je pris place dans un des fauteuils à bascule en osier blanc, qui grinça sous mon poids.) Je comprends qu'on ait envie de passer la journée ici dehors, à regarder passer les voitures. Pas désagréable.

– C'est un des avantages de la retraite ! Les gens n'arrêtent pas de me demander : « Le travail ne te manque pas ? » Eh bien, non ! Je pourrais passer le reste de ma vie sur cette véranda sans en bouger. J'ai tellement à faire que je ne vois pas comment j'aurais encore le temps de travailler. Entre la maison et les courses, la moitié de la journée est déjà bouffée !

– Que faites-vous d'autre ?

– Je lis. Je jardine, je joue au bridge avec des nanas que je connais depuis toujours. Et vous ? Vous aimez votre métier ?

– Je ne raffole pas de rester coincée à l'intérieur ; en plus, le travail de terrain ne manque pas de charme.

– Et maintenant, que puis-je vous dire que vous ne sachiez déjà ?

– Une chose m'intrigue. Gull Cove est à cinquante kilomètres d'ici. Un peu loin pour un emploi que vous auriez pu trouver en ville, non ?

Roxanne toussa de nouveau pour s'éclaircir la gorge. Comme dans le cas des autres fumeurs que j'ai connus, cette toux lui était habituelle et ne semblait pas devoir être remarquée.

– L'explication est simple : je fréquentais le patron. C'est comme ça que j'ai été engagée. (Elle se mit à rire.) Ça m'a paru un bon plan à l'époque. Mais il est sorti avec une autre et je me suis fait virer. Je suis tombée de haut ! Et je ne pouvais m'en prendre qu'à moi ! Comme disait papa : « Ne prends pas des vessies pour des lanternes, Roxanne. »

– L'expérience vient avec l'âge.

– Vous m'avez comprise. Toujours est-il que je commençais à sept heures du matin et finissais à trois heures de l'après-midi. On était en été et il faisait une chaleur d'enfer, même avec le vent qui arrivait de l'océan. Vous connaissez l'endroit ?

– À dire vrai, je m'y suis arrêtée en cours de route.

– Alors vous avez vu. Pas un arbre pour faire de l'ombre ; le bâtiment est collé contre la colline. En août, le soleil est assez brûlant pour faire bouillir de l'eau ! N'importe, c'était un vendredi matin. Je m'en souviens parce que j'étais payée à la semaine et que j'avais des tonnes de factures en panne. Donc, je suis en train de boulonner, je suis seule, pas un chat. On n'était jamais débordés et je pouvais me débrouiller sans personne. Entre cette fille. Elle inspecte les travées, allant et venant comme si elle avait des courses à faire. Et puis je la vois qui se dirige vers le fond où nous avions un distributeur de café, des sandwichs et des confiseries en libre-service. Les clients se servaient eux-mêmes et payaient à la caisse une fois qu'ils avaient trouvé leur bonheur. Nous avions des tables et des chaises en terrasse et en général ils emportaient leurs achats dehors pour manger en regardant l'océan. Évidemment, il y avait des voitures qui filaient sur quatre voies, mais on le voyait quand même. Jamais pareil deux jours de suite. Moi-même, je ne me lassais pas de la vue. Toujours est-il que la fille se sert un gobelet de café et un doughnut et qu'elle les avale le temps de revenir sur le devant. Elle avait jeté le gobelet quelque part au fond, croyant peut-être que je n'aurais rien remarqué. Tout ce que je sais ensuite, c'est qu'elle est presque dehors. J'entre en caisse ce qu'elle a pris et je la rattrape. C'est alors qu'elle m'avoue ne pas avoir un radis. Moi, je me dis : et puis zut. Moi aussi, j'ai été fauchée, je ne vais pas en faire tout un plat parce qu'elle s'est mis quelque chose dans le ventre. Je lui ai dit que j'allais régler pour elle. Elle m'a lancé : « Merci. Vraiment merci. » Et puis elle a disparu. Ça n'a pas duré plus de quatre minutes en tout et pour tout, et ça depuis le moment où elle est entrée.

– Je suis étonnée que vous vous souveniez d'elle.

– Un client qui essaie de filer sans payer ? Et comment que je m'en souviens ! D'autant qu'on l'a retrouvée morte. (Elle s'interrompit pour éteindre son mégot et allumer une autre cigarette.) Désolée d'être si mal élevée. J'espère que ça ne vous dérange pas. Vous fumez ?

– Non, mais nous sommes dehors et je suis sous le vent. De quoi vous souvenez-vous encore ? Un détail particulier ?

Comment diable pouvait-on se rappeler une rencontre aussi brève si longtemps après ?

– Comme quoi ? Posez-moi des questions, c'est plus simple.

– Vous lui donneriez quel âge ?

– Dans les vingt ans.

– Pas plus jeune ?

– Peut-être. C'était une belle plante.

– Vous voulez dire grosse ?

– Non, pas grosse, mais solide. Les os du poignet, les pieds. Des hanches faites pour porter des enfants, comme aurait dit papa.

– Vous rappelez-vous comment elle était habillée ?

– Seigneur, je crois avoir donné toutes ces précisions au shérif à l'époque. Pourquoi ne pas l'interroger lui ?

– Mon idée est de reprendre à zéro, au cas où quelque chose de nouveau surgirait, lui expliquai-je.

– Un pantalon et une chemise paysanne... Vous savez bien, avec des manches bouffantes.

– Une ceinture ?

Elle feignit de s'énerver et m'adressa un regard faussement fâché.

– Vous cherchez vraiment la petite bête, hein ? Cicatrices, grains de beauté, n'importe quel signe distinctif? Vous voulez quoi ? Je n'ai vu cette fille de près qu'une fois.

– Désolée. J'en déduis qu'elle n'avait pas de ceinture.

– Je ne crois pas.

Je la sentais faire marche arrière et savais qu'il me fallait regagner sa confiance.

– Qu'avait-elle aux pieds ?

– Je dirais des bottes, au pif.

– Ce n'est pas une question à choix multiples, où on répond juste ce qui vient à l'esprit. Prenons son pantalon. Tissu imprimé ou uni ?

Elle reprit du poil de la bête.

– Ça, en revanche, je le sais. Je l'ai dit aux flics, à l'époque. Des pâquerettes.

– Vous vous rappelez la couleur ?

Elle haussa les épaules.

– Couleur pâquerette. Vous savez bien, jaune et blanc. Avec sans doute du vert quelque part. C'est important ?

– Pour le moment, je tâtonne. Et la blouse ?

– Unie. Vous n'allez quand même pas m'asticoter sur les moindres détails !

Je lui souris.

– Loin de moi cette idée. Foncé ou clair ?

– En voile bleu foncé.

– C'est quoi ? Excusez-moi, mais cela ne me dit rien.

– Je ne suis pas plus fixée, mais je sais que c'en était parce que j'ai vérifié.

– Vous avez gardé des notes ?

– La coupure de journal. Elle est dans l'autre pièce.

Un petit signal d'alarme résonna dans ma tête. On me servait des réponses répétées à l'avance ?

– Vous a-t-elle paru du coin ou de passage ?

– De passage à tous les coups. Je l'avais vue qui faisait du stop un peu plus tôt, quand je me rendais au travail. Je suis certaine qu'elle mourait de faim. Elle a dévoré ce qu'elle a pris.

– Elle était peut-être complètement défoncée, lui glissai-je.

– Tiens, ça ne m'était pas venu à l'idée. Probable que oui, en y repensant. Ça expliquerait où était passé son fric. Tout dans la drogue.

– C'est juste une hypothèse. Je me demande si elle est allée loin sans argent. À moins qu'elle en ait eu et n'ait pas voulu le dépenser pour se nourrir ?

– Difficile à dire. Si je ne l'avais pas dépannée, elle aurait filé et de toute façon je ne l'aurais pas rattrapée. Sûr qu'elle faisait la manche aussi. Vous êtes trop jeune pour vous rappeler cette époque.

– Ne croyez pas ça. J'allais sur mes vingt ans à ce moment-là.

– En tout cas, le coin était infesté de hippies, toujours à vous taper de votre petite monnaie, à fumer leurs énormes joints. Comment les appelaient-ils donc ? Des pétards, je crois. Moi, c'était pas mon truc. Un petit peu d'herbe par-ci par-là, mais jamais de LSD.

Je marmonnai vaguement quelque chose et enchaînai.

– Avait-elle des bijoux ?

– Non. Pas que je me souvienne.

– Pas de montre, pas de bracelet ? Des boucles d'oreilles peut-être ?

– Ouh ! ça me revient. Pas de boucles d'oreilles. Et le lobe de l'oreille gauche esquinté. Comme si on avait saisi un anneau et qu'on l'avait arraché.

– La blessure était-elle récente ?

– Non. Tout était cicatrisé, mais la fente subsistait.

– Et les ongles ?

– Massacrés. J'ai failli en avoir la nausée ! Une fille déjà pas vraiment nette et elle avait tiré sur ses peaux jusqu'à les faire saigner. Vous avez déjà vu ça ? Des ongles si courts que le bout des doigts paraît tout enflé. Il y a de quoi vous faire repartir le déjeuner !

– Et vous êtes sûre que vous ne l'aviez jamais vue en ville avant.

– Ni avant ni depuis.

– Comment se fait-il que vous ayez été en contact avec le bureau du shérif ?

– Il ne s'est rien « fait » du tout. J'ai lu dans le journal qu'on avait découvert le corps et je me suis rappelé qu'elle était venue au magasin. Comme je vous l'ai dit, l'incident m'était resté en mémoire parce qu'elle avait essayé de filer sans payer.

– Qu'est-ce qui vous fait dire qu'il s'agissait de la même fille ?

– Et qui ç'aurait été sinon ?

– Je vois. Eh bien, vous m'avez beaucoup aidée. Merci d'avoir pris le temps de me répondre.

Je lui tendis la main pour prendre congé d'elle.

Elle me la serra comme à contrecœur.

– Vous ne me croyez pas ? J'ai remarqué que vous n'avez pas pris de notes.

– J'ai tout là-dedans, la rassurai-je en me tapotant la tête.

De retour à ma voiture, je consultai ma carte routière. Roxanne était restée sur la véranda et m'observait, probablement curieuse de savoir pourquoi je ne démarrais pas. Pensant peut-être que je prenais enfin des notes, consignant les faux souvenirs qu'elle s'était fabriqués au fil des ans. Je ne croyais pas qu'elle m'avait menti. Simplement, elle avait raconté trop souvent son histoire. Ou elle improvisait comme une folle ou elle se rappelait quelqu'un d'autre. Je pliai la carte en deux en essayant d'estimer à quelle distance je me trouvais du ranch. Si je continuais vers le sud dans Riverside et tournais à droite, je tomberais sur la route qui partait en diagonale vers le sud-est et rattraperais la 101 à peu près à Gull Cove. D'après la carte, la route s'appelait Calle LeGrand, sans doute à cause de mon arrière-grand-père LeGrand, dont les huit mille hectares occupaient une fraction non négligeable du secteur. Des lignes bleues en zigzag, de la minceur d'un cheveu, indiquaient les petits cours d'eau qui serpentaient à travers les terres.

Je mis le contact et fis un signe d'adieu à Roxanne en m'éloignant. La dernière fois que je la vis, elle était dans la balancelle de la véranda, une nouvelle cigarette à la main, buvant une gorgée de bière.

Je rattrapai Calle LeGrand et continuai plein sud, m'enfonçant dans le moutonnement d'or de collines basses qui deviendraient aussi vertes que l'Irlande au retour des pluies. Lorsque aucune construction ne rompait le paysage, je m'imaginais le découvrir avec les yeux des premiers colons, m'émerveillant devant ces hectares de terres vierges, nues et silencieuses, à l'exception des cris des oiseaux. J'en oubliai le virage du ranch et dus faire demi-tour quand je m'aperçus de mon erreur. En revenant en sens inverse, j'avisai la petite route où Stacey, Dolan et moi avions retrouvé Arne Johanson. Cette fois le portail était ouvert, un halo de poussière qui subsistait sur la route de gravier indiquait qu'un véhicule s'y était engagé peu de temps avant.

J'en fis autant et roulai au ralenti, mon regard revenant sur le creux du ravin où on avait découvert le corps. Je vis cette fois qu'une portion de la route partait vers la gauche et finissait dans un cul-de-sac et me souvins qu'il avait été question d'une fourgonnette Volkswagen aperçue en stationnement sur le terre-plein. Et d'une décapotable rouge immatriculée dans un autre État. Comment diable s'appelait le bonhomme qui avait rapporté les faits ? N'importe, son témoignage méritait peut-être un nouvel examen, comme Arne l'avait suggéré. Ah oui, un certain Vogel… À vérifier. Je continuai jusqu'au sommet de la côte, suivant le même trajet qu'Arne en jeep. J'espérais sincèrement que les « Défense d'entrer » ne s'appliquaient pas à moi.

La maison apparut, tel un vieux manoir dans un film d'horreur. Je me garai dans l'allée et m'approchai avec un curieux mélange d'inquiétude et d'émotion. Des treillages de bois nu, fixés à intervalles réguliers à la balustrade de la véranda, laissaient penser que des roses ou des belles-de-jour s'y étaient enroulées autrefois. Maintenant la végétation envahissait les plates-bandes. Je gravis les marches de la véranda de devant, m'étonnant de leur solidité. La maison, bien que dévastée, avait été construite pour durer. Je me rappelai qu'au cours de la conversation avec Tasha, on avait évoqué la possibilité de la rapatrier dans le périmètre urbain et de la restaurer pour en faire une curiosité touristique. Pas étonnant que la municipalité n'ait pas tenu à faire valoir ses droits. La simple restauration de la demeure à son emplacement d'origine aurait coûté les yeux de la tête. Et servi à quoi ?

J'essayai, à tout hasard, d'ouvrir la porte et m'aperçus à ma grande surprise qu'elle n'était pas verrouillée. Je la poussai et entrai, prise à la gorge par une forte odeur de suie et de moisi. Je passai la demi-heure suivante à explorer les étages, subjuguée à certains moments par la noblesse qui s'y attachait encore. La hauteur des plafonds, la courbe majestueuse de l'escalier dans le hall d'entrée, la profusion de marbre et d'acajou qui embellissait toujours les pièces. Un grand office donnait sur une cuisine spacieuse, qui elle-même précédait les chambres des domestiques. Un deuxième escalier conduisait de là au premier étage. Je sentais ma mémoire revenir. Images mouvantes et imprécises, insaisissables et remplies d'ombres, impossibles à déchiffrer. J'entendais des bruits, des conversations et des rires dans une autre pièce, mais sans pouvoir en saisir les mots.

Je me trouvais sur le large palier du premier quand j'entendis qu'on marchait dans le hall au-dessous. En bas des marches, quelqu'un appela : « Kinsey ? »

L'espace d'un instant de pure magie, la voix fut celle de ma mère, revenue de l'empire des ombres.

CHAPITRE 7

Je m'approchai de la rampe et me penchai. Tasha se tenait au bas de la cage d'escalier, la tête levée.

– J'ai vu ta voiture dehors.

– J'arrive.

Je descendis les marches, gênée de m'être laissée surprendre en train de fureter dans la maison sans y avoir été conviée. Elle s'était assise sur la troisième marche et s'appuyait contre le mur. Je pris place sur la même marche, près de la rampe.

– Comment as-tu su que j'étais ici ?

– Arne a vu ta voiture s'arrêter et m'a téléphoné. Mon bureau n'est pas très loin.

Elle portait sa tenue de femme active : tailleur-pantalon bleu marine sobre et haut en jersey de soie blanc sous une veste à deux boutons. Elle avait un collier de perles. On m'a toujours dit qu'on reconnaissait les vraies perles des fausses en les faisant glisser sur les dents, mais je n'ai jamais trop su en quoi consistait la différence. Il aurait sûrement été impoli de lui demander si je pouvais mordre son collier. Elle avait des yeux noirs, délicatement soulignés d'un trait d'eyeliner gris fumée, un nez droit alors que le mien garde des bosses à peine visibles, pour avoir été cassé à deux reprises. Un élégant balayage nuançait de blond ses cheveux foncés ramenés en torsade sur la nuque. On devinait le chouchou en mousseline de soie rouge qui dissimulait la barrette.

C'est bizarre de voir quelqu'un que vous savez vous ressembler. Un miroir nous renvoie toujours une image inversée et l'idée que nous nous faisons de nous-mêmes intervertit la gauche et la droite. Si vous vous mettez devant votre glace et posez votre index droit sur votre joue droite, la glace vous dira que le doigt gauche touche la joue gauche. La seule façon de savoir comment les autres vous voient consiste à présenter un miroir au miroir et à juger du résultat. Tasha me présentait l'image de moi que voyaient les autres. Son visage me plaisait infiniment plus que le mien. En règle générale, je ne tiens aucun compte de mon apparence, non que je ne m'aime pas, mais elle me décourage. Beaucoup de femmes manient d'une main experte toute une panoplie de produits de beauté : fond de teint, poudre, blush, ombre à paupières, crayons pour souligner les yeux, les sourcils, les lèvres. Je me suis fait une règle d'éviter tout maquillage car j'ignore trop les subtilités du choix et de l'application.

Tasha, elle, connaissait son affaire. J'étais incapable d'identifier tous les produits qu'elle avait sur la figure, mais elle avait joué habilement des couleurs. Sa peau rayonnait de fraîcheur, ses joues trahissaient une ombre de rose et ses yeux paraissaient immenses du fait de l'épaisseur des cils. Tout en la jaugeant, je la voyais se livrer au même examen sur ma personne. Nous sourîmes en même temps, ce qui accentua encore l'impression de nous voir dans une glace. Nous avions la même dentition.

– Après notre discussion au téléphone, reprit-elle, j'ai eu une longue conversation avec maman. Elle a une autre version des faits.

– Tiens donc ! Comment ça ?

– D'après elle, tes parents venaient voir Grand et grand-père dans l'espoir de se réconcilier avec eux. Ils sont morts en route. Grand se l'est reproché. Tante Gin le lui a reproché aussi. D'après maman, Grand a essayé de rester en contact avec elle, mais Gin n'a rien voulu savoir. Grand a fini par abandonner, mais seulement au bout de plusieurs années de vains efforts.

– N'importe quoi. Je n'y crois pas.

– Je ne te demande pas d'y croire. Je te répète ce que maman m'a dit.

– Évidemment qu'elle te raconterait cette blague ! Elle continue à prendre le parti de Grand. Comment pourrais-tu t'offrir le luxe de penser du mal de quelqu'un qui peut te couper l'herbe sous le pied ? Tu ne peux pas faire autrement que de voir ces gens-là sous un bon jour, quoi qu'ils aient fait.

– Kinsey, si tu veux réellement découvrir ce qui s'est passé à l'époque, tu ne peux pas commencer par rejeter les messages qui te déplaisent. Les deux parties ont leur version des faits. C'est bien pourquoi les tribunaux existent. Pour régler les différends.

– D'accord. Compare cette histoire à un litige. Tu marqueras forcément des points ! lui lançai-je. La plupart des gens vouent les avocats aux gémonies. Je fais partie des rares individus qui respectent ce métier. (Je m'interrompis, contemplai le plancher un moment, puis hochai la tête.) Excuse-moi. Oublie ce que je t'ai dit. Je ne voulais pas remettre ça.

Elle eut un petit sourire.

– Je t'avais dit que nous ne pouvions pas nous parler sans nous chamailler.

– Tu m'as cherchée.

– Ce n'était pas mon intention.

– Je sais. Le problème, c'est que ni toi ni moi n'avons de preuve concrète. Nous pouvons jouer à « C'est toi, ce n'est pas moi » jusqu'à la saint-glinglin ! C'est la parole de Grand contre celle de tante Gin, ou celle de ma mère contre celle de la tienne. La vérité en soi n'existe pas.

– Sans doute que non. Simplement, ne te bute pas. C'est tout ce que je te demande.

– Je crains qu'il ne soit trop tard. Ma religion est faite depuis le jour où j'ai rencontré Liza. Ça ne me disait rien à l'époque et je n'y tiens probablement pas davantage aujourd'hui.

– Au moins, tu as dit « probablement ». C'est un progrès, non ? Avant, tu étais catégorique. Maintenant, tu es seulement têtue.

– Autrement dit ?

– Récalcitrante, mais moins intransigeante. Le changement est de taille.

La remarque me parut condescendante, pourtant je laissai filer. Pourquoi m'en offusquer si elle ne songeait pas à mal ?

– On dirait un travail inachevé, lui dis-je, et c'est ce qui me chiffonne. Quel que soit le résultat, j'aimerais penser que je fais ce qu'il faut.

– Ça vaut dans les deux sens. Il va falloir que nous revenions en arrière et revisitions le passé. Nous avons tout à y gagner. L'important, c'est que nous ne sommes pas aux pièces.

– Il y a trente-deux ans que nous planchons sur ce problème !

– S'il en faut encore trente-deux, quelle importance ? Nous ne règlerons pas une vieille querelle par quelques conversations anodines. (Elle jeta un coup d'œil à sa montre et se leva.) Il faut que je retourne travailler. Tu as fini le tour des lieux ?

Je me levai à mon tour.

– Pour l'essentiel. J'espérais pouvoir retrouver des souvenirs, mais je sèche.

Nous nous immobilisâmes au même moment pour épousseter le dos de notre pantalon.

Nous traversâmes le hall en direction de la porte d'entrée ; les petits débris qui s'étaient accumulés sur le sol en marbre crissèrent sous nos souliers.

– Comment trouves-tu la maison ? me demanda-t-elle.

– Elle a dû être magnifique en son temps.

Tasha se retourna, embrassant du regard le hall et l'escalier.

– Tu sais, Grand a déménagé très vite après la mort de tante Rita.

Rita Cynthia Kinsey était le nom de jeune fille de ma mère.

– Je l'ignorais.

– Grand-père Kinsey y était très attaché, mais elle a fini par l'emporter. C'est à ce moment-là qu'ils ont acheté l'hôtel particulier en ville. Tu te souviens de grand-père ?

Je lui fis signe que non.

– Je vais te trouver quelques photos de famille.

– Ça me ferait plaisir. Je ne crois pas avoir vu de photos de qui que ce soit. Tante Gin ne supportait pas qu'on s'attendrisse ; pour elle, c'était pleurnicher. Elle refusait qu'on se laisse aller à de telles bassesses, elle ou moi.

– C'était une dure.

– Et comment !

– Bon, il faut que j'y aille.

– Moi aussi, lui dis-je. J'ai toutefois une demande à te faire. Je sais que tu as déjà parlé de moi à ta mère, mais s'il te plaît, ne mêle pas Grand à tout ça.

– Bouche cousue.

Il était cinq heures moins vingt-cinq quand je regagnai Santa Teresa. Je fis une halte à la bibliothèque municipale, laissant ma voiture dans le parking à trois niveaux situé à côté. Ma conversation avec Roxanne avait soulevé des questions troublantes, à savoir : que savait-elle et quand l'avait-elle su ? comment diable vérifier ? Je descendis les marches recouvertes de moquette qui conduisaient à la salle des périodiques, où je demandai à la bibliothécaire la cote des microfilms du *Santa Teresa Dispatch* à partir de la semaine du 3 août 1969. Le corps ayant été découvert ce dimanche-là, la presse n'en avait sûrement pas parlé avant un jour ou deux. Quand j'eus le rouleau en main, je m'assis devant l'écran et déroulai la pellicule, la glissant sous l'objectif jusqu'à ce qu'elle rencontre les pignons dentés. Je la rembobinai à la main, elle s'enclencha, j'appuyai sur le bouton et regardai le journal du dimanche défiler en flou accéléré. Mes yeux enregistrèrent une remarquable quantité d'informations sur les mouches. Je survolai les sports, la section économique et commerciale et les petites annonces. Je ralentissais de temps en temps, histoire de lire les nouvelles. La marée noire au large de la côte de Santa Teresa en était à son cent quatre-vingt-dixième jour. Le cinéma local donnait *Drôle de frimousse* et *Goodbye Columbus*, ainsi que *La Planète des singes*. Les quatorze ans de carrière du lanceur Don Drysdale risquaient d'en rester là en raison d'une blessure récurrente et on proposait une machine à laver automatique Westinghouse 2 vitesses pour 189,95 dollars.

Arrivée au numéro du lundi, j'interrompis le défilement et épluchai le microfilm page par page. Le lundi 4 août, treize centimètres de colonne avaient été consacrés à la découverte du corps à proximité de la carrière Grayson, à Lompoc. Con Dolan et Stacey Oliphant y étaient mentionnés en toutes lettres, mais il n'y avait pas grand-chose à rapporter. Le lendemain 5 août, dans une colonne intitulée « Nord du comté : faits divers », je tombai sur le deuxième entrefilet. On avait procédé à l'autopsie et les causes de la mort y étaient détaillées. Il était fait état des caractéristiques physiques – couleur des cheveux et des yeux, taille et poids – dans l'espoir de pouvoir identifier la victime. Je continuai à dérouler le film, m'attardant sur le mercredi et le jeudi de cette même semaine. Le numéro du jeudi comportait un court article donnant les mêmes précisions que le premier. L'un comme l'autre décrivaient brièvement les vêtements de la fille, signalant la blouse paysanne en voile bleu foncé et le pantalon imprimé de pâquerettes. Aucun ne spécifiait la couleur du pantalon. Je savais, par les rapports de police, que les marguerites étaient bleu foncé sur fond blanc, avec un point rouge au cœur de chacune, mais si on s'en tenait à ces informations, on en déduisait normalement que les pâquerettes étaient « couleur pâquerette », comme l'avait résumé Roxanne Faught avec tant de pertinence. Vu l'assurance avec laquelle elle m'avait parlé de l'oreille abîmée, des grands pieds, des poignets épais et des ongles rongés au sang de la fille, je doutais fort que celle-ci ait été notre inconnue. Encore que ce fût toujours possible. On connaît la fragilité des témoignages oculaires, facilement influençables, toujours sujets à des altérations subtiles chaque fois qu'ils sont répétés. Roxanne avait reconnu être rentrée dans la maison pour relire les coupures de presse, celles-là mêmes que j'avais sous les yeux. Sans écarter totalement son témoignage, je me demandais s'il avait un lien avec notre enquête. Stacey avait espéré pouvoir retracer une chronologie à rebours entre le moment où Roxanne avait rencontré la fille et celui où Cloris

Bargo l'avait vue faire du stop à la sortie de Colgate. Or Cloris était revenue sur ses affirmations et les observations de Roxanne me paraissaient trop peu fiables pour être utiles. J'accélérai le déroulement. Cette même semaine, le 9 août, cinq personnes, dont l'actrice de cinéma et de télévision Sharon Tate, avaient été tuées sauvagement dans une résidence de Bel Air. Le surlendemain, on avait découvert les corps de Leno et de Rosemary LaBianca, dont les meurtres présentaient des similitudes avec celui de Sharon Tate. Je continuai de dérouler le film, mais sans trouver d'autre mention de notre inconnue. Je pris quelques notes, puis je fis des photocopies des articles, les réglai à la réception et regagnai ma voiture.

Il était cinq heures et des poussières ; Dolan avait sûrement pris position au CC, mettant à profit le tarif « Happy Hour » qui vous offre deux apéros pour le prix d'un. Pour ma tranquillité d'esprit, j'espérai qu'il n'avait pas attaqué depuis trop longtemps. Je repérai sa voiture dès que je m'arrêtai devant le bar – sinon le secteur était désert. De l'autre côté de la rue, dans le parc ornithologique, deux femmes en survêtement partaient faire un tour, bavardant avec animation. Près de l'eau, une mère surveillait d'un œil serein son bout de chou de cinq ans qui jetait du pain rassis aux mouettes sous un écriteau notifiant : VEUILLEZ NE PAS NOURRIR LES OISEAUX.

Je poussai la porte du café et m'arrêtai dans l'entrée, le temps que mes yeux s'habituent aux ténèbres. L'ouverture de la porte avait créé un pan de lumière qui accentuait le contraste entre le CC et le monde extérieur. Le bar était obscur. Il n'y avait personne dans la salle de devant, hormis le barman et une serveuse plongés dans une conversation intime. Stacey et Dolan occupaient un box dans l'arrière-salle. Stacey se leva quand je fis mon apparition. Il semblait en meilleure forme.

– Bonjour ! leur lançai-je. Je suis en retard ?

– Pas du tout, me répondit Dolan. (Tous deux avaient un verre devant eux. Celui de Dolan était rempli d'un bourbon assez foncé pour passer pour du thé glacé. Celui de Stacey était vide, excepté quelques glaçons et une rondelle de citron pressée et informe. Dolan réussit à se lever au moment où Stacey se rasseyait.) Que prenez-vous ?

– De l'eau pour l'instant. On avisera tout à l'heure.

– Pour moi, ce sera un autre Tanqueray-tonic.

Dolan lui fit les gros yeux.

– Tu viens d'en boire un. Je croyais que le toubib t'avait dit de ne pas mélanger les médicaments et l'alcool.

– Sinon je trépasse illico ? Ne te fais pas de bile. J'en assume la pleine et entière responsabilité. Je m'offre une douceur.

Dolan eut un geste d'exaspération et partit vers le bar. Je m'insérai dans le box et posai mon sac à côté de moi.

– Journée fructueuse ? me demanda-t-il.

– Couci-couça. Je vous raconte dès qu'il sera revenu.

Stacey plongea la main dans la poche de son gilet et en retira une pipe et un paquet de tabac, puis il en remplit le fourneau. Il chercha un cure-pipe dans une autre poche et tassa le tabac avant de prendre une allumette de cuisine et de la gratter contre le dessous de la table. J'attendis, il tétait sa pipe. La fumée avait un goût sucré, un peu comme un pré plein de foin coupé.

– Vous ne valez pas mieux que lui, lui lançai-je.

Il sourit.

– Et s'il ne me restait plus que quelques mois à vivre ? Pourquoi me priver ? Simple question de perspective.

– Sans doute.

Nous parlâmes de tout et de rien le temps que Dolan revienne, un plateau à la main, avec mon eau et deux nouvelles consommations pour eux. Il avait ajouté des serviettes, un bol de pop-corn et une coupelle de cacahuètes.

– Voyez-moi ça ! Il nous offre à dîner, dit Stacey.

– J'ai de la classe, vois-tu. On ne peut pas en dire autant de toi.

L'endroit était aéré et non pollué par la fumée de cigarette, ce que Dolan s'empressa de rectifier dès qu'il s'assit. Je gardai mes réflexions pour moi. Le tabac de la pipe de Stacey et la fumée de la cigarette de Dolan masquaient la légère odeur des émanations nocives des tranchées dehors. Dolan prit une poignée de cacahuètes qu'il expédia dans sa bouche une à une en me regardant.

– Alors, vous nous rapportez quoi ?

– Rien qui puisse vous enthousiasmer.

J'enchaînai avec un résumé de mes pérégrinations, commençant par Cloris Bargo et son mensonge.

– Je l'ai interrogée moi-même à deux reprises et elle ne m'a pas soufflé un mot de tout ça ! s'exclama Stacey, ahuri.

– Ce sera mon charme et ma fourberie.

– Bordel, je n'avais pas compris que c'était la femme de Joe Mandel ! Il a travaillé avec nous sur l'affaire.

– Je sais. Je me souvenais de son nom.

– Non ! Elle nous a vraiment menés en bateau ? s'exclama Dolan. Et elle l'a reconnu ?

– Ma foi, oui. Elle m'a dit qu'elle n'y avait rien vu de mal à l'époque.

– On lui fiche la paix, conclut Stacey. Inutile de nous mêler de leurs oignons. Mais nous pourrions quand même demander à Joe s'il peut nous localiser les effets personnels de la victime. Ce serait bien d'y jeter un coup d'œil. Au cas où ça nous donnerait une idée. Je vais appeler le shérif pour qu'il lui donne le feu vert. Il sera sûrement d'accord, mais on ne sait jamais. (Il nota quelque chose et s'intéressa de nouveau à ma personne.) Quoi d'autre ?

– Après l'avoir quittée, j'ai continué jusqu'à Lompoc en m'arrêtant à Gull Cove – qui est fermé, soit dit en passant. (Je leur racontai mon entretien avec Roxanne Faught, ce qu'elle m'avait dit et les points qui divergeaient de ce que nous savions. Je leur remis les photocopies des entrefilets de presse pour étayer ma démonstration.) Je pense qu'elle a tiré les détails de là ; autrement dit, on ne peut lui accorder aucune foi. À mon avis, elle a bien rencontré quelqu'un, mais pas forcément notre inconnue.

– Dommage. Ça m'a tout l'air d'une impasse, soupira Dolan.

– Une impasse n'en reste pas moins une donnée, lui fit remarquer Stacey. Autant en prendre son parti. Nous en trouverons sûrement d'autres. Du coup, nous savons qu'il faut faire marche arrière et chercher ailleurs. Encore heureux de l'avoir découvert maintenant avant de perdre notre temps là-dessus.

– Ça fout en l'air notre histoire d'auto-stop, dit Dolan.

– Peut-être, mais pas sûr. Elle a pu prendre le train ou le bus jusqu'à Lompoc et faire du stop ensuite.

– Et les véhicules aperçus dans le secteur ? demandai-je à Dolan. Y aurait moyen de vérifier ?

– Johanson a parlé d'une camionnette de hippies. Nous pourrions remonter la piste de ce... Il s'appelle comment déjà ?

– Vogel.

– Voilà, lui. Pourquoi ne pas voir ce dont il se souvient ?

– Ça fait un bail, lui fis-je remarquer.

– Comme tout ce qu'on a examiné jusqu'ici.

Stacey ne releva pas, toujours préoccupé de savoir d'où venait la fille.

– Elle pourrait être arrivée en voiture à Lompoc avec un copain ou une copine, quelqu'un chez qui elle aurait séjourné avant de repartir...

Dolan parut excédé.

– T'es franchement obsédé ! On a déjà épluché cent fois cette hypothèse. Si elle avait eu des amis dans le coin, ils se seraient demandé où elle était passée !

– Pas si elle leur avait dit qu'elle remontait vers le nord. Mettons qu'elle soit restée une nuit ou deux à Lompoc et qu'elle soit ensuite partie pour San Francisco. Elle prend congé, fait une mauvaise rencontre et finit dans le ravin.

– Ils auraient tout de même fait le rapprochement quand la presse en a parlé.

Agacé, Stacey changea de position.

– Nous n'allons pas trouver de réponse à toutes les questions que nous nous posons !

– Jusqu'à maintenant nous n'avons trouvé de réponse à rien, leur fis-je observer.

Stacey écarta mon objection d'un geste de la main.

– Notre erreur est peut-être de croire qu'elle venait d'ailleurs. Supposons qu'elle ait été du coin. Quelqu'un la tue et monte toute une histoire pour expliquer où elle est allée. C'est pour ça que personne ne fait état de sa disparition ! Ça fait partie de l'alibi.

Dolan hocha la tête.

– Qu'est-ce qui te dérange ?

Il se carra sur la banquette.

– La nature a horreur du vide. Elle avait forcément une famille et des amis. Elle travaillait, elle faisait des études. Quelque chose, bon sang ! *Quelqu'un* a forcément dû se poser des questions ! Franchement, cette fille disparaît de la surface de la terre et tu me dis que personne ne s'en aperçoit ? Ça ne tient pas debout !

– Dolan, dis-je, pensez à tous les jeunes qui disparaissaient à l'époque. Il a dû y en avoir des dizaines dont personne n'a signalé la disparition. Les familles s'imaginent probablement toujours qu'ils finiront par refaire surface.

– Et si on abandonnait cet angle pour prendre l'affaire par l'autre bout ? suggéra Stacey.

– C'est-à-dire ? lui demandai-je.

– Ce dont nous avons déjà parlé : partir de l'hypothèse que Frankie l'a tuée et voir si nous arrivons à la confirmer.

– En nous fondant sur quoi ? lui demandai-je. En extrapolant, nous risquons de finir par raisonner à vide.

– Et on fait quoi en ce moment, hein ? Cet exercice est inutile sauf s'il apparaît que nous avons tout faux. À ton avis, Dolan ?

– Sur ce point, je te suis. Nous n'avons rien à perdre. J'ai toujours pensé que Frankie n'était pas blanc dans cette histoire.

Stacey se tourna vers moi.

– C'est vous le chef, lui dis-je.

– Je le pense aussi. À moi de vous montrer ce que j'ai trouvé.

Il ouvrit une chemise beige et en retira deux feuilles en continu de papier d'ordinateur à bords perforés. Je louchai vers les caractères d'impression qui avaient pâli. J'avais sous les yeux, sous une forme condensée, le casier judiciaire de Frankie Miracle, à partir de sa première interpellation à Venice, Californie, en janvier 1964. Stacey s'empara du document et commença à dévider la longue suite de délits.

– J'adore ce garçon. Regardez-moi ça. 1964. Vingt et un ans, interpellé pour ivresse et refus d'obtempérer. Vingt-cinq dollars d'amende et un an de mise à l'épreuve. Bon, parfait, pas de problème. Son premier accroc avec la justice…

– À notre connaissance, précisa Dolan.

Stacey sourit.

– Exact. Mais on ne changera pas les gars. Ils ne vont pas exécuter le jeune pour ivresse sur la voie publique. En mai de cette même année, il est arrêté pour cambriolage et incitation de mineur à un acte délictueux. Il a dû enfiler un gamin de treize ans. Là ensuite, excès de vitesse. Mise à l'épreuve. En février 65, nouvelle inculpation pour cambriolage. Il plaide coupable et écope de six mois avec mise à l'épreuve. Le juge en pince vraiment pour lui ! ajouta-t-il, mi-figue, mi-raisin. Juin 1965 : nouveau cambriolage. Cette fois, pas de mise à l'épreuve et condamnation à une peine de prison ferme dans une prison d'État; libéré au bout de six mois. Décembre 1965 : ivresse et trouble sur la voie publique, voies de fait, possession de marijuana. Interné pour évaluation psychiatrique et cure de désintoxication de dépendance à l'alcool et aux stupéfiants. (Stacey renifla avec mépris.) Ce type est une fripouille. Nous le savons tous. Avril 1966 : cambriolage et évasion. Novembre 1966 : vol, enlèvement, tentative de viol. Incarcéré pour voies de fait et possession d'arme dangereuse. Mars 1967 : nouveau cambriolage. Oh ! et puis ça ! Qu'une pareille ordure soit de nouveau dans la rue me dépasse. En janvier 1968, Frankie a enlevé une femme dans le parking d'un supermarché. Mis en examen pour rapt, voies de fait, viol, fellation, sodomie et tentative de meurtre. Croyez-moi, elle n'a plus dormi une seule nuit sur ses deux oreilles après avoir eu affaire à lui ! Janvier 1969 : tentative d'enlèvement, détournement de mineure, incitation de mineure à la délinquance. Et maintenant, venons-en à ce qui nous occupe. En mars 1969, il se fait pincer pour vol à main armée, voies de fait et tentative de meurtre. Ordonnance de non-lieu. Parions que la police a obtenu des aveux et que l'avocat commis d'office aura invoqué un vice de forme. En juin, la date exacte n'est pas précisée, il rencontre une fille de seize ans nommée Iona Mathis. Il l'épouse. Mariage éphémère... Six mois, je crois. On le retrouve à Venice, Californie, à la fin juillet, date à laquelle Frankie tue Cathy Lee Pearse. (Stacey hocha la tête d'un air écœuré.) Dieu bénisse les tribunaux. S'ils avaient fait correctement leur boulot, ils auraient pu sauver la vie de cette fille.

– Comment a-t-il réussi à se faire libérer avec un dossier aussi lourd ?

– Un jeu d'enfant ! s'exclama Dolan. (Il écrasa son mégot et alluma la cigarette suivante.) Il connaît le fonctionnement de la justice. Chaque fois qu'on l'accuse de délits multiples, il plaide coupable pour un des chefs d'accusation à condition qu'on laisse tomber tous les autres. Vous ne connaissez pas Frankie. Il la joue au charme. Il retourne comme des crêpes les juges et les procureurs, qui n'ont alors plus qu'une idée : lui donner une chance de se reprendre et de s'amender !

Stacey remit le rapport dans la chemise beige.

– Il a été très souvent condamné à la détention dans une prison d'État en vertu du vieux système de la peine à durée indéterminée. D'autres fois, il a bénéficié de la liberté conditionnelle automatique. Le plus long intervalle qui ait couru entre deux délits a été la période de mars 67 à janvier 68.

– Moi, je te parie un dollar qu'il ne s'est pas fait prendre, c'est tout. Jamais, depuis le début, il n'a laissé s'écouler autant de temps avant de récidiver.

– Tu as sans doute raison là-dessus. Si on étudie le profil, on voit que la barre est de plus en plus haute. Une escalade dans la délinquance. L'écart entre les délits se réduit de plus en plus jusqu'à ce qu'il tue Cathy Lee. Et là, il s'en sort plutôt bien : il n'a fait que dix-sept ans sur une condamnation à perpétuité ! Si j'étais les parents de la fille, je serais fou de rage.

– Qu'avons-nous d'autre ? leur demandai-je.

Dolan sortit de sa poche un vieux calepin fatigué et commença à le feuilleter. Il déboucha son stylo bille.

– Les codétenus de Frankie. Douze au total, mais pour la moitié d'entre eux, le dernier domicile connu était périmé. Nous en avons deux en centrale d'État et un au pénitencier fédéral de Yankton, Dakota du Sud. Je suis sûr des allées et venues de trois d'entre eux : Lorenzo Rickman, Pudgie[1] Clifton et John Luchek.

– Raye Luchek, lui dit Stacey. Il est mort dans un accident de voiture en 75. Un chauffard qui a foncé droit sur lui.

– En effet. C'est l'information que j'ai. (Dolan raya le nom d'un trait.) Rickman est dehors en conditionnelle. Il se serait racheté une conduite et travaillerait comme mécano dans un garage à Colgate. J'ai le nom quelque part. Stacey doit y faire un saut lundi pour causer un peu avec lui. Reste Clifton, qui termine quatre-vingt-dix jours pour possession de substance illicite. J'ai récupéré des photos d'identité de tous ces guignols au cas où vous en auriez besoin pour rafraîchir la mémoire des gens. J'y ai glissé quelques clichés sans rapport avec l'affaire afin qu'on ne nous accuse pas d'orienter les témoins... À supposer qu'on en trouve.

– Soyons optimistes, ça ne mange pas de pain ! lui lança Stacey.

Dolan me passa un paquet de photos et un autre à Stacey.

– On donne Pudgie à Kinsey, lui suggéra Stacey. C'est le genre de type à être sensible à son charme féminin.

– Comme si j'en avais !

– Ne vous sous-estimez pas.

– Ce qui nous laisse Frankie, lui dit Dolan.

– On peut se le tirer à la courte paille, mais autant le laisser en attente jusqu'à ce qu'on ait contacté les deux autres. (Stacey fit une grimace et se leva brusquement.) Merde ! Une seconde.

– Qu'est ce qui ne va pas ? lui demanda Dolan.

Stacey grogna, puis aspira l'air entre ses dents, le visage crispé.

1. « Bouboule ».

– Mon foutu dos qui remet ça. Bon Dieu, c'est l'enfer !!! Ça me descend tout le long de la jambe.

– Qu'est-ce que dit le toubib ?

– Comment je le saurais ? Ce n'est pas la mort qui frappe à ma porte. Je te l'ai dit, c'est une élongation. Je ne peux pas appeler le cancérologue au moindre pet de travers !

Il se pencha de côté et s'étira les muscles. Au bout d'une minute, il se leva en inspirant. Longuement, lentement, profondément.

– Ça va mieux ?

– Beaucoup mieux. Désolé pour l'interruption. Cette saloperie m'a pris de court.

– Tu ne voudrais pas cesser de faire toi-même le diagnostic et appeler le mec ?

– Le mec est une femme, sale phallocrate ! Tu devrais y regarder de plus près avant d'en venir à des conclusions hâtives.

– Arrête tes conneries, Stacey. Tout ça, c'est de la comédie, gros comme une maison. Tu te comportes comme si ton mal au dos datait de deux jours alors qu'il y a des semaines que tu te plains. Tu aurais dû te faire examiner pendant que tu étais à l'hôpital.

– Il ne me faisait pas mal à ce moment-là.

– Bon sang ! Tu sais quoi ? Cela s'appelle de la « dénégation » ! En d'autres termes, tu essaies de minimiser un problème qui pourrait être sacrément grave. File-moi le numéro de cette bonne femme, c'est moi qui l'appelle.

– Pas question.

– Alors, fais-le !

– D'accord. J'allais le faire.

– Tout de suite.

– Dis donc, tu me lâches ? Il est cinq heures passé. Elle a sûrement fini sa journée.

– Alors téléphone au service, laisse le numéro du CC et fais-la biper. On peut attendre. Si tu ne l'appelles pas, je m'en charge. J'en ai ras le bol de t'entendre gémir.

– Tu ne sais même pas son nom.

– Je le trouverai.

– Arrête.

– Cesse de discuter. Elle te prescrira peut-être du Valium pour t'aider à dormir.

Stacey hocha la tête avec obstination.

– Je refuse de me couvrir de ridicule à cause de toi.

Malgré ses grognements et ses protestations, il partit tout de même chercher un téléphone.

Dolan et moi restâmes à notre place, évitant de nous regarder. Ce mal de dos ne me disait rien de bon non plus.

– Ça va, tous les deux ? lui demandai-je enfin. Vous m'avez l'air à cran.

– Très bien. Sauf qu'il m'exaspère. Pas à cause de son dos. Mais il a le moral à zéro. Il pense que son cancer s'étend, du coup, il ne veut pas se faire examiner.

– Je ne m'en étais pas aperçue. Je le trouvais en forme. Enfin… À part son dos.

– Il joue la comédie parce que vous êtes là. Vous auriez dû l'entendre avant que vous arriviez. Cette saleté l'use. S'il avait une arme sur lui, il se ferait sauter le caisson. Il est à deux doigts de le faire.

Dolan leva son pouce et son index écartés de cinq millimètres pour illustrer son propos.

– Vous ne parlez pas sérieusement ?

– Si. Il ne voulait même pas faire de chimio jusqu'à ce que j'arrive à le convaincre. Dans son idée, il est au bout du rouleau ; alors autant baisser le rideau. Il veut en finir.

– Mais à supposer que le cancer ait gagné les os ?

– Ah non ! Vous n'allez pas vous y mettre aussi ! Un peu d'optimisme, bon sang !

– Je voulais juste dire que je comprends son raisonnement.

– Alors, soyez gentille : gardez votre opinion pour vous.

– Mon opinion n'a aucune importance. Il est libre de ses choix. C'est sa vie à lui.

– Faux. Il a besoin qu'on le secoue. Qu'on lui fasse comprendre que c'est de l'égoïsme.

– De se tuer ? Comment ça ?

– Les gens qui se suicident poussent le narcissisme à l'extrême. De quel droit se prend-il pour le centre du monde? Je suis concerné. Moi aussi, j'existe! Une amitié de quarante ans de foutue en l'air parce que ce type joue les autruches?

– Mais s'il est en phase terminale? Je ne comprends pas ce que vous voulez.

– Je veux que, pour une fois, il pense aux autres.

– Si on ne pense pas à soi quand on est en train de mourir, quand le fera-t-on? lui renvoyai-je.

Stacey revint quelques instants après et nous changeâmes de sujet. Il refusa de s'asseoir et resta debout près de la table, les poings pressés contre le bas de son dos.

Dolan alluma une autre cigarette, s'arrêtant pour tousser derrière sa main.

– Qu'a-t-elle dit?

Stacey chassa d'un geste la fumée de cigarette qui lui arrivait dans la figure.

– Elle me verra à la première heure demain matin; elle me fera peut-être une radio ou un scanner.

– Elle est folle ou quoi? Tu lui as dit à quel point c'était douloureux? Il faut qu'elle te voie tout de suite et trouve ce qui ne va pas!

– Bon sang de bonsoir, arrête de me houspiller! On n'est pas à la seconde près, alors laisse tomber. D'ailleurs, je suis fatigué et il est temps de rentrer. Moi, je ne passe pas mes nuits à boire comme un certain individu dont je pourrais citer le nom!

– Assieds-toi. Tu n'a pas encore dîné. Il faut que tu manges. C'est moi qui régale.

– J'ai ce qu'il faut chez moi. Vous deux, restez. Je peux prendre un taxi.

– Je vous raccompagne, lui dis-je. Ma voiture est garée juste devant.

– Non, non, c'est inutile. Je peux me débrouiller seul.

– Mais cela ne me dérange absolument pas. Moi-même je dois rentrer.

Je saisis mon sac et sortis mes clés de voiture. Le temps que je m'extirpe du box, Stacey se dirigeait déjà vers la porte.

Dolan écrasa son mégot.

– Je m'en occupe.

Finalement, nous partîmes tous en même temps ; Stacey dans la voiture de Dolan et moi dans la mienne. Je regardai Dolan tourner en direction de l'autoroute. Moi, je pris à droite dans Cabana Boulevard et suivis la route qui épouse les courbes de la plage. Il ne faisait pas tout à fait nuit, mais le brouillard montait de l'océan, enveloppant le rivage. Je me garai dans l'allée d'Henry. Il devait rentrer le lendemain en fin d'après-midi. Je passai chez lui et fis un petit tour d'inspection pour m'assurer que tout était en ordre. Pas de dégât des eaux, pas de coupure de courant, aucun signe de trouble de jouissance. Je m'attardai un instant dans sa cuisine, humant la légère odeur de levain et de cannelle qui l'imprégnait – le parfum des petits pains sucrés d'Henry faits maison. Je tiendrais bien encore un jour.

Quelques minutes après, j'étais rentrée chez moi, douillettement à l'abri pour la nuit. 5 h 56 un vendredi après-midi et pas de projets pour la soirée. Je me confectionnai un sandwich de pain complet au fromage, piment et olives que je coupai en quatre. Je me servis un verre de vin, m'installai sur le canapé, attrapai le dossier et le repris à partir de la première page. Il arrive qu'on travaille parce qu'il n'y a rien d'autre à faire.

CHAPITRE 8

À 1 h 35 du matin, le téléphone me tira d'un profond sommeil : Dolan m'appelait des urgences de Saint-Terry.

– Le mal de dos de Stacey a empiré après que je l'ai déposé chez lui. Il m'a téléphoné à minuit et m'a demandé de le conduire à l'hôpital. Il leur a suffi de le regarder pour prévenir le médecin de garde. J'attends ses conclusions.

– Voulez-vous que je vienne ?

– Une seconde, ne quittez pas. (Il posa une main sur le micro et échangea quelques mots étouffés avec quelqu'un d'autre, puis revint en ligne.) Je vous rappelle dans un petit moment. Dès que je saurai à quoi m'en tenir.

Je reposai le combiné, cette fois complètement réveillée. Si Dolan prévoyait de me rappeler, cela ne servait vraiment à rien de me rendormir. J'allumai et cherchai à tâtons mes chaussures de jogging. Vu mon nouveau souci d'efficacité, j'étais déjà en survêtement et socquettes en éponge. Je n'eus qu'à me laver les dents et à passer mes doigts mouillés dans mes cheveux pour être fin prête.

Je me garai dans une rue latérale en face de l'entrée des urgences. J'adore la ville à cette heure-là. Il y a peu de circulation, personne dans les rues, presque tous les commerces sont fermés. La température avait chuté au-dessous de dix degrés et les lumières de la salle des urgences avaient un petit air engageant. À première vue, l'heure de pointe des traumatismes du week-end n'avait pas encore sonné car le bureau d'accueil était désert et le calme régnait. Je découvris Dolan plongé dans la lecture d'une revue. Il se leva en m'apercevant.

Sans même y penser, je l'embrassai.

– Comment va-t-il ?

– On procède aux formalités d'admission. J'aurais pu vous éviter de vous déplacer. J'ai essayé de vous rappeler, mais vous étiez sans doute déjà en route.

– Ne vous en faites pas. De toute façon, j'étais debout. Et maintenant ? On va vous autoriser à le voir ?

– Ils lui ont donné quelque chose contre la douleur et il est dans les vapes. Ça ne changera sûrement rien pour lui, mais je me sentirai mieux si j'y vais. Après, je pense faire un saut chez lui pour prendre quelques affaires. Sa brosse à dents, son peigne, ce genre de trucs.

– Et si je nous trouvais du café ? Il doit bien y avoir un distributeur quelque part.

Nous passâmes la demi-heure suivante à boire à petites gorgées une lavasse tiède et à l'arôme trompeur, dans des tasses en papier cartonné dont les anses ressemblaient à des ailes de papillon dressées.

– Qu'est-ce que vous fichiez chez vous ? J'avais déjà préparé mon message. Je pensais que vous aviez un rendez-vous galant.

– On n'a plus de « rendez-vous galants », lui dis-je. En tout cas pas moi.

– Pourquoi donc ? Que leur reprochez-vous ? Comment allez-vous rencontrer l'âme sœur ?

– Je n'ai pas besoin d'âme sœur, tout va très bien, merci. Et vous ? Vous êtes célibataire. Vous voyez quelqu'un en ce moment ?

– Je n'ai plus l'âge.

– Moi non plus, lui renvoyai-je en l'examinant d'un air dubitatif. Il y a combien de temps que votre femme est morte ?

– Dix mois aujourd'hui. (Il resta silencieux un moment.) Je vais vous dire ce qui a été dur. Elle m'a tanné des années durant pour qu'on parte en croisière. Moi, j'ai horreur de ça. Tahiti, l'Alaska... Elle me rapportait des brochures en couleurs pleines de photos de couples souriant à pleines dents, tous âgés de trente ans, sur le pont, une flûte de champagne à la main.

Le soleil couchant, l'idylle... À l'intérieur du dépliant, une photo de bouffe si énorme qu'on aurait pu s'empiffrer vingt-quatre heures sur vingt-quatre. Rien qu'à la voir, on sentait saigner ses ulcères ! Je ne supporte pas d'être enfermé et je craignais de me retrouver coincé avec une tripotée d'idiots. Ça vous paraît absurde ?

– À votre avis, elle voulait une croisière ou juste un voyage ?

Il se tourna vers moi et me regarda d'un air ahuri.

– Je n'ai jamais pensé à le lui demander.

Je regagnai mon appartement à 2 h 45 et dormis d'un sommeil agité jusqu'à 10 h. La maison d'arrêt du comté de Santa Teresa occupe un bâtiment de deux mille cinq cents mètres carrés répartis sur deux niveaux et comporte cent vingt lits avec seulement deux surveillants, dont l'un contrôle un tableau de sécurité dernier cri et des alignements d'écrans de télévision.

Me sentant toujours dans un état semi-comateux à cause de ma nuit tronquée, je garai la Volkswagen sur une place du parking de devant, franchis les portes de l'entrée principale et pris un exemplaire du formulaire de demande de visite. Je le remplis à mon nom et le remis à l'employée de l'accueil, puis j'attendis à la réception qu'on veuille bien informer Pudgie qu'il avait de la visite. Je m'imaginai son étonnement : il n'avait aucune raison d'avoir entendu parler de moi. La curiosité (ou l'ennui) l'emporta sans doute car l'employée revint en me disant qu'il avait accepté de me voir. Elle me donna le numéro de la cabine où le rencontrer.

Nous fûmes dix à prendre l'ascenseur : deux femmes seules et trois mères de famille avec leur chargement de gamins. J'appuyai sur « DESCENTE » en me demandant si j'avais une tête à avoir mon mec à l'ombre. La cabine bougea de quelques centimètres, le temps que l'on craigne tous de rester coincés. Les portes s'ouvrirent à l'étage inférieur et la cabine nous déversa dans un sas de quelque six mètres de côté. Deux rangées de chaises en plastique beige et gris, massives et carrées, occupaient le milieu de la pièce, quelques sièges supplémentaires s'égrenant autour. Des dalles en vinyle beige ciré recouvraient le sol. Les murs en parpaing mariaient deux tons de beige. Une pancarte affichée au mur stipulait « DÉFENSE DE METTRE LES PIEDS CONTRE LE MUR », mais rien n'indiquait comment on aurait pu violer cette, euh... injonction. Au parloir, huit tabourets fixes, chacun pourvu d'un combiné, s'alignaient de part et d'autre d'une grande paroi vitrée. Je m'assis et posai mon sac par terre. Puis je m'accoudai à la tablette, avec l'impression de m'attabler au comptoir d'une vieille cantine à prix unique.

Le rapport de police m'avait appris que Cedric Costello Clifton, alias « Pudgie », était né en 1950, la même année que moi. Il devait fêter son prochain anniversaire le 7 juillet, ce qui me donnait un mois et deux jours d'avance sur lui. La porte du côté prison s'ouvrit, livrant passage à quelques détenus marchant en file indienne de l'autre côté de la paroi vitrée, les mains liées dans le dos comme l'exigeait le règlement à chaque déplacement. Pudgie fit son apparition et prit place sur le tabouret qui correspondait au mien. Il avait un visage lunaire et des lunettes à grosse monture ronde lui donnaient une délicatesse inattendue. Anarchie totale du côté pilosités faciales : moustache drue et barbe d'abord clairsemée, puis épaisse, qui lui barrait les joues. Des touffes de poils disparates s'égayaient sur sa figure et remontaient presque jusqu'aux yeux. Ses cheveux noirs semblaient fuser dans tous les sens, ce que, chez une femme, on aurait mis sur le compte d'une permanente maison ratée. Il arborait la tenue de rigueur : T-shirt blanc, pantalon de coton bleu retenu par un élastique à la taille, chaussures en caoutchouc aux pieds. J'avais vu des internes harnachés de la sorte dans les couloirs de Saint-Terry. Des pectoraux et des biceps exercés par des années de gonflette saillaient sur ses bras et son torse puissant. Les poils de son avant-bras gauche n'étaient que partiellement masqués par une véritable exposition de tatouages compliqués : une toile d'araignée, un crâne coiffé d'un sombrero et une copulation qui se signalait par l'exactitude des détails. S'y ajoutait une femme mamelue, aux tresses généreuses et dont le buste se déployait du coude au poignet. L'art semblait absent de son bras droit. Il m'étudia pendant un bon moment. Simple effet de ma volonté, je soutins son regard sans ciller. Finalement, il s'empara du combiné de son côté de la vitre.

– Ça va ? me lança-t-il.

Je portai le combiné à mon oreille d'un geste décontracté.

– Très bien, monsieur Clifton. Et vous ?

– Rien à signaler. On se connaît ?

– Je m'appelle Kinsey Millhone. Je suis agent de recherche privé. Merci d'avoir accepté de me voir.

– Si vous laissiez tomber le « monsieur » et me disiez ce que vous me voulez ?

La monture ronde de ses lunettes cachait des yeux légèrement noisette et surmontés de sourcils broussailleux.

– Accepteriez-vous de répondre à quelques questions ?

Un mince sourire se dessina sur son visage.

– Sur quoi ?

– Sur un fait survenu en 1969.

– Pourquoi me demander à moi ?

– Vous n'êtes pas en cause. Il s'agit de quelqu'un d'autre.

– Tant mieux. Et de qui ?

– Vous rappelez-vous avoir été arrêté à Lompoc en août 1969 ?

– Mmm-mmm, me répondit-il avec la prudence de mise quand on ne sait pas trop où on va.

– Dans le procès-verbal, vous avez déclaré être domicilié à Creosote, Californie. Pourriez-vous me préciser où c'est ? Je n'en ai jamais entendu parler.

J'avais repéré l'endroit sur la carte, mais je procédais comme un détecteur de mensonge, en commençant par des questions simples attirant des réponses dont l'exactitude se vérifie aisément.

– C'est un bled pas loin de Blythe. À trois kilomètres de la frontière de l'Arizona.

– Comment avez-vous atterri à Lompoc ?

– J'allais à San Francisco. J'avais un pote qui venait d'y passer six mois, dans la rue. Il m'avait dit qu'on pouvait s'approvisionner sans problème dans Haight. Amphètes, herbe, hasch, peyotl, acide. Baiser comme on voulait, se faire soigner gratos si on chopait des morpions ou la chaude-pisse. Ça m'avait paru un bon plan. Aujourd'hui encore, si on réfléchit. Maintenant vous touchez une fille, elle vous met les flics aux fesses.

Je consultai la feuille de papier que j'avais sortie de mon sac, mais j'en connaissais le contenu.

– À ce que je vois, vous avez été interpellé pour vagabondage et possession de substance illicite.

Il se détendit à la lecture de cet énoncé et son visage se plissa dans un sourire. À première vue, il avait derrière lui une longue carrière d'usager de substances illicites et de dénégations.

– Quel ramassis de conneries ! Je suis sur le bord de la route à faire du stop quand cette foutue voiture de patrouille rapplique. Deux flics en tenue. Putain de flics ! Ils s'arrêtent et me fouillent. J'avais par hasard un peu d'herbe sur moi. Un putain de joint, rien qu'un. Et je me suis retrouvé bouclé pour ça. J'aurais dû porter plainte pour harcèlement et arrestation arbitraire.

– Vous faisiez de l'auto-stop ?

– J'avais dix-neuf ans. Vous n'avez pas de bagnole, vous faites quoi, hein ?

– Nous recherchons toute personne ayant pu voir une jeune fille qui faisait de l'auto-stop dans ce secteur. Dix-sept, dix-huit ans. Cheveux décolorés en blond, yeux bleus. Un mètre soixante-cinq environ, cinquante-six kilos.

– Comme la moitié des filles que je connaissais. Elles étaient toutes pareilles sauf celles qui carburaient à l'herbe. Ça vous a jamais frappée ? À force de fumer, elles n'arrêtaient pas de s'empiffrer et finissaient par peser deux fois plus que leur poids normal. Ou c'était ça, ou alors toutes les grosses étaient dans la rue à l'époque, en espérant se faire baiser. Qui en aurait voulu sinon ?

– C'est un point de vue.

Il éclata de rire. Il était sincèrement amusé, moi pas.

– Pourrions-nous revenir à notre sujet ? lui demandai-je

– C'est quoi déjà ? J'ai oublié.

– La fille dont je vous ai donné le signalement.

– Ah oui ! Elle avait fait quoi ?

– Rien. On a retrouvé son corps de l'autre côté de la route, dans un ravin.

Son attitude se modifia légèrement.

– Désolé de l'apprendre. Vous ne m'aviez pas dit qu'elle était morte, autrement je l'aurais pas ramené.

– Le problème est qu'elle n'avait aucun papier d'identité sur elle et que personne n'a jamais réclamé le corps. Nous aimerions savoir qui c'était.

– Ah... Mais... 1969 ? Pourquoi vous y intéresser maintenant, après si longtemps ?

– C'est leur marotte. Deux types avec qui je travaille. Mais parlez-moi de vous. Qu'avez-vous fait à votre sortie de prison ?

– J'ai téléphoné à mon vieux qu'il vienne me chercher. Il était fumasse. Dès qu'on est arrivé à la maison, cette tête de nœud m'a foutu dehors ; il a bazardé mes affaires dans le jardin et cassé mon assiette sur le perron. Le roi du mélo. La grande scène du deux, histoire de montrer à tous les voisins qu'il m'avait fichu la trempe de ma vie !

– Il avait quand même accepté de faire tout le trajet depuis Creosote ?

– Oui, mais pas avant que j'aie passé les trois pires journées de ma vie en cellule avec une tapée de tarés, me dit-il, puis il haussa les épaules. Les pires à ce moment-là. J'ai vu bien pire depuis.

– Vous souvenez-vous de Lorenzo Rickman ou de Frankie Miracle ?

Il eut un rire méprisant.

– Lorenzo ? Vous parlez d'un nom ! Il est quoi, ce type ? Pédé ?

– Vous avez partagé la même cellule que ces deux-là et un certain John Luchek. Vous souvenez-vous de lui ?

– Pas spécialement. Peut-être. Je devrais ?

– Et Rickman ?

– Ah, lui ? Écoutez, ce serait sympa de me dire ce que vous cherchez.

– Nous y viendrons. Vous avez discuté avec lui ?

– On s'emmerde en taule. On parle juste pour ne pas perdre les pédales. Et puis la bouffe pue, jusqu'à ce qu'on finisse par s'y habituer. Je ne dis pas que c'est mauvais, mais c'est bourré d'amidon. Les macaronis et le fromage ont le même goût que la colle de bouquin. Vous avez déjà essayé ?

Je ne savais pas trop s'il parlait de la gastronomie carcérale ou de la colle de bibliothèque. J'avais tâté des deux, mais, sincèrement, ça ne le regardait pas. Je n'étais pas là pour comparer des produits exotiques.

– Et Frankie ? Vous lui parliez ?

– Sûrement. Pourquoi pas ? Je suis une petite arsouille du genre sociable. Évidemment, probable que je reconnaîtrais pas ces mecs si je les croisais dans la rue.

– Ça vous aiderait de voir des photos ?

– Peut-être.

Je fis passer le combiné de mon oreille droite à mon oreille gauche et le coinçai entre la joue et l'épaule pour avoir les mains libres. Je sortis les photos d'identité de la chemise et les disposai en deux rangées devant la vitre, face à lui. Il y en avait douze en tout ; les noms, pseudonymes et données personnelles, ainsi que les avis de recherche et mandats d'amener étaient soigneusement cachés. Il examina les clichés en noir et blanc avec autant d'attention que moi un peu plus tôt. Et me montra Frankie.

– Lui, là, c'est Frankie. Je me souviens de lui. Complètement camé et nerveux comme une puce. Un vrai moulin à paroles le temps qu'il redescende sur terre.

– Et les autres ?

– Lui peut-être. Je ne suis pas sûr.

Il désigna Lorenzo Rickman ; sa mémoire fonctionnait mieux qu'il ne le supposait.

– Personne d'autre ?

– Je ne crois pas.

– Frankie vous a-t-il parlé des raisons de son arrestation ?

– Vous voulez dire de la poule qu'il avait abîmée ? Je crois qu'il l'avait méchamment tailladée et avait totalement merdé ensuite.

– C'est-à-dire ?

– Il commence par lui piquer sa bagnole. Qu'est-ce qu'il croit ? Que les flics ne vont pas lancer un putain d'avis de recherche ? Ensuite, il lui prend sa carte de crédit et paie tout avec pendant sa fuite. Il a laissé un boulevard de facturettes derrière lui ! Ce mec est aussi crétin que radin. On liquide une bonne femme, on réfléchit. (Il s'interrompit et me fixa.) Je parie que vous étiez au courant, hein ? Alors, il est dehors ?

– Vous posez beaucoup de questions.

– Comment je vais vous aider si vous ne me dites pas ce que vous cherchez.

– A-t-il dit combien de temps il avait passé à Lompoc avant d'être arrêté ?

Il sourit.

– Ça me dépasse qu'une petite ordure pareille vous fascine à ce point.

– Rien ne me fascine, sauf la vérité.

– Allons, vous faites pas prier. Vous me dites à quoi on joue et je me défonce.

Je cessai de le regarder.

– Eh bien, merci de m'avoir accordé de votre temps. Je pense que ce sera tout.

Je replaçai le combiné contre mon oreille en rassemblant les photos et les rangeant dans la chemise.

– Attendez, ne partez pas ! On n'a pas encore fini. Je me trompe ?

Je m'interrompis.

– Oh, excusez-moi. J'avais compris que vous m'aviez dit tout ce que vous saviez. Je ne veux pas vous faire perdre votre temps.

– Écoutez… La mémoire me reviendrait peut-être si on bavardait gentiment. Vous savez bien, de tout et de rien. Posez-moi une autre question. Au cas où ça me stimulerait les méninges.

Je lui adressai un sourire en biais et me levai.

– Contactez-moi si vous vous souvenez de quelque chose d'utile.

– À quel sujet exactement ? Faites-moi au moins entrer sur le terrain.

– Je ne vais pas vous dicter vos répliques. Si vous ne savez rien, parfait. Nous en resterons là.

– Allez, vous fâchez pas. Voilà ce que je vous propose. Je vais réfléchir... Vraiment. Et vous revenez vite avec une cartouche de clopes.

– Et puis quoi ? Pourquoi irais-je vous acheter des cigarettes ?

– C'est le minimum, pour compenser le temps que vous m'avez fait perdre.

Je regardai ma montre.

– L'équivalent de quatre minutes.

– Je réfléchis mieux quand je fume.

J'ajustai la bandoulière de mon sac, le combiné toujours à l'oreille.

– Cette fois, j'y vais.

– O.K., me dit-il. Laissez tomber la cartouche. Trois paquets. N'importe quoi, sauf au menthol. Je déteste ces trucs-là.

– Achetez-les vous-même, lui renvoyai-je.

– Je sors demain. Je peux vous rembourser.

– Arrêtez de fumer pendant qu'il en est encore temps. Conseil d'ami.

– C'est quoi votre nom déjà ?

– Millhone. Je suis dans l'annuaire. Si vous savez lire.

Je remis le combiné dans son socle.

– Je vous aime, articula-t-il.

– Mais oui, c'est ça. Moi aussi.

Il me fit un clin d'œil et agita sa langue, mimique que je préférai ignorer.

En chemin, je m'arrêtai au supermarché, où je fis quelques courses pour le retour d'Henry. Si la circulation le permettait, il arriverait entre cinq et six heures. Il avait laissé sa voiture au parking, à l'aéroport de Los Angeles. Je leur avais proposé de les conduire, mais Henry, toujours épris d'indépendance, avait préféré prendre sa voiture. Rosie, William et lui s'étaient envolés pour Miami, où leur sœur aînée, Nell, quatre-vingt-dix-sept ans bien sonnés, et leurs frères Lewis et Charles, quatre-vingt-quinze ans et quatre-vingt-dix ans respectivement, les avaient rejoints. Ce matin, après quinze jours aux Caraïbes, ils devaient débarquer à Miami, où les trois premiers attraperaient un vol pour L. A., les trois aînés regagnant le Michigan.

Je remplis mon caddie de lait, pain, bacon, œufs, jus d'orange, bananes, oignons, carottes, d'un poulet à rôtir de trois livres, de pommes de terre nouvelles et d'asperges primeur, plus de la sauce de salade et une bouteille de Jack Daniel's, le breuvage préféré d'Henry. L'idée de lui préparer moi-même à dîner m'effleura, mais mon répertoire culinaire reste limité et verser du lait écrémé sur des céréales froides ne me parut pas spécialement festif. Les courses terminées, je m'arrêtai à un kiosque au coin de la rue suivante et achetai un bouquet de zinnias et de dahlias, brassée d'oranges et de jaunes maintenue par un ruban. Mon énergie montait en flèche à mesure que j'approchais de la maison – le temps de décharger les provisions dans la cuisine d'Henry et de ranger les denrées périssables, je me surpris à chantonner. J'arrangeai les fleurs dans un pichet en argent et posai le tout au milieu de la table de la cuisine.

J'effectuai ensuite un rapide tour des lieux. Son répondeur clignotait, mais autant lui laisser la primeur de ses messages. Je plongeai dans son placard à balais et en retirai l'aspirateur, une Nénette, un balai-éponge et des chiffons. Je refis le tour de la maison, époussetant et passant l'aspirateur. Il ne me manquait plus que le chœur des petites souris pour me tenir compagnie. Ensuite je récurai l'évier de la cuisine et le lavabo de la salle de bains et donnai un coup de balai-éponge à la cuisine jusqu'à ce que le sol étincelle. Après quoi je rentrai chez moi et fis une sérieuse sieste, digne de la classe affaire.

Je me réveillai à 5 h 25 et fus d'abord peu tentée d'abandonner la douillette couverture matelassée dans laquelle je m'étais emmitouflée. La nuit n'était pas encore tombée. Avec le printemps, les jours s'allongeaient et nous allions bientôt gagner une demi-journée de plus. Les gens qui rentraient de leur travail avaient encore le temps de sortir le chien ou de s'asseoir dans la véranda avec un verre avant le dîner. Maman pouvait prendre le temps de lire le journal. Et papa celui de tondre la pelouse ou de laver la voiture familiale.

Je repoussai la couverture et gagnai la salle de bains, où je jetai un coup d'œil par la fenêtre en me tordant le cou pour apercevoir la porte de derrière de chez Henry. Il y avait de la lumière dans la cuisine – le savoir de retour me revigora. J'enfilai mes chaussures, me passai de l'eau sur la figure, remis le lit en ordre et dévalai joyeusement l'escalier en colimaçon. Je sortis et fermai la porte à clé derrière moi, notant avec satisfaction que le break d'Henry stationnait à présent dans l'allée, à l'endroit où je m'étais garée la veille.

La porte de derrière était ouverte et la porte-moustiquaire rabattue mais pas verrouillée. Il demeurait invisible, mais je frappai à l'encadrement et son « hou-hou ! » m'arriva depuis le couloir. Il fit son apparition une demi-seconde après en T-shirt, short et tongs, comme à l'ordinaire. Il n'eut pas le temps d'ouvrir la porte que son téléphone sonna. Il me fit signe d'entrer et attrapa le combiné. Il échangea quelques mots, puis il dit : « Je te prends sur l'autre poste. Attends une minute, ne raccroche pas. » Il me tendit le combiné en me chuchotant : « J'arrive. Sers-toi un verre de vin. »

Je saisis le téléphone, lui laissant le temps d'arriver dans sa chambre et de prendre l'appel. Dès que je sus qu'il était en ligne, je reposai le combiné sur son support mural. Il avait déjà ouvert une bouteille de chardonnay qui attendait dans un seau à glace, un verre à pied à côté. Je le remplis à moitié. Le poulet en train de rôtir embaumait ; je jetai un coup d'œil par la vitre du four. La volaille dodue que j'avais achetée brunissait déjà, entourée d'oignons, de carottes et de pommes de terre nouvelles rosées. Henry avait mis le couvert pour quatre et je savais que William et Rosie n'allaient pas tarder à se manifester. Il leur faudrait un jour ou deux pour rouvrir le restaurant et le remettre en route. Les petits plats hongrois de Rosie se mâtineraient-ils de saveurs des Caraïbes ? J'essayai d'imaginer son ragoût de porc revu et corrigé avec de la noix de coco, de l'ananas et des bananes plantain.

Henry revint dans la cuisine au bout de quelques minutes et se servit un verre à son tour. Il était bronzé et paraissait en pleine forme, les joues hâlées par le vent, les yeux d'un bleu éclatant. William et Rosie firent alors leur entrée, William en canotier, Rosie avec un cabas en fibres tissées qui ressemblait à une croix entourée d'épis de maïs et d'herbe. William est de deux ans l'aîné d'Henry et la nature lui a octroyé les mêmes cheveux blancs soyeux et la même silhouette longiligne. À mon avis, il n'est pas tout à fait aussi beau qu'Henry, mais quand même. Hypocondriaque en voie de rémission, William ne résiste toujours pas à une bonne histoire de maladie inexplicable et de brusque trépas. Rosie, au contraire, est une femme trapue et massive, autoritaire, aux opinions tranchées mais peu sûre d'elle, sans un atome d'humour, mais foncièrement généreuse. Le soleil des tropiques avait donné à la teinte carotte de ses cheveux un ton saumon inédit, toutefois, hormis ce détail, elle n'avait pas changé. Tandis qu'Henry sortait une laitue et des tomates du réfrigérateur, je demandai aux jeunes mariés si la croisière leur avait plu.

Rosie fit une grimace.

– J'ai pas aimé la nourriture. Trop mélanges. Pas goûteux et ce qu'il y avait est pas bon.

William servit un verre de vin à tout le monde.

– Tu as mangé plus que moi ! Tu t'es carrément goinfrée !

– Mais j'ai pas aimé. C'est comme je dis. C'est oubliable. Je me rappelle rien que j'ai mangé.

– Tu as oublié la tarte à l'ananas ? Un délice ! Sublime ! Tu l'as dit toi-même.

– Je fais deux fois aussi bon si je veux, mais je veux pas.

– Argument imparable, j'en conviens. Mais tu étais là-bas pour te faire dorloter. Le grand avantage de ces vacances, c'était de ne pas être aux fourneaux.

– Et les activités ? leur demandai-je. À quoi occupiez-vous vos journées ?

William tira galamment une chaise pour Rosie, puis s'assit à son tour.

– C'était génial. Merveilleux ! Nous avons fait escale dans plusieurs ports, sept, je crois. Quand nous n'étions pas à terre à visiter, nous avions des conférences et des films, la piscine, le jeu de boules, l'aérobic et j'en passe. Ils avaient même un bowling. Le soir, on avait le choix entre la salle de jeu et la piste de danse. Plus des tournois de bridge et d'échecs. Pas une seconde de répit ! Nous avons eu droit à un bal.

– Wahou ! À t'entendre, vous en avez profité. Et les autres membres de la famille, ils ont apprécié ?

– Voyons voir, dit William en réfléchissant. Charlie a enfin fait régler sa prothèse auditive et c'est un autre homme. On ne peut plus le faire taire ! D'habitude, il ne participait pas parce qu'il ne savait jamais de quoi on lui parlait. Nell et lui ont joué au bridge et fichu une raclée de première à leurs adversaires.

– Et Lewis ?

– Tu le mets au milieu d'une flopée de femelles et il est heureux comme un roi. Il y avait dix femmes pour un homme. C'était le coq de la basse-cour !

Rosie leva un index.

– Pas lui seul. (Elle adressa un sourire rusé à Henry.) Raconte ce que tu as fait.

– Mais non, c'est sans importance. Assez parlé de nous. Et toi, Kinsey ? Sur quoi travailles-tu en ce moment ? Un dossier brûlant, je n'en doute pas.

– Ah non, Henry ! Pas question de te défiler. Je n'ai jamais fait de croisière. Je veux vraiment savoir à quoi ça ressemblait.

– Comme William te l'a dit, un peu de tout, sympa, me répondit-il, très occupé à mélanger l'huile et le vinaigre.

Rosie se pencha en avant.

– Il pose pour le calendrier et maintenant toutes les vieilles téléphonent jour et nuit, me glissa-t-elle d'un ton confidentiel.

– Ne dis pas de bêtises, lui lança-t-il par-dessus son épaule.

– Quel genre de calendrier ?

– Oh, tu connais le rituel. L'équipage a pensé que ça ferait un bon souvenir de voyage. Ils le font tout le temps. Rien de spécial. Juste pour rire.

Rosie hocha la tête, haussant un sourcil dessiné au crayon marron.

– Le « rien », je suis d'accord. Il portait rien ! Mister février, Roi des cœurs !

– Il ne portait pas rien, dit William. À t'entendre, il était nu comme un ver, ce qui est faux.

Elle fouilla dans son cabas et en sortit un calendrier sur papier glacé rempli de photos en couleurs.

– Ici, je l'ai. Tu regardes et tu vois toi-même. Il est pas habillé du tout. Juste caleçon.

Elle chercha le mois de février et tourna le calendrier vers moi pour dissiper toute ambiguïté. La photo, bien innocente, montrait Henry sur le pont supérieur, appuyé au bastingage, tournant le dos à l'océan. On apercevait dans le lointain, à droite, une île piquetée de palmiers. En short rouge et pieds nus, il portait avec décontraction une chemise blanche non boutonnée. Une casquette de commandant de bord était posée crânement sur sa tête. Son sourire, parfaitement naturel, découvrait ses dents blanches qui contrastaient avec son visage bronzé. Il se dégageait du cliché quelque chose de libertin, un parfait alliage de charisme et de séduction virile. Henry, près de nous dans la cuisine, piqua un fard.

– Ah, le mec ! Je réclame un exemplaire.

– Pour toi. Tu gardes. J'ai d'autres pour les dames du quartier.

– Merci ! (Je tournai les pages, examinant les autres candidats. Si l'on voyait des spécimens à la séduction discrète – tous octogénaires à première vue –, aucun n'avait le panache d'Henry. J'en ris de plaisir.) J'ignorais que tu étais si photogénique. Pas étonnant que le téléphone n'arrête pas. Tu es époustouflant !

– Pour le moment il est muet, me fit-il remarquer.

À cet instant précis la sonnerie retentit.

– Je réponds, dit Rosie en se levant pesamment.

– Pas question. Les répondeurs sont là pour ça.

Nous attendîmes les trois sonneries supplémentaires avant que le répondeur ne s'enclenche. Le message d'Henry nous parvint depuis l'autre pièce, suivi du bip de rigueur. « Henry ? C'est Bella, "*ma petite belle*[1]" ! Tu te souviens de moi ? Je t'avais promis de t'appeler, alors, me voilà. Juste pour te dire combien j'ai été déçue qu'on n'ait pas eu le temps de se faire une petite visite avant que tu débarques. Méchant garçon... Quand tu auras une minute, tu peux me joindre au... »

Deux autres appels ponctuèrent le dîner, Henry les ignora. Il garda les yeux sur son assiette, coupant son poulet avec une concentration qu'il accordait rarement à la nourriture. La troisième fois que le téléphone sonna, il quitta la table et partit dans le séjour, où il coupa la sonnerie et baissa le son du répondeur. Personne ne fit de réflexion, mais Rosie et William échangèrent un regard tandis qu'elle souriait d'un air narquois à son assiette. Ses épaules frémissaient, même si elle feignait de tousser, pressant sa serviette sur la bouche.

– Ce n'est pas drôle ! dit Henry d'un ton sec.

1. En français dans le texte.

CHAPITRE 9

Stacey se retrouvant hospitalisé pour la deuxième fois en cinq jours, je me portai volontaire pour l'entretien du lundi avec Lorenzo Rickman. Dolan avait proposé de s'en charger, mais je savais qu'il tenait à être sur place quand les médecins donneraient à Stacey les résultats de ses derniers examens. La conversation que j'eus avec Rickman se révéla aussi brève que stérile. Nous restâmes sur l'aire de service d'un garage de pièces détachées d'importation qui empestait les vapeurs d'essence, l'huile de moteur et les pneus neufs. Sur le sol, sur les établis et tous les plans de travail disponibles, s'accumulait un fouillis d'outils et de matériel, de pièces détachées, schémas d'instruction, bougies d'allumage noircies, joints de culasse fissurés, soupapes, courroies de ventilateur, arbres de transmission, alternateurs et autres tubulures d'échappement.

Le visage anguleux et un cou qui paraissait trop maigre pour le poids de sa tête, Rickman frôlait la quarantaine. Son front commençait à se dégarnir, quelques fines mèches de cheveux noirs rabattues sur le front lui faisaient un semblant de frange mitée. Une barbe en collier taillée avec soin suivait la ligne de sa mâchoire et il la caressait d'un geste instinctif de ses doigts tachés de cambouis. À part son nom brodé à la machine au-dessus de sa poche gauche, sa tenue de travail ressemblait comme deux gouttes d'eau à celle de la prison. Il déploya une bonne volonté manifeste, mais non, il ne se rappelait pas avoir été sous les verrous avec Frankie Miracle.

Il hocha la tête.

– Désolé. Le nom ne me dit rien. Je ne suis resté que cette nuit-là en prison, un copain a versé ma caution, mais seulement après que je lui ai promis d'adhérer aux AA[1]. Depuis je m'en suis tenu, pour de bon, enfin… plus ou moins, au régime sec. (Un bref sourire éclaira son visage alors qu'il caressait ses cheveux en direction de son front.) J'ai encore de petits accrochages avec la police, mais je peux souffler dans le ballon… Ce sont les clauses de la conditionnelle. En ce moment, je vais aux réunions cinq ou six fois par semaine. C'est pas que j'aime traîner avec des mecs qui se défoncent au café ou au tabac, mais sûr que c'est mieux qu'être en taule.

Il fourra ses mains dans ses poches arrière, puis revint sur son idée et croisa les bras, ses doigts s'égarant de nouveau vers sa barbe, qu'il lissa du pouce.

– Et les autres types interpellés cette nuit-là ? Vous rappelez-vous quoi que ce soit sur eux ?

– Rien de rien ! Désolé. J'avais dix-huit ans, j'étais complètement beurré et je planais le soir où ils m'ont pincé. C'était la deuxième fois, ou la troisième, je ne sais plus, où j'étais carrément dans le cirage. La troisième, je crois. J'aurais été avec Charlie Manson que je serais bien incapable de vous le dire.

J'essayai d'amorcer les confidences : nous avions un témoin qui avait été là au même moment et Frankie s'était vanté d'avoir tué quelqu'un, lui affirmai-je. Pas de réaction. Je lui tendis le paquet de photographies, qu'il tripota, sans vraiment les regarder. Il hocha la tête d'un geste négatif.

– Ils ont vraiment de sales bobines, dit-il en me les rendant.

Les photos repartirent dans mon sac.

– Je sais que ça ne me regarde pas, mais qu'aviez-vous fait pour écoper d'une peine de prison ?

Ses doigts s'immobilisèrent, puis il tirailla les poils qui lui poussaient sous le menton.

– Pourquoi cette question ?

– Pour rien. Simple curiosité.

1. Alcooliques Anonymes.

– Je tiens pas vraiment à le dire.

– Ah... Pardonnez-moi. Désolée. Ce sont vos affaires, bien sûr. Je ne voulais pas être indiscrète. (Je lui donnai ma carte, avec les formules d'usage.) Merci de m'avoir accordé de votre temps. Si quoi que ce soit vous revient en mémoire, vous nous le direz ?

– Comptez sur moi.

– Puis-je vous poser une dernière question ? Pensez-vous en être vraiment sorti ?

Il réfléchit à ma question, puis se sourit à lui-même.

– Pas si sûr.

En rentrant, je m'arrêtai à l'hôpital. Stacey avait réintégré le cinquième étage du pavillon central, cette fois dans une chambre individuelle située à l'autre bout du couloir par rapport à la précédente. Lorsque j'y jetai un coup d'œil, son lit était vide. À côté, une grande fenêtre donnait sur l'océan à près de trois kilomètres de là, au-delà des frondaisons. Ici et là, une toiture en tuiles rouges ponctuait l'épaisse nappe de verdure. La chambre était claire ; assez spacieuse pour accueillir une table ronde d'un mètre de diamètre et quatre fauteuils de metteur en scène, où je découvris Dolan installé devant un numéro de *Road & Track*.

– Tiens, bonjour. Où est Stacey ?

– On lui fait une radio. Il ne devrait pas en avoir pour longtemps.

– Comment va-t-il ?

– Mystère. Qu'a dit Rickman ?

– Pas grand-chose, hélas ! (Je lui racontai notre conversation.) À mon avis, nous pouvons le rayer des listes. Pudgie aussi, probablement. Il est méfiant mais idiot et les deux ne font pas bon ménage. Quelle est la suite des opérations ?

Dolan repoussa le magazine. Il portait un coupe-vent bleu foncé et une casquette de base-ball des Dodgers.

– Stacey n'a pas eu le temps d'appeler Joe Mandel pour voir s'il pouvait récupérer les effets de notre inconnue. Dès qu'il aura une minute, il s'en occupera. En attendant, nous avons pensé que vous pourriez avoir une petite conversation au téléphone avec ce C. K. Vogel dont parlait Arne. Peut-être qu'en passant par les Renseignements...

– Dolan, je connais mon métier.

– C'est vrai. Excusez-moi.

– Je descends à la réception voir si je trouve une cabine. Vous n'avez besoin de rien ?

– J'imagine qu'ils ne vendent pas de Camels à la boutique de cadeaux.

– Ça m'étonnerait. (En arrivant à la porte, j'hésitai.) Pour quel motif Rickman a-t-il fait de la prison ?

Dolan saisit le magazine et humecta son index. Il tourna la page, examinant avec attention une publicité pleine page concernant un additif pour carburant qui exigeait la présence d'une blonde en maillot de bain.

– Voyons voir. Sévices sexuels, sodomie, fellation, actes pervers et lascifs sur un enfant. Curieux qu'il ne se soit pas fait tuer en prison. En général, les détenus tolèrent mal ce genre de types.

Seigneur, et moi qui subodorais une effraction !

Je pris l'ascenseur jusqu'au rez-de-chaussée et trouvai mon chemin dans le dédale de couloirs conduisant à la réception. Je découvris une rangée de téléphones publics dehors, près de l'entrée, protégés par un auvent qui allait de la porte à la rampe d'accès des véhicules. Le temps que je me repère, une jeune aide-soignante aida une accouchée à descendre d'un fauteuil roulant et à monter dans un monospace en attente. Le visage du nouveau-né restait invisible, mais la petite chose emmitouflée n'était guère plus grosse qu'une miche de pain. Je fouillai dans le fond de mon sac et en ramenai une poignée de petite monnaie. Comme Lompoc se trouvait dans la même zone que Santa Teresa, il ne m'en faudrait pas beaucoup. Je composai le numéro des Renseignements, tandis que le jeune père chargeait des compositions florales à l'arrière de la voiture, en même temps qu'un bouquet turbulent de ballons de baudruche roses et argent.

J'obtins le numéro de C.K. Vogel et le notai avant d'appeler l'intéressé. Lorsqu'il décrocha à l'autre bout de la ligne, je lui déclinai mon identité. À en juger par le son de sa voix, il était octogénaire et je le surprenais peut-être en pleine sieste.

– Désolée de vous déranger, lui dis-je.

– Non, non. Ne vous faites pas de souci. Arne m'a téléphoné vendredi pour me prévenir qu'on allait peut-être me contacter. Vous voulez que je vous parle de la camionnette que j'ai vue, si j'ai bien compris ?

– Oui monsieur. C'est exact.

– Honnêtement, je n'en ai pas tellement parlé à l'époque. J'avais un beau-frère qui travaillait au bureau du shérif – le mari de ma sœur, Madge. Melvin Galloway, qu'il s'appelait. Depuis, il a passé l'arme à gauche. Lui et moi, on ne s'est jamais bien entendus. Il passait son temps à la ramener, il avait une opinion sur tout et à l'entendre il avait toujours raison. Je ne pouvais pas l'encaisser. Vous me direz que ce n'est pas chrétien, mais c'est la vérité vraie. Je lui ai parlé deux fois de cette camionnette, mais il a pris ses grands airs en me disant que s'il se mettait à explorer toutes les pistes foireuses que Monsieur Tartempion lui signalait, il ne ferait plus rien d'autre. Encore qu'il fichait pas grand-chose. Je n'ai jamais connu un flemmard pareil ! Au bout d'un moment, je me suis dit que j'avais fait tout mon possible et qu'il aille se faire voir. Ce qui m'a frappé, après coup, ce n'est pas tant la camionnette des hippies, mais l'autre voiture que j'avais vue. Une décapotable rouge, chic comme tout, immatriculée dans l'Arizona.

– Arne a mentionné la voiture rouge, mais il m'a semblé que c'était la camionnette qui avait éveillé vos soupçons. Je me trompe ?

– Pas du tout. J'y ai fait attention à cause des peintures, les symboles de la paix et tout le saint-frusquin, avec des couleurs pas croyables. Elle stationnait juste à l'embranchement de la route la première fois que je l'ai vue.

– Je connais l'endroit.

– L'autre, je l'ai remarquée parce que j'ai lu après dans le journal qu'on avait retrouvé une voiture volée et qu'elle correspondait au signalement.

– Vous souvenez-vous de la marque ?

– Non, mais je l'ai vue trois fois. La première fois près de la carrière, juste un peu plus bas sur la route, et la deuxième en allant en ville. J'allais chez le docteur pour me faire ôter un kyste et j'ai doublé la dépanneuse qui la remontait du ravin dans un état… je vous dis pas. À croire qu'on avait desserré le frein à main et qu'on l'avait balancée de là-haut dans les broussailles ! Vu les marques et les bosses, elle avait dû faucher pas mal d'arbres au passage. Il a fallu une bonne semaine pour la rafistoler, mais il se trouve que, pour la remorquer, le bureau du shérif avait appelé le gars chez qui je fais réparer ma bagnole. Je l'ai vue au garage le lendemain en allant chercher mon carburateur. Ça, c'était la troisième fois. Après, je l'ai plus jamais revue.

– Je me souviens en effet qu'on mentionnait une voiture volée. Y avait-il quelqu'un dedans la première fois que vous l'avez vue ?

– Personne. Elle stationnait au bord de la route, juste en face de l'entrée du domaine de votre grand-maman. Avec la capote baissée et le soleil qui tapait sur le cuir noir des sièges. Une beauté. J'ai ralenti au passage, au cas où quelqu'un aurait eu des ennuis de moteur et soit parti chercher de l'aide. Comme je n'ai pas vu de mot sur le pare-brise, j'ai continué ma route. Quand je suis repassé, elle n'était plus là.

– Vous en avez parlé à Melvin ?

– Non, mais à Madge, et elle le lui a dit, mais je n'en ai plus entendu causer. Moi, pas question d'obliger un type qui ne voulait rien entendre à m'écouter. Il m'aurait encore fait le coup du mépris ! Le problème avec Melvin, c'est qu'il croyait seulement ce qui venait de lui. Le genre de type qui, s'il ne savait rien, l'inventait. S'il ne se sentait pas d'humeur à faire un truc, il vous jurait mordicus qu'il l'avait fait. Impossible de coincer le bonhomme. Vous lui posiez une question, il réagissait comme si vous l'aviez accusé de négligence.

– Bref, un enquiquineur.

– Oh que oui ! Et Madge aussi.

– Je vois. Merci pour toutes ces précisions. J'en ferai part à mes collègues pour voir s'ils veulent approfondir ce point.

J'étais encore sous le coup de son allusion à ma « grand-maman ». Je n'avais jamais pensé à Grand sous ce nom-là. Moi, c'était une grand-mère que j'avais. Bizarre.

– J'ai connu votre maman dans le temps, reprit-il comme s'il lisait dans mes pensées.

– Ah bon.

– Comme je vous le dis ! Vous savez qu'Arne Johanson travaille pour les Kinsey depuis l'âge de dix-sept ans. Il en pinçait pour elle aussi, mais Rita n'aurait jamais songé à batifoler avec lui. Il s'est dit qu'elle le trouvait trop vieux pour elle et voilà qu'elle file pour se marier avec votre papa qui avait le même âge que lui ! Ça, pour être dépité, il l'a été. Moi, je lui ai dit : sois pas ridicule. D'abord, elle n'avait rien à faire d'un cow-boy. Ensuite, elle serait morte plutôt que de rester coincée ici. Pas du genre docile, la jeune demoiselle, et jolie comme un cœur avec ça. Incapable de tenir en place. Elle serait sortie avec le premier venu pour pouvoir quitter le ranch.

– Le portrait est plutôt flatteur, dis-je. (À vrai dire, c'était la première image concrète que j'avais d'elle. Dans ce croquis sommaire, il avait saisi l'essence même de sa vie. Mes cousines Liza et Tasha m'en avaient tracé un portrait trop idéalisé pour être authentique. Elles l'avaient auréolée du roman familial, en avaient fait un symbole de l'affrontement légendaire de deux âmes bien trempées.) Je crois que ma grand-mère et elle ne s'entendaient pas ?

– Oh ! elles se chamaillaient, ces deux-là ! Rita était l'orgueil et la joie de Cornelia. Dans un sens, elle me faisait de la peine...

– Qui, ma mère ?

– Votre grand-maman. Elle disait à qui voulait l'entendre qu'elle n'avait pas de préférée parmi ses cinq filles, mais Rita était son aînée et elle en était gâteuse. Vous connaissez l'histoire, je suppose.

– Évidemment, on me l'a déjà racontée, répondis-je en mentant comme un arracheur de dents.

Quelquefois les ragots semblent moins destructeurs si la personne qui les colporte vous croit déjà au courant.

– Cornelia avait épousé Burton Kinsey à dix-sept ans, exactement la moitié de son âge à lui. Raison de plus pour ne pas vouloir que Rita se marie aussi jeune qu'elle. Elle avait perdu trois bébés d'affilée, tous des garçons, dont aucun n'était arrivé à terme. Rita était le premier enfant à avoir survécu. Les garçons de Cornelia étaient tous mort-nés. Seules les filles se sont accrochées.

– Pourquoi ?

– Je ne crois pas que les docteurs l'aient su. À l'époque, la médecine relevait surtout de la chance et de l'intuition. On est mort du diabète jusqu'à ce qu'on découvre l'insuline en 1923. Les gens mouraient aussi d'anémie jusqu'à ce que les extraits hépatiques fassent leur apparition en 34. Vous imaginez ? On se soignait en mangeant du foie ! Nous oublions tout ça ; que nous étions si ignorants et que nous avons tellement appris. (Il s'arrêta pour se racler la gorge.) Bon. Je ne voulais pas vous faire tout un discours. Le problème quand on vieillit, c'est qu'on perd tous les gens en les fatigant avec ses histoires. J'aimerais savoir si cette voiture rouge vous met sur une piste. Rien que pour me payer une pinte de bon sang aux frais de Melvin après tout ce temps !

– Merci de m'avoir accordé de votre temps. Je vous contacterai.

Je raccrochai le combiné et gagnai l'ascenseur pour remonter au cinquième. Les portes s'ouvrirent et je sortis de la cabine au moment précis où Dolan arrivait de la chambre de Stacey. Il s'assit sur une banquette placée sous une fenêtre. Cet espace n'avait pas vocation de salle d'attente, mais servait probablement de refuge aux amis et membres de la famille qui avaient besoin de souffler deux minutes. Il se leva en m'apercevant.

– Non, non, ne bougez pas, lui dis-je. Que faites-vous ici ? Je pensais vous trouver au bout du couloir chez Stacey.

Il se rassit sur la banquette.

– Les médecins sont avec lui. Le cancérologue, le radiologue, plus un autre spécialiste que personne n'a pris la peine de me présenter.

– Un problème ?

– Aucune idée. Tous les trois avaient l'air compassé des grands jours, ça n'annonce rien de bon. Et votre coup de fil ? Vous avez eu Vogel ? (Il se poussa pour me faire de la place.) Tenez, asseyez-vous donc.

Je m'installai sur l'accoudoir, me calant d'une main sur le dossier du canapé.

– Pour commencer, dans ce petit monde qu'est la police, il se trouve que C.K. Vogel était le beau-frère de Melvin Galloway.

Je lui résumai les informations que C.K. m'avait données sur la décapotable rouge.

– Il a pu se tromper. Frankie avait une voiture rouge.

– Je sais, mais il a insisté sur le fait qu'il s'agissait d'une décapotable avec des sièges en cuir noir.

– On va transmettre à Stacey et voir ce qu'il en dit.

Du coin de l'œil, je vis les trois médecins sortir de la chambre de Stacey.

– On dirait qu'ils ont terminé, dis-je à Dolan en tendant le doigt vers eux au moment où ils tournaient au bout du couloir et disparaissaient. Vous voulez aller aux nouvelles ?

– Non. Tout à l'heure.

Je laissai Dolan passer en premier en entrant dans la chambre. S'il était inquiet, Stacey pourrait se confier sans se soucier de moi. Il était dans son lit, dont il avait remonté la partie supérieure pour profiter de la vue. Il ne portait pas son bonnet et voir sa tête nue me déconcerta. Il avait des cheveux fins, une sorte d'hybride de duvet de canard et de cheveux de bébé, d'un centimètre de long tout au plus. Le bonnet de marin lui donnait un air viril. Sans son couvre-chef, il était juste un vieillard malade au cou décharné et aux oreilles saillantes de part et d'autre de son crâne. Il se retourna avec un sourire qui aurait pu passer pour de la jubilation si on ne le connaissait pas.

– Et n'allez pas me dire que Dieu n'a pas le sens de l'humour ! lança-t-il.

– Ah ? dit Dolan.

– Rien d'inquiétant ! Ni méningiome ni neurofibrome : en clair, pas de métastases le long de la colonne vertébrale. Mon problème de dos est bénin. Sans doute une hernie discale due à des altérations dégénératives qui n'ont rien d'anormal à mon âge. Je cite les termes du toubib, au cas où tu croirais que je commence à débloquer. Le meilleur traitement consiste à me reposer, ce dont j'ai déjà une certaine habitude. Des analgésiques, un tranquillisant léger, peut-être du Valium comme tu me l'avais suggéré. Si ça ne marche pas, ils ont un plan de rechange qu'il ne m'ont pas encore exposé. Une opération, je suppose, mais pour le moment, il n'en a même pas été question. En revanche, le docteur m'a conseillé de la gym pour me fortifier le dos une fois que la douleur aura disparu. Il n'a pas tort. Malheureusement, la radio qui a montré que mon problème de dos est juste une broutille a également révélé la présence d'une lésion. Théoriquement, je suis en rémission, on ne revient pas là-dessus.

– Il s'agit de quoi d'après lui ?

– « Elle », bon sang ! Et ne m'interromps pas. J'y venais. Le docteur dit que c'est peut-être un tissu cicatriciel, les vestiges d'une tumeur en passe de se nécroser, ou alors notre vieux copain de lymphome qui refait surface. Le cliché ne leur permet pas de juger. Donc, demain matin à la première heure, biopsie. D'après eux, je suis verni d'être ici. Heureusement que mon dos me fait un mal de chien, m'ont-ils dit. Sans mal de dos, pas de radio. Sans radio, ce truc serait passé inaperçu jusqu'au prochain examen de contrôle, qui n'était pas prévu avant des mois. (Il tendit le doigt vers Dolan.) Et ne va pas me sortir « je te l'avais bien dit » !

– Je t'aurais épargné cette connerie, mais je reconnais que j'y ai pensé.

Moi, je trouvais qu'il y allait un peu fort, mais Stacey se mit à rire.

– Donc, tu sors quand ? lui demanda Dolan.

– Ils ne me l'ont pas encore dit. En attendant, pas question de rester à me tourner les pouces. J'appelle les services du shérif. Joe Mandel a été promu inspecteur et j'espère qu'il nous laissera jeter un coup d'œil aux dossiers.

– Kinsey et moi pouvons nous en charger.

– Pas sans moi. Si tu veux me garder en vie, tu as intérêt à faire ce que je dis.

– Dis donc, c'est du chantage ?

– Tout juste. Parle-moi de Rickman. Je ne serais pas mécontent de rigoler un bon coup maintenant.

Ce soir-là, je dînai chez Rosie, tellement heureuse qu'elle soit de retour que, pour un peu, j'en aurais baisé l'ourlet de sa robe hawaïenne. Après quinze jours de fermeture, l'odeur de bière et de cigarette avait presque disparu du restaurant. Rosie avait profité de son absence pour faire venir une équipe de nettoyage qui avait tout récuré du haut en bas. Les sols étincelaient, les surfaces en bois reluisaient et les bouteilles d'alcool qui se reflétaient dans la glace derrière le bar prenaient un faux air de verre soufflé à la main. Il y avait peu de monde ce soir-là, les habitués ignorant peut-être que l'établissement était à nouveau ouvert.

William officiait au bar, tirant des bières à la pression et préparant des cocktails pour les quelques clients présents. Henry occupait sa table habituelle et se distrayait avec un recueil d'anagrammes. Il m'invita à m'asseoir en face de lui. Rosie émergea de la cuisine avec un paquet de ce que je pris pour de minces dossiers reliés. Elle traversa la salle et se dirigea vers nous, visiblement contente d'elle-même. Elle m'en tendit un et un autre à Henry. Je m'attendais à des albums-photos, mais quand j'ouvris la page de couverture, mes yeux tombèrent sur un menu calligraphié avec soin.

– Tiens, ça a changé, lui fis-je remarquer.

– C'est nouveau menu. Pour pas être obligée raconter tous les plats que je fais. William a écrit avec la main, ensuite il a été à la photocopie pour imprimer. Tu commandes ce que tu veux, et ce que tu sais pas dire en anglais tu montres.

Elle s'interrompit et attendit notre réaction. Depuis qu'elle était rentrée de croisière, son anglais semblait avoir empiré.

Henry étudia le menu ; une curieuse expression traversa son visage. Je baissai les yeux sur le mien, parcourant toute la page. Les plats étaient d'abord mentionnés en hongrois, avec des combinaisons de lettres et d'accents que je n'avais jamais vues. Sous chaque intitulé figurait la traduction en anglais :

Versenyi Batyus Ponty
Ballottine de carpe

Cuska Tejfeles Tormaval
Brochet avec sa crème au raifort

Hamis Oztokany
Consommé de gibier

Disznö Csülök Káposztával
Jarret de porc sur son lit de choucroute

Je brûlais de voir ce que l'équipe de champions de softball allait en penser.

– Tu t'es surpassée, Rosie ! s'exclama Henry.

– Je ne sais vraiment pas quoi prendre, ajoutai-je.

Elle parut frétiller de plaisir, son carnet de commandes à la main. Je crus une seconde qu'elle allait lécher la pointe de son crayon.

Henry lui sourit benoîtement.

– Si tu nous accordais quelques minutes de réflexion ? Qu'on ait le temps d'assimiler.

– Tu gardes, je reviens.

– Excellente idée.

Elle s'éloigna de notre table et commença à faire le tour de la salle, distribuant au passage un menu à chaque box et chaque table. Henry la suivit des yeux, mi-ahuri, mi-admiratif.

– Emmène donc les gens en croisière ! La grâce l'a touchée. Si je ne la connaissais pas, je dirais qu'elle ne se sent plus.

Je repoussai le menu.

– Là n'est pas le problème. Que fait-on ? Je me refuse à avaler du jarret de porc vautré dans sa choucroute. C'est révoltant.

Il consulta de nouveau son menu.

– Écoute-moi ça : « *Mazsolas es Gestenyés Borjunyelv* ». Tu sais ce que c'est ? De la langue de veau aux noisettes et aux raisins secs.

– Ce n'est pas vrai ! Où as-tu vu ça ?

Je jetai un coup d'œil à son menu en espérant qu'il était, par miracle, tout à fait différent du mien.

Il me montra une ligne à la rubrique « Spécialités de la maison ».

– Attends, me dit-il. J'en ai une autre. Tripes au citron. C'est quoi, déjà ? Tout de même pas de l'estomac ou de l'intestin !

– Et alors, tu n'aimes pas les boyaux bio ?

Rosie avait achevé son circuit et remettait le cap sur notre table.

– J'ai idée, nous lança-t-elle. Je fais plat du jour pour vous. Grosse surprise.

– Non, surtout pas ! protesta Henry. Je ne veux pas que tu te compliques la vie. On va juste commander ce qu'il y a là. Seigneur, quelle débauche de spécialités du terroir ! Ce sera quoi pour toi, Kinsey ?

– Moi ? Oh… Ma foi, pour cette soirée de retrouvailles, je me damnerais pour un grand bol de soupe, peut-être accompagné de nouilles à côté. Tu me ferais ça ?

– Facile. Sûr. Je donne Potage du Pêcheur. Déjà prêt, me répondit-elle en s'interrompant pour noter quelque chose d'abscons sur son bloc.

Elle se tourna vers Henry.

– Je crois que je me réserve pour plus tard, dit-il. J'ai grignoté un truc avant de venir.

– Petite assiette zakouskis ? Porc en gelée ? Tout frais. Très bon.

– Ne me tente pas. Tout à l'heure peut-être. Pour le moment, je tiens juste compagnie à Kinsey.

Rosie pinça les lèvres et haussa les épaules d'un air excédé. Je crus qu'elle allait insister, mais elle parut décidée à le laisser souffrir. Nous ne dîmes pas un mot avant qu'elle ait disparu.

Je me penchai vers lui.

– Franchement, tu aurais pu me prévenir. Je lui aurais répondu la même chose.

– J'ai lâché le premier prétexte qui me soit venu à l'esprit. Remarque, tu as réagi au quart de tour. Potage et nouilles, tu ne prends pas de risques. Impossible de se tromper.

Mon regard s'égara vers la cuisine. Quelques secondes à peine venaient de s'écouler, que Rosie jouait déjà du postérieur pour pousser les portes battantes qui séparaient la cuisine de la salle, chargée d'un large plateau où trônait une assiette de potage fumant.

– Seigneur ! La revoilà déjà. J'ai horreur du service au lance-pierre. On se croirait dans un restaurant chinois. On entre et on ressort vingt minutes après !

Elle traversa la salle, posa le plateau sur la table voisine, puis elle plaça l'assiette devant moi. Elle fourra ses mains sous son tablier et m'étudia.

– Tu dis quoi ?

– Je n'ai pas encore goûté. (Je chassai un peu de vapeur vers ma figure, essayant d'identifier le fumet. Cheveux cramés ? Peau de chien ?) Ça embaume. Qu'est-ce que c'est ?

Elle inspecta mon assiette, identifiant quelques ingrédients coupés en petits dés.

– Panais, oignon, carotte, navet…

– J'adore le potage de légumes ! m'écriai-je, peut-être avec un peu plus d'enthousiasme qu'il ne m'est habituel.

Je plongeai ma cuillère à soupe dans les profondeurs et ramenai à la surface un imposant chargement de tubercules.

Elle poursuivit son examen.

– Aussi tête, cou, poumons et foie d'un seul agneau.

Cette fois, la cuillère était déjà en l'air, le potage voguait vers ma bouche par consentement non mutuel. Dès que l'ustensile aborda mes lèvres, j'entrevis des tronçons d'un gris poreux, probablement un émincé de lobe de poumon, accompagné de débris flottants de quelque chose dont je n'eus pas le courage de m'enquérir. La bouche en cul de poule, je fis un bruit de succion, tétant le bouillon tout en évitant adroitement les petits morceaux d'abats. J'eus des marmonnements de jouissance totalement simulés.

– Je reviens de suite avec nouilles.

– Prends ton temps.

Dès qu'elle eut disparu, je reposai ma cuillère, tendant le cou pour inspecter les quatre coins de la salle.

– Tu crois que j'ai le temps d'aller aux toilettes et de rendre ce truc à son lieu d'origine? Elle n'a même pas de plantes vertes où je puisse le balancer!

Henry se pencha pour mieux voir l'assiette.

– Est-ce que j'aperçois un naseau? Oh! non, pardon. Ce doit être seulement une lamelle de valvule mitrale. Courage, la revoilà.

Rosie revenait vers la table, une grande assiette plate à la main. Je lui fis le grand jeu, touillant mon potage, me tamponnant les lèvres avec une serviette, tandis qu'elle posait la platée de nouilles devant moi.

– Ça cale, lui fis-je remarquer en me massant l'estomac comme si je n'en pouvais plus, ce qui était la vérité vraie. Vraiment copieux.

Je glissai un regard plein d'appréhension vers le plat qu'elle déposait à côté de mon assiette. Une bouffée de soulagement m'envahit.

– C'est quoi? Des manicotti?

– Le nom est *palacsinta tésta.* Pareil que tes crêpes.

– Des crêpes hongroises? Ça me paraît génial. Ça, c'est dans mes cordes.

– Je mets dedans cerveau d'agneau brouillé avec œuf. Très délicat. Tu verras. Je peux t'apprendre.

– En attendant, je me gave, lui dis-je. (Elle resta à côté de la table, prête, semblait-il, à surveiller chacune de mes bouchées. Je me penchai sur le côté, fixant des yeux l'autre bout de la salle.) Je crois que William t'appelle. Apparemment, il a besoin d'aide.

Rosie partit vers le bar et s'engagea avec William dans une conversation marquée d'incompréhension.

J'avais déjà saisi mon sac et fourrageai dedans. Un peu plus tôt ce jour-là, j'y avais repéré une liste de courses périmée, rédigée sur un épais papier de brouillon format ministre. Tout en gardant un œil sur Rosie, je pliai la feuille en un cône largement ouvert et en repliai la pointe pour en assurer l'étanchéité. Armée de ma fourchette, j'y transvasai rapidement les crêpes l'une après l'autre, sans me soucier des fragments qui retombaient dans l'assiette. Je pliai la partie supérieure, enveloppai le cône dans une serviette en papier et fourrai le paquet dans mon sac.

Le temps que le regard de Rosie revienne sur moi, j'étais penchée sur mon assiette, faisant semblant de mastiquer tout en essayant d'avoir l'air extasiée. Un autre couple entra dans le bar et accapara son attention. Je posai un billet de vingt dollars sur la table, à côté de l'assiette d'Henry.

– Dis-lui qu'on m'a appelée pour une urgence.

Henry tendit le doigt vers mon potage, auquel je n'avais presque pas touché.

– Je vais lui demander de te le mettre dans un bol et je te le rapporterai un peu plus tard dans la soirée. Je sais que tu détestes gaspiller la nourriture.

CHAPITRE 10

Je rentrai chez moi plus tôt que prévu, au cas où la cervelle d'agneau aurait fui du récipient improvisé et imprégné l'intérieur de mon sac. En passant près de la poubelle d'Henry, je sortis le paquet et le jetai. Je levai la tête, alertée par la sonnerie ténue d'un téléphone. Rabattant violemment le couvercle, je me précipitai vers ma porte d'entrée et l'ouvris en hâte. Trois sonneries. Quatre. J'expédiai mon sac sur une chaise de cuisine et me jetai sur le combiné. Mon répondeur s'était déjà enclenché et je fus obligée de parler plus fort que moi.

– Je suis là ! lançai-je d'un ton joyeux. C'est moi ! Ne raccrochez pas ! Je suis au bout du fil !

– Kinsey ?

L'appel émanait d'un correspondant de sexe masculin, qui s'exprimait par-dessus un brouhaha de conversations en bruit de fond. Je me bouchai une oreille.

– Qui est à l'appareil ?

– Pudgie.

– Tiens donc. Bonjour ! En voilà une surprise ! Je ne pensais pas réentendre parler de vous. Que se passe-t-il ?

– Vous m'avez dit de vous appeler si quelque chose d'autre me revenait, mais vous devez me promettre qu'il n'en saura rien.

J'avais du mal à l'entendre.

– Qui ça, « il » ?

– Frankie. Vous l'avez déjà vu ?

– Pas encore.

– Il est complètement fêlé. On croirait pas parce qu'il joue bien la comédie… comme s'il était normal et tout, mais croyez-moi, on n'a pas intérêt à le fréquenter.

– Je n'avais pas compris que vous le connaissiez.

– Je ne le connais pas, mais faut pas être un génie pour se rendre compte que ce type est fou.

– Et c'est pour ça que vous m'appelez ? Pour me dire qu'il est dingue ?

– Pas vraiment. J'y viens, mais laissez-moi vous demander d'abord un truc. Supposons que quelqu'un lui dise que je vous ai appelée ?

– Vous savez bien que je n'y peux rien. Et puis qui irait le lui dire ? Je peux vous promettre que pas un mot de notre conversation ne filtrera de mon fait.

– Vous me le jurez ?

– Évidemment.

Je l'entendis mettre sa main autour du micro, les lèvres si près du combiné que pour un peu il m'aurait bavé dans l'oreille.

– Il a dit qu'il avait tué une bonne femme.

– Pour l'amour du ciel, Pudgie ! C'est pour ça qu'il est en taule. Pour avoir tué Cathy Lee Pearse !

– Pas elle. Une autre. Après.

– Je vous écoute.

– Il se vantait de ce qui arrivait aux garces qui essayaient de le doubler. Il a raconté qu'il avait levé cette poule dans un bar. Elle avait de la came sur elle et ils se sont défoncés. Ils vont sur le parking pour se peloter, mais elle se fâche et fait la mijaurée, ça le rend fumasse. Comme elle refuse de se laisser faire, il la tue et la fourre dans le coffre de la bagnole de Cathy Lee. Il se trimbale avec pendant deux jours, mais comme il a peur qu'elle se mette à cocotter, il la débarque avant d'arriver à Lompoc.

– Où l'avait-il ramassée ?

– Dans quelle boîte ? Je sais pas. Il l'a jamais dit. Ni le nom de la ville non plus. Santa Teresa, je suppose. C'était forcément avant Lompoc vu que c'est là qu'il s'est fait coincer.

– Et l'endroit où il s'est débarrassé du corps ? L'a-t-il précisé ?

– Quelque part avant d'arriver en ville, là où on ne le retrouverait jamais. Je crois qu'ils l'ont pincé à cause de Cathy Lee, mais comme personne n'était au courant pour l'autre, il était pénard.

– Qu'est-ce qui vous a soudain rafraîchi la mémoire ? Ne me parlez pas d'un détail qui vous serait sorti de l'esprit.

– Ça ne m'est pas « sorti de l'esprit », me renvoya-t-il d'un ton ulcéré. C'est vous qui êtes venue me trouver. J'ai jamais proposé de vous rencarder. J'ai rien fait de « soudain ». Je m'en suis souvenu à la minute où son nom est venu sur le tapis.

– Pourquoi ne pas me l'avoir dit à ce moment-là ?

– On venait de faire connaissance. Comment savoir si je pouvais vous faire confiance, hein ? Il fallait que je réfléchisse.

– Qu'est-ce qui vous a décidé à m'en parler ?

– J'aurais sûrement mieux fait de la boucler si vous le prenez comme ça ! Frankie est une ordure. Si ça lui revient, je suis cuit. Pas le genre de type qu'on balance en espérant faire de vieux os !

– Bien vu, reconnus-je. A-t-il dit autre chose ?

– Pas que je me rappelle, juste là. La date, j'ai pas vraiment fait attention. En taule, tout le monde la ramenait avec ce genre d'histoires à la con. C'était surtout du vent et je n'y ai pas fait attention. Enfin si, mais j'en ai jamais plus entendu parler. Et voilà que vous rappliquez en me disant qu'on a retrouvé le corps d'une fille en pleine nature, j'ai tout de suite pensé à lui.

– Vous êtes sûr de ce que vous dites ?

– Pas du tout ! Peut-être qu'il a tout inventé. Allez savoir. Vous m'avez dit d'appeler, j'appelle.

Je réfléchis rapidement. Pudgie me menait peut-être en bateau, encore que, très franchement, je ne voyais pas quel bénéfice il en aurait retiré.

– Plutôt maigre comme indice.

– Ça, je peux rien pour vous.

– Comment l'aurait-il tuée ?

– Avec un couteau, je crois. Il disait qu'il l'avait tailladée, enveloppée et fourrée dans le coffre. En arrivant à Lompoc, il l'a bazardée sur le côté de la route et il a filé. Quand les flics l'ont arrêté, il s'est cru à l'abri. Eux voulaient seulement l'épingler pour Cathy Lee.

– Connaissait-il la fille ?

– Ça m'étonnerait. Pas à la façon dont il en parlait.

– Parce que j'aimerais connaître son mobile.

– Vous blaguez ou quoi ? Comme si Frankie avait besoin d'un mobile. Elle l'aura regardé d'un drôle d'air ou traité de p'tite bite. Si elle savait qu'il était en cavale, elle l'aura peut-être menacé de le dénoncer.

– Intéressant, dis-je. Il va falloir que j'y réfléchisse. D'où m'appelez-vous ?

– D'un coin où je traîne, à Creosote. Ma frangine est venue du désert et m'a ramené chez elle.

– Où puis-je vous joindre en cas de besoin ?

Il me donna un numéro avec un préfixe de zone.

– Merci. Vos déclarations me seront peut-être très utiles.

– Frankie, il est où en ce moment ?

– Je ne sais pas au juste. À ce qu'on nous a dit, il rôdait dans le coin.

– Vous voulez dire que cet enfant de salaud est dehors ?!

– Tout à fait. En conditionnelle.

– Mais vous me l'avez pas dit ! Putain de merde. Jurez-moi que vous ne lui direz jamais qui vous a parlé de ça. Et ne comptez pas sur moi pour témoigner au tribunal !

– Pudgie, vous ne pourriez pas témoigner au tribunal. Ce sont des ouï-dire, rien d'autre. Vous n'avez rien vu, alors cessez de vous inquiéter. Je vais en parler aux deux policiers avec qui je travaille, mais ça s'arrête là.

– J'espère que j'ai pas fait de conneries.

– Détendez-vous. Tout va bien.

– Vous m'avez acheté des clopes ?

– Non, mais je vous en dois un fichu paquet.

Dolan passa me prendre au bureau le mardi matin à 10 h. J'étais allée courir comme d'habitude à 6 h précises, puis j'avais pris une douche et m'étais habillée. Après un café et un bol de céréales expédiés en vitesse, j'étais arrivée au bureau à 8 h 35. Au moment où Dolan m'appela d'un coup d'avertisseur, j'avais liquidé tout le travail en retard qui encombrait ma table. Dolan eut la courtoisie de jeter sa cigarette par la vitre dès que je montai. La biopsie de Stacey était prévue pour 7 h 45, mais ni lui ni moi ne souhaitions en parler. Après avoir réussi à ouvrir la portière du côté passager et à la refermer tant bien que mal, je lui parlai de l'appel de Pudgie.

– Je ne sais pas quoi en penser. À votre avis ?

– J'aimerais beaucoup le croire, mais j'ignore s'il est crédible comme mouton. Il m'a paru fiable sur deux points.

– Quoi, par exemple ?

– Il savait qu'elle avait été poignardée et aussi que le corps était enveloppé dans quelque chose quand on s'en était délesté.

– Il aura lancé ça au jugé et deviné les détails pour se donner de l'importance.

– À mes yeux ? Pourquoi se serait-il donné tant de mal ?

– Parce qu'il vous fait du gringue. Ça lui fournissait un prétexte pour vous rappeler.

– Moi ? Vous m'en voyez tout émoustillé.

– Une chose est sûre, ses déclarations ne nous servent à rien. C'est du vent.

– Et des on-dit.

– Exact.

Nous avions prévu de passer chez Frankie, histoire de voir ce que nous pouvions en tirer. Dolan avait parlé à son policier de contrôle, Dench Smallwood, qui lui avait donné son adresse.

Le temps de traverser la ville, Dolan me dit qu'il s'était de nouveau penché sur le dossier. Les premiers rapports faisaient état de trois véhicules volés, parmi lesquels la Chevrolet 1967 rouge dans laquelle Frankie avait été arrêté. On avait demandé à Melvin Galloway d'enquêter sur les deux autres, mais, à en juger par les rapports, c'était impossible de dire ce qu'il avait fait de précis. Miracle était en fuite et son arrestation redorait le blason de Galloway. Au vu de sa réputation de fainéantise, la routine de l'enquête manquait probablement de séduction. Il avait très bien pu affirmer s'être livré aux investigations nécessaires alors qu'il les avait négligées. La décapotable rouge que C. K. Vogel avait vue s'était révélée être une Ford Mustang 1966, propriété d'un certain Gant, de Mesquite, Arizona, de l'autre côté de la frontière. Stacey avait demandé à Joe Mandel d'effectuer une recherche de numéro de série et d'immatriculation pour localiser le véhicule. En cas de succès, il serait peut-être utile de remonter la piste et d'aller voir.

La chambre que Frankie avait louée était située à l'arrière d'une maison en bardeaux de Guardia Street. Nous dûmes slalomer dans l'allée pour éviter la masse de détritus qui s'était échappée d'une poubelle renversée. Des buissons d'orangers et d'hibiscus à l'abandon avaient tellement poussé que leur ombre rendait la véranda glaciale. Dolan frappa à la porte tandis que je restais en peu en retrait sur le côté, comme si je craignais qu'on me tire dessus à travers les lattes. Dolan laissa s'écouler un intervalle décent et frappa de nouveau. Nous allions repartir quand Frankie nous ouvrit la porte. À quarante-quatre ans, il avait un visage poupin et rasé de près. Il portait un T-shirt et un caleçon court et avait remonté un masque sur le sommet de son crâne. Il était pieds nus.

– Oui ?

– Monsieur Miracle ?

– Lui-même.

Dolan écarta son coupe-vent, exhibant sa plaque de ceinturon.

– Lieutenant Dolan, police de Santa Teresa. Kinsey Millhone.

– O.K.

Frankie avait les cheveux châtain et les yeux marron. Son regard franc se teinta d'irritation. L'absence de tatouages visibles m'étonna. Il venait de passer dix-sept ans derrière les barreaux et je m'étais attendue à un repris de justice tout droit sorti des bandes dessinées du journal du dimanche. Sans être menacé par l'embonpoint, il donnait une impression de mou – autre sujet de surprise. Je m'imagine tous les détenus comme des adeptes de la gonflette. Son regard saisit le mien.

– Je fais l'affaire ?

Je m'abstins de répondre.

– On manque de sommeil ? lança Dolan. Tu m'as l'air en rogne.

– Je travaille de nuit, au cas où ça vous regarderait.

– Comme quoi ?

– Gardien. Dans l'équipe de nuit du Granger Building. Je pourrais vous donner le nom de mon patron, mais vous l'avez déjà.

Dolan eut une ombre de sourire.

– Exact. Ton contrôleur me l'a donné quand je l'ai appelé.

– Vous venez pour quoi ?

– On peut entrer ?

Frankie jeta un coup d'œil par-dessus son épaule.

– Pourquoi pas ?

Il s'effaça pour nous laisser entrer. Son logement comprenait en tout et pour tout une pièce unique avec du linoléum par terre, un réchaud, un réfrigérateur d'époque, un lit en fer et guère plus. Un portique en tubulure de fonte auquel il avait accroché ses vêtements, les sales comme les propres, lui tenait lieu de penderie. Sur le mur du fond, une porte ouverte révélait une salle de bains exiguë. Par terre, près de son lit, un cendrier rempli de mégots côtoyait des livres de poche en vrac, un mélange de romans policiers et de science-fiction. Entre l'odeur des draps et celle de tabac froid, la pièce ne sentait pas la rose. Si j'avais dû vivre dans un taudis pareil, je me serais suicidée. En revanche, pour Frankie, habitué à la prison, cela représentait probablement une amélioration.

Comme il n'y avait rien pour s'asseoir, nous restâmes tous deux debout, cependant que Frankie se recouchait dans son lit, rabattant le drap sur ses cuisses. La conversation qui suivit me sembla bizarre, comme si nous avions rendu visite à Stacey dans sa chambre d'hôpital. Je n'ai jamais vu que des malades chroniques accepter d'être interrogés dans leur lit. Cette attitude dénotait une sorte d'assurance méfiante. Il tira le drap et en replia le revers.

– Vous pouvez laisser tomber les gracieusetés. Je suis de nuit ce soir et j'ai besoin de ma ration de sommeil.

– On aimerait te poser des questions sur la période que tu as passée à Lompoc avant d'être arrêté.

– À quel sujet ?

– Ce qui t'y amenait, ce que tu faisais avant.

– Aucun souvenir. J'étais totalement défoncé. À l'époque je me shootais au shit.

– Quand tu t'es fait épingler, tu te trouvais à dix kilomètres du lieu où on a découvert le corps d'une jeune fille.

– Magnifique. Et c'était où ?

– Près de la carrière Grayson. Tu connais ?

– Tout le monde connaît Grayson. Il y a des années qu'on l'exploite.

– Fichue coïncidence, non ?

– Que je me sois trouvé à dix kilomètres de là ? N'importe quoi. J'ai de la famille dans le coin. Mon vieux a vécu quarante-quatre ans dans la même baraque. J'allais le voir.

– Après avoir tué Cathy Lee.

– Vous n'avez quand même pas fait le déplacement pour me recracher cette vieille boule de poils ! Je vais vous dire une chose : jamais je n'aurais dû être arrêté pour meurtre. C'était de la légitime défense. Purement et simplement. Elle m'a agressé avec une paire de ciseaux... Et puis je n'ai pas besoin de me justifier.

– Pourquoi t'être enfui alors ? Pas franchement le comportement d'un innocent.

– Je n'ai jamais dit que j'étais innocent. J'ai dit... Oh, et puis merde, pourquoi j'irais vous le raconter ? J'étais paniqué, si vous voulez savoir. T'es shooté aux amphètes, t'es pas clair dans ta tête. Tu t'affoles et tu crois que tout le monde t'en veut.

– Inutile de te mettre sur la défensive, dit Dolan.

– Veuillez-avoir-la-bonté-de-me-pardonner-je-vous-en-prie. Quand on me réveille, des fois ça me met à cran.

Dolan sourit.

– Ça te met à cran et tu pètes les plombs, c'est ça ?

– Vous savez quoi ? J'ai purgé ma peine. Pas un accroc en dix-sept ans. Libération anticipée, remise de peine pour bonne conduite, la totale. Maintenant je suis dehors, on n'a rien à me reprocher, j'ai un emploi rémunéré, alors allez vous faire foutre. Sauf votre excuse.

– La prison a eu un effet salutaire.

– Justement. Vous voyez bien ? La réinsertion, ça marche ! J'en suis la preuve incarnée. Le méchant garçon s'est rangé et maintenant je suis libre comme l'air.

– Pas tout à fait. Tu es toujours en conditionnelle.

– Comme si je ne le savais pas ! Eux et leur putain de règlement... Croyez-moi, on ne me pincera pas pour violation. Je ne suis pas si con. Je veux la jouer à la régulière car je n'ai pas l'intention de rempiler. Jamais.

– Tu sais où est le problème, Frankie ?

– Je vous écoute, lieutenant. Je suis sûr que vous allez me l'expliquer en long et en large.

– Tu es peut-être irréprochable aujourd'hui, mais à l'époque tu étais trop novice pour la fermer.

– C'est quoi, cette histoire ?

– Je te l'ai dit. Nous avons un homicide non élucidé, survenu dans le même contexte que celui de Cathy Lee.

– Eh bien, je ne peux pas vous renseigner. Je ne suis au courant de rien. Si vous avez besoin d'autre chose, voyez mon avocat.

– Et c'est qui ?

– Je l'ignore encore, mais je vous le ferai savoir. D'où elle sort, cette connerie ? À moins que ce soit top secret ?

– Nous avons quelqu'un qui essaie de te faire porter le chapeau.

– Chapeau mon cul ! Un ancien taulard qui s'est mis à table et veut me faire casquer ? Je n'ai pas tué cette poule. On vous a mal renseigné.

– Ce n'est pas ce que dit notre témoin. D'après lui, tu t'en es vanté après.

– Tout ça, c'est de la poudre aux yeux et vous le savez. Vous n'avez rien sur moi, sinon vous vous seriez pointé avec un mandat au lieu de me resservir votre baratin fétide.

Dolan hocha la tête.

– Je ne sais pas, Frankie. Tu devais bander comme un cerf et quand la fille n'a pas voulu se laisser faire, tu as perdu ton sang-froid.

– Oui, oui, oui ! dit Frankie en faisant mine de se branler.

– Pourquoi ne pas avouer ? Tu pourrais vraiment nous dépanner. Ça montrerait que tu as le cœur à la bonne place maintenant que tu as tourné la page.

Frankie sourit, hochant la tête d'un air incrédule.

– Vous pensez que je serais assez con pour me mettre à table, là ? Pour vous dire quoi, hein ? Vous n'avez rien contre moi. Je ne sais même pas de quoi vous parlez.

– Je ne suis pas ici pour t'embêter.

– Tant mieux, car j'essaie de rester cool. Vous voulez un échantillon d'urine ? Je vous pisse dans une tasse. Fouillez la pièce, faites comme chez vous. Ce qui vous chante, mais vite. Sinon, ça suffit. Fermez la porte derrière vous en repartant.

Il rabattit le masque sur ses yeux et nous tourna le dos.

– Pas très fructueux, dis-je quand nous fûmes de nouveau dans la voiture.

– Je voulais que vous ayez une idée du lascar. Il est toujours préférable de connaître les protagonistes. Et puis, ça ne lui fait pas de mal de gamberger un peu en se demandant ce qu'on a sur lui.

– Il en aura vite fait le tour. Car on a rien, n'est-ce pas ?

– Rien, mais lui ne le sait pas.

Dolan avait prévu de filer à Saint-Terry dès qu'il m'aurait déposée au bureau, mais quand nous prîmes Caballeria Lane, nous aperçûmes Stacey assis sur le trottoir devant chez moi, un sac à provisions à ses pieds. Il avait un bonnet de marin rouge, une chemisette, un pantalon de toile beige, les pieds nus dans ses chaussures. Son bracelet d'hôpital en plastique perforé lui encerclait toujours le poignet. Il avait des bras squelettiques et la peau translucide – un vrai papier de soie protégeant un faire-part de mariage. Dolan se gara à deux voitures de là. En revenant à pied vers Stacey, il sortit un paquet de cigarettes et des allumettes et s'arrêta pour en allumer une. Il jeta l'allumette et aspira une grande bouffée, avalant la fumée avec autant d'avidité qu'un asthmatique, le nez dans son inhalateur.

– Tu es venu comment ?

Stacey mit la main en visière pour se protéger les yeux et coula vers lui un regard en biais.

– En taxi. C'est à ça qu'ils servent. Tu leur files un billet et ils te déposent où tu veux.

– Je ne pensais pas qu'ils te lâcheraient avant de nouveaux examens.

Stacey balaya l'idée d'un geste.

– Qu'ils aillent au diable ! J'ai fini par me fatiguer d'attendre que le toubib me donne le feu vert. J'ai pris mon barda et me suis fait déposer ici. Je n'ai pas de temps à perdre en futilités. Ça n'y changera rien. Entre-temps, Mandel m'a appelé : il nous dit de passer. Il a sorti les pièces du dossier et nous pouvons aller y jeter un coup d'œil. À propos... Quoi de neuf du côté de Frankie ?

– Ne change pas de sujet. La biopsie s'est bien passée ?

– Du gâteau. Ils m'ont si souvent piqué que ça ne me fait pas plus d'effet qu'une piqûre d'insecte.

– Quand auras-tu les résultats ?

Stacey avait la main si menue qu'il réussit à ôter son bracelet sans le déchirer.

– D'ici un jour ou deux. Et alors ? On a du pain sur la planche. Aide-moi plutôt à me remettre debout. À mon âge, quand on va au tapis, on ne peut plus se relever. Parle-moi de Frankie.

– Blanc comme neige.

– Tu m'étonnes. C'était couru !

Dolan tendit la main et aida Stacey à se remettre sur ses pieds. Il parut vaciller un instant, puis retrouva son équilibre. Stacey surprit le regard que nous échangions, Dolan et moi.

– Arrêtez ! Je vais bien. Je suis fatigué, voilà tout. À force de rester couché...

Le bureau du shérif du comté de Santa Teresa est situé aux abords de Colgate, en retrait d'El Solano Road, dans le même secteur que la décharge publique. J'imagine que par là le terrain vaut une bouchée de pain et qu'on a toute la place voulue pour s'agrandir. Derrière le bâtiment, j'aperçus des lignes de voitures de patrouille et de camionnettes administratives et tout un assortiment de véhicules divers et variés appartenant au personnel du bureau. Le bâtiment d'un seul niveau, en stuc blanc et beige crème, comporte une série d'arches sur la façade avant. La maison d'arrêt se dresse juste de l'autre côté de la route. Après nous être garés, nous franchîmes l'entrée principale, Stacey ouvrant la marche. Son travail lui manquait terriblement. La seule vue des lieux parut le revigorer.

À gauche, dans le minuscule espace d'accueil, se trouvait un comptoir pourvu d'une vitre, probablement blindée, mais rien ne le spécifiait. L'employée en civil leva les yeux quand nous entrâmes.

– Le sergent-inspecteur Joe Mandel nous attend, lui dit Stacey.

Elle fit glisser un bloc dans notre direction.

– Il a dit qu'il venait de suite.

Nous signâmes l'un après l'autre, elle nous remit à chacun un badge de visiteur. Trois chaises s'offraient à nous, mais nous préférâmes rester debout. J'apercevais déjà à travers la porte vitrée quelqu'un qui arrivait du fond du couloir. Mandel ouvrit la porte de son côté pour nous faire entrer. Il y eut les présentations d'usage et une tournée de poignées de main. À la petite lueur qui s'alluma dans ses yeux, je vis qu'il se rappelait notre rencontre dans sa cuisine, mais si la chose lui parut bizarre, il n'en laissa rien paraître. Il connaissait bien Stacey ; en revanche, à ce que je compris, il n'avait pas vu Dolan depuis une éternité. Ils échangèrent des plaisanteries pendant qu'il nous tenait la porte et nous laissait passer.

Nous tournâmes à gauche pour le suivre dans un long couloir, une étroite allée tapissée de moquette beige, aux parois assorties et bordée de part et d'autre de bureaux. Joe nous présenta au sergent Steve Rhineberger, de la cellule médico-légale des services du shérif. Il ouvrit une porte fermée à clé et nous fit entrer dans une pièce qui ressemblait à une cuisine de pavillon, cuisinière en moins. Il y avait des comptoirs sur trois côtés et une sorte d'appareil de climatisation au fond. Un grand sac en papier marron, qui semblait en avoir vu de dures, attendait sur la table, au milieu de la pièce.

Le sergent Rhineberger ouvrit la porte d'un placard du bas, déchira une bonne longueur de papier blanc à un large dérouleur fixé à l'intérieur et sortit une paire de gants jetables en latex.

– J'ai demandé au bureau du coroner de nous envoyer la mandibule et le maxillaire. Au cas où vous souhaiteriez les voir aussi.

Il plaça la feuille de papier protecteur sur la table, puis il brisa le scellé du sac des pièces à conviction. Il en retira la bâche pliée et divers articles vestimentaires, qu'il étala sur le papier. Puis il sortit une poignée de gants jetables du distributeur en carton sur le comptoir. Il en donna une paire à Stacey, une à Dolan et une à moi. Nos hommes avaient jusque-là parlé boutique, mais un silence respectueux s'imposa. Dix-huit ans après la mort violente de la victime, on n'entendit plus que le crissement du papier blanc et le bruit sec des gants.

Il me parut bizarre de regarder des objets que je n'avais encore vus que sur des photographies décolorées par le temps. La blouse paysanne et le pantalon imprimé de pâquerettes avaient été découpés à même le corps et les vêtements étalés sur la table paraissaient avoir atterri là sans ménagements après une terrible mésaventure. Le tissu était souillé et humide, comme imprégné de sable mouillé. Les taches de sang ressemblaient tout au plus à des salissures de rouille. Les sandales étaient en cuir, ornées de maillons en laiton réunis par des lanières de cuir. Chaque chaussure comportait une bride étroite, qui devait séparer le gros orteil des autres doigts. Elles paraissaient neuves, excepté quelques légères mouchetures sur la semelle, là où le talon et la partie antérieure de son pied nu avaient laissé des empreintes indélébiles.

Rhineberger ouvrit une boîte de métal et en sortit les deux parties de la mâchoire de la victime. Ses dents présentaient des travaux dentaires conséquents, seize ou dix-huit plombages en amalgame. Lorsqu'il raccorda le maxillaire à la mandibule, faisant correspondre les gorges et les surfaces usées aux bons endroits, on put voir l'importance de la protrusion et la canine supérieure en biais, du côté gauche.

– Je ne comprends pas que personne ne l'ait reconnue au signalement des dents. D'après Charlie, tous les plombages datent d'un an ou deux avant sa mort. On voit que les dents de sagesse n'étaient pas encore sorties. Pour lui, elle n'avait probablement pas dix-huit ans.

Il remit les ossements dans la boîte, sans refermer le couvercle.

Les vêtements couvraient à peine le dessus de la table. C'était tout ce qu'il restait d'elle, le total définitif. Qu'une existence puisse se réduire à des vestiges si modestes me sidéra. Elle avait sans doute attendu beaucoup plus de la vie... l'amour, le mariage, des enfants peut-être – au minimum une présence chère parmi ses amis, les membres de sa famille. Ses restes étaient à présent enfouis dans une tombe anonyme, seulement désignée par un numéro de parcelle dans le registre du cimetière. Et pourtant, malgré les rares données dont nous disposions, elle paraissait curieusement réelle. J'avais vu une photo d'elle, en noir et blanc, gisant sur l'herbe sèche d'août, le visage caché par l'angle du corps et par les buissons. L'objectif n'avait pu saisir que la taille, une portion de l'avant-bras, une autre du mollet, les chairs enflées, marbrées par la décomposition, comme si elle avait été rouée de coups.

Je pris le sachet en plastique qui contenait une mèche de ses cheveux, à première vue propres et soyeux, d'un blond atténué. Un deuxième sachet renfermait des boucles d'oreilles délicates, de simples anneaux en fil d'or. Il n'y avait qu'une pièce concernant le meurtre proprement dit : le morceau de câble à section fine, gainé de plastique blanc, qui lui avait lié les poignets. La bâche était une toile de moyenne épaisseur, avec des coutures surpiquées au fil rouge et des œillets de métal insérés à intervalles réguliers. Un article standard : toile de protection de peintre ou pour abriter un stère de bûches contre les intempéries. Dans un coin, une petite salissure rouge ressemblait à une coccinelle ou à une tache de sang, mais un examen plus attentif me montra qu'il s'agissait seulement d'un petit carré de points de couture rouges, à l'endroit où on avait arrêté le fil. C'était à partir de ces minces éléments que nous entendions reconstituer non seulement l'identité de la fille, mais celle de son assassin. Par quelle force irrésistible nous avait-elle réunis là tous les cinq, dix-huit ans après les faits?

Avec un certain retard, je me rebranchai sur la conversation. Stacey exposait le bilan de nos recherches à ce jour. Apparemment, Mandel était de retour et se penchait lui aussi sur le dossier. Comme Stacey et Dolan, qui avaient découvert le corps, il avait travaillé à l'enquête dès le début.

– Vraiment pas de pot que Crouse soit parti, disait-il à cet instant précis. On n'est plus tellement nombreux.

– Que lui est-il arrivé? demanda Dolan.

– Il a vendu sa maison et il est parti s'installer avec femme et enfants dans l'Oregon. Maintenant il est chef de police Dieu sait où. La dernière fois que j'ai eu de ses nouvelles, il en pleurait d'ennui, mais il ne peut pas se permettre de revenir à cause du prix des maisons par ici. Keith Baldwin et Oscar Wallen sont tous les deux à la retraite et Mel Galloway est mort. N'empêche que ça fait chaud au cœur de reprendre ce dossier. Si on se pose les bonnes questions au bout de tout ce temps, peut-être qu'on en sortira quelque chose.

– Toi, tu en penses quoi? lui demanda Stacey. Vois-tu un élément qui nous aurait échappé?

Mandel s'accorda le temps d'une courte réflexion.

– Je dirais que le seul point que j'aimerais tirer au clair, c'est cette Iona Mathis, la fille avec qui Frankie Miracle était marié. Elle aurait peut-être un indice si tu retrouvais sa piste. On m'a dit qu'elle était revenue assister au procès. Elle a failli remettre ça tellement il lui faisait de la peine!

Stacey eut une grimace peinée.

– La séduction de ce type m'échappe. Moi, je n'ai même pas réussi à me passer une seule fois la corde au cou et je suis un citoyen respectueux de la loi! Tu as son adresse?

– Non, mais je peux te trouver ça.

CHAPITRE 11

Dolan me déposa au bureau avant de raccompagner Stacey chez lui. L'énergie de Stacey fléchissait et, honnêtement, la mienne aussi. En ouvrant la porte, je remarquai un break Mercedes garé dans le petit passage qui sépare mon bungalow du suivant. La femme assise à la place du conducteur brodait, l'excédent de canevas reposant de guingois sur le volant. Elle leva les yeux vers moi et me fit un geste de la main, puis elle posa son ouvrage sur le siège à côté d'elle. Elle sortit de la voiture, tendit le bras vers la banquette arrière et en retira un cabas.

– Je commençais à croire que je t'avais ratée ! me lança-t-elle.

J'attendis qu'elle verrouille sa portière et se dirige vers moi. Son visage me disait quelque chose, mais impossible de savoir où je l'avais vue. Je lui donnai la soixantaine, soignée et séduisante ; elle portait bien son tailleur de demi-saison en lainage rouge. Ses cheveux mi-longs étaient teints, un auburn profond ; un brushing souple lui dégageait le visage.

J'hésitai sur le seuil, continuant de farfouiller dans mon sac à souvenirs, essayant de mettre un nom sur ce visage. Qui était-ce donc ? Une voisine ? Une ancienne cliente ?

– Vous m'attendiez ?

Elle sourit, révélant des dents régulières. Avant qu'elle n'ait eu le temps d'ouvrir la bouche, je sentis un pincement de crainte au bas du dos, une vibration métallique, comme si un petit crabe des sables se promenait au gré de son caprice sur des cordes de guitare. Elle me tendit la main.

– Je suis ta tante Susanna.

Je lui serrai la main en essayant de jauger le mot « tante ». J'en connaissais le sens, mais ne voyais absolument pas quoi en faire.

– La mère de Tasha, ajouta-t-elle. J'espère que je ne te dérange pas au mauvais moment ? Elle t'avait bien prévenue de ma visite, n'est-ce pas ? Si elle a oublié, je serais vraiment confuse.

– Non, oui, bien sûr. Naturellement ! Désolée de ne pas avoir réagi sur le coup, mais j'avais la tête ailleurs. Entrez donc vous asseoir. Voulez-vous un café ? J'allais justement m'en faire.

Elle entra derrière moi et me suivit dans le bureau.

– Merci, avec plaisir.

Elle posa son cabas et s'installa dans le fauteuil réservé aux clients, de l'autre côté du bureau. Ses yeux étaient de la même teinte noisette que les miens. L'air embaumait l'eau de Cologne. Odeur d'agrumes (de pamplemousse ?) fraîche et légère.

– Comment le voulez-vous ?

– Tout me va. Noir sera parfait.

– Ça ne me prendra qu'une minute.

– J'ai tout mon temps, me répondit-elle.

Avec un mot d'excuse, je partis dans l'entrée, puis passai à la cuisine, où je m'appuyai au plan de travail et tentai de reprendre mon souffle. Depuis qu'elle s'était présentée, j'arborais un calme de pure commande. C'était donc ma tante, la sœur de ma mère. Je connaissais Tasha et Liza, l'aînée et la benjamine des trois filles de Susanna. La cadette, Pam, j'en avais entendu parler mais sans la rencontrer. Ma présentation à la famille avait été aussi déconcertante que si j'avais tout ignoré de son existence. Le hasard d'une enquête, trois ans auparavant, les avait débusquées comme un nid d'araignées dans la poche d'un vieux pardessus. En l'absence de mes parents et de tante Gin, Susanna se trouvait forcément être l'une de mes plus proches parentes encore en vie.

Je me tapotai la poitrine, afin de reprendre mes esprits. Toute cette histoire était bizarre. Je ne me souviens pas de ma mère et je n'ai jamais eu d'image concrète d'elle. Mais même... Je sentais le lien de parenté. Toutes les femmes Kinsey ont un air de ressemblance marqué, du moins à ce que j'ai entendu dire. Je ressemblais sans doute à Tasha et elle m'avait dit qu'on les prenait souvent pour des jumelles, sa sœur Pam et elle. Beaucoup moins à Liza, mais on ne pouvait nier l'air de famille.

Je saisis la verseuse de la cafetière électrique et la remplis d'eau, que je transvasai dans le réservoir. Filtre en papier, boîte à café. J'aurais juré que mes mains ne tremblaient pas, mais du café moulu s'éparpilla sur le plan de travail. J'attrapai une éponge, la mouillai et essuyai la surface; plaçai la verseuse sur la plaque chauffante et tournai le bouton sur ON. Je me méfiais de ce que j'allais lui dire, mais ne pouvais quand même pas attendre dans la cuisine que le café soit prêt. J'attrapai deux tasses dans le placard et les posai sur le plan de travail. Si j'avais eu du cognac sous la main, j'en aurais avalé une rasade séance tenante.

Je regagnai le bureau en essayant de me rappeler en quoi consistait un état « normal », juste pour faire semblant.

– Ce sera prêt dans une minute! J'espère ne pas vous avoir fait trop attendre. Mon travail m'a retenue.

Elle me sourit, m'observant alors que je m'asseyais en face d'elle, de l'autre côté du bureau.

– Ne t'inquiète pas. Je ne m'ennuie jamais toute seule.

Elle était jolie: un nez droit et un soupçon de maquillage pour unifier les nuances de son teint. Je notai les dégâts du soleil ou bien des taches de rousseur estompées, et un réseau de minces griffures autour des yeux et de la bouche. Son tailleur rouge lui seyait, la veste mise en valeur par le blanc nacré de ce qu'elle portait au-dessous. Inutile de chercher de qui Tasha tenait son élégance vestimentaire.

Elle leva un doigt en l'air.

– Oh, j'allais oublier! J'ai quelque chose pour toi. (Elle se pencha vers son cabas et en ressortit une photographie en noir et blanc dans un cadre en argent. Elle me la tendit et je la pris, la retournant pour voir de quoi il s'agissait.) C'est moi avec ta mère à sa soirée de débutante, le 5 juillet 1935. J'avais neuf ans.

– Tiens...

J'abaissai les yeux, mais seulement le temps d'entrevoir Rita Cynthia Kinsey, dix-huit ans, en robe du soir blanche. Elle se penchait vers l'objectif en riant, entourant de ses bras sa petite sœur. Ma mère paraissait incroyablement jeune ; ses boucles brunes lui tombaient sur les épaules. Elle devait avoir un rouge à lèvres foncé car sa bouche semblait noire sur la photo. Susanna, elle, portait une longue robe vaporeuse, comme une version miniature de celle de Rita.

Mon visage devint brûlant, et je le gardai détourné le temps que cette violente bouffée d'émotion se dissipe. Une souffrance aiguë, comme si on avait rabattu brutalement le couvercle d'une boîte sur mes doigts. Pour un peu, j'aurais gémi sous ce coup inattendu. Mais, par la pure force de ma volonté, je bloquai mes émotions. Je souris à Susanna, tout en sentant mon visage tendu.

– Je suis sensible à cette attention, lui dis-je. Je n'ai jamais eu de photographie d'elle.

– C'est celle que je préfère. J'en ai fait faire un contretype pour que tu puisses la garder.

– Merci. Existe-t-il des photos de mon père ?

– Sûrement. Je n'y ai pas pensé, mais j'aurais pu apporter l'album de famille. Tout le monde y est. La prochaine fois peut-être, me proposa-t-elle. Tu sais, tu ressembles à ta mère, mais moi aussi.

– Ah bon, lui renvoyai-je en pensant : *Cette histoire est grotesque.* (Dans mes rapports avec Tasha, il m'avait été facile d'observer une distance de sécurité. L'agressivité des mots créait entre nous un espace rassurant. Mais cette femme était adorable. On m'aurait donné dix cents que j'aurais quitté l'abri de mon bureau pour me nicher sur ses genoux.) À ce que j'ai entendu dire, toutes les femmes Kinsey se ressemblent.

– C'est moins le côté Kinsey que LeGrand. Virginia avait certains traits de papa, mais elle était l'exception. Les traits de Grand dominent. Comment s'en étonner, c'est dans sa nature !

– Pourquoi l'appelez-vous Grand ?

Elle se mit à rire.

– Aucune idée ! Nous l'avons toujours appelée comme ça, aussi loin que remontent mes souvenirs. Elle ne voulait pas de « mummy » ni de « mommy » ni rien de ce genre. Elle préférait le surnom qu'on lui avait toujours donné et l'habitude nous en est restée. À l'école, je me suis rendu compte que les autres enfants appelaient leur mère « maman » ou « mom », mais il était trop tard pour changer, ç'aurait paru bizarre. Peut-être que chez elle, c'était une forme de refus, d'ambivalence au sujet de la maternité. Je ne sais pas.

L'odeur du café commençait à imprégner l'air. Je n'avais pas envie de bouger, mais je me levai et fis le tour du bureau.

– Je reviens tout de suite.

– Veux-tu que je t'aide ?

– Non, c'est parfait.

– Hurle si tu as besoin de moi.

– Merci.

De retour dans la cuisine, je fus rapide et efficace, même s'il me fallut mes deux mains pour verser le café. Comment lui tendre sa tasse sans la renverser ? Je respirai un grand coup et me souffletai mentalement pour reprendre mes esprits. J'en devenais ridicule. C'était quasiment une étrangère, une femme d'un âge certain jouant les ambassadrices de bonne volonté. J'étais quand même capable de faire front. De gérer la situation. Autant régler le problème sans attendre, quitte à gémir sur les conséquences dès que je me retrouverais seule. Je saisis les deux tasses et me mis à marcher, les yeux fixés sur le café. Oh, je n'en renversai pas énormément, et puis la moquette était si rudimentaire que ça ne se verrait pas.

Une fois dans la pièce, je posai les deux tasses sur le bureau et laissai Susanna libre de son choix. Je me rassis et fis glisser ma tasse jusqu'à moi. Et si je lapais mon café au lieu de le porter à mes lèvres ?

– Puis-je vous poser une question ?

– Bien sûr, ma chérie. Que veux-tu savoir ?

Ma chérie. Seigneur... Les larmes me montèrent aux yeux, mais je les refoulai. Susanna ne parut pas le remarquer. Je me raclai la gorge.

– Liza a mentionné des neveux la première fois que nous nous sommes vues, mais je n'en ai plus entendu parler. Arne m'a dit que Grand a eu trois fils, tous mort-nés, mais n'y a-t-il pas eu un garçon mort tout petit ? Je crois que Liza y a fait allusion.

Elle eut le geste dédaigneux de la main que je connais si bien. Le mien, celui de ma cousine Liza aussi, le jour où nous avions fait connaissance.

– Elle se trompe toujours. L'histoire de la famille n'est vraiment pas son fort. À proprement parler, c'est exact. Maman a eu trois garçons avant Rita. Les deux premiers sont morts à la naissance. Le troisième a vécu cinq heures. Tous les autres garçons de la famille, soit neuf neveux, font partie des pièces rapportées. Le mari de Maura, Walter, a deux sœurs, qui ont toutes les deux des fils. Et mon mari, John, a trois frères, qui ont sept garçons en tout. Je sais qu'il y a de quoi s'y perdre, mais comme la majorité des membres de cette famille élargie vit aussi à Lompoc, ils font partie des Kinsey. Grand n'aime pas nous partager avec les familles de nos maris et à Thanksgiving et à Noël, elle veille à ce que ses portes restent grandes ouvertes et organise de si belles fêtes que personne ne résiste. Que veux-tu encore savoir ? Demande-moi tout ce que tu veux. Je suis là pour ça.

Je réfléchis un instant. Jusqu'où se risquer ?

– On m'a dit que tante Maura et vous blâmiez ma mère.

Je m'en voulus d'aborder le sujet, mais c'était plus facile que de se sentir fragile.

– Tu parles de Maura et Sarah, mes aînées. Maura avait douze ans et Sarah quinze ans quand... la guerre a éclaté, je ne trouve pas d'autre expression. Les deux ont fait corps avec Grand. Moi, j'étais la petite dernière, je pouvais m'en tirer à bon compte. J'ai juste fait semblant de ne pas savoir ce qui se passait. J'ai toujours adoré ta mère. Elle avait un chic fou et une grande originalité... Je crois t'avoir dit que j'avais neuf ans à son premier bal. Mes chaussures vernies à bride m'ont toujours plus intéressée que les histoires de famille. J'aime me croire indépendante, mais je n'ai jamais été un poulain échappé comme ta mère. Elle attaquait Grand de front. Jamais elle ne se dérobait. Moi, j'emploie des tactiques de diversion : je fais du charme, je lance de fausses pistes. J'arrive mieux à mes fins en filant doux en surface et en n'en faisant qu'à ma tête hors de la présence de Grand. C'est peut-être lâche de ma part, mais ça rend la vie plus facile pour tout le monde, en tout cas selon moi.

– Mais pourquoi Sarah et Maura n'étaient-elles pas d'accord au sujet du mariage de ma mère ? En quoi cela les concernait elles ?

– En rien. C'était moins le mariage que ses conséquences pour la famille. Une fois les hostilités déclarées, Grand n'a rien voulu entendre et ni ta mère ni Virginia n'ont cédé.

– Mais où était le problème ? Je ne comprends toujours pas. Mon père n'était quand même pas un clochard !

– Je ne pense pas que Grand ait eu quelque chose de personnel à reprocher à ton père. Le problème tenait à la différence d'âge. Il avait quoi ?... Trente-cinq ans, et ta mère dix-huit.

– Trente-trois, rectifiai-je.

Elle haussa les épaules.

– Quinze ans. Cela ne paraît pas énorme, en effet. Mais Grand croyait que Rita se mariait sur un coup de tête. Elle-même l'avait fait – elle avait épousé papa sur un caprice le jour de ses dix-sept ans. Il avait le double de son âge et je crois qu'ils ne se connaissaient même pas depuis un mois. Je la soupçonne d'avoir regretté de s'être précipitée, mais on ne divorçait pas à l'époque, pas elle en tout cas. Elle n'aime jamais reconnaître s'être trompée, donc elle s'est accrochée. Ils tenaient beaucoup l'un à l'autre, mais je ne sais pas si elle a été longtemps éprise de lui. Oh, c'est une vieille histoire, mais à mon avis Grand espérait vivre à travers Rita une partie d'elle qui n'avait pas trouvé à s'exprimer.

– Je peux le comprendre. Votre analyse me paraît tenir.

– Qu'est-ce qui te hérisse ? C'est ce que je veux éclaircir.

– J'ai trente-six ans, trente-sept dans trois semaines. Toute ma vie, j'ai tout ignoré de cette histoire. Et d'après moi, la moindre des choses aurait été de m'en parler. Je m'en suis déjà ouverte à Tasha et je ne veux pas revenir sans cesse sur ce point, mais pourquoi personne n'a-t-il bougé ? Il y a quinze ans que tante Gin est morte. Grand n'est même pas venue à l'enterrement, alors à quoi ça rime ?

– Je ne suis pas là pour discuter. Ce que tu dis est exact et tu as entièrement raison. Grand aurait dû venir. Elle aurait dû faire un geste, mais je crois qu'elle avait peur de se retrouver en face de toi. Elle ne savait pas ce qu'on t'avait dit. Elle est partie du principe que Virginia t'avait montée contre elle, contre toute la famille. Grand est, foncièrement, une femme bien, mais orgueilleuse et entêtée. Inutile de se le cacher, il lui arrive d'être impossible. Mais Rita était têtue comme une mule, elle aussi. Elles se ressemblaient tant que c'en aurait été comique si ça n'avait pas été si destructeur. Leur brouille a déchiré la famille. Aucune d'entre nous n'a été la même depuis.

– Mais Grand était sa mère ! Une adulte !

Susanna sourit.

– La maturité n'a rien à voir avec l'âge. À dire vrai, Grand a essayé. Plusieurs fois elle a fait un geste en direction de tes parents, pour seulement se heurter à leur silence ou leur refus. À ce que j'ai compris, ton père est resté autant qu'il le pouvait en dehors de cette histoire. Elle regardait Rita et même s'il se rangeait dans son camp, c'est elle qui n'a rien voulu entendre. Et Virginia rajoutait de l'huile sur le feu. Elle paraissait enchantée de cette brouille. Pourquoi ? Mystère. Elle avait sans doute ses propres problèmes. Pour autant que je sache, quand on affiche son autonomie avec tant d'insistance, c'est en général pour camoufler autre chose. En tout cas, Grand a essayé de les ramener dans la famille, surtout après ta naissance, mais ils refusaient d'entendre parler d'elle. Quand papa et elle étaient en voyage, ils venaient tous les trois nous voir, avec toi bien sûr, mais il y avait toujours une impression de cachotterie.

Je me rappelle avoir pensé qu'ils prenaient plaisir à faire les choses dans son dos.

– Pourquoi ?

– Parce que ça nous obligeait à prendre parti. Chaque fois que nous leur ouvrions les bras, et c'est arrivé souvent, nous nous rangions, par la force des choses, dans leur camp. Maura et Sarah avaient mauvaise conscience de tromper Grand. Elle rentrait de voyage et nous restions bouche cousue. Je me demande parfois ce qu'elle savait au juste. Elle a son réseau d'espions, même aujourd'hui, et quelqu'un aura forcément vendu la mèche. Elle n'en a jamais rien montré, mais c'était peut-être sa façon de s'assurer que les contacts subsistaient, même si elle n'en profitait pas.

Je restai un moment songeuse, à retourner ses remarques dans ma tête.

– J'aimerais vous croire et c'est sans doute la vérité. N'importe quelle histoire a ses deux versions. Tante Gin l'a visiblement prise assez au sérieux pour garder le silence jusqu'au jour de sa mort. Je n'en ai pas su un traître mot jusqu'il y a trois ans.

– C'est sûrement dur à accepter.

– Eh bien, oui. En partie parce qu'on me l'a présentée comme une affaire révolue, claire et nette. Pour vous, c'est de la vieille histoire, mais pas pour moi. Je ne sais toujours pas où me situer. Cette brouille a eu d'énormes répercussions sur la personne que je suis aujourd'hui.

– Oh, tu aurais pu trouver pire que Virginia Kinsey comme modèle. Excentrique, certes, mais en avance sur son temps.

– Ça la résume assez bien.

Elle consulta sa montre.

– Il faut vraiment que j'y aille. Je ne sais pas si toi aussi, mais ce genre de conversation m'épuise. On ne peut qu'écouter et ensuite marquer une pause et assimiler. Tu me téléphoneras un jour ou l'autre ?

– J'essaierai.

– Bravo. J'en serais heureuse.

Quand elle fut partie, je fermai la porte du bureau à double tour et me rassis. Je m'emparai de la photo de ma mère et l'étudiai longuement. Elle avait été prise au ranch. L'arrière-plan restait flou, et sa sœur et elle se tenaient dans une véranda avec une balustrade, comme celle que j'avais vue au Presbytère. En plissant les yeux, je distinguai un groupe de personnes sur le côté, toutes une flûte de champagne à la main. Les jeunes gens étaient en smoking et les filles en robe du soir blanche, comme celle de Rita Cynthia. Le style de coiffure et de vêtements n'avait pas tellement changé, d'ailleurs. Prenez n'importe quelle soirée habillée, vous pourriez sortir ces gens-là de leur décennie et les glisser dans la vôtre sans divergences spectaculaires. Le seul détail dénotant une autre époque tenait aux chaussures blanches de ma mère, avec leur bouts ouverts et leurs talons plus massifs.

Ma mère était svelte et ses épaules et ses bras nus sans défaut. Elle avait un visage ovale, un teint lisse et clair. Peut-être ses cheveux bouclaient-ils naturellement, c'était difficile à dire, mais là, ils étaient apprêtés et retombaient en cascade sur ses épaules. Elle portait une fleur blanche à l'oreille, comme Susanna, qu'elle enlaçait doucement dans ses bras. On aurait dit que ma mère lui chuchotait un secret qui les enchantait toutes les deux. Susanna était tournée vers elle avec une expression de ravissement inattendu. Je les sentis presque se sauter au cou de joie après le déclic de l'appareil.

Je plaçai le cadre sur mon bureau et me calai dans mon fauteuil pivotant, les pieds en l'air. Plusieurs idées me vinrent à l'esprit, une chronologie à laquelle je n'avais pas réfléchi jusqu'alors. J'avais maintenant le double de l'âge de ma mère sur cette photo. Moins de quatre ans après la date à laquelle celle-ci avait été prise, elle serait mariée à mon père et lorsqu'elle aurait mon âge, elle serait la mère d'une fille de trois ans. À ce moment-là, mes parents n'auraient plus que deux ans à vivre. Il m'apparut soudain que si ma mère vivait encore, elle aurait soixante-dix ans. J'essayai d'imaginer la présence d'une mère dans ma vie… les coups de téléphone, les visites et les expéditions dans les magasins, le rituel des vacances qui m'était si étranger. J'avais opposé une fin de non-recevoir aux Kinsey, non seulement définitive, mais hostile à toute idée de contacts suivis. Maintenant, je me demandais pourquoi je redoutais tant le simple réconfort qu'on m'offrait. Pourquoi ne pas tisser un lien avec ma mère à travers ses deux sœurs encore en vie ? Maura et Susanna avaient sûrement beaucoup de traits en commun avec elle… des gestes et des phrases, des valeurs et des comportements instillés en elles depuis leur naissance. Si ma mère n'était plus, pourquoi ne pas ressentir un peu de son amour à travers mes cousines et mes tantes ? Était-ce vraiment trop demander, même si je ne savais précisément quel prix on exigerait de moi en retour ?

Je partis tôt, laissant la photo de ma mère au milieu de mon bureau. Dans la voiture, en rentrant, je ne pus m'empêcher de revenir sur le problème, exactement comme on cherche avec la langue le trou dans la gencive, quand on vient de vous arracher une dent. Ce réflexe compulsif produisait le même frémissement ambigu, mélange de plaisir et de répugnance. Il fallait que je parle à Henry. Il me prodiguait conseils et avis (dont je ne tenais aucun compte pour l'essentiel) depuis le jour où les Kinsey avaient refait surface. Je savais qu'il avait vite deviné le conflit qui me partageait : les agréments de la solitude contre l'étouffement, l'indépendance contre la servitude, la sécurité contre la trahison. Il n'était pas dans ma nature d'imaginer des états émotionnels intermédiaires. Je voyais les choses en termes de tout ou rien, d'où la difficulté de compromettre le statu quo. Ma vie laissait à désirer, mais j'en connaissais les limites. Je repensai à la remarque de Susanna sur l'insistance à afficher son autonomie pour camoufler autre chose. Quand elle l'avait émise, j'avais été trop étonnée pour me demander ce qu'elle voulait dire. Elle parlait de tante Gin, de son cœur dur sur lequel mon amour s'était rabattu. Faisait-elle aussi allusion à moi ?

Près de chez moi, je repérai une Austin Healy garée à ma place favorite. Je fis demi-tour et trouvai un emplacement de l'autre côté de la rue. Je poussai mon portail dans un grincement et remontai l'allée jusqu'au jardin d'Henry. Il avait sorti ses meubles de jardin de la remise, lavé les sièges au jet et ajouté des coussins vert foncé assortis, encore pourvus de leurs étiquettes. Deux verres et un pichet de thé glacé attendaient sur la petite table en séquoia, à côté d'une assiette de cookies aux flocons d'avoine et raisins secs faits maison. Au début, je crus qu'il les avait préparés à mon intention, mais je l'aperçus alors en compagnie d'une créature inconnue au bataillon à qui il faisait admirer son jardin. Le tableau ressemblait étrangement à un épisode antérieur, où une certaine Lila Sams avait fait irruption dans sa vie.

Il sourit en me voyant et m'invita d'un geste à les rejoindre pour faire les présentations.

– Kinsey, voici Mattie Halstead, de San Francisco. Elle va à L.A. et s'est arrêtée en chemin pour nous voir. Mattie, Kinsey loue le studio…

– Mais bien sûr ! Ravie de vous connaître. Henry était intarissable sur vous.

– Ravie moi aussi, lui dis-je en coulant un regard vers Henry.

Il était allé chez le coiffeur et je notai qu'il portait une chemise blanche et un pantalon. Je ne me rappelai pas l'avoir vu aussi pomponné pour une femme. Mattie était presque aussi grande que lui et tout aussi pimpante. Ses cheveux argentés étaient coupés court et dégradés, lui faisant une coiffure comme ébouriffée. Elle était vêtue d'un chemisier en soie blanche, d'un pantalon gris et de chaussures à talons plats, élégantes. Ses bijoux, boucles d'oreilles et bracelet assortis, étaient des créations originales, de l'argent martelé éclairé par des améthystes.

Elle posa sur moi des yeux gris au regard pénétrant.

– Comme je craignais qu'il soit absent, je l'ai appelé en arrivant à Carmel hier soir. Je descends la côte en prenant le temps de m'arrêter pour voir des amis.

– Vous voyagez pour le plaisir ou pour affaires ?

– Un peu des deux. Je dépose quelques toiles dans une galerie de San Diego. J'aurais pu faire appel à un expéditeur, mais j'avais besoin d'une pause.

– Vous étiez en croisière avec Henry ?

– En effet, mais pour travailler. Là, je suis en congé.

– Mattie enseigne le dessin et la peinture et fait des conférences sur l'art. Nell s'était inscrite à son cours d'aquarelle et ne s'en est pas mal sortie du tout.

– Mieux que Lewis, précisa Mattie avec un sourire. J'étais très triste pour lui ! Je n'ai jamais vu personne de si motivé.

– Il te faisait du charme, lui renvoya Henry d'un ton réprobateur en se tournant vers moi. Si tu te joignais à nous ? Nous allions boire un thé glacé.

– C'est dommage, mais je n'ai pas un instant à moi. J'ai des dossiers à lire. Je dois ensuite trouver quelques minutes pour aller courir. J'ai eu une journée démente et je me dois cette douceur.

– Alors, pour dîner ? Nous irons chez Rosie à six heures.

– Ah non, pas question ! Je n'y remets pas les pieds tant qu'elle n'aura pas changé sa surprise du chef ! Viscères de gourmet. Henry vous en a parlé ?

– Il m'a mise en garde, mais je me damnerais pour du foie aux oignons.

– Oui, mais le foie de quelle créature ? Moi, je refuse de courir le risque. Pourquoi ne pas demander à Henry de faire la cuisine ? C'est un cuisinier hors de pair.

Elle lui adressa un sourire.

– Peut-être une autre fois. Je suis impatiente de revoir William et Rosie. Ils ont été adorables.

– Vous comptez rester un peu ?

– Juste une nuit. J'ai réservé une chambre à l'Edgewater, mon hôtel préféré. Mon mari et moi venions y fêter nos anniversaires. Je reprendrai la route demain à l'aube. Avec un peu de chance, j'éviterai l'heure de pointe en traversant Los Angeles.

– Quel dommage que nous n'ayons pas le temps de bavarder un peu. Prévoyez-vous de vous arrêter au retour ?

– Nous verrons. Je ne veux surtout pas vous déranger.

– Vous pourriez convaincre Henry de se mettre aux fourneaux pour vous

J'entrai chez moi, jetai mon sac sur le comptoir de la cuisine et filai en haut. Je n'avais pas de lecture en retard et j'avais couru mes cinq kilomètres à six heures, ce matin. Je m'étais rabattue sur ces pieux mensonges pour laisser Mattie et Henry en tête-à-tête. Un coup d'œil subreptice par la fenêtre de la salle de bains m'offrit un vue tronquée sur les tourtereaux. Il n'était pas tout à fait quatre heures. Je réussis à tuer une heure et demie, puis je réfléchis à l'endroit où j'allais dîner ce soir-là. Sans blague, j'étais fermement résolue à boycotter Rosie tant qu'elle n'aurait pas renoncé à sa soudaine passion culinaire pour les abats d'origine animale. C'était l'heure des cocktails et je savais pouvoir trouver Dolan au CC. J'aurais pu le rejoindre, mais ça ne me disait rien de rester là, à compter ses verres et à jouer les fumeuses passives. Je revins à la fenêtre et jetai un coup d'œil dans le jardin. Henry et Mattie avaient disparu, mais leurs deux transats étaient toujours là, légèrement plus rapprochés que lors de mon arrivée. Il y avait de la lumière dans la cuisine ; sans doute se blindaient-ils au Black Jack *on the rocks* avant d'affronter les mixtures de Rosie.

Puisque l'horizon était dégagé, je saisis mon sac et ma veste et filai vers le portail. Je récupérai ma voiture et roulai jusqu'au McDonald, au bas de Milagra Street. On me voit si souvent dans la file d'attente au guichet réservé aux voitures que les serveurs reconnaissent ma voix et m'appellent par mon prénom. Sur une impulsion, je commandai quelques extras et pris la direction de la maison de Stacey. À mon avis, il n'existe pas d'état pathologique que ne puisse améliorer une ration d'aliments non conformes à la diététique.

En frappant à sa porte-moustiquaire, je l'aperçus assis sur un grand carton dans le séjour. Les tiroirs de son bureau étaient béants et une déchiqueteuse était reliée à une rallonge qui serpentait jusqu'à l'autre bout de la pièce. Il me fit signe d'entrer.

Je brandis mon sac en papier.

– Vous n'avez pas encore dîné, j'espère ? J'ai des Coca, des frites et des Steak Royal au fromage. Tout ce qu'il y a de plus nourrissant !

– Je n'ai pas tellement d'appétit, mais je serai ravi de vous tenir compagnie.

– Marché conclu.

Je laissai le sac en papier sur le bureau et gagnai la cuisine, où je dénichai un paquet d'assiettes en carton et un rouleau d'essuie-tout. De retour dans le séjour, je posai la vaisselle par terre et partis chercher deux autres cartons dans la pile contre le mur. Je m'assis sur l'un d'eux et plaçai l'autre entre nous en guise de table. Je sortis les Coca, deux grandes portions de frites, des sachets de ketchup et de sel, et un Royal emballé de papier pour chacun. Puis je pressai le ketchup sur les frites, salai tout ce qui s'offrait au regard et fis un sort à mon Royal en huit bouchées, à peu près.

– Je vais battre le record de vitesse sur piste !

Stacey souleva la partie supérieure de son petit pain rond et considéra le contenu avec appréhension.

– Je n'ai jamais mangé ces trucs-là.

Sa remarque me surprit au moment où je m'essuyais la bouche.

– Vous plaisantez ?

– Pas du tout !

Il mordit une bouchée prudente et mastiqua d'un air suspicieux, laissant les saveurs se mélanger dans sa bouche. Et hocha la tête d'un air incrédule. À la deuxième bouchée, il parut avoir attrapé le coup et engouffra le tout aussi prestement que moi.

Plongeant la main dans le sac, j'en sortai un autre hamburger que je lui tendis. Cette fois, à mi-parcours, un gémissement quasi subliminal s'échappa de ses lèvres. J'éclatai de rire.

– Où avez-vous trouvé cet engin ? lui demandai-je en pointant une frite vers la déchiqueteuse.

– Chez le voisin d'à côté, me répondit-il en s'interrompant pour finir d'avaler sa bouchée. Je vide mon bureau. J'ai un mal fou à jeter les quittances. Je n'ai pas l'intention de déclarer mes revenus. Le temps que le fisc me retrouve, je serai sûrement mort. N'empêche que je crains de ne pas avoir de justificatifs en cas de redressement. (Il se lécha les doigts et s'essuya la bouche.) Merci. C'était délicieux. Depuis des semaines, je n'avais faim pour rien.

– Ravie de vous avoir dépanné.

Il rassembla tous les emballages vides et les remit dans le sac en papier, puis il se retourna et fit un lancer franc, qui envoya le sac dans la corbeille. Fourrageant dans le tiroir du bas de son bureau, il en ressortit un carton rempli de photographies en noir et blanc. Il le posa sur ses genoux, prit une poignée de clichés et les inséra dans l'appareil.

Six photos partirent en lamelles.

– Mais qu'est-ce qui vous prend ?!

– Je vous l'ai dit. Je vide mon bureau.

– Mais ce sont des photos de famille ! Vous ne pouvez pas faire ça !

– Pourquoi ? Je suis le seul qui reste.

– Mais vous ne pouvez pas quand même pas les détruire ! Je n'arrive pas à croire à un tel sacrilège.

– Pourquoi laisser cette corvée à quelqu'un d'autre ? Si je m'en charge, au moins le lien subsiste. « Adieu, oncle Schmitty. À la revoyure, cousin Mortimer... » chantonna-t-il.

Deux autres photographies vinrent grossir le tas de papier dans le bac de la déchiqueteuse.

Je posai une main sur son bras.

– Je les prends.

– Pour en faire quoi ? Vous ne connaissez même pas ces gens ! Moi-même, je ne peux pas mettre de nom sur une bonne moitié d'entre eux. Tenez, lui. C'est qui ? Je jure n'avoir jamais vu ce bonhomme de ma vie. Sans doute un ami de la famille.

Il plaça le bord de la photo sur les dents de la déchiqueteuse et la regarda disparaître avant de prendre le cliché suivant.

– Ne faites pas ça. Ce sont vos parents, non ?

– Sûr que oui, mais ils sont morts depuis belle lurette.

– Ça me fait mal. Donnez-les moi. Je dirai que ce sont les miens.

– Ne soyez pas ridicule. Vous êtes seule, comme moi. Si je vous laisse les prendre, quelqu'un d'autre finira par les jeter dans votre poubelle à vous.

– Et alors ? Allez, Stacey. S'il vous plaît…

Il hésita et finit par hocher la tête.

– D'accord. Mais c'est idiot.

Il me tendit le carton de photos, que je plaçai près de mon sac, hors de sa portée. Au cas où il changerait d'avis et déchiquetterait un autre malheureux. Il reporta son attention sur un dossier libellé ASSURANCE AUTO et donna sa ration de papiers à l'appareil.

– Pour un peu j'oubliais, me dit-il sans y penser. Joe Mandel a appelé avec une adresse pour Iona Mathis. Elle habite dans le désert, un bled du nom de Peaches.

– Qui se trouve où ?

– Au-dessus de San Bernardo, au-delà de la 138. Comme elle n'est pas dans l'annuaire, elle vit peut-être chez quelqu'un d'autre. Je vous ai dit que Mandel avait un tuyau sur la Mustang rouge ? Ce Gant, le propriétaire d'origine, est mort il y a dix ans, mais d'après sa veuve le véhicule avait été volé dans un magasin de garnissage auto de Quorum, Californie, où il l'avait déposé pour faire changer le revêtement des sièges. Gant a fait remorquer la voiture depuis Lompoc, mais vu son état, il a fait demi-tour et l'a vendue au propriétaire du magasin où elle avait été volée, un certain Ruel McPhee. D'après nos sources, elle est maintenant à son nom. Je lui ai laissé quatre messages, mais il ne m'a toujours pas rappelé. Dolan pense que ça vaudrait la peine de descendre là-bas pour en avoir le cœur net.

– Où est Quorum ? Je n'en ai jamais entendu parler.

– Ma foi, moi non plus, mais d'après Dolan, c'est juste au sud de Blythe, pas loin de la frontière de l'Arizona. Et attendez le plus beau. Il se trouve que Frankie Miracle a grandi à Quartzsite, Arizona, à quelques kilomètres de Blythe dans le même secteur ! Dolan veut faire un détour par Peaches pour interroger Iona Mathis en se rendant à Quorum.

– Quand ça ?

– Demain matin, à ce qu'il m'a dit. J'ai pensé qu'il valait mieux vous prévenir au cas où vous auriez d'autres occupations.

– Pas du tout. Je vous accompagne. Ça me fera du bien de changer de décor. Et vous ? Vous vous sentez partant ?

– Allez-y tous les deux. Je vais attendre ce que dit le toubib. Ils risquent de m'hospitaliser pour la troisième fois ce mois-ci. La joie...

– Vous tenez le coup ?

– Cette nouvelle péripétie ne m'enchante guère, mais je n'ai pas vraiment le choix.

– Mes pensées vous accompagneront.

– Ce ne sera pas du luxe, me répondit-il. (Il hésita.) Il n'y a pas forcément de rapport, mais je me demandais si Dolan vous a parlé du suicide de sa femme.

– Je savais qu'elle avait eu un cancer, mais il ne m'en a jamais soufflé mot.

– Justement, il évite. Il croit qu'il aurait pu la sauver.

– Et c'est vrai ?

– Bien sûr que non. Quand tout se déglingue, on ne peut sauver personne, sauf soi-même. Et rien ne garantit qu'on y arrive. N'importe, j'ai pensé qu'il fallait que vous le sachiez.

Il se sourit à lui-même pour des raisons que j'estimai tout à fait étrangères à ma personne. Je restai là à l'observer, alors que son dossier de réforme de l'armée pour raisons de santé disparaissait dans la déchiqueteuse avec un bruit de moulin.

CHAPITRE 12

En cinq minute, j'avais fait mon sac. D'après moi, nous resterions partis deux jours tout au plus, ce qui signifiait une brosse à dents, du dentifrice, deux T-shirts propres, deux paires de socquettes, quatre petites culottes et l'immense T-shirt qui me sert de chemise de nuit. Je fourrai le tout dans un sac de voyage de la dimension d'un petit traversin. Comme j'étais en jeans et en baskets, il ne me fallait y ajouter que mon survêtement, mon coupe-vent et ma petite Smith-Corona portable. Dolan avait prévu de démarrer aux aurores, soit à 9 h 30, vu ses horaires. J'eus donc le temps de faire mes cinq kilomètres de jogging, suivis d'une séance de musculation intense au club de gym. Histoire d'accumuler des points d'avance au cas où je n'aurais pas l'occasion de faire de l'exercice pendant mon déplacement.

Quand Dolan arriva, j'étais assise sur le trottoir, plongée dans la lecture d'un roman en édition de poche, mon sac à bandoulière, ma machine à écrire et mon sac de voyage à côté de moi. Je m'étais munie de deux paquets de fiches maintenues par un élastique. Sa voiture avait dû passer au lavage automatique car l'extérieur était nickel, et aucune facturette d'essence ou emballage de restauration rapide ne traînait sur le plancher. Maintenant qu'on faisait équipe, il ne se sentit pas tenu de faire le tour du véhicule pour m'ouvrir la portière. Je réussis à la décoincer le temps qu'il se retourne pour pousser sa valise sur la banquette arrière.

– Vous pouvez mettre vos affaires avec les miennes, sauf si vous préférez les ranger dans le coffre.

– Inutile.

Je calai ma Corona-Smith sur le plancher, expédiai mon sac de voyage sur la banquette arrière et me hissai à bord. J'essayai de refermer la portière, mais les gonds manquaient de mordant et refusèrent de faire leur boulot. Dolan finit par se pencher et tirer la portière d'un coup sec. Elle se ferma tout aussi méchamment. Je me bagarrai avec la ceinture de sécurité, la tirant par petits coups jusqu'à obtenir la longueur voulue pour qu'elle s'enclenche dans la fermeture. J'aperçus un paquet de cigarettes encore intact sur le tableau de bord.

– Vous n'avez pas l'intention de fumer, j'espère ?

– Pas les vitres fermées.

– Je reconnais là votre prévenance. Vous avez une carte ?

– Dans la poche latérale. Je pensais prendre par le plus direct. Attaquer la 101 jusqu'à la 405 et de là attraper la 5, mais avec mon cœur qui bricole, j'aime autant ne pas me risquer sur l'autoroute au cas où j'aurais un malaise au volant.

– Vous me voyez rassurée !

Il s'engagea sur la 101, direction sud, tandis que je déployais la carte de la Californie et la repliais dans un format plus maniable. D'après mes calculs, Peaches était à cent cinquante kilomètres d'ici, soit, en gros, à une heure et demie de voiture. Dieu merci, Dolan n'aimait pas plus que moi les bavardages oiseux. Je regardai le paysage défiler par la vitre en me demandant si une idylle allait s'épanouir entre Henry et Mattie. La côte paraissait enfumée. Une lumière crue éclairait l'océan, mais la ligne d'écume était calme et s'avançait vers le rivage en longues ondulations tranquilles. On distinguait à peine les îles à quarante milles au large. Les hautes collines descendaient abruptement jusqu'à l'autoroute, couvertes de chaparral d'un vert mousse sombre, en pleine croissance après un automne pluvieux et de longs mois d'hiver humides.

Sur les pentes, en de nombreux endroits, d'épaisses nappes de cactus, en forme de raquettes de ping-pong hérissées d'épines, prenaient le pas sur la végétation. J'ai toujours pensé que les prisons californiennes pourraient décourager les évasions en semant une végétation hostile dans la nature environnante. On localiserait les détenus en cavale à leurs hurlements de détresse et ils occuperaient leurs heures de mitard à ôter les épines de leurs postérieurs.

Au bout de vingt minutes, je lançai un coup d'œil en biais à Dolan.

– Vous avez des enfants ?

– Non. Grace abordait souvent le sujet, mais ça ne me disait rien. Les mômes vous changent la vie. Nous étions bien comme ça.

– Des regrets ?

– Les regrets ne sont pas mon fort. Et vous ? Vous en souhaitez ?

– Je me vois mal en avoir, mais je n'ai rien contre. Toutefois je ne brille pas vraiment par mes relations de couple.

À Perdido, nous prîmes la 126 en direction de l'arrière-pays. Les lignes à haute tension disparurent. Le sommet des montagnes dans le lointain était saupoudré de neige, formant un contraste inattendu avec le vert éclatant des champs au-dessous. Dans les vergers d'agrumes, les oranges s'accrochaient aux branches comme des décorations de Noël. Des planches étaient clouées en travers des stands de fruits au bord de la route, mais encore un mois, et le commerce reprendrait. Nous traversâmes deux petites bourgades agricoles que le changement n'avait pas touchées au fil des ans. Cette partie de la route avait été surnommée Blood Alley[1] : deux voies seulement et une file de dépassement occasionnelle où se produisaient des collisions meurtrières. Je surveillais discrètement Dolan au cas où il aurait été à deux doigts de tomber dans les pommes.

– Arrêtez de vous tracasser, me lança-t-il.

À Palmdale, nous sortîmes de l'A14 pour récupérer la 18 vers l'est. Des panneaux vétustes et rébarbatifs signalaient des terrains à vendre. Un écriteau indiquait une 213e rue à l'entrée d'un chemin de terre dont on ne voyait pas le bout. Nous dépassâmes une pancarte peinte à la main qui promettait « TOUS DOCUMENTS D'ÉTAT-CIVIL : TESTAMENTS, CONTRATS, DIVORCES,

1. La « route du sang ».

NOTAIRE PUBLIC. » D'après la carte, la route que nous suivions contournait la frange ouest du désert du Mojave, à une altitude de 1 350 mètres.

Je revérifiai la carte.

– Hé ! m'exclamai-je. Je ne m'étais jamais rendue compte de la dimension du Mojave. Impressionnant.

– Six cent quarante-sept mille kilomètres carrés si on y inclut les territoires situés dans le Nevada, l'Arizona et l'Utah. Vous êtes calée sur le sujet ?

– Des informations piquées ici ou là, mais rien de plus.

– Je me suis documenté sur les scorpions. D'après les bouquins, ce sont les premiers animaux à s'être développés en aérobies. Ils sont dotés d'un cerveau rudimentaire, mais d'une vision médiocre. On pense qu'ils ne perçoivent que ce qu'ils peuvent toucher. Si vous voyez deux scorpions ensemble, ou bien ils copulent ou bien l'un est en train de dévorer l'autre. Il y a sûrement une leçon à en tirer, mais je ne vois pas laquelle. Probablement sur la vraie nature de l'amour.

Dieu sait pourquoi, je ne pus m'empêcher de sourire. Nous laissâmes derrière nous un panneau indicateur mentionnant « PEACHES, 897 hab. » La petite ville se signalait par des arbres de Josué disséminés ici et là, ainsi que par quantité de commerces abandonnés. À notre droite, les montagnes de San Gabriel dressaient leurs cimes chenues ; la neige s'était insérée dans toutes les crevasses, les ourlant de blanc. Des bois le long de la crête servaient de coupe-vent, surplombant des alignements d'arbres à feuilles persistantes, chargés de blanc. Une tempête inattendue avait laissé des tumulus et des plaques de neige vieillissante sur le sol. Cinq véhicules s'étaient arrêtés et garés sur l'accotement, où cinq couples de parents bavardaient pendant que leurs progénitures respectives jouaient dans les congères. La plupart des bambins ne me parurent pas assez couverts. C'était comme au bord de l'océan – ils gambadaient dans les éléments jusqu'au moment où ils claquaient des dents, les lèvres bleuies par le froid.

Nous longeâmes un Liquor Mart où l'on vendait de l'essence, des pneus, de la bière et des sandwichs. Il y avait deux cafés, un bar, mais aucun motel en vue. Et aussi, dans un espace délimité par une chaîne, un groupe de six mobile homes et deux agences immobilières installées côte à côte dans des grandes caravanes, avec une aire de stationnement goudronnée et vide devant. Par quel mystère les gens couraient-ils s'installer à Peaches ? La chose me dépassait. De quoi rêvaient-ils pour que Peaches, Californie, réponde à leurs vœux ?

Dolan fit demi-tour sur un large terre-plein de gravier, près d'une station-service dépouillée de ses pompes et aux vitrines barrées de planches clouées. Des débris de verre jonchaient le sol. Des lambeaux de plastique s'accrochaient tristement aux buissons qui bordaient la route. Il rebroussa chemin jusqu'à l'emplacement des caravanes hétéroclites signalées sur le devant par de petits écriteaux où on avait peint les lettres A, B, C, D, E et F. Un panneau annonçait CAMP DE MOBILE HOMES DE PEACH GROVE, ledit « camp » consistant en deux lignes de véhicules, plus un espace inoccupé au cas où une septième caravane aurait eu l'idée de s'y arrêter. Dolan gara sa voiture sur un terre-plein gravillonné, à côté d'une rangée de boîtes aux lettres fatiguées, et nous sortîmes. J'attendis pendant qu'il procédait au rituel d'usage, à savoir ranger son arme dans le coffre.

– Il semblerait que F se trouve au bout, dit-il.

– Que peut-elle bien fabriquer ici ? lui lançai-je en le suivant sur l'allée à deux voies creusées d'ornières.

– Il faudra le lui demander.

La porte de F était ouverte ; dans l'encadrement, une mince porte-moustiquaire coulissante laissait circuler l'air. Une petite plaque écrite à la main indiquait IONA MANUCURE, avec un numéro de téléphone trop petit pour qu'on puisse le lire juste en passant. Un morceau de toile de tente décolorée formait une marquise ; au sol une bande de tapis vert vif se prolongeait à l'intérieur. La caravane était vieille et exiguë. Deux femmes occupaient la kitchenette, l'une assise sur une banquette, l'autre sur une des chaises chromées du coin-repas tirée près d'une table avec un abattant reposant sur un pied. Toutes deux se retournèrent pour nous dévisager. La plus jeune continua de vernir les ongles de son aînée.

– L'une de vous serait-elle Iona Mathis ? demanda Dolan.

– Oui, moi, répondit la plus jeune.

Elle poursuivit sa tâche, appliquant un vernis carmin foncé sur l'ongle du pouce gauche de l'autre femme. Sur la table, entre elles, j'aperçus un bâtonnet orange, des limes en carton, un flacon de dissolvant, des boules de coton, une brosse à ongles et un bol en demi-lune rempli d'eau savonneuse. À la droite de la plus âgée se trouvait un paquet de Winston, une pochette d'allumettes glissée sous le papier cellophane. Des mégots remplissaient le cendrier.

La plus âgée nous sourit.

– Je suis la mère de Iona, Annette, nous dit-elle.

– Lieutenant Dolan, police de Santa Teresa. Et voici Mlle Millhone, agent privé de recherche.

Iona nous glissa un regard en coin avant de s'attaquer à l'index maternel. Si elle avait épousé Frankie à seize ans, elle allait sur les trente-cinq maintenant, soit à peu près le même âge que moi. Bon, d'accord, j'étais un tantinet plus vieille, mais qui s'en souciait, hein ? J'essayai de me mettre à sa place, de savoir ce qui aurait pu me convaincre de vivre dans un bled pareil et de gagner ma vie en coupant les cuticules des copines et en leur massant les orteils. Elle était presque jolie. Je l'observai avec intérêt à travers la brume complice de la porte-moustiquaire, cherchant à savoir ce qui la déparait. Ses cheveux, châtains et lustrés, souples, mi-longs, avaient besoin d'un coup de ciseau. Elle était coiffée la raie au milieu, ce qui lui allongeait trop le visage. Elle avait les lèvres charnues, un nez affirmé, des yeux marron et des sourcils foncés un soupçon trop épais. Un grain de beauté au-dessus de la lèvre supérieure et un autre sur la joue gauche. Avec sa minceur dégingandée et son dos rond d'adolescente, elle faisait encore facilement seize ans. Elle était nu-pieds et portait un jean délavé fendu aux genoux et une tunique à motifs indiens dans un camaïeu de rouille et de brun.

Annette se pencha vers sa fille.

– Mon bébé, si tu ne poses pas la question, je m'en charge. (Comme Iona ne réagissait pas, elle rendit son regard à Dolan.) Soyez un amour et dites-nous ce qui vous amène car je suis morte de peur !

La mère de Iona, la cinquantaine indiscutable, semblait plus proche de trente-cinq ans que sa fille. Elle avait le même nez affirmé, mais la chirurgie esthétique l'avait rendu plus fin et moins proéminent. Ses cheveux, qu'elle coiffait en queue de cheval, étaient également châtains, mais leur ton soutenu et uniforme trahissait le recours à la teinture pour dissimuler les cheveux blancs. Un débardeur en jersey blanc soulignait des seins plantureux, au-dessus d'une taille épaissie et d'un ventre légèrement arrondi. Elle portait un short rouge et des chaussures de toile rouge à semelles compensées. Le vernis de ses ongles d'orteil était assorti à celui que Iona lui appliquait aux mains. À mon avis, elle aurait mieux fait de se couvrir un peu plus.

– Nous avons quelques questions à vous poser sur l'ex de Iona, dit Dolan. On peut entrer ?

– La porte est ouverte, répondit Annette.

Dolan la fit coulisser, pénétra dans la caravane et s'effaça pour me laisser la place d'en faire autant. Une fois à l'intérieur, j'optai pour la droite et m'assis au bout de la banquette recouverte de plastique bleu, où Annette avait pris place. Un long coussin rembourré était posé contre le dossier, et je subodorai la présence d'un mécanisme qui transformait la banquette en lit double une fois la table pliante rabattue contre la paroi. Les deux femmes partageaient-elles la même caravane ou la mère avait-elle la sienne ? Dolan et moi avions décidé qu'il conduirait l'entretien car il est toujours troublant qu'on vous lance des questions de deux côtés à la fois. Mon rôle consisterait à observer et à prendre des notes dans ma tête.

Au-delà de la kitchenette, j'aperçus à droite une porte coulissante, sans doute celle du cabinet de toilette. Juste à côté, il y avait un lit double qui remplissait l'unique chambre. Je suis une inconditionnelle des petites surfaces et j'aurais très bien pu vivre là, mais en exigeant un état impeccable des lieux. J'adorais l'évier miniature et le four microscopique, la plaque à quatre feux et l'amour de réfrigérateur niché sous le plan de travail. On aurait cru une maison de poupées, l'idéal pour jouer à la dînette et à d'autres jeux de faire semblant. Je reportai mon attention sur Iona, dont le dos voûté était certainement dû à un métier qui vous tient courbé sur une table la journée durant.

– Vous n'avez pas précisé quel ex, minaudait Annette, mais si vous êtes de la police, vous parlez sûrement de Frankie. Son deuxième mari, Lars, n'a jamais enfreint la loi de sa vie. Il ne traverserait même pas la rue en dehors du passage protégé. Iona en devenait chèvre ! Elle se trouve un mec qui était comme le jour et la nuit par rapport à Frankie et il se révèle pire ! Il devait recommencer six fois tout ce qu'il faisait avant de se décider à y aller. La moindre chose prenait des heures. Il a failli me rendre folle. (Elle examina son auriculaire avec attention.) Mon bébé, je crois que tu as un peu débordé, là. Tu vois ?

– Excuse-moi.

Iona effaça de son ongle de pouce la ridule de rouge qui avait débordé sur le doigt d'Annette.

– Ça vous dérange si je fume ? leur demanda Dolan.

Le regard d'Annette voleta jusqu'à la main gauche du lieutenant Dolan. Comme il ne portait pas d'alliance, il lui apparut peut-être que c'était un cœur à prendre.

– Seulement si vous m'en allumez une, roucoula-t-elle. Iona aura une attaque si je m'esquinte un ongle avant qu'elle ait tout fini.

Dolan tendit la main vers le paquet de Winston d'Annette. Il le secoua pour sortir une cigarette qu'il lui mit entre les lèvres. Elle posa sa main d'un geste aguichant sur la sienne quand il la lui alluma. Il en prit une autre dans son propre paquet, snobant sa marque à elle.

Annette inspira profondément, souffla un jet de fumée en direction du plafond, puis ôta la cigarette et la posa sur le cendrier en veillant à ne pas abîmer son vernis.

– Seigneur que c'est bon ! J'en pleurerais quand je vois les gens tellement crispés en ce moment avec cette histoire de tabac. Pourquoi en faire tout un plat ? C'est pas leurs oignons ! (Son regard se dirigea vers moi.) Vous fumez ?

– Plus maintenant, lui répondis-je, espérant ne pas paraître aussi vertueuse que je me sentais l'être en réalité.

– Qu'est-ce que mijote Frankie ? demanda-t-elle à Dolan. Ça fait des années que nous n'avons pas entendu parler de lui, n'est-ce pas, mon bébé ?

Iona ne tint aucun compte de sa mère et se concentra sur son travail.

– Vous savez qu'il est en conditionnelle ? reprit Dolan.

Annette fit la grimace, comme si elle était affligée d'un spasme intestinal bénin.

– Ça devait arriver un jour. Ce type ne m'a jamais inspirée. Vous n'allez quand même pas nous dire qu'il sait où se trouve Iona ?

– Nous lui avons parlé hier et il n'a fait aucune allusion à elle.

– Dieu merci !

– Vous craignez qu'il veuille la contacter ?

– Je ne dirai pas « craindre », mais l'idée me déplaît.

Dolan s'intéressa à Iona.

– Quand l'avez-vous vu pour la dernière fois ? Vous rappelez-vous à quelle date ?

Annette dévisagea sa fille.

– Iona, dit-elle comme celle-ci ne réagissait toujours pas. Réponds ! Qu'est-ce que tu as ? Je t'ai mieux élevée que ça !

Iona jeta un regard noir à sa mère.

– Tu veux que je les bousille tous ?

Annette adressa un sourire à Dolan.

– Elle a de la peine pour lui. Les parents de Frankie l'ont déshérité. Son père est parodontiste, il se fait un fric fou en cisaillant les gencives des gens, mais il a avalé un manche à balai. Et sa mère ne vaut guère mieux. Ils ont eu trois autres garçons qui ont bien tourné, de sorte que Frankie était perdant, si on comparait. Encore qu'il ait été un petit merdeux dès le berceau. Iona l'a toujours trouvé adorable, moi, je demande à voir. Je le trouvais pot de colle, si vous voulez que je vous dise. Et Dieu sait qu'il est devenu possessif sur la fin de leur mariage. Six mois !

– Pourquoi avez-vous rompu ? demanda-t-il à Iona.

– Je n'ai pas à vous répondre, dit Iona.

– Vous battait-il ?

Comme Iona refusait de parler, Annette s'empressa de remplir les blancs.

– Seulement deux fois à ma connaissance. Il était tout le temps défoncé à l'époque...

– La « plupart » du temps, pas « tout » le temps, maman. N'exagère pas.

– Oh, toutes mes excuses ! Parce que tu me reprends maintenant ? Donc, « la plupart du temps » défoncé et là, il devenait méchant. Elle lui a dit que s'il ne changeait pas de conduite, elle le fichait dehors. Ils habitaient Venice à l'époque, au bord d'un des canaux. Avec plein de petits canetons. Ça cocottait, mais ils étaient mignons comme tout. Comme Frankie n'arrêtait pas de boire et qu'il refusait de bouger, j'ai envoyé de l'argent à Iona pour la sortir de là.

– C'est à ce moment-là qu'il s'est lié avec Cathy Lee Pearse ?

– Oh, c'est atroce, n'est-ce pas ? s'exclama Annette. J'en ai encore la chair de poule quand j'y pense. Il ne la connaissait que depuis une semaine avant l'incident.

– Parce que vous appelez ça un « incident » ? lui lança Dolan.

Il essayait ne pas laisser transparaître son indignation.

Iona remit le pinceau dans le flacon de vernis et revissa le bouchon.

– Inutile de le prendre sur ce ton. Pour votre information, c'est Cathy Lee qui lui a fait du rentre-dedans. C'était une fille qui cherchait à exploiter les hommes, purement et simplement. Capricieuse et soupe au lait. Frankie a dit qu'elle était violente, surtout quand elle avait bu, et c'était le cas ce soir-là. Elle l'a attaqué juste comme ça. (Iona fit claquer ses doigts.) Elle s'est jetée sur lui avec une paire de ciseaux. Alors il devait faire quoi, hein ? La laisser lui enfoncer les lames dans la gorge ?

On ne lisait rien sur le visage de Dolan.

– Il aurait pu lui agripper le poignet. Ça paraît un peu excessif de lui avoir porté quatorze coups de couteau. Un ou deux auraient peut-être suffi, non ?

Iona commença à ranger son espace de travail.

– Je ne sais rien de tout ça.

– Vous-même, connaissiez-vous Cathy Lee ?

Dolan s'efforçait visiblement de poursuivre le dialogue maintenant qu'elle avait décidé de parler.

– Évidemment. Frankie avait accepté de repeindre une maison pour un ami à lui et on avait emménagé à côté de chez elle une semaine avant. Elle n'arrêtait pas de l'allumer, traînant en bikini, agitant ses nichons vers lui quand il était dans le jardin. Frankie a été anéanti par ce qui s'est passé. Il disait qu'il aurait donné n'importe quoi pour revenir en arrière, mais que c'était trop tard.

– J'ai appris que vous étiez revenue le voir quand l'affaire a été jugée. Pourquoi ?

– Il avait besoin de moi, voilà tout. Tout le monde lui avait tourné le dos.

– Iona est bien ma fille ! Toujours à ramasser l'oiseau blessé. Lars était une nullité. Toujours à tout compter. Génial pour couper les oignons : un, deux, trois, quatre, cinq…

– C'est ça, Iona ? Pour vous, Frankie est un oiseau blessé ?

– C'est un type bien quand il est à jeun et pas défoncé.

– Vous a-t-il raconté ce qui s'est passé après la mort de Cathy Lee ?

– Comme quoi ?

– Je me demande ce qu'il a fait entre le moment où il a tué Cathy Lee et celui où la police l'a arrêté. Soit deux jours pendant lesquels nous ignorons où il était.

Iona haussa les épaules.

– Aucune idée. Frankie et moi étions déjà séparés.

– Le mariage le plus court qu'on ait enregistré ! lança Annette. Le divorce a duré six fois plus longtemps, pas vrai ?

Iona préféra ignorer la remarque et s'adresser à Dolan.

– Je ne sais pas ce qu'il a fait ni où il est allé après mon départ.

– Mon bébé, tu ne m'avais pas dit qu'il avait atterri chez toi ? Tu ne te souviens pas ? Le studio où tu t'étais installée à Santa Teresa…

– Maman.

– Pourquoi ne pas le dire si c'est vrai ? Croyez-moi, lieutenant, Iona est trop fine mouche pour être complice. Elle lui a fait à manger et l'a laissé passer la nuit, après quoi il lui a dit qu'il devait repartir. Je l'ai suppliée de téléphoner au shérif, mais c'était non, non, non ! Elle craignait trop les représailles si elle le livrait à la police.

– Maman, tu pourrais pas arrêter tes putains de conneries ?

– J'essaie de te rendre service. Tu ferais mieux de réfléchir un peu. Et maintenant, lieutenant, de quoi s'agit-il ?

– Nous pensons qu'il a été en contact avec une jeune fille qui faisait du stop dans le secteur de Lompoc. Il pourrait l'avoir fait monter en se rendant chez son père.

– Seigneur ! Ne me dites pas qu'il en a tué une autre ?

– Ça reste à voir. Le corps de la fille a été jeté dans une carrière à la périphérie de la ville. Pour l'instant, nous tentons de savoir qui elle est.

Iona le fixa d'un air sidéré. Je la crus sur le point de livrer une information, mais elle parut se reprendre.

– Pourquoi ne pas lui avoir posé la question si vous l'avez vu hier ?

Dolan sourit.

– Il nous a dit qu'il ne s'en souvenait pas. Nous avons pensé qu'il vous l'aurait peut-être dit.

Iona reporta son attention sur les ongles de sa mère.

– Je n'en ai jamais entendu parler.

Lorsqu'il fut clair qu'elle s'en tiendrait là, Dolan jeta un coup d'œil à Annette.

– J'aimerais savoir comment vous avez atterri à Peaches, toutes les deux ?

Elle tira de nouveau sur sa cigarette.

– Nous sommes originaires d'une petite ville près de Blythe. Les grands-parents de Iona, je vous parle de mon père et de ma mère, avaient mis de l'argent dans vingt-cinq hectares de terrain, je dirais en 1946. L'endroit où nous nous trouvons en ce moment précis est tout ce qu'il en reste. C'est moi qui ai eu l'idée d'un camp de mobile homes après leur décès. L'idée m'a paru bonne puisqu'on possédait déjà le terrain. Nous avons chacune notre parcelle et les quatre autres sont louées. Je travaille à mi-temps au café, Iona a cette petite affaire, si bien qu'on s'en sort.

– Quelle petite ville ? lui demandai-je.

Elle me regarda d'un air étonné, comme si elle avait oublié ma présence.

– Vous disiez ?

– De quelle petite ville êtes-vous originaires ?

– Oh… Un trou perdu, Creosote. Le nom ne vous dit sûrement rien. C'est à trois kilomètres de la frontière de l'Arizona.

– Vous plaisantez ! J'ai rencontré quelqu'un de Creosote pas plus tard qu'avant-hier. Un certain Pudgie Clifton.

Le regard de Iona s'égara sur le mien.

Annette réagit au quart de tour.

– Oh, Iona connaît Pudgie depuis la petite école ! Ce n'est pas le garçon avec qui tu sortais avant Frankie ?

– On ne sortait pas ensemble, maman. On se voyait. Ça fait une grosse différence.

– Ce n'est pas l'impression que j'avais. Tu partais passer le week-end avec lui, si j'ai bon souvenir. (Lorsque Annette voulut reprendre sa cigarette, sa main effleura le bord du cendrier, cognant son ongle.) Et merde ! Regarde-moi ce que j'ai fait.

Elle tendit sa main à Iona, qui étudia les dégâts. Elle humecta son index et le passa légèrement sur la marque, qui finit par disparaître.

– Vous deviez bien connaître Pudgie, reprit Dolan.

– Il traînait surtout avec des jeunes qui venaient d'ailleurs.

– Sauf les week-ends où il partait avec vous, dit-il.

Elle le fusilla du regard.

– On faisait de la route, d'accord ? Il aimait conduire ma voiture. Ça ne veut pas dire qu'on couchait. On était copains.

– Frankie et lui se connaissaient-t-ils à l'époque ?

– Comment voulez-vous que je le sache ? Je ne suis pas chargée de les surveiller.

On frappa à la porte.

– Iona, ma biche... Oh, désolée de te déranger.

Une femme se tenait sur le seuil, nous dévisageant avec curiosité.

– Mon rendez-vous suivant, dit Iona. Si vous voulez bien m'excuser.

– Naturellement. Nous allons attendre et nous reprendrons la discussion quand vous aurez fini.

Annette s'extirpa de derrière la table ; ses cuisses, en glissant sur le plastique, déclenchèrent comme une volée de pets. Je me levai pour lui laisser la place de passer, tandis que Dolan sortait. Annette bavardait déjà avec la cliente de Iona, agitant ses doigts en l'air.

– Regarde, mon chou ! « Cerise épanouie ». Cette nuance irait à ravir avec ton teint.

L'autre femme, la quarantaine, ne parut pas autrement électrisée à cette perspective : elle avait le teint particulièrement moche.

Annette descendit sans grâce les marches de la caravane, perchée sur ses sandales compensées en toile, et glissa sa main sous le bras du lieutenant Dolan.

– Iona n'en a pas pour longtemps. Je fais l'heure du déjeuner aujourd'hui. Si vous m'accompagniez au Clair de Lune manger un morceau ? C'est moi qui invite.

– Génial ! lui dis-je. Excellente idée. Quelles sont vos heures de travail ?

– En général, à partir du déjeuner. Nous sommes ouverts de cinq heures du matin à dix heures du soir. Il n'y a qu'un autre restaurant, le Panorama, de sorte que les gens vont ou à l'un ou à l'autre, suivant leur humeur.

Nous descendîmes tous trois l'allée défoncée et traversâmes la petite route. Une fois au café, nous n'eûmes que l'embarras du choix devant les tables vides.

– On sert surtout des boissons et des sandwichs froids. Mais je peux vous faire des hamburgers si vous préférez quelque chose de chaud.

– Ça me paraît sympathique. Et vous, Kinsey ?

– Parfait.

– Et je vous propose quoi, comme boisson ? Nous avons du café, du thé, du Coca et du Sprite.

– Va pour un Coke, dit Dolan.

– La même chose pour moi.

Annette prit place derrière le comptoir, alluma le brûleur sous la plaque, sortit deux steaks hachés du réfrigérateur et les aplatit d'une main experte sur le gril.

– C'est prêt dans une minute.

– Ça marche doucement aujourd'hui ? lui demanda Dolan.

– Ça marche doucement tous les jours.

Elle disparut et revint aussitôt avec un plat de céleri, des carottes en bâtonnet et des olives vertes. Elle avait fourré une bouteille de ketchup et un flacon souple de moutarde dans sa poche de tablier et les posa eux aussi sur la table. Le temps qu'elle retourne à la plaque, les steaks étaient cuits.

– J'ai oublié de vous demander comment vous les vouliez, nous dit-elle en déchargeant son plateau.

– C'est impeccable, lui dis-je.

Je barbouillais déjà mon steak haché de moutarde et de ketchup, y ajoutant cornichons et oignons. Pas la classe du Steak Royal, mais on ferait avec.

– Pensez-vous qu'elle ait été en contact avec Frankie ? demanda Dolan.

– Vous croyez qu'il aurait été mêlé à la mort de cette fille ?

– Aucune idée. Nous espérions que Iona pourrait nous aider à remplir quelques blancs.

De l'autre côté de la route, sortant du camp de mobile homes, une voiture s'engagea sur l'autoroute, tourna à gauche et accéléra, Iona au volant. Annette se pencha vers la vitre, fronçant légèrement les sourcils à sa propre intention.

– Quelle mouche la pique ?

Dolan entama son hamburger.

– À mon avis, elle n'a pas envie de nous parler.

CHAPITRE 13

Nous quittâmes la minuscule bourgade de Peaches à 14 heures précises, lorsqu'il devint clair que Iona ne rentrerait pas. L'intarissable Annette avait jacassé comme une pie, répondant à toutes les questions que nous lui posions, encore qu'en nous livrant surtout des informations sur ses sentiments. De toute évidence, elle ne portait pas Frankie dans son cœur et tout me faisait penser qu'elle nous avait dit tout ce qu'elle savait. Iona avait, elle, et tout aussi clairement, pris le large pour éviter d'avoir à nous répondre. Annette voulait croire que sa fille avait fait son deuil de Frankie, mais je n'en aurais pas mis ma main au feu.

Abandonnant la 14, nous prîmes la 138 jusqu'à la 15, puis filâmes jusqu'à la 10, direction est, autrement dit le San Bernardino Highway. N'en déplaise à Dolan, il n'y avait pas d'autre voie d'accès à Blythe. Deux cent quatre-vingts kilomètres d'une route qui part des faubourgs est de Los Angeles et traverse la frontière de l'Arizona à Blythe. Pendant près de trois heures, Dolan garda le pied sur l'accélérateur tandis que la route filait derrière nous. Le paysage devint monotone, dévidant l'habituelle séquence urbaine de lotissements, panneaux publicitaires, usines, centres commerciaux et voies ferrées. Nous longeâmes des « parcs » de véhicules tout-terrains, un country club proposant des UVA et un centre de remise en forme et de bronzage. Longue étendue de terres dans lesquelles nul ne songerait à s'enraciner. Nous ne marquâmes qu'un seul arrêt pour refaire le plein à Orocopia, où je pris un exemplaire de la *Mobile Home Gazette :* seize pages de coupons de réduction pour bouibouis locaux, offres spéciales de croisières, leçons de golf, dentiers sur mesure et jeux de bingo pour les lève-tôt.

Après Palm Springs, le terrain devint plat et la couleur disparut du paysage. Sur des kilomètres et des kilomètres, ce ne furent que sable et rochers, chaparral, lignes à haute tension et voitures qui nous doublaient. Des deux côtés de la route, le terrain remontait jusqu'à une ligne de contreforts qui bouchaient la vue. Tout était beige, gris, et d'un vert décoloré et fade. Les déserts californiens ont pour l'essentiel des sols tout en demi-teintes : fauve, cannelle, sépia et rose. Nous longeâmes la centrale de l'État, signalée par des panneaux qui nous dissuadaient de prendre des auto-stoppeurs. La vitesse était limitée à cent dix, mais cette plaine infinie nous donnait l'impression de rouler sur place. À part le Salton Sea au sud, la carte n'indiquait que des lacs asséchés.

– Comment quoi que ce soit arrive-t-il à pousser dans un coin pareil ? demandai-je à Dolan.

Il sourit.

– Le désert a une capacité d'adaptation admirable. Le désert de Californie ne bénéficie que d'une seule saison humide, à la différence de celui de l'Arizona qui en a deux. Le reste de l'année, il n'y tombe pas une goutte d'eau. Si les graines germaient tout de suite après les pluies, les jeunes plantes ne survivraient pas à la férocité du soleil et à la chaleur. De nombreuses graines sont recouvertes d'une pellicule de cire qui les empêche d'absorber l'eau pendant un certain temps. Une fois que la cire a disparu, elles germent et c'est le point de départ de la chaîne alimentaire. Les lapins et les rats du désert transforment la végétation en chair animale, ce qui nourrit les prédateurs. Les serpents mangent les rongeurs et les lynx mangent les serpents.

– Charmant, dis-je.

– Efficace. Comme le crime. Tout le monde passe son temps à bouffer le voisin.

Il continua dans cette veine, me régalant des modes d'accouplement et de reproduction de divers insectes du coin, notamment des mygales, lycoses et autres tarentules, jusqu'à ce que je lui chantonne un « Je sens que je vais vomir » qui lui cloua le bec.

À Blythe, nous prîmes vers le sud, empruntant la route d'État à deux voies pour faire les vingt kilomètres qui nous séparaient de l'agglomération de Quorum, 12 676 hab. Sur la carte, la petite ville représentait à peine plus qu'un cercle. Dolan ralentit dès les premières maisons, des constructions ordinaires pourvues de jardins anonymes. Nous débouchâmes dans le centre-ville moins d'une minute après, par l'artère principale à six voies. Vu la faible hauteur des bâtiments, les autochtones devaient penser pouvoir échapper au soleil envahissant du désert en se collant au sol. Les palmiers semblaient prospérer. De nombreux motels bordaient l'artère, la plupart affichant des noms teintés de nostalgie, comme le relais de la Baie et le motel des Coquillages. Beaucoup d'établissements commerciaux semblaient être destinés à une clientèle de nomades : stations-essence, revendeurs d'automobiles, de pneus, de camping cars, stations de lavage, réparation de véhicules. J'aperçus ici ou là un serrurier ou un salon de beauté, mais pas grand-chose d'autre. Ici, comme à Peaches, des planches clouées aveuglaient de nombreuses devantures ; des enseignes au verre brisé conservaient seulement leur cadre. Jody's Café, Rupert : Radiateurs pour auto, ainsi qu'un magasin de meubles figuraient parmi les recalés. En jetant un coup d'œil à droite, je vis que même les rues secondaires avaient en général droit à quatre voies. Cette ville n'avait manifestement que de l'espace à offrir.

En la traversant, nous fîmes un bref détour pour nous arrêter au poste de police de Quorum et à l'antenne du bureau du shérif, situés côte à côte dans North Winter Street. J'attendis dans la voiture pendant que Dolan allait discuter avec les inspecteurs des deux services pour les informer de sa présence dans le secteur et des raisons qui l'amenaient. Théoriquement, rien ne l'y obligeait, mais il ne voulait marcher sur les pieds de personne. C'était d'ailleurs plus malin de préparer le terrain au cas où nous aurions besoin de renforts par la suite. Il regagna la voiture et claqua la portière.

– Sans doute une perte de temps, reconnut-il, mais qui a souvent suffisamment joué en ma faveur pour que je le fasse.

On approchait de cinq heures et demie et la chaleur de l'après-midi chuta rapidement. Dolan avait prévu de trouver d'abord un motel, puis d'explorer la ville en cherchant un endroit où nous sustenter.

– On peut dîner, se coucher tôt et se mettre en quête du magasin de garnissage demain matin à la première heure, me suggéra-t-il.

– Tout à fait d'accord.

La plupart des motels semblaient offrir les mêmes prestations, affichant des tarifs identiques sur des enseignes lumineuses aux couleurs criardes. Notre choix se porta sur le « Vue sur l'océan », qui proposait piscine, bains à remous chauffés et télévision gratuite. Nous passâmes à la réception où j'attendis le temps que Dolan donne à l'employé sa carte de crédit, réservant deux chambres et récupérant une clé pour chacun. Nous remontâmes en voiture pour parcourir la courte distance jusqu'à la place de stationnement devant sa chambre. La mienne était située juste à l'angle. Nous convînmes de marquer une courte pause, le temps de nous installer.

J'entrai dans ma chambre. L'intérieur sentait la plage de Santa Teresa, c'est-à-dire une légère odeur d'humidité et, plus insistante celle-là, de moisi. Je posai mon sac sur le bureau et mon sac de voyage sur une chaise. J'étrennai les toilettes, enfilai mon coupe-vent et retrouvai Dolan à sa porte. Bien entendu, son objectif était de trouver un restaurant avec bar. En cas d'échec, il se rabattrait sur un bar correct quelconque, après quoi nous pourrions savourer une pizza dans notre chambre. Nous fîmes halte au bureau du motel, où l'employé de la réception nous recommanda le Quorum Inn, à deux rues de là, dans High Street. J'avais sous-estimé la fraîcheur de l'air du désert le soir. Je marchai les bras croisés contre la poitrine, courbant le dos pour me protéger du vent cinglant qui soufflait dans les rues. La ville semblait s'offrir sans défense aux éléments, mettant tous ses espoirs dans ses constructions basses pour l'abriter des vents du désert.

Le Quorum Inn était déjà bondé quand nous arrivâmes ; les inconditionnels du martini de fin d'après-midi allumaient des cigarettes, picorant tour à tour olives vertes et cacahuètes mélangées. Les murs étaient lambrissés de frisette de pin verni, et les box capitonnés de skaï écarlate. Des nappes à carreaux rouge et blanc recouvraient les tables de la salle. Le menu proposait pour l'essentiel du steak ou du bœuf. Comme accompagnement, on avait le choix entre frites, rondelles d'oignon frit et beignets de courgette. Vous pouviez aussi commander une pomme de terre en papillote avec beurre, crème fraîche, bacon et/ou fromage.

Nous passâmes la première heure assis au bar : Dolan descendit trois Manhattan[1] et je bus à petites gorgées un verre de vin blanc à vous mettre la bouche en cul de poule. Puis nous nous repliâmes vers une table. Dolan commanda un bifteck dans l'aloyau de six cents grammes bien cuit, et moi un filet de deux cents grammes. À huit heures, nous étions de retour au motel, où nous nous séparâmes pour la nuit. Je lus un moment, puis m'endormis du sommeil du juste, l'estomac rempli de viande rouge et un plein tombereau de cholestérol dans les veines.

Au petit-déjeuner, je m'en tins à mes céréales habituelles, tandis que Dolan engouffrait des œufs au bacon, des pancakes et quatre tasses de café, le tout accompagné de cinq cigarettes. Quand il en sortit une sixième, j'y mis le holà.

– Dolan, vous ne pouvez pas continuer comme ça.

Sa main hésita.

– Comme ça quoi ?

– L'alcool, les cigarettes et les nourritures riches en lipides. Vous êtes bon pour une nouvelle crise et je me retrouverai coincée dans ce bled à vous faire du bouche à bouche. Vous n'avez pas lu le rapport du médecin général ?

1. Pour un petit verre à cocktail : 1/3 de vermouth Martini rouge, 2/3 de whisky canadien, 1 trait d'angustura ; servir frappé avec une cerise à l'alcool.

Il eut un geste d'impatience.

– Foutaises ! Mon grand-père a vécu jusqu'à quatre-vingt-seize ans et s'est roulé ses cigarettes depuis l'âge de douze ans jusqu'au jour de sa mort.

– Peut-être, mais je parie qu'à votre âge, il n'avait pas eu deux crises cardiaques. Vous n'arrêtez pas d'asticoter Stacey et vous êtes pire que lui !

– C'est différent.

– Pas du tout. Vous voulez qu'il vive et c'est pour la même raison que je vous tanne.

– Si j'ai besoin de conseils, je vous le dirai. Je n'ai pas besoin de me faire sermonner par une minette deux fois plus jeune que moi.

– Qu'est-ce que vous me chantez là ? Quel âge avez vous ?

– Soixante et un ans.

– Et moi trente-six.

– En tout cas, je suis assez grand pour faire ce que je veux.

– Pas du tout. Je vous le rappellerai la prochaine fois que Stacey vous menacera de se mettre une balle dans la tête.

Il écrasa sa cigarette dans le cendrier.

– Assez de parlotes. Le travail nous attend.

McPhee's Garnissage Auto était situé dans Hill Street, au cœur de la ville. Nous nous garâmes en face du magasin, le temps de prendre nos repères. Le matin baignait dans une lumière limpide et franche. Il faisait bon, mais je pressentais que dans l'après-midi la chaleur, bien que sèche, deviendrait accablante. Et lorsque le soleil aurait disparu, il ferait aussi froid que la nuit précédente. Derrière le magasin, un petit espace contenait six véhicules, tous protégés par une housse. Une épaisse clôture en grillage, surmontée de fil de fer barbelé acéré, cernait le terrain. Le bâtiment proprement dit était construit en tôle ondulée et comportait trois grands modules vitrés sur un côté, dont les volets roulants remontés révélaient l'intérieur du magasin. L'ensemble ressemblait à une station-service au milieu de l'habituelle zone asphaltée et crevassée. Deux hommes vaquaient à leurs occupations.

– Vous croyez vraiment que la voiture que nous recherchons est celle qu'a vue C. K. ?

– C'est ce qu'on est venu vérifier, me répondit-il. Nous savons qu'elle a été volée ici.

– Et en admettant qu'elle ait stationné près de la carrière ?

– Eh bien, nous verrons si nous pouvons établir un lien entre le véhicule et notre inconnue.

Nous sortîmes de la voiture et traversâmes la rue en direction de l'entrée du magasin. Derrière la grande devanture en verre, une immense jardinière en béton n'offrait au regard que de la terre tassée. Le magasin avait à sa droite une scierie, à sa gauche une compagnie de transports longue distance dont l'aire était encombrée de tracteurs et de semi-remorques. Nous étions dans un secteur commercial où se regroupaient des entreprises qui approvisionnaient leur clientèle en pick-up et camionnettes.

Le hall d'exposition prolongeait le magasin à l'arrière. Un revêtement carrelé en vinyle noir et blanc couvrait le sol. Derrière une bibliothèque vitrée remplie de manuels d'entretien, il y avait un bureau en métal, des meubles de rangement également en métal, et un Rolodex. Des liasses d'échantillons de vinyle pour automobiles et bateaux – « Tissus ultra-résistants à usage industriel » – s'empilaient sur le haut de la bibliothèque. Un panneau perforé fixé au mur présentait des fenêtres arrière et latérales pour caravanes de divers styles. Nous louvoyâmes à travers des amas de banquettes et de sièges-baquets qui exhibaient encore leurs garnitures déchirées. Un autre panneau de présentation déclinait les possibilités de garnissage intérieur cuir/vinyle pour modèles Ford, General Motors, Chrysler-Jeep Eagle, Honda et Toyota. On pouvait commander n'importe quelle quantité de capotes de voiture, bâches de voiture de sport, tapis de sol et garnitures de fenêtres en verre ou en plastique.

Une porte conduisait du hall d'exposition au premier des trois modules, où l'un des deux hommes présents leva la tête. Je lui donnai le milieu de la trentaine. Taille moyenne, rasé de près, rubicond. Ses cheveux avaient les mèches blondes pour lesquelles les femmes se ruinent. La raie au milieu, ils retombaient librement de part et d'autre de son visage. La plupart de ses dents étaient saines. Des rides d'expression marquaient sa bouche, creusées par son sourire. Ses mains sales se signalaient par des ongles définitivement en deuil, version inversée de la *french manucure.* Chemise en lainage à carreaux bleus, jean, boots de travail à lacets. Le vrai demi de mêlée de terminale – autrement dit le mec qui se ferait bousiller s'il se risquait à présent sur le terrain. M'aurait-il attirée quand j'avais seize ans ? Avec le recul, il me faisait l'impression du genre de type dont je m'amourachais. Mais là aussi, et pour autant que je sache, la plupart des garçons du lycée lui ressemblaient.

Armé d'une clé coudée et d'une paire de pinces, il s'occupait à démonter un siège de voiture dressé à la verticale devant lui. Des rouleaux de vinyle, des durites, des boîtes de café en métal, des plaques de caoutchouc mousse, des boîtes à outils, des seaux de peinture à base de latex et des pneus, s'entassaient sur l'établi qui faisait toute la longueur du mur derrière lui. Deux ventilateurs en marche propageaient une odeur de produits synthétiques. Derrière lui, une poubelle en métal débordait de morceaux de ferraille. Un deuxième siège-auto fendu et éventré trônait sur un plan de travail voisin. Le bonhomme fumait une cigarette, mais il prit le temps de la poser avant de nous adresser la parole.

– Je peux vous renseigner ?

Dolan enfonça ses mains dans les poches de son pantalon.

– Nous cherchons Ruel McPhee.

– C'est mon père. Il a pris sa retraite. Vous êtes qui ?

– Lieutenant Dolan, police de Santa Teresa. Et voici ma collègue, Mlle Millhone. Je n'ai pas saisi votre nom.

– Cornell McPhee. C'est vous qui avez laissé le message sur le répondeur ?

– C'est mon coéquipier, l'inspecteur Oliphant. Il en a laissé quatre, pour être exact, et il s'étonne que votre père ne l'ait jamais rappelé.

– Désolé. Je n'ai pas compris que c'était urgent. J'ai transmis les messages à mon père et il m'a dit qu'il s'en occuperait. Ça lui sera sorti de l'esprit.

Le deuxième type de l'atelier était plus âgé, disons la cinquantaine. Il avait repris ses activités, comprenant que la conversation ne le concernait pas.

– Votre père habite-t-il toujours dans le coin ?

Cornell posa sa clé et s'essuya les mains avec un chiffon.

– Bien sûr. De quoi s'agit-il ?

– Nous recherchons la trace d'un véhicule volé dans son magasin en 1969.

Cornell fronça légèrement les sourcils.

– La voiture a été retrouvée. Elle appartenait à un type de l'Arizona.

Dolona eut un bref sourire.

– Nous sommes au courant. Le service des immatriculations nous a confirmé que la voiture était actuellement au nom de Ruel McPhee.

– Pourquoi ressort-on cette histoire ?

– Nous voulons vérifier s'il existe un lien entre ce véhicule et un homicide commis à l'époque.

– Un homicide ?

– Parfaitement, dit Dolan. Nous reprenons le dossier.

– Je ne vois toujours pas pourquoi vous voulez lui parler.

– Un témoin affirme avoir vu une Mustang rouge dans les parages peu avant qu'on découvre le corps. Nous voulons vérifier s'il s'agit du véhicule volé dans son atelier.

– Posez-lui la question. Ma mère et lui habitent dans Fell. Au 1520. À quelques rues d'ici. Vous continuez sur deux pâtés de maisons, vous tournez à gauche à Ruby. Vous tomberez dans Fell cinq rues après. Voulez-vous que je l'appelle pour m'assurer qu'il est là ?

– Non, inutile. Nous repasserons s'il est absent, dit Dolan. (Il montra le siège auquel Cornell travaillait.) C'est long à regarnir ?

– Deux jours. Tout dépend de l'état. Vous en avez à faire réparer ?

– Peut-être.
– Quel type de voiture ?
– Une Chevrolet. 1979.
– Avec sièges en cuir ?
– Non, en tissu.
Cornell sourit.
– Fichez une couverture dessus. Vous vous en tirerez à meilleur compte.
– C'était bien mon idée. Je me demandais juste ce que vous me diriez. Merci de votre aide.
– De rien. Bonne chance !

Le 1520 Fell était un bungalow en brique rouge, assorti d'un garage à deux places indépendant, à droite dans l'allée. Derrière la maison, j'aperçus l'arrière d'un bâtiment annexe qui ressemblait à une grande remise ou à un second garage. Sur le côté, un panneau de basket était fiché dans le béton d'une vaste aire de stationnement pour les invités. Cornell avait dû passer ses loisirs de lycéen à peaufiner ses paniers. Je me l'imaginais inscrit à trois activités sportives, être athlète de la promo ou trésorier en dernière année. Un coup d'œil aux pages jaunes nous ayant indiqué que McPhee's n'avait pas de concurrent en ville, il devait gagner correctement sa vie, même si son travail manquait de paillettes et se révélait peu palpitant.

Dolan se gara le long du trottoir devant la maison ; nous remontâmes l'allée jusqu'à l'entrée et sonnâmes. Une fillette qui devait avoir dans les six ans, vu le nombre de dents qui lui manquaient, nous ouvrit. Ses cheveux étaient encore d'un blond filasse, presque blanc, qui foncerait sans doute avec le temps. Elle portait des lunettes avec une monture en plastique rose et une paire de barrettes ornées de fleurettes roses et bleues. Une rangée de smocks blancs égayait le haut de sa robe à carreaux eux aussi roses et bleus.

– Bonjour, jeune fille, lui dit Dolan. Ton grand-père est-il là ?
– Une minute.

Elle lui ferma la porte au nez, sa grand-mère la rouvrant une seconde après en s'essuyant les mains à un torchon. De légers effluves de vanille nous parvinrent dans son sillage. Elle était corpulente, avec de petites lunettes sans monture, et avait noué un tablier rayé, qui lui arrivait aux genoux, sur une robe d'intérieur à fleurs. Ses cheveux gris frisottaient tout autour de son visage, le reste étant coupé court.

– Oui ?

– Bonjour. Nous voudrions voir Ruel McPhee. C'est Cornell, au magasin, qui nous a donné cette adresse.

– Ruel est au jardin. Voulez-vous entrer ? Je suis sa femme, Edna.

Elle ouvrit la porte pour nous laisser passer. Nous procédâmes aux présentations, incluant la petite-fille de McPhee, Cissy, qui gambadait devant nous dans ses chaussures à bride. Edna nous fit traverser la maison.

– Nous nous apprêtions à faire le glaçage des mini quatre-quarts pour l'anniversaire de Cissy, nous expliqua Edna. Six ans aujourd'hui ! Elle va fêter l'événement avec ses petites amies de maternelle cet après-midi.

– C'est mamie qui m'a fait ma robe ! renchérit Cissy.

– Elle est rudement jolie, dit Dolan. Elle me plaît beaucoup.

Comme à l'ordinaire, je jouai les utilités silencieuses, prête à réagir au quart de tour si Edna ou l'enfant étaient prises d'un coup de folie furieuse.

Cissy avait grimpé sur une chaise de cuisine ; à genoux maintenant, elle surveillait l'opération. Deux boîtes de muffins en métal, posées sur la table, contenaient chacune douze petits gâteaux au renflement brun-doré, fraîchement sortis du four et rangés dans des caissettes en papier. J'aperçus la boîte de pâte instantanée sur le plan de travail, près de l'évier, où trônait le mixeur.

La pièce était décorée avec une débauche patriotique de rouge, blanc et bleu. Le papier qui tapissait les murs célébrait la guerre d'Indépendance avec un motif récurrent de scènes de bataille auxquelles ne manquaient ni les pièces d'artillerie, ni les navires, ni les soldats figés dans des poses héroïques. Les boiseries étaient blanches et les plans de travail rouges. Des coussins rebondis ainsi qu'un quilt[1] soigneusement plié, le tout dans des tons en camaïeu, s'entassaient sur une banquette qui épousait l'arrondi d'une fenêtre en saillie.

Des aimants en forme de fruits maintenaient des œuvres au crayon et à la peinture au doigt sur la porte du réfrigérateur. À quoi s'ajoutaient les photos de classe de deux autres fillettes d'environ huit et dix ans, peut-être des sœurs de Cissy. Toutes trois avaient les mêmes cheveux blonds et les mêmes traits que Cornell. Cissy baissa la tête, le nez à quelques centimètres d'un gâteau.

– Cissy, on ne touche pas, lui ordonna Edna. Tu attends qu'ils aient refroidi et tu ne goûtes pas ! Si tu emmenais ces gentilles personnes voir papy ? Je m'occuperai du glaçage dès que tu reviendras.

L'opération ne traînerait pas. Je repérai la boîte de glaçage instantané au chocolat sur la table, avec la photo d'un tourbillon de chocolat luisant sur le côté : une vraie déferlante. Quand j'étais petite, je croyais que c'était à ça que servaient les vraies grands-mères : à coudre et à faire des gâteaux. Tante Gin passait son temps à me répéter : « Je ne suis pas du genre gâteau », comme pour se dédouaner de ne pas être du genre cuisine du tout. Était-ce pour cette raison que j'étais si tordue ? Parce qu'il m'avait manqué ces qualités de femme d'intérieur qu'elle reniait avec tant d'orgueil ?

Cissy redescendit de sa chaise et prit Dolan par la main. Dans le dos d'Edna, il me jeta un regard qui me criait *Au secours !* Je leur emboîtai le pas, traversant une plaque d'herbe qui s'arrêtait pile aux garages. Une porte latérale était ouverte, et Cissy nous y conduisit avant de filer reprendre son poste.

Ruel McPhee était assis sur un fauteuil en bois à l'intérieur. Une petite télévision en couleurs branchée à une prise encastrée dans le mur occupait le dessus d'une caisse. Il fumait une cigarette en regardant un jeu. Visage émacié et poitrine creuse,

1. Couverture matelassée en patchwork sur une face.

épaules osseuses et étriquées, Ruel faisait la moitié de son épouse. Il avait relevé sur le haut du crâne son chapeau de paille au bord effiloché et rabattu ses lunettes à double-foyer sur l'arcade de son nez. Il se dégageait de lui une odeur, oh! très légère, à peine un soupçon, de chaussettes sales d'une semaine. Dolan se chargea des présentations et d'un bref exposé sur les raisons de notre présence. La cigarette de Ruel lui donna l'idée d'en griller une lui aussi.

Ruel hochait la tête, tout en gardant son attention fixée sur le téléviseur.

– Ça remonte à loin.

– D'après les plaques, la voiture est à votre nom.

– C'est exact. Ce type de l'Arizona l'a amenée ici pour faire refaire les sièges. Je l'avais garée derrière le magasin. Quelqu'un a dû entrer par effraction et mettre le contact parce que, quand je suis revenu travailler le lundi matin, elle avait disparu. Quand on l'a prise, exactement, je peux pas dire. La dernière fois que je l'avais vue, c'était le vendredi soir. J'ai signalé le vol tout de suite et une semaine après on m'a appelé du bureau du shérif, là-haut, dans le nord, pour me dire qu'on l'avait retrouvée. Ce type, Gant, le propriétaire, a payé pour la faire rapatrier, mais elle était hors d'état. À croire qu'elle avait fait plusieurs tonneaux : les portières complètement déglinguées et le devant enfoncé. Gant était sacrément en pétard. (Il me glissa un regard d'excuse pour cette grossièreté.) Je lui ai dit de déclarer le sinistre à sa compagnie d'assurances, mais il ne voulait plus en entendre parler. Des vandales lui avaient déjà esquinté deux fois ses pare-chocs et un jour son moteur avait gelé. Il était convaincu que la bagnole lui portait la guigne. Je lui en ai offert un bon prix, mais il n'en a pas voulu un cent! Il a dit bon débarras, c'est de la camelote, et me l'a cédée.

Le regard de Ruel revint vers l'écran, où des concurrents appuyaient sur des boutons tandis que la somme qu'ils allaient palper clignotait sur des écrans. Je fus incapable de trouver une seule bonne réponse aux questions auxquelles ils répondaient avec une célérité hallucinante.

– Qu'est-il arrivé à la voiture? demanda Dolan.

– À ce qu'on m'a dit, on l'a poussée dans un ravin.

– Je veux dire… Où est-elle maintenant ?

– Oh… Juste là derrière. Cornell et moi, on a l'intention de la remettre en état dès qu'on trouvera deux minutes. Je crois que vous avez fait sa connaissance. Il est marié et a trois filles, et Justine ne lui laisse pas une minute de libre. On le fera en temps voulu.

– Justine, c'est sa femme ?

– Depuis quinze ans. Difficile de s'entendre avec elle. Edna a plus de patience que moi pour gérer la situation.

– Avez-vous une idée sur l'auteur du vol ?

– Si j'en avais une, je l'aurais dit à la police à l'époque. Des gars qui voulaient se faire une virée, je suppose. Dans une petite ville comme ici, c'est le passe-temps des jeunes. Ça, et lancer des balles de peinture de l'arrière de leur bagnole. Pas comme de mon temps. Mon père m'aurait fichu une telle raclée que je me le serais tenu pour dit !

– Aviez-vous déjà été victime d'un vol au magasin ?

– Jamais, ni avant ni après. J'ai mis une clôture avec du fil électrique relié à une alarme et la question a été réglée. (Son regard quitta la télévision.) En quoi ça vous intéresse ?

L'expression de Dolan resta parfaitement neutre.

– Nous mettons de l'ordre dans nos dossiers et nous essayons de boucler les affaires en souffrance. Essentiellement de la paperasserie.

– Je vois. (Ruel écrasa sa cigarette du pied, puis relégua le mégot aplati dans un pot de Pâte à crêpes Express prêt à déborder. Il tendit le pot à Dolan qui écrasa le sien et l'ajouta à la collection.) On m'interdit de fumer à l'intérieur, reprit Ruel, surtout quand les petites sont là. D'après Justine, c'est mauvais pour leurs poumons. Du coup, Edna me parque ici. Justine a la rancune tenace si on ne fait pas ce qu'elle veut.

– Pourquoi vous êtes-vous accroché à cette voiture ?

Ruel se cala contre son dossier et fit une grimace, comme s'il avait affaire à un simple d'esprit.

– C'est une pièce de collection. Une Mustang 66.

– Pas à l'époque. Elle n'était sur le marché que depuis trois ans.

– Je vous l'ai dit, je l'ai eue gratis, lui rappela-t-il. Quand on l'aura remise en état, elle fera dans les quatorze mille dollars. Moi, j'appelle ça une jolie marge. Pas vous ?

– Ça vous ennuie si j'y jette un coup d'œil ?

– Faites comme chez vous. J'en ai cinq là-dedans ; un chouette petit coupé GT métallisé argent avec la capote en vinyle noir déchirée. Le moulin ne tourne pas encore et il y a du travail sur la carrosserie, mais si ça vous intéresse, on pourrait discuter du prix et faire affaire ?

– Merci, mais ma voiture me donne toute satisfaction.

Dolan alluma une autre cigarette. Nous traversâmes l'herbe haute jusqu'à une allée ravinée envahie par la végétation, qui conduisait au deuxième garage de Ruel McPheel. Les marmottes avaient creusé des tunnels en-veux-tu en-voilà dans tout le secteur, et mon pied s'enfonçait régulièrement dans un trou de terre meuble. La remise se présentait à nous de l'arrière, ses doubles portes s'ouvrant sur un champ plat. On distinguait encore vaguement le tracé d'origine de l'allée, peut-être en prévision d'une deuxième maison sur le terrain. Trois véhicules s'offrirent à notre regard, juste devant nous. Nous commençâmes par eux, soulevant leur housse respective comme une série de jupons féminins. Les deux que je dévoilai étaient en piteux état et je ne leur imaginais pas d'autre sort que celui d'ornement de jardin.

– Vous croyez que le véhicule aurait servi à transporter le corps à Lompoc ? demandai-je à Dolan pendant que nous procédions à notre inspection.

– Difficile à dire. Elle était peut-être vivante au départ... À supposer qu'elle ait jamais mis les pieds à Quorum. Mais quelqu'un a très bien pu voler la voiture et l'avoir fait monter en cours de route.

– Mais admettons qu'on l'ait tuée ici. Pourquoi faire tout ce trajet pour se défaire du corps ? Ça semble plus simple d'aller dans le désert et de creuser un trou.

Dolan haussa les épaules.

– Peut-être par souci d'éloigner le corps du lieu du crime. En bonne logique vous démarrez et vous allez le plus loin possible. Ensuite vous devez trouver le bon endroit pour vous arrêter et larguer le corps, ce qui n'est pas aussi simple qu'on le croirait. À supposer qu'il ait séjourné dans le coffre depuis plus d'un jour, il aurait commencé à se décomposer et vous vous retrouvez avec un gros problème. À ce moment-là, la police aurait été informée du vol. Autrement dit, impossible de risquer un bouchon sur la route, au cas où le policier de service voudrait savoir ce que vous transportez là derrière. Lompoc est à l'écart de l'autoroute et si vous trouvez un coin désert, vous en profitez pour vous en délester.

– Et le propriétaire d'origine ? Qui nous dit qu'il n'a joué aucun rôle dans l'affaire ?

– Ça reste une possibilité, me répondit-il, quoique Gant soit mort depuis dix ans. Rupture d'anévrisme de l'aorte ventrale, à ce qu'on m'a dit.

Quand nous arrivâmes à la remise, Dolan tenta d'ouvrir la porte sur le côté, mais le jeu de la tôle, allié à de la vieille peinture, l'avait hermétiquement soudée. Nous fîmes le tour pour aborder le garage par l'avant. Les deux doubles portes étaient fermées, mais aucun cadenas n'emprisonnait les moraillons. Dolan donna un coup sec à celle de droite et la porte à triple section remonta péniblement, entraînant dans son mouvement des toiles d'araignées et des feuilles mortes. La lumière du soleil inonda l'intérieur dans un tourbillon de grains de poussière. Les deux voitures qui s'y trouvaient étaient recouvertes de bâches, au milieu de tout un bric-à-brac de vieilleries. Outre les vieux tacots, McPhee collectionnait aussi des boîtes en fer-blanc et des bocaux vides, des piles de journaux attachés par un bout de fil de fer, des caisses, des cartons, des pelles, une pioche, une jante rouillée, du bois de chauffage, des chevalets pour scier ses bûches et des planches. La remise hébergeait également une antique moissonneuse, des pièces détachées de véhicule et des meubles de jardin en métal en très mauvais état. L'air empestait le renfermé et j'en sentis la sécheresse sur ma peau. Dolan s'immobilisa pour éteindre sa cigarette, tandis que je soulevais un coin de la bâche la plus proche.

– Elle ressemble beaucoup à celle qui enveloppait le corps, constatai-je.

– Et comment ! Il faudra demander à McPhee si on lui en a volé une en même temps que la voiture.

J'abaissai les yeux, mon regard tomba sur le pare-choc arrière esquinté de la Mustang rouge.

– Je l'ai !

À nous deux nous retirâmes la bâche et la pliâmes au carré, comme un drapeau. Pour mon œil de néophyte, la voiture semblait ne pas avoir été touchée depuis le jour de l'année 69 où on l'avait remontée du ravin. Tout au plus avait-on dû passer la carrosserie au jet, mais de la terre sèche s'accrochait encore au châssis, au côté droit profondément éraflé et cabossé et à la portière gauche enfoncée. Les deux flancs n'étaient plus que de la tôle froissée. Un morceau de branche d'arbre était resté coincé sous l'aile arrière gauche. Je ne sais pas pourquoi cette vision me tordit le cœur. Dolan sortit un mouchoir et appuya sur la serrure du coffre avec précaution. Le capot se releva d'un coup. À l'intérieur, le pneu de rechange avait disparu de son support. Deux cartons poussiéreux remplis de vieux numéros de *National Geographic* occupaient l'espace. Dolan ôta les cartons et les posa sur le côté. Le tapis de sol ainsi révélé paraissait propre, hormis deux grandes traînées sombres et deux autres, plus petites, près du fond. Dolan les examina avec attention.

– Je pense qu'on ferait mieux d'appeler le bureau du shérif local et de faire saisir le véhicule.

Il traversa la remise jusqu'à la porte latérale et tenta de l'ouvrir, notant avec satisfaction qu'elle ne bougeait pas d'un pouce.

– Attendez-moi ici, me lança-t-il. Je reviens dans une minute.

J'allai dehors et regardai le pâturage en friche et son fouillis de fleurs sauvages alors que Dolan partait vers sa voiture. Je le vis faire un large détour derrière le garage, dont McPhee n'avait sans doute pas bougé. Je ne voyais pas le vieux d'où j'étais, mais des bribes intermittentes de musique endiablée suggéraient qu'il était toujours vissé à son fauteuil, devant la télévision. Je revins à la Mustang et en fis le tour, les mains dans le dos, scrutant l'intérieur à travers les vitres cassées et éclatées. Les sièges de cuir noir, bien que gris de poussière, semblaient en bon état.

Dolan revint six minutes plus tard avec un Polaroïd à la main, ses jambes de pantalon couvertes de chatons de bardane. Il me tendit l'appareil pendant qu'il sortait de sa poche un stylo bille et un paquet de scellés qu'il avait récupéré dans sa voiture. Il inscrivit ses initiales ainsi que la date et l'heure sur quatre scellés et en apposa un sur chacune des deux portières, un autre sur le toit et le dernier sur l'ouverture du coffre. Puis il prit une série de clichés en faisant le tour de la voiture. Chaque fois qu'une photographie émergeait de la fente, il me la tendait. J'attendais que l'image apparaisse, puis je la légendais sur la partie inférieure. Dolan y ajoutait son nom, la date et l'heure, et les rangeait dans une enveloppe qu'il glissa dans sa poche de veste.

– McPhee est-il au courant ?

– Pas encore.

– Et maintenant ?

– Je rentre au motel pour appeler l'inspecteur Lassiter. Il peut envoyer un adjoint pour garder un œil sur la voiture, le temps qu'une dépanneuse arrive. Je vais aussi demander au bureau du shérif de Santa Teresa d'envoyer une remorque dans les plus brefs délais. Ils pourront emmener la voiture à la fourrière locale et la rapatrier.

– Il leur faudra combien de temps ?

Dolan consulta sa montre.

– Il est dix heures et demie. Ils devraient pouvoir nous envoyer un gars vers six heures ce soir. Entre-temps, j'appellerai le juge Ruiz à Santa Teresa pour lui demander un mandat de perquisition téléphonique. Nous ramènerons le document avec la Mustang et dirons à Stacey de remplir les papiers là-bas. Je serai de retour d'ici une heure.

CHAPITRE 14

Je n'avais pas effectué de surveillance depuis une éternité et avais oublié à quel point c'est long, une heure. Au moins la voiture ne risquait-elle pas de démarrer. J'ôtai ma montre et la mis dans ma poche pour ne pas être tentée de la regarder constamment. Je m'assis à l'ombre, le dos appuyé à la remise, ajoutai quelques notes à mes fiches, puis je pris mon roman dans mon sac et cherchai ma page.

Un demi-chapitre plus tard, j'entendis une portière claquer et en jetant un coup d'œil, j'aperçus Cornell qui sortait d'un pick-up blanc. Il traversa l'aire de stationnement, se dirigeant vers la porte de derrière de chez ses parents, peut-être pour déjeuner. Je mourais de faim et dus me contenter d'une vieille barre de Junior Mint qui traînait au fond de mon sac. Le revêtement en sucre glace pourvoirait à mon apport quotidien en fibres.

Il faisait nettement plus chaud et l'air embaumait les fleurs sauvages et les herbes folles. Un gros bourdon tournait à proximité, boule de gomme volante noire et jaune. Un essaim de moucherons dansait dans la lumière, un taon cherchait activement un point d'atterrissage. Toute cette faune eut raison de mes capacités de concentration. Par tempérament, je suis une citadine et préfère limiter mes contacts avec la nature à la contemplation d'une carte postale.

Il y eut un bruit de pas dans l'herbe. Je me relevai, époussetai mon jean et remis le livre dans mon sac. Je m'attendais à voir Dolan. Au lieu de quoi Cornell apparut, fumant une cigarette qu'il abritait dans le creux de sa main. Me voir ne parut pas le transporter de joie. Son regard se reporta sur la porte ouverte de la remise, qui révélait la Mustang bien en vue, bâche enlevée, un scellé en travers de l'ouverture du capot.

– Bonjour ! lui lançai-je. Je suis Kinsey. On s'est vus ce matin.

Je coulai un regard rapide vers l'allée en espérant voir rappliquer l'adjoint, mais n'eus pas cette chance.

– Je sais qui vous êtes. C'est quoi, cette histoire ?

– Un adjoint du shérif va arriver d'une minute à l'autre. Le lieutenant Dolan pense qu'il s'agit peut-être du véhicule ayant servi à transporter notre victime. Il veut en avoir le cœur net.

– Ce qui signifie ?

– Rien de grave. Il veut que la police scientifique l'examine, répondis-je avec un léger haussement d'épaules.

– Et mon père est au courant ?

– Je suppose, lui dis-je, en mentant d'une manière éhontée. J'ignore ce que le lieutenant lui a dit. Demandez-le lui.

Cornell parut contrarié. Il lâcha sa cigarette et l'écrasa.

– Ça va prendre longtemps ?

– Oh, un jour ou deux tout au plus.

J'espérais qu'il ne lui viendrait pas à l'idée que nous allions embarquer la Mustang. Ni qu'on la remorquerait dans le nord et qu'il ne la reverrait probablement pas avant des mois. Et je ne tenais pas à discuter avec lui s'il s'énervait.

Il rentra la tête dans les épaules dans une posture agressive.

– La loi vous autorise à vous pointer comme ça sans prévenir ? Vous êtes dans une propriété privée ici, pareil pour la maison. Mon père possède tout ce qui va jusqu'à la clôture.

Je me retournai pour suivre son geste.

– Je l'ignorais. Joli bout de terrain. Nous avons bavardé avec votre père et lui avons demandé à voir la Mustang. Il nous a dit de faire comme chez nous.

– Je ne pense pas qu'il ait compris ce que vous vouliez dire. Il ne m'en a pas parlé.

– Ça pose problème ?

– Mmm… non. Aucun. Sauf que ça ne me paraît pas net.

Je fixai le sol et fis tourner le bout de ma basket droite dans la terre.

– Je ne sais pas quoi vous dire. Le lieutenant Dolan pourra vous expliquer quand il reviendra. Moi, il m'a juste demandé de surveiller le véhicule en attendant l'adjoint. Vous aviez besoin de prendre quelque chose ?

– Je suis venu voir de quoi il retournait. Mon père vous a vus partir vers ici, mais vous n'êtes pas repassés. Où est le lieutenant Dolan ?

– Il a dû faire le tour. Pour ne pas déranger votre père pendant qu'il regardait son émission.

Je laissai le silence s'installer. Je n'avais pas l'intention de meubler la conversation et ne tenais pas à continuer sur ce ton.

– Je ferais mieux de prévenir mon père. Il ne va pas apprécier, mais c'est votre affaire.

– Allez-y. Faites comme vous voulez.

Cornell recula d'un pas, puis il partit vers la maison. Le temps qu'il arrive à l'allée, une voiture de police noire et blanche s'y engageait. L'adjoint en sortit et donna une poignée de main à Cornell. J'observai les deux hommes qui discutaient, bientôt rejoints par le patriarche en personne. Il avait remis d'aplomb son chapeau de soleil, dont le bord lui ombrait le visage. Même de loin, je vis qu'il avait l'air agressif du coq dont on assiège le poulailler. Le conciliabule se poursuivit, avec beaucoup de gesticulations de la part de Ruel. Les trois têtes se tournèrent vers moi. Derrière eux, le lieutenant Dolan se gara contre le trottoir. Le trio l'attendit et une autre discussion s'ensuivit, à l'issue de laquelle ils s'avancèrent tous les quatre de front vers moi, comme une petite bande de manifestants en colère.

Dolan me présenta l'adjoint, un dénommé Todd Chilton. Celui-ci semblant connaître Ruel, j'en déduisis que leurs relations dataient d'avant la rencontre présente. Chilton approchait de la quarantaine ; ses cheveux foncés coupés à la tondeuse sur les côtés ondulaient légèrement sur le haut de son crâne. Il avait desserré sa cravate et prit le temps de reboutonner son col avant de me serrer la main.

Ruel me fixa d'un air dubitatif, puis se tourna vers le lieutenant Dolan.

– C'est elle, la scientifique dont vous parliez ?

– Kinsey Millhone est agent privé de recherche. Nous allons remorquer la voiture jusqu'à Santa Teresa et y procéder à la collecte d'indices.

Ruel se retourna, estomaqué.

– Vous voulez dire que vous emmenez la voiture ? (Son regard incrédule alla de Dolan à l'adjoint.) Il n'en a pas le droit, hein ?

– Si, monsieur.

– Mais la voiture m'appartient et elle est enregistrée à mon nom ! Il ne m'a rien dit de ce qu'il mijotait, sinon je l'aurais envoyé se faire voir !

– Nous comprenons, Monsieur McPhee, lui dit Chilton, et je suis sûr que le lieutenant Dolan est conscient du dérangement occasionné.

– Dérangement, mon œil ! Cette voiture n'a pas bougé d'ici depuis dix-huit ans. Si les flics la jugeaient tellement importante, ils auraient dû la prendre à ce moment-là !

– L'information nous est parvenue il y a une semaine. C'est la première fois que nous en entendons parler, sinon nous l'aurions fait.

– Vous êtes dans une propriété privée. La voiture m'appartient. Rien ne vous autorise à entrer ici comme dans un moulin et à me piquer mon bien. (Il se tourna vers l'adjoint.) Je veux qu'il dégage.

– Je ne peux rien faire pour vous, lui renvoya Chilton. Il est dans son droit.

– Alors dégagez aussi ! Elle sert à quoi, votre foutue plaque, si vous ne pouvez pas nous protéger mieux que ça, hein ?

Chilton commença à changer d'attitude. Son ton, jusque-là conciliant, abandonna les nuances.

– Excusez-moi, monsieur, mais cette voiture est considérée comme pièce à conviction dans le cadre d'une enquête criminelle. Vous n'avez pas le choix. Si la police scientifique ne découvre rien, vous récupérez le véhicule et on n'en parle plus.

– J'appelle mon avocat.

– Monsieur McPhee, dit Dolan, nous avons un mandat de perquisition parfaitement en règle. Appelez qui vous voulez, ça n'y changera rien. N'y voyez aucun manque de respect de ma part, mais inutile de gaspiller votre salive.

– J'ai droit à un coup de téléphone.

– Seulement si on vous fiche en taule ! lui lança Chilton, exaspéré. Personne n'a l'intention de vous arrêter. C'est la voiture qu'il veut. Et c'est d'un homicide qu'il est question ! Si vous faites de l'obstruction, vous allez au-devant d'ennuis. Personne n'en a envie.

– Laisse tomber, papa, dit Cornell. N'importe comment, ils l'embarquent.

Ruel céda brusquement. Il ôta son chapeau et s'en asséna un coup sur la cuisse.

– On m'avait bien dit que nous vivions dans un État policier, mais je n'aurais jamais cru vivre assez vieux pour le voir. C'est une honte de traiter un citoyen respectueux des lois comme un chien !

Il s'éloigna du groupe. Cornell se retourna pour nous lancer un regard noir, puis il suivit son père vers la maison.

Un coup d'avertisseur impatient retentit dans la rue et nous vîmes un semi-remorque de la société de dépannage locale garé le long du trottoir. Chilton siffla pour attirer l'attention du conducteur et moulina des bras pour le faire venir dans notre direction. Le conducteur passa les vitesses et fit une marche avant. Puis il prit l'allée en marche arrière et la remonta jusqu'à la remise où nous l'attendions.

Dolan et moi supervisâmes les opérations sans intervenir, pendant qu'on attachait la chaîne au train avant de la Mustang et hissait la voiture sur la remorque. Le camion de Cornell avait disparu et Ruel demeurait invisible. Une fois la Mustang chargée, nous suivîmes docilement la remorque jusqu'à la rue. Le conducteur attendit, le temps que nous montions dans la voiture de Dolan. Nous le suivîmes, le regard sur la Mustang.

– À propos… vous avez eu Stacey ? lui demandai-je. A-t-il des nouvelles de sa biopsie et de ses radios ? À l'heure qu'il est, ils sont sûrement fixés.

Dolan me regarda comme si je lui parlais dans une autre langue.

– Ça m'est complètement sorti de la tête ! Il voulait nous rejoindre et j'étais si occupé à l'en dissuader que j'en ai oublié de lui poser la question.

– Il descend ?

– Pas si j'arrive à l'en empêcher. Je préfère l'avoir là-haut où il peut nous être utile.

À la fourrière, nous attendîmes qu'on ait déchargé la Mustang et verrouillé la porte roulante. Dolan se chargea des formalités, puis regagna la voiture. Nous mîmes le cap sur le motel. Il sifflotait d'un air distrait, tapotant en rythme le volant.

– Vous êtes gai comme un pinson !

– Exact. Je crois qu'on avance.

– Quand les légistes pourront-ils nous éclairer ?

– Vite, j'espère. Comme les affaires sont calmes pour l'instant, Mandel m'a promis de leur demander de s'y mettre tout de suite.

– Et en attendant ?

– Rien. S'ils peuvent établir un lien entre notre victime et la Mustang, nous ferons le tour des dentistes du coin avec sa fiche dentaire. Des dents pareilles, quelqu'un s'en souviendra peut-être.

– Pourquoi ne pas le faire dans l'intervalle ? Je déteste perdre mon temps. Nous savons que quelqu'un a volé la voiture et l'a ramenée à Lompoc. C. K. l'a repérée près de la carrière…

– Nous ne pouvons toujours pas affirmer qu'il s'agit du même véhicule. C'en était peut-être un autre qui lui ressemblait ; un type qui s'était arrêté pour arroser le parterre. Pas de précipitation.

– Mais à supposer que ce soit la bonne voiture, ne peut-on partir du principe qu'elle a servi à déplacer le corps ?

– En se fondant sur quoi tant que la police scientifique ne l'a pas prouvé ?

– Oh, allez, lieutenant…

– Non, c'est sérieux. Même si nous avons raison au sujet de la voiture, ça ne prouve toujours pas que la fille était de Quorum. L'assassin pouvait l'avoir prise en stop et poignardée quand il était sur la route.

– O.K., je vous l'accorde. Donc, on ne bouge pas et on attend ?

– Oui.

– Mais ça peut durer des jours !

– Je peux vous mettre dans un bus pour vous ramener chez vous, me proposa-t-il mollement.

– Ce n'est pas là que je veux en venir.

– À quoi, alors ?

– Pourquoi ne pas vous charger de la surveillance pendant que je commence à fouiner ?

Il hocha la tête.

– Inutile de bouger sans munitions, me dit-il.

– Voici ce que je vous propose : j'arrête le compteur, mais je tiens le décompte de mes heures. Si je retrouve sa trace, vous me payez, sinon, aucune importance.

Dolan réfléchit en examinant la rue devant lui.

– Peut-être…

– Allez, Dolan. S'il vous plaît, je vous en prie, je vous en supplie à genoux. Je serai sage, promis juré !

– On ne supplie pas. Et puis ça ne vous va pas. (Il cessa de tapoter le volant.) Moi, je pourrais vous emprunter votre machine à écrire et rattraper la paperasse en retard. Histoire de consigner certains faits tant que les détails sont encore frais.

– Bravo ! Je suis ravie. C'est nettement plus drôle.

De retour dans ma chambre, j'ouvris le tiroir de la table de nuit et en retirai le minuscule annuaire de Quorum pour y chercher l'adresse de la bibliothèque municipale. L'annexe de la bibliothèque du district du comté de Riverside à Quorum se trouvait dans High Street. Autrement dit, d'après le mini-plan en page de garde de l'annuaire, à cinq rues de là. Je mis l'annuaire dans mon sac, laissai ma machine à écrire à Dolan et partis à pied.

À la bibliothèque, j'allai doit à la salle des ouvrages de référence et sortis les annuaires de la ville des années 1966, 1967, 1968 et 1969. Prenant l'autre annuaire dans mon sac, je tournai les pages jaunes jusqu'à « Dentistes ». Il y en avait dix. Je comparai les noms de ceux actuellement en exercice avec leurs confrères des années en question. Deux dentistes de cette période, les Dr Towne et Nettleton, manquaient à l'appel, sans doute pour cause de retraite, décès ou déménagement. Quatre s'incrustaient toujours, six étaient de nouveaux venus. La plupart tombaient dans la catégorie des généralistes à en croire leurs encarts publicitaires en pleine page qui proposaient couronnes, dentiers, plombages, travaux parodontaux, bridges, dévitalisations, plastique dentaire et chirurgie. Vu ma phobie de tout ce qui touche aux dents, je sentis mes mains devenir moites. D'emblée j'eus un a priori favorable sur celui qui précisait : « Oxyde d'azote : Faites-vous soigner en dormant ». Je ne verrais aucune objection à reporter mon prochain rendez-vous jusqu'à mon sommeil éternel.

Au nombre des incrustés, le quatrième de la liste, le Dr Gregory Spears, figurait en deux endroits, une fois à la rubrique des généralistes, l'autre à celle des orthodontistes, qui ne comportait d'ailleurs qu'un nom : le sien. La mention « Redressement des dents » avait été rajoutée entre parenthèses pour qui aurait ignoré à quoi servait un orthodontiste. Je notai les quatre noms et adresses, consultai de nouveau le plan et traçai mon itinéraire. Vu la dimension de la ville, aller à pied de la bibliothèque au cabinet du premier dentiste de ma liste ne me mettrait pas sur les genoux.

Le cabinet de Spears donnait directement sur la rue, dans Dodson. Il n'y avait pas un chat dans la salle d'attente. La « fille » à la réception accusait une bonne soixantaine, une certaine Mme Gary à en croire son badge. Son bureau était rangé et l'organisation de l'espace révélait un souci d'efficacité ;

les dossiers s'y alignaient à la verticale. Une bande d'étiquettes de couleur correspondant à un protocole précis traçait une ligne irrégulière sur les rabats. Au mur, une petite pancarte au point de croix précisait : LE RÉGLEMENT DES PRESTATIONS EST IMMÉDIAT. Mme Gary prêtait sûrement une oreille compatissante à votre histoire de dent de devant à pivot tombée en plein déjeuner de femmes, mais pas question de lui en conter en cas de chèque sans provision.

Lorsqu'elle ouvrit la vitre coulissante qui séparait son bureau de la salle d'attente, je posai une photocopie de ma licence de détective privé sur le comptoir. Dolan m'avait confié le dossier contenant la fiche dentaire de notre inconnue, avec le nombre et l'emplacement des plombages. Je la plaçai aussi sur le comptoir. De derrière, me parvint le vrombissement suraigu d'une fraise, bruit qui suffit parfois à me faire tomber dans les pommes. J'essuyai ma main moite sur le dos de mon pantalon.

– Bonjour, dis-je. J'espère que vous pourrez me renseigner.

– Bien volontiers.

– Je travaille actuellement avec deux inspecteurs de la Brigade des homicides de Santa Teresa sur le cas d'une victime non identifiée remontant à 1969. Voici un relevé de ses travaux dentaires. Elle pourrait avoir habité la région et nous nous demandons si le Dr Spears l'aurait eue comme patiente. Elle était vraisemblablement mineure au moment où les soins ont été exécutés.

Elle jeta un coup d'œil au dossier.

– Le docteur a quelqu'un en ce moment. Pouvez-vous repasser dans une demi-heure ?

– Je vais attendre, ce sera plus simple, lui dis-je. Vous travaillez pour lui depuis longtemps ?

– Depuis qu'il a ouvert son cabinet en 1960. Comment disiez-vous qu'elle s'appelait ?

– Justement, je l'ignore. Elle n'a jamais été identifiée. Elle avait de nombreux plombages, et d'après l'orthodontiste du service médico-légal qui a examiné le maxillaire et la mandibule, les soins remontaient à environ deux ans avant sa mort. Je sais que ça ne date pas d'hier.

– Ça m'étonnerait que nous ayons conservé la fiche d'une patiente que nous n'avons pas revue depuis près de vingt ans.

– Que fait-on des vieilles fiches ? On les détruit ?

– En général, non. Elles sont considérées comme inactives et archivées. Je ne sais pas exactement jusqu'à quand remontent les nôtres. C'est de centaines de patients que nous parlons, vous savez ?

– J'en suis bien consciente. Ces fiches sont ici ?

– Si vous envisagez de procéder à une recherche manuelle, il va falloir en parler au Dr Spears. Je ne pense pas qu'il y consente sans une injonction du tribunal.

– Nous ne sommes là que pour deux jours et nous espérions éviter tout délai.

– Attendez de voir ce qu'il vous dira. Moi, je ne peux rien faire.

– Je comprends.

Je m'assis sur un siège de la salle d'attente et feuilletai la pile de magazines. Mon choix se porta sur le dernier numéro d'*Architectural Digest*, et je me divertis en imaginant une couche de peinture monochrome sur les vingt-cinq mètres carrés de mon studio.

Un quart d'heure après, une femme apparut, la lèvre enflée, et s'arrêta au comptoir pour régler par chèque. J'attendis qu'elle soit partie, puis je posai la revue et revins au comptoir.

– On fait une tentative ?

Mme Gary alla dans le cabinet. J'entendis le murmure des voix tandis qu'elle lui exposait ma requête.

Le Dr Spears sortit pour m'accueillir, encore en blouse blanche, s'essuyant les mains à une serviette en papier qu'il jeta dans la corbeille. Il avait des cheveux gris et des yeux bleus, et après s'être serré la main, la mienne garda comme une odeur de savon. Tout en comprenant mon problème, il ne pouvait guère m'aider.

Il hocha la tête avant même que je lui aie expliqué les tenants et les aboutissants de l'affaire.

– Sans nom, je ne peux rien. Les fiches inactives sont archivées par ordre alphabétique. J'en ai des centaines. À ce que m'a dit Mme Gary, la fille était mineure, ce qui complique encore les choses. Je ne vois pas comment vous pourriez la retrouver.

– Elle avait des tonnes de plombages, des dents de lapin et une incisive de travers sur le côté gauche, lui précisai-je.

– La grande majorité de mes patients ont des dents de travers. J'aimerais vous être utile, mais ce que vous me demandez est impossible.

– Ce n'est vraiment pas de chance. J'espérais plus, mais je comprends votre point de vue. Et les autres dentistes qui exerçaient dans la région à l'époque ? Le Dr Towne ou le Dr Nettleton ? J'ai vu que tous deux avaient un cabinet à la fin des années soixante.

– Le Dr Towne est mort il y a deux ans, mais sa veuve acceptera peut-être de vous dépanner si les dossiers sont toujours en sa possession. Quant au Dr Nettleton, il a plus de quatre-vingt-dix ans. Il a toute sa tête, mais ça m'étonnerait que vous en sortiez grand-chose. (Il se tourna vers Mme Gary.) Vous connaissez la famille, n'est-ce pas ? Où habite-t-il en ce moment ?

– Chez sa fille. Elle et moi fréquentons la même paroisse.

– Pourquoi ne pas donner ses coordonnées à Mlle Millhone ? Il se souviendra peut-être. En tout cas, ça vaut la peine d'essayer.

– Merci infiniment, lui dis-je.

Mme Gary chercha dans son Rolodex et nota le nom et l'adresse de la fille en question. À son expression, je devinai que j'aurais de la chance si le Dr Nettleton était capable de se rappeler comment nouer ses lacets.

Je sortis du cabinet et m'arrêtai sur le trottoir. Je consultai mon plan et ma liste et passai au nom suivant. J'eus la même conversation, avec des variantes, avec les trois autres dentistes. Ils se montrèrent courtois, mais décourageants. Désireux de m'aider, semblait-il, mais tous étaient occupés et aucun ne tenait à fouiller ses archives, compte tenu du peu de chances de retrouver l'inconnue. Déjà incapable de leur donner un nom, je ne pouvais même pas prouver qu'elle avait habité à Quorum ou s'y était fait soigner les dents. J'avais entretenu le mince espoir que les données en ma possession auraient éveillé un souvenir. Il me restait encore l'adresse du Dr Nettleton, mais j'étais trop fatiguée à ce stade de mes investigations pour continuer.

On approchait de six heures quand je refis les dix pâtés de maisons jusqu'au motel où Dolan m'attendait. J'ai horreur de reconnaître que j'ai fait chou blanc, je le fis pourtant dès qu'il m'ouvrit.

Il se montra d'une grandeur d'âme inhabituelle.

– Ne vous tracassez pas. Vous vous êtes bien démenée.

– Pour ce que ça me rapporte…

– Soufflez un peu. Vous recommencerez demain. La chance vous sourira peut-être. Là, c'est l'heure d'aller boire un verre et de dîner. Ça vous tente ?

– Et comment ! Mais accordez-moi une demi-heure. Je veux appeler Henry et prendre une douche rapide. Si vous allez au Quorum Inn, je vous y rejoins.

– Parfait.

Je coinçai Henry au moment précis où il partait. Je lui fis un bref résumé du voyage et de nos maigres progrès, il me consola comme il se devait.

– À propos, tu as reçu un paquet de Lompoc, me dit-il. Il était sur ton paillasson ce matin. Je l'ai rapporté ici.

– De qui ?

– Pas d'indications.

– Cela ressemble à quoi ?

– À peu près la taille d'une boîte pour une chemise, un kilo. Ce n'est probablement pas une bombe. Je l'ai contre mon oreille et je n'entends pas de tic-tac.

– Là, tu m'intrigues. Ouvre un peu qu'on voie.

– Je refuse d'ouvrir ton courrier. Je te le garde jusqu'à ton retour.

– Si tu changes d'avis, je te donne la permission de voir ce qu'il y a dedans, lui dis-je. Comment va Mattie ?

– Une forme superbe ! Elle s'est décidée à rester un jour de plus pour faire la Diamondback Trail. Il y a des sources thermales où elle allait avec son mari. Elle voudrait peindre l'endroit si elle le retrouve.

– Sympa. Tu l'as accompagnée ?

– Pas question ! Mes genoux ne l'auraient pas supporté et je l'ai laissée y aller seule. De plus, j'avais accepté un thé pour Moza et j'ai passé la journée à faire des mini-sandwichs et des petits gâteaux.

Boulanger durant sa vie active, Henry était encore un mordu de son métier. Il continuait à faire des extras, buffets ou thés, et avait passé un accord avec Rosie : pains maison contre repas gratuits à l'occasion.

– Elle m'a beaucoup plu. Je l'ai trouvée sympathique.

– Excuse-moi d'abréger, mais je suis en retard. Quand rentres-tu ?

– Je ne sais pas encore. Je te tiens au courant.

Je raccrochai, ôtai mes vêtements et filai sous la douche en me demandant *En retard pour quoi ?* Il était pressé de raccrocher, mais impossible de dire s'il m'évitait moi, ou s'il ne voulait pas me parler de Mattie. J'espérai qu'il s'intéressait à elle et réciproquement. Ils m'avaient paru adorables, tous les deux, et j'éprouvais un sentiment de propriétaire à leur égard. J'avais jugé de bon augure qu'elle reste un jour de plus, mais l'allusion à son mari ne me disait rien qui vaille. Je l'avais crue veuve, mais elle pouvait avoir divorcé. N'importe, elle avait parlé de son mari à deux reprises, donc elle restait peut-être liée à lui affectivement. Mauvais signe.

CHAPITRE 15

– Ce matin, je me mets en quête du Dr Nettleton pour en avoir le cœur net et passer à autre chose, annonçai-je au petit-déjeuner en buvant ma deuxième tasse de café.

Je regardai Dolan ingurgiter ses œufs Benedict. La sauce me parut d'un jaune excessif, laissant penser que le maître-queux avait utilisé de la « hollandaise » en poudre.

Dolan épongea une mare d'œuf poché avec un morceau de petit pain beurré.

– Je croyais que vous aviez fait le tour des dentistes quand vous étiez en virée hier ?

Je hochai la tête.

– Pas lui. Il est à la retraite. J'ai arraché son adresse au Dr Spears, mais je n'y suis pas encore allée. Ça vous dirait de m'accompagner ?

– Vous vous en tirerez très bien toute seule. Si vous me déposiez plutôt au bureau du shérif ? Je leur ai demandé de jeter un coup d'œil dans leurs archives pour y chercher des avis de recherche sur des filles dans le genre de la nôtre. Après, je rentrerai au motel, histoire de voir si on a des nouvelles de Mandel. Je l'ai eu au téléphone hier soir et il m'a dit que le type qui a récupéré la Mustang a procédé à un examen superficiel et s'y est remis aussitôt. Sa femme et lui partaient en vacances ce matin, ce qui a joué en notre faveur. D'après Mandel, les scientifiques s'y attaquent en priorité ce matin. Il me rappelle dès qu'il a quelque chose. S'il tarde, c'est moi qui le rappelle.

– Ça me paraît bien parti. Je vous ferai mon rapport après mon entretien avec le Dr Nettleton.

Au bureau du shérif, Dolan avait mis la voiture au point mort et tiré le frein à main, puis il s'était glissé hors de son siège tandis que je sortais de mon côté, contournais l'avant et prenais sa place au volant. Je n'avais pas encore eu le temps de trouver mes repères qu'il avait allumé une cigarette, cherché la clé du bureau dans sa poche et était entré. Il me fallut quelques secondes pour régler le siège et le rétroviseur et prendre le pouls de la vieille Chevrolet; comparée à ma Volkswagen au nez camus, j'avais l'impression de conduire un tank. Dès que je fus installée, le moteur cala. Je tournai la clé de contact et appuyai d'un pied léger sur l'accélérateur, prenant le moteur par la douceur et le cajolant jusqu'à ce qu'il consente à repartir. J'avais l'impression d'être une gamine. Je regardai le bout du capot en regrettant de ne pas être assise sur l'annuaire de New York, même si mes pieds auraient alors à peine touché les pédales.

Je pris mon sac et vérifiai dans mon calepin l'adresse qu'on m'avait donnée, puis je consultai le mini-plan. Quorum comptait en gros vingt-cinq rues, coupées par cinq grands boulevards allant d'est en ouest. Une série de petites rues est-ouest complétait ce plan en damier qui facilitait la navigation. La fille du Dr Nettleton vivait dans Banner Way, dans une petite subdivision des faubourgs nord. Je rabattis le frein à main, effectuai une marche arrière prudente et traversai le parking pour rejoindre l'artère principale. Durée de l'opération : à peu près quatre minutes.

Le numéro que je cherchais se trouva être celui d'un bungalow en brique d'un seul niveau, posé au milieu d'arbres parvenus à leur pleine maturité. Un garage à deux places était attenant au bâtiment, sans doute reconverti en chambre d'amis. De grandes vasques de bégonias s'alignaient dans la véranda que protégeait un large auvent.

Je sonnai et attendis. Une femme aux abords de la cinquantaine m'ouvrit. Je la surprenais dans sa gymnastique matinale, le visage rosi par l'effort et essoufflée. À l'arrière-plan, Jane Fonda, jambes en l'air, travaillait ses abdominaux.

– Je cherche le Dr Nettleton. Êtes-vous sa fille ?

– Elle-même. Vous êtes la détective ? Alana Gary m'a prévenue que vous passeriez peut-être. Entrez donc.

– Je me présente : Kinsey Millhone.

– Vonda Linsberg, me dit-elle à son tour. Papa est dans sa chambre, au fond du couloir, dernière porte à droite. Si ça ne vous ennuie pas, je vous laisse trouver votre chemin.

– Non, bien sûr. Il m'attend ?

– Difficile à dire. Il a toute sa tête, mais sa mémoire va et vient. Il est encore capable de battre mon mari à plate couture aux échecs, mais il se fatigue vite ; aussi soyez gentille, ne restez pas trop longtemps.

– Un quart d'heure pile.

Vonda repartit à son tapis de travail et je pris le couloir jusqu'à la chambre du fond. La porte était entrouverte. Je la poussai. Assis dans un fauteuil à bascule en bois, le Dr Nettleton regardait par la fenêtre remontée de quinze centimètres. Sur le rebord extérieur, on avait éparpillé des graines de tournesol. Un écureuil dressé sur ses pattes arrière l'observait avec curiosité.

Le vieillard faisait bien ses quatre-vingt-dix ans ; frêle et voûté, tassé dans son fauteuil avec un châle sur les genoux. Il avait un visage long et des lobes d'oreille qui pendaient comme de la cire de bougie en train de fondre. Il avait perdu presque tous ses cheveux, mais ceux qui lui restaient étaient d'un blanc éclatant et coupés ras. Les prothèses auditives logées dans le creux de ses oreilles me firent penser à des bouchons de bubble gum aplatis.

– Docteur Nettelton ?

Il tourna vers moi ses yeux chassieux et mit une main en cornet derrière son oreille.

– Vous dites ?

Il avait la voix sèche, comme si de la poussière s'était accumulée dans sa trachée.

– Puis-je entrer ?

– Vous êtes l'infirmière ?

– Je suis détective privé.

J'avisai un petit fauteuil de bureau en bois que j'approchai du sien. Et m'assis. Ma présence ne parut pas lui poser de problème. Peut-être qu'à ce stade de sa vie, il avait renoncé à toute idée d'espace personnel et d'intimité. Forçant un peu ma voix, je lui expliquai qui j'étais et pourquoi j'avais recours à lui. Tout le temps que je parlai, il garda la tête penchée, sa main tremblante en cornet derrière l'oreille.

– Pouvez-vous répéter ?

Je rapprochai mon siège et repris mes explications, parlant plus fort pour ce second tour de piste. Ses yeux brillaient d'intelligence, mais je n'aurais pas juré qu'il me suivait. Quand j'en eus fini, le silence dura tellement que je me demandai s'il avait saisi un traître mot de mon exposé. L'écureuil piocha une graine de tournesol et la grignota prestement, cassant l'enveloppe, la queue en mouvement. Le Dr Nettleton sourit avec une telle douceur que j'en eus les larmes aux yeux.

– Docteur Nettleton ?

Il tourna la tête.

– Oui ?

– Je me demandais... pour cette fille. Avez-vous eu une patiente comme elle ?

Il se redressa, le regard fixé sur une tache de soleil par terre.

– La dernière année où j'ai exercé, il y a eu une fille qui correspond à ce signalement. J'ai été obligé de prendre ma retraite à soixante-quinze ans. Mes mains tremblaient et je ne pouvais plus rester debout toute la journée. Son nom ne me revient pas pour l'instant, mais je me rappelle le ramdam que j'ai fait en voyant ses dents. Je lui ai dit : « Des caries pareilles peuvent vous ruiner la santé ! »

Je le fixai d'un air incrédule. Peut-être confondait-il.

– Elle avait les dents en avant, comme je vous l'ai dit ?

– Oh oui ! Malocclusion prononcée et la canine gauche pointée vers l'avant avec un léger chevauchement. Cette dent-là. (Il toucha sa canine.) La troisième dent de sagesse gauche n'était pas encore sortie et je l'ai prévenue qu'elle risquait d'avoir un problème si ça se prolongeait. La plaque dentaire était importante, naturellement, et ses gencives avaient tendance à saigner. Ses dents lui gâchaient le visage. Une jolie fille sinon, encore que si mes souvenirs sont bons, elle avait des problèmes comportementaux.

– Par exemple ?

– Je ne sais pas. Une sorte de décalage. On l'avait retirée à ses parents naturels et placée en famille d'accueil. Elle a dû leur en faire voir. Impétueuse. Excessive. Je crois qu'elle avait tendance à prendre ce qui ne lui appartenait pas. Elle venait pour un rendez-vous et après, nous constations la disparition de l'agrafeuse ou de la boîte de trombones. Je me suis occupé de ses plombages et je l'ai dirigée sur le Dr Spears pour un bilan orthodontique. J'ignore ce qu'elle est devenue. Cela m'étonnerait qu'elle se soit fait redresser les dents. Pas le genre à première vue. Et c'est bien dommage, si vous voulez mon avis.

– Vous souvenez-vous du nom de la famille d'accueil ?

Il fixa le mur des yeux.

– Là, sur le moment, non. Je ne les soignais pas. J'oublie pour l'instant chez qui ils allaient.

– Et la fille ? Vous rappelez-vous son nom… au moins son prénom ? Rien qui puisse nous aider ?

Il hocha brusquement la tête, comme un cheval agacé par un taon.

– Je devais l'insensibiliser pour la soigner et elle réagissait mal. Ça arrive. Elle devenait intenable. Je ne faisais qu'un quadrant à la fois, mais elle se démenait comme un beau diable. La novocaïne ne semblait pas agir non plus. Il fallait au moins quatre piqûres pour chaque plombage.

J'essuyai d'un geste naturel ma paume moite sur mon jean, ma phobie des dentistes et celle des piqûres étant entrées en collision en plein ciel.

– Était-elle inscrite au lycée ?

– Probablement. La scolarité est obligatoire dans l'État. Un joli minois, je dirais, tant qu'elle n'ouvrait pas la bouche. De mauvaises dents vous gâchent le visage et je le lui ai dit. Pas coopérative pour un sou. Elle a manqué deux rendez-vous et elle est arrivée en retard aux autres. Mon hygiéniste vous aurait sûrement dit son nom, mais elle est morte. Incroyable que je lui aie survécu… Elle se portait comme un charme ; elle a travaillé trente-deux ans pour moi sans prendre un seul jour de congé maladie.

– De quoi est-elle morte ? lui demandai-je en me laissant entraîner hors de mon sujet.

– Le cœur. Elle désherbait une plate-bande de pensées et pouf ! Elle a basculé sur le côté. Plus personne ! Les effets du jardinage. Un passe-temps idiot. J'aime mieux rester à l'intérieur. J'ai toujours préféré.

– Autre chose sur la fille ?

Il me regarda d'un air ahuri, changeant de position dans son fauteuil.

– Hein ?

– Autre chose sur la fille ? répétai-je.

Il étudia ses mains, qui semblaient vivre leur vie, tiraillant le châle.

– Je me souviens que la mère d'accueil avait fait toute une scène pour la facture. Adressée à elle par erreur. Simple négligence de mon secrétariat. Vous auriez dû l'entendre ! Ma réceptionniste était en larmes. Du coup, cette femme m'a profondément déplu. Elle amenait la fille, mais je n'allais pas l'accueillir comme je le faisais toujours pour les autres. Elle n'avait qu'à attendre. C'est mon hygiéniste qui m'a appris qu'elle buvait. Comprends pas que le service social ait jugé qu'elle faisait l'affaire. D'après moi, elle n'était pas qualifiée, mais on ne m'a jamais demandé mon avis. (Il resta silencieux un moment.) C'est tout.

Je lui effleurai le bras.

– Je ne sais comment vous remercier. Vous m'avez beaucoup aidée. Je vais laisser mon numéro de téléphone à votre fille. Dites-lui de m'appeler si un détail vous revient.

Son regard croisa un instant le mien.

– Vous jouez aux échecs ?

– Non, mais on m'a dit que vous étiez imbattable.

– Normal. Mon père m'a appris quand j'avais sept ans et là, j'en ai quatre-vingt-treize. Mon gendre joue comme un pied. Pas doué, si vous voyez ce que je veux dire. Ça demande de la réflexion. Il faut prévoir, penser avec dix ou quinze coups d'avance. Je serais ravi de vous apprendre si vous le souhaitez vraiment.

– Je crains que non, mais merci.

– Tant pis. (Il se tut un instant, puis tendit un index mal assuré vers un pot sur la commode.) Vous pourriez prendre quelques graines de tournesol pour l'écureuil ? Une bonne compagnie. Plus de personnalité que bien des individus que je connais, et il s'amuse d'un rien.

J'éparpillai une poignée de graines sur le rebord de la fenêtre. Le Dr Neddleton replongeait déjà, son visage se vidant de son énergie.

– Je ne me souviens pas de votre nom, me dit-il au moment où j'ouvrais la porte, mais merci pour la visite. J'ai pris beaucoup de plaisir à discuter avec vous et j'espère que vous aussi.

– Croyez-moi, c'était réciproque, lui répondis-je.

J'aurais voulu le mettre dans la voiture et l'emmener avec moi. Je lui fis un signe d'adieu depuis la porte, mais je ne crois pas qu'il ait saisi mon geste.

Je repris la direction du motel. Pas de doute, nous étions sur la bonne piste. Même si le Dr Nettleton n'avait pas pu retrouver le nom, les détails cadraient avec ce que nous savions. Une idée me traversa l'esprit – un bref arrêt que je pouvais faire avant de retrouver Dolan. Je ralentis et me rabattis vers le trottoir. Prenant le plan, je cherchai un petit carré noir surmonté d'un drapeau minuscule. Je fis demi-tour dans Chesapeake et rebroussai chemin.

Le lycée de Quorum, qui faisait partie du district scolaire unifié, occupait un quadrilatère plat, l'équivalent de deux pâtés de maisons, dans la partie nord-est de la ville. L'herbe paraissait mitée et aucun drapeau ne flottait au mât. Les salles de classe se répartissaient dans plusieurs bâtiments bas, à première vue des constructions en préfabriqué qu'on aurait pu percer d'un coup de cutter. Je dénombrai six arbres sur le campus ; pas assez pour parler de paysagisme, mais suffisant pour offrir çà et là de petites zones d'ombre. Le bâtiment administratif rappelait le premier niveau d'un édifice plus ambitieux. Le lycée était peut-être en train de collecter des fonds, poussant les citoyens au bord de la folie à coup d'innombrables téléthons sur les chaînes locales. Les gens sont prêts à payer gros pour retrouver leurs émissions normales : des sitcoms et des feuilletons au lieu de ces orchestres de rock amateurs interprétant des chansons de leur composition sans aucune préparation.

Je me garai dans un parking indiqué VISITEURS. Je verrouillai la portière, traversai l'herbe amplement piétinée jusqu'à l'entrée, poussai la porte vitrée à deux battants et m'engageai dans le couloir principal. Un silence de mort régnait, pourtant il devait bien y avoir des élèves dans les lieux. Les modules de salles de classe à l'extérieur n'étaient pas assez grands pour héberger l'auditorium ou le gymnase. À mon avis, bon nombre de cours se déroulaient aussi dans ce bâtiment. Je reniflai des odeurs de sueur et de laque, d'hormones et de chaussures de gym encore chaudes : les effluves du mal-être adolescent. Acné, impuissance, choix trop limités, pression sexuelle trop intense et pas assez de sagesse pour trouver sa vraie personnalité avant dix-huit ans. Combien de vies étaient-elles déjà déglinguées ? Filles enceintes, garçons morts dans un accident de voiture avant que les cannettes de bière se soient immobilisées sur le tapis de sol...

Devant moi, au bout du couloir, un écriteau signalait le bureau du proviseur. Mon anxiété monta en flèche, comme elle l'avait fait tous les jours de ma vie de lycéenne. Ce que j'avais pu être hors du système ! Ce que j'avais pu être gourde ! J'en avais réchappé en refusant de filer doux – fumant de l'herbe et traînant avec d'autres paumés de mon espèce. Et me voilà de nouveau là... Seulement, j'étais adulte (en théorie) et franchissais le seuil de mon plein gré, en quête de réponses à des questions que je n'aurais jamais imaginées dans mes jeunes années.

La secrétaire du lycée avait la petite trentaine, des yeux marron et des cheveux courts et soyeux, couleur coque de noix de pécan. Un délicat saupoudrage de taches de rousseur lui couvrait le nez et les pommettes. Elle donnait dans le décontracté chic : pantalon beige, pull marron à manches courtes et chaussures plates. Son badge plastifié annonçait ADRIANNE RICHARDS, et au-dessous, écrit en plus petit, ASSISTANTE ADMINISTRATIVE. Elle se leva en me voyant et s'approcha du comptoir.

– Puis-je vous renseigner ?

– Je l'espère, lui dis-je. Je suis détective privé à Santa Teresa. Je travaille avec deux inspecteurs de police pour essayer d'identifier la victime d'un homicide survenu en août 1969.

– Vous voulez dire, ici ?!

– Nous ne savons pas exactement. (Je m'octroyai une petite pause, lui traçant le profil de la fille que nous tentions d'identifier.) Nous avons interrogé les dentistes du coin en espérant la localiser par ses dossiers de soins. Je viens de m'entretenir avec le Dr Nettleton. Il pense l'avoir eue pour patiente, mais son nom lui échappe. J'ai pensé que si je pouvais interroger un ou deux professeurs, son signalement leur dirait peut-être quelque chose. Sauriez-vous qui enseignait à cette époque ?

Elle me fixa d'un air ahuri. Je la voyais presque effectuer un calcul de possibilités. Je crus qu'elle allait parler, mais son visage se ferma et elle baissa les yeux.

– Il faut que j'en parle à M. Eichenberger. C'est le proviseur. Tous nos dossiers scolaires sont confidentiels.

– Je ne vous demande pas son dossier. Juste son nom.

– M. Eichenberger ne nous autorise pas à livrer ce genre de renseignements.

– Vous voulez dire que vous la connaissez ?

Ses joues commençaient à se colorer.

– Non, bien sûr. Je parle du règlement du lycée.

Je la dévisageai, exaspérée. En sa qualité d'assistante administrative, elle n'était peut-être pas habituée à ce qu'on lui réponde. À ce train-là, j'allais finir en centre de détention pour mineurs !

– Je ne comprends pas où est le problème, lui dis-je.

– M. Eichenberger est la seule personne habilitée à parler des dossiers des élèves.

– Parfait. Puis-je le voir ?

– Je vais vérifier, mais je vous demanderais d'abord vos papiers.

Je pris mon portefeuille dans mon sac et l'ouvris pour lui montrer la photocopie de ma licence. Je le lui glissai sur le comptoir.

– Puis-je le prendre ?

– Du moment que vous me le rendez.

– Un instant.

Elle traversa le bureau en direction d'une porte close, sur laquelle était apposée une plaque nominative : LAWRENCE EICHENBERGER, PROVISEUR. Elle frappa un seul coup et entra. Au bout d'une minute peut-être, la porte s'ouvrit et M. Eichenberger apparut, Adrianne Richards sur les talons. Elle me tendit mon portefeuille et se rassit à son bureau, où elle s'intéressa activement à son travail afin de pouvoir écouter sans en avoir l'air.

M. Eichenberger était un homme d'une soixantaine d'années, avec des cheveux blancs fins et clairsemés, des lunettes et un gros nez. Le soleil lui avait brûlé la peau et je perçus le parfum de son après-rasage – une note d'encens. Il portait une chemise à manches longues bleu vif, un gilet foncé et un nœud papillon noué à la main. Son empressement excessif et sa mine laissaient deviner qu'il ferait tout pour contrarier mes désirs.

– À ce que je comprends, vous avez un problème avec une de nos élèves ?

– Pas exactement, lui dis-je.

Mentalement, je me sentis loucher. Étonnez-vous que j'aie détesté le lycée, où je m'étais trouvée entièrement à la merci d'incompétents de son espèce. Je repris mes explications à zéro, affichant une patience que je n'éprouvais pas vraiment.

– Mademoiselle Millburn, me dit-il, laissez-moi vous préciser ceci. Je travaille dans ce lycée depuis le milieu des années soixante. D'ailleurs, je prends ma retraite en mai. J'ai été nommé à ce poste quand j'avais quarante ans, et j'en ai savouré les moindres minutes. Loin de moi l'idée de me vanter, mais je me souviens de tous les élèves qui ont franchi ces portes, sans exception. Je me fais un devoir impératif de savoir qui ils sont et ce qu'ils ont dans la tête. C'est de cela qu'ont besoin ces enfants : ni d'un copain ni d'un pote, mais d'adultes qui les guident en prenant leurs intérêts à cœur. Nous avons la mission de former ces jeunes pour le monde qu'ils devront affronter. Ils leur faut des compétences – essentiellement savoir lire et écrire –, qui les préparent à un travail productif et rémunérateur. S'ils n'ont pas le goût des études, nous faisons le nécessaire pour qu'ils trouvent un emploi. L'école buissonnière, les bandes, les problèmes de drogue : nous n'en voyons guère ici, malgré le voisinage de Los Angeles.

Je jetai un coup d'œil par-dessus mon épaule. Nous filmait-on ? Tant son laïus semblait préenregistré et ne pas s'adresser à moi.

– Excusez-moi mais... quel rapport ?

Il parut revenir à lui, comme s'il retrouvait ses esprits après une courte absence.

– Euh... oui. Vous parliez d'une élève. Des précisions me seraient utiles. Sinon, je ne peux vous être d'aucun secours.

Toujours serviable, je répétai mon histoire pendant que son assistante déplaçait des papiers au hasard sur son bureau. M. Eichenberger hocha la tête avant même que j'eus fini mon exposé.

– Pas ici. Pas depuis que je suis en poste. Essayez plutôt Lockaby. C'est un établissement qui applique des méthodes nouvelles.

– Ah bon ? J'ignorais son existence.

– Il est dans Kennedy Pike ; un bâtiment en bardeaux blancs, en face du cimetière municipal. Vous ne pouvez pas le rater.

– Dois-je demander à parler à quelqu'un en particulier ?

– Mme Bishop est la directrice. Elle devrait pouvoir vous renseigner.

– Vous-même n'avez pas connu cette fille ?

– Dans ce cas, je vous l'aurais dit. Je ne suis pas homme à taire des informations dans une enquête pour meurtre.

– Et votre assistante ?

– Mme Richards ne travaillait pas ici à l'époque.

– Dommage. J'aurais cru trouver une piste ici, lui dis-je. (Je sortis une carte professionnelle et inscrivis le numéro du motel au dos.) Je suis au « Vue sur l'océan » pendant les deux prochains jours. J'aimerais que vous m'appeliez si vous pensiez à quoi que ce soit qui puisse m'aider.

– Vous parliez de famille d'accueil. À votre place, j'essaierais les services sociaux.

– Excellente suggestion, merci. J'y vais de ce pas.

Je décidai de ne pas bouger avant d'avoir fait mon rapport à Dolan. Pour la deuxième fois ce matin-là, je revins au motel. Je laissai la voiture sur l'emplacement de parking devant sa chambre et frappai d'une main victorieuse à sa porte. De l'intérieur me parvint le son étouffé d'une télévision monté à plein volume. Dolan ne devait pas m'avoir entendue car il ne réagit pas. La tête penchée vers la porte, j'attendis et fis une nouvelle tentative. Sans plus de succès. Je me retournai et jetai un coup d'œil au bureau de la réception, de l'autre côté du parking. Mes yeux s'attardèrent dans le recoin qui abritait les distributeurs de Coca et de boissons non alcoolisées. Aucun signe de lui. Je frappai de nouveau, cette fois avec l'énergie d'un agent de l'ATF[1] dans la phase initiale d'une saisie de drogue. Il devait être sous la douche, ou alors souffrant.

Je traversai le parking en direction de la réception et passai la tête par la porte. L'employée, une fille d'une vingtaine d'années, était assise sur un tabouret pivotant et feuilletait un numéro de *People*. Je l'avais interrompue au beau milieu d'un article sur Lady Di. La fille était très brune, jolie malgré son air boudeur et sa bouche un brin trop grande. Elle avait un rouge à lèvres foncé et de faux cils à mon avis, vu leur épaisseur. Elle portait une jupe bleu marine et un chemisier blanc, mis en valeur par un élégant blazer rouge, avec un faux écusson sur la poche de poitrine. Le motel avait dû lui fournir sa tenue, car

1. Bureau des alcools, des tabacs et des armes à feu du FBI.

elle ne ressemblait à rien de ce qu'elle aurait porté si on ne l'avait menacée de renvoi. Pour compenser, elle avait raccourci la jupe et déboutonné les trois boutons du haut de son chemisier. Elle mastiquait du chewing-gum, manie contre laquelle on m'avait mise en garde quand j'étais en troisième. Mon professeur de français m'avait juré qu'on ressemblait ainsi à une vache et je n'ai jamais mâché de chewing-gum depuis. Je ne l'aimais pas, cette prof, mais l'avertissement avait porté.

– Excusez-moi de vous déranger, lui dis-je. Auriez-vous vu l'occupant de la chambre 130 ? Je sais qu'il m'attend, mais il ne répond pas.

Elle se pencha et vérifia le registre, revenant à la page précédente. Ce faisant, elle poussa le bout du chewing-gum avec sa langue jusqu'à ce qu'il ressorte comme un petit poumon rose entre ses lèvres.

– Vous parlez du vieux bonhomme ?

– Il n'est pas « vieux », lui répliquai-je, ulcérée.

– Bon, si vous voulez. Le jour où il a pris la chambre, on lui a fait une remise AARP. Moins 15 %. Seuls les seniors y ont droit. Il faut avoir au moins cinquante ans.

– Moi aussi j'ai cinquante ans.

– Vous ne les faites pas ! À vous voir j'aurais dit quarante. (Elle fit une bulle, qu'elle fit claquer pour ponctuer son estimation. Elle leva les yeux vers moi.) Oh ! excusez-moi. Vous blaguiez, non ?

– Aucune importance. Je l'ai cherché, lui dis-je. Il est sorti ?

– Il est allé acheter des cigarettes, mais je l'ai vu rentrer.

– Il y a longtemps ?

– Une heure. Il s'est arrêté pour prendre des messages et a regagné sa chambre.

– A-t-il reçu des appels ?

– Demandez-lui vous-même puisque vous êtes si copains.

– Appelez sa chambre, voulez-vous ?

– Tout de suite. (Elle décrocha, fit une nouvelle bulle pendant qu'elle composait le numéro. Elle laissa bien sonner quinze coups.) Il a dû ressortir. Beaucoup de vieux ont la bougeotte. Trop d'énergie. S'ils ne font rien, ça les rend fous.

– Merci pour ces précisions utiles. Pouvez-vous m'accompagner dans sa chambre avec votre passe ?

– Ah ça, non ! Je suis seule et je dois rester à la réception. Pourquoi vous ne faites pas le tour pour frapper au carreau des toilettes ? Il est peut-être sur le trône.

Cette histoire ne me disait rien qui vaille. Je revins à sa porte et la martelai aussi fort que les villageois, la porte du château de Frankenstein. Rien. Je contournai le bâtiment, comptant les chambres jusqu'à ce que j'arrive à celle que j'estimais être la sienne. Les fenêtres des toilettes étaient toutes trop hautes pour moi. Je regagnai sa porte et restai plantée devant à me poser des questions existentielles. Pourquoi ne répondait-il pas ? Je cherchai mon portefeuille dans mon sac. Dans le compartiment à fenêtre, sous mon permis, je gardais toujours un petit jeu de crochets. Pas mon appareil à piles qui ouvre quasiment n'importe quoi. Celui-là, je l'avais laissé chez moi, surtout parce que si je m'étais fait prendre avec, la police aurait vu ça d'un mauvais œil. Ce que j'avais en main, c'était un jeu d'antiques rossignols, un petit crochet et une pince-monseigneur minuscule, que je réservais à ce genre de circonstances. J'avais aussi une mini-torche et un tournevis pliant, mais qui ne me seraient d'aucun secours pour mon effraction du jour.

Je refrappai et appelai Dolan d'un ton comminatoire. Le type de la chambre voisine ouvrit sa porte et passa la tête dehors.

– Bon Dieu, vous pourriez pas gueuler moins fort ? Et pendant que vous y êtes, dites-donc à ce connard d'éteindre sa télé. Elle braille depuis dix heures et j'en ai ma claque ! Y a des gens qui travaillent ici !

– Désolée. C'est un handicapé, lui dis-je en me tapotant l'oreille. De gros problèmes d'audition, le malheureux.

L'expression irritée du type baissa d'un cran.

– Oh, je ne savais pas...

– Ce n'est rien. Les gens s'en prennent tout le temps à lui. Il est habitué.

J'attendis qu'il ait disparu et me mis au travail. Au cinéma, les cambrioleurs vous font sauter une serrure en un rien de temps, souvent avec une carte de crédit, méthode que, pour ma part, j'évite. Je me méfie de ce procédé. Je connais un type dont la carte de crédit s'était cassée dans la porte qu'il tentait d'ouvrir. Un voisin l'avait repéré et avait appelé la police. En entendant les sirènes qui se rappochaient, il avait filé en abandonnant la moitié de sa carte derrière lui. La police avait ainsi récupéré son nom de famille et les six derniers chiffres de son compte. Il avait été épinglé le jour même.

Les rossignols exigent de la pratique, une patience infinie et une adresse non négligeable. Bien que la plupart des systèmes de serrures soient identiques, il existe des variantes propres à faire tourner en bourrique un novice. En général, quelques essais me suffisent. Je manipulai ma petite pince tout en surveillant le parking. Si Dolan était sorti, je ne voulais pas qu'il me surprenne en train de forcer sa porte. Et je ne tenais pas outre mesure à ce qu'on appelle la police si les autres occupants du motel m'épiaient derrière leurs rideaux. Par contre, s'il se trouvait à l'intérieur, il était temps de venir aux nouvelles. Je sentis la dernière griffe céder. Je tournai le bouton, poussai la porte et entrai.

– Lieutenant Dolan ?

Il était allongé sur son lit, entièrement vêtu, en chaussettes. Il se tourna vers moi. Sa respiration était superficielle et il avait le visage d'un gris terreux. J'éteignis la télévision et traversai la pièce.

Sa voix était rauque et grinçante.

– Je vous ai entendue frapper, mais j'étais aux toilettes en train de vomir. Je ne me sens pas très bien.

– Ça se voit. Vous avez une sale mine. Ressentez-vous des douleurs dans la poitrine ?

De plus près, je vis luire une mince pellicule de sueur sur son front et ses joues.

Il hocha la tête, un geste presque imperceptible.

– Une barre en travers. Du mal à respirer. Comme si un éléphant était assis dessus.

– Merde...

Je saisis le téléphone et appelai police secours.

CHAPITRE 16

Je crus que l'équipe des soins d'urgence n'arriverait jamais alors qu'elle ne mit pas plus de six minutes. J'alertai la réception, puis j'attendis sur le parking pour pouvoir leur faire signe. J'entendis les sirènes avant même de voir l'ambulance des pompiers arriver à vive allure. J'agitai la main. Le véhicule vint vers moi et s'arrêta dans un crissement de pneus. La femme qui était au volant et deux autres urgentistes en descendirent, vêtus de vestes jaune vif avec SAPEURS POMPIERS inscrit au dos. Équipés de leur matériel, ils me suivirent dans la chambre de Dolan.

Je restai sur le côté, regardant les deux urgentistes écarter les meubles pour se ménager un espace. Ils se comportaient avec efficacité, mais échangeaient des propos anodins, soucieux de ne pas alarmer encore plus Dolan, qui se savait en fâcheuse posture. Un des urgentistes lui déboutonna sa chemise et appliqua son stéthoscope contre sa poitrine. Il lui prit le pouls et nota ses observations sur son bloc à pince, puis il lui attacha le brassard d'un tensiomètre, pressa la poire et lut le résultat, son regard fixé sur sa montre. Il lui posa une série de questions afin d'évaluer les symptômes et les faits ayant précédé son malaise. À mon grand étonnement, Dolan reconnut avoir éprouvé des sensations analogues la nuit précédente, bien que moins prononcées, et qui s'étaient dissipées en quelques minutes. La femme de l'équipe entra alors en action. Elle lui administra deux comprimés sublinguaux de trinitine, puis elle fixa une perfusion tandis que le troisième urgentiste plaçait un masque à oxygène sur le nez de Dolan.

Je partis dehors. Une minute après, l'équipe sortait de la pièce. Dolan reposait sur une civière. Ils le roulèrent jusqu'aux portes arrière de l'ambulance, qu'ils ouvrirent pour le glisser à l'intérieur. Quelques personnes qui traversaient le parking s'arrêtèrent pour regarder, mais la plupart passèrent leur chemin dès qu'elles comprirent de quoi il retournait. Je leur fus reconnaissante de leur discrétion. Cela suffit déjà d'être malade sans devoir en plus se montrer en spectacle.

Un urgentiste monta à l'arrière avec Dolan. Les portières claquèrent. L'hôpital n'était qu'à quelques rues de là. L'autre m'indiqua le chemin avant de s'installer à l'avant. La femme reprit le volant. Elle sortit en marche arrière et fila droit vers la rue dans un jacassement de sirène, gyrophare allumé. Je m'assurai que la chambre de Dolan était fermée à clé et les suivis dans sa voiture.

Quand j'arrivai, l'ambulance stationnait déjà devant l'entrée des urgences. Je me garai dans le parking principal ; le temps que je gagne la salle d'attente, on l'avait emmené pour l'examiner. Je m'adressai à l'employée de l'accueil et lui expliquai qui j'étais. Elle me posa quelques questions sur Dolan et je pris conscience du peu de chose que je savais sur lui. Lorsque je lui appris qu'il était couvert par l'assurance du STPD[1], elle me dit qu'elle lui poserait les questions nécessaires. Elle se leva et quitta son bureau, bloc à la main : le médecin des urgences viendrait me voir dès qu'elle en aurait fini avec Dolan.

Je m'assis dans la salle d'attente, spartiate mais pas déplaisante : moquette vert clair, fausses plantes et piles de magazines en triste état. Un assortiment de jouets jonchait le sol. Des rangées de sièges reliés les uns aux autres et disposés le long des murs semblaient prêts pour un quadrille. Dans l'angle, l'écran d'une télévision restait vide. Quelqu'un avait apporté des décorations de Pâques ; une corbeille pleine d'œufs en plastique nichés dans de l'herbe en papier d'un vert utopique. Je ne savais pas exactement quand tombait Pâques cette année, mais sûrement bientôt, à moins que les œufs ne datent de l'année

1. Santa Teresa Police Department.

précédente. Deux patients entrèrent alors que j'attendais : un homme souffrant de contusions et présentant des éraflures superficielles à la suite d'une chute de bicyclette (à en juger par ses jambes rasées et son short en Spandex hyper-moulant), et une femme dont la cheville droite était prise entre deux sacs de glace. On les emmena tous les deux dans les salles d'examen situées à l'arrière, mais ils furent probablement mis en attente pendant que les médecins s'occupaient de Dolan.

Dehors, le soleil brillait et Quorum vaquait à ses occupations comme si de rien n'était. Cela faisait une curieuse impression d'être aux urgences en milieu de journée. Je ne sais pas pourquoi, mais dans ma vie ce genre de crises semble toujours réservé au cœur de la nuit. J'aurais été incapable de dire combien de fois j'avais attendu dans des salles comme celle-ci, tandis que, dehors, l'obscurité enveloppait les rues désertes de la ville.

Incapable de tenir en place, je me levai et partis dans le couloir, où je demandai à une infirmière de m'indiquer le téléphone public le plus proche. Elle me dirigea sur le hall d'entrée de l'hôpital, à deux couloirs de là. Je composai le numéro de Stacey en imputant la communication à ma carte de crédit. Au bout de deux sonneries, il fut au bout du fil et je lui communiquai les dernières nouvelles.

– Comment va-t-il ?

– Aucune idée. Je n'ai pas encore vu le médecin. Je regrette de ne pas avoir forcé sa porte tout de suite. Croyez-moi, Stacey, il était gris ! Il aurait dû appeler police secours lui-même, mais je crois qu'il refusait d'y croire. Vous le connaissez.

– C'est ridicule. Vous ne pouvez pas régler ça toute seule. Je descends.

– Ne dites pas de bêtises. Vous n'êtes pas bien vous-même. Restez où vous êtes. J'ai déjà assez de travail comme ça.

– Mais je me porte comme un charme ! Dolan ne vous a rien dit ? Les toubibs ont montré mes radios à une sommité et le bonhomme leur a dit que l'ombre était insignifiante ! Impossible de me rappeler comment ils ont appelé ça, mais il n'y a pas de quoi fouetter un chat. Et comme la biopsie s'est révélée négative, elle aussi, je suis nickel.

– Vous parlez sérieusement ?

– Cette question ! Pourquoi mentirais-je sur un sujet pareil ? Je suis en rémission. Du moins, pour le moment.

– Encore heureux que vous ne vous soyez pas tiré une balle dans la tête la semaine dernière ! Ça vous aurait mis en rogne, hein ?

– Je regrette seulement d'avoir fait le vide.

– Si vous m'aviez écoutée !

– À propos… j'aimerais récupérer mes photos de famille.

– N'y songez pas. Trouvez-en un autre lot. Celles-là sont à moi.

– Allons, Kinsey ! Je ferai faire des contretypes.

– Arrêtez de me faire du charme. Je ne veux pas de contretypes, je veux celles-là. En plus, vous avez déchiqueté le cousin Mortimer, et c'était mon préféré.

– Vous ne l'avez jamais rencontré !

– Je sais, mais il avait une tête sympa.

– Vous êtes dure.

– Un marché est un marché.

– Que diriez-vous d'une garde conjointe ? Un droit de visite partagé. Une semaine sur deux.

– Nous verrons. Rien ne vous obligeait à vous précipiter comme ça.

– J'ai au moins eu la sagesse de ne pas détruire mes déclarations fiscales. Je risquais de finir ma vie à l'ombre, même si mes jours sont comptés.

– Et vos vêtements ?

– Eux sont partis la semaine dernière. Il va falloir que j'écume le dépôt de « La Bonne Volonté » et que je les rachète.

– Ô homme de peu de foi ! Dolan vous avait juré que vous vous en sortiriez. Vous auriez dû l'écouter.

– Qu'est-ce qu'il en sait ? C'est une andouille. Je vous l'avais bien dit qu'il allait droit vers une nouvelle crise cardiaque, non ? Je vous ai même parlé de bombe à retardement !

– Je sais. Je lui ai dit la même chose, mais il n'a rien voulu entendre. Et vous, vous vous sentez bien ?

– Une forme olympique. Bourré d'énergie. En tout cas, je descends. Je ne sais pas encore comment, mais je trouverai bien.

– Vous avez le feu vert du médecin ?

– Naturellement ! Et puis, ça ne la regarde pas. Le problème, c'est que j'ai vendu ma voiture et que j'ai laissé mon permis se périmer.

– Oh, non !

– Je n'avais pas envie de repasser l'examen. J'étais sûr d'être mort avant.

– Et votre bail pour la maison ?

– Merde, j'avais oublié ! Sain de corps et d'esprit, mais sans abri. Vous parlez d'un renversement de situation ! Au fait... Dolan vous a dit ce qui s'est passé ici ?

– Nous n'avons pas eu la possibilité de parler.

– Triple homicide ce matin : une femme, son copain et son gamin, abattus tous les trois. L'ex-mari s'est réfugié dans l'arrière-pays, où il a pris le maquis. Tous les gars des Recherches sont sur le coup. Notre lascar est un spécialiste de la survie en conditions extrêmes, genre paramilitaire. Impossible de dire combien de temps il va falloir pour le débusquer. La police scientifique est encore sur la scène du crime, bref, inutile de compter qu'ils nous contactent avant d'avoir bouclé le dossier. Ça pourrait prendre des jours.

– Alors pourquoi venir par ici ? Dès que Dolan sera sorti, je nous rapatrie dans sa voiture et cela vous évite le trajet.

– Pas question. Je m'ennuie comme un rat mort. Si je ne me mets pas au vert, je vais devenir cinglé. Et puis, si vous rentrez tous les deux, on sera obligés de faire demi-tour et de redescendre.

– À condition qu'il existe bien un lien entre la Mustang et notre inconnue, lui fis-je remarquer.

– Croyez-moi, ça ne fait pas un pli, et Dolan en est convaincu aussi. Si vous étiez dans le métier depuis aussi longtemps que nous, vous le sentiriez. On brûle !

– Honnêtement, je suis d'accord. J'ai interrogé ce matin un dentiste qui se souvient d'elle... de quelqu'un qui lui ressemble, en tout cas. D'après lui, c'est une des dernières patientes qu'il a soignées avant de prendre sa retraite. Le bonhomme a quatre-vingt-dix ans à l'heure qu'il est et a été incapable de me donner le nom, mais tout ce qu'il m'a dit d'autre paraît cadrer. J'ai vérifié auprès du proviseur du lycée de Quorum, qui m'a dirigée sur une école nouvelle pour jeunes à problèmes. Je n'ai pas encore eu le temps de m'en occuper : je passais juste au motel pour mettre Dolan au courant quand je l'ai trouvé en pleine crise.

– Ne bougez pas jusqu'à ce que j'arrive. Ensuite on cogitera tous les trois et on avisera. Comment se retrouve-t-on ?

– Je serai dans les parages. Si vous ne me trouvez pas au motel, essayez ici. Vous connaissez la voiture de Dolan. Cherchez-la. Cette ville est grande comme un mouchoir de poche et vous ne pouvez pas la rater.

– Attendez, je prends un crayon et du papier et je note l'adresse. Dès que j'ai un véhicule, je file.

Je lui donnai le nom et l'adresse du motel.

– Soyez gentille, réservez-moi une chambre à mon nom.

– Pourquoi ne pas prendre celle de Dolan ? Il a déjà casqué.

– Bien vu. On fait comme ça.

– Pendant que nous y sommes, j'aimerais à mon tour vous demander un service. Pourriez-vous passer chez moi et prendre mon blouson de cuir avant de vous mettre en route ? Il est accroché dans ma penderie, en bas. Je vais dire à Henry de vous faire entrer et il vous montrera où il est.

– Il fait si froid que ça ?

– Je gèle ! Vous avez intérêt à vous couvrir. (Du coin de l'œil, je vis une femme vêtue d'une blouse qui sortait de la zone de soins avec un dossier en kraft beige à la main.) Je crois que le médecin arrive. Je vous rappelle dès que j'ai des nouvelles.

Le Dr Flannery, l'urgentiste, frisait la cinquantaine ; petit gabarit, cheveux châtain clair, front large, lèvres minces et rides profondes sur le visage. Son nez rose vif donnait l'impression qu'elle s'était mouchée à plusieurs reprises après avoir mis son fond de teint. Elle avait un mouchoir en papier dans sa poche, dont elle se tapota le nez avant de me tendre la main.

– Désolée. Une allergie. Je suis le Dr Flannery. Êtes-vous l'amie de M. Dolan ?

Nous échangeâmes une poignée de main.

– Kinsey Millhone… Ce n'est pas monsieur, mais « lieutenant » Dolan.

Elle consulta sa fiche.

– En effet.

– Comment va-t-il ?

– Son état s'est stabilisé, mais il a une grave obstruction de la coronaire gauche. Nous l'admettrons dès que les papiers seront remplis. J'ai eu son cardiologue au téléphone à Santa Teresa, il a suggéré un chirurgien cardiaque qu'il connaît à Palm Spring. Le Dr Bechler est en route. Dès qu'il aura vu le patient et examiné son ECG, ils se consulteront. Je pense qu'ils procèderont à l'insertion d'une valve. C'est au lieutenant Dolan d'en décider, mais à sa place, je n'hésiterais pas.

Je fis la grimace.

– On va lui ouvrir le thorax ?

Le médecin fit un geste négatif de la tête.

– Non. Juste insérer un cathéter par une petite incision pratiquée dans la région de l'aine gauche et remonter par la veine.

– Combien de temps restera-t-il hospitalisé ?

– Tout dépend de sa vitesse de récupération. Mais moins longtemps que vous ne le pensez. Deux jours.

– Puis-je le voir ?

– Bien sûr. Je l'ai mis sous perf avec une bonne dose de morphine, ce qui a supprimé la douleur. L'effet est à peu près le même que quatre martinis en guise de déjeuner.

– Il a l'habitude !

– C'est ce que j'ai compris. Nous en avons un peu discuté tous les deux. Je lui ai dit qu'il devait arrêter les cigarettes et l'excès d'alcool. Il doit aussi revoir sa façon de se nourrir. Si vous partagez sa vision de la diététique, vous devriez en faire autant. Royal au fromage ?

– Il a cafté !

Elle sourit.

– Veillez à rester joignable. Il a donné votre nom comme plus proche parent ; autrement dit, vous pouvez le voir quand vous voulez à condition de ne pas rester longtemps. Vous voulez me suivre ?

Je lui emboîtai le pas alors qu'elle poussait la porte et patinait sans grâce dans le couloir luisant à mort. Arrivée à l'alcôve de Dolan, elle fit glisser le rideau sur sa tringle.

– J'ai une visite pour vous !

Dolan marmonna une réponse. Le Dr Flannery leva cinq doigts : cinq minutes, pas plus. Je lui fis signe que j'avais compris, elle se retira. Je regardai Dolan.

– Comment vous sentez-vous ?

Il avait les yeux fermés, affichait un sourire niais et avait repris des couleurs. On l'avait allongé sur la table, le haut du corps enveloppé d'une petite couverture de coton. Il était en chaussettes, et le bout de l'une d'elles pendouillait, comme un bonnet de lutin, lui donnant l'air d'un gamin. Il était encore sous oxygène, relié à une rangée de machines qui enregistraient ses signes vitaux. Il avait une perfusion dans chaque bras. Un sac rempli de liquide incolore était accroché à une potence ; je comptai quinze gouttes. Il se mit à ronfler.

Je lui pris la main et la secouai gentiment.

– Comment allez-vous ?

Il ouvrit les yeux.

– Bien.

– Vous étiez plutôt mal parti, espèce d'entêté ! Il fallait appeler à l'aide.

– Vous ai entendue frapper. Impossible de bouger. Content que vous soyez entrée.

Il parlait avec précaution, comme si on lui avait injecté de la novocaïne dans les lèvres.

– Moi et mes petits rossignols ! Mais motus et bouche cousue…

Ses yeux se refermèrent et il posa un doigt sur sa bouche.

– J'ai prévenu Stacey et lui ai indiqué où vous étiez. Il dit que ses radios sont impeccables et qu'il descend.

– M'a dit pareil. Inutile de discuter.

– Pour sûr. J'ai essayé de l'en dissuader, mais impossible de le faire changer d'idée. Après tout, tant que vous êtes coincé ici, il peut aussi bien se mettre au travail. On ne peut pas faire grand-chose pour l'instant, hormis remuer quelques souvenirs… Espérons que la police scientifique va nous donner une piste. En attendant, je pense qu'on pourrait mettre Stacey dans votre chambre si je peux avoir une clé.

– Attendez.

Il revint suffisamment à la vie pour fouiller dans sa poche de pantalon et en extraire sa clé. Je la rangeai dans mon sac, avec l'idée d'y faire un saut pour récupérer ma machine avant l'arrivée de Stacey.

L'employée de l'accueil apparut près du rideau avec un bracelet en plastique de l'hôpital et une liasse de feuilles pincées à un bloc.

– J'ai vos objets précieux, lieutenant Dolan. Il me faut juste votre signature et on va s'occuper de vous.

Il se secoua, lui faisant signe d'approcher d'un geste paresseux.

– Ma vie contre une signature… (Il se tourna vers moi.) La vôtre, elle va ?

– Ne vous faites pas de souci pour moi. Prenez soin de vous et reposez-vous un peu. Je repasserai ce soir. Soyez sage.

– Tirez les bonnes cartes.

Avant de quitter le centre hospitalier de Quorum, je passai un coup de fil à Henry. Il était sorti. Je laissai un message sur son répondeur, l'informant de l'accident cardiaque de Dolan ; je lui précisai aussi que Stacey passerait, lui indiquai où se trouvait mon blouson et l'avertis que je le rappellerai plus tard dès que j'aurais du nouveau. Il était 1 h 35 quand je sortis de l'hôpital et regagnai le parking. Ce fut seulement en ouvrant la portière et en m'installant au volant que je compris combien j'étais tendue. J'inspirai profondément et pratiquai quelques rotations de la tête pour me débloquer les cervicales. Maintenant que j'étais seule, l'anxiété se précipitait dans mes veines. Je découvrais à quel point j'étais devenue dépendante de Dolan. C'était sympathique de comparer nos notes, de prendre ensemble nos repas, et même drôle de ne pas être d'accord. Cet attachement ne comportait pas la moindre touche sentimentale, mais suscitait le désir d'être lié à quelqu'un. J'avais été formée par deux vétérans de la police, qui m'avaient appris le métier des années auparavant. Peut-être me manquaient-ils.

Je feuilletai mes fiches. En bonne logique, je devais maintenant avoir une petite conversation avec la directrice de l'école nouvelle. Dommage de ne pas avoir Dolan sous la main pour lui confier cette mission. Cela m'horripilait de le reconnaître, mais lui, on lui racontait beaucoup moins de sornettes. *Mano a mano.* Une fois qu'il sortait sa fichue plaque, les gens coopéraient plus volontiers. Je saisis mon mini-plan et localisai Kennedy Pike, puis je mis en marche la Chevrolet et sortis du parking. En descendant Main Street, je fis un détour par une station-service et pris de l'essence. La main crispée sur la poignée de la pompe, je regardai les litres s'engouffrer dans le réservoir et le prix monter en flèche. L'opération s'éternisa, au point que je crus à une fuite. J'ai l'habitude de ma petite Volkswagen et à son réservoir grand comme un pot de peinture. Délestée de 29,46 dollars, je sortis de la station et tournai à droite.

Dans Kennedy Pike, je pris vers l'ouest, guettant le cimetière et le bâtiment en bardeaux blancs situé en face. Cette partie de Quorum consistait en une suite interminable de champs plats et déserts, raccordés les uns aux autres par des lignes d'arbres qui servaient de coupe-vents. Quand je le repérai enfin, le cimetière me parut aussi plat que les champs environnants. Il ne comportait que quelques stèles, visibles ici et là. Les tombes n'étaient que de simples dalles. J'aperçus quelques bancs de béton et un assortiment maigrichon de bouquets de fleurs en plastique abandonnés près des dalles. Une clôture de fer, dénuée d'ornements, le ceinturait, rythmée par des piliers carrés en brique qui se succédaient à cinq mètres d'intervalle. Je dénombrai sept arbres adultes d'une essence indéterminée; les feuilles n'étant pas encore sorties, leurs branches se détachaient sur le ciel d'avril avec une impression de fragilité.

C'était juste après l'entrée du cimetière et de l'autre côté de la rue que se dressait l'école nouvelle Lockaby. La même association mélancolique s'imposait-elle à l'esprit des élèves, à savoir la Mort à un jet de pierre de la Jeunesse? À l'âge où on fréquente le lycée, les jours se succèdent à l'infini et la mort n'est guère plus qu'une rumeur au bout de la route. Dolan et moi savions qu'un simple battement de cœur nous en séparait.

Je me garai dans le parking et suivis l'allée jusqu'au porche d'entrée, en haut d'une volée de larges marches en bois. Le bâtiment avait dû être une ferme autrefois. Il conservait une odeur de pièces exiguës et d'espoirs frileux. Je pénétrai dans le hall, où huit enfants étaient affalés par terre avec des carnets de croquis où ils dessinaient l'escalier au crayon. Le professeur me jeta un coup d'œil rapide, puis continua d'aller de l'un à l'autre, émettant de courtes suggestions sur la perspective. Du haut de l'escalier me parvenait le bruit d'un autre cours. Les rires dévalaient les marches en cascade, comme une fuite d'eau. Je ne me rappelle rien de drôle de mon passage au lycée.

À droite, l'ancien salon faisait office de bureau principal et avait conservé sa cheminée d'origine. L'âtre et l'encadrement étaient en brique rouge foncé, un manteau d'acajou sombre surmontait le tout. Aucun comptoir ne séparait la zone d'accueil de la secrétaire, dont le bureau était placé face à la grande fenêtre en rotonde. Elle s'arrêta de taper pour se retourner et me regarder. Une femme agréable à première vue : cheveux foncés, grassouillette, la quarantaine probable, mais pas certaine. Lorsqu'elle me dit : « Oui, madame ? », plusieurs fossettes creusèrent ses joues. Elle tira une chaise et tapota le siège, m'invitant à m'asseoir.

Je traversai la pièce, m'assis et me présentai.

– Je cherche Mme Bishop, dis-je.

– Elle est en réunion de district pour la journée, mais je peux peut-être vous renseigner. Je suis Mme Marcum. Que puis-je faire pour vous ?

– Voilà ce qui m'amène, lui dis-je, et j'entamai mon histoire. (À force de la raconter, je la connaissais sur le bout des doigts : comment trouver notre inconnue, en cinquante mots maximum. Pour la énième fois, je la décrivis puis je lui rapportai la série d'entretiens qui m'avaient conduite jusqu'à Lockaby.) Ce signalement vous dit-il quelque chose ?

– Non, mais je ne suis ici que depuis dix ans. Je vais demander à d'autres professeurs. Mme Puckett, qui enseigne la dactylo, est également conseillère d'orientation. Elle est mieux placée que personne pour identifier cette fille. Malheureusement elle est absente aujourd'hui : nous avons droit à une journée de repos tous les deux mois. Elle sera là à la première heure demain matin, si vous voulez repasser.

– En admettant qu'elle reconnaisse la fille, auriez-vous par hasard conservé son dossier ?

– Pas s'il est si ancien. Nous avons eu un incendie il y a huit ans. Entre les dégâts causés par la fumée et ceux dus à l'eau, nous avons perdu la majorité de nos archives. C'est à se demander comment tout n'a pas flambé ! Les pompiers nous ont sauvés. Ils sont arrivés en sept minutes et l'ont éteint en une demi-heure, avant qu'il ait eu le temps de se propager.

– Comment est-ce arrivé ?

– Un court-circuit, d'après le chef de brigade. L'installation électrique datait de la construction, en 1945. Il nous a dit que c'était un miracle que ce ne soit pas arrivé plus tôt. Maintenant, nous avons des détecteurs de fumée et de chaleur, plus un système d'extinction automatique d'incendie, le grand jeu. Nous avons eu de la chance de ne pas y rester. Heureusement, nous n'avons eu aucun blessé ni perte humaine à déplorer. La paperasserie, on s'en moque. Elle s'accumule plus vite que je n'arrive à la classer.

– Les enfants se plaisent ici ?

– On le dirait. Évidemment, nous attirons tous les cas difficiles : décrochage scolaire, école buissonnière, délinquance.

Nous les récupérons quand tout le monde renonce. Nous ne disposons que d'un petit nombre de professeurs et nous maintenons des classes à faible effectif. La plupart de nos élèves sont voués à l'échec dans un cadre traditionnel. Ce sont de braves gosses, le fond est bon, mais certains sont lents. Incapables d'attention soutenue. Ils sont vite dépités et la majorité d'entre eux souffrent d'une mauvaise image d'eux-mêmes. Dans le contexte d'un lycée normal, ils perdent confiance. Ici nous mettons l'accent sur le concret. Nous assurons les apprentissages de base, lire, écrire, compter, mais nous leur apprenons aussi à rédiger un C.V., à s'habiller pour un entretien en vue d'un emploi… Bref, les règles élémentaires. L'art et la musique aussi, juste pour les éveiller à ces domaines.

– C'est ce qu'on attendrait de l'éducation.

– On pourrait le penser, n'est-ce pas ?

Le téléphone posé sur son bureau sonna, mais elle ne bougea pas.

– Vous ne voulez pas répondre ?

– On rappellera. Je suis souvent ailleurs que dans mon bureau et les gens le savent. Vous avez une carte professionnelle ?

– Bien sûr.

– Si vous me donniez un numéro où vous appeler ? Je vais essayer de joindre Betty Puckett et lui demander de vous téléphoner.

– Ce serait génial ! (Je sortis une carte de visite et inscrivis au dos le nom du motel, le numéro de téléphone et celui de ma chambre.) Je vous suis très reconnaissante.

– Je ne peux pas jurer qu'elle connaîtra cette fille, mais si elle est passée par chez nous, elle aura forcément eu à faire à Betty.

– Une question encore. Le Dr Nettleton semblait croire que cette fille avait été placée dans une famille d'accueil et je me demandais si le service social pourrait me dépanner.

– Ça m'étonnerait. Ils ont fermé le bureau d'ici il y a des années et je ne vois pas où vous pourriez localiser les anciens dossiers. Tout ce que je sais, c'est qu'on a dû les transférer au comté de Riverside. Et vous n'êtes pas sortie de l'auberge ! Ils sont encore plus intraitables que les écoles en matière d'accès aux dossiers, surtout de mineurs.

– Tant pis. J'avais misé sur cette possibilité, à tort, j'imagine.

– Désolée.

– Je finirai bien par trouver. C'est seulement une question de temps.

Je quittai Lockaby guère plus avancée, mais en me sentant encouragée. Après avoir réintégré la voiture, je restai un moment indécise, à battre la cadence sur le volant. Et maintenant ? Dans la confusion du moment, je n'avais pas pensé à demander à Dolan ce qu'il avait appris à la police de Quorum et au bureau du shérif sur les anciennes dépositions signalant des personnes disparues. Je lui poserai la question à ma prochaine visite. J'effectuai une petite récapitulation mentale de notre liste. Il nous restait encore un point à couvrir : le problème de la bâche – savoir si elle avait été volée en même temps que la Mustang. Je mis le contact et sortis en marche arrière, tournai dans Kennedy Pike et repartis en ville.

Le bungalow en brique rouge de McPhee paraissait désert quand j'y arrivai : portes fermées, rideaux tirés, pas de voiture en stationnement dans l'allée. Je dépassai la maison au ralenti et au carrefour suivant je fis demi-tour et rebroussai chemin. Je me garai en face. L'idée de revoir Ruel ne m'enchantait guère, mais qui d'autre interroger sur la bâche ? Même si j'étais restée en retrait pendant la mise sous séquestre de sa Mustang, il ne m'en associerait pas moins à son humiliation.

Je restai dans la voiture et étudiai la maison. Pourquoi ne pas gérer le problème par téléphone ? Nul, comme idée. Quand la situation le permet, rien ne vaut un contact direct. Je m'apprêtais à démarrer, remettant ma visite à plus tard dans la journée, quand une voiture qui approchait ralentit et s'engagea dans l'allée.

Edna.

Elle coupa le moteur et je la vis s'agiter sur le siège avant ; elle rassemblait des paquets. Après quelques gesticulations, elle sortit de voiture, son sac à bandoulière à l'épaule, un sac de courses d'épicerie dans une main. De l'autre, elle agrippait solidement deux sacs en papier d'un grand magasin. Elle referma la portière d'un coup de hanche et passa à l'arrière de la voiture, lâchant les sacs en papier pour ouvrir le coffre. Elle posa son sac et celui des courses dans l'allée, se pencha dans le coffre et en retira plusieurs autres sacs d'épicerie. Je la vis réfléchir : pouvait-elle tout prendre en un seul voyage ou serait-elle forcée d'en faire deux ? J'en profitai pour sortir de ma voiture et traverser la rue en courant.

– Bonjour, Edna ! C'est moi, Kinsey. Puis-je vous aider ?

Elle leva la tête d'un air étonné, rougissant légèrement quand elle me vit.

– Je peux me débrouiller.

– C'est absurde de faire deux voyages ! Si je me chargeais de ceux-là et vous du reste ? (Je me penchai et saisis son sac, un des sacs d'épicerie et ceux du grand magasin.) Vous avez dû passer la matinée en courses !

– La famille vient dîner ce soir et je suis en retard. Je leur fais un rôti braisé au four.

Son attitude s'était radoucie, cependant elle semblait mal à l'aise. La politesse primait sur le déplaisir que lui inspirait ma réapparition. Ruel m'aurait stoppée net, mais l'enlèvement de sa Mustang ne la concernait pas. D'ailleurs, la voiture croupissait dans la remise depuis des années et elle devait se lasser de la tendance de son mari à remettre les choses au lendemain. Il avait dû prendre une veste avec sa collection de voitures anciennes : pour autant que je puisse en juger, il n'avait fait aucun effort pour en remettre seulement une en état.

Je la suivis dans l'allée jusqu'au portail de derrière, puis, comme elle n'émit aucune protestation, je montai les marches de la véranda et franchis la porte. Posant son sac sur le comptoir en Formica, j'attendis de voir où elle voulait que je range les autres. Une palette de rouge, blanc et bleu composait un poème tonal au patrimoine culturel américain. Je pris le temps de laisser mon regard s'attarder sur la moindre surface.

– À quelle heure Ruel rentre-t-il ?

Elle posa ses sacs sur la table de la cuisine.

– Bientôt, je pense. Les autres, Cornell, sa femme et les enfants plus ma fille, devraient arriver pour six heures. Vous pouvez les mettre là-bas, ajouta-t-elle avec un geste vers le rebord de la fenêtre.

Je laissai le sac d'épicerie sur la table et allai vers la fenêtre, où je me délestai des sacs du grand magasin. Poussant deux coussins et un quilt en patchwork, je m'assis sans y avoir été conviée. Je consultai ma montre.

– Il est presque deux heures maintenant, lui dis-je. Ça vous ennuierait que je l'attende ?

– Ça ne me paraît pas une bonne idée. Ruel était furieux et je ne veux rien qui le mette de nouveau en rogne. (Elle entreprit de ranger les provisions, laissant sortis les articles qu'elle pensait utiliser : un rôti de paleron monumental et qui ressemblait à l'arrière-train d'un animal non identifié, des oignons, des carottes, des pommes de terre, des haricots verts et des petits pains bis. Elle me regarda.) Vous lui voulez quelque chose de précis ? Vous savez, il est dans une colère noire. Il ne supporte pas qu'on essaie de le mener en bateau. L'inspecteur et vous auriez dû lui dire la vérité.

– Nous avions expliqué à Cornell les raisons de notre présence. Il aurait pu les dire lui-même à son père. Il s'agit d'un meurtre. Cela change quoi, que Ruel soit furieux ?

– N'empêche.

– N'empêche quoi ?

– Il ne sera pas content s'il vous trouve ici.

– Peut-être pouvez-vous m'aider ? Je m'en irai après.

– Que voulez-vous ?

– Nous nous demandons si on lui a volé une bâche en même temps que la voiture.

Elle s'immobilisa pour réfléchir, puis elle hocha la tête.

– Pas que je m'en souvienne. Il n'a jamais rien dit. Je peux lui poser la question et vous contacter ensuite.

– Vous lui rendriez service, surtout s'il s'avère qu'on a utilisé la Mustang pour enlever la fille.

Edna porta la main à sa poitrine.

– Vous ne croyez quand même pas sérieusement qu'il ait quelque chose à voir avec cette histoire !

– Ce n'est pas à moi de le dire.

Son anxiété me gagnait. Je me levai, soudain pressée de filer. Comme je saisissais mon sac, mon regard tomba sur le quilt plié avec soin sur le siège. Il avait pour motif une cabane en rondins traditionnelle faite de bandes de tissu assemblées en carrés dégradés. Plusieurs bandes de tissu couraient en diagonale. Un imprimé à pâquerettes bleu foncé avec un point rouge en guise de cœur, le tout sur fond blanc.

Je dus émettre un son car Edna me regarda.

– Quoi ?

– D'où cela vient-il ?

– C'est un cadeau de la mère de Justine, Medora. La belle-mère de Cornell. Pourquoi ?

– Il faut que je lui parle.

CHAPITRE 17

Je me tenais sur les marches de la maison de Medora Sanders, cube en stuc sans prétention dont l'avant-toit étroit abritait de justesse le petit perron en béton. Une peinture de revêtement gris foncé couvrait les façades. Des écailles de peinture blanche s'étaient détachées du parement de bois et salissaient les arbustes qui bordaient l'assise ; on aurait dit des pellicules. L'allée aboutissait à un garage à une place, indépendant, dont la porte était fermée par un cadenas. J'avais, posé sur un bras, le quilt qu'Edna m'avait autorisée à lui emprunter. Le tissu à pâquerettes avait été appliqué sur sept parties du patchwork. D'accord, on avait peut-être vendu cette étoffe dans tout le pays, mais la coïncidence me paraissait trop frappante pour que je puisse y voir seulement le fruit du hasard.

En peine de sonnette, j'ouvris la porte-moustiquaire encadrée de bois et frappai au carreau de la porte d'entrée. Un moment s'écoula, puis une femme arriva, qui m'étudia à travers la vitre. Mince, négligée, yeux vert clair, cheveux décolorés, manifestement en rogne. La couperose marquait ses joues et les ailes de son nez. Elle remit de l'ordre dans ses cheveux d'une main aux doigts déformés de nodosités, coinçant une mèche rebelle dans un semblant de chignon avant d'entrouvrir la porte.

– Oui ?

– Madame Sanders ?

Elle était vêtue d'un jean délavé et d'un pull rouge en nylon avec une échelle en haut d'une manche, à l'endroit où une maille avait filé. Je perçus les vapeurs de bourbon qu'elle rejetait par tous ses pores comme des déchets toxiques. Elle hésita, peu désireuse de confirmer ou de nier son identité tant qu'elle ne saurait pas ce que je voulais.

– Je n'achète pas aux colporteurs, me dit-elle.

Je lui montrai le quilt.

– Je ne vends rien. Je suis venue vous parler de ceci.

Elle abaissa les yeux, même si elle semblait dans le flou, comme incapable d'accommoder. Elle donnait l'impression d'une personne en permanence sous l'effet de l'alcool.

– Où vous avez eu ça ?

– C'est Edna McPhee qui me l'a prêté. Je le lui rendrai tout à l'heure, mais je veux d'abord vous poser quelques questions.

– Pourquoi vous a-t-elle envoyée ici ?

– Elle m'a dit que c'était vous qui aviez confectionné ce quilt et que vous pourriez me renseigner. Puis-je entrer ?

Elle réfléchit brièvement à la chose, souhaitant sans doute m'envoyer ailleurs.

– À condition que ça ne prenne pas longtemps. Je n'ai pas que ça à faire.

Elle ouvrit la porte et j'entrai directement dans le séjour, une pièce exiguë et encombrée, pourvue d'un plafond insonorisé et d'une cheminée malingre en brique. Un groupe de statuettes se bousculait sur le manteau : des anges, des laitières et des enfants au regard de sainte-nitouche, les pieds en dedans.

– Quel poison, cette Edna ! maugréa-t-elle en refermant la porte. Je ne sais pas comment je la supporte.

– Vous ne vous entendez pas toutes les deux ?

– Je n'ai jamais dit ça. Edna est une femme bien et bourrée de bonnes intentions, mais elle prend des airs. Vous connaissez la chanson : elle boit pas, elle fume pas, elle fréquente pas ceux qui s'en privent pas !

– Cornell fume.

– Oh ! Pas devant sa mère. Pur comme l'agneau qui vient de naître ! s'exclama Medora. Les jeux de cartes ne lui plaisent pas non plus. L'œuvre du diable, à l'entendre. Les petites viennent me voir, on joue à la canasta, au barbu, à la crapette, au mistigri. Moi, je n'y vois pas la main du diable.

Elle regagna le canapé et s'assit pile au milieu, les coussins se relevant brusquement de part et d'autre. Un plaid au crochet vert et noir formait un tas informe à une extrémité. Un cendrier rempli de mégots, une série de flacons de médicament, un cinquième d'Early Times et un verre à whisky à demi rempli de glaçons presque fondus encombraient la table basse. À de nombreux endroits, la surface paraissait collante et une fine couche de poussière embrumait le tout.

– Je faisais un petit somme. Ça fait deux jours que je suis patraque. Vous vous appelez comment déjà ?

– Oh ! j'aurais dû me présenter. Je suis Kinsey Millhone.

– Medora Sanders. Mais je suppose que vous le savez. Comment connaissez-vous Edna ? J'espère que ce n'est pas par sa paroisse. Elle a toujours essayé de m'y embringuer.

– Absolument pas. Puis-je m'asseoir ?

Elle me désigna vaguement une chaise. J'ôtai une pile de journaux et m'assis, le quilt sur les genoux. Plusieurs ouvrages de dame décoraient la pièce, la plupart vendus en kit, me parut-il : un patchwork matelassé fixé au mur, des coussins brodés sur le canapé. Devant la cheminée, un tapis au point noué fait à la main représentait un Écossais. Plusieurs réalisations au point de croix et encadrées roucoulaient des maximes éculées. Elle suivit mon regard.

– Je brodais beaucoup avant mon arthrite. (Elle leva sa main droite, me montrant ses doigts incurvés en bec de perroquet. On aurait dit qu'elle avait subi un interrogatoire au troisième degré et refusé de parler.) Je ne fais plus de quilts au cas où vous auriez voulu m'en commander un.

Je pliai une partie du quilt pour mettre en évidence le tissu à pâquerettes.

– En réalité, c'est ce tissu qui m'amène. Vous rappelez-vous d'où il venait ?

Elle loucha sur l'imprimé.

– À l'époque, je cousais pour ma fille. (Elle attrapa son paquet de Camels et prit une cigarette. Elle actionna son briquet, mais dut s'y reprendre à plusieurs fois pour approcher correctement la flamme.) C'était une fin de rouleau. Ça coûte moins cher. J'allais en ville fouiller les restes du magasin de tissu. Inutile d'y aller, il a fermé. Le jour où j'ai acheté ce coupon-là, j'avais pris six mètres de taffetas bleu roi et proposé à Justine de lui faire sa robe de bal de promo. Elle m'a envoyé paître. Elle préférait se tuer plutôt que de porter un truc fait à la maison, qu'elle m'a dit. Elle tenait à ce que ça vienne d'un magasin, du coup je lui ai dit de se la payer. « L'argent ne pousse pas sur les arbres, Justine », que je lui répétais. Les jeunes d'aujourd'hui ne se rendent pas compte.

– Ça les gêne, lui expliquai-je. Ils veulent être habillés comme tous les autres jeunes de leur âge. C'est leur façon d'exprimer leur individualité de groupe.

– Sans doute. Mais moi, il a fallu que je me débrouille avec cette petite princesse après que son père s'est tiré.

– Ça remonte loin ?

– À l'été 1969, dans ces eaux-là. Pour ce que ça change. Le bonhomme veut aller voir ailleurs ? Bon débarras ! (Elle saisit son flacon de médicament et en sortit un comprimé blanc qu'elle posa sur sa langue. Puis elle prit son verre et but une gorgée, avec une petite grimace en constatant à quel point il était allongé.) Je suis aux analgésiques. Le bourbon donne un petit coup de pouce à la codéine. N'importe. Quel rapport ?

– Je cherche à identifier une jeune femme qui a été assassinée pendant cette même période. Lorsqu'on a retrouvé son corps, elle portait un pantalon confectionné à la main dans ce même imprimé à pâquerettes.

Medora se mit à rire, un rire en quinte de toux grasse.

– Je ne sais rien d'un meurtre, avec ou sans pâquerettes, mais je peux vous dire une chose. Vous n'êtes pas au bout de vos peines. La filature a dû en fabriquer des kilomètres !

– Vous avez sûrement raison, mais j'ai pensé que ça valait la peine de tenter ma chance. La fille dont je vous parle devait avoir entre quinze et dix-huit ans. C'était à la fin juillet, au début d'août 1969. Un mètre soixante-cinq environ, cinquante-six kilos. Des cheveux châtain foncé, probablement teints en blond. Elle avait les dents en avant et une canine de travers de ce côté-là. Et quantité de plombages.

Son sourire avait commencé à s'effacer.

– Ça vous dit quelque chose ?

Elle croisa les bras et plissa les yeux pour éviter la fumée de la cigarette qu'elle tenait près de son visage.

– Il y a des années, j'avais une fille qui vivait chez moi et qui lui ressemblerait. Charisse Quinn, qu'elle s'appelait.

Je sentis mon cœur m'asséner deux coups sous la brusque poussée d'adrénaline dans mes veines. Où diable avais-je déjà rencontré ce nom ?

– Que lui est-il arrivé ?

– Rien à ma connaissance, sauf qu'elle s'est envolée du poulailler. Je suis allée dans sa chambre un matin et j'ai découvert que son lit n'était pas défait et que la moitié de ses affaires avaient disparu. Et elle s'était offert ma plus belle valise. Bien entendu, elle a volé presque tout ce qui n'était pas cloué !

– La fille assassinée dont je vous parle a été retrouvée à Lompoc. Vous connaissez la région ?

– Là-haut, du côté de San Francisco ?

– Pas si au nord. Plus près de Santa Teresa.

– Je n'aurais pas su dire. Je ne voyage pas. Dans le temps, oui, mais j'aime autant ne pas bouger maintenant.

– Pourquoi vivait-elle avec vous ?

– J'étais une mère d'accueil, un truc du genre. Elle a atterri chez moi parce que ma voisine m'a demandé de la dépanner. Elle avait une flopée d'enfants placés qui crapahutaient dans toute sa maison. Le comté voulait qu'elle prenne Charisse, mais son mari n'était pas en bonne santé et ça faisait trop pour elle. Elle m'a demandé si je pouvais ouvrir mon foyer, texto : « ouvrir mon foyer à quelqu'un que la vie avait moins gâté » ! La bonne blague. Wilbur me donnait à peine de quoi couvrir les dépenses du ménage. N'importe. Ma voisine m'a dit que les services sociaux vous versaient près de cent quatre-vingts dollars par mois, du coup j'ai accepté. Ça ne paraît pas beaucoup, mais c'était toujours ça de pris.

– Et cette solution a donné de bons résultats ?

– Pas des masses. La fille était mal embouchée et insolente, quoique, à son âge, et je suis la première à le reconnaître, Justine était pareille. Elle et moi, on avait déjà assez de problèmes sans que Charisse en rajoute.

– Combien de temps est-elle restée chez vous ?

– Cinq, six mois, je pense. Elle a dû arriver début mars.

– Vous rappelez-vous la date de sa disparition ?

Elle parut contrariée.

– Je n'ai jamais dit qu'elle avait disparu. Seulement qu'elle avait fugué.

– Excusez-moi, c'est ce que je voulais dire. Quand a-t-elle fugué ?

– En juillet, je dirais. Ça ne m'étonne pas d'apprendre qu'elle a mal fini. C'était un cheval échappé, cette fille ! Et elle avait le feu là où je pense. Elle ne perdait pas une occasion de racoler les gars. Elle sortait jusqu'à plus d'heure. Elle rentrait comme une fleur à trois heures du matin, empestant la crème de menthe et la marie-jeanne. Dieu sait que je l'ai mise en garde ! Comme si elle allait m'écouter…

– Qu'était-il arrivé à ses parents ?

– Aucune idée. Ces deux-là, je ne les ai jamais vus. Sans doute des drogués ou je ne sais quoi, pour que l'État ait dû s'en mêler.

– Quel âge avait Charisse ?

– Dix-sept ans. Comme Justine. Elles étaient en terminale. Naturellement, Charisse s'est fait vider du lycée et on l'a envoyée à Lockaby. C'est l'école pour les attardés et les délinquants.

Abasourdie, je revis mon entretien avec Eichenberger, le proviseur du lycée de Quorum ; il m'avait juré ses grands dieux qu'il se souvenait de tous les élèves qui étaient passés par son établissement. Ce moulin à paroles croulant et pontifiant ! Non seulement Charisse avait fréquenté son lycée, mais elle avait assez semé la pagaille pour se faire renvoyer !

– Avez-vous d'autres enfants ?

– Juste l'autre.

– Et vous viviez ici à l'époque ?

– J'ai toujours vécu ici depuis que j'ai épousé Wilbur en 1951. Comme nous n'avons que deux chambres, les filles devaient partager la même. Vous imaginez comme elles appréciaient.

– Vous avez dû en voir de toutes les couleurs...

– C'est simple, elles se disputaient sur tout, elles se crêpaient le chignon pour les vêtements, les garçons, elles n'arrêtaient pas de s'épier, de vrais chattes de gouttière crachant et sifflant, les poils hérissés ! À ne pas croire ! Justine ne voulait pas que Charisse traîne avec ses copains à elle, remarquez, je la comprenais. Toujours à vous compliquer la vie. À ne vouloir en faire qu'à sa tête.

– Elle n'usait pas de son charme, à vous entendre.

– Oh, elle savait enjôler si elle le décidait, mais seulement quand elle voulait quelque chose.

– Et votre mari ? Où était-il ?

– Théoriquement ici, mais parti la moitié du temps.

– Que faisait-il comme métier ?

– Il était représentant chez Sears, le gros ménager : lave-vaisselle, réfrigérateurs, ce genre d'appareils. Il travaillait la nuit, le week-end et tous les congés. Ça ne nous a jamais rien rapporté, mais ça vous résumait le bonhomme. Vous croyez qu'il aurait pu m'avoir au moins un lave-vaisselle ? Je devais tout faire à la main. Étonnez-vous que j'aie mal aux articulations ! Mon dos en a pris un coup aussi.

– Et il est parti à peu près en même temps qu'elle ?

– Je suppose, encore que je n'y aie jamais réfléchi sous cet angle. (Elle me lança un regard noir, aspirant une bouffée de sa cigarette.) Vous n'insinuez quand même pas qu'il ait filé avec cette fille ?

– Je ne sais pas, mais on peut se poser la question. Si les hommes l'attiraient tant, pourquoi pas lui ?

– D'abord, il approchait de la cinquantaine. Et je ne le vois pas s'intéresser à une fille de cet âge-là. Il n'a jamais fait attention à elle pour autant que je m'en souvienne. Un beau salaud, ça, c'est sûr, mais je refuse de croire qu'il soit tombé si bas. Qu'il ait commis... comment on appelle ça déjà... un détournement de mineur ?

– Vous a-t-il expliqué les raisons de son départ ?

Elle tira de nouveau sur sa cigarette.

– Rien, pas un mot. Un jour, il est parti travailler et il n'est jamais rentré. Avant son départ à elle, maintenant que j'y repense. Je m'en souviens parce qu'il n'a pas vu Justine dans sa robe de bal de promo et ça, c'était le quatorze juillet.

– Qu'avez-vous fait en voyant qu'il ne rentrait pas ?

– Rien. Il s'était taillé, point, me répondit-elle.

– Et Charisse ? Avez-vous contacté la police en constatant qu'elle était partie ?

– Je suis allée les voir le jour même. La police et le shérif. Le comté me versait une allocation pour m'occuper d'elle et je savais que l'assistante sociale aurait une attaque sinon. D'ailleurs, j'ai été obligée de lui retourner le chèque du mois suivant et Wilbur ayant pris ses cliques et ses claques, j'ai eu du mal à régler les factures. Justine a essayé de me dire que Charisse n'y était pour rien, mais c'était elle tout craché. Elle ne savait pas quoi inventer pour foutre les gens dans le pétrin !

– Mais avez-vous rempli une déposition signalant sa disparition ?

– Je vous l'ai dit, le jour même ! Encore que l'adjoint n'y ait pas mis du sien. Il avait découvert qu'elle avait déjà fugué une demi-douzaine de fois. Et comme il me l'a fait remarquer, elle arrivait sur ses dix-huit ans et serait bientôt libre d'en faire qu'à sa tête. Il m'a dit qu'ils feraient tout leur possible, mais qu'il ne pouvait pas me promettre grand-chose. Autrement dit, de rentrer chez moi et de ne plus y penser.

– Ce que vous avez fait.

– J'avais une autre solution ? Je ne connaissais même pas le nom de sa mère. L'assistante sociale a dû la prévenir.

– D'après vous, c'est là qu'elle est allée ? Chez sa mère ?

– Je l'ignore et j'avais autre chose en tête. Avec le départ de Wilbur, j'avais de quoi m'occuper juste pour joindre les deux bouts ! Au cas où vous me poseriez la question, je n'ai jamais plus entendu parler d'elle. Ni de lui, d'ailleurs. À ma connaissance, nous sommes toujours mariés, sauf s'il est mort. Ça, ce serait marrant, non ?

– Avez-vous des raisons de croire qu'il lui est peut-être arrivé quelque chose, à lui ?

– Moi je dis, s'il vit toujours, il aurait pu nous envoyer un mot. Après trente-six ans de mariage, ce serait la moindre des choses.

– Comment s'appelait l'assistante sociale qui s'occupait de Charisse ?

– Aucun souvenir. Ça remonte à trop loin. Tinker, Tailor, quelque chose d'approchant. Quand je lui ai téléphoné pour la mettre au courant, vous savez ce qu'elle m'a dit ? Qu'elle n'avait jamais pensé que ça pourrait durer ; que Charisse était une emmerdeuse. Enfin, elle n'a pas employé le mot, mais c'est ce qu'elle voulait dire. Moi, j'ai pensé : ouf ! Et voilà qu'elle refait parler d'elle ! Après tout ce que j'ai enduré !

– Ça a dû être très dur pour vous.

Elle toussa de son rire gras, la main devant la bouche, et s'arrêta, pour tousser de plus belle. Elle avala une gorgée de bourbon à l'eau.

– Surtout quand j'ai constaté que Wilbur avait vidé tous les comptes en banque. Excusez-moi, mais avez-vous bientôt fini ? Parce que sinon, je vais me servir un autre verre… histoire de voir si je peux m'arrêter de tousser. C'était le remède de ma mère, du whisky et du miel, encore qu'à mon avis le miel n'y soit pour rien.

– Juste quelques petites questions encore et je vous laisse vous reposer. Comment Charisse a-t-elle fait tout ce trajet ? Auriez-vous une idée ?

– Pas en bus. Je le sais parce que la police a vérifié. Elle aura fait du stop avec un de ces voyous qu'elle fréquentait à Lockaby.

– Vous rappelez-vous leurs noms ?

– J'étais incapable de les reconnaître les uns des autres ! Ils se ressemblaient tous, des échalas bourrés d'acné.

– Aviez-vous entendu parler de cette voiture qu'on avait volée derrière le magasin de Ruel ?

– Comme tout le monde. Cette histoire l'a rendu fou à lier!

– Charisse aurait-elle pu la prendre?

– Ça m'étonnerait. Elle ne savait pas conduire. Elle n'avait jamais passé le permis. Je lui avais proposé de l'aider à l'avoir, mais elle a changé de sujet. La peur de le rater, si vous voulez que je vous dise; de passer pour une idiote.

– Comment se déplaçait-elle si elle ne conduisait pas?

– Elle se faisait emmener par Justine et Cornell et tout le monde. Ça aussi, ça énervait les gens. Un vrai parasite!

– Travaillait-elle?

– Elle? Vous voulez rire! Je n'arrivais même pas à obtenir qu'elle soit un peu soignée.

– Je sais que je vous l'ai déjà demandé, mais vous ne pouvez vraiment pas me préciser à quelle date elle a fugué?

Elle hocha la tête.

– J'étais juste ravie de ne plus la voir... Ça fait bizarre qu'elle soit morte depuis tout ce temps-là. Je l'imaginais mariée et avec des gamins. Ou alors faisant le tapin. Je me demande bien qui l'a tuée.

– C'est ce que nous essayons de découvrir. Vous n'auriez pas une photographie d'elle par hasard? J'aimerais me faire une idée d'elle.

– Moi non, mais demandez donc à Justine. (Elle s'interrompit et fut prise d'une nouvelle quinte de toux qui lui fit monter les larmes aux yeux.) Je n'en peux plus. Ma gorge me tue. Vous voulez boire quelque chose?

– Non merci.

Je la regardai se servir un peu de bourbon, les mains tellement tremblantes qu'elle eut du mal à porter le verre à ses lèvres. Elle but avec soulagement et respira deux grands coups.

– Ouf! Ça va mieux. Le bourbon vous guérit de tout.

– Ma foi, j'en ai l'impression. Je ne sais comment vous remercier de votre aide.

– Vous voulez mon opinion sur ce qui lui est arrivé? Elle l'a cherché.

J'allais redescendre l'allée pour regagner la voiture de Dolan, le quilt sur le bras, quand je vis qu'une berline venait de se garer près du trottoir. La portière du côté conducteur s'ouvrit et une femme sortit. Elle rangea les clés dans son sac et avait déjà remonté la moitié de l'allée quand elle m'aperçut et s'arrêta net. Son regard se posa sur la couverture et revint sur moi. Ce devait être Justine. Medora et elle avaient la même silhouette et les mêmes cheveux filasse. Leurs traits n'avaient rien de particulier, mais je notai leur air de famille ; quelque chose dans le modelé de leur menton étroit et dans leurs yeux vert clair. Je lui donnai le même âge que son mari, Cornell, le milieu de la trentaine.

– Excusez-moi. Seriez-vous Justine McPhee ?

– Oui ?

– Je m'appelle Kinsey Millhone. Je suis détective privé...

– Je sais qui vous êtes. Je crois que nous vous sommes redevables de l'humeur exécrable de mon beau-père.

Il y avait un curieux mélange de réserve et d'énervement dans son attitude ; sous un ton égal, sa voix trahissait l'irritation.

– Vous m'en voyez désolée, mais impossible de faire autrement.

Elle jeta un coup d'œil en biais vers la maison.

– Que faites-vous ici ?

– Je bavardais avec votre mère au sujet de Charisse.

Son visage resta un instant sans expression, puis je vis le souvenir s'enclencher.

– Charisse ?

– Oui. J'ignore si Cornell vous en a parlé, mais nous enquêtons sur un meurtre...

– C'est ce qu'il m'a dit, mais vous ne voulez pas parler d'elle... ?

– Son identité n'a pas encore été entièrement établie, mais il semblerait que si.

– Je n'arrive pas à le croire. Que s'est-il passé ?

– On l'a tuée de plusieurs coups de couteau et son cadavre a été abandonné à la périphérie de Lompoc. C'était en août 69. Les inspecteurs du shérif ont enquêté pendant des mois sans résultat. Ils ont jugé qu'il était temps de reprendre le dossier.

– Mais comment avez-vous abouti à Quorum ? Elle n'y a passé que quelques mois !

– Question de flair. Nous avons eu la chance de trouver quelques indices.

– Quoi par exemple ? Pardonnez-moi toutes ces questions, mais cette histoire me paraît aberrante.

– Je sais qu'on a du mal à y croire, lui dis-je. Quand j'étais chez Edna, mon regard est tombé sur le quilt et je me suis aperçue que l'imprimé à pâquerettes correspondait au pantalon de la victime, un vêtement fait à la main. Edna m'ayant dit que le quilt était un ouvrage de votre mère, je suis passée la voir. Vous pensiez qu'elle avait fugué ?

– Mon Dieu, oui. Il ne m'est certainement pas venu à l'idée que la malheureuse était morte. Je suis sûre que Cornell et son père vous auraient aidée s'ils avaient su de qui il s'agissait.

– Espérons-le. Pour l'instant, nous cherchons à préciser ce qui s'est passé entre le moment où elle est partie d'ici et celui où on a découvert son corps.

– Quand était-ce, déjà ?

– Le 3 août. Votre mère m'a dit qu'elle était partie en juillet, mais qu'elle ne se souvenait pas de la date exacte.

– Charisse allait et venait à sa guise. Je ne m'étais même pas rendue compte qu'elle était partie jusqu'au moment où maman s'est mise à crier à cause de sa valise. Le pantalon dont vous parlez doit être celui que ma mère m'avait fait.

– Le lui aviez-vous donné ou l'a-t-elle pris aussi ?

– Je ne le lui aurais certainement pas donné. Elle se servait toujours toute seule dans mes affaires.

– Qu'avait-elle pris d'autre ?

– Je ne me rappelle rien de spécial. Elle ne s'embarrassait pas de scrupules. Elle se fichait pas mal de faire de la peine à quelqu'un du moment qu'elle avait ce qu'elle voulait. Les jeunes, à Quorum, la fuyaient comme la peste.

Elle rajusta son bracelet-montre et en profita pour regarder l'heure.

– Vous devez partir ?

– Je suis désolée, mais nous sommes attendus chez mes beaux-parents pour le dîner et je dois encore passer prendre les filles. Je me suis arrêtée pour voir maman parce qu'elle ne se sentait pas très bien.

– Alors demain ? J'aimerais beaucoup discuter avec vous.

– Oh, je ne crois pas. J'aurais aimé vous rendre service, mais Ruel est déjà assez furieux comme ça. Il aurait une attaque s'il savait que je vous ai parlé !

– Vous disiez qu'il se serait montré coopératif s'il avait su qu'il s'agissait d'elle ?

– Je voulais dire : s'il l'avait su tout de suite. Il est imprévisible, surtout maintenant qu'il pense que vous l'avez trompé.

– Écoutez... réfléchissez et prévenez-moi.

– Il faudra que j'en parle à Cornell. Lui aussi est furax, car il dit que son père lui en veut pour la voiture.

– C'est idiot. Elle est enregistrée au nom de Ruel et il l'a laissée des années sans y toucher.

– C'est vrai, mais je ne tiens pas à ce qu'il s'en prenne à moi. Il se plaint déjà assez comme ça. D'après lui, je régente tout. Laissez-moi rire ! Et lui alors ?!

– Il n'est pas obligé de le savoir. C'est entièrement à vous de décider. Je ne veux pas vous attirer d'ennuis.

– Croyez-moi, je sais me défendre. On doit surveiller ses arrières avec lui. Il peut paraître inoffensif, mais il cache son jeu.

– Bon, je ne veux pas vous retarder. Je suis descendue au « Vue sur l'océan ». Je vous serais très reconnaissante de m'appeler une fois que vous en aurez parlé avec Cornell. Il détient peut-être un indice, même si vous-même n'en avez aucun.

– Ça m'étonnerait. Il ne connaissait Charisse qu'à cause de moi.

– À ce propos… votre mère m'a dit que Charisse traînait avec une bande de voyous de Lockaby. Vous pourriez demander à Cornell s'il se souvient de l'un d'eux en particulier. Quelques noms ne seraient pas de trop.

– Vous espérez vraiment retrouver son assassin après tout ce temps ?

– Nous avançons, lui dis-je pour la rassurer. J'attends de vos nouvelles.

– Je ne vous promets rien, mais je ferai tout mon possible.

Je rentrai au motel et appelai le Dr Spears. Je rapportai à Mme Gary, son assistante, ce que m'avait appris Medora Sanders. Elle se souvint de Charisse Quinn dès qu'elle entendit son nom. Elle nota le renseignement et me promit de le lui transmettre. Elle m'assura que, s'il en avait le temps, il chercherait sa fiche dans ses archives. Au cas où il aurait un empêchement, elle me promit de s'en occuper elle-même. Je me perdis en remerciements. Quand j'eus raccroché, je m'assis sur le bord du lit avec un sourire satisfait, m'accordant enfin une pause pour pavoiser. Je mourais d'impatience de tout raconter à Dolan. La concordance des fiches dentaires confirmerait mon intuition. J'étais convaincue qu'il s'agissait d'elle, mais il nous fallait une preuve en béton.

CHAPITRE 18

Je franchis la porte du centre hospitalier de Quorum et demandai à la bénévole de la réception le chemin du service de cardiologie. L'établissement était de dimensions modestes mais doté d'équipements récents, à en juger par les services que j'entrevis en cours de route. Quand j'arrivai à l'étage, il s'avéra qu'on avait emmené Dolan en chirurgie. Le chirurgien cardiaque de Palm Springs avait débarqué une heure avant et s'était démené comme un beau diable pour activer la procédure. J'eus droit à un briefing en accéléré de la part de l'infirmière de garde, qui contacta la salle d'opération. Elle m'assura que l'intervention se déroulait sans problème, mais que Dolan ne sortirait pas de la salle de réveil avant un bon moment. Elle me suggéra de l'appeler à sept heures pour être sûre de le trouver dans sa chambre.

Quand je quittai l'hôpital, mon sentiment de triomphe battait de l'aile. Il était quatre heures et demie. Dolan restait inaccessible et je ne savais absolument pas quand Stacey Oliphant allait se manifester. Je n'entendrais pas parler de Justine avant le lendemain – quand? je l'ignorais, à supposer même qu'elle rappelle; bref, je n'avais personne à qui parler et rien pour m'occuper. Je me rabattis sur le « Vue sur l'océan ». Je me garai dans le parking du motel et m'achetai un Diet Pepsi au distributeur. La clé de Dolan me permit d'aller récupérer ma Smith-Corona dans sa chambre. Une fois réfugiée dans la mienne, je dressai un mini-bureau de campagne. Je tapai mes notes à la machine, activité qui remplit la majeure partie de l'heure et demie qui suivit.

À 18 h 15, j'ouvris l'annuaire et cherchai dans les Pages jaunes la pizzeria la plus proche. Je l'appelai et me commandai une saucisse-pepperoni moyenne avec piments jalapeños et un supplément de fromage en garniture. Vu les restrictions de régime de Dolan, je ne pouvais quand même pas me goinfrer devant lui. Par égard pour lui, autant sombrer maintenant dans les excès. En attendant le livreur, je filai vers le distributeur m'acheter un nouveau Diet Pepsi. Je dînai assise sur mon lit, le dos soutenu par les oreillers, regardant les informations en me sentant complètement dépravée.

Peu après sept heures, j'appelai l'hôpital et demandai à parler à l'infirmière de garde en cardiologie. Dolan avait réintégré sa chambre, m'apprit-elle, au cas où j'aurais voulu passer. Cette question !

Le temps de sortir de ma chambre et de foncer vers l'hôpital, il faisait nuit noire et la température avait brusquement chuté. Malgré le halo de pollution diffuse qui planait au-dessus de la petite ville, les étoiles piquetaient le ciel comme autant de piqûres d'épingle dans du papier noir éclairé par derrière. La lune restait invisible, mais je pouvais distinguer l'endroit où les ténèbres allaient se dissiper et le désert luire comme un plateau d'argent, une fois qu'elle serait montée dans le ciel. Je me garai dans le parking de l'hôpital et franchis les portes d'entrée pour la deuxième fois de la journée.

L'intérieur brillait de tous ses feux, cette débauche de lumière donnant aux lieux un côté chaleureux, douillet. Les visiteurs du soir se pressaient dans le hall d'entrée. Laissant derrière moi la boutique de cadeaux et la cafétéria, je mis le cap sur les ascenseurs et montai au premier. Dans toutes les chambres à plusieurs lits où je glissai un regard au passage, les rideaux étaient tirés et les télévisions fixées dans un angle passaient des rediffusions. On avait dû servir le dîner vers cinq heures et demie, et les plateaux s'accumulaient sur les chariots encore en attente dans le couloir. J'aperçus des reliefs du repas : haricots verts en boîte et steak Salisbury (le nom chic du pain de viande), plus une profusion de sachets de petits biscuits salés encore sous leur protection de cellophane. Des carrés de gelée rouge et figée s'attardaient dans des coupelles en plastique, intacts ; la diététicienne de l'hôpital devait s'arracher les cheveux. Ces repas, comme ceux des cantines des écoles primaires, paraissaient plus appétissants à qui lisait les menus qu'aux malheureux à qui on les servait. La moitié des aliments finissaient à la poubelle.

Le service de cardiologie était silencieux et les lumières tamisées. Dolan occupait une chambre individuelle ; des tuyaux et des fils le reliaient à une série d'écrans de surveillance. Ses signes vitaux s'affichaient à intervalles réguliers sur un écran numérique, de la même façon que l'heure et la température à l'extérieur. La décoration de la pièce, dans une palette de couleurs alliant des bleus reposants et des verts pâles paisibles, visait à réduire toute tension. Il y avait plusieurs fenêtres et une pendule fixée au mur, mais pas de télévision ni de journaux claironnant leur quota quotidien de malheurs économiques, meurtres, catastrophes et accidents fatals.

On lui avait enlevé une de ses perfusions et une ecchymose subsistait au creux de son bras. Sa barbe d'un jour ressemblait déjà aux poils blancs d'une brosse à dents qu'on aurait utilisée pour nettoyer les joints d'une salle de bains. Deux sondes en plastique lui sortaient du nez. Sinon, il était réveillé, avait bonne mine et un peu de sa vivacité coutumière lui était revenue. Il paraissait fatigué, mais pas à demi mort. D'une minute à l'autre le manque d'alcool et de cigarettes allait le mettre à cran.

– Dites-moi, lieutenant, on tient la forme ! Comment vous sentez-vous ?

– Mieux. Presque humain, en fait.

J'entendis marmonner derrière moi et me retournai : une infirmière se tenait dans l'encadrement de la porte. Une femme d'une quarantaine d'années aux yeux noirs et aux cheveux bruns luisants avec des mèches dorées. Elle n'était pas en uniforme, mais ses chaussures avaient des semelles de crêpe et son badge d'identité annonçait CHRIS KOVACH, ID[1].

1. Infirmière diplômée.

– Pardon de vous déranger, mais il y a quelqu'un au poste des infirmières qui dit être un parent à vous. J'ai vérifié votre fiche, mais vous ne l'avez pas indiqué comme personne à contacter en cas d'urgence ni comme proche parent.

Le visage de Dolan perdit toute expression.

– C'est sûrement ton frère, Stacey ! lançai-je d'un ton allègre. Quand je lui ai téléphoné pour l'informer de ton accident, il m'a dit qu'il sautait dans sa voiture et arrivait tout de suite. (Je me tournai vers Mlle ou Mme Kovach.) Je sais que le lieutenant ne doit pas avoir plus d'un visiteur à la fois, mais son frère sort d'une chimio pour son lymphome et ce serait merveilleux d'être enfin tous réunis.

L'angle médical m'avait paru une attention délicate, mais au regard qu'elle me décocha je compris qu'elle entendait ce genre de boniments trois fois par jour en moyenne.

– Son frère ? L'air de famille ne m'a pas sauté aux yeux.

– C'est parce qu'il est chauve. Avec ses cheveux, on les prendrait pour des jumeaux !

– Et bien sûr vous êtes sa fille, me dit-elle en indiquant Dolan d'un signe de tête.

– Mais oui.

– Donc, l'homme dans le couloir est votre oncle Stacey, si je ne me trompe.

– Du côté de ma mère.

Elle agita un doigt en signe d'avertissement.

– Juste pour cette fois, mais pas longtemps. Je garde l'œil sur la pendule. Pas question de tricher.

– Merci madame, lui dit Dolan d'un ton d'enfant sage.

Le ton de sa voix nous valut enfin le sourire qu'elle avait tenté de réprimer.

Stacey fit son apparition quelques instants après. Je vis avec plaisir qu'il avait renoncé à son bonnet de marin, révélant un adorable patchwork de plaques chauves et de duvet de poussin. Au moins l'infirmière saurait que, sur ce point-là, je n'avais pas menti.

– Tu es venu comment ? lui demanda Dolan. Je croyais que tu avais vendu ta voiture.

– J'en ai loué une, une petite Ford épatante avec laquelle j'ai roulé à toute allure. Curieux que je n'aie pas récolté de P.V. Comment vas-tu ?

– Surtout en conduisant sans permis.

Stacey approcha une chaise, qu'il m'offrit.

– Vous voulez vous asseoir ?

– Non, prenez-la. Je préfère rester debout.

Le temps de visite étant limité, nous abrégeâmes les politesses pour faire le point sur notre inconnue.

– Je crois que je tiens une piste, leur dis-je. (Je leur parlai du quilt et des portions de patchwork en tissu à pâquerettes qui m'avaient conduite à Medora Sanders.) D'après Medora, la fille s'appelle Charisse Quinn. Il s'agirait d'une pupille de l'État, placée par les services sociaux du comté de Riverside. Medora et sa fille m'ont dit l'une et l'autre qu'elle était invivable : insolente, sortant avec le premier venu et mal embouchée. D'après Medora, elle a vécu à peu près cinq mois chez eux, puis elle s'est taillée sans un mot. Cela à l'été 69. J'ajoute que Wilbur Sanders, mari de ladite Medora, s'est volatilisé à peu près en même temps. Je lui ai demandé s'il pouvait exister un lien entre ces deux événements, mais elle s'est hérissée. Espérons que le Dr Spears pourra confirmer l'identité de la fille en retrouvant sa fiche.

– Savez-vous à quelle date elle a fugué ?

– J'essaie toujours de la déterminer. En tout cas, la chronologie paraît coller. Je pense avoir un nouvel entretien avec Justine et pouvoir, avec un peu de chance, la préciser. À propos, elle est mariée au fils de Ruel, Cornell, au cas où cela aurait de l'importance.

– Le type des garnissages d'auto ? demanda Stacey.

– Tout juste, confirma Dolan. On a récupéré la Mustang dans sa remise.

Stacey plissa les paupières, intrigué.

– Et cette fugueuse… Vous êtes sûre qu'elle s'appelait bien Charisse Quinn ?

– Sûre et certaine, lui dis-je. Pourquoi ?

– Parce qu'on l'a dans un des rapports de l'époque. Vous pouvez vérifier. Sa mère a appelé le bureau du shérif d'ici, environ une semaine après le début de l'enquête. Elle avait appris qu'on avait signalé la disparition de sa fille et voulait nous dire que la gamine était saine et sauve.

– Ça me revient ! Vous avez raison. Je savais bien avoir lu ce nom quelque part, mais impossible de me rappeler où.

– Ça ne pouvait donc pas être notre inconnue, sauf à être ressuscitée des morts, fit remarquer Dolan. Tu disais qu'elle avait appelé une semaine environ après qu'on est découvert le corps ?

– La personne au téléphone a dit être sa mère. Mais rien ne le prouve, fit observer Stacey.

– Je ne pense pas qu'on ait conservé ces vieilles archives téléphoniques, dis-je.

– Probable que non, répondit Dolan. Cela remonte à trop loin. On peut juste espérer que l'adjoint aura noté son numéro en prenant l'appel.

– Attendons de voir ce que dira le dentiste, proposa Stacey. Si sa fiche de soins coïncide, nous saurons que la victime est bien Quinn et que le coup de téléphone était bidon.

– Des nouvelles de la Mustang ? demanda Dolan.

Stacey sourit et leva trois doigts.

– Trois cheveux blonds coincés dans les charnières du coffre. Mêmes caractéristiques que ceux de la victime. Ça ne prouve rien, bien sûr, mais ça étaie l'hypothèse qu'on l'ait fourrée dans la Mustang pour la transporter. Quelqu'un a essayé de nettoyer la voiture, mais la police scientifique a récupéré quelques empreintes restantes, notamment celle d'un fragment de paume sur le cric. Le type l'aura déplacé en faisant de la place dans le coffre.

– Et les taches ? demandai-je. C'était du sang ?

– Nous avons envoyé le tapis au labo du ministère de la Justice de Colgate, mais nous n'aurons pas de résultats avant des semaines. Nous avons la chance de disposer d'une technologie qui n'existait pas à l'époque. Il peut s'agir de son sang à elle, à moins que celui du tueur n'y soit mélangé.

– Il faudrait savoir aussi si les taches du coffre correspondent à celles de la bâche. Vu le nombre de coups de couteau, elle s'est peut-être défendue, dis-je.

– Peut-être, répéta Stacey sans trop y croire, mais n'oubliez pas qu'elle avait les mains liées et le rapport du légiste ne mentionne pas de blessures confirmant qu'elle se soit défendue.

– Mais même, dit Dolan, le type a pu prendre un coup, lui aussi.

– Espérons. Le problème, c'est qu'on n'a pas de suspect pour comparer.

– Je rectifie : on n'en a pas encore.

Je levai la main.

– Un de vous deux pourrait-il cuisiner Ruel sur la bâche ? Je veux savoir si elle lui appartenait.

Dolan ricana.

– Pourquoi nous ? Pourquoi pas vous ?

– Allez. Vous savez parfaitement qu'il va me crier dessus. Avec vous, il n'osera jamais.

– En voilà une poule mouillée !

– Mauviette !

Je leur souris.

– Et les durs, ils servent à quoi ? À faire le sale boulot, non ?

– Je m'y colle, dit Stacey. Il ne s'en prendra pas à un malade.

– Minute, Stacey, dit Dolan. N'abuse pas de ton statut. Tu as dit que tu étais frais comme une rose. Le malade, c'est moi. Il suffit de me voir.

– Bon, tu l'interroges. Ça change quoi ? L'important, c'est de voir si on peut découvrir d'où vient la bâche.

– Et tu le sauras comment ? Ce fichu bout de toile n'a même pas d'étiquette avec le nom du fabricant. D'ailleurs, je n'en vois pas l'intérêt.

– C'est peut-être un routier qui a fait le coup. Ils utilisent parfois des bâches pour protéger leurs chargements. (Je m'interrompis.) Oh ! oh !...

– Quoi « oh-oh » ?

– Une idée soudaine.

– Laquelle ?

– Si la victime s'avère être Charisse et que le corps a été transporté dans la Mustang, ça fiche en l'air votre hypothèse sur Frankie Miracle.

Dolan fronça les sourcils.

– Comment ça ?

– Nous savons que Frankie a volé la Chevrolet de Cathy Lee. Comment aurait-il pu conduire deux véhicules, un venant de Quorum et un de Venice, et les amener tous les deux à Lompoc en même temps ?

Je le vis qui réfléchissait.

– Il aura fait deux trajets.

– Oh, je vous en prie ! Vous imaginez ? Il tue Charisse, conduit la Mustang à Lompoc, se débarrasse du corps, abandonne la voiture, puis fait du stop jusqu'à Venice pour pouvoir poignarder quelqu'un d'autre ?

– Donc, il avait un complice, conclut Dolan.

– Qui lui aurait servi à quoi ? Il n'existe aucun lien entre les deux meurtres, sauf si j'ai raté un épisode.

– Dolan ne supporte pas l'idée que Frankie soit innocent, m'expliqua Stacey.

– Ce n'est pas l'idée, c'est Frankie que je n'encaisse pas, rétorqua Dolan d'un ton irrité. Mais votre raisonnement se tient. Comment êtes-vous parvenue à cette conclusion ?

– Je ne sais pas. Cela ressemble aux problèmes qu'on faisait en maths au lycée. À la seconde où je lisais qu'on avait deux trains, l'un quittant Chicago à cent quarante-cinq kilomètres à l'heure, l'autre bla-bla-bla, je me fermais net. J'ai abandonné les maths dès que j'ai pu.

– Vous n'avez pas cru ce qu'on vous disait ? Que les maths vous serviraient plus tard dans la vie ?

– Pas le moins du monde.

Dans l'encadrement de la porte, Chris Kovach se gratta la gorge et indiqua sa montre.

– Nous partions, lui dit Stacey en se levant de son siège.

– Vous pouvez revenir demain, mais un seul à la fois.

Stacey me suivit jusqu'au motel dans sa voiture de location et nous nous garâmes dans deux places de parking contiguës. Je le conduisis jusqu'à la chambre de Dolan et lui donnai la clé. Il ouvrit la porte et posa son sac de voyage sur une chaise. On avait fait la chambre et remis les meubles en place. Il était 9 h 25 et je m'apprêtais à lui souhaiter bonne nuit, le croyant fatigué et prêt à filer sous la couette.

– Si vous voulez, on se retrouve au petit-déjeuner. À quelle heure vous levez-vous ?

– Pas si vite. Je suis allé droit à l'hôpital après plusieurs heures de route et je n'ai toujours pas dîné. Ce n'est pas un Arby's que j'ai vu dans Main Street ?

– Si, mais le Quorum Inn est encore ouvert. Vous ne préférez pas un repas assis normal ?

– Le Arby's a des tables. Je n'ai jamais essayé d'Arby-Q. C'est bien comme ça qu'on les appelle ? Maintenant que vous m'avez initié à la restauration rapide, j'ai du retard à rattraper.

Je m'installai à une table avec Stacey et le regardai engloutir un Arby-Q, deux portions de frites et un sandwich au rosbif d'où dégoulinait une sauce jaune qu'on disait être du fromage. Il me parut s'être un peu enrobé depuis la dernière fois que je l'avais vu.

– Vous vous livrez souvent à ce genre de sport ?

– Deux fois par jour. J'ai dégoté une compagnie de taxis qui livre de la restauration rapide, un peu comme Meals on Wheels[1]. C'est divin ! Je me sens un nouvel homme. Dire que je serais passé à côté si vous ne m'aviez pas branché sur ce truc.

– Ravie de vous avoir dépanné. Personnellement, je n'ai jamais cru aux vertus revigorantes de la bouffe rapide, mais vous en êtes la preuve incarnée.

Il s'essuya la bouche sur sa serviette.

– Oublié de le dire à Dolan : j'ai eu un coup de fil du contrôleur de Frankie. D'après Dench, il serait en infraction. Il aurait quitté le comté sans autorisation.

1. Soit « les repas motorisés ». Service de repas réservé aux nécessiteux.

– Quand ça ?

– Hier.

– Ça m'étonne. À l'entendre, Frankie connaissait parfaitement le règlement et n'avait pas l'intention de rempiler. Qu'est-ce qui a bien pu l'y pousser ?

– Peut-être votre visite. D'après Dolan, il filait doux, mais allez savoir. Quel est le programme pour demain ?

– On va dire deux mots à Ruel. J'ai une excuse toute prête : je n'ai pas rendu son quilt à Edna. Nous pourrons l'interroger sur la bâche quand je le lui rapporterai.

Stacey se pencha vers moi.

– Kinsey, nous sommes des policiers. Nous n'avons pas besoin d'excuses. C'est à eux de nous en fournir.

– Autant pour moi, lui renvoyai-je, penaude.

Il était dix heures et quart quand nous regagnâmes le motel. Le vent avait forci et j'avais les bras croisés contre moi pour essayer de me protéger du froid.

– Une minute, me dit Stacey. J'ai votre blouson dans mon coffre.

Je restai à côté de sa voiture tandis qu'il ouvrait le coffre et en retirait mon blouson, en même temps qu'une enveloppe volumineuse qu'il me tendit.

– C'est quoi ?

– De la part d'Henry. Il dit qu'il l'a trouvée sur votre paillasson et qu'il pensait que c'était urgent. Qu'est-ce que c'est ?

Je tendis l'enveloppe vers la lumière.

– Aucune idée. C'est le cachet de Lompoc, sans doute un envoi de ma tante Susanna.

– J'ignorais que vous aviez de la famille.

– Je n'en ai pas. Enfin, pas vraiment. Le jury n'a pas encore tranché.

– Compris, me dit-il. Je vous laisse l'ouvrir. Bonne nuit.

– Bonne nuit, lui répondis-je.

Dans l'intimité de ma chambre, j'allumai la lumière et posai mon blouson. Je laissai mon sac sur la chaise, puis je m'assis sur le lit et retournai la grosse enveloppe sur mes genoux. Au dos, une bande autocollante courait sur un des bords. Je tirai la languette, jetai un coup d'œil à l'intérieur et en retirai un album relié en cuir. Je la revis me parlant de photos de famille, mais je n'avais jamais cru qu'elle allait vraiment me les envoyer. L'une après l'autre, je tournai les pages d'épais papier noir sur lesquelles des coins en papier collant maintenaient des photographies en noir et blanc. Certains s'étaient détachés et les photos restaient coincées dans la reliure. Une inscription à l'encre blanche figurait sous chacune, indiquant le sujet, la date et les circonstances.

Ils étaient tous là. Au grand complet. Ma mère... Une série d'oncles et de tantes... Le mariage de mon grand-père Kinsey et de ma grand-mère Cornelia Straith LeGrand... Des bébés en robe de baptême blanche qui traînait jusque par terre... Des photos de groupe réunissant les cousins et les cousines, les domestiques et les chiens de la famille... Sur la plupart des clichés, les gens arboraient une expression solennelle, posant raides, semblables à des poupées en papier assemblées sur la page. Un Noël à la villa, avec tout le monde devant un énorme sapin ruisselant de décorations, de guirlandes et de lumières. Un pique-nique d'été près de la maison, avec des tables de ferme dressées sur l'herbe... Des jupes longues, des robes chasubles, des chapeaux de paille à larges bords chargés de fleurs artificielles; des femmes à la poitrine généreuse et aux larges épaules, la taille pincée dans des corsets qui les faisaient paraître deux fois plus larges de hanches... Deux hommes avaient été photographiés dans leur uniforme militaire de la Première Guerre mondiale. L'un d'eux réapparaissait à une réunion familiale plus tardive, alors que l'autre avait disparu... Les hommes étaient tantôt en bras de chemise, en veste sombre et melon noir, tantôt en veste d'été à rayures et canotier blanc. Je voyais le temps passer aux ourlets plus courts des femmes, à leurs bras de plus en plus dénudés. À Thanksgiving 1932, toutes les petites filles sur leur trente et un étaient soudain habillées comme Shirley Temple. La crise économique ne semblait pas avoir touché la villa ni ses occupants, mais le temps s'écoulait pourtant.

Aujourd'hui, un grand nombre de ces gens étaient morts. Les adultes étaient devenus des vieillards. Les enfants s'étaient mariés et avaient donné naissance à leurs propres enfants. Il y avait ma mère dans sa longue robe blanche de débutante à sa soirée du 5 juillet 1935. Et aussi d'autres instantanés de la fête. Sur l'un d'eux, j'aurais juré que le photographe avait saisi mon père à l'arrière-plan, les yeux rivés sur elle. Je n'avais jamais vu de photo de lui, mais je me sentis pourtant le reconnaître. Ensuite, les pages étaient soudain vides, le dernier tiers de l'album ne comportant aucune photo. C'était bizarre. Je réfléchis, étonnée que l'histoire de la famille, consignée avec tant de soin jusque-là, ait brusquement été abandonnée.

Oh, mais bien sûr !

Mes parents s'étaient enfuis. J'avais vu une photocopie de leur certificat de mariage, en date du 18 novembre 1935. Ma grand-mère avait été horrifiée. Elle avait décidé que Rita Cynthia épouserait un homme qu'elle-même jugerait digne de sa fille aînée. Au lieu de quoi ma mère était tombée amoureuse d'un simple facteur, qui arrondissait son salaire en faisant des extras comme serveur, le jour de ses débuts dans le monde. Cette année-là, il n'y avait pas eu de Thanksgiving, semblait-il, pas d'actions de grâce. Et bien peu de célébrations par la suite.

CHAPITRE 19

Le samedi matin après le petit-déjeuner, Stacey et moi prîmes la voiture pour aller chez les McPhee. La journée s'annonçait limpide et ensoleillée. Le vent s'était calmé et le désert se déployait dans une brume beige et mauve. Les cactus et les buissons de mesquite et d'immortelles jaunes se succédaient à intervalles réguliers, comme plantés par un arboriculteur. Invisibles dans cette végétation, lynx, renards, chouettes, éperviers et coyotes festoyaient de petits vertébrés. J'avais lu que les jackrabbits[1] constituaient la moitié de l'alimentation des coyotes à la saison de la reproduction, de sorte que, lorsque des périodes difficiles réduisaient la population de lièvres, celle des coyotes diminuait aussi, préservant ainsi l'équilibre de la chaîne alimentaire de la nature.

Nous marquâmes un petit temps d'arrêt dans la rue et je montrai à Stacey la remise au bout du champ, où nous avions découvert la Mustang.

– Je me demande pourquoi il s'est mis dans une rogne pareille quand on a confisqué le véhicule, me dit-il.

– Question de territoire, je suppose. Vous auriez réagi comme lui à sa place.

– Pas si sûr. On dirait un type qui en sait plus long qu'il ne veut bien le dire.

– Ou juste un vieux schnock teigneux habitué à n'en faire qu'à sa tête.

– Il n'y a rien de mal à ça !

– Stacey, je ne parlais pas pour vous.

1. Gros lièvres de l'Ouest américain.

Je sonnai et nous restâmes plantés sur le perron à attendre qu'on veuille bien nous répondre. Des rires et des cris d'enfant s'échappaient du jardin, mêlés aux aboiements d'un chien.

Lorsqu'elle ouvrit enfin la porte, Edna parut quelque peu interloquée.

– Oh... je ne m'attendais pas à vous revoir, me dit-elle.

Son regard évita poliment le crâne mité de Stacey.

– Bonjour, Edna. Comment allez-vous ? Je vous présente l'inspecteur Oliphant, du bureau du shérif de Santa Teresa. Nous vous dérangeons au mauvais moment ?

– J'ai là mon comité d'entraide de l'église baptiste et nous sommes en pleine activité.

Je lui tendis le quilt.

– Nous ne vous retiendrons pas longtemps. Je voulais vous rendre votre quilt.

Elle le prit en murmurant un « merci », puis elle commença à refermer la porte.

Je posai une main ferme sur le battant.

– Nous voudrions voir Ruel. Est-il là ?

– Dans le garage.

– Pouvons-nous lui parler ?

Avec un soupçon d'irritation, elle capitula.

– Entrez plutôt, vous passerez par la maison. C'est plus rapide que de faire le tour.

Nous entrâmes, elle referma la porte et nous la suivîmes ensuite au bout du couloir.

– Vous avez parlé à Medora ? me demanda-t-elle.

– Oui. Elle a été adorable. Merci mille fois.

Dans la cuisine, cinq femmes étaient assises autour de la table, sur laquelle s'empilaient des prospectus et de longues enveloppes blanches. Toutes les cinq levèrent les yeux vers nous d'un même mouvement, avec un sourire interrogateur, au moment où nous gagnions la porte du fond. Edna fit un bref détour pour remettre le quilt à sa place, sur la banquette près de la fenêtre. Je remarquai qu'elle omit de nous présenter, sans doute peu désireuse d'expliquer la présence inopinée d'un inspecteur et d'une détective étrangers à la ville.

Sur le plan de travail, elle avait préparé un grand pichet isotherme de café, un plateau de petits pains au sucre et une pile de serviettes en papier. La seule chaise vide était visiblement la sienne. Deux femmes pliaient des prospectus, une troisième les glissait dans les enveloppes. La dernière femme de la chaîne léchait les rabats et collait les timbres. Celle-là, je la reconnus : les cheveux châtain clair, les yeux marron, le semis de taches de rousseur sur le nez. Je l'avais vue au lycée de Quorum. L'assistante de M. Eichenberger.

Je m'arrêtai.

– Bonjour, lui dis-je. Comment allez-vous ?

– Bien.

– Je suis Kinsey Millhone. Pardonnez-moi, mais j'ai oublié votre nom.

– Adrianne Richards.

Edna hésita.

– Adrianne est ma fille, lâcha-t-elle enfin.

– Ah ! ma foi, je suis ravie de vous revoir. Je vous présente l'inspecteur Oliphant, lui dis-je, déclenchant ainsi un échange de présentations obligé. Je déteste m'imposer, mais que pouvais-je faire d'autre ?

– Je suis Mavis Brant, lança une des femmes. Voici Chalice Lyons, Harriet Keyes et Adele Opdyke.

Stacey porta la main à une casquette imaginaire, ce qui parut plaire aux dames.

Je leur adressai un sourire rapide et reportai mon attention sur Adrianne.

– Vous êtes la sœur de Cornell ? Je ne l'avais pas compris. Le monde est petit.

– N'est-ce pas ? (Elle me sourit du bout des lèvres avant de se tourner vers la femme en bout de table.) Excuse-moi, Harriet, mais pourrais-tu me passer des enveloppes ?

Harriet tendit un petit tas d'enveloppes à Adele qui les transmit à Adrianne, laquelle s'employait activement à paraître occupée. Elle devait être mariée, car si son badge de bureau avait indiqué « McPhee », je me serais enquise de son lien de parenté. Elle me glissa un regard en-dessous, puis elle engagea la conversation avec sa voisine.

– Nous ne voulons surtout pas vous retenir, nous dit Edna en nous pilotant vers la sortie.

Stacey et moi franchîmes la porte de derrière et descendîmes les marches d'un même pas, mettant le cap sur le garage. La petite-fille d'Edna, Cissy, et ses deux grandes sœurs aux cheveux filasse couraient comme des folles dans le jardin, poursuivies par un petit chien bondissant et jappant qui leur mordillait les talons. Comme nous les regardions, le chien agrippa à pleine gueule la socquette de Cissy. Tout en grondant, il la tirailla, essayant de s'arc-bouter sur ses pattes tandis qu'elle le tirait à travers l'herbe. J'entrevis des morsures, du sang et des piqûres de sérum antitétanique pour la fin de l'après-midi. Comme Justine restait invisible, j'en déduisis qu'elle avait refilé les petites à leurs grands-parents pendant qu'elle était de sortie.

Je sentis l'odeur de la cigarette de Ruel avant même de le voir. Il occupait le même fauteuil de bureau en bois et portait le même chapeau de paille remonté vers l'arrière. Il paraissait petit et inoffensif et je sentis que Stacey ne comprenait pas mes réticences. Il avait à peu de chose près le même âge que Stacey, j'aurais dit soixante-dix ans et quelques. Il regardait une autre émission de télévision avec toute la concentration d'un enfant. Cette fois, il s'agissait d'un dessin animé si inepte que même les fillettes préféraient être pourchassées et mordues par le chien.

– De retour à ce que je vois, dit Ruel sans lever les yeux. C'est qui, votre copain ?

Stacey s'avança, la main tendue.

– Stacey Oliphant, monsieur McPhee. Inspecteur de la Brigade des homicides au bureau du shérif de Santa Teresa. Ravi de vous connaître.

Ruel lui serra la main à contrecœur.

– Je suppose que vous êtes venu confisquer un autre truc. C'est une honte de pouvoir entrer comme ça chez les gens et de piquer ce qui vous chante !

– Je comprends. Mais que voulez-vous ? La loi, c'est la loi. Ce n'est pas nous qui la faisons ; nous nous contentons de l'appliquer, lui dit Stacey.

– La vérité vraie ! lui renvoya Ruel. Je ne peux rien faire pour le moment. Arrangez-vous seulement pour que la voiture revienne sans une égratignure.

– Une minute, lui dis-je. Comment fera-t-on ? La voiture a été accidentée, pour ne pas dire plus.

Ruel leva les yeux au ciel d'un air excédé.

– Je veux dire, sans d'autres dégâts.

Stacey reprit la parole d'un ton conciliant.

– Monsieur McPhee, je suis arrivé hier soir et je débarque tout juste dans l'affaire. Si ce n'est pas trop vous ennuyer, pourriez-vous m'expliquer de quoi il retourne ?

– Demandez-lui plutôt à elle qui est si maligne ! Moi, j'ai mieux à faire.

– Elle m'a dit que vous aviez fait une affaire en or avec cette voiture.

Ruel lui dévida comme un disque les détails de sa bonne fortune.

– J'ai eu cette Mustang gratis en1969. Un type l'avait laissée au magasin pour refaire les sièges. La voiture a été volée et quand on l'a retrouvée, il n'a plus voulu en entendre parler.

– Non ? Vous parlez d'une aubaine ! s'exclama Stacey, comme impressionné. Et qu'est-ce qui vous a poussé à la garder tout ce temps ?

– Mon fils et moi avions l'intention la remettre en état, bien que maintenant on me dise plus ou moins qu'elle a servi à commettre un délit ou je ne sais quoi. Un homicide, c'est ça ?

– Oui, monsieur. Évidemment, nous avons besoin de l'inspecter de plus près.

– Interrogez donc l'ancien propriétaire. Un certain Gant. Qui sait s'il ne l'a pas volée lui-même, sa voiture ? Ça ne vous est pas venu à l'idée ?

– Je ne crois pas. Pourquoi aurait-il volé sa propre voiture pour la ramener ensuite et vous la donner ?

– Allez savoir ce qui passe par la tête des gens. Le type était peut-être dingue.

– C'est toujours possible. Mais il se trouve qu'il est mort, à l'heure qu'il est.

– Pas de pot. Autrement, vous pourriez aller l'embêter et me laisser tranquille, dit Ruel. (Il s'interrompit pour allumer une cigarette avec une allumette de cuisine qu'il jeta dans un pot.) Je vais vous dire : moi, je ne sais strictement rien d'un meurtre et mon fils encore moins. Cornell devrait arriver dans pas longtemps pour récupérer les filles et leur foutu clebs. Interrogez-le vous-même. Mais vous perdez votre temps, croyez-moi.

– C'est possible. Question de routine, nous suivons des quantités de pistes qui foirent. Tenez, nous nous sommes posé des questions sur une bâche qui enveloppait le corps de la fille. On vous en a parlé ?

– Une bâche comment ?

– En toile. Le genre housse de voiture ou protection pour travaux. Mlle Millhone a vu des bâches au magasin et se demandait si on ne vous en avait pas volé une à l'époque.

– Non. Je ne peux pas vous renseigner. Il se trouve que je possède quantité de bâches, mais on ne m'en a jamais piqué, et puis même, je ne m'en serais pas soucié. Les bâches ne coûtent rien. Allez juste faire un tour au K'mart, si vous ne me croyez pas.

– Et une housse de voiture ? Vous rappelez-vous s'il y en avait une sur la Mustang quand on l'a volée ?

– J'ai déjà répondu là-dessus. Toutes mes bâches et toutes mes housses sont comptabilisées.

– Vous les achetez en ville ?

– Vous croyez que je me les fait expédier dans un paquet cadeau ? Vous deux, vous êtes comme des cabots, à tourner en rond pour vous attraper la queue. Changez de disque ! J'en ai marre de vos bâches.

Stacey et moi échangeâmes un regard tandis que Ruel s'intéressait de nouveau à sa télévision. Stacey reporta le poids de son corps sur son autre jambe.

– Vous rappelleriez-vous une jeune femme d'ici du nom de Charisse Quinn ? Même âge que vos enfants et que vous auriez pu connaître par eux.

– Le nom ne me dit rien. C'est elle qui s'est fait tuer ?

– Oui, monsieur.

– Ce n'est pas le genre de choses dont je me souviens.

Je touchai le bras de Stacey, me penchant pour lui chuchoter une de mes questions personnelles. Il hocha la tête.

– C'est quoi, l'histoire du père de Justine ? demanda Stacey. Medora nous a dit hier que le bonhomme l'avait plaquée.

– Un pauvre type, si vous voulez savoir.

– Coureur, à ce qu'on nous a dit.

– Ça, tout le monde le savait… Sauf sa femme. Je veux pas en dire du mal, mais elle picole sérieusement. Depuis des années. Edna et moi, on ne boit pas, ni alcool, ni spiritueux. C'est une qualité que Justine nous a toujours reconnue.

– Vous disiez que son père courait les nanas. C'est-à-dire ?

– Il prenait sa voiture et allait voir ces dames à Palm Springs. Il racontait à Medora qu'il travaillait tard et il se la coulait douce avec des poules.

– Vous en avez la preuve ou s'agit-il de simples rumeurs ?

– Il me l'a dit lui-même. Wilbur était aussi porté sur la boisson que Medora et une fois qu'il était imbibé, il avait tendance à la ramener. Aussi séduisant qu'un orang-outang, mais il devait savoir y faire. À l'entendre, il entrait dans un bar et elles lui tombaient dessus comme des mouches ! Mariées ou célibataires, il s'en foutait. Il commandait à boire et offrait un verre à la fille assise à côté de lui. Une fois qu'elle avait dit oui, il sortait son portefeuille et, surprise, tout ce qu'il avait sur lui, c'était un billet de cent dollars ! Elle finissait par payer, pensant qu'il allait casquer en fin de soirée. Elle n'avait pas le temps de dire ouf ! qu'il lui mettait déjà la main aux fesses et qu'elle n'avait toujours pas compris. Je n'aurais jamais cru les femmes aussi gourdes, mais c'est ce qu'il racontait.

– Cette Quinn dont je parlais était pupille de l'État. Une assistante sociale l'avait placée chez les Sanders.

Ruel se retourna et dévisagea Stacey.

– C'est celle-là dont vous parlez? Du diable si... Je n'y avais pas pensé depuis des lustres! Quinn. Tout à fait. Pourquoi ne pas l'avoir dit plus tôt?

– Nous avons appris son nom pas plus tard qu'hier. Vous la connaissiez bien?

– Pour lui avoir parlé, mais pas plus. D'après Cornell, elle se faisait tous les garçons du coin. « Elle dispensait librement ses faveurs », qu'il disait. Elle les emmenait au Tuley-Belle et s'envoyait en l'air.

– Au Tuley-Belle?

– Le chantier à la périphérie. Un grand ensemble immobilier que des promoteurs ont commencé à construire en 1968. Leon Tuley et Maurice P. Belle. À mi-travaux, ils ont fait faillite et le chantier en est resté là. Les jeunes s'y plaisent parce qu'il y a des murs et une partie du toit. La plomberie et l'électricité ont été arrachées, mais vu ce qu'ils vont y faire, je suppose que ça leur suffit.

– Wilbur Sanders vous a-t-il jamais parlé de cette fille?

– Je ne le connaissais pas tellement, sauf qu'il était le père de Justine. Cornell la fréquentait et les familles se voyaient à l'occasion. Medora n'était pas souvent à jeun. Moi, ça me faisait mal au cœur pour Justine. Elle était là, à essayer de cacher qu'elle avait honte et qu'elle était gênée. Pendant ce temps-là, Wilbur sautait sur n'importe quel prétexte pour venir me voir et me raconter ses prouesses sexuelles. À mon avis, il aurait dû s'occuper un peu plus de sa femme.

– Et Charisse?

– Aucune idée. Wilbur, à l'en croire, se comportait en gentleman, il ne donnait pas de noms. Dès qu'il arrivait, il trouvait un prétexte et filait ici. Il apportait toujours un flacon de rhum brun et on s'en grillait une. Une fois qu'il était lancé, pas moyen de l'arrêter. À ma connaissance, il ne donnait ses coups de canif dans le contrat qu'à Palm Springs, pour que ça ne revienne pas aux oreilles de Medora.

– Si elle buvait tant, elle n'y aurait attaché aucune importance, non? lui fis-je remarquer.

– Bien sûr que si ! L'infidélité, les dames n'aiment pas trop. Elles sont capables de vous arracher la tête !

J'entendis une voiture s'engager dans l'allée et me retournai juste à temps pour voir Cornell garer son pick-up blanc. Comme il poussait le portail du jardin, ses trois filles se précipitèrent vers lui et s'accrochèrent à ses jambes, le chiot bondissant derrière elles comme un ballon de basket. Piaillements et bisous ponctués par les aboiements aigus du chien. Cornell se dégagea et vint vers nous en se passant la main dans les cheveux, rentrant dans son pantalon le pan de chemise que ses filles avaient tiré.

– Salut, p'pa ! lança-t-il avec entrain.

Moi, j'eus droit à un « bonjour » aussi pétillant qu'un gobelet de Coca vieux de deux jours. Je le présentai à Stacey et les deux hommes échangèrent une poignée de main.

– Nous discutions justement de Charisse avec votre père, lui dit Stacey.

Le sujet parut gêner Cornell.

– Justine m'en a parlé. J'ai été désolé de l'apprendre.

– Vous étiez amis ?

– Pas vraiment, mais je la voyais au lycée. C'était avant qu'elle se fasse virer et envoyer à Lockaby.

– Avait-elle un copain ?

– Je ne l'ai jamais connue avec quelqu'un de régulier. Elle est sortie avec une bonne quantité de garçons, plusieurs types de ma classe.

– Là, sur le moment, vous vous rappelez qui ?

Cornell réfléchit brièvement.

– Je dirais Toby Hecht et George Baum. Vous pourriez commencer par eux.

Stacey nota les noms tandis que Cornell vérifiait par-dessus son épaule.

– B-A-U-M, BAUM, pas B-O-M-B.

– Vu. Et comment puis-je contacter ces oiseaux-là ? Ils habitent toujours dans le coin ?

– À votre place, j'essaierais George. Il vend des voitures neuves et d'occase à Blythe. Toby, aucune idée. Ça fait des années que je ne lui ai pas parlé.

Ruel avait suivi la conversation, mais là, il se leva.

– Vous voudrez bien m'excuser, les gars, mais faut que j'aille pisser un coup. Ravi d'avoir causé avec vous.

– Moi de même, lui dit Stacey en se touchant la tête comme s'il portait la main à sa casquette.

Ruel traversa le gazon en direction de la maison et Stacey se tourna vers Cornell.

– Et Wilbur Sanders ? Vous est-il arrivé de le voir avec elle ?

Cornell changea de position. Il fouilla dans sa poche de chemise et en sortit un paquet de cigarettes. Il le tapota pour en prendre une et l'alluma en vérifiant d'un coup d'œil derrière lui que ni Edna ni Ruel ne l'observaient.

– Désolé, mais je ne veux rien dire de mal sur le père de ma femme.

– Nous ne vous demandons pas de nous raconter sa vie. Je suis sûr que c'est quelqu'un de bien.

Cornell parut plus réservé.

– Tout ce que je sais, c'est qu'elle ne veut pas penser du mal de lui, même s'il s'est tiré.

– Bravo. Mais elle ne veut pas penser quoi ? Que Wilbur trompait sa mère ?

– Hé ! J'ai jamais dit ça ! Il n'avait pas la vie facile.

– Vous parlez du fait que Medora buvait ? C'est sûr que ça vous bousille une famille. Seulement, on nous a dit que Charisse s'intéressait tellement aux hommes que nous nous posons forcément la question.

– Je pense vous en avoir assez dit. À votre place, je n'en parlerais pas à Justine. Elle se coince tout de suite.

Sur ce, il écrasa sa cigarette, opposant un mur à toute nouvelle question. Stacey essaya bien d'aborder le sujet par la bande, mais, malgré tous ses efforts, il ne put rien en sortir de plus.

– Comment vous l'expliquez ? demandai-je à Stacey quand il eut repris le volant de sa voiture. C'est de l'obstruction ou je ne m'y connais pas !

Stacey hocha la tête.

– Je n'arrive pas à déterminer s'il mentait et se débrouillait comme un manche ou s'il essayait de ne pas cafter et s'y prenait comme un sagouin.

– Comment aurait-il pu mentir ? Il n'a rien dit !

– Vous devriez peut-être parler à Justine... Vous savez bien, entre femmes.

Je levai les yeux au ciel.

– Riche idée. Comme si elle allait fondre en larmes et se confier à moi !

– Pourquoi pas ? En attendant, on ferait mieux de passer à l'hôpital et voir Dolan. Son premier jour sans cigarette, il doit grimper aux murs.

– Et vous ? Je ne vous ai pas vu allumer votre pipe depuis que vous êtes là.

– J'ai arrêté de fumer. Ça fait partie de mon contrat avec la vie.

L'infirmière du service de cardiologie à qui nous avions eu affaire la veille était de repos et ne reviendrait pas avant trois heures. Nous eûmes beau déployer tout notre charme, l'infirmière de garde, Meredith Snow, refusa toute infraction au règlement. Je m'assis dans la salle d'attente, avec sa table d'angle vide et ses quatre fauteuils capitonnés, cependant que Stacey entrait dans la chambre de Dolan pour les dix minutes de visite réglementaires. En l'absence de magazines, je me changeai les idées en débarrassant le fond de mon sac de tous les petits cheveux et mouchoirs en papier défraîchis qui y traînaient. Ce faisant, je tombai sur l'annuaire de Quorum que je trimbalais depuis plusieurs jours. J'interrompis mon ménage et réfléchis à la bâche. Comment savoir où Ruel avait acheté les siennes ? L'annuaire, liste alphabétique et Pages jaunes comprises, n'excédant pas l'épaisseur d'un modeste livre de poche, je commençai par la rubrique qui s'imposait, « Bâches ». Elle se décomposait en deux sous-titres : « Location » et « Vente ». Je ne voyais pas qui aurait loué une bâche pour envelopper un cadavre, mais on a dû voir plus déconcertant. L'hypothèse de Dolan, qui tablait sur la précipitation et l'improvisation de la part de l'assassin, n'excluait pas la location d'une bâche, peut-être la solution la plus immédiate. Ruel ne louait pas les siennes, mais quelqu'un d'autre aurait pu le faire.

« Bâches-Location » me renvoya à « Location de matériel » et à « Chantiers ». Sur les sept sociétés recensées, quatre proposaient des équipements lourds : monte-charge, élévateurs, outils, pistolets à peinture, échafaudages, générateurs, compresseurs et autres articles du même tonneau. Les trois sociétés restantes étaient spécialisées dans la location de matériel pour réceptions, à savoir tentes et chapiteaux. Je cornai la page avec l'idée de vérifier au besoin.

Une seule société figurait sous « Bâches-Vente », Losange : Toiles tous façonnages. L'encart publicitaire déroulait, en caractères archi-minuscules, la liste de ses produits, à savoir : bitume, treillis, polyéthylène, bâches de halage, polyester enduit de vinyle, plastifié, prélarts, parapluies de soudeur, écrans, couvertures, systèmes roulants, toiles de fond. L'adresse renvoyait à Roberts Street, à une rue de Main Street. Je méditais encore sur cet encart quand Stacey réapparut.

– Vous êtes resté dix minutes ? lui demandai-je en intercalant mon doigt dans l'annuaire pour ne pas perdre ma page. Ça ne m'a pas semblé si long.

– La dame est arrivée avec son matériel pour une prise de sang, du coup j'ai filé sans demander mon reste. (Il avisa l'annuaire.) Saines lectures.

– Justement. Vous y retournez ?

– Vous rigolez ! Il est d'une humeur de dogue. Je savais qu'il allait virer à l'aigre sans sa dose habituelle. Je pense faire un petit tour à Blythe pour voir si je peux mettre la main sur ce Baum. Je ne devrais pas en avoir pour longtemps ; une vingtaine de kilomètres. Vous m'accompagnez ?

– Vous rigolez ! J'essaie une autre piste. Vous me déposez à l'hôtel pour que je prenne la voiture de Dolan ? Si vous en avez fini à midi, on pourrait faire un tour au Burger King du coin et se goinfrer de Whoppers ?

– Excellent programme.

« Losange : Toiles tous façonnages » faisait partie d'un pâté de constructions d'un étage à murs mitoyens, sis entre les 23e et 24e rues. Le périmètre comptait plusieurs entrepôts, un magasin de meubles en gros abandonné et un point de vente de vêtements à prix d'usine. Certains commerces protégeaient leurs vitrines closes avec des antivols, les rares à être encore ouverts semblaient vivre une période de vaches maigres. Losange tranchait sur le lot, sans être à proprement parler un aimant pour le chaland. Les deux téléphones étaient occupés. J'attendis à un bout du comptoir, écoutant machinalement une des employées qui discutait à n'en plus finir de la remise globale sur un chargement de bâches bitumées. La seconde employée termina sa conversation, se leva et disparut par une porte latérale. En attendant qu'on veuille bien s'occuper de moi, je procédai à une inspection visuelle des lieux.

Ils consistaient en une grande salle mal éclairée, deux fois plus longue que large. Deux longues rangées de néons étaient suspendus à un plafond en métal compressé qui surplombait les deux niveaux. À gauche, un escalier en bois ouvragé, peint dans un turquoise déconcertant, conduisait à l'étage en décrivant une courbe. Sur le mur du fond, deux panneaux de dalles de verre laissaient pénétrer une lumière tamisée. Des traces d'humidité salissaient le mur – une vieille fuite dans la plomberie ou alors un trou dans la toiture.

Je pris et étudiai une brochure qui énumérait le nombre de sections, les dimensions de coupe, les codes de produit et le poids de plusieurs bâches de trois cent trente-six grammes, coloris olive. La 50 par 75 nous faisait quarante kilos à l'arrivée – difficile à trimbaler à mon sens. Les bâches marron de deux cent quatre-vingts grammes paraissaient plus légères, mais je craignais déjà qu'elles ne fassent pas autant d'usage.

L'employée numéro deux revint de l'arrière-salle. Elle leva les yeux, m'aperçut et traversa la salle jusqu'au comptoir.

– Puis-je vous renseigner ?

La cinquantaine probable, elle avait l'œil lourd de mascara et des cheveux teints aile-de-corbeau qu'elle ramenait en torsade au sommet du crâne. Elle portait un jean, un sweat-shirt et des boots noirs à talon aiguille. Ses ongles longs à l'ovale parfait étaient vernis en rouge foncé avec une mince ligne blanche en travers de chacun. J'eus une vision fugitive de Iona et me demandai si elle s'était spécialisée dans l'art de la manucure.

– Je sais que ma question va vous paraître bizarre, lui dis-je, mais je vous demande un peu de patience. (Je lui parlai de notre victime inconnue et de la bâche découverte en même temps que son corps. Puis je lui fis un bref résumé des raisons pour lesquelles nous estimions que la victime était originaire de la région et qui nous amenaient à suspecter que le meurtre et/ou l'enlèvement s'était produit dans les parages.) Je continue de penser que si nous pouvions retrouver l'origine de la bâche, ça nous mettrait sur la piste de l'homme que nous recherchons.

– Vous voulez parler de sa profession ?

– En quelque sorte. S'il était peintre en bâtiment ou spécialisé dans les problèmes d'étanchéité…

– Non, pas d'étanchéité, me coupa-t-elle. En général, ces gens-là utilisent un gros rouleau de papier. Il faudrait connaître la matière de la bâche. Vous me parlez de coutil de coton, d'acrylique ou d'un mélange ?

– Honnêtement, je l'ignore. À en juger par cette brochure, vous fabriquez des centaines de bâches et ma question est absurde.

– Pas vraiment. Un grand nombre de nos produits tombent dans d'autre catégories – bâches pour grumes et bâches de halage renforcées d'acier. Je ne pense pas que vous puissiez les confondre avec une toile de protection pour peintre en bâtiment. Elles sont trop grandes. Dommage que vous ne l'ayez pas avec vous. Je pourrais au moins vous dire si elle vient de chez nous.

– Désolée. Elle est aux scellés des pièces à conviction là-haut dans le nord, et sous clé.

– Alors cherchons plutôt comment nous pourrions vous aider. Nos bâches de protection sont pour la plupart standard, encore que nous les produisions en deux épaisseurs, en deux cent vingt-quatre ou deux cent quatre-vingts grammes, en écru. Si je vous montrais des échantillons, seriez-vous capable de faire la différence ?

– Je pourrais toujours essayer.

– Je m'appelle Elfreida.

– Et moi Kinsey. Merci de m'accorder de votre temps.

Je la suivis alors qu'elle sortait de derrière le comptoir et s'avançait en faisant claquer ses talons sur la dalle de ciment jusqu'à une grande table de travail, où deux piles de bâches pliées étaient placées côte à côte. Elle prit une bâche dans chaque pile et les déploya sur la table, les aplatissant de la main comme des draps, pour ôter les faux plis.

– Ça vous dit quelque chose ?

– Celle-là, je crois, lui dis-je en désignant la plus légère.

– Alors, pas de problème. (Elle en souleva un bout et me montra la piqûre au fil rouge, avec un petit carré rouge à l'angle.) Il ne s'agit pas d'une marque de fabrique en soi, mais nous l'apposons sur toute notre production.

– Hé hé ! Je me souviens de ce carré sur notre bâche !

– Pas vraiment un carré, mais un losange.

– Votre raison sociale, lui dis-je.

Elle me sourit.

– Évidemment, ça ne vous dit pas où on l'a achetée. Peut-être à Quorum, mais n'importe où aussi. Le problème, c'est que nous fournissons les entreprises de peinture et les quincailleries de tout le pays, plus des diffuseurs comme Target et Kmart. Vous ne trouverez jamais le revendeur. Nous ne référençons pas ce genre d'articles.

– Qui les achète ?

– Surtout des peintres en bâtiment. Le bricoleur moyen achète en général une bâche en plastique qu'il peut jeter quand il a terminé. Ça simplifie la vie. On la jette à la poubelle et on n'y pense plus. En revanche, si vous travaillez pour des commerces ou des résidences, il vous faut un produit réutilisable. Ceux-là sont costauds. Ils vous font des années. (Elle continua à discuter, mais je me retrouvais en train de buter contre cette histoire d'entreprise de peinture en bâtiment. Où diable étais-je déjà tombée dessus ? J'étais certaine de l'avoir vu mentionnée dans un rapport du shérif du comté.) Hé ! je vous ai perdue en cours de route ? me lança-t-elle.

– Pardonnez-moi. Non, ça va. Je me rappelais simplement avoir vu mentionné un peintre en bâtiment. Il va falloir que je vérifie. Merci mille fois. Vous n'imaginez pas comme vous m'avez aidée !

CHAPITRE 20

Après avoir quitté Losange, je regagnai le motel. Le chariot de nettoyage stationnait dans le couloir devant ma chambre. La femme de ménage avait enlevé mes draps et coincé la porte avec une pile de linge sale. Je jetai un coup d'œil à l'intérieur en essayant de deviner où elle en était de ses activités : elle avait aéré mon matelas garni d'une alèse en plastique et posé une pile de draps propres au pied du lit. Je l'entendis dans la salle de bains avec sa radio portable branchée sur une station en espagnol. Sur la table de chevet, la touche « messages » de mon téléphone clignotait. Bruit de chasse d'eau et la femme de chambre apparut avec une serviette humide sur le bras. Elle trimbalait toute sa panoplie de produits de ménage.

– Oh, bonjour ! lui dis-je. Désolée de vous déranger. Vous en avez encore pour longtemps ?

Elle me sourit de toutes ses dents et hocha la tête.

– *Oké. Sí. Un momento.*

– Je repasserai, lui dis-je.

Je traversai le parking et entrai dans le bureau.

La réceptionniste était perchée sur son tabouret pivotant, mâchant toujours son bubble gum, jupe relevée jusqu'au nombril, agitant un pied tout en épluchant les pages intérieures du *National Inquirer*.

– Ma touche « messages » clignote. Pouvez-vous me dire qui a appelé ?

– Comment le saurais-je ? Décrochez et faites le 6.

– La femme de ménage est dans ma chambre et c'est pourquoi je vous pose la question.

Au regard qu'elle m'adressa, je sentis que j'abusais.

– Quelle chambre ?

– La 125.

Avec une lenteur exagérée, elle repoussa le journal, pivota sur son tabouret afin de faire face à son ordinateur, pianota sur le clavier et lut l'écran. Elle mâchouilla son chewing-gum pendant une seconde et son visage s'illumina.

– Oh ! Mais oui ! J'y suis ! Vous avez eu un appel d'un dentiste, le Dr Spears. Vous avez des problèmes avec vos dents ?

– Il a laissé un numéro ?

Elle fit une bulle et la ramena dans sa bouche avec la pointe de sa langue, attendant de la faire éclater une fois ses lèvres refermées.

– Oui, mais je n'ai pas pris la peine de le noter. Il est dans l'annuaire.

– Quand vous avez pris ce boulot, on vous a formée ?

Elle s'arrêter de mastiquer.

– Formée à quoi ?

– Aux tâches élémentaires du travail d'employée : téléphone, bonnes manières, ce genre de choses ?

– Vous rigolez ? Vous savez combien on me paie ? Le minimum. Trois dollars trente-cinq de l'heure ! Et puis, je m'en branle des bonnes manières. C'est mon oncle qui est le proprio. Je m'appelle Geraldine, au cas où vous voudriez vous plaindre.

Je laissai tomber.

Je sortis du bureau et tournai à droite, vers les téléphones publics que j'avais vus près du distributeur de glaçons. J'ouvris mon sac, en sortis l'annuaire de Quorum et une poignée de monnaie. Je cherchai le numéro du dentiste et le composai, le combiné coincé entre mon épaule et ma tête, pendant que je rangeais l'annuaire dans mon sac. Mme Gary décrocha.

– Bonjour, madame Gary, Kinsey Millhone à l'appareil, lui dis-je. Ne me dites pas que vous travaillez le samedi !

– Je mets simplement à jour les feuilles d'assurance. C'est à peu près le seul moment où je puisse le faire.

– Le Dr Spears m'a laissé un message. Serait-il là par hasard ?

– Il est parti jouer au golf, mais je peux vous donner la raison de son appel. Il a retrouvé la fiche dentaire que vous lui aviez demandée. Je l'ai juste là sur mon bureau.

– Dites-lui que je l'aime.

– Il en sera tout chaviré ! me renvoya-t-elle.

J'éclatai de rire.

– Puis-je vous demander un service ? Pourriez-vous la glisser dans une enveloppe ordinaire et l'envoyer au sergent-inspecteur Joe Mandel, au bureau du shérif du comté de Santa Teresa ? Il en parlera à l'odontologiste du service médico-légal et ils aviseront.

Je lui donnai l'adresse et me perdis en remerciements à son égard et à celui du Dr Spears. Je raccrochai et adressai au ciel des prières courtes, mais ferventes.

Je devais avoir la foi et croire que la comparaison des archives du Dr Spears avec le maxillaire et la mandibule de l'inconnue confirmerait qu'il s'agissait bien de Charisse Quinn. Pourtant, je ne l'ignorais pas, ce type de documents ne permettait pas toujours d'en avoir le cœur net. Un schéma comporte parfois des erreurs, ou est incomplet si les détails des soins antérieurs ou ultérieurs n'y figurent pas pour une raison quelconque. Il faudrait peut-être des semaines, mais, une fois l'identité confirmée, la police pourrait remonter jusqu'aux parents génétiques de Charisse dans les dossiers des services sociaux du comté de Riverside. En attendant, je me sentais des ailes. En dépit des vents contraires, nous avancions, semblait-il.

Quand je regagnai ma chambre, ma porte était fermée et le chariot de la femme de chambre plus loin dans le couloir. J'entrai et expédiai mon sac et mon blouson sur le lit. Je récupérai mon sac de voyage dans la penderie et le posai sur le bureau pour chercher ma photocopie du dossier de police. Je m'assis et l'étudiai page par page. Je savais ce que je cherchais, mais pas où je mettrais le doigt dessus. Vingt pages plus loin, je tombai sur le procès-verbal, daté du 1er août 1969, de l'arrestation de Frankie Miracle, qui avait déclaré à l'adjoint être domicilié à Blythe, Californie. Aucune mention de Venice, lieu du meurtre. Comme profession, il avait indiqué homme à tout faire/auxiliaire. Comme employeur, il avait cité Lennie Root, R & R Peinture, avec une adresse et un numéro de téléphone à Hazelwood Springs. Je cornai la page et poursuivis mes recherches. L'appel téléphonique imputé à la mère de Charisse, auquel Stacey avait fait allusion, m'intriguait.

Cinquante pages plus loin, je découvris le relevé du 9-8-69/ 1400 h env., dans lequel l'inspecteur Joe Mandel faisait état d'un appel qu'il avait reçu de l'antenne du bureau du shérif du comté de Riverside à Quorum. Un certain inspecteur Orbison avait contacté l'antenne de Lompoc, en réponse au télétype relatif à la victime d'un homicide non identifiée ; son signalement coïncidait avec celui d'une mineure du nom de Charisse Quinn, dont on avait déclaré la disparition. Elle avait quitté son domicile le 27 juillet. Le bureau du shérif du comté de Riverside indiquait comme date de naissance le 10-4-52. Taille : 1 m 60 ; poids : 54 kilos. Cheveux blonds, yeux bleus, oreilles percées, travaux dentaires importants. Elle était placée chez Medora Sanders, à l'adresse où je m'étais entretenue avec celle-ci. D'après Orbison, Medora était venue remplir la déclaration de disparition dans la matinée du 9 août.

Après l'appel d'Orbison, Mandel avait tenté à deux reprises de contacter Medora, sans succès. Puis le 11-8-69 à 1855 h env., le BSCR avait rappelé pour informer Mandel qu'ils avaient reçu un appel téléphonique d'une femme qui déclarait avoir une fille du nom de Charisse Quinn, qu'on croyait, si elle avait bien compris, avoir été victime d'un meurtre. Elle tenait à les informer que sa fille était rentrée à la maison et qu'elle allait bien. Elle avait donné à l'adjoint du shérif un numéro de téléphone où la joindre, numéro qu'Orbison avait transmis à Mandel. Dans son rapport dactylographié, Mandel disait avoir essayé de la contacter, mais le numéro était signalé comme non attribué. Rien n'indiquait qu'il ait essayé de retrouver la personne en question. Je continuai de feuilleter le dossier, mais sans trouver de référence à Medora ou à Charisse. Je pris quelques notes, puis je restai là, à réfléchir, jouant machinalement avec mes fiches, les alignant au hasard.

C'était curieux de voir les données ainsi en vis-à-vis. Quand Dolan m'avait remis une photocopie du dossier, j'avais lu ces même rapports, dont beaucoup plusieurs fois. Celui sur la fille disparue n'avait représenté qu'un élément parmi d'autres qui ne signifiaient rien sortis du contexte présent. Le nom lui-même n'avait pris de l'importance que lorsque Stacey s'en était souvenu. De même pour la localité où Frankie Miracle avait déclaré travailler. Lors des lectures antérieures, ce détail avait paru anodin. Maintenant, il paraissait bondir de la feuille.

Trois points me frappèrent.

Un : la déclaration de disparition. Medora n'avait pas réagi aussi vite qu'elle avait bien voulu me le faire croire. À l'entendre, elle s'était rendue droit à la police, alors qu'en réalité elle avait attendu une semaine. Il faudrait aller lui demander les raisons de ce délai.

Deux : son départ de Quorum, le 27 juillet, mettait Charisse sur la trajectoire de Frankie Miracle après l'assassinat de Cathy Lee Pearse, le 29 juillet. Je ne voyais toujours pas comment la Mustang avait atterri à Lompoc, à moins que Charisse ne l'ait elle-même volée. Même si Medora m'avait affirmé qu'elle n'avait pas son permis, elle savait peut-être conduire. Et avait donc pu aller jusqu'à Lompoc, abandonner le véhicule, et essayer, à partir de là, de faire de l'auto-stop.

Trois : qui avait téléphoné en se faisant passer pour la mère de Charisse ? Admettons que Frankie ait eu un lien quelconque avec le meurtre de Charisse : Iona pouvait avoir passé l'appel pour le couvrir. Le 11 août, date de l'appel, le corps de Charisse avait été découvert et on s'employait déjà à déterminer son identité. Faire savoir que la fille disparue était rentrée chez elle exonérait Frankie. L'appel semblait avoir bel et bien ôté du circuit le nom de Charisse.

Je rangeai le dossier et mes fiches dans le tiroir du bureau et sortis mon précieux annuaire demi-portion, qui couvrait Quorum, Blythe, Mesa Verde, Hazelwood Springs, Palo Verde, Ripley, Creosote, plus huit localités de l'Arizona. Un bref examen des Pages jaunes me donna la liste des entreprises de peinture en bâtiment. À en croire son encart publicitaire, Lennie Root, R & R Peinture, était spécialisé dans la peinture de pavillons, mais aussi de résidences en copropriété, appartements et panneaux publicitaires. La société était agréée par les assurances, inscrite au registre du commerce de l'État et promettait des prix raisonnables, l'exécution rapide des travaux et des devis gratuits. Il y avait un numéro de téléphone, mais pas d'adresse ; autrement dit, il travaillait chez lui avec un répondeur. Je cherchai dans les Pages blanches à « Root », et le trouvai, bien entendu. Ces petites agglomérations, où on accédait aisément aux habitants, commençaient à me plaire. La paranoïa des grandes villes, avec leurs listes rouges, réussissait seulement à me compliquer la vie. D'accord, je savais où chercher un renseignement, mais cela demandait du temps. Je pris mon sac et mon blouson et montai en voiture.

Quand j'arrivai au Burger King à midi et quart, la voiture de Stacey stationnait déjà dans le parking sur le côté. J'entrai et scrutai la foule jusqu'au moment où je le repérai à une table au bout de la salle. Même là, on n'échappait pas aux décorations de Pâques : œufs et lapins gigantesques en carton. Stacey agita la main dès qu'il m'aperçut.

Je me glissai en face de lui.

– Pardon de vous avoir fait attendre.

– Qui parle d'attendre ? J'ai déjà pris un Whopper et une frite.

– Félicitations. J'espère que ça ne vous ennuie pas si je m'installe avec vous pour grignoter un petit quelque chose ?

– Oh, je vais remettre ça. Le Whopper était bon, mais je ne me sens pas repu. J'ai réfléchi : si nous faisions une étude comparée – purement scientifique – entre Whopper et Big Mac, histoire de voir celui que nous préférons ? Ou un échantillonnage vertical au MacDo : hamburger, cheeseburger, Royal au fromage et Big Mac ? Qu'en pensez-vous ?

– Ne bougez pas. J'y vais. Vous voulez un Coca avec votre Whopper ?

– J'aimerais autant un milk-shake au chocolat.

Pendant le déjeuner (mon premier à moi, son second à lui), je l'informai des derniers développements de l'affaire : ma visite au magasin de bâches et mon examen du dossier de police faisant état de Lennie Root.

– Comment s'est passé votre entretien avec George Baum ?

– Assommant, me répondit-il. Le vendeur dans toute son horreur : dents à pivot et charme de commande. Il a essayé de me refiler une BMW, mais j'ai refusé tout net. En revanche, quand je lui ai posé des question sur Charisse, il a pris la tangente. Il se croyait fin renard ; comme si j'étais tombé de la dernière pluie ! À mon avis, il l'a baisée, mais maintenant qu'il sait qu'on l'a tuée, il tient à prendre ses distances. Il a failli faire dans son froc quand je lui ai dit comment j'avais eu son nom ! Il s'est mis en quatre pour détourner mon attention de lui et du coup, il m'a filé une information qui ne manquera pas de vous intéresser : il m'a sorti que Charisse et la sœur de Cornell étaient comme cul et chemise !

– Ça, c'est une première !

– N'est-ce pas ? Il dit qu'il les voyait toujours ensemble aux quatre coins de la ville. Il jure que Charisse en pinçait pour Cornell et qu'elle faisait de la lèche à Adrianne pour se rapprocher de lui.

– Si bien qu'on se demande pourquoi Adrianne n'a pas dit ce qu'elle avait sur le cœur. Cornell, à l'entendre, connaissait à peine Charisse. C'est en tout cas l'impression que m'en a donné Justine.

– Pourquoi ne pas avoir une petite discussion au moins avec Adrianne, sinon avec les deux autres ?

– Vous vous en chargez pendant que je m'occupe de l'entrepreneur ?

– J'aimerais autant que vous fassiez les deux. Je commence à me sentir à plat. Un petit somme ne sera pas de trop. Dès que vous aurez fini, arrêtez-vous au motel. Je serai debout et sinon, n'hésitez pas à me réveiller. Nous retournerons à l'hôpital pour mettre Dolan au parfum.

Après avoir pris congé de Stacey, je restai un moment dans ma voiture, ne sachant trop par qui commencer. Pour l'instant, ce qu'Adrianne aurait à me dire sur son amitié avec Charisse m'intéressait nettement plus qu'interroger Justine, Cornell ou l'entrepreneur. Toutefois, l'annuaire me révéla l'existence de huit « Richards », et Adrianne ne semblait pas en faire partie. J'ignorais complètement le nom de son mari. Comme on était samedi, je savais que je ne la trouverais pas à l'école. *Quelle poisse !* Ça revenait à jouer à pile ou face l'entrepreneur et les McPhee juniors. Là encore, toujours d'après l'annuaire, je ne me trouvais qu'à quatre rues de chez Cornell et Justine, qui gagnèrent donc par défaut.

Leur maison se révéla être une construction à pans de bois jaune fluo, avec des fenêtres à meneaux en forme de losange, flanquées de persiennes vertes. Des géraniums roses garnissaient des jardinières sur le devant. Une clôture blanche à deux barres transversales entourait le jardin. Le garage était ouvert et j'aperçus la jeune Cissy âgée de six printemps et ses deux grandes sœurs agglutinées autour de l'établi de Cornell.

Je me garai sur le devant et m'approchai, remontant l'allée où des bicyclettes gisaient en tas. Cornell leva les yeux et me salua sans interrompre ce qu'il faisait.

– Tiens donc, comment allez-vous ?

– Très bien. Vous faites une niche ?

– Gagné et j'aurai fini dès que j'aurai posé le toit. Les petites ont tout préparé pour la peindre. Vous connaissez mes filles ?

– J'ai rencontré Cissy jeudi. Et je les ai vues toutes les trois chez vos parents ce matin.

– Oh, c'est vrai. Vous êtes passée. Je vous présente Amelia et Mary Francis.

– Bonjour ! leur lançai-je. (J'aurais été incapable de dire qui était qui, mais quelle importance ? De toute façon la plupart des enfants me paraissent interchangeables.) Justine est là ?

– Elle fait la lessive. Vous pouvez passer par là. La buanderie est juste après la porte. Cissy, si tu lui montrais le chemin.

J'hésitai, tentée de lui poser des questions sur Charisse avant d'aborder le sujet avec Justine, mais la présence des enfants m'en dissuada. Cissy me tirant par la main, je me laissai conduire jusqu'à l'arrière du garage et dans la buanderie. Elle fila retrouver son père et ses travaux de bricolage du samedi matin.

Je trouvai Justine en pleine activité, en survêtement vert olive. Elle me tournait le dos et bourrait la machine à laver de chemises de travail et de jeans pleins de cambouis. À côté d'elle, le sèche-linge tournait déjà, remplissant la pièce d'une chaleur humide et odorante, tandis que la boucle d'un vêtement cliquetai obstinément dans le tambour.

– J'espère que vous ne m'en voudrez pas d'arriver comme ça à l'improviste.

Elle sauta en l'air en poussant un petit cri.

– Bon sang ! Vous m'avez fait une peur bleue ! Je ne vous ai pas entendue entrer.

– Désolée. Je ne voulais pas arriver sans me faire annoncer, mais Cornell m'a dit de passer par là. Il a dû penser que vous ne m'auriez jamais entendue si j'avais sonné à la porte d'entrée.

– Que fichez-vous ici ?

– Comme d'habitude. Je fourre mon nez partout. Ça vous ennuie qu'on discute ?

– Je vous ai déjà dit tout ce que je savais.

– Permettez-moi d'insister, d'accord ?

Elle contempla le sol, maîtrisant son exaspération, mais je la vis capituler, quoique à contrecœur.

– Je finis ça et nous irons dans la cuisine.

Elle fit un dernier chargement avec les vêtements restants, ajouta de la lessive liquide et de l'eau de Javel, puis elle ferma le couvercle et régla le programme. Elle appuya sur le bouton de démarrage. Ensuite elle se lava les mains à l'évier de la buanderie et les essuya à une serviette de toilette qu'elle récupéra dans une pile de linge sale.

Je la suivis dans la cuisine qui était immaculée et ne ressemblait en rien à celle de la maison de sa mère, miteuse et bourrée de bric-à-brac. Comment les femmes encombrées de marmots hyperactifs s'y prennent-elles pour garder un intérieur où rien ne traîne ? Elle me proposa un café, probablement pour se faire pardonner sa mauvaise humeur. J'acceptai, avec l'idée de faire durer la visite. Elle me servit une tasse et la mit à chauffer dans le micro-ondes. Elle n'était pas jolie. Il y avait chez elle quelque chose de las, comme si ses réserves vitales étaient épuisées depuis longtemps, la laissant comme vidée et exsangue. Le survêtement vert accentuait la couleur de ses yeux, mais même. Le micro-ondes sonna, elle en retira la tasse.

Lorsqu'elle la posa devant moi, du café déborda. Elle me tendit une serviette en papier.

– Cherchez-vous quelque chose de précis ? Nous n'avons pas encore déjeuné. Il faut que j'aille acheter du pain au supermarché.

– Ça ne prendra pas longtemps, lui dis-je en épongeant activement le café répandu. (Je décidai de biaiser pour aborder le sujet d'Adrianne et de Charisse.) Avez-vous eu l'occasion de parler à Cornell ?

– De quoi ?

– Vous aviez peur qu'il soit fâché si vous me parliez.

– Il s'est calmé. Il m'a dit qu'il vous avait vue chez son père et je suppose que tout est oublié. Vous avez de la veine ! ajouta-t-elle.

Elle apporta du sucre, de la crème et du lait sur la table, puis elle s'assit, glissant ses mains sous ses cuisses.

– C'est parce que l'inspecteur Oliphant était là. Le courant est passé entre Ruel et lui. Vous connaissez Stacey ?

Elle hocha la tête.

– J'ai entendu dire qu'il y avait un autre inspecteur en ville, mais je ne l'ai pas encore rencontré. Pourtant ils interrogent tout le monde, me dit-elle.

– Tout à fait. Ils prennent cette histoire très à cœur.

– Eh bien, tant mieux, quoique je ne voie pas pourquoi au bout de tout ce temps.

– Les policiers sont de drôles d'oiseaux. Ils ne renoncent jamais vraiment. Ils se contentent d'attendre.

– Écoutez, je ne voudrais pas être malpolie, mais il faut vraiment que je file. Les enfants vont devenir intenables.

– Excusez-moi, j'en viens à ce qui m'amène. Ce matin, quand Stacey lui a parlé, Cornell a fait allusion à un de vos camarades de lycée : George Baum.

– Sûr que je connais George. Pourquoi a-t-il parlé de lui ?

– Cornell semble croire qu'il fréquentait Charisse.

– « Fréquentait » ?

– Façon délicate de dire qu'il la baisait.

– N'importe quoi ! Bien sûr que non. George avait une copine, une pom-pom-girl, une certaine Swoozie Franks. Ils sont sortis ensemble pendant des années, au moins depuis le collège. Ils se sont mariés un mois après leur diplôme de fin d'études.

– Swoozie ?

– C'était un surnom. J'ai oublié le vrai.

– Peut-être que ladite Swoozie ne voulait pas coucher et que George a cherché du réconfort auprès de Charisse.

Justine fit la grimace.

– Plutôt tordu, comme idée.

– Pourquoi ? Vous n'avez pas cessé de me dire que c'était une vraie traînée.

– Mon Dieu, oui, mais je ne peux pas croire que George ait fait une chose pareille. Il l'a reconnu ?

– Pas pour l'instant à ma connaissance. Par contre, il a dit à Stacey que Charisse et Adrianne étaient très amies. Je me suis demandé pourquoi personne ne nous l'a dit.

– Mais c'est faux ! Pourquoi aurait-il inventé ça ? Il est cinglé !

– Je ne sais pas, Justine, lui dis-je d'un ton dubitatif. D'après lui, Charisse s'était amourachée de Cornell et copinait avec Adrianne pour l'approcher. Curieux qu'Adrianne n'en ait pas parlé spontanément en apprenant la mort de Charisse.

– Vous disiez que vous n'étiez même pas certaine qu'il s'agisse d'elle !

– Ma foi, l'identification n'est pas sûre à cent pour cent, mais nous avons maintenant sa fiche dentaire et nous approchons du but. Je l'aurais bien dit ce matin, mais je n'ai pas jugé utile de le faire devant le groupe de la paroisse d'Edna. De plus, c'était la première fois que je comprenais qui était Adrianne. Vous imaginez mon étonnement. Je la vois au lycée de Quorum, je découvre qu'elle est la sœur de Cornell et j'apprends ensuite que Charisse et elle étaient intimes !

– Absolument pas ! George ne sait pas ce qu'il dit. Les copains de Charisse étaient une bande de paumés de Lockaby. Plus dans son genre à elle.

– D'après votre mère, c'était une vraie plaie et elle voulait sortir avec vous deux.

– Nous l'emmenions quelquefois, mais elle était pénible.

– Vous saviez que Charisse en pinçait pour lui ?

– Je vous en prie !

– Pourquoi George nous mentirait-il ?

– Je n'ai pas dit qu'il mentait. Seulement qu'il n'avait rien compris. Ce mec est un crétin. En plus, même si elle s'était amourachée de Cornell, ç'aurait changé quoi ? Des tas de filles ont des coups de cœur. C'était le garçon le plus populaire de notre classe au lycée.

– Et comment le preniez-vous ? Ça vous agaçait ?

– Je savais qu'on finirait ensemble. Alors pourquoi me faire du souci ?

– Je veux dire Charisse, en particulier.

– C'était une rien du tout. Une traînée. Je m'en fichais royalement.

– Dites donc, vous m'en bouchez un coin ! Moi, quand j'étais au lycée, je n'avais aucune confiance en moi. Vous deviez être rudement sûre de vous !

– Je ne dirais pas ça. Simplement, c'était écrit. À la seconde où j'ai vu Cornell, je l'ai su. On était encore à l'école primaire. Nous sommes allés dans des collèges différents et nous avons renoué au lycée, en terminale.

– Le coup de foudre, en somme.

– Comme vous dites.

– Non, vraiment... Ça n'avait pas d'importance que Charisse et Adrianne soient amies... Je veux dire, pour vous ?

– Charisse pouvait faire ce qui lui chantait. Moi, ce n'était pas mes oignons.

Elle jeta un coup d'œil à sa montre, me faisant comprendre qu'on s'en tiendrait là. Vu son art du non-dit, elle aurait pu être psy.

Je la retins d'un geste.

– Une dernière chose encore et je vous libère. Vous ne trouvez pas curieux que votre père ait disparu à peu près en même temps qu'elle ?

Elle me dévisagea d'un air ahuri.

– Je ne vois pas ce que vous voulez dire.

– Allons, Justine ! Vous n'êtes pas tombée de la dernière pluie.

– Vous insinuez qu'ils se seraient barrés... ensemble ?

– L'idée ne vous a jamais traversé l'esprit ?

– Bien sûr que non ! Papa est parti en juin. Elle est restée des mois chez nous après.

– Jusqu'à la fin juillet seulement pour être exact. Soit six semaines tout au plus. Et s'ils avaient eu une liaison ?

Justine se mit à rire.

– C'est franchement ignoble ! Je n'aime déjà pas penser qu'il a eu des rapports sexuels avec ma mère, alors avec une salope comme elle... C'est répugnant !

– Répugnant pour vous peut-être, mais dans les annales de l'histoire humaine, ce ne serait pas vraiment une première. J'ai dit la même chose à votre mère. Charisse était de mœurs faciles. Pourquoi pas lui ?

Justine pinça résolument ses lèvres, les yeux fixés au sol. Elle coinça d'une main nerveuse une mèche de cheveux filasse derrière son oreille.

– Écoutez, lui dis-je. Je n'affirme rien. Personne n'a de preuve. Ce sont de simples spéculations.

– De mauvais goût, me renvoya-t-elle.

Elle se leva.

– Je ne veux pas vous retenir, lui dis-je. Je devrais peut-être en discuter un peu avec Cornell.

– Je suis sûre que ça ne l'intéresse pas.

– Il n'a pas paru hostile à ce que je vous pose des questions.

– Par politesse.

– Une qualité que j'ai toujours admirée chez un homme. N'importe, inutile de vous tracasser car j'ai autre chose à faire maintenant. Le devoir m'appelle.

Sur ma carte de Californie, Hazelwood Springs était un point minuscule sur l'A78, à trente kilomètres au sud de Quorum. La localité se révéla si modeste que je la traversai sans m'en apercevoir. Je fis un demi-tour en trois manœuvres, dans la première allée qui s'y prêtait, et rebroussai chemin. L'agglomération comprenait en tout et pour tout une supérette, deux rues transversales, un semis de maisons et une station-service à deux pompes d'un autre âge, de celles où un gars se propulse vers vous, vous remplit votre réservoir, vous nettoie le pare-brise et échange quelques mots avec vous. Au final, je fis un autre plein de vingt dollars d'essence dans le paquebot de Dolan, mais le pompiste eut la bonté de me montrer où habitait Lennie Root, soit juste de l'autre côté de la route.

La petite maison en bardeaux blancs de Lennie Root reposait sur des plots en mâchefer brut, lui offrant ainsi un espace où ranger son matériel hétéroclite de peintre. Une plaque en céramique fleurie, fixée à l'encadrement en bois surmontant la porte d'entrée, annonçait : LES ROOT, MYRA ET LENNIE.

Lennie répondit à mes petits coups à la porte. C'était un homme d'une soixantaine d'années au visage étroit et tombant, marqué par de lourdes poches sous les yeux. De minuscules éclaboussures de peinture rouge séchée mouchetaient sa tignasse grise. Sur son pantalon de toile et son T-shirt blanc, il avait noué un tablier qui lui arrivait aux chevilles. Il tenait une chemise blanche froissée dans sa main comme un matou qu'il aurait saisi par la peau du cou avec l'intention de l'éjecter.

– Monsieur Root? Je m'appelle Kinsey Millhone. J'aimerais vous poser quelques questions sur un de vos anciens employés. Vous souvenez-vous de Frankie Miracle?

– Pourquoi ça vous intéresse? Parce que si vous travaillez pour la Sécu ou le service d'assurances des handicapés, je tiens à ce que vous le notiez : c'était une blessure bidon!

– Je ne viens pas pour ça. En fait, je suis détective privé à Santa Teresa et je reprends une enquête pour homicide. Les faits remontent à août 69. Frankie dit avoir travaillé pour vous peu de temps avant.

Il cligna des yeux.

– Vous vous y connaissez en repassage?

– En repassage?

– Ma femme est partie chez sa mère jusqu'à lundi prochain et je dois dîner ce soir chez ma fille. Il faut que je repasse cette chemise, mais je ne sais pas comment m'y prendre. Ma femme commence toujours par les mouiller et elle les roule après, mais je n'ai jamais fait attention à la suite. Vous me montrez comment on fait et je vous dis tout ce que vous voulez savoir.

J'éclatai de rire.

– Monsieur Root, c'est votre jour de chance! Marché conclu.

Il me tendit sa chemise, je le suivis à travers un séjour modeste jusqu'à la cuisine, au fond de la maison. De la vaisselle sale s'empilait dans l'évier, un excédent de verres, plats et assiettes encombrait le plan de travail. Sur la table du petit-déjeuner, du linge fraîchement lavé s'empilait dans une grande panière en plastique aux bords ébréchés. La porte de l'office était ouverte et Lennie traversa la cuisine pour récupérer une planche à repasser recouverte d'une housse matelassée à fleurs et aux pieds en métal abîmés. Lorsqu'il la déplia, le métal grinça; on aurait dit l'appel d'un oiseau exotique à la saison des amours. Il brancha le fer. Je mis le thermostat sur « coton » et attendis que le fer chauffe.

– Ma tante Gin m'a appris la technique quand j'avais sept ans, lui dis-je. Surtout parce qu'elle détestait repasser. (Je me léchai l'index et effleurai la semelle brûlante, qui émit un crachouillis.) Et maintenant, regardez un peu.

Je pris la chemise humide par l'empiècement, la tenant à deux mains, et tirai d'un coup sec pour déplisser les coutures.

– On commence par là ?

– Sauf si votre chemise n'a pas d'empiècement. Dans ce cas-là, vous démarrez avec le col.

Je plaçai la chemise sur la planche et lui expliquai la stratégie : l'empiècement, le col, puis les poignets, les deux manches, et enfin le corps du vêtement.

Il me regarda avec attention jusqu'à ce que j'aie fini et boutonné la chemise sur un cintre. Je pêchai une deuxième chemise dans la panière et l'enjoignis de se faire la main. Il s'exécuta, lentement et avec un peu de maladresse, mais obtint un résultat convenable pour un premier essai. Il parut content de lui et je l'imaginai liquider toute la panière de repassage dans l'après-midi. Il débrancha le fer, écarta la panière et me fit signe de prendre une chaise.

– Alors, me dit-il dès que nous fûmes assis. Que puis-je vous dire sur Frankie, à part que c'est le plus grand connard que la terre ait porté ?

– Combien de temps a-t-il travaillé pour vous ?

– Six mois. Bourré la plupart du temps, incompétent sinon.

– C'est vous ou votre associé qui l'aviez engagé ?

– Je n'ai pas d'associé.

– Votre entreprise s'appelle bien R & R Peinture ? Je pensais que c'était votre frère, votre fils ou votre père.

– Non, non, c'est juste moi. J'ai mis l'autre R pour rassurer la clientèle. Avec un seul bonhomme, les gens ont peur que l'entreprise manque de main d'œuvre pour effectuer les travaux. Comme ça, je donne le devis, je fais signer le contrat et quand ils s'aperçoivent que je suis tout seul, à eux de se faire une raison. Je suis rapide, je fais les choses à fond et le travail est soigné.

– Comment se fait-il que vous ayez engagé Frankie?

– Pour rendre service à quelqu'un. L'erreur de ma vie! Le gars connaissait le frère de Frankie et m'a demandé si je pouvais lui donner du travail. Il sortait de prison et personne ne voulait lui donner sa chance. C'est pas que ça m'emballait, mais je venais de prendre une grosse commande et il me fallait absolument de l'aide.

– C'était en quelle année?

– Entre Noël 68 et l'été 69. Il affirmait avoir de l'expérience, mais c'était du boniment. J'ai jamais eu des nullités pareilles, lui et son foutu copain. Étonnez-vous que la prison ait mauvaise réputation!

– Quel copain?

– Clifton. Une armoire à glace. Il avait un drôle de prénom...

– Pudgie.

Lennie braqua son doigt sur moi.

– Tout juste!

– Je n'avais pas compris que Frankie et Pudgie étaient si copains à l'époque.

– En tout cas quand ils ont travaillé pour moi.

Une information en or qui nous tombait du ciel! J'aurais donné n'importe quoi pour en faire part à Stacey, même si pour l'instant j'ignorais sa portée, à supposer qu'elle en eût une.

– D'après ce que vous m'avez dit tout à l'heure, j'en déduis que Frankie aurait déclaré un accident du travail et demandé à être indemnisé?

– Il a prétendu être tombé d'un échafaudage, mais il travaillait seul à ce moment-là et c'est une pure invention. On m'a fait part de sa déclaration et tout ce que je sais ensuite, c'est qu'il était de nouveau en taule, cette fois pour meurtre. C'est l'homicide dont vous parliez?

– Celui-là, c'est le second, une jeune fille poignardée à mort à quelques jours du premier. On s'est débarrassé du corps à Lompoc, où il avait été arrêté. Vous rappelez-vous quand il a cessé de travailler pour vous?

– En juin. Je le sais parce que notre vingt-cinquième anniversaire de mariage, à Myra et moi, tombait le 15 et qu'il était déjà parti.

– Comment a-t-il atterri à Venice ?

– À ce qu'on m'a dit, il avait trouvé un emploi à Blythe, un emploi de paysagiste... Autrement dit, un adulte qui vous tond l'herbe au salaire minimum. Il a rencontré une gamine de seize ans et trois semaines après, nos tourtereaux convolaient ! Comme il s'était fait virer de son boulot, ils sont montés à Venice, où il a effectué des travaux de peinture pour un copain.

– Je vois.

– Pour l'autre homicide dont vous parliez, on le soupçonne aussi ?

– Disons les choses ainsi. La police l'a dans le collimateur et s'est penchée de très près sur le dossier. Malheureusement, pour l'instant, il n'y a aucune preuve qu'il ait même connu la victime, et rien qui permette d'établir un lien entre le meurtre et lui.

– Comment avez-vous abouti chez moi ?

– Une bâche trouvée sur le lieu du crime a été fabriquée par la société Losange à Quorum. Je viens de passer chez eux, et j'examinais leurs produits quand je me suis rappelé que le procès-verbal de son arrestation mentionnait une entreprise de peinture. Il vous citait comme étant son employeur.

– Attendez, il y avait beau temps qu'il s'était tiré ! Moi, j'étais prêt à le virer avec un coup de pied aux fesses s'il n'avait pas démissionné et je suis sûr qu'il le savait. Peu de temps après, le chantier sur lequel je travaillais a capoté et je me suis retrouvé le bec dans l'eau. Ç'a été une sale année pour moi.

– Je ne pense pas que vous reconnaîtriez la bâche ?

– Je devrais. J'utilise les mêmes depuis des années. Je les achète à Quorum, à la quincaillerie de Main Street. Vous l'avez avec vous ?

– Non, et je le regrette. Elle se trouve aux scellés du bureau du shérif du comté de Santa Teresa.

– Demandez-leur de vérifier les taches de peinture. À l'époque où Frankie travaillait pour moi, la seule couleur de peinture de revêtement qu'on utilisait s'appelait « sable du désert ». J'ai oublié la marque... Très vraisemblablement Porter, ou alors Glidden. Si la peinture correspond, ça pourrait vous aider à faire le rapprochement avec lui. Je serais prêt à témoigner.

– Merci. Vous m'épatez. Quelle mémoire !

– Ce « sable du désert » m'a porté la poisse. Le plus gros chantier que j'ai jamais obtenu. En tout cas, jusqu'à ce jour. Je me serais fait un joli pactole si les promoteurs n'avaient pas bu la tasse.

Je sentis une petite décharge dans la poitrine.

– Vous ne parleriez pas du Tuley-Belle, par hasard ?

– Comment êtes-vous au courant ?

– Ruel McPhee m'en a parlé un peu plus tôt aujourd'hui.

– Oh, je connais Ruel. J'ai beaucoup travaillé pour lui pendant toutes ces années.

– Où est-ce ? J'aimerais voir l'endroit.

– Vous êtes passée devant en venant. C'est sur l'A78, à mi-chemin entre ici et Quorum. À l'ouest sur l'autoroute. De loin, on dirait une prison. Vous ne pouvez pas le rater.

CHAPITRE 21

Le panneau décoloré sur le bord de l'autoroute affichait « TULEY-BELLE : RESIDENCES DE HAUT STANDING – L'ART DE VIVRE DE DEMAIN ». Programme ambitieux à l'époque, accompagné du battage de rigueur pour donner l'impression que les candidats se ruaient sur une telle aubaine. Le calicot collé en biais sur un coin claironnait « DEUX LOTS ENCORE À VENDRE ». Si c'était vrai, les actions en justice traînaient toujours. Je ralentis et sortis de l'autoroute suivant une route asphaltée à quatre voies, coupée en son milieu par des jardinières en ciment aussi vides que le paysage environnant. Les promoteurs avaient sans doute dû concevoir des abords luxuriants, avec d'épais tapis d'herbe et des palmiers de part et d'autre de la route, mais le projet avait été abandonné bien avant l'exécution du programme paysager. La végétation se réduisait au strict minimum. Au terrain plat succédaient les contreforts qui remontaient peu à peu pour former les monts de Palo Verde. Une illusion d'optique déformait les distances, l'air sec semblant agir comme un zoom atmosphérique. L'ensemble immobilier, à quatre cent mètres à vue de nez, se dressait en réalité à deux kilomètres de là.

Quand j'arrivai enfin sur l'aire de stationnement non goudronnée et coupai le moteur, le silence enveloppa la voiture comme une protection invisible. Dans la lumière impitoyable de l'après-midi, les bâtiments inachevés paraissaient aussi désolés que des habitations troglodytes. Le vent avait accumulé des amas de détritus contre les murs. Le terrain alentour était plat et immobile. Dolan m'avait dit que dans le désert, malgré les précipitations torrentielles, l'eau ruisselle en temps normal sans que rien ne la retienne, jusqu'à ce que les sols soient saturés. Même en restant dans la voiture, je vis de nombreuses tranchées qui entaillaient le sol poreux là où des crues subites avaient creusé des rigoles, maintenant cuites au soleil et durcies, pareilles à du béton coulé.

Je sortis et claquai la portière. Elle fit un bruit amorti, comme absorbé par le vide. Le lotissement était tentaculaire. On avait achevé certaines parcelles, d'autres dressaient leurs seules charpentes abandonnées telles quelles. Plus loin, j'aperçus une série de fondations ; on avait coulé la chape de béton, et les dalles étaient restées intactes. Il y avait d'innombrables traces de pneus et j'imaginai un flot régulier d'adolescents fuyant les rigueurs de la nuit pour se réfugier dans la tiédeur relative des murs faisant office d'isolant. Dehors, le vent soufflait sans répit, présence puissante et cinglante qui me rabattait les cheveux dans la figure. Derrière moi, des rafales de sable traversaient la route.

À soixante mètres de là, un chien gris et efflanqué s'était allongé à plat ventre et déchirait avec nonchalance la carcasse d'une proie fraîchement tuée. Il me fallut un moment pour comprendre que je fixais un coyote. Il me regarda avec indifférence, mais se leva pourtant et saisit son os préféré avant de s'éloigner. Son pelage s'accordait de si près aux nuances sourdes du désert qu'il disparut comme un mirage.

Je me retournai vers la construction la plus proche et entrai. Il n'y avait plus de fenêtres et on avait arraché les portes de leurs gonds. Les squatters ne s'étaient pas aventurés très loin. Dans ce qui aurait dû être un hall d'entrée, des matelas s'alignaient contre le mur comme dans un service hospitalier. Quelques-uns étaient recouverts de couvertures pelées, mais la plupart étaient nus. On avait traîné de grands cartons reconvertis en tables de chevet, sur lesquels s'accumulaient des cendriers, toute la panoplie nécessaire à la consommation de stupéfiants et des boîtes de bière vides. Je fis le tour des lieux, vérifiant les produits. Les jeunes donnaient dans l'herbe, le hasch et la cocaïne, mais leur drogue préférée restait la nicotine. On dénombrait quatre fois plus de mégots que de cafards. Un préservatif utilisé, drapé sur l'extrémité d'une chaussure de basket esseulée, résumait tout. J'essayai d'imaginer les malheureuses gamines dont l'initiation au sexe se faisait dans des conditions aussi sordides. Peut-être trop saoules ou trop défoncées pour s'inquiéter de ce qu'elles faisaient ou subissaient.

Il y eut du tapage dehors, comme une bande d'oiseaux qui s'envolait. J'écoutai, ne parvenant pas à identifier le bruit. On aurait dit une grande feuille de plastique qu'on malmenait, comme si le vent avait arraché de son support une protection contre la poussière et la fouettait sans fin. Le vacarme mettait les nerfs à vif : c'était comme si quelqu'un secouait un sac poubelle après l'avoir vidé de ses ordures. Je m'approchai de la porte la plus proche et me risquai dans le couloir, l'œil aux aguets. Je ne vis aucun signe de plastique errant, seulement des pièces s'ouvrant sur d'autres pièces inondées d'un soleil impitoyable. Je m'immobilisai, tous les sens en éveil. Soudain je pris conscience de ce que j'aurais dû comprendre immédiatement : le Tuley-Belle était le cadre idéal pour un meurtre. Les cris de la victime n'auraient pas porté à cent mètres. Si le meurtre survenait dehors, il suffisait de bêcher le sol pour recouvrir le sang. Et dedans, on pouvait éponger le sol et y enterrer les chiffons – curieux produits d'amendement, je vous l'accorde.

Le Tuley-Belle me faisait songer à des ruines antiques et majestueuses, vestiges d'une civilisation barbare inexplicablement disparue. Même en plein jour, je reconnus l'odeur de la défaite. Je savais que j'étais seule. En raison de l'isolement, n'importe qui arrivant en voiture était visible à plusieurs kilomètres. Quant aux vagabonds, ils pouvaient être n'importe où dans les lieux. Ceux-ci leur offraient d'innombrables cachettes, d'endroits où rester dissimulés en cas de besoin. Je revins sur mes pas, en m'efforçant de ne pas prendre mes jambes à mon cou, osant à peine respirer tant que je n'eus pas regagné la sécurité de ma voiture. Il fallait montrer ça à Stacey.

Quand je rentrai au motel, il faisait les cent pas devant ma porte. Je le crus prêt pour une nouvelle orgie de restauration rapide car je ne voyais pas ce qui aurait pu, sinon, l'émouvoir autant. Dès qu'il m'aperçut, il se précipita vers la voiture. Je baissai ma vitre. Il se pencha sur l'appui et m'adressa un large sourire en pointant le doigt vers sa figure.

– Enfin ! Pas trop tôt ! Je désespérais de vous voir arriver ! Vous savez ce que c'est, ça ? C'est moi, heureux comme un roi !

– Racontez...

Il recula d'un pas, ouvrant la portière pour me laisser sortir.

– Joe Mandel a appelé. Les gars des empreintes font des heures sup ! Je vous avais dit que quelqu'un avait essayé de nettoyer la Mustang, non ? Eh bien, il s'avère que le travail a été bâclé car ils ont relevé deux séries d'empreintes : la première sur le frein à main, le bouchon du réservoir, la jante du pneu de rechange et la surface extérieure de la boîte à gant. Comme si le conducteur s'était penché pour sortir quelque chose et l'avait ensuite refermée. Ils ont relevé la deuxième sur une carte routière de la Californie glissée sous le siège avant.

– Et c'est exploitable après tout ce temps ?

Stacey écarta mon objection d'un geste.

– Ces types-là, rien ne leur résiste. D'autant que la voiture n'a pas circulé et qu'elle est restée sous clé dans la remise.

– Ce sont les empreintes de qui ?

Stacey prit un air peiné.

– Arrêtez de poser des questions et laissez-moi vous raconter ça à ma façon. Ils ont comparé les deux jeux d'empreintes avec celles de Charisse, mais là, zéro. D'après moi, elle était déjà morte et dans le coffre à ce moment-là. On avait retiré le pneu de rechange, sans doute pour le mettre sur le siège arrière afin de lui faire de la place. En fait, l'individu qui a essuyé la voiture nous a rendu service. Toutes les empreintes annexes ont été éliminées et celles qu'il a négligées sont claires comme de l'eau de roche. Pour la première série, Mandel a eu une intuition fulgurante. Devinez qui ? Je vous le donne en mille. C'est trop beau pour être vrai !

– Frankie Miracle.

– C'est ce que j'ai dit aussi, mais j'avais tout faux. Allez, un petit effort.

– Stacey, si vous ne crachez pas le morceau, je vous tombe sur le poil et je vous tape dessus jusqu'à ce que mort s'ensuive.

– Pudgie!!!

Je sentis mes paupières cligner.

– Vous croyez que Pudgie était dans le coup?

Stacey se mit à rire.

– Je ne sais pas encore, mais il y a des chances. Quand Mandel m'a dit ça, j'ai failli en perdre mon dentier! Mais si on réfléchit, c'est logique. Quand vous l'avez interrogé à la prison, Pudgie a dû commencer à se faire du souci. Il devait croire l'histoire enterrée, or, dix-huit ans après, elle refait surface! Il se sera demandé ce que nous savions au juste ou si nous avions fait le rapprochement. Il a sûrement pesé ses options et jugé qu'il avait tout intérêt à impliquer quelqu'un d'autre. D'où les menus détails qu'il a glissés dans ce qu'il vous a dit. Ça ne signifie pas qu'il l'ait tuée, mais à mon avis il connaît l'assassin.

– Il a aussi joué de subtilité. Je me rappelle quand il a mentionné qu'on avait enveloppé le corps. Il parlait d'un ton si décontracté que je me suis dit que ce détail lui venait de Frankie et de leurs discussions de détenus. De même le fait qu'elle avait été poignardée.

– Vous-même n'en aviez rien dit?

– Bien sûr que non! Il allait à la pêche aux renseignements, mais je ne lui ai rien donné. Pas étonnant qu'il ait été si embêté que l'affaire revienne sur le tapis. Frankie serait fou de rage s'il pensait que Pudgie l'a accusé. À ce que je comprends, les autres empreintes ne sont pas celles de Frankie.

– Non, et c'est bien le hic. Je ne suis pas fier de moi.

– Moi non plus. Je viens d'interroger le patron de l'entreprise de peinture, un certain Lennie Root. Il dit que Frankie et Pudgie ont travaillé tous les deux pour lui en 69. Au bout de six mois, Frankie s'est barré, ce qui nous met à peu près à la mi-juin. Il semblerait qu'après, il ait travaillé pendant trois semaines à Blythe. C'est là qu'il a rencontré et épousé Iona Mathis.

– Et Pudgie? Où était-il?

– Je l'ignore, mais je peux retourner lui demander. Là, je me concentrais sur Frankie.

– Donc, Root le situe à Quorum en même temps que Charisse ?

– Pas à Quorum, mais à Blythe, pas très loin, rectifiai-je. À la fin juillet, quand elle a disparu, Frankie avait déjà emménagé à Venice, soit à cinq heures de route. Dire que je me rangeais à votre point de vue en croyant que Frankie était notre coupable et voilà que Pudgie réapparaît et que c'est lui le seul suspect !

– Pas forcément. Ils auraient pu faire le coup ensemble. Pudgie vous a dit qu'ils ne se connaissaient pas, mais c'est une vaste blague !

– D'accord. Pudgie connaissait Iona, donc pourquoi pas Frankie ? Elle aurait pu les présenter l'un à l'autre, lui concédai-je. Ou l'inverse. C'est Pudgie qui a présenté Iona à Frankie.

– Ça ne change pas grand-chose puisque la seconde série d'empreintes ne sont pas les siennes. Personnellement, ça me déplaît de le voir s'en tirer à si bon compte.

– En tout cas, Pudgie n'était pas seul dans la Mustang. Iona ?

Stacey réfléchit en se grattant le dessous du menton.

– Une minute. Pas de précipitation. Rien ne nous permet d'arriver à cette conclusion. Nous mettons Pudgie dans la Mustang quand on a tué la fille, mais les empreintes ont pu être successives, pas simultanées. Pudgie connaissait-il les McPhee ?

– S'il a volé la voiture, ça ne changeait rien.

– Le problème est que si Pudgie connaissait Cornell ou l'un d'entre eux, il aurait pu avoir accès au véhicule. La voiture est rentrée dans un sale état. Ruel pourrait lui avoir demandé de la garer dans la remise ou de la laver. Ou bien Cornell et Pudgie sont allés dans la remise fumer un joint en douce. On peut trouver des foules d'explications pour justifier la présence de ses empreintes.

– En partant du principe qu'ils se connaissaient, ajoutai-je.

– Exact.

J'examinai brièvement la question.

– Pudgie a grandi à Creosote, soit à seulement vingt-cinq kilomètres de là, au sud. Au-dessous de Hazelwood Springs, je crois.

– Justement.

– Mais même s'ils se connaissaient, Pudgie aurait très bien pu voler la Mustang. Quand on l'a arrêté à Lompoc, il faisait du stop. Il vole la voiture, il roule jusqu'à Lompoc, se débarrasse du corps et pousse le véhicule dans le ravin.

– Pourquoi ne pas lui poser la question ? Vous disiez que sa sœur l'a ramené là-bas après sa sortie de prison. Vous avez son adresse à elle ?

– Non, mais on doit pouvoir la trouver.

Ce fut le directeur de la maison d'arrêt du comté de Santa Teresa qui nous donna l'adresse de Pudgie. Nous prîmes la voiture de location car celle de Dolan empestait le tabac froid. En roulant vers le sud sur l'A78, je montrai le Tuley-Bell à Stacey et lui racontai mes découvertes. Comme je l'avais prévu, il souhaita y jeter un coup d'œil et nous décidâmes d'y faire un saut à la première occasion.

Creosote n'était pas aussi grand que Quorum, mais dix fois plus étendu que Hazelwood Springs, que nous traversâmes au passage. Le panneau indicateur promettait 3 435 hab., toutefois la chambre de commerce locale avait peut-être gonflé les statistiques. Vu sa proximité avec la frontière de l'Arizona, la bourgade avait opté pour le style western et ressemblait à s'y méprendre à un décor de film de série Z, où le cow-boy risque à tout moment de prendre une balle et de dégringoler de la galerie du saloon. Les commerces qui bordaient l'artère principale étaient tous des constructions en bardeaux d'un ou deux étages bâties côte à côte. Alignant de hautes façades plates comme dans un décor de carton-pâte, elles étaient agrémentées à l'extérieur d'escaliers en bois et des passerelles en planches reliaient les bâtiments entre eux au lieu des trottoirs habituels. On aurait pu se croire dans une petite ville minière authentique, ou alors grimée pour faire croire à un passé plus palpitant que le vrai.

Stacey sortit son bonnet de marin rouge, prétextant qu'il avait froid à la tête. À mon avis, il souffrait plutôt d'un rare accès de coquetterie, mais je pouvais me tromper. La maison de la sœur de Pudgie se trouvait dans A Street, près du carrefour avec la Troisième, petite boîte carrée posée sur un bout de pelouse carré. Trois marches en ciment conduisaient à une petite véranda. Derrière la porte, un aspirateur ronronnait. Stacey frappa d'une main autoritaire, sans grand effet. Il frappa de nouveau, et cette fois nous entendîmes qu'on arrêtait l'aspirateur. Felicia Clifton ouvrit la porte, pieds nus, en jean et T-shirt, un chiffon à poussière accroché à un passant de sa ceinture. C'était une grande fille rousse solidement charpentée, avec un bandana bleu noué autour de la tête, le genre Cendrillon. Elle n'avait pas lésiné sur le maquillage des yeux. Un trait de khôl soulignait la paupière supérieure et la paupière inférieure. Une frange de faux cils mettait en valeur le bleu de ses yeux.

– Oui ?

– Nous cherchons Felicia Clifton. C'est vous ?

– Oui.

– Je suis Stacey Oliphant, du bureau du shérif de Santa Teresa, et voici Kinsey Millhone…

Felicia ferma les yeux.

– Si c'est à cause de Cedric, je me tue. Je vous le jure, je me tue !

– Il n'a pas d'ennuis, mademoiselle Clifton, en tout cas pas à ma connaissance. Mais nous aimerions lui dire un mot s'il est là.

– Il n'y est pas. Il est sorti tard hier soir ou tôt ce matin, je ne sais pas exactement. Sans même laisser un mot pour me dire où il allait ni quand il reviendrait.

– Ça vous ennuierait qu'on entre ?

Elle hésita, inspectant la rue comme si des voisins risquaient de nous épier à travers leurs rideaux.

– Je suppose que je ne peux pas vous laisser dehors.

Nous pénétrâmes directement dans le séjour, qui devait faire trois mètres sur trois. On apercevait la cuisine de l'endroit où nous nous tenions et je pariai que le reste de la maison consistait en deux chambrettes séparées par une salle de bains. Les senteurs des produits d'entretien parfumaient l'air. Elle avait passé une serpillière humide sur le sol de la cuisine, dégageant de discrets effluves de Pine-Sol. Je reconnus des notes de Pledge à la cire d'abeille, de Comet, de Lysol-détartrant pour cuvettes de W.-C., voire un soupçon de Javel-Fraîcheur du logis.

– Asseyez-vous, nous dit-elle.

Stacey prit place sur le canapé, et moi, j'optai pour une chaise en plastique moulé jaune vif, sur sa gauche. Felicia semblant incapable de se poser, je me demandai si elle briquait la maison pour calmer son anxiété, comme il m'arrivait de le faire. Elle s'était donné beaucoup de mal pour rendre l'endroit attrayant, malgré des meubles hétéroclites de second choix, provenant sans doute de magasins de charité et de boutiques de discount.

– Vous travaillez dans quoi ? lui demanda Stacey, histoire de dérider l'atmosphère.

– J'ai une teinturerie en gérance. Ma vie se résume à ça : nettoyer les dégâts des autres.

– J'imagine que Cedric vous a posé des problèmes, enchaîna Stacey.

– Oh, vous pouvez l'appeler Pudgie. Tout le monde le fait. Je ne sais pas pourquoi je m'obstine à l'appeler « Cedric ». C'est ridicule, vu ce qu'il est.

Elle s'assit sur une chaise en plastique qui faisait pendant à la mienne. Elle se pencha et rectifia l'aplomb d'une pile de magazines, puis s'empara machinalement de son chiffon et le passa sur la table, y ôtant d'invisibles particules de poussière.

Stacey se racla la gorge.

– Vous êtes seuls dans la vie, tous les deux ?

– Seuls. Il a été une source d'enquiquinements aussi loin que mes souvenirs remontent. Nos parents se sont séparés quand il n'avait que dix-huit mois. Maman s'est tirée avec un type qui vendait des tuyaux galvanisés. Papa s'est mis à boire et en est mort il y a deux ans. J'avais huit ans quand mon frère est né. Comme il ne fallait pas compter sur papa, c'est moi qui l'ai élevé. Je vous laisse imaginer.

– Une tâche pas commode à cet âge-là.

– Et ce n'est pas fini. Je n'ai pas dû tellement réussir car Cedric n'a pas cessé d'avoir des ennuis depuis qu'il a eu neuf ans. Oh, je sais... J'aurais dû arrêter de voler à son secours, de payer les cautions, d'essayer de le remettre sur les rails. Ça ne sert à rien. Il ne sait faire qu'une chose : fuir le travail et des fois voler des voitures.

– Que fait-il depuis qu'il est sorti de prison ? lui demandai-je.

– Ce qu'il a toujours fait. Boire, fumer, m'emprunter de l'argent et mentir comme il respire. À l'occasion, il me file un coup de main, mais seulement si je gueule assez fort. Dans ce cas-là, il fait la vaisselle, ou alors les courses chez l'épicier. Franchement, je m'attendais à ce qu'il remette ça.

– A-t-il cherché du travail ?

– À ce qu'il dit, mais dans le coin, on n'en trouve pas des masses. Il y a une possibilité au Dairy Queen, la crèmerie, mais lui trouve que c'est au-dessous de ses capacités. Je ne sais pas où il a pris cette idée. Il est tombé si bas que je vois mal ce qui pourrait être au-dessous de lui. En un rien de temps, il va tout gâcher une fois de plus. Moi, ça me dépasse. Chaque fois qu'un mec bousille sa vie, il y a toujours une bonne femme dans les parages pour le prendre en pitié. Et là, c'est moi.

– J'en connais d'autres, lui dis-je en pensant à Iona.

– On se sent coupable, lui expliqua Stacey.

– C'est ça ? Ma foi, je suppose. Il paraît toujours tellement sincère ! Chaque fois que je le regarde, je le revois à neuf ans. Il s'est fait prendre quand il a volé des cadres de photos en argent à une dame qui habitait en face de chez nous. À quoi ça lui aurait servi, je vous le demande ! Après il a pleuré comme un bébé et juré qu'il ne recommencerait plus.

– Et il a tenu longtemps ?

– Un mois. J'oublie ce qu'il a volé après... un truc pas plus utile. Je peux le sermonner à longueur de temps, crier et hurler : il sait exactement quoi me dire pour m'embobiner une fois de plus. Il est loin d'être idiot, seulement il est paresseux comme une couleuvre. Il fait tout ce qui marche sur le moment, sans se soucier une seconde des conséquences ! Je suis désolée, mais je ne sais vraiment pas comment m'en sortir. Voulez-vous que je lui dise de vous appeler quand il rentrera ?

– Ce serait très gentil à vous, lui dit Stacey en sortant un stylo bille. Vous avez un morceau de papier ? Je vais vous laisser le numéro.

– Vous pouvez le noter sur la couverture de *Cosmo*. Je ne les jette jamais.

Stacey inscrivit le nom de notre motel, le numéro de téléphone et nos deux numéros de chambre sur la couverture du magazine.

– Si vous mettiez aussi vos noms, au cas où je les oublierais, lui dit-elle, signifiant par là que c'était chose faite.

Stacey s'exécuta, puis referma son stylo bille et le rangea.

– Quand il sort, vous savez où il va ? Nous pourrions faire un tour et essayer de le localiser nous-mêmes.

– Il y a un bistrot microscopique pas loin dans Vine. Vous pourriez y jeter un coup d'œil. Sinon, je ne vois pas où il serait, sauf s'il est allé en voiture jusqu'à Blythe.

– Savez-vous avec qui il sort ?

– Personne que je connaisse. Il est allé si souvent en prison qu'il ne lui reste plus tellement de copains. Il a reçu deux coups de téléphone jeudi soir. Le premier, je ne sais pas de qui. C'est lui qui a décroché. La seconde fois, c'est moi qui ai répondu et il s'agissait d'une femme qu'il fréquentait il y a une éternité...

– Tout de même pas Iona Mathis ? lançai-je.

– Mais si, tout juste ! Vous la connaissez ?

– Je l'ai rencontrée il y a quelques jours.

– Une fille sympa. Je l'aime bien. Dommage qu'il n'ait pas fini avec elle. À ce que j'ai appris, elle a épousé quelqu'un d'autre.

– Pourquoi l'appelait-elle ?

– Aucune idée, mais elle devait être en rogne car je l'ai entendu, lui, qui se défendait comme un beau diable, jurant ses grands dieux qu'il n'avait rien fait de ce dont elle l'accusait. Puis un bonhomme a pris l'appareil et ils ont remis ça.

– Frankie Miracle ?

– Peut-être. Je pense. Je ne faisais pas vraiment attention. L'appareil est dans la cuisine. Elle a appelé pendant mon émission de télé préférée, si bien qu'après l'avoir entendu, lui, gémir pendant quelques minutes, je me suis levée et j'ai fermé la porte.

– Après le coup de téléphone, il n'a pas dit qu'il avait l'intention de sortir ?

– Non, mais il ne me dit pas la moitié de ce qu'il fait.

– Pensez-vous qu'il soit parti voir Iona ?

– Oh, seigneur, non ! Franchement, j'espère pas. Furax comme elle était ? Il avait intérêt à garder ses distances !

– Ça ne me dit rien qui vaille, confiai-je à Stacey quand nous eûmes réintégré la voiture. Si vous cherchiez une station-service avec un téléphone ?

– Pour appeler qui ?

– Annette, à Peaches. La mère de Iona.

Deux stations-service se partageaient l'artère principale : Chevron à l'angle de la Première et de Vine, Arco au carrefour d'Hollywood et de Vine. En tout cas, quelqu'un avait le sens de l'humour dans ce bled[1]. Stacey s'arrêta à Arco. Nous vidâmes nos poches et récoltâmes une poignée de monnaie. Il attendit dans la voiture, le temps que j'appelle les renseignements et qu'ils me donnent le numéro du Moonlight Café. Quelques minutes après, j'avais Annette au bout du fil.

– Annette ? Bonjour ! Ici Kinsey Millone. Le lieutenant Dolan et moi…

– Je me souviens de vous, me dit-elle. Comment va le lieutenant ? J'ai oublié son prénom…

– Conrad. À vrai dire, il a eu une crise cardiaque hier. Il est à l'hôpital à Quorum.

– Ne me dites pas une chose pareille ! Je suis désolée de l'apprendre. Le malheureux ! Comment va-t-il ?

– Ma foi, il est dans de bonnes mains et ses médecins pensent qu'il va s'en tirer.

1. À Hollywood, Vine Street coupe Hollywood Boulevard.

– Merci mon Dieu ! Dites-lui que mes prières l'accompagnent.

– Je n'y manquerai pas. En attendant, je voudrais vous poser une question sur Iona. Elle travaille aujourd'hui ?

– Oh, ma belle, j'aimerais tant ! Elle a quitté Peaches peu de temps après vous et a roulé d'une traite jusqu'à Santa Teresa. Elle a téléphoné un peu plus tard dans la journée pour me dire qu'elle était chez Frankie. Comment la chair de mon sang peut-elle être si gourde ! Je lui ai dit de ne pas l'approcher, mais vous croyez qu'elle m'aurait écoutée ? Non, bien sûr !

– Éclairez-moi ma lanterne. La dernière fois que j'ai entendu parler de lui, il ne savait même pas où elle se trouvait !

– Je me faisais juste des illusions. Maintenant, je découvre qu'elle est restée en contact avec lui pendant tout le temps où il était détenu. Ils se parlaient au téléphone presque tous les jours !

– Pourquoi a-t-elle filé le rejoindre ?

– Vous n'imaginez pas comme elle le couve. Pire qu'une mère ourse ! Elle est sûre qu'il n'avait rien à voir avec la mort de cette malheureuse, vous savez bien, la fille sur qui vous êtes venus nous poser des questions. Sinon, elle serait montée en première ligne pour lui fournir un alibi !

– Elle en avait les moyens ?

– Comment ça « les moyens » ?

– De lui fournir un alibi pour les deux jours qui ont suivi la mort de Cathy Lee ? Elle est restée terriblement dans le vague à ce sujet.

– Iona est convaincue qu'il y a une explication, mais pour l'instant, je n'en ai pas entendu parler. Moi, je crois que c'est pour ça qu'elle est partie, pour savoir ce qu'il a fichu pendant ces deux jours-là. Je sais qu'elle se faisait du mauvais sang à cause de la carrière où on s'est débarrassé de la fille.

J'écartai le combiné et fixai le micro d'un air ahuri.

– Pourquoi Iona se faisait-elle du mauvais sang ?

– Oh, elle connaît bien l'endroit. Elle y jouait quand elle était petite. Elle avait deux cousines, les enfants de ma sœur. Iona passait quinze jours chez eux tous les étés. Elles faisaient du vélo dans la carrière et se bombardaient de cailloux.

– À Lompoc ?
– Vous m'écoutez ou non ?
– Pourquoi n'en avoir rien dit au lieutenant Dolan ?
– Ça ne m'est pas venu à l'idée, sinon je le lui aurais sorti tout de suite.
– Vous êtes sûre que c'est la même carrière ? Il doit y en avoir d'autres dans le coin.
– À mon avis, c'est ce que Iona veut vérifier.
– A-t-elle fait allusion à Pudgie ?
– À quel sujet ?
– Je me demandais si elle avait parlé de lui à Frankie ?
– Sûrement. Vous savez que Pudgie et Frankie étaient en prison juste au même moment. S'il y a eu une accusation, elle venait forcément de lui. Elle pense que Pudgie a balancé Frankie moyennant un marché.
– Mais ce n'est pas vrai ! Il n'y a pas eu de marché ! m'exclamai-je. Écoutez, rendez-moi service. Si elle vous contacte, dites-lui de m'appeler. Je suis à Quorum, au motel « Vue sur l'océan », chambre 125.
– Je ne pense pas avoir de ses nouvelles, sinon, je n'y manquerai pas. Évidemment, vous êtes plus près d'elle que moi.
– Pardon ?
– Mais ma belle, elle est à Creosote ! Je vous l'ai dit ! Après avoir quitté Santa Teresa, elle est partie en quête de Pudgie pour voir si elle pouvait tirer l'affaire au clair.
– Frankie l'a accompagnée ?
– Seigneur, je ne sais pas ! J'espère pas. Elle ne m'a rien dit.
Je ne gémis pas vraiment, mais sans doute que j'aurais dû.
– Inutile de se tracasser maintenant. Merci beaucoup, Annette. Vous m'avez réellement dépannée.
– Ma chérie, dites au lieutenant Dolan que je lui envoie un bon vieux gros baiser baveux.
– Je n'y manquerai pas. Surtout dites à Iona de m'appeler si vous entendez parler d'elle. Vous ne savez pas où elle est descendue ?
– Évidemment que non ! Je vous l'aurais dit.
– Parfait. Je posais la question juste pour vérifier.

CHAPITRE 22

Nous partîmes en maraude dans Vine, la rue principale de Creosote, qui comptait en tout et pour tout dix pâtés de maisons. Il n'y avait qu'un restaurant, fidèle au style western omniprésent. Nous nous garâmes, entrâmes et marquâmes un temps d'arrêt pour observer les lieux : plafonds bas soutenus par de grosses poutres, plancher recouvert d'une couche de sciure généreuse, murs en rondins mal équarris et revêtus d'une bonne épaisseur de stuc ou de quelque chose d'approchant. Il y avait un long bar en acajou ciré avec le repose-pied en cuivre requis, huit tables avec des chaises en bois à haut dossier et un baby-foot. L'endroit était désert. À une extrémité du bar, un antique Orange Julius débitait un jet permanent de jus d'orange qui ruisselait sur les parois du récipient en verre. Dans une rôtissoire derrière le bar, des hot-dogs à l'ancienne, fichés sur des piques, tournaient autour d'une source de chaleur, dégageant une irrésistible odeur de nourriture de second choix.

Stacey et moi marchâmes droit sur le serveur, chacun commanda et consomma deux hot-dogs enjolivés d'un serpentin de moutarde et amplement badigeonnés d'un condiment à base de cornichons à l'aigre-doux et d'oignons émincés si exquis que nos yeux se mouillèrent. Personne ne parla avant d'avoir mastiqué et avalé l'ultime bouchée de petit pain. Je fus heureuse d'entendre Stacey pousser les mêmes petits gémissements contenus que ceux qui accompagnaient la plupart de mes repas.

Il fit descendre le tout avec un Coca, puis utilisa une serviette en papier pour se nettoyer avec soin la bouche et les doigts.

– Je vais passer le reste de la journée à roter mes Francfort, mais ça valait le détour. Je ne sais pas d'où je tire mon appétit.

– Stacey, nous n'avons rien avalé depuis midi et il est trois heures passées.

– Vous désirez autre chose ?

Le serveur, la fin de la cinquantaine, avait un visage ovale, un crâne bientôt chauve et un trou entre les deux dents de devant.

– Nous cherchons Pudgie Clifton, lui dit Stacey. Sa sœur, Felicia, pensait qu'on le trouverait peut-être ici.

– Je l'ai pas vu aujourd'hui. D'habitude, il se ramène à 11 heures, dès qu'on ouvre. Il arrivera plus tard. À l'heure de l'apéro, c'est sûr. Il ne rate jamais l'occasion d'en boire deux pour le prix d'un.

– Lorsque vous le verrez, pourriez-vous lui dire de nous contacter ? Là, on va tourner un peu, mais il pourra nous joindre plus tard au « Vue sur l'océan », à Quorum.

Stacey inscrivit les coordonnées sur une serviette en papier, que le serveur posa sur l'étagère des bouteilles de spiritueux derrière lui. J'attendis que Stacey ait payé le déjeuner (mon second à moi, son troisième à lui), puis nous retournâmes à la voiture.

En reprenant l'A78, direction nord cette fois, je lui montrai les contours embrumés du Tuley-Belle au loin, à gauche.

– Vous voulez visiter maintenant ou revenir ?

– Inutile de remettre au lendemain ce qu'on peut faire le jour même.

Il prit la quatre voies, notant, comme je l'avais fait, son état de délabrement. Nous fîmes les deux kilomètres de plein désert. Arrivés à l'ensemble immobilier, il se gara et nous sortîmes. C'était encore l'après-midi, et le soleil au-dessus de nos têtes révélait avec la précision impitoyable d'un projecteur les moindres fissures et crevasses du chantier à l'abandon. Dans mon souvenir, je l'avais un peu pomponné, oubliant les détritus et le sable qui volait, les ouvertures béantes des fenêtres et les ornières qui ravinaient l'aire de stationnement. Je perçus un mouvement et tournai les yeux. Je posai une main sur le bras de Stacey et nous restâmes figés. Deux coyotes venaient d'apparaître, trottant sans hâte excessive. Le pelage gris clair, efflanqués, les pattes graciles, ils étaient plus grands qu'un berger allemand ordinaire, mais avaient les mêmes oreilles dressées. Le premier coyote s'immobilisa et nous regarda avec une arrogance nonchalante. C'étaient des coyotes du désert, plus petits que ceux que nous voyons à Santa Teresa. Là-bas, quand les années de sécheresse éliminaient les petits rongeurs et le gibier, des bandes de coyotes quittaient les contreforts des montagnes et s'aventuraient dans les banlieues urbaines. Je les entendais s'appeler avec des glapissements aigus qui donnaient la chair de poule, lorsqu'ils avaient acculé leur proie et se rameutaient pour la tuer. J'avais vu d'innombrables affichettes faites à la main et agrafées sur les poteaux télégraphiques, montrant habituellement une photo accompagnée d'un numéro de téléphone et lançant un appel douloureux à qui voudrait bien ramener tel chat ou petit chien « perdu ». Je savais où les trouver. À l'aube, quand je partais en déplacement, il m'arrivait d'apercevoir un coyote solitaire qui traversait la route, la mâchoire refermée sur une petite chose informe. Ici, dans le désert, où la chaleur atteignait des extrêmes et où il pleuvait encore moins, les coyotes mangeaient n'importe quoi : lézards, insectes, charognes, serpents.

Le deuxième coyote avait poursuivi son chemin, mais il faisait à présent demi-tour et revenait vers le premier. Celui-là devait être la femelle du couple, les flancs arrondis par une portée de petits. Les deux charognards nous dévisagèrent avec des regards d'une intelligence inquiétante. Je sentais leurs yeux jaunes au regard froid et leurs pupilles noires et rondes, insondables. Ils ne semblaient pas nous craindre. Nous étions sur leur territoire ingrat et sauvage et leur taux de survie serait toujours supérieur au nôtre dans cet environnement. Stacey frappa dans ses mains, tous deux continuèrent à avancer sur la route à la même allure tranquille. Il se retourna pour les observer jusqu'à ce qu'ils aient disparu.

Le vent forcit. Malgré le soleil et même avec mon blouson, je me recroquevillai pour me protéger du froid.

– Allons à l'intérieur avant que je gèle, dis-je à Stacey.

Nous déambulâmes dans les couloirs déserts. Avec Stacey à mes côtés, je souhaitais m'aventurer plus avant. Nous explorâmes les lieux d'abord ensemble, puis séparément. Pendant qu'il inspectait la résidence voisine qui était presque terminée, je butai sur un escalier en bois inachevé et montai avec précaution au premier étage. Je m'approchai d'une grande baie dépourvue de boiseries et contemplai le paysage : des kilomètres et des kilomètres de broussailles parsemées de touffes d'amarante sèche emportées par le vent. Et de nouveau, le bruit de plastique vivement secoué. Je me penchai et regardai à droite. Au niveau du sol, je vis l'angle opaque d'une bâche qui battait au-dessous d'une pile de grosses pierres. Le genre de phénomène qui fait naître les histoires de revenants. Curieux que les autochtones n'aient pas déjà leur lot de légendes sur l'endroit.

Face à moi, Stacey sortit du bâtiment mitoyen et se retrouva en plein soleil. Il m'aperçut et agita la main. Je lui rendis son salut, l'observant tandis qu'il contournait la construction et disparaissait de nouveau. Je m'éloignai de la fenêtre et le rejoignis en bas.

Il était près de 4 heures lorsque nous rentrâmes au motel. Jugeant la journée bien remplie, je me prononçai pour une pause. Stacey me dit qu'il retournait à l'hôpital passer un petit moment avec Dolan. Une fois qu'il m'eut déposée à ma chambre, je me changeai, enfilai mon survêtement et mes Saucony et partis courir. La dernière fois remontait à mercredi, avant notre départ à Dolan et moi. On était samedi et j'estimais n'avoir que trop tardé à m'occuper un peu de moi. Pour une fois, j'appréciai l'air glacial du désert. Vu le peu d'humidité ambiante, je réussis à faire mes cinq kilomètres en transpirant à peine.

Quand je réintégrai ma chambre, le répondeur clignotait de tous ses feux. Je fis le 6 et la standardiste m'informa que j'avais un message de Betty Puckett. Je notai le nom et le numéro de téléphone, mais il me fallut un moment de réflexion pour la remettre : la conseillère d'orientation/professeur de dactylo de l'école nouvelle de Lockaby. Une douche me tentait, mais je décidai de l'appeler avant de me laver.

À peine eut-elle décroché que je la sentis plus qu'agacée.

– Je suis désolée d'avoir insisté, mais je vous ai déjà appelée à trois reprises et je m'attendais à une réaction de votre part.

– Madame Puckett, toutes mes excuses, mais c'est le premier et unique message que j'aie de vous. Quand m'avez-vous appelée ?

– Deux fois hier après midi et de nouveau ce matin à la première heure.

– C'est sans doute la réceptionniste. C'est une catastrophe, pour les messages et pour tout le reste. Croyez-moi, je vous aurais rappelée si j'avais été au courant.

– Ce sont des choses qui arrivent, me dit-elle, radoucie. Patsy Marcum m'a téléphoné peu après que vous avez quitté le bureau, hier. Je ne pense pas pouvoir vous aider, mais Patsy était d'avis que je vous contacte.

– Nous avons un peu avancé depuis notre entretien, lui dis-je. Il semblerait aujourd'hui, sous toutes réserves, que notre victime soit une certaine Charisse Quinn. Vous souvenez-vous d'elle ?

– Ce nom ne me dit rien. Quand se trouvait-elle à Lockaby ?

– Théoriquement, en avril ou mai 69. Elle a été inscrite au lycée en mars, mais elle s'est vite fait renvoyer à ce qu'on m'a dit. Elle aurait été transférée à Lockaby vers la fin de l'année scolaire.

– Je craignais que vous me disiez cela. J'étais absente pendant cette période pour soigner un parent malade. Je le sais parce que j'ai vérifié dans mes dossiers et consulté mon agenda de cette année-là. Sinon, c'est moi qui aurais effectué l'entretien d'inscription.

– Donc, vous ne la connaissez pas.

– J'en ai bien peur. Je regrette de ne pas pouvoir vous aider.

– Je le regrette aussi. Nous sommes en possession d'un certain nombre d'éléments, mais seulement négatifs. J'espérais que vous m'en feriez un portrait plus objectif.

– Désolée de vous décevoir. C'était une famille du coin ?

– Pas à ma connaissance.

Je pris le temps de lui parler de Medora Sanders et de son rôle de parent d'accueil de Charisse.

– Je connais les Sanders ou plutôt, je les connaissais. Je sais peu de choses sur la situation actuelle de Medora, mais à l'époque elle buvait beaucoup.

– Vous connaissiez bien Wilbur ?

– Disons que je le connaissais, pour lui avoir parlé. Nous fréquentions la même paroisse, du moins quand Medora était assez sobre pour assister aux services.

– Elle dit qu'il est parti à la mi-juin et qu'elle n'en a plus entendu parler depuis. Nous nous demandions s'il existait un lien entre la disparition de Charisse et la sienne.

– Oh, cela m'étonnerait ! Il est en effet parti avec quelqu'un, mais pas avec elle. Une collègue de chez Sears.

– Comment le savez-vous ?

– Les rumeurs allaient bon train. Les gens ne parlaient que de ça !

– Je ne peux pas croire que Medora et Justine n'aient pas été au courant.

– Sans doute que personne ne voulait leur annoncer la mauvaise nouvelle. On m'a dit récemment et juste là, j'oublie qui, que Wilbur a épousé cette femme et qu'il vit à Sacramento sous un faux nom. Sandy Wilburson ou quelque chose d'approchant.

– Ah bon ? C'est intéressant. Medora le croit mort.

– C'est tout comme.

– Une chose encore, maintenant que je vous ai au bout du fil. C'est sans doute peu probable, mais vous rappelez-vous par hasard un garçon nommé Cedric Clifton ? Il est originaire de

Creosote, mais il n'a cessé d'avoir des problèmes depuis l'âge de neuf ans et il aurait pu être dirigé sur Lockaby.

– Je connais en effet Cedric, encore que votre question m'étonne. Il est en effet passé par chez nous en 1968, un an avant la période dont vous me parlez.

– Pourquoi vous étonne-t-elle ?

– Ma foi, vous avez mentionné les Sanders. Il sortait avec leur fille. Il était plus âgé qu'elle, dans les dix-neuf ans, alors qu'elle en avait seize.

– Justine et Pudgie Clifton ? Vous êtes sûre ? Elle ne sortait pas avec Cornell McPhee ?

– Si, mais elle a commencé par Cedric. Ils ont rompu après qu'elle s'est mise à voir Cornell et a « jeté son dévolu sur lui », comme on disait. Ils étaient tous les deux dans la même classe que ma fille à Quorum.

– Seigneur ! m'exclamai-je. À quoi joue-t-on par ici ? Tout le monde connaît tout le monde !

Betty Puckett se mit à rire.

– Bienvenue à Pétaouchnok ! Que puis-je vous dire d'autre sur Cedric ?

– A-t-il été condamné pour vol de voitures ?

– Oui, entre autres choses.

– Par exemple ?

– Escroquerie, faux, chèques en bois.

– Pas pour violences ?

– Pas quand il était à Lockaby. Je n'ai aucune idée de ce qu'il a fait depuis.

– Merci. Vous m'avez été d'un grand secours. Désolée que vous ayez eu tant de mal à me joindre, lui dis-je.

Je pris une douche et me lavai les cheveux, regrettant de ne pas pouvoir évacuer le désordre de mes idées aussi facilement que l'eau dans le siphon. Toutes ces bribes d'information, ces recoupements souterrains... Autant essayer de définir la configuration de la voie lactée ! Une fois rhabillée, je m'assis au bureau, où je sortis sans entrain un paquet de fiches et me mis au travail. Quand j'eus noté tout ce qui me paraissait utile, je rangeai les fiches à peu près par ordre chronologique, plaçai la Smith-Corona sur le bureau et tapai un rapport. Stacey et Dolan étaient tout à fait capables de le faire, et volontiers, si je le leur avais demandé, mais j'étais impatiente de confronter les divers éléments du puzzle. Je voyais des rapprochements se faire et se défaire, mais sans rien signifier de particulier : Pudgie travaillant avec Frankie ; Frankie marié à Iona ; Pudgie sortant avec Justine avant qu'elle épouse Cornell. Iona avait grandi dans la même ville que Pudgie et traîné avec lui quand elle était adolescente. La sœur de Cornell, Adrianne, avait été l'amie de la fille assassinée – toujours en partant du principe, évidemment, que Charisse et notre inconnue ne faisaient qu'une seule et même personne. Ensuite, les empreintes de Pudgie sur la voiture volée. Là, on tenait un élément intéressant. Je contemplai les fiches, réfléchissant aux acteurs.

Il m'apparut soudain qu'en 1969 je n'avais que deux ans de plus que ces « jeunes ». J'avais fait tant bien que mal mes années de lycée sans jamais briller une seule fois dans mes études. Je n'avais jamais été élue déléguée de classe, je n'avais jamais pratiqué le moindre sport, jamais participé à des activités extrascolaires. Je n'étais membre ni de la fanfare, ni de l'équipe de supporters, ni de la chorale. J'avais traversé sans joie ces années, en apatride. Obtenant des notes médiocres mais pas pires que d'autres, fumant des joints, fréquentant d'autres éléments aussi ternes que moi ; anonyme et quelconque. Si j'avais été inscrite au lycée de Quorum, j'aurais eu plus de chances de traîner avec Pudgie qu'avec Justine ou Cornell. Bien que dépossédé de son auréole d'as de l'équipe sportive, Cornell était un type bien, dur à la tâche, subvenant aux besoins d'une femme et de trois enfants. Justine remplissait ses obligations d'épouse et de mère à plein temps ; Adrianne travaillait maintenant comme assistante administrative dans son ancien lycée. Et Pudgie ne ratait jamais une occasion de retourner en prison. Quant à moi, j'étais désormais une citoyenne (plus ou moins) honorable et respectueuse des lois, quelqu'un qui évitait les substances illégales et refusait de placer tout objet en train de se consumer entre ses lèvres. Comment Charisse cadrait-elle avec ces projets de vie éminemment respectables ? Nous avions eu au moins la possibilité de faire par la suite de meilleurs choix que lorsque nous étions adolescents. Elle, ses chances avaient été coupées net en 1969 et un de ses choix avait été le dernier.

Mon travail une fois fini, je battis les fiches pour jouer à mon petit jeu coutumier. Je les étalai d'abord au hasard, puis, comme dans une patience, j'observais comment les faits se réorganisaient quand on en bouleversait la chronologie. Le vérité ne saute pas tout de suite aux yeux, surtout lorsqu'il s'agit d'un meurtre. Une série de faits, logique à première vue, prend parfois une tournure entièrement différente si on l'inverse. La police travaille toujours en remontant de l'homicide aux circonstances ayant conduit au coup fatal. Excepté le cas de tueries commises au hasard – elles sont devenues de plus en plus courantes ces temps-ci –, les meurtres surviennent pour une raison précise. En vertu d'un mobile – l'inévitable mobile. Dans neuf cas sur dix, si vous savez « pourquoi », vous savez aussi « qui ».

Je remis les fiches dans le bon ordre, histoire de voir si une corrélation m'avait échappé. Bien entendu, j'avais oublié de retourner voir Medora pour lui demander pourquoi elle avait attendu une semaine avant de signaler la disparition de Charisse. Je mis cette fiche sur le dessus de la pile, la plaçant tête-bêche pour m'en souvenir, avant de passer un élastique autour du paquet. Le détail était mineur et avait sans doute son explication, qui restait quand même à élucider.

À 5 heures, j'expédiai le paquet de fiches dans le tiroir, où il atterrit au-dessus du dossier d'homicide, je vérifiai la bonne ordonnance des feuillets de mon rapport, le plaçai dans une chemise et fis un saut en voiture jusqu'au service d'impression de la ville, où j'en demandai deux photocopies. En rentrant au motel, et comme je remontais Main Street côté est, j'aperçus Adrianne Richards qui se dirigeait vers le supermarché. Elle venait de garer sa voiture dans le parking latéral et obliquait vers l'entrée principale. Je freinai et jetai un coup d'œil dans mon rétroviseur avec un peu de retard en espérant que la voiture qui me suivait n'allait pas escalader mon pot d'échappement. Je fis un quart de tour à gauche, à la grande irritation de plusieurs motards, dont l'un secoua son poignet dans ma direction en articulant un mot malsonnant. Je m'excusai d'un geste penaud et lui envoyai un baiser. Je me garai et entrai. J'effectuai un bref examen des lieux, inspectant systématiquement les travées. Je la repérai enfin au rayon des légumes, sa liste de courses entre les dents pendant qu'elle cherchait son bonheur dans une pile de pastèques. Une barquette en plastique de tomates cerise, deux bottes d'oignons nouveaux et un chou-fleur qui ressemblait à une cervelle sous cellophane s'entassaient dans son caddie.

– Bonjour ! lui lançai-je. Je voulais vous parler, mais je ne savais pas comment vous joindre. Quel est le prénom de votre mari ?

– Peter. Nous sommes divorcés. Il habite Reno.

– Ça vous ennuie si je vous suis ?

– Absolument pas, me répondit-elle.

Elle portait un jean, des chaussures de tennis et un twin-set en cachemire bleu ardoise. Une barrette lui retenait les cheveux sur la nuque. Elle choisit une pastèque, la sentit, puis la mit dans son caddie. Elle poursuivit ses déambulations, s'arrêta au rayon crèmerie et vérifia la date de péremption d'un carton de lait écrémé, qu'elle déposa ensuite dans son caddie.

– Que puis-je pour vous ?

– Une chose m'intrigue. Quand je suis passée au bureau du lycée, vous n'avez pas pensé que je pouvais parler de Charisse ?

– Pas une seconde. Je ne vois pas pourquoi je l'aurais fait. Il y a des années qu'elle est partie.

– On m'a dit que vous étiez amies ?

– Je ne sais pas ce qu'on entend par « amies ». On traînait ensemble.

– Vous a-t-elle parlé de son intention de s'en aller ?

– Je ne savais même pas qu'elle était partie. Ce n'était pas quelqu'un que je voyais tous les jours.

– Mais après que vous l'avez appris, vous ne vous êtes pas fait du souci pour elle ?

– Pas spécialement. Elle était assez grande pour se débrouiller.

– Avez-vous jamais eu de ses nouvelles ?

– Non, mais je n'en attendais pas. Vous savez, j'avais deux ans de moins qu'elle et nous n'avions pas grand-chose en commun. J'ai perdu de vue beaucoup d'élèves de ma classe. J'étais plus renfermée. On ne se refait pas.

– Son meurtre ne semble pas vous émouvoir. Il vous laisse indifférente ?

– Écoutez, je serai franche. Je suis désolée de ce qui s'est passé, mais pas triste. Pourquoi le serais-je ? Je l'ai connue quatre mois au maximum.

– Parlez-moi de votre amitié à toutes les deux. Enfin... de vos rapports.

– Que voulez-vous que je vous dise ? Je la trouvais drôle. Elle sortait tout ce qui lui passait par la tête et se fichait de l'opinion des autres. Moi, je prenais le contre-pied de tout. Mais elle, elle faisait des trucs que je n'aurais jamais osé faire. J'étais une fille obéissante. Pas elle. Les contraires s'attirent, je suppose.

Nous tournâmes à droite et remontâmes la travée des conserves de légumes, pâtes, riz blanc, riz sauvage et légumes secs. Elle s'empara d'un paquet de lentilles.

– Connaissez-vous Pudgie Clifton ? lui demandai-je.

– Oui. Il sortait avec Justine.

– Combien de temps sont-ils restés ensemble ?

– À peu près un an... Non, moins. Moi, je trouvais que c'était un voyou, mais elle l'aimait bien. Même après avoir rompu, ils sont restés copains.

– Bizarre qu'il lui ait plu, non ?

– Si vous aviez vu le type avec qui je sortais ! Complètement taré !

– Pudgie connaissait-il Cornell ?

– Nous nous connaissions tous.

– Et Frankie Miracle et Iona Mathis ?

– J'ai entendu leurs noms, mais je ne les connaissais ni l'un ni l'autre.

– Pudgie venait-il souvent chez vous ?

Elle parut légèrement déconcertée.

– Pas mal, oui. Pourquoi cette question ?

– Pensez-vous qu'il aurait pu voler la Mustang dans le magasin de votre père ?

Je la vis réfléchir.

– C'est possible. Il a volé d'autres voitures à l'époque.

Elle reporta son attention sur la gondole, portant son choix sur une boîte de sauce tomate et deux de porc aux haricots.

– L'avez-vous soupçonné à l'époque ?

– L'idée m'a peut-être traversé l'esprit.

– En avez-vous parlé à votre père ?

– Non. Je n'imaginais vraiment pas Pudgie capable d'une chose pareille, alors pourquoi lui causer des ennuis si je n'en étais pas sûre. J'ai cru qu'il voulait impressionner Justine.

– Ils n'avaient pas déjà rompu à ce moment-là ?

– Si. Mais il espérait la récupérer.

– Savait-elle qu'il avait pris la voiture ?

– Eh là ! Attention, je n'en sais rien, moi ! C'est juste une supposition de ma part. Je ne vois pas où vous voulez en venir.

– Je pense qu'il n'a pas seulement volé la voiture, mais qu'il l'a prise pour aller à Lompoc avec Charisse.

« Morte dans le coffre », mais je ne le lui précisai pas.

– Et alors ?

– Vous ne lui avez jamais demandé ce qu'il pensait qu'elle était devenue ?

– Je suis certaine que s'il avait su quoi que ce soit, il l'aurait dit.

– Personne ne s'est fait de mauvais sang ?

– Pas vraiment. Comme Medora avait signalé sa disparition, nous avons tous cru que la police s'en occupait. Je sais que ça paraît plutôt mesquin et j'en suis désolée.

Cette fois, elle avait tourné dans une allée bordée des deux côtés de vitrines de surgelés : glaces, tourtes, pizzas et légumes.

Elle ouvrit une porte et retira un paquet de petits pois extra-fins.

Je l'examinai d'un air perplexe.

– Pourquoi ai-je le sentiment que vous ne me dites pas tout ?

– Je sais sûrement beaucoup de choses dont je ne vous ai pas parlé.

– Sur Charisse ?

– Je ne veux faire de tort à personne, je vous l'ai déjà dit.

– À qui en feriez-vous ?

– Je parle d'une façon générale, pas de quelqu'un de précis.

– Espérons que c'est vrai. Merci d'avoir pris le temps de me répondre.

Elle s'éloigna, me laissant admirer l'efficacité avec laquelle elle vaquait à ses occupations.

Je m'arrêtai au motel. La voiture de Stacey avait disparu. Comme il ne m'avait pas laissé de mot, je me dis que je le harponnerais plus tard. Je repartis au centre hospitalier, où je trouvai Dolan endormi, son plateau de dîner sur un côté du lit. Je m'approchai sur la pointe des pieds et glissai, sous enveloppe cachetée, un exemplaire du rapport sous le bord d'une couverture pliée à ses pieds. En passant devant le poste des infirmières, j'échangeai quelques mots avec Mlle Kovach, qui m'apprit qu'on allait le transférer dans un service de médecine générale. Je lui demandai de lui dire que j'étais passée et lui avais laissé une enveloppe au pied de son lit.

– Soyez sans crainte, me promit-elle.

Comme je sortais du parking, Stacey y entrait. Nous baissâmes tous deux nos vitres et eûmes un court entretien de voiture à voiture. Je lui passai la deuxième photocopie de mes notes dactylographiées et y ajoutai un bref compte rendu de ma conversation avec Adrianne, plus les commérages de Betty Puckett sur la fugue de Wilbur Sanders et son statut actuel de bigame.

– Désolé d'apprendre que Pudgie est resté si longtemps chez les McPhee. Je ne voudrais pas faire une fixation sur cet oiseau-là, mais un coup de pot ne serait pas du luxe.

– Il les connaissait, et alors ? Ça ne l'empêchait pas de voler la voiture, non ?

– Comment le prouver ? J'avais compté sur les empreintes pour nous éclairer, me dit-il. D'accord. Je vais demander aux gars de travailler sur Wilbur. Ce ne doit pas être sorcier de le localiser. Autant le mettre dans le pétrin tant qu'on y est.

– Absolument. Medora n'est pas dans une forme olympique, ce serait sympa de le voir assumer ses responsabilités. En attendant, où étiez-vous passé ? Je me suis arrêtée au motel, mais personne.

– J'ai fait un saut au bureau du shérif, où j'ai discuté avec deux inspecteurs. Ils m'ont dit qu'ils effectueraient un relevé par élimination chez les McPhee si je les persuadais de s'y prêter.

– Vous croyez qu'ils vont accepter ?

– Pourquoi refuseraient-ils ? À propos... je veux que vous veniez avec moi à l'église baptiste. C'est Pâques et Edna me dit que la famille sera là au grand complet. Il y a deux services demain, mais ils iront sûrement à celui de neuf heures. Après, tout le monde revient chez Edna pour un grand déjeuner de Pâques. Je parie pour un jambon de Virginie.

– Qu'est-ce qui vous fait dire ça ?

– Elle ressemble comme deux gouttes d'eau à ma mère. À Pâques, nous avions régulièrement un jambon avec des patates douces et des haricots verts. On les suivra jusqu'à la maison et on les interrogera vite fait pendant qu'ils seront tous là.

– Je ne sais pas, Stacey. Il vaudrait peut-être mieux que vous y alliez seul. Moi, je ne réussirais qu'à mettre Ruel en boule.

– Vous m'accompagnez, compris ? Je vous promets qu'on ne va pas s'éterniser.

Une voiture remonta derrière moi et le conducteur m'adressa un petit coup d'avertisseur courtois.

– Je vous retrouve au motel.

– Donnez-moi un quart d'heure.

Nous dînâmes dans la chambre de Dolan, que Stacey avait adoptée. Assis tous deux sur le lit king-size, nous partageâmes une ration plus que généreuse de poulet frit accompagné de purée de pommes de terre avec de la sauce et des épis de maïs gorgés d'eau. Quand nous en eûmes terminé, je récoltai les os de poulet, les cartons vides et les récipients en plastique et jetai le tout dans la corbeille. Stacey voulait que je lui tienne compagnie et qu'on regarde un film, mais j'étais mûre pour une pause. Je n'ai pas l'habitude de rester si longtemps en compagnie d'autrui.

– Si vous avez besoin de moi, je serai dans ma chambre. Sinon, on se retrouve demain matin.

– Parfait. Je frapperai à votre porte à huit heures. Ça vous laissera le temps de prendre une douche et de vous habiller.

– Oh, zut ! Je viens de m'en souvenir. J'ai juste pris un jean.

– Pas de problème. On n'est pas obligés d'entrer. On attendra dans le parking et on les suivra ensuite.

– Pourquoi ne pas aller directement chez eux ?

– Et s'ils changeaient d'avis et déjeunaient dehors pour Pâques ? C'est peut-être notre seule chance de les avoir au complet.

– Vous croyez qu'elle renoncerait à leur mitonner son grand repas de Pâques ?

– Sans doute pas, mais je veux voir la paroisse sur son trente et un, me dit-il. On le faisait quand on était mômes.

– Je n'y échapperai pas, hein ?

Il me sourit benoîtement.

– Bonne soirée.

CHAPITRE 23

Le téléphone sonnait lorsque j'ouvris ma porte. Je lâchai mon sac et attrapai le combiné à la quatrième ou cinquième sonnerie.

– Kinsey ? demanda une femme à l'autre bout du fil.

– Elle-même. Et vous ?

– Iona. Ma mère m'a dit que vous me cherchiez.

– Où êtes-vous, à Creosote ?

– À Peaches. J'arrive tout juste. Que voulez-vous ?

– Avez-vous parlé à Pudgie Clifton jeudi soir ?

– C'est possible, me répondit-elle sur ses gardes. Pourquoi ?

– Avez-vous convenu de vous voir ?

– Pourquoi ça ? C'est un voyou sans intérêt.

– Sa sœur m'a dit que vous étiez furieuse contre lui. À quel sujet ?

– Ça ne vous regarde pas. Un truc entre lui et moi.

– D'accord. Posons le problème sous un autre angle. Votre mère me dit que vous avez résidé à Lompoc quand vous étiez petite. Je me demande si vous avez parlé à Pudgy de la carrière.

Silence de mort.

– Vous rappelez-vous lui en avoir parlé ? Je vous parle de l'endroit où on a retrouvé le cadavre de la fille.

– Comme si je savais où on l'a retrouvé !

– Oh, allons, Iona. On ne me la fait pas. Ça m'est égal que vous le lui ayez dit. Je veux juste savoir.

– Peut-être.

– Peut-être ou bien oui ?

– D'accord, oui. Mais il y a des années de ça. Je l'ai même emmené la voir un jour qu'on passait par là.

– Connaissiez-vous Charisse Quinn ?

– Non.

– Et vous ne me demandez pas qui c'est ?

– Je ne suis pas idiote. Je suppose que c'est le cadavre que vous avez découvert après le meurtre de Cathy Lee. J'ai posé la question à Frankie et il dit n'avoir rien à voir là-dedans ; il ne la connaissait même pas.

– Vous savez, lui non plus n'est pas idiot. S'il a tué la fille, il n'ira pas vous le dire.

– Mais qu'est-ce que vous avez contre lui ? Vous ne pouvez pas lui foutre la paix ? Il ne vous a rien fait !

– Il ne s'agit pas de moi, Iona. Mais de Charisse. Frankie est-il là par hasard ? J'aimerais lui parler personnellement.

– Il est parti vendredi matin. Il travaillait vendredi soir et devait rentrer.

– Une visite éclair, non ?

– Et alors ? me renvoya-t-elle, agacée.

– Que lui avez-vous dit pour Pudgie ?

Nouveau silence, pendant lequel je l'entendis respirer dans mon oreille.

– Iona ?

– Si vous voulez savoir, je lui ai dit que Pudgie était un putain d'indic. Il savait que quelqu'un l'avait balancé. Dès que vous avez parlé de Pudgie, j'ai compris.

– C'est pour ça que vous étiez si furieuse après lui ?

– Il n'y a pas que moi. Frankie est fou de rage, lui aussi. Pudgie s'est dédouané en lui mettant sur le dos ce qui est arrivé à cette fille.

Un soupçon de peur fila le long de ma colonne vertébrale avec la vélocité d'un mille-pattes.

– D'où tirez-vous ça ?

– C'est exact, non ?

– Non.

– Si, parce que Frankie a vérifié! Il connaît un mec qui a fait trente jours à la prison du comté et ce mec lui a dit que Pudgie avait eu de la visite... Une femme, une détective qui l'a interrogé sur le meurtre... C'était vous, non?

– Naturellement, mais Pudgie n'a jamais conclu de marché.

– Bien sûr que si! Et vous savez comment je le sais? Il est sorti de taule le lendemain même. C'est le mec qui me l'a dit.

– Parce qu'il avait purgé sa peine! Il avait fait son temps et on l'a libéré.

– Et puis quoi? Pudgie a regagné son bloc et il s'en est vanté à tout le monde! Il a dit que vous lui aviez fait une petite douceur. Après quoi, il était dehors!

– Il m'a demandé des cigarettes et je lui ai dit non! C'est tout. Il n'y a eu aucun « marché »!

– Elle est bien bonne! Vous en avez une autre?

– Allez-vous m'écouter? Iona, réfléchissez deux secondes. Je ne suis pas habilitée à ordonner sa libération. Comment aurais-je fait?

– Ce n'est pas ce qu'a dit ce mec.

– Eh bien, ce « mec » a tout faux! Je ne peux passer de marché avec personne. Je ne suis pas flic. Je suis une citoyenne lambda, comme vous.

– Oh..., dit-elle.

– Oui, « oh », lui renvoyai-je sèchement. La prochaine fois que vous parlez à Frankie, dites-le lui, voulez-vous? S'il a besoin de l'entendre de ma propre bouche, il peut m'appeler. En attendant, laissez tomber Pudgie. Il n'a rien fait.

Exaspérée, je reposai le combiné. Il ne nous manquait plus que Frankie sur le sentier de la guerre. D'accord, je finassais. Pudgie avait de toute évidence accusé Frankie, mais pas pour négocier sa libération. Il voulait détourner notre attention et il y avait réussi, mais provisoirement. Maintenant qu'on avait retrouvé ses empreintes sur le véhicule volé, le projecteur se braquait de nouveau sur lui. Ses efforts pour impliquer Frankie ne le rendaient que plus suspect, de sorte que son plan se retournait contre lui. Malheureusement, Frankie, à mon avis, n'allait pas s'embarrasser de subtilités : on l'avait mouchardé. Et pour lui, un indic était un indic, point. Je vérifiai mes notes, saisis de nouveau le téléphone et composai le numéro de Felicia Clifton à Creosote. Avant même que j'entende la sonnerie, elle avait décroché.

– Oui ?

– Felicia ? Kinsey Millhone à l'appareil. Comment allez-vous ?

– Mal. Cedric n'est pas rentré et je suis malade d'inquiétude.

– Il n'y a pas si longtemps qu'il est parti, non ? Vous disiez qu'il avait quitté la maison ce matin. Ça ne fait que quelques heures !

– À moins qu'il ne soit parti hier soir. Tout ce que je sais, c'est qu'il n'était pas là quand je me suis levée. N'importe, il devrait être de retour. Ça ne lui ressemble pas.

– Avez-vous appelé le bistrot ? Le serveur m'a dit qu'il passait toujours en fin de journée.

– Jerry ne l'a pas vu non plus. Je ne vois pas où il pourrait être allé.

– Il a pu rencontrer une fille et l'avoir raccompagnée chez elle ?

– Je ne crois pas. Je ne lui avais pas donné d'argent et il n'avait même pas de quoi se payer un verre. Ma voiture n'a pas bougé, donc il est parti à pied. Il aurait pu aller jusqu'au bistrot, mais c'est tout. Vous avez vu ce bled. On est au milieu de nulle part et à six heures tout est fermé.

– Avez-vous contacté la police ?

– Évidemment, je pourrais, dit-elle sans conviction. J'ai essayé les deux hôpitaux, celui de Quorum et celui de Blythe, mais personne n'a entendu parler de lui.

– Tant mieux, non ?

– Je suppose.

– Aurait-il pu filer sans vous prévenir ?

– Vous voulez dire... pour de bon ? Pourquoi aurait-il fait une chose pareille ?

– Ah... Il a des ennuis avec Frankie Miracle, l'ex de Iona.

– Merde. Et Pudgie le sait ?
– À mon avis, il s'en doute. Il aura décidé de disparaître de la circulation.
– Sans fric, où irait-il ?
– Bonne question. Écoutez… Pourquoi ne pas essayer la police ? Il s'est peut-être fait interpeller. Si ça se trouve, il est tout bonnement sous les verrous.
– Croyez-moi, il m'aurait déjà contactée pour la caution.
– J'espère qu'il va vite se manifester. Sinon, prévenez-moi. Nous aurons peut-être une autre idée.
– Vous croyez vraiment qu'il ne lui est rien arrivé ?
– Je suis sûre qu'il va bien, mais je reconnais que c'est troublant, lui dis-je.

Nous bavardâmes encore un peu, tâchant de nous rassurer mutuellement. *Qui j'essaie de mener en bateau ?* me demandai-je après avoir raccroché. Frankie n'allait quand même pas risquer la prison pour voies de fait (ou pire), mais il n'était pas franchement réputé pour la maîtrise de ses impulsions. Maintenant que Iona l'avait lancé, comment savoir ce qu'il allait faire ?

Ce dimanche matin là, dès 8 h 45, Stacey et moi étions en surveillance dans le parking de l'église baptiste de Quorum. En ce jour de Pâques, la plupart des femmes et des enfants que nous avions vus arboraient des tenues pastels et des robes à fleurs, le tout avec petits bouquets au revers et chapeaux frémissant de fleurs artificielles. La tribu McPhee fit son entrée dans le parking de la paroisse en trois voitures. Nous attendions depuis une demi-heure, la voiture de location discrètement abritée par une haie de près d'un mètre de haut. Je continuais à me demander s'il n'aurait pas été plus logique d'aller droit chez eux, mais je soupçonnais Stacey de préférer le côté théâtral de la procédure. La vieille génération McPhee ouvrait la marche. Ils se garèrent et descendirent de voiture, attendant qu'Adrianne s'engage derrière eux et choisisse une place à proximité. Peu après, Justine et Cornell débarquèrent avec leurs trois filles. Dans leurs vêtements du dimanche, tous les huit semblaient poser pour un album de photos. Edna portait un chapeau. Ruel avait les cheveux plaqués par une couche luisante de gel et ne flottait que très légèrement dans son costume bleu clair. Les trois filles, dans des tenues assorties auxquelles ne manquaient ni les chapeaux ni les gants blancs en coton, longèrent l'église pour entrer dans la salle de catéchisme attenante.

Stacey et moi ne bougeâmes pas. Quelques fenêtres du sanctuaire étant ouvertes, nous fûmes régalés de suites d'orgue et d'une série de cantiques. Stacey avait acheté un numéro du *Palo Verde Times* et, tandis que le service suivait son cours, nous épluchâmes les nouvelles locales.

– Du nouveau sur Pudgie ? me demanda-t-il.

– Rien. J'ai téléphoné hier soir, mais Felicia m'a dit qu'il n'avait pas refait surface. Je rappellerai cet après-midi. Avec un peu de chance, il sera rentré et nous pourrons l'interroger. Je vous parie qu'il a une histoire toute prête pour expliquer ses empreintes sur la Mustang.

Je m'appropriai la première partie du journal et les bandes dessinées du supplément, et Stacey s'amusa à lire tout haut les petites annonces immobilières proposant de bonnes affaires dans le désert. Je levai les yeux.

– Vous devriez sauter dessus, Stacey ! Maintenant que vous êtes sans domicile fixe, pourquoi ne pas vivre dans le coin ?

– Trop chaud. Je pensais demander à Dolan de m'installer chez lui.

– Ça, c'est une idée géniale. Il a besoin de quelqu'un pour surveiller sa vie de patachon.

– Il faudra que je me goinfre de bouffe rapide en cachette. C'est la seule chose qui me chiffonne.

Il tourna bruyamment sa page et reporta son attention sur les sports.

– Ça ne vous ferait pas de mal de ralentir un peu.

– À ce propos... Qu'est-ce qui vous tenterait, ce coup-ci ? Taco Belle, Long John Silver ou Jack in the Box ?

– Je croyais qu'on allait chez les McPhee.

– Je parle d'après. Faut bien s'nourrir, ma p'tite dame !

Après la fin du service, nous attendîmes que la famille soit remontée dans les voitures et la suivîmes jusqu'à la maison. Ruel et Edna tournèrent une rue avant.

– Ne me dites pas qu'ils nous sèment! m'exclamai-je en me retournant pour les suivre du regard.

– C'est le rituel hebdomadaire : une visite avant le déjeuner du dimanche à un paroissien qui n'a pas pu se déplacer.

– Vous m'ahurissez, lui dis-je. Il y a des choses que vous ignorez ?

Justine nous fit entrer. Adrianne et elle semblaient être en charge de la cuisine jusqu'au retour d'Edna. La maison embaumait le jambon qu'elle avait dû enfourner avant de se rendre à l'église. Je reconnus des effluves d'ananas et de cassonade et l'odeur caramélisée des patates douces dont le jus débordait sur la sole du four. Les filles de Justine s'étaient installées à la table basse du séjour et jouaient aux petits chevaux en se chamaillant, mais en sourdine. J'aperçus leurs corbeilles de Pâques par terre, à l'endroit où elles les avaient abandonnées. À en juger par les petits morceaux de papier d'aluminium froissé, elles avaient déjà commencé à goûter aux lapins creux en chocolat et aux œufs. Le service en porcelaine des grands jours se déployait sur la table de la salle à manger. Le milieu de table consistait en un énorme bouquet de lys blancs dont l'odeur arrivait jusqu'à moi.

Justine nous précéda dans le couloir.

– Nous sommes dans la cuisine, à mettre une dernière main au déjeuner.

– Pas de problème, lui dit Stacey tandis que nous lui emboîtions le pas.

Une chaleur d'étuve régnait dans la pièce, due en grande partie à la marmite de haricots verts qui bouillonnait sur la cuisinière. Bien entendu, je mourais de faim et espérais que l'affaire serait rondement menée afin de pouvoir entreprendre, avec Stacey, la tournée des établissements de bouffe rapide. J'avais déjà décidé qu'il ne m'incombait pas de l'aider à s'amender. Je l'avais lancé sur cette voie, autant lui tenir compagnie pendant qu'il s'empiffrait.

Devant le plan de travail, Adrianne tordait les bacs à glaçons en plastique en veillant à faire tomber ces derniers dans un grand pichet. Elle passait les bac vides à Cornell, qui les remplissait d'eau aussitôt. Il plaça le dernier bac dans le congélateur, puis saisit un torchon et s'essuya les mains. Pendant ce temps-là, Justine préparait les assiettes à salade et posait une feuille de laitue sur chacune. Elle ouvrit le réfrigérateur et en sortit un Tupperware rempli de gelée, qu'elle passa rapidement sous l'eau bouillante au-dessus de l'évier.

– Que voulez-vous ? demanda-t-elle à Stacey par-dessus son épaule.

– J'espérais que vos parents seraient là pour ne pas avoir à me répéter. J'ignore si le lieutenant Dolan vous en a parlé, mais il va nous falloir un jeu d'empreintes digitales de chacun de vous. L'inspecteur Bancroft, du bureau du shérif, m'a dit qu'elle vous attendait demain matin à la première heure.

Cornell s'appuya contre le plan de travail et croisa les bras. Il avait ôté sa veste de sport et desserré sa cravate.

– Qu'est-ce que c'est que cette histoire ?

– Nous procédons par élimination. N'importe qui d'entre vous pourrait avoir laissé des empreintes sur la Mustang. Comme ça, si nous en trouvons, nous aurons un élément de comparaison. Ça économise du temps et de l'énervement.

– Vous voulez dire qu'on va nous mettre les doigts sur le tampon encreur comme à une bande de criminels ?! s'exclama Cornell.

– Non, monsieur. Pas du tout. Simple affaire de routine, mais qui nous aide considérablement. Le lieutenant Dolan vous en aurait informé lui-même, mais il s'est retrouvé à l'hôpital. Vous êtes sûrement au courant.

Cornell n'entendait pas se laisser distraire par les infortunes de Dolan.

– Et si nous refusons ?

– Pourquoi le feriez-vous ? C'est une procédure très courante.

– Pas pour moi.

Adrianne le regarda.

– Arrête, Cornell. Pourquoi en faire tout un plat ?

– Il n'en fait pas « tout un plat », dit Justine. Il demande pourquoi nous devons accepter ces conneries.

– Je n'irais pas jusqu'à parler de « conneries », lui renvoya Stacey. Moi, je serais passé là-dessus, mais Dolan semble y tenir. C'est lui le patron de l'enquête. Ça prend deux minutes et vous n'avez pas des kilomètres à faire. Si vous voulez, je vous y conduis et je vous ramène ensuite.

– Il ne s'agit pas de ça, dit Cornell.

– Alors de quoi ? lui demanda Adrianne. Pourquoi tu réagis comme ça ?

– Toi, je ne t'ai pas causé. Si je veux ton avis, je te le dirai.

– Oh, excuse-moi de te l'avoir donné !

– Écoute, j'irai, d'accord ? Mais je n'aime pas qu'on me dise ce que j'ai à faire.

Stacey s'en mêla.

– Je vais vous dire... J'ai un tampon non encré dans la voiture. Les empreintes à l'encre sont préférables, mais je comprends votre point de vue. Nous pouvons le faire tout de suite, si vous préférez.

– Laissez tomber. J'irai. Mais ça me fiche en rogne, c'est tout.

– Merci beaucoup. Je préviens l'inspecteur que la famille passera.

– Attendez une minute ! Mon père et ma mère doivent y aller aussi ?

– Vu que le véhicule appartient à votre père, il ne serait pas anormal d'y trouver ses empreintes. Même chose pour votre mère. Inutile de tourner en rond s'il existe une explication flagrante.

– Oh ! Arrêtez, vous voulez ?

Il jeta le torchon sur le plan de travail et sortit par la porte du jardin, la faisant claquer derrière lui. J'aurais parié gros qu'il allumait une cigarette pour se calmer.

Sa sœur fixa la porte.

– Qu'est-ce qui lui prend ?

– Laisse tomber. Il est de mauvais poil, dit Justine.

Le regard d'Adrianne rencontra brièvement le mien, puis elle détourna les yeux.

Notre choix pour le déjeuner se porta sur le Long John Silver, et cette fois ce furent des *fish and chips* croustillants et inondés d'un vinaigre âpre et piquant, couleur de thé glacé, qui nous arrachèrent des gémissements de volupté. Après, nous fîmes un saut à l'hôpital. Je n'avais pas vu Dolan depuis le vendredi soir et fus sidérée par ses progrès. Il se promenait dans le couloir en mules de papier, un peignoir de coton léger sur sa chemise de nuit d'hôpital. Il sortait de la douche et, rasé de frais, avait les cheveux encore mouillés et coiffés avec soin, la raie sur le côté.

– On va dans la salle d'attente au bout du couloir, nous dit-il dès qu'il nous vit. J'ai ai ras le bol d'être cloîtré.

– Vous paraissez en super forme, lui dis-je.

– J'asticote le toubib pour qu'il me laisse sortir.

Dolan me parut traîner les pieds, mais c'était peut-être la seule façon de ne pas perdre ses mules.

– Résultat des courses ?

– Peut-être demain. Je suis censé commencer une rééducation à l'effort et d'après lui, je serais mieux chez moi pour ça, nous expliqua-t-il. Joe Mandel m'a appelé ce matin avec de bonnes nouvelles. Ils ont épinglé l'auteur des trois homicides.

– Sacrée bonne nouvelle ! Maintenant, ils vont pouvoir s'occuper de nous.

Nous eûmes la salle d'attente pour nous seuls. Dans un coin, un évangéliste passait à la télévision dont le son était presque inaudible. Une chorale en aube blanche lui servait de toile de fond ; j'observai la vigueur avec laquelle elle chantait. Le lieutenant Dolan me parut agité, ce que j'attribuai au manque de cigarettes. Chez lui, travailler et fumer étaient si étroitement liés que l'un se faisait difficilement sans l'autre. Nous discutâmes de l'enquête, remaniant sans cesse l'enchaînement des faits, bien qu'il n'y eût rien de nouveau à ajouter.

– Pour l'instant, on s'occupe en priorité de Pudgie, dit-il. Le moment est venu de lui mettre la pression.

– On perd du temps, objecta Stacey. C'est un vieil ami de la famille. Ses empreintes n'ont rien de mystérieux. Peut-être du vent, mais on ne peut pas le prouver non plus.

Nous passâmes à une conversation plus décousue jusqu'à ce que l'énergie de Dolan commence à faiblir. Peu après nous prîmes congé.

Stacey et moi demeurâmes le reste de l'après-midi du dimanche dans nos chambres respectives. J'ignore à quoi il s'occupa. Moi, je lus mon livre, fis la sieste et rafraîchis ma coupe de cheveux avec ma fidèle paire de ciseaux à ongles. À six heures pile, nous partîmes pour une nouvelle virée dans les bas-fonds de la bouffe rapide, cette fois au Taco Bell. Je commençais à avoir une envie folle de pousses de luzerne et de jus de carottes ; n'importe quoi, du moment qu'il n'y aurait ni additifs, agents conservateurs ou graisse. En revanche, les joues de Stacey avaient retrouvé de la couleur et j'aurais volontiers juré qu'il avait pris un petit kilo depuis son arrivée.

Dolan quitta l'hôpital le lundi en fin d'après-midi, au moment précis où les plateaux du dîner faisaient leur apparition. Stacey et moi arrivâmes sur les lieux à 5 heures pile et attendîmes patiemment que le médecin de Dolan épluche son dossier et lui rappelle longuement l'importance qu'il y avait à cesser de fumer, à se nourrir correctement et à faire régulièrement de l'exercice, mais sans forcer. Quand nous le vîmes, il était en tenue de ville et pressé de partir.

Nous l'installâmes à l'avant de la voiture de Stacey ; moi, je montai à l'arrière. Il avait à la main une enveloppe en papier kraft contenant des photocopies de son rapport d'admission aux urgences, de son électrocardiogramme et de son dossier médical.

– Eux et leurs boniments ! maugréa-t-il quand Stacey mit le contact. Ils en font des tonnes pour essayer de te foutre les jetons. Je ne vois pas ce qu'il y a de mal à fumer une cigarette de temps en temps.

– Ne commence pas. Tu fais ce qu'on te dit.

– Parce que toi, tu as filé doux ? Si j'ai bonne mémoire, tu n'en as fait qu'à ta tête en les envoyant se faire voir !

Stacey coupa le contact et leva les mains en l'air.

– Bon. On remonte tout de suite voir le docteur.

– Qu'est-ce qui te prend ? J'ai dit que je ferais ce qu'on m'a dit... Pour l'essentiel. Maintenant, démarre et filons. Je ne dois pas avoir de contrariétés. C'est écrit en toutes lettres ici, lui dit-il en agitant son enveloppe.

– Faux. Je l'ai lu.

– Parce que tu as eu le culot de lire mon dossier médical !

– Absolument. Il était accroché sur ta porte. Je m'attendais à tes sornettes.

Je me penchai vers l'avant, appuyant les bras sur le siège entre eux deux.

– Les gars, si vous avez l'intention de vous chamailler, je descends et je rentre à pied.

Le silence s'installa le temps qu'ils évaluent la menace.

– Bon, d'accord, dit enfin Dolan. C'est mauvais pour ma tension.

Au Quorum Inn durant le dîner, l'humeur de Dolan s'améliora et la tension retomba. Dolan se fit un devoir de commander un poisson grillé au citron accompagné de légumes à la vapeur, d'une salade verte nature et d'un verre de vin rouge, qu'il nous jura lui être autorisé. Après notre journée de bouffe rapide, Stacey et moi nous rabattîmes sur du poulet grillé, de la salade et le même accompagnement de légumes à la vapeur. Tout le monde fit semblant de se régaler, en embellissant la vérité. Lorsqu'on nous apporta nos décas, la conversation était clairement moribonde. Le lendemain matin, Stacey devait reconduire Dolan à Santa Teresa dans sa voiture de location, en me laissant celle de Dolan. L'enquête avait quitté la zone de turbulences pour une zone de calme. Nous attendions la paperasserie, nous attendions les résultats des examens, nous attendions les empreintes à comparer ; bref, nous attendions une percée qui ne viendrait peut-être jamais. J'aurais probablement dû regagner ma base en même temps qu'eux. En tout cas, je les retrouverais à coup sûr dans un jour ou deux, si aucun élément nouveau ne survenait.

– En attendant, leur dis-je, que reste-t-il à faire ? Je n'ai pas l'intention de me tourner les pouces.

– Inutile de chercher des ennuis, me répondit Dolan.

– Je le voudrais que je ne le pourrais pas : c'est le calme plat.

Le mardi matin, je les mis dans leur voiture à 8 h, adressant un dernier signe de la main à Stacey au moment où il sortait du parking et tournait. Je regagnai ma chambre avec un léger sentiment de déprime, auquel se mêlait le soulagement de me retrouver seule. C'est une réaction que j'éprouve souvent quand Robert Dietz repart après avoir passé quelque temps en ma compagnie. C'est dur de rester derrière. Si j'avais été chez moi, j'aurais fait le ménage en grand, mais, cloîtrée au motel, je n'avais même pas cette ressource. Je rassemblai ma petite pile de linge sale, raclai le fond de mon sac à la recherche de pièces de monnaie et partis à pied au Lavomatic à un demi-pâté de maisons de là. Je ne connais rien de plus assommant que d'être assise dans un Lavomatic à écouter tourner la machine à laver et le sèche-linge en attendant qu'ils aient bouclé leur cycle. Si vous vous aventurez à laisser vos vêtements avec l'idée de revenir plus tard, quand ce sera fini, on vous les vole ou on les vide n'importe comment de la machine. Je m'assis donc et surveillai mes petites culottes. Encore moins palpitant qu'une recherche dans des dossiers, mais pas de beaucoup.

CHAPITRE 24

Je n'étais pas rentrée du Lavomatic depuis dix minutes qu'on frappait à ma porte. Je regardai par l'œilleton et vis Felicia Clifton qui attendait dehors, perdue dans la contemplation du parking. Je lui ouvris. Elle tourna vers moi un visage livide et flou, non maquillé. Ses yeux, sans l'eyeliner charbonneux et les faux cils, étaient en réalité plus beaux, bien que beaucoup moins grands et vifs. En jean, sweat-shirt, et pieds nus dans des baskets, elle donnait l'impression de s'être habillée à la hâte. Ses cheveux roux étaient tirés en arrière en une queue de cheval emmêlée.

– Quelle bonne surprise ! Entrez donc.

Elle fit un pas en avant, tendant une main comme pour se rattraper. Je crus d'abord qu'elle avait bu, mais compris aussitôt qu'elle était bouleversée et morte d'inquiétude.

– Felicia, que se passe-t-il ? Pudgie ?

Elle hocha la tête sans parler. Je la poussai de côté et refermai la porte derrière elle.

– Vous êtes en sécurité. Tout va bien. Prenez votre temps.

Elle se laissa tomber sur la chaise de bureau, la tête entre les genoux, comme sur le point de s'évanouir.

Je n'aimais pas le tour que prenaient les choses. Je partis dans la salle de bains et saisis un gant de toilette. Je l'imbibai d'eau froide et le lui rapportai. Elle le prit et le pressa sur son visage. Avec un soupir ou un gémissement, difficile à dire.

Je m'assis au pied du lit gigantesque ; nos genoux se touchaient presque.

– Il va bien ?

À sa façon de se comporter, je le soupçonnais d'être mort, mais ne voulais pas être la première à évoquer cette possibilité.

– Ils ont téléphoné à sept heures. Ils pensent que c'est lui. Ils ont besoin qu'on vienne voir, mais j'en suis incapable.

– Que s'est-il passé ?

– Je ne sais pas. Ils m'ont dit de venir.

– Où ça ? Au bureau du shérif en ville ?

Elle acquiesça d'un signe de tête.

– C'est mauvais signe, reprit-elle. Ça fait des jours qu'il est parti. S'il était blessé, ils ne m'auraient pas demandé de venir, n'est-ce pas ? Ils m'auraient dit où il était ?

– Donc, vous n'en êtes pas sûre. On vous a téléphoné à votre travail ?

– J'étais encore à la maison. Je ne commence pas avant huit heures. Je buvais un café, en peignoir, quand le téléphone a sonné. Je ne sais même pas comment je suis arrivée ici. Je me rappelle être montée dans la voiture, mais après, plus rien.

– Nous allons y aller. Laissez votre voiture ici, nous prendrons la mienne. J'attrape juste mes affaires. En attendant, respirez.

J'inspirai et expirai pour lui montrer la technique. Vu son anxiété, je savais qu'elle avait fini par retenir sa respiration. Munie de mon blouson et de mon sac, je la fis sortir et refermai la porte derrière nous. Elle n'avait pas de sac et ses mains tremblaient tellement que ses clés de voiture cliquetaient comme si elle avait été mise aux fers. Je tendis la main pour les immobiliser. Elle me jeta un regard étonné, puis contempla ses clés avec ahurissement. Elle les mit dans son jean. Je lui ouvris la portière côté passager, puis je fis le tour de la voiture et m'installai au volant. Une fois le moteur en marche, je mis le chauffage au maximum. Il ne faisait pas froid, mais tendue à craquer comme elle l'était, je savais qu'elle gelait. Elle ne bougeait pas, la tête dans les épaules, les mains pressées entre les cuisses, l'air d'un chien qu'on conduit chez le vétérinaire.

Les services de police et le bureau du shérif partageaient un bâtiment en brique d'un étage, qui, comme tout le reste à Quorum, était situé à sept rues de là tout au plus. Je trouvai une place dans la rue et fis le tour jusqu'à sa portière pour l'aider à descendre. Une fois dehors, elle reprit un peu de son sang-froid. Je la savais encore secouée, mais bouger l'aidait à se maîtriser. Pour l'instant, on ne lui avait signifié aucune mauvaise nouvelle. C'était l'attente qui la démolissait.

Nous entrâmes dans le commissariat. J'obligeai Felicia à s'asseoir sur une banquette en bois dans le couloir, et je poussais la porte du bureau. Le décor était des plus simples : un comptoir, un carrelage beige uni au sol, des bureaux gris en métal, des chaises pivotantes à roulettes et des classeurs gris fournis par l'administration. Des câbles et des rallonges s'emmêlaient derrière les ordinateurs et les bureaux. Des mémorandums, des notes et des communications officielles, que je ne pouvais pas lire d'où j'étais, s'accumulaient sur un panneau de liège. Il y avait aussi des photos en couleurs et encadrées du shérif du comté de Riverside, du gouverneur de la Californie et du président des États-Unis.

Je dis à l'adjoint en civil de la réception qui était Felicia et ce qui nous amenait. Il me dirigea sur un certain inspecteur Lassiter, qui sortit du bureau intérieur pour me parler. La quarantaine, rasé de près, svelte, des cheveux gris avant l'âge. Il était en civil, son arme et son étui visibles sous sa veste de sport gris foncé. Baissant la voix, il me donna le détail des informations qui lui avaient été communiquées.

– Nous avons reçu un appel d'une femme qui habite près de l'A78, à six kilomètres d'Hazelwood Springs, en venant de ce côté. Connaissez-vous la région ?

– Cette partie-là de route, oui.

– Comme il y a des coyotes dans les collines près de sa maison, elle laisse son chien à l'intérieur, sauf quand elle est dans le jardin et qu'elle peut le surveiller. Hier, les éboueurs ont oublié de refermer le portail et le chien s'est enfui. Il a passé la nuit dehors et quand il est rentré ce matin, il traînait un os. Un bras. L'adjoint s'est souvenu de l'appel de Felicia au sujet de Cedric. La plupart d'entre nous le connaissent, mais il nous faut une confirmation.

– Honnêtement, je ne l'ai vu qu'une fois et je ne garantis pas que je reconnaîtrais son bras. Sauf si c'est celui aux tatouages, ajoutai-je.

J'eus la vision fugitive de son bras gauche, la seule et unique fois où je l'avais rencontré à la maison d'arrêt du comté de Santa Teresa. Il y avait fait tatouer une femme mamelue avec de longs cheveux noirs de sirène. Et puis une toile d'araignée, l'inévitable crâne au sombrero et une prestation sexuelle pornographique qu'il aurait mieux fait de se faire tatouer sur les fesses.

– Nous avons un mandat contre lui pour infraction majeure au code de la route – elle remonte à 1981. Sa photo est accompagnée d'une description de ses tatouages qui semble correspondre.

– Pourquoi ne pas utiliser la main pour comparer les empreintes ?

– La plupart des doigts ont été dévorés, mais on essaiera dès que le médecin légiste en aura fini.

– Et le reste, où est-il ?

– C'est bien le problème. Nous l'ignorons.

Je le dévisageai, ahurie, effarée par l'idée qui venait de germer dans ma tête.

– Peut-être que je sais.

L'intuition est un phénomène imprévisible. Après un bond à vous chambouler l'estomac, vous voilà en train de repartir en arrière et de refaire tout le parcours, voyant comment telle réflexion ou telle observation est plus ou moins entrée en contact avec une autre idée au fond de votre cerveau, pour déclencher l'étincelle de compréhension qui soudain va fuser. D'autres fois, l'intuition se réduit à sa plus simple expression : un éclair, qui vous éblouit en l'absence de tout raisonnement conscient. Ce qui me revenait, c'était le bruit du plastique battu par le vent et l'image du coyote arrachant la chair de ce que j'avais alors pris pour une proie fraîchement tuée.

– Je pense qu'il est au Tuley-Belle. Les charognards s'en repaissent depuis plusieurs jours.

Felicia et moi restâmes une heure durant dans la voiture, sur le côté de l'ensemble immobilier à l'abandon. Nous étions dans le vent par rapport au chantier et on ne pouvait se méprendre sur l'odeur de chair putréfiée aussi reconnaissable que celle d'un putois. Nous attendîmes que le médecin-légiste ait examiné les restes. Les coyotes avaient dû flairer l'odeur du sang en moins de quelques heures ; il semblait bien qu'une grande partie du visage de Pudgie ait disparu. Même les plus cyniques des policiers présents avaient l'air révoltés. Les ennuis répétés de Pudgie avec la justice avaient fini par créer une sorte de lien entre lui et de nombreux adjoints. Certes, il était irrécupérable, mais jamais violent ni pervers. C'était simplement un type plus doué pour la délinquance que pour les activités vertueuses.

Finalement, l'inspecteur Lassiter s'approcha de la voiture et demanda à Felicia si elle souhaitait voir le corps.

– Il n'est pas dans un bel état, mais c'est votre droit. Je ne veux pas que vous restiez à vous poser des questions.

Elle me jeta un regard en biais.

– Allez-y. Je ne veux pas regarder si c'est tellement horrible.

Ça l'était.

Le corps de Pudgie avait été recouvert d'une grande feuille de plastique opaque coincée avec des pierres et abandonné dans une cuvette peu profonde derrière, précisément, le bâtiment que j'avais exploré. Alors même que j'en approchais avec l'inspecteur Lassiter, j'entendis le vent malmener un coin du plastique et le secouer comme un chiffon.

– D'où venait ce plastique ? demandai-je.

– Il était cloué en travers d'une ouverture de porte, au fond de cette aile. On en voit les restes à l'endroit où on l'a arraché du chambranle.

La brève vision que j'eus du corps suffit à me convaincre qu'il s'agissait bien de Pudgie. Aucun mystère au demeurant. La mort résultait d'un traumatisme causé par un instrument contondant : des coups répétés portés à la tête, qui avaient fracturé la boîte crânienne et mis à nu une grande partie de la matière cérébrale.

– Et l'arme du crime ?

– Nous la recherchons.

Il était impossible d'estimer l'heure du crime pour l'instant. Il faudrait attendre le rapport d'autopsie. Felicia avait vu Pudgie pour la dernière fois le vendredi soir, entre 9 h 30 et 10 h, quand elle avait éteint la télévision avant d'aller se coucher. Il pouvait très bien avoir été tué cette nuit-là, encore qu'on voyait mal comment il aurait atterri au Tuley-Belle. Quelqu'un l'aurait pris en stop à Creosote et ramené là – sans doute quelqu'un dont il ne se méfiait pas, sinon il n'aurait pas accepté de monter. Au bout de combien de temps les coyotes étaient-ils arrivés, prêts à attaquer le repas, couverts au garde-à-vous et serviette au cou sous leur petit menton velu ? Corbeaux et faucons, renards et lynx attendant leur tour. La nature est bonne fille. Pudgie, mort, leur offrait un vrai banquet.

La zone avait été bouclée. Toute personne n'étant pas directement impliquée devait rester à distance pour ne pas la contaminer. La fourgonnette du médecin-légiste stationnait à proximité. L'inspecteur Lassiter avait réparti les adjoints, qui ratissaient systématiquement le périmètre à la recherche d'autres ossements et fragments du corps, ainsi que de l'arme du crime et de toute pièce à conviction que le meurtrier aurait pu laisser derrière lui. L'adjoint Chilton, que j'avais rencontré chez les McPhee, faisait partie des policiers occupés à passer les lieux au peigne fin. Felicia et moi attendions toujours dans la voiture de Dolan. En principe, sa présence ne s'imposait pas, et je soupçonne l'inspecteur d'avoir regretté que je ne l'aie pas ramenée chez elle. Au commissariat, pendant que nous avions attendu, ils avaient envoyé une unité au Tuley-Belle pour confirmer mon hypothèse. L'adjoint avait localisé le corps de Pudgie et fait son rapport par téléphone. Felicia avait eu droit à un vague compte rendu, assez précis toutefois pour savoir qu'il s'agissait bien de son frère et que le corps se trouvait dans un triste état. Elle avait tenu à venir. Elle ne pouvait plus voler à son secours, mais elle ne relâchait pourtant pas sa vigilance.

J'observai ce qui se passait sur la scène du crime, comme dans un film déjà vu. Les détails variaient parfois, mais l'intrigue restait immuable. J'en eus le cœur au bord des lèvres et me refusai à penser aux coyotes et aux bruits que j'avais entendus les deux fois où j'étais allée au Tuley-Belle. Il était déjà mort, je n'en doutais plus. Je n'aurais pas pu le sauver, mais empêcher le carnage ultérieur, oui. Que Pudgie ait été tué à cet endroit précis renforçait mes soupçons : c'était là aussi qu'on avait assassiné Charisse.

À 2 h, l'inspecteur Lassiter traversa le grand parking non dallé, se dirigeant une fois de plus vers nous. Je sortis de la voiture et le rencontrai à mi-chemin.

– Ils vont emporter le corps. Demandez à Felicia de téléphoner aux pompes funèbres de Quorum. Dès qu'on aura procédé à l'autopsie, nous leur remettrons le corps, sauf si elle a pris d'autres dispositions. Demandez-lui également si elle a un pasteur qu'elle veut que nous prévenions.

– D'accord. Je vais voir ce qu'elle me dit.

– Vous êtes venue ici avec Stacey Oliphant ?

– C'est exact. Le lieutenant Dolan et lui sont repartis à Santa Teresa. Il était entendu que je les suivrais, mais, vu les circonstances, je reste.

– Nous allons partir du principe que les deux meurtres n'ont pas de rapport tant que rien ne prouve le contraire. J'imagine que Santa Teresa va vouloir envoyer un ou deux de ses hommes.

– Sûrement.

Je lui résumai, à ma façon, ce qui nous avait amenés à Quorum et ce que nous avions appris. Comme Stacey leur avait déjà fait le topo, je passai rapidement sur les détails, sauf quand j'en vins à ce qu'il ignorait, que Frankie Miracle se situait en pole position.

– Le lieutenant Dolan et moi sommes tombés par hasard sur son ex-femme à Peaches alors que nous descendions dans le désert. Elle s'appelle Iona Mathis.

– Nous la connaissons, me dit-il. Ma nièce et elle fréquentent la même paroisse, ou plutôt fréquentaient.

– D'après sa mère, elle a filé en voiture à Santa Teresa pour voir Frankie dès que nous sommes repartis. Je pensais qu'il était rentré avec elle, mais rien ne me le garantit. Elle affirme qu'il était à son travail vendredi soir à Santa Teresa.

– Facile à vérifier. Savez-vous pour quelle société il travaille ?

– Non, mais Stacey ou Dolan vous le diront sûrement. Peut-être souhaitez-vous interroger aussi Iona ? Elle a téléphoné à Pudgie jeudi soir et d'après Felicia, elle était vraiment furieuse. (J'ouvris une parenthèse : Iona, lui expliquai-je, était convaincue que Pudgie avait conclu un marché afin de se disculper aux dépens de Frankie.) Felicia ne sait pas si Pudgie est sorti tard le soir du vendredi ou aux aurores samedi matin. Elle m'a dit qu'il avait reçu un appel avant celui de Iona, mais elle ignorait de qui. C'est lui qui a décroché.

– Je vais interroger Iona sans tarder... Aujourd'hui peut-être. Où puis-je vous trouver ?

Je lui donnai mes coordonnées.

– J'appelle les gars dès que je rentre au motel, ajoutai-je. Ils vont avoir un choc. Stacey vous a sûrement dit qu'ils avaient trouvé les empreintes de Pudgie sur la Mustang. Nous étions partis tous trois du principe qu'il l'avait tuée lui-même ou qu'il savait qui l'avait fait. Il semblerait maintenant qu'on l'ait tué pour l'empêcher de parler.

– L'inconvénient de jouer les utilités, conclut Lassiter. En attendant, si vous avez du nouveau, prévenez-nous.

Je ramenai Felicia au motel. Elle était silencieuse, la tête penchée contre le dossier, les yeux mi-clos. Une de ses mains se crispait sur un mouchoir en papier et je la voyais de temps en temps se tamponner les yeux. Elle avait les paupières gonflées et le visage marbré ; ses cheveux roux avaient perdu leur éclat, comme ternis par le chagrin. Si elle pleurait, elle le faisait sans bruit. Maintenant qu'elle savait le pire, elle réagissait avec passivité, avec une résignation qu'elle devait entretenir depuis des années, attendant le coup.

– Si ça peut vous consoler, lui dis-je enfin, nous étions inquiets à son sujet.

Elle se tourna et me sourit faiblement.

– Ah bon ? J'espère que vous avez raison. Sa vie a été moche ; plus souvent sous les verrous que libre. Après coup, on se demande pourquoi.

– J'ai renoncé à comprendre. Vous n'avez rien à vous reprocher.

– Oh, que si ! Je me suis toujours dit que j'aurais pu mieux faire. Le problème est que je ne sais pas si j'ai été trop sévère ou pas assez.

– Pudgie a fait ses choix. Vous n'y êtes pour rien.

– Vous voulez savoir ? Je me moque de ce qu'il a fait. Il s'est bien comporté avec moi. Il aurait pu vivre à mes crochets, mais il ne m'a jamais arnaquée, vous savez ? C'était mon petit frère et je l'aimais.

– Je sais. Vous faites partie d'une paroisse ? Si vous voulez, je les appelle.

– Dans un bled pareil, tout le monde est au courant. Le pasteur sera sûrement là le temps que je rentre. J'espère seulement ne pas craquer. C'est déjà assez dur comme ça.

Au motel, je me garai près de sa voiture et nous sortîmes toutes les deux. Je la serrai dans mes bras. Elle aussi, brièvement. Ensuite elle s'écarta, les yeux brillants de larmes, et s'essuya le nez avec son mouchoir en papier.

– Ne soyez pas trop gentille, me dit-elle. C'est pire.

– Vous êtes en état de conduire ?

– Sans problème.

– Je vous appelle demain.

– Merci. Ça me ferait vraiment plaisir.

J'entrai dans ma chambre. La femme de chambre était passée, j'avais des serviettes propres et mon lit était fait au carré. Je m'allongeai et attrapai le téléphone près de mon livre sur la table de chevet. Le numéro de Stacey n'était plus attribué. Cela me fit sourire. Convaincu de sa mort prochaine, il avait dû faire l'impasse sur ses factures. Je composai celui de Dolan et laissai un message, demandant à l'un ou l'autre de m'appeler dès leur retour. Il était 3 h, et même s'ils s'étaient arrêtés pour déjeuner, ils arriveraient à Santa Teresa dans moins d'une heure. Je n'osais pas quitter ma chambre, de peur de rater leur appel. J'essayai de lire mais me retrouvai, étonnez-vous, à méditer sur la mort de Pudgie. Je repensai à mon entretien avec Iona Mathis. Comment l'idée farfelue que j'avais conclu un marché avec Pudgie pour le faire libérer lui était-elle venue ? J'espérais que ses conclusions n'étaient pas responsables de sa mort. Sinon, j'avais moi aussi ma part de responsabilité dans ce qui lui était arrivé. Cette idée me rendait malade.

J'ôtai mes chaussures, me glissai sous les couvertures et tirai le dessus de lit sur moi. Je pris mon livre et lus un peu dans l'espoir de me changer les idées. La chaleur était agréable. Le silence régnait dans la chambre. Je commençais à piquer du nez quand le téléphone sonna enfin. Je fis un saut de carpe, attrapant le combiné tandis que mon cœur battait la chamade. La montée d'adrénaline atteignit un sommet, puis retomba. C'était Dolan.

Je m'assis et fis passer mes pieds sur le côté du lit, me frottant la figure et réprimant un bâillement.

– Avez-vous fait bonne route ? Vous semblez fatigué.

– J'ai eu des moments plus fringants, reconnut-il. Stacey m'a déposé il y a une demi-heure. Il a filé au bureau du shérif pour voir Mandel. En rentrant, il a l'intention de s'arrêter chez lui pour prendre ses affaires. On réfléchira au dîner ensuite.

– Il emménage ?

– Provisoirement. Vous savez que son bail se termine et qu'il doit avoir libéré son appartement à la fin du mois. Il croyait être à six pieds sous terre à ce moment-là, mais les dieux semblent lui avoir joué un tour. Je lui ai proposé de s'installer ici, le temps de trouver autre chose. Honnêtement, l'arrangement me convient.

– Sympa. Ça vous fera du bien à tous les deux, pour peu que vous cessiez de vous chamailler.

Dolan eut la bonne grâce de rire.

– On ne se chamaille pas, on n'est pas d'accord, me corrigea-t-il. Et vous, vous en êtes où ? Nous avions mauvaise conscience de vous laisser seule aux commandes. Vous avez réussi à vous amuser un peu ?

– C'est drôle que vous me posiez la question !

Je l'informai de la mort de Pudgie, que nous analysâmes en long et en large.

– Ne quittez pas, m'interrompit-il au beau milieu de cette dissection en règle. Stacey vient d'entrer. Je veux lui raconter.

Il posa la main sur le micro pour m'épargner de réentendre le même disque le temps qu'il mette Stacey au parfum. Même avec la sourdine, j'entendais les commentaires bien sentis de Stacey.

Il s'empara du combiné.

– C'est la dernière fois que je vous laisse seule ! Qu'est-ce qui se passe, hein ?

– Vous en savez autant que moi.

Il me posa sa propre série de questions sur Pudgie et nous discutâmes de Frankie. La police allait faire tout son possible pour le localiser et voir s'il pouvait justifier ses allées et venues à partir du vendredi.

– Ah ! Bonne nouvelle du front. La fiche dentaire de Charisse correspond à celle de notre inconnue ; on a au moins ça d'établi. Le service médico-légal est prêt à jurer que les cheveux retrouvés sont aussi les siens. Maintenant, il ne nous manque plus que la comparaison avec la seconde série d'empreintes pour avoir peut-être le fin mot de l'histoire. Les McPhee sont rentrés ?

– Je suppose. Je m'en assurerai demain matin, lui dis-je. Quand pensez-vous redescendre ?

– Le plus tôt possible. Je prendrai la route dès que tout sera réglé ici.

J'entendis Dolan grommeler derrière lui.

– C'est bon, d'accord, dit Stacey. Dolan a laissé son arme dans le coffre de sa voiture. Il veut savoir si elle y est toujours.

– Je n'ai pas eu besoin de l'ouvrir, mais je regarderai à la première occasion. Que veut-il que j'en fasse ?

Dolan marmonna quelque chose à Stacey.

– Il dit qu'il veut être sûr que vous le rappellerez dès que vous serez de retour.

– Naturellement.

Dolan ajouta quelque chose que je ne compris pas.

– Ne quittez pas, me dit Stacey. (Et à Dolan.) Bon Dieu ! Tu veux bien la fermer pendant que je suis au téléphone avec elle ?

Nouveaux grognements de Dolan.

– Tête de bourrique ! Il n'en est pas question ! (Stacey revint vers moi.) Ce garçon me rend dingue. Il dit pouvoir très bien se débrouiller seul, mais c'est un faux-jeton de première. À la seconde où j'aurai le dos tourné, il filera s'acheter un paquet de cigarettes. Ils auraient dû l'enfermer !

J'entendis une porte claquer.

– Toi aussi, andouille ! hurla Stacey. N'importe comment, reprit-il, je vous appellerai pour vous avertir de mon départ. Vous pouvez prévenir la réceptionniste et retenir une chambre.

Après que nous eûmes raccroché, j'appelai Henry. Son répondeur s'enclencha. Je laissai un message pour dire qu'il me manquait et que je le rappellerai. Je lus encore une petite heure environ, puis je commandai une pizza. Je n'avais pas le cœur à sortir et à me nourrir correctement en solitaire. D'ordinaire, j'aime bien aller seule au restaurant. Mais, Stacey et Dolan repartis, je n'en voyais pas l'utilité. Le meurtre de Pudgie me laissait un sentiment d'inquiétude. Une chose était d'enquêter sur un meurtre vieux de dix-huit ans. Quel qu'en ait été le mobile, les passions avaient largement eu le temps de retomber. La vie avait continué. L'assassin avait réussi à frapper une fois et à prendre le large. J'étais partie du principe qu'il n'avait aucune raison de récidiver, mais la mort de Pudgie me prouvait l'étendue de mon erreur. L'enjeu restait considérable. Dans les années qui s'étaient écoulées depuis le meurtre, quelqu'un avait vécu une vie bâtie sur un mensonge. Et notre arrivée avait tout remis en question.

J'avalai mon dîner et jetai la boîte dans la corbeille. Je regardai deux émissions de télévision avec des rires préenregistrés : exaspérant. À 9 h, je jugeai que je pourrais aussi bien travailler. Tout consigner par écrit a des effets secondaires apaisants. Je m'assis au bureau et ouvris le tiroir.

On avait touché à son contenu.

Je restai à le regarder, complètement ahurie, puis je jetai un coup d'œil dans la pièce pour voir si quelqu'un était entré. Pas si, mais qui ? Qui était entré et avait fouillé dans mon tiroir ? Voyons voir. La dernière fois que j'avais pris des notes devait être le samedi après-midi. Stacey et moi étions allés à Creosote, avec un arrêt au Tuley-Belle sur le chemin du retour. Une fois au motel, nous avions décidé de souffler un peu. J'avais discuté au téléphone avec Betty Puckett, de Lockaby, puis je m'étais douchée, rhabillée et avais commencé de noter les petits détails marquants :

faits, questions, conversations. Cela terminé, j'avais passé un élastique autour de mes fiches et les avais expédiées dans le tiroir, au-dessus du dossier de police. Maintenant, elles étaient au-dessous. Ce n'était qu'un détail, mais j'en avais un souvenir précis.

Je pris un crayon et m'en servis pour soulever un coin du dossier de façon à récupérer les fiches. Je tins le paquet par les bords en ôtant l'élastique. J'avais laissé la fiche du dessus dans le mauvais sens pour me rappeler d'avoir un deuxième entretien avec Medora Sanders. Maintenant la fiche était à l'endroit, dans le même sens que les autres.

On était entré. On avait ouvert le dossier de police et lu mes notes.

Je me levai brusquement, comme mue par une décharge électrique. Je fis le tour de la pièce en scrutant le moindre centimètre carré. Mon sac de voyage et l'album de photos de famille se trouvaient à leur place dans la penderie. Hormis le contenu du tiroir, tout était exactement comme j'en avais gardé le souvenir. La femme de chambre ? Dans l'affirmative, pourquoi aller lire les fiches ? La femme avec qui j'avais échangé quelques mots parlait à peine l'anglais. Une autre employée ? Il devait y en avoir deux, une pour la semaine et une autre pour le week-end. Peut-être que la seconde à avoir fait ma chambre était d'un naturel curieux et ne s'était pas gênée, croyant que je n'en saurais rien. J'avais du mal à le croire, mais allez donc prouver le contraire.

Je remis l'élastique autour des fiches et les rangeai à la même place, utilisant le bout de mon crayon pour refermer le tiroir. D'après moi, personne n'aurait imaginé que je gardais un souvenir si précis de la disposition de son contenu. Et si ce n'était pas l'employée, comment était-on entré ? J'avais trouvé la porte fermée à clé. J'allai dans la salle de bains et pris un mouchoir en papier dans la boîte, puis je revins à la porte et l'utilisai pour tourner le bouton. J'étudiai l'extérieur de la porte, l'entrée de la serrure et la têtière, mais ne vis ni trou ni éraflure, ni aucune trace d'effraction. Les fenêtres étaient fermées de l'intérieur et ne portaient aucune marque de crochetage.

En revanche, on avait pu entrer très simplement. L'employée, lorsqu'elle avait fait ma chambre le samedi, avait coincé ma porte avec la pile de draps sales. Elle écoutait sa radio dans la salle de bains, la musique à fond, pendant qu'elle nettoyait la cuvette des toilettes et le lavabo. N'importe qui avait pu se glisser dans la chambre et fouiller le tiroir que cachait la porte ouverte. Sans avoir le temps de lire le dossier, mais les fiches, qui étaient plus importantes. J'y avais consigné tout ce que je savais sur l'affaire et tout ce que je jugeais pouvoir s'y rattacher. Il suffisait de les lire avec attention pour imaginer où j'étais allée, qui j'avais interrogé et ce que je comptais faire. Pouvoir prévoir ma prochaine initiative donnait à l'intéressé un avantage évident. Il pouvait faire le nécessaire avant que j'aie la possibilité d'obtenir l'information qu'il me fallait.

Je refermai la porte et revins au bureau. Je contemplai la pile de fiches avec le nom de Medora sur le dessus. À mon avis, elle ne savait sûrement rien qu'elle ne m'ait déjà dit, mais autant vérifier. L'espace d'une seconde, je songeai à appeler l'inspecteur Lassiter ou quelqu'un d'autre au bureau local du shérif, mais pour leur dire quoi ? Qu'on avait déplacé de quelques centimètres mon paquet de fiches ? Bigre ! Ils ne se précipiteraient certainement pas pour faire un relevé d'empreintes. Tout au plus aboutiraient-ils à la même hypothèse que moi : l'employée avait ouvert et refermé le tiroir alors qu'elle faisait ma chambre. La belle affaire. Excepté le fait qu'on avait touché à mes affaires (et ils devraient me croire sur parole), il n'y avait aucune trace d'effraction. La chambre n'avait pas été mise sens dessus dessous et on n'avait rien volé, donc, de leur point de vue, aucun délit n'avait été commis.

Je saisis mon sac et mon blouson, prête à sortir. J'étais presque à la porte quand une idée me traversa l'esprit. Je récupérai mon album de famille dans la penderie, puis je traversai la pièce et pris le dossier de police et les fiches. Je sortis, m'assurant que j'avais bien verrouillé la porte derrière moi. Je mis mon chargement d'objets précieux sous clé dans le coffre de la voiture de Dolan et pris la direction de la maison de Medora. Réconfortée par l'image persistante du Smith & Wesson de Dolan dans le coffre.

CHAPITRE 25

La nuit était froide et venteuse, et le trajet trop court pour que le chauffage de Dolan ait le temps de prouver son efficacité. Avec ses rares constructions de plus d'un étage, Quorum n'offrait guère de protection contre les rafales d'air glacé venues du désert. Dans le ciel d'un noir acéré, la présence des étoiles n'apportait pas le réconfort qu'on aurait pu en attendre. La nature a ses méthodes à elle pour nous rappeler notre petitesse et notre fragilité. Nous ne faisons que passer, quand elle continue d'exister, bien après la débandade de notre misérable enveloppe charnelle.

Je me garai dans l'allée de Medora. L'obscurité régnait dans la maison, à part une lampe dans le séjour. En traversant le bout de pelouse, je constatai que la porte d'entrée était grande ouverte. La bande verticale de lumière blafarde se dilatait et se rétrécissait suivant l'intensité du vent. Après un moment d'hésitation, je frappai à la porte-moustiquaire.

– Medora ?

Aucun bruit ne me parvint de l'intérieur. Je poussai la porte et l'appelai dans l'entrebâillement.

– Medora ?

Je n'aime pas m'imposer, mais ce silence était bizarre, surtout au vu de mes soupçons sur l'intrusion dont j'avais moi-même été victime. Si quelqu'un avait lu mes notes et repéré son nom, sa maison risquait d'être le prochain arrêt. Je poussai carrément la porte et entrai, la refermant derrière moi. La pièce était plongée dans le noir, il y avait juste une petite lampe de table d'allumée. Je vis Medora sur le canapé, allongée sur le dos, les mains croisées sur la poitrine. Je m'approchai. Elle ronflait, exhalant des vapeurs d'alcool à chaque expiration. Si elle se réveillait et me voyait penchée sur elle, elle aurait un choc, mais je ne voulais pas la quitter avant de savoir si tout allait bien. Une cigarette à moitié fumée, abandonnée sur le bord d'un cendrier, s'était consumée jusqu'à ce qu'il ne reste que deux centimètres de cendre. Le glaçon de son verre à whisky avait fondu depuis longtemps. Ses flacons de pilules semblaient pleins et tous avaient leur bouchon. Au moins n'était-elle pas victime d'une overdose de médicaments, encore que, je ne l'ignorais pas, bourbon et analgésiques ne fassent pas toujours bon ménage.

On gelait dans la maison, et je sentis un courant d'air. J'allai dans la cuisine et allumai. La porte de derrière était ouverte, créant un appel d'air qui avait chassé toute la chaleur des pièces. Sans bouger, je procédai à un examen visuel des lieux. La porte était intacte – pas de bois éclaté, pas d'encadrement fracassé, pas de verre brisé. Les fenêtres étaient closes et les systèmes de fermeture en position verrouillée. Des boîtes de conserve, des cartons de céréales et de crackers, des paquets de serviettes et de mouchoirs en papier, des essuie-tout jetables et des produits de nettoyage encombraient le plan de travail. Une vaisselle d'une bonne semaine s'était entassée, même si Medora semblait ne consommer que des céréales et du potage. La poubelle débordait, mais, sinon, rien ne semblait avoir été dérangé.

Je jetai un coup d'œil à Medora ; il se dégageait d'elle une impression de vulnérabilité qui me donna le frisson. N'importe qui aurait pu entrer, la voler, l'agresser, la tuer sur ce canapé. Si un incendie s'était déclaré, elle n'en aurait sans doute pas eu conscience. Je fermai la porte de derrière et la verrouillai. Je fis le tour du reste de la maison, qui comprenait seulement une misérable petite salle de bains et deux chambres à coucher microscopiques. Vu sa façon de tenir la maison, il était impossible de dire si quelqu'un d'autre avait fouillé les pièces.

Je regagnai le séjour et me penchai sur elle.

– Medora, c'est Kinsey. Comment vous sentez-vous ?

Elle ne bougea pas.

Je posai légèrement la main sur un de ses bras.

– Hou hou !

Rien. Je la secouai doucement, mais elle ne parut pas enregistrer mon geste. Elle était plongée dans les abîmes de l'alcool, imperméable au son et à la lumière. Je la secouai de nouveau. Elle émit un grognement, mais ne réagit pas. Je ne pouvais pas la laisser dans cet état. Je cherchai un téléphone et finis par en repérer un dans la cuisine, fixé au mur près de la porte du couloir. J'effectuai une fouille systématique des tiroirs jusqu'à ce que je trouve le répertoire téléphonique. Je cherchai le numéro de Justine et l'appelai. À la quatrième sonnerie, elle décrocha.

– Justine ? Ici Kinsey. Je suis vraiment désolée de vous déranger, mais je viens de passer chez votre mère et j'ai trouvé les deux portes grandes ouvertes. Elle semble inconsciente. Je pense qu'elle va bien, mais je n'arrive pas à la réveiller. Pourriez-vous venir ? Je ne veux pas la laisser avant que vous ne l'ayez vue vous-même.

– Putain de merde ! J'arrive.

Elle raccrocha net. Navrée de l'avoir importunée, mais c'est la vie, non ? Je revins près du canapé et m'assis sur le bord de la table basse. Prenant la main de Medora, je la tapotai doucement.

– Medora, réveillez-vous. Vous pouvez vous réveiller ?

Elle ouvrit les yeux, complètement dans le cirage. D'abord, elle parut incapable d'accommoder mais réussit enfin à voir et jeta un regard autour d'elle, ne sachant pas où elle était.

– C'est moi, Kinsey. Vous m'entendez ?

Elle marmonna quelque chose que je ne compris pas.

– Medora, avez-vous pris un médicament contre la douleur ? On se met debout, d'accord ? (Je glissai un bras sous sa tête, essayant de la mettre en position assise.) Je vais vous remettre sur vos deux pieds, mais il faut m'aider.

Elle parut retrouver ses esprits et se souleva sur un coude, ce qui me permit de la relever. Son regard s'accrocha au mien avec une expression désorientée.

– Que se passe-t-il ?

– Je ne sais pas, Medora. C'est à vous de me le dire. Levez-vous et marchez un peu. Vous en êtes capable ?

– Pourquoi ça ? Je vais bien. Je ne veux pas marcher.

– Alors, asseyez-vous et parlons. Je ne veux pas que vous vous rendormiez. Avez-vous pris quelque chose ?

– Juste fait une petite sieste.

– Ça, je le sais, mais vos portes étaient ouvertes et je me faisais du souci pour vous. Avez-vous pris des pilules ?

– Tout à l'heure.

– Combien ? Montrez-moi ce que vous avez pris. Celles-ci ?

– Et les autres.

Je vérifiai les étiquettes des flacons. Valium, Tylenol avec codéine, Percocet, Xanax.

– Pas génial, comme idée. Vous ne devez pas prendre tous ces médicaments à la fois, surtout si vous avez bu un verre. C'est dangereux ! Vous vous sentez bien ?

– Le Dr Bleker me les a prescrits.

– Mais il ne faut pas les prendre avec de l'alcool. Il vous l'a expliqué ?

– Dans ce cas, je ne pourrais jamais en prendre. Je bois tous les jours.

Ma niaiserie la fit sourire : elle avait marqué un point.

Nous continuâmes sur ce ton, Medora répondant à mes questions par des vérités allant de soi. Sans être à proprement parler éclairante, cette conversation atteignit son but, à savoir la garder en contact avec la réalité. Quand Justine arriva un quart d'heure après, Medora avait l'esprit plus vif et avait repris le contrôle d'elle-même.

Justine se débarrassa de son manteau et le jeta sur le dossier d'une chaise.

– Désolée d'avoir mis si longtemps, mais j'attendais Cornell. J'ai fini par appeler la voisine, qui est venue me garder les filles.

Medora fixait Justine avec une expression où l'humilité le disputait à la gêne.

– Je ne lui ai pas demandé de t'appeler. Je ne l'aurais jamais fait.

Justine s'assit à côté de sa mère et lui prit la main.

– Combien de fois sommes-nous passées par là, maman ? C'est plus fort que toi. Mais j'ai ma vie.

– Et moi juste un verre et des pilules contre la douleur.

– J'en suis sûre. Combien ?

– Comme d'habitude.

– Aucune importance. Laisse tomber. Je ne veux pas perdre mon temps. Comment te sens-tu ?

– Bien. C'était inutile de laisser les petites et de venir.

– Elle dit que les portes étaient ouvertes. Pourquoi ?

– Je les avais fermées. Si ! Je me suis souvenue de ce que tu m'avais dit.

– On va te mettre au lit. Nous en reparlerons plus tard, quand tu auras retrouvé tes esprits.

– J'ai toute ma tête, répliqua-t-elle, le regard trouble, alors que Justine l'aidait à se mettre debout.

Medora tangua un peu.

– Voulez-vous que je vous aide ?

Justine me fit non de la tête, toute à ses efforts pour aider sa mère à contourner la table basse, puis lui faire traverser la pièce et parcourir le couloir jusqu'à sa chambre. Je les entendis discuter à voix basse, Medora se confondant en excuses et Justine s'occupant de la mettre au lit.

Cinq minutes après, Justine revint en se frottant machinalement les bras.

– Ça va vraiment de mal en pis. Je ne sais pas quoi faire d'elle. Seigneur, on gèle !

– Ça s'est réchauffé.

Elle se dirigea vers le thermostat.

– Il est éteint. Qu'est-ce qui lui prend ? Elle veut réduire sa note de chauffage ? Pas étonnant qu'elle soit malade. Elle a eu une pneumonie il y a deux mois !

Elle régla la manette et quelques secondes après la chaudière s'enclencha.

Elle s'assit sur le canapé avec un sourire chargé d'irritation.

– Vous ne pouvez pas savoir combien de fois je lui en ai parlé ! Elle sort la poubelle ou va chercher le journal au bout de l'allée et soit elle se retrouve à la porte, soit elle oublie de la refermer. Les nuits où il y a du vent comme aujourd'hui, les portes claquent et s'ouvrent en grand. Elle ne s'en rend même pas compte !

– Je ne suis pas sûre que ce soit le cas ce soir, mais j'en ai la chair de poule. Pourriez-vous jeter un coup d'œil et vous assurer que rien n'a disparu ? On a pu entrer.

– Qui prendrait cette peine ? Il n'y a aucun objet de valeur à voler.

– Je comprends, mais cette histoire ne me plaît pas. Pouvez-vous me rendre ce service et vérifier ?

– D'accord. Autant que vous me suiviez. Ce ne sera pas long, mais au moins vous pourrez constater par vous-même. (Elle se pencha et prit la bouteille de bourbon sur la table.) Tenez.

Je saisis la bouteille et attendis qu'elle enlève le verre et les flacons de pilules alignés à côté.

– Son médecin est cinglé. Je me tue à lui dire ! Comme ce sont de vieux amis, elle va le voir juste après que je suis passée et le persuade de lui faire une ordonnance.

Elle jeta un regard rapide autour d'elle tout en versant le bourbon de sa mère dans l'évier de la cuisine. Puis elle vida les flacons dans la poubelle, où je les entendis en mitrailler le fond comme une poignée de billes. Elle jeta la bouteille vide.

– Je m'en occuperai plus tard, dit-elle en parlant de l'accumulation de détritus et de la pile de vaisselle dans l'évier. Tout me paraît normal ici. C'est une vraie porcherie, mais pas plus que d'habitude.

Je lui emboîtai le pas pendant qu'elle inspectait la salle de bains et la seconde chambre à coucher. Ç'avait dû être la sienne quand elle était adolescente, celle qu'on l'avait obligée à partager avec Charisse. Les lits jumeaux n'avaient pas bougé, par contre des piles de vêtements, des cartons et des vieilleries diverses occupaient la plus grande partie de l'espace. Je faillis lui dire qu'on avait visité ma chambre au motel, mais préférai m'abstenir. Je n'en avais pas la preuve et je ne voulais pas avoir l'air complètement parano. Sans compter qu'elle m'aurait posé des questions auxquelles je ne voulais pas répondre.

– J'ai appris pour Pudgie, me dit-elle comme nous regagnions le séjour. C'est horrible.

– Les nouvelles vont vite.

– Faites-moi confiance, tout le monde est au courant à l'heure qu'il est !

– Qui vous l'a dit ?

– C'est Todd Chilton qui m'a appelée. Il est adjoint…

– Je l'ai rencontré. Pourquoi vous a-t-il appelée ?

– Oh… Il s'est souvenu que je sortais avec Pudgie et a pensé qu'il fallait que je sache. D'après ce qu'il m'a dit, ce n'était pas ragoûtant. Du moins je l'ai compris à demi-mots. À l'entendre, c'est vous qui avez résolu le mystère ?

– Ça n'aurait pas traîné, lui répondis-je en repensant à l'odeur.

Je lui brossai le tableau dans ses grandes lignes, évitant tout détail important. L'inspecteur Lassiter n'aurait sûrement livré qu'un minimum d'informations au public.

– Pourquoi êtes-vous passée ?

– J'avais une question à poser à votre mère. Un détail à première vue mineur, mais qui m'intriguait. La première fois que je l'ai interrogée, elle m'a dit être allée à la police le jour même de la disparition de Charisse. Mais, d'après leur rapport, elle a attendu une semaine. Je voulais tirer ce point au clair.

– Elle ne vous a pas parlé du mot ?

– De Charisse ? Pas que je me souvienne.

– Ça lui sera sorti de l'esprit. Toutes ces saletés qu'elle prend lui bousillent la tête. Le mot disait qu'elle avait décidé d'aller voir sa mère et qu'elle serait de retour trois jours après. Nous pensions la voir se manifester, mais une semaine a passé et maman a commencé à s'inquiéter. C'est alors qu'elle a prévenu la police.

– Vous-même, vous avez vu le mot ?

– Absolument. Elle l'avait laissé sur le lit.

– Et c'était son écriture ?

– Pour autant que je puisse dire.

– Votre mère l'a-t-elle conservé ?

– Ça m'étonnerait. Pourquoi l'aurait-elle fait ?

– Pourriez-vous le lui demander, je vous prie ?

– Maintenant ?

– Je vous en serais reconnaissante.

Elle quitta le séjour et regagna la chambre de sa mère, où je l'entendis questionner Medora avec insistance et celle-ci lui répondre d'une voix comateuse. Il y eut un bruit de tiroirs qu'on ouvrait et refermait. Quelques minutes après, Justine revint.

– Ça me dépasse ! Elle dit qu'elle a gardé le mot parce qu'elle ne voulait pas que les services sociaux lui reprochent la disparition de Charisse. Elle pensait qu'en cas de problème, elle pourrait le leur montrer pour prouver que Charisse était partie de son plein gré.

– Étonnant. En tout cas, c'est génial ! J'aimerais beaucoup le voir.

– C'est bien le hic. Elle ne se rappelle pas où elle l'a mis. Elle croyait l'avoir rangé dans sa commode, mais il n'y est pas. La connaissant, il pourrait être n'importe où. Elle est tellement bordélique...

– Pourquoi ne pas chercher avec elle quand elle sera remise ?

Justine m'adressa un regard noir.

– C'est ça, bonne idée. Écoutez... il faut que j'y aille à cause des filles. Cornell a dû rentrer, mais on ne sait jamais. J'éteins quelques lumières et je vous raccompagne à votre voiture. Il fait noir comme dans un four dehors.

J'attendis qu'elle revérifie tout et s'assure que la porte de derrière était fermée à clé. Elle éteignit toutes les lumières, sauf celle de l'entrée. Elle vérifia la sécurité de la porte d'entrée, la mit en position fermée et la tira après elle. Prenant ses clés dans la poche de son manteau, elle traversa le jardin jusqu'à sa Ford familiale garée dans l'allée, derrière la voiture de Dolan.

– Avez-vous fait le nécessaire au commissariat, pour les empreintes ?

– Edna y est allée lundi, mais moi, je n'ai pas eu une seconde. J'y passerai demain en allant faire des courses.

– Et les autres ?

– Adrianne a dit qu'elle tâcherait de le faire dans la semaine.

– Et Ruel et Cornell ?

– Inutile de me regarder ! Ne comptez pas sur moi pour les asticoter. Ce n'est pas mon boulot.

– Vous avez raison. Merci quand même. J'irai les embêter moi-même.

Je revins au motel en gardant un œil sur le rétroviseur. Les rues étaient désertes. Les magasins avaient baissé leur rideau et l'obscurité régnait dans la plupart des maisons. Une fois dans ma chambre, je consacrai quelques minutes à vérifier que tout se trouvait exactement comme je l'avais laissé. Mon livre ouvert, posé à l'envers sur le lit, n'avait pas bougé, le dessus de lit était encore en désordre, là où je l'avais repoussé. La lampe de la table était allumée et sa lumière chaleureuse donnait un petit air douillet à la pièce. La sécurité des fenêtres étant enclenchée, je m'assurai que les doubles rideaux ne laissaient filtrer aucune lumière. Pas question que des fâcheux se rincent l'œil. Après quoi, je me déshabillai et enfilai le T-shirt démesuré qui me sert de chemise de nuit. Ma paranoïa aurait sans doute dû suffire à me tenir éveillée, mais comme je suis une personne foncièrement superficielle, je m'endormis sitôt la tête sur l'oreiller.

À 2 h 06, le téléphone sonna. J'attrapai le combiné d'un geste automatique, notant l'heure en le portant à mon oreille.

– Oui ?

– Kinsey ?

– Oui ?

– C'est moi, Iona.

– Ah.

– Frankie veut vous parler.

– De quoi ?

– De Pudgie.

– Passez-le moi.

– Tout de suite.

Je me penchai et allumai la lampe de chevet ; la lumière me fit cligner douloureusement des yeux, traçant sans doute des rides indélébiles sur mon visage.

– Pourquoi me téléphonez-vous en pleine nuit ? Je dors.

– Je l'aurais fait avant, mais il vient d'arriver.

– Où ça ?

– À Quorum. Il veut que vous nous retrouviez au restau ouvert toute la nuit. Vous voyez lequel ? Dans Main Street. Le Chow-Chow.

Je refermai les yeux.

– Ne vous vexez pas, mais inutile de compter que je sorte à une heure pareille pour aller tailler une bavette avec Frankie Miracle.

– Et s'il venait au motel ? On vous appelle d'un téléphone public. On n'est pas loin.

– C'est-à-dire ?

– Un pâté de maisons.

– Pourquoi n'est-ce pas lui qui appelle ?

– Il avait peur que vous refusiez.

Je me mis à rire.

– Il s'inquiète de moi ? Iona, ce type est un assassin. Il a lardé une bonne femme de quatorze coups de couteau !

– Mais il a payé. Il a fait son temps et il a été libéré.

– Oh, assez ! Pourquoi est-ce que je vous réponds ? Si vous tenez à venir, je vais ouvrir la fenêtre et lui parler à travers la moustiquaire. Je ne peux pas vous proposer mieux.

– D'accord.

Je raccrochai et partis dans la salle de bains me laver les dents. Comme ce n'était pas le genre d'établissement à vous offrir des peignoirs (hé ! encore heureux qu'ils m'aient fourni un surplus de P.Q.), j'enfilai un sweat-shirt. Après une seconde de réflexion, je passai mon jean. L'arc des phares se dessinait déjà à travers les rideaux. J'éteignis la lampe et m'approchai de la fenêtre, y glissant un œil au moment où le pick-up blanc de Frankie se garait deux portes plus bas. Iona était au volant. Elle attendit dans le camion en laissant le moteur tourner, sans doute pour rester au chaud, alors que Frankie descendait du côté passager et claquait la portière.

– Bravo ! lui lançai-je à part moi. Réveille tout le monde. Je me sentirai plus en sécurité.

Je le regardai vérifier le numéro des chambres jusqu'à ce qu'il arrive à la mienne. Dès qu'il fut assez près, je remontai très légèrement la fenêtre.

– Bonjour, Frankie.

– Salut. Je peux entrer ?

– Non.

– Allez, je ne peux pas rester dehors. On pèle !

– Je n'ai pas besoin d'un bulletin météo. Je sais qu'il fait froid. Vous voulez me parler, je vous écoute, mais il faudra vous faire une raison.

– D'accord, me renvoya-t-il d'un ton rogue.

Il s'arrêta pour allumer une cigarette. Malgré la faible intensité de l'éclairage extérieur, je le voyais distinctement – ses cheveux ondulés châtain, son visage lisse de bébé. Il jeta un coup d'œil par-dessus son épaule, visiblement mal à l'aise.

– J'ai appris, pour Pudgie. Je voulais juste que vous sachiez que je n'y suis pour rien.

– Tant mieux pour vous.

– Vous ne voulez pas connaître la suite ?

– Si.

– Les flics sont déjà passés. Le lieutenant Dolan et un copain à lui. J'ai cru que mon logeur parlait de vous, mais il m'a décrit un vieux.

– Stacey Oliphant.

– Tout juste.

– Ce sont des types bien. Honnêtes. Vous devriez leur parler.

– Je ne peux pas blairer les flics. Tous des salauds. Je préfèrerais que ce soit vous.

– Pourquoi ? Je vous poserais les mêmes questions que le lieutenant Dolan.

– Vous voulez savoir où j'étais vendredi soir, hein ? À Santa Teresa, je faisais l'équipe de nuit comme d'habitude. Onze à sept. Et c'est la vérité vraie.

– Je vous croyais ici avec Iona.

– Qui vous a dit ça ?

– Vous n'étiez pas avec elle quand elle a appelé Pudgie jeudi soir ?

– Si, mais je suis reparti en bagnole le vendredi matin et j'ai refait le trajet jusqu'à Santa Teresa.

– Quelqu'un vous a vu au travail ?

– À deux heures et demie du matin, je m'occupe de passer la serpillière, pas de remonter le moral des troupes. Si j'aime ce boulot, c'est qu'il n'y a pas de bruit et que je n'ai personne sur le dos à me tanner.

– Vous étiez complètement seul.

– À une heure pareille ? Évidemment ! Avec qui d'autre ? Tout est archibouclé.

– Je ne sais pas. Un autre membre de l'équipe de nettoyage ? Un avocat travaillant tard ? Un immeuble de cette taille n'est jamais désert.

– Pour commencer, il n'y a personne d'autre dans l'équipe. L'équipe, c'est moi. Deuzio, même s'il y avait eu quelqu'un dans l'immeuble, comment je le saurais ? Cinq étages, c'est pas rien. J'ai une foutue surface à briquer. L'avocat qui fait des heures sup ne va pas s'arrêter pour faire la causette aux gens de mon espèce. Bref, personne ne m'a vu. Il faut me croire sur parole quand je vous dit que j'ai passé la nuit là-bas.

– Et vous avez fait tout ce trajet pour me dire ça ?

– Hé, Iona pouvait me fournir un alibi et en un clin d'œil, mais je voulais jouer franc jeu.

– Brave petit. Et maintenant ?

– Iona pensait que vous pourriez intervenir en ma faveur.

– Frankie, arrêtez ! Vous n'êtes pas tombé de la dernière pluie. Tout le monde se fout de ce que je peux penser. Mon avis n'a aucun poids. C'est comme Iona qui croyait que j'avais le bras assez long pour passer un marché avec Pudgie. C'est grotesque.

– Ces flics vous ont à la bonne.

– Oui, et alors ? Écoutez, je ne demande pas mieux que de leur glisser un mot, mais faites-moi confiance, sans alibi, mon aval passionné et sans réserve ne servira à rien.

– Mais vous me croyez ?

– Disons-le comme ça ; rien ne me réjouirait plus que le fait que vous disiez la vérité. Je suis sûre que la police serait folle de joie aussi.

Il lâcha sa cigarette et en écrasa le bout rougeoyant avec la pointe de sa botte.

– Vous essayez, hein ?

– J'appellerai le lieutenant Dolan demain. En attendant, si j'étais vous, je rentrerais avant que votre policier de contrôle apprenne ce qui se passe.

– O.K. Et merci.

– Tout le plaisir était pour moi.

Je refermai la fenêtre et remis la sécurité avant que Frankie soit arrivé au pick-up. J'entendis la portière claquer et Iona faire une marche arrière, les phares dessinant cette fois un angle ouvert sur les rideaux tandis qu'elle s'éloignait. Je hochai la tête. Quel bébé ! Où était le dur que j'avais rencontré lors de notre première entrevue ? Quant à son histoire, je ne savais pas trop s'il fallait la croire. Il était capable de me manipuler en toute sincérité si cela servait ses objectifs.

Le lendemain matin, je changeai de chambre. Beaucoup trop de gens savaient où me trouver et je ne me sentais pas en sécurité. Mon choix se porta sur une chambre anodine au premier étage, au milieu d'une série d'autres chambres. Pas de distributeur de glaçons. Ni de rien d'autre d'ailleurs. Aucune raison d'être là-haut, sauf si le motel vous rémunérait pour faire de la présence. Au rez-de-chaussée, je me sentais une cible facile pour les voyeurs ou les maniaques du rossignol. Là-haut, même si la femme de service laissait ma porte ouverte des heures durant, il faudrait un minimum de sang-froid pour monter l'escalier et explorer les lieux en prétextant qu'on s'était perdu. Et de ces hauteurs, j'avais une vue imprenable sur le parking. J'avais laissé la voiture de Dolan dans une file de véhicules sur le côté, afin qu'on ne tire aucune conclusion sur mes allées et venues.

À 9 h 15, j'appelai le domicile de Dolan ; ce fut Stacey qui décrocha. Je lui fis part de mes inquiétudes sur l'intrus qui était entré dans ma chambre et avait inspecté mes notes. Il me conseilla de changer de chambre, je lui répondis que c'était chose faite. Dolan, me dit-il, était à un rendez-vous chez le cardiologue. Je lui parlai de la maison de Medora, du mot et de la visite nocturne de Frankie. Il me conseilla de me tenir sur mes gardes, je lui répliquai que je n'y manquerais pas.

– Où en sommes-nous, côté empreintes ? me demanda-t-il ensuite.

– Pas très loin. Aux dernières informations, Edna a fait le nécessaire, mais aucun des quatre autres.

– Qu'est-ce que vous me chantez-là ? Je n'aime pas qu'ils croient pouvoir nous court-circuiter. Retournez leur foutre la pétoche. Dites-leur que ça fait désordre... À croire que l'un d'eux a quelque chose à cacher !

– Comment va Dolan ?

– Bien. Je dirais bien. Mieux que je ne l'aurais cru.

– Vous jugez la cohabitation viable ?

– Le jury se tâte encore. Oh, je pourrais faire pire – encore que, franchement, ce bonhomme soit un emmerdeur colossal. Naturellement, il en dit autant de moi.

– Un couple assorti, quoi ! Meilleur que d'autres que je connais.

– Amen ! Quelles sont les dernières nouvelles du front ?

– Je n'ai rien appris depuis mon passage au Tuley-Belle hier soir, mais je peux faire un saut au bureau du shérif et voir Lassiter.

– Bonne idée. Ensuite vous me rappelez. J'ai essayé de le joindre, mais sans succès jusqu'ici. En attendant, nous allons voir ce que nous trouvons sur les allées et venues de Frankie vendredi soir.

– Parfait. Dites à Dolan que je le salue bien. Vous me manquez vraiment tous les deux.

– Idem, me dit Stacey. Et faites bien attention à vous.

Je récupérai la voiture de Dolan et parcourus les quelques pâtés de maisons qui me séparaient du bureau du shérif. Todd Chilton et un employé semblaient être les seuls occupants des lieux. Il discutait avec une des dames patronnesses que j'avais vues chez Edna. Les soixante-dix ans bien sonnés, elle portait un ensemble chic et décontracté vert pâle. Elle sortait de chez le coiffeur et ses cheveux bouffaient avec la grâce aérienne d'une fleur de pissenlit. Elle avait posé sur le comptoir une contravention pour stationnement illicite et j'attendis courtoisement qu'elle ait rédigé son chèque et l'ait détaché de son carnet. Je jetai un regard rapide sur ledit chèque : Adele Opdyke.

– Adele ! Comment allez-vous ? Nous nous sommes rencontrées chez Edna samedi. Je suis ravie de vous revoir !

– Moi aussi. (Elle parut tout émue de voir que je me tenais assez près d'elle pour voir ce qu'elle faisait.) Surtout ne pensez pas que j'étais en infraction ! C'est mon mari. Il s'est garé sur une voie d'urgence vendredi soir, pour une séance de cinéma, en fin de soirée. Chez lui, c'est une manie ! Même si je passe mon temps à lui dire de ne pas le faire.

– Pourquoi payez-vous ? lui demanda l'inspecteur Chilton. Ce n'est pas une façon de l'éduquer.

– Vous avez raison, mille fois raison ! Je suis bien trop bonne. J'aurais dû le laisser s'en charger. Ça lui aurait fait les pieds ! (Elle me coula un regard en douce.) Vous êtes la détective, mais j'ai oublié votre nom. Edna nous a tout raconté sur le tissu de son patchwork.

– Kinsey Millhone, lui dis-je. En avez-vous fini avec ce courrier ?

– Envoyé et distribué à l'heure qu'il est. (Elle reporta son attention sur Chilton.) Où en est l'enquête ? Ce malheureux Cedric ! Quelle triste existence et une fin si horrible !

– Nous ne chômons pas et faisons tout ce que nous pouvons. La police de Quorum s'est mise de la partie et on y travaille.

– Bravo. (Elle rangea son chéquier dans son sac à main.) Sur ce, je vais faire mes emplettes. Je voulais commencer par ça avant d'oublier. J'ai été ravie de bavarder avec vous.

– Je cherchais l'inspecteur Lassiter, dis-je dès qu'elle fut partie. Mais à ce que je comprends, il n'est pas là.

– Il est au Tuley-Belle. D'après le médecin-légiste, Pudgie a été tué avec un démonte-pneu qu'on n'a toujours pas retrouvé. L'inspecteur Lassiter pense qu'il est peut-être encore là-bas, jeté quelque part ou enterré. L'inspecteur Oliphant a laissé deux messages pour lui, mais ils devront attendre. Je sais qu'il s'inquiète pour cette histoire d'empreintes des McPhee, mais tout notre personnel se trouve sur les lieux et même s'ils venaient, nous ne pourrions rien faire.

– Dans ce cas, procédons par ordre. Je vais dire à Stacey qu'on le contactera plus tard dans la journée. Je suis sûre qu'il appréciera d'être tenu au courant

CHAPITRE 26

Je restai un moment dans la voiture devant le bureau du shérif, à réfléchir aux démonte-pneus. En matière d'arme du crime, cet humble outil a la vertu d'être anonyme et facilement accessible. Un tas de gens en possèdent. Certes, ils courent moins les rues que les couteaux de cuisine, mais ils sont bon marché, facilement disponibles, tout d'une pièce, et personne ne s'étonnera que vous en possédiez. Vous n'avez pas besoin de permis pour en acheter ni à vous inquiéter des trois jours d'attente nécessaires à votre quincaillier local pour vérifier vos antécédents.

J'avais vu un démonte-pneu la semaine précédente. D'accord, un sur les millions qui courent de par le monde et il y avait très peu de chances que celui-là, précisément, ait rencontré la tête de Pudgie. Mais un peu de gymnastique mentale ne me ferait pas de mal. Où avais-je vu des outils ? Dans le magasin de garnissage de sièges auto de McPhee, dans le garage à deux places où il allait fumer, mais aussi dans la remise où Dolan et moi avions découvert la Mustang. Et encore dans le garage de Cornell où ce dernier construisait une niche pour le chiot de ses filles. Question : ces lieux justifiaient-ils une nouvelle inspection ? Cela signifiait surtout une perte de temps, sauf que je n'avais rien d'autre à faire. Pendant que l'inspecteur Lassiter et ses adjoints ratissaient le secteur du Tuley-Belle, l'assassin avait eu tout loisir de nettoyer l'arme du crime souillée de sang et de cervelle et de la remettre à sa place. Donc, la découvrir ne permettrait de tirer aucune conclusion – et ne pas la découvrir non plus. Bref, c'était idiot. Il y avait mieux à faire.

Je mis le contact et revins au « Vue sur l'Océan ». Je voulais appeler Felicia pour prendre de ses nouvelles. Savoir aussi quelles dispositions elle avait prises pour l'enterrement de Pudgie. Mon répondeur clignotait. Je fis le 6 et appris que l'inspecteur Dolan m'avait appelée à 10 heures. Comme il n'était que 10 h 20, j'espérai le saisir au vol avant qu'il ne soit reparti. Il décrocha à la première sonnerie.

– Bonjour lieutenant, Kinsey à l'appareil. Comment vous portez-vous ?

– Bien. Navré d'avoir raté votre appel d'hier.

– Ne vous inquiétez pas, quoique avec cette débauche de coups de téléphone, Stacey n'ait vraiment pas besoin de revenir. On ne se sera jamais autant parlé tous les trois que depuis que je suis ici !

– Ne le lui dites pas ça ! Il meurt d'envie de descendre et de se remettre au boulot.

– Quoi de neuf ?

– Pas grand-chose. On s'énerve et on s'ennuie. Ne quittez pas, je vous passe Stacey. Il veut vous dire un mot.

Il tendit l'appareil à Stacey, et nous nous confondîmes en civilités, à croire qu'on ne s'était pas parlé depuis des jours.

– J'ai réfléchi à ce Baum, dit-il enfin, et il me tracasse. J'ai été pris par autre chose et je suis parti sans l'avoir vraiment interrogé. Il est évident que notre inconnue connaissait son assassin. Pourquoi ne pas étendre les recherches ? Vous pouvez vous en charger ?

– Sans problème. Donnez-moi l'adresse de son dépôt de voitures, je vais lui faire une petite visite.

Avant de mettre le cap sur Blythe, j'appelai la sœur de Pudgie. Elle me parut mieux ; atone, mais pas larmoyante. La frénésie de démarches qu'entraîne un décès avait dû avoir un effet thérapeutique. J'entendis un bruit de voix étouffées dans le fond.

– Vous avez du monde ?

– Des amis. Tout le monde a été merveilleux. Une cousine est restée avec moi cette nuit et une autre arrive de Phoenix.

– Envisagez-vous une cérémonie ?

– Oui, vendredi. J'ai prévu de faire incinérer le corps dès que le médecin-légiste me le rendra, mais on se réunit ce soir, si vous voulez être des nôtres. Le service de vendredi sera sans doute très modeste, alors j'ai pensé que je devais faire quelque chose. Le pasteur s'obstine à parler d'une « célébration de sa vie », mais l'expression me paraît déplacée, vu le temps qu'il a passé en prison.

– C'est à vous de voir, lui répondis-je. À quelle heure ce soir ?

– Entre cinq et huit. On m'a prêté une grande fontaine à café et il y a des tonnes de nourriture.

– Je tâcherai d'être là à sept heures. Puis-je apporter quelque chose ?

– Oh, surtout pas. J'en ai déjà bien plus qu'il n'en faut, me répondit-elle. Si vous croisez des gens qui l'ont connu, dites-leur qu'ils sont invités aussi. Je pense qu'il serait heureux qu'on se déplace pour lui.

– Comptez sur moi.

Le dépôt de vente « Franks Véhicules d'Occasion » ressemblait à tous ceux que j'avais déjà vus. L'entreprise occupait ce qui avait dû être une station-service et un des anciens ateliers servait maintenant de magasin d'exposition. Des voitures luisantes s'alignaient côté rue, exhibant des slogans au blanc d'Espagne sur leur pare-brise. La plupart étant impeccables et briquées à mort, je me félicitai d'avoir garé l'antiquité de Dolan à un pâté de maisons de là.

George Baum était le seul vendeur sur les lieux. Je le surpris assis à son bureau ; il se régalait d'un sandwich au thon, le sachet de papier sulfurisé ouvert faisant office de charmante assiette de présentation. Je me sentis confuse de le déranger en plein processus de gavage (ça me met en rogne quand on m'interrompt dans le mien), mais il semblait désireux de faire affaire. Je pris place dans le siège réservé aux visiteurs comme il remballait son sandwich à demi entamé et le rangeait dans le sac en papier qu'il avait apporté de chez lui. Je repérai l'arrondi d'une pomme et imaginai que le sac contenait aussi des cookies ou un petit gâteau.

Sur son bureau, un portrait de famille classique avait les honneurs d'un cadre en argent : George, Swoozie (toujours aussi pimpante) et trois adolescents rangés par ordre de taille, en veste et cravate. La photographie en couleurs était récente, à en juger par les coupes de cheveux et le style des vêtements. La trentaine affirmée, George était déjà enveloppé. Il portait un costume marron à la carrure avantageuse, qui lui faisait une tête trop petite. Côté dents, Stacey avait raison : régulières, parfaitement plantées et d'un blanc nacré très peu naturel. Il avait les cheveux courts et son après-rasage dégageait des senteurs fraîches et puissantes.

Je me présentai. Son empressement fondit comme neige au soleil quand il comprit que j'étais là pour lui soutirer des informations.

– C'est l'entreprise de votre beau-père ? Je ne m'étais pas rendu compte que vous travailliez pour lui.

– Vous connaissez Chester ?

– Non, mais on m'a dit que vous aviez épousé Swoozie Franks. J'ai fait le rapprochement.

– Qu'est-ce qui vous amène ici ? On m'a déjà posé des questions sur Charisse Quinn.

– Oui, mon coéquipier, l'inspecteur Oliphant. Il pense que nous devrions avoir une autre petite conversation.

– Pourquoi maintenant ?

– Nous cherchons les noms des garçons qui sortaient avec elle. « Sortaient » signifiant couchaient, pour bien vous préciser de quoi nous parlons.

Il me sourit d'un air coincé.

– Ne comptez pas sur moi.

– Pourquoi ?

– Pourquoi me le demander à moi ? Consultez plutôt l'annuaire de la promo. Il vous donnera les mêmes noms.

– C'est une possibilité, mais j'aimerais autant que vous m'en parliez vous-même. Et laissez tomber, comment s'appelle-t-il... Toby Hecht. Cornell dit qu'on n'a pas entendu parler de lui depuis des années.

– Parce qu'il est mort. Au Vietnam.

– Désolée. Qui d'autre, d'après vous ?

George hocha la tête.

– Je ne vois pas l'intérêt. Quelques copains de classe ont peut-être eu des relations sexuelles avec elle. Quel rapport avec ce qu'ils sont devenus dans la vie ?

– Je ne m'occupe pas de ce qu'ils sont devenus. Mais de Charisse. On l'a tuée. Et je suis là pour qu'on en discute.

– Je le comprends. Bien entendu. Et si je croyais l'un d'eux capable de meurtre, je vous donnerai son nom.

– Laissez-moi vous dire quelque chose, George. La personne qui l'a tuée a retourné sa veste et vient de liquider Pudgie Clifton. Et vous voulez savoir pourquoi ? Parce que Pudgie savait quelque chose qu'il n'aurait pas dû savoir. Quoi, je n'en suis pas sûre, mais ça lui a coûté la vie. Si vous ne bougez pas, vous pourriez finir par vous retrouver en danger. Ce n'est pas très malin, surtout si votre seul mobile est de protéger une bande de potes de lycée en rut.

– Ces « potes », comme vous dites, je suis en affaire avec beaucoup d'entre eux. Sincèrement, je ne demande qu'à coopérer, mais je n'aime pas qu'on me mette en situation délicate.

Je l'observais, fascinée, car il s'était mis à transpirer. À vrai dire, je n'avais jamais vu de type suer à grosses gouttes pendant un interrogatoire.

– D'accord, lui dis-je. Posons l'affaire autrement. Parlons juste de vous. Vous étiez intime avec elle ?

– Swoozie m'aurait tué !

– Vous ne vous êtes jamais envoyé en l'air avec Charisse ?

– Permettez-moi de ne pas vous répondre.

– Autrement dit, oui.

Il marqua un temps, sortant un mouchoir pour éponger un filet de sueur qui lui descendait le long de la figure.

– George ?

– Oui, bon, d'accord, mais cela reste entre nous. Si jamais on l'apprenait, mon mariage serait fichu. Swoozie croit que j'étais puceau. Je lui ai juré qu'elle était la première. Elle détestait Charisse. Toutes les filles la détestaient.

– Je vous écoute.

– J'étais un peu ballot. Vous connaissez le genre : bon élève, sérieux et ne connaissant rien. Je la ramenais en disant que je sortais. Les mecs parlaient de baise et je faisais celui qui était au courant alors que j'ignorais tout. Et puis Charisse s'est pointée et a été vraiment sympa avec moi. Je l'aimais bien… Je suis sincère… Et quand elle m'a proposé de… vous savez bien, je me suis dit que ça ne portait pas à conséquence. Après, je me suis senti beaucoup mieux dans ma peau, bien plus sûr de moi.

– Combien de fois ?

– Trois. Swoozie et moi, on sortait ensemble depuis qu'on était gamins. Je savais qu'on finirait par se marier et que je n'aurais jamais l'occasion d'être avec quelqu'un d'autre. Je ne voulais pas n'avoir connu qu'une seule fille dans ma vie.

– Et après ?

– Je n'ai pas regretté ce que j'avais fait, mais j'étais terrifié que Swoozie le découvre. J'avais déjà une situation toute prête chez son père.

– Vous avez dû être soulagé quand Charisse a disparu.

– Et comment ! Je le reconnais, mais je n'étais pas le seul, à commencer par Blanche-Neige.

Je souris.

– « Blanche-Neige » ?

– Oui, Cornell. On l'appelait comme ça parce qu'il travaillait pour son père et qu'il avait toujours les mains pleines de cambouis. Il avait beau les frotter au savon noir, ça ne partait pas.

Mon sourire s'est évanoui car, distraite par son explication, je venais seulement d'enregistrer ce qu'il avait vraiment dit.

– Cornell baisait Charisse.

– Évidemment ! Justine se gardait pour le mariage. Elle venait de rien. Et je pense que sa famille était dans la merde…

– Je sais, lui dis-je en le coupant net.

– Elle a vu dans Cornell la réponse à ses prières. Et pas question de s'allonger avant qu'il lui ait passé la bague au doigt.

Je méditai un instant.

– J'ai effectivement entendu dire que Charisse en pinçait pour lui.

– Et pas qu'un peu ! Elle était jalouse de Justine, aussi. Vu sa vie à elle, celle de Justine paraissait déjà meilleure, du coup elle s'est posée en rivale.

– Et Justine le savait ?

– Oh, non ! Non, non, non. Charisse était plus maligne. Car elle vivait chez Justine. Elle ne voulait pas se retrouver à la rue.

– Autrement dit, Cornell était aussi mal parti que vous.

– Lui, c'était le caïd. Plus même. Il était bon en tout : en philo, en sport, délégué de classe, j'en passe. On le respectait tous.

– Qui était au courant, à part vous ?

– Adrianne, je crois. Elle est tombée un jour sur eux au Tuley-Belle. C'est comme ça qu'elle a découvert le pot aux roses.

– Comment l'avez-vous su ?

– Parce qu'elle me l'a dit.

– Pourquoi ? Vous étiez intimes ?

– Non, pas vraiment. Nous fréquentions le même groupe de jeunes à la paroisse. Je lui ai posé la question et elle m'a tout raconté. D'après elle, on aurait dû en parler au pasteur, mais je n'étais pas d'accord. Je lui ai dit que ce n'était pas son boulot de sauver l'âme de Cornell. Il était grand, il pouvait se débrouiller tout seul.

J'arrivai chez Felicia à Creosote à 7 h précises ce mercredi soir là. Les voitures s'échelonnaient le long de la rue obscure. Ne voyant pas où me garer en double file avec le tank de Dolan, je fus obligée de le laisser au carrefour suivant et de revenir à pied. Le pick-up blanc de Cornell stationnait devant la maison, derrière la Ford familiale de Justine. La lune se réduisait à une mince rognure d'ongle. L'air était sec et froid. Le vent habituel du désert soufflait à travers les arbres, ployant les palmiers mités dont les maigres frondaisons frémissaient avec le même bruit qu'une bande de rats traversant une nappe de lierre. Toutes les pièces de la petite maison de Felicia étaient éclairées. Malgré ses dénégations, j'avais apporté un gâteau au chocolat indigeste dans un carton rose de boulangerie.

Une voisine m'ouvrit et se présenta tout en me débarrassant du carton, qu'elle emporta à la cuisine. Je restai un moment sur place, inspectant la pièce. Je dénombrai huit compositions florales, la plupart affligées de lys de Pâques en perdition. Felicia avait tamisé l'éclairage, recourant à des cierges et à des bougies pour éclairer les pièces. L'effet ne manquait pas de charme, mais la température de l'air ambiant tenait de l'état fiévreux. On pouvait parler de veillée mortuaire, malgré l'absence indiscutable de cadavre. « Visite funèbre » convenait peut-être mieux en effet, cela pour reprendre le terme de Felicia.

Ne pensant qu'à ma petite personne, je n'avais pas jugé utile d'emporter avec moi ma célèbre petite robe noire passe-partout. Ce vêtement à manches longues est fait sur mesure pour ce genre de circonstances, mais comment savoir ? Radine comme je suis, je m'étais précipitée un peu plus tôt ce jour-là dans un dépôt de « La Bonne Volonté » où j'avais déniché un pantalon en lainage noir qui me ferait de l'usage et une veste courte, noire elle aussi, mais dans un tissu complètement différent. J'avais encore acheté des derbys noirs d'occasion et un collant noir (neuf). Mon sac à bandoulière en cuir fauve jurait sans doute avec le reste de mon ensemble, mais tant pis. J'avais eu meilleure allure dans mes jeunes années, mais pire aussi.

Impossible de savoir combien de parents, alliés ou amis du défunt étaient déjà passés avant mon arrivée ; n'empêche, il y avait si peu de visiteurs que je me sentis gênée. Ils me parurent être venus moins pour le pleurer que pour tailler une bavette, en curieux ou en parasites attirés par le buffet. Certaines des personnes présentes appartenaient visiblement à la famille de Pudgie : elles semblaient tout étonnées de ne pas avoir été abattues au cours d'un vol à main armée. J'aperçus Cornell qui bavardait avec sa sœur, mais lui comme elle évitèrent de rencontrer mon regard et j'eus l'impression qu'aucun des deux ne souhaitait me parler. Justine restait invisible et les autres membres de l'assemblée m'étaient de parfaits étrangers, hormis Felicia qui discutait dans la cuisine avec un autre inconnu au bataillon. J'avais espéré trouver George Baum, à qui j'avais donné l'adresse avant de quitter le dépôt. Peut-être avait-il craint de croiser Cornell, maintenant qu'il avait cafté.

Comme je ne reconnaissais personne, sauf des gens qui ne voulaient pas me parler, je m'approchai du buffet au fond de la pièce. Felicia ne m'avait pas raconté des blagues sur la quantité de nourriture apportée par les visiteurs. Il y avait là tous les frichtis de la création, des assiettes froides, des crackers, des fromages et des chips, plus un assortiment de cakes, tartes et petits gâteaux. Un grand bol à punch en verre recyclé contenait un liquide corail qui me parut hawaïen. Une bouteille de Zinfandel blanc dépérissait dans sa solitude. J'en dévissai le bouchon et me remplis un gobelet en plastique jusqu'au bord, puis j'en avalai un doigt pour ne pas avoir l'air de picoler plus qu'il ne convenait.

Je louvoyai entre les visiteurs clairsemés dans l'espoir de coincer Adrianne et de bavarder un peu. Je vis Cornell sortir dans le jardin pour allumer une cigarette ; au moins je n'aurais pas à me soucier de lui. Je traversai le séjour sans hâte excessive et gagnai la cuisine. Felicia passa devant moi, un plateau de gâteaux à la main.

– Vous tenez le coup ? lui demandai-je en lui effleurant le bras.

Ses cheveux roux lui dégageaient le visage.

– Pour l'instant. Le plus dur viendra sûrement quand tout le monde sera parti. Je tâche de vous rejoindre tout à l'heure. Il faut que j'apporte ce plateau.

– Avez-vous vu Adrianne ?

– Je crois qu'elle est dehors, me dit-elle. Votre visite aurait touché Cedric.

– Je m'en serais voulu sinon, lui dis-je, mais elle avait déjà disparu.

Je posai mon gobelet de vin sur le plan de travail et ouvris la porte-moustiquaire de la cuisine. Adrianne se trouvait dans la véranda, assise sur la marche du haut. Je m'installai à côté d'elle, mon sac entre nous deux.

– Vous ne vous sentez pas bien ?

– Ça va. Juste que tout ça me déprime.

– J'ai une question à vous poser.

– Seigneur, vous ne lâchez jamais ? Le moment est mal choisi.

– Ou vous me parlez ou vous parlez à la police. À vous de décider.

– Bon Dieu, mais qu'est-ce que vous voulez encore ? J'en ai marre de cette histoire.

– Moi aussi. Malheureusement, ce n'est pas fini.

– Pour ce qui me concerne, si. Alors, allez-y et qu'on n'en parle plus. J'allais partir.

– Saviez-vous que Cornell tournait autour de Charisse ?

Elle me fusilla du regard, puis elle détourna les yeux. Elle resta un long moment silencieuse, mais je décidai de la laisser venir.

– Pas au début, me dit-elle enfin.

– Et ensuite ?

– Il faut vraiment qu'on en parle ? Ça remonte à dix-huit ans !

– J'ai appris que vous étiez allée au Tuley-Belle et que vous les aviez surpris.

– Merci, George Baum. Si vous connaissez la réponse, pourquoi le demander ?

– Parce que je voulais l'entendre de votre bouche. Allons, racontez-moi ce qui s'est passé. Comme vous le disiez, cela remonte à dix-huit ans, alors qu'est-ce que ça change ?

– Oh, pour l'amour du ciel ! s'exclama-t-elle, écœurée. On y était allés en bande. On organisait des grandes chasses au trésor et des jeux stupides. Ce vendredi soir là, on jouait à cache-cache. Cornell et Charisse se trouvaient dans une pièce du premier. Je suis entrée en cherchant un endroit où me cacher et je les ai vus. J'ai été horrifiée, et lui aussi.

Elle s'interrompit. Je crus qu'elle en avait fini, mais elle reprit.

– J'étais sans doute naïve, mais j'aimais sincèrement Charisse. J'ignorais qu'elle m'utilisait pour le voir.

– Que vous a-t-elle dit ?

– Que pouvait-elle dire ? Je les avais pris sur le fait. Elle n'était pas du genre à s'excuser. Je l'ai traitée de salope, mais elle a haussé les épaules. Elle n'avait que faire de mon opinion ni de celle de personne. Après, je l'ai suppliée de le laisser tranquille, mais elle l'avait dans la peau. J'ai éprouvé de la haine pour elle. Elle a failli lui bousiller sa vie.

– Comment ça ?

Nouveau silence.

– Demandez-le lui. C'est lui que ça regarde, pas moi.

– Laissez-moi deviner, lui dis-je. Elle lui a dit qu'elle était enceinte.

Cette fois encore, elle se tut.

– C'est ça ?

– Oui. Elle avait décidé de l'épouser. Elle me l'a dit avant de le lui apprendre.

– Pourquoi ?

– Parce qu'elle comptait sur mon aide. Je lui ai dit d'aller se faire voir, mais elle a menacé de tout dire à ma mère et à mon père si je ne faisais pas pression sur lui.

– Quelqu'un d'autre était au courant ?

– Non. Elle était convaincue qu'il l'épouserait pour éviter le scandale. Une fois qu'il serait marié, elle n'avait plus personne à craindre. Personne signifiant Justine, bien sûr.

– Et lui était d'accord ?

– Il n'avait pas le choix. Vous savez à quel point mes parents sont collet monté, surtout maman. S'ils l'avaient appris, ils l'auraient forcé à l'épouser de toute façon.

– Quel était son plan à lui ?

– Il n'avait pas de « plan » ! Elle avait tout calculé. Ils allaient s'enfuir ensemble. Elle connaissait un endroit où ils pourraient obtenir un certificat de mariage, bien qu'ils soient mineurs.

– Il devait se sentir plutôt mal.

– Il était absolument terrifié. Je l'ai traité d'idiot. Comment pouvait-il même être sûr que l'enfant était de lui ? Il n'avait qu'à convaincre ses copains de jurer qu'eux aussi l'avaient baisée et le tour était joué !

– Bien vu, Adrianne. Vous avez eu cette idée toute seule ?

– J'allais faire quoi, hein ? La laisser foutre en l'air la vie de mon frère ! En plus, c'était vrai. Pourquoi aurait-il dû payer, lui ? Il n'avait rien fait de plus que le premier venu. Où est le mal ?

– Évidemment. Je comprends votre point de vue. Seulement, il y a un petit problème.

– Lequel ?

– Elle n'était pas enceinte.

– Bien sûr que si.

Je hochai la tête.

– J'ai lu le rapport d'autopsie.

Elle me fixa d'un air incrédule, sa main montant se poser devant sa bouche avec une raideur de marionnette.

– Merde… Elle avait tout inventé ?

– Il semblerait. Donc, quand elle a disparu, qu'avez-vous pensé ? Qu'elle était partie de son plein gré pour lui éviter le déshonneur ?

– Je ne savais pas qu'elle mentait. J'ai cru qu'elle avait décidé de se faire avorter.

– À condition d'être enceinte.

Il y eut un nouveau silence prolongé. Cette fois, je pris les devants.

– Quand vous avez appris que Medora avait signalé sa disparition à la police, vous n'avez pas craint qu'on la retrouve ?

– J'espérais que non, mais ça me tracassait.

– Il y aurait eu pourtant un moyen de les lancer sur une fausse piste.

– Lancer qui sur une fausse piste ?

– Les flics qui la recherchaient.

– Je ne vois pas où vous voulez en venir.

– Au coup de téléphone.

Elle me regarda sans comprendre, mais je ne la connaissais pas assez bien pour savoir si elle jouait la comédie.

– Quelqu'un a téléphoné au bureau du shérif, lui dis-je, en se faisant passer pour la mère de Charisse et en disant que sa fille était rentrée à la maison et se portait bien. Le bureau du shérif de Lompoc et celui d'ici étaient à deux doigts d'effectuer le recoupement – entre la fille qui avait disparu et l'inconnue. Mais il y a eu cet appel et l'affaire a été réglée.

– En tout cas, ce n'était pas moi. Je vous le jure. Je n'ai appelé personne.

– Je l'espère sincèrement.

Je rentrai dans la cuisine, tendue, sentant tous mes sens aux aguets. Je foulais un terrain dangereux, mais c'était plus fort que moi. Ces gens gardaient leurs secrets depuis bien trop longtemps. Le moment était venu d'enfoncer quelques portes ouvertes et de voir qui avait caché quoi. Où Cornell se trouvait-il la nuit où on avait tué Pudgie ? Cela valait la peine de le savoir.

Pendant mon absence, quelqu'un avait vidé mon gobelet, cul sec. Je jetai le plastique vide dans une poubelle. En regagnant le séjour, j'aperçus ce qui avait dû être la chambre de Pudgie. Je vis un lit d'une personne recouvert d'un dessus-de-lit uni, la couverture pliée et l'oreiller posé au pied. La chambre avait le charme douillet d'une cellule de prison. Il n'y avait pas de rideaux à la fenêtre et le store blanc uni était baissé à mi-hauteur. Rien sur les murs, pas d'affaires personnelles. La porte ouverte de la penderie révélait une tringle vide. Felicia devait avoir fait le ménage, mis dans des cartons tout ce qu'il possédait et appelé « La Bonne Volonté ». Je ressentis un pincement de déception. Vu mon naturel inquisiteur, j'avais espéré pouvoir fouiller dans ses affaires. Sans trop savoir, d'ailleurs, ce que je pourrais y trouver... un peu de sa vérité profonde, un indice sur les causes de sa mort. Je ne l'imaginais certes pas laissant un mot sur son ultime rendez-vous, mais peut-être aurais-je entrevu ce qu'il comptait faire de sa vie.

– Sinistre, dit une voix.

Je me retournai. Justine se tenait à ma gauche, prenant elle aussi la triste mesure de cette chambre. Je vis son regard s'attarder sur ma veste.

– Qu'y a-t-il ?

– Rien. J'avais la même autrefois.

– C'est vrai ? Je traîne cette vieillerie depuis des années. (Une étincelle de peur fusa et un deuxième mensonge jaillit de mes lèvres.) Dites-moi... que fabriquait Cornell vendredi soir ? Je crois l'avoir aperçu en ville vers dix heures.

Elle m'adressa un petit sourire de dénégation, comme si elle s'excusait.

– Il était à la maison avec les petites. Moi, j'étais sortie faire un truc pour la paroisse.

– Il était seul à la maison ?

– Pas du tout. Je viens de vous dire qu'il y avait les petites.

– Alors, c'est bizarre. Vous êtes sûre qu'il n'a pas fait un saut dehors pour louer une vidéo ? J'aurais juré que c'était lui.

– Impossible. Je suis sortie à neuf heures, après avoir couché les filles. Il pliait le linge sec quand je suis partie et je l'ai retrouvé endormi sur le canapé quand je suis rentrée à minuit.

– L'église reste ouverte si tard ?

– Je n'étais pas à l'église. J'étais chez Adele, à m'occuper d'un envoi de lettres. C'est pour ça qu'il s'est retrouvé à baby-sitter.

– Je croyais qu'elles avaient fait ce courrier samedi, chez Edna.

– Elles l'ont terminé ce jour-là. Nous avions commencé vendredi soir.

Je ne lui fis pas remarquer que Cornell aurait pu aller à Creosote et en revenir en une heure, en ayant tout loisir de s'arrêter au Tuley-Belle pour asséner ses quarante coups[1] sur la tête de Pudgie. Elle aussi d'ailleurs. Trois heures auraient plus que largement suffi. Qu'avait donc dit Adele en payant la contravention de son mari ? Il avait été verbalisé le vendredi soir parce qu'il était en retard pour un film, mais impossible de me rappeler si elle était ou non avec lui.

– Voulez-vous un peu de vin ? lui demandai-je. J'allais m'en chercher. Je serais ravie de vous en rapporter.

– Non merci. Je ne bois pas. Je suis vaccinée !

– Je reviens tout de suite.

Je butai dans quelqu'un en entrant dans le séjour.

– Oh, excusez-moi, dis-je. (Je levai les yeux et vis Todd Chilton. Il n'était pas en tenue et il me fallut un instant pour le reconnaître.) Tiens ! Comment allez-vous ? Il ne m'était pas venu à l'idée que je vous trouverais ici. Puis-je vous dire deux mots ?

1. Allusion aux quarante coups de hache assénés par l'héroïne d'une comptine.

– Bien sûr.

Nous nous écartâmes sur le côté. Quelqu'un semblait avoir mis une cassette des morceaux qu'avait aimés Pudgie dans sa jeunesse ; elle débutait avec Chubby Checker. « *Come on, baby, let's do the twist...* » Personne ne parut s'en formaliser. Moi, j'étais ravie que le bruit couvre ma conversation avec l'adjoint. Il pencha la tête, la main en cornet sur son oreille.

– A-t-on trouvé l'arme du crime ? lui demandai-je.

Il hocha la tête.

– Nous avons fouillé le secteur jusqu'à six heures, après quoi il a fallu abandonner. Inutile de battre les buissons dans l'obscurité. L'inspecteur Lassiter a promis de rappeler l'inspecteur Oliphant à la première heure demain matin. La paperasserie s'est accumulée depuis qu'on est partis sur le terrain.

– Je suppose que le meurtre de Pudgie a fait la une ?

– Et comment ! Édition spéciale ce matin pour demander des bénévoles. Je viens juste de parler à Cornell. On a une bonne partie de désert là-bas, et ce genre d'arme est facile à cacher. Nous avons fouillé tout le secteur derrière le Tuley-Belle et maintenant on remonte vers l'autoroute. Vous êtes la bienvenue : un peu d'aide ne sera pas de trop.

– Merci. C'est une idée.

Chilton s'en alla. Je parcourus la pièce du regard, cherchant Cornell. Adrianne était revenue et me lança un regard de profonde antipathie avant de s'éloigner. Avais-je joué avec le feu ? Je me refusais de croire qu'elle dirait à son frère ce que je savais, mais elle en était capable.

Felicia passa de nouveau devant moi.

– On va découper le gâteau au chocolat, au cas où ça vous intéresserait. Il a l'air sublime.

– Je vais y goûter. Avez-vous vu Cornell ?

Elle jeta un regard autour d'elle.

– Il était là il y a un instant. Vous le trouverez peut-être dans la cuisine. Je l'ai vu discuter avec Adrianne. À moins qu'il ne soit parti récupérer les enfants chez la baby-sitter. J'ai entendu dire que c'était un amour pour ce genre de corvées.

– Je n'en doute pas. Merci.

Je m'approchai de la fenêtre de devant et observai la rue obscure. La familiale de Justine était toujours là, mais le camion de Cornell avait disparu. Cela ne me plut pas. Brusqué, ce départ. Peut-être était-il vraiment parti chercher ses filles, mais il était tout aussi vrai qu'il savait que les recherches s'intensifiaient. Je sortis par la porte de devant, sonnée par l'air glacé de la nuit après la chaleur artificielle et étouffante de l'intérieur. Ma veste du dépôt de vêtements, qui avait sans doute appartenu à Justine en d'autres temps, était trop légère pour me protéger vraiment du froid. J'ajustai mon sac à bandoulière et partis d'un pas rapide vers la voiture de Dolan.

J'ouvris la portière et me glissai au volant. Mis la clé dans le contact et la tournai. La voiture toussa et s'étrangla. Je fis un nouvel essai. Rien. Je pressai deux fois la pédale de l'accélérateur, puis je me rendis compte que je noyais le moteur. J'attendis, et tentai de nouveau ma chance. Le starter s'enclencha et le moteur tourna au ralenti. J'appuyai de nouveau sur l'accélérateur, trop, et le moteur revint à la vie avec un rugissement. Je démarrai dans un crissement de pneus et mis le chauffage. L'effet conjugué de l'urgence et du froid sec et mordant me faisait frissonner.

Trente secondes après, je filais plein nord sur l'A78, en direction de Quorum. À cette heure tardive, il y avait peu de circulation. Je crus apercevoir le pick-up de Cornell devant moi. Quatre voitures nous séparaient et m'obligeaient à surveiller la route tout en regardant à travers leurs vitres pour ne pas le perdre de vue. Aux abords du Tuley-Belle, la voiture qui me précédait freina et je m'aperçus que Cornell, en tête de file, avait ralenti à un stop. Son clignotant papillotait gaiement et il tourna à gauche dès que les voitures venant en sens inverse le lui permirent.

Je ralentis en dépassant l'entrée, observant ses feux arrière qui disparaissaient dans l'obscurité. Je continuai sur une centaine de mètres et me rangeai sur l'accotement. J'éteignis mes phares, mis le frein à main et laissai la voiture au point mort en me posant des questions. Ce serait idiot de le suivre. Le Tuley-Belle se trouvait à deux kilomètres de l'autoroute, non seulement isolé, mais offrant d'innombrables cachettes qu'il connaissait infiniment mieux que moi. Je jetai un coup d'œil par-dessus mon épaule et scrutai l'obscurité, repérant les cercles parallèles de ses phares avant, qui maintenant étaient tournés vers moi. Il n'était pas allé jusqu'au chantier abandonné. Pour une raison x ou y, il avait fait demi-tour et s'était garé au bord de la route, face à l'autoroute. Les phares s'éteignirent. Peu après, je distinguai un rai de lumière du côté droit de la chaussée asphaltée. Que fichait-il là-bas ? Il enterrait l'arme du crime ? Il creusait pour la récupérer ? Mais pourquoi courir ce risque ? C'était simple. Il savait que les enquêteurs du shérif étaient repartis. Et qu'ils reviendraient le lendemain matin pour reprendre les recherches. Todd Chilton m'avait décrit le secteur qu'ils avaient couvert. Si l'arme s'y trouvait, il pouvait soit la replacer dans le secteur déjà fouillé, soit la retirer d'un périmètre encore non ratissé. Et d'abord, pourquoi choisir cet endroit précis pour cacher l'arme du crime ? Parce qu'il ne voulait pas de ce sacré truc près de chez lui ? Parce qu'il n'avait pas le temps de chercher une autre cache ? En tout cas, il avait sans doute jugé que c'était le moment ou jamais.

Je tendis la main, ouvris le plafonnier et dévissai l'ampoule. Puis je sortis et fermai la portière sans la claquer. J'allai à l'arrière de la voiture et ouvris le coffre. Sans m'inquiéter de l'éclairage : rien ne marchait à l'arrière de la voiture de Dolan, feux de position compris. Je tâtonnai dans l'espace obscur jusqu'à ce que ma main rencontre son Smith & Wesson, soigneusement rangé dans son étui. Je m'en emparai, rabattis doucement le couvercle du coffre et revins à l'avant. Je me glissai sous le volant, laissant la portière entrouverte. Je fouillai dans mon sac à la recherche de ma mini-torche électrique. Je l'allumai et la posai sur le siège du passager, procédant à mon examen de l'arme très au-dessous du tableau de bord. J'avais dans les mains l'arme de service de Dolan : un 9 mm Parabellum avec un chargeur de quinze balles. Je l'ouvris et vérifiai le magasin – entièrement chargé – puis le refermai. Je fis glisser la culasse vers l'arrière et la relâchai, ensuite je vérifiai si le cran de sécurité était mis. Je soupesai l'arme : un bon kilo, peu fait pour ma petite main délicate. N'importe, c'était un flingue.

J'ôtai ma veste. L'étui de Dolan comportait un velcro et une bretelle en cuir que j'ajustai et fermai sous mon bras gauche, l'arme bien au chaud contre moi. Je remis ma veste en tirant sur le devant pour l'aplatir. Un œil sur le rétroviseur, j'attendis que les voitures se raréfient. Quand la voie fut libre dans les deux sens, je fis un large demi-tour et traversai les deux voies. Je continuai de rouler sur l'accotement jusqu'au moment où je trouvai un emplacement qui m'offrait un minimum de protection. Je regardais maintenant dans la direction de Creosote et non plus de Quorum, sur le même côté de la route que l'entrée conduisant au Tuley-Belle. Cornell s'agitait quelque part à ma droite, mais je ne le voyais pas vraiment d'où j'étais.

Je coupai le moteur, mis les clés dans ma poche de blouson et sortis. Non pas pour faire une idiotie. Certainement pas pour plaquer mon homme au sol ou essayer de l'appréhender en ma seule qualité de citoyenne. Juste pour voir ce qu'il fabriquait. Étant entendu qu'ensuite, je remonterais discrètement dans ma voiture et m'éclipserais. N'empêche : s'il y avait eu une cabine téléphonique dans un rayon de cinq kilomètres, j'aurais préféré remballer mon plan, appeler le bureau du shérif et leur refiler le bébé.

Deux plots orange interdisaient l'entrée du site abandonné, un écriteau fixé sur un chevalet condamnant tout le périmètre comme scène du crime. Quelqu'un avait écarté les panneaux « Accès interdit » et le chevalet était renversé.

Le mince croissant de lune jouait en ma faveur. La route elle-même était plongée dans le noir, mais le ciel déployait une nappe d'un gris blafard. Le paysage – pour l'essentiel des cuvettes de sable et de gravillons – s'esquissa au fur et à mesure que mes yeux s'habituaient à l'obscurité. Des éléments se précisèrent : des boules d'amarante sèche qui ressemblaient à d'énormes ballons de volley, des buissons de créosote, des cactus baïonnettes, des yuccas et les branches interminables de palo verde. Devant moi, j'aperçus les éclats intermittents d'une source lumineuse fixe, peut-être une lampe-tempête ou une torche électrique de bonne taille. Je m'approchai, mais, comme je l'avais déjà remarqué, il était difficile d'évaluer les distances.

J'entendais le coassement discret des grenouilles des sables, sûrement venimeuses, et le ululement épisodique d'une chouette. Ma mémoire, à qui je ne demandais rien, me repassa avec une insupportable précision le cours magistral que m'avait fait Dolan sur la vie des insectes du Mojave, en particulier sur la guêpe pepsis, un spécimen du désert dont la femelle vous flaire une tarentule, la paralyse d'un coup de dard, la traîne jusqu'à son trou, et pond un œuf dans son abdomen. Une fois éclose, la minuscule larve festoie délicatement jusqu'à sa mue, puis tranche l'abdomen de l'araignée, pointe sa tête et une partie de son thorax à l'intérieur de la bestiole et dévore tout ce qu'elle voit. Quelquefois, la tarentule est déjà morte. J'y repensai, à m'en donner la nausée. Et c'est cette même nature que d'aucuns jugent source d'élévation pour l'âme ! J'accélérai le pas en m'efforçant de bloquer la liste interminable des insectes, scorpions et autres fourmis rouges dont il m'avait encore régalée. Quoi qu'il arrive, je ne comptais pas m'éterniser dans le coin, encore moins m'y asseoir.

La route décrivit une légère courbe et je me retrouvai à moins de dix mètres du pick-up blanc de Cornell, dont le moteur émettait encore de petits bruits secs à mesure que le métal refroidissait. Derrière le camion, stationnait la forme sombre de la familiale de Justine. Je la fixai, ahurie. La dernière fois que je l'avais vue, elle était garée devant chez Felicia. Apparemment, pendant que je me bagarrais avec la voiture de Dolan, Justine avait quitté la maison dans sa Ford et suivi Cornell. Quand j'avais enfin démarré, je ne m'étais pas souciée de sa voiture. Elle avait dû le rattraper, le doubler et quitter l'autoroute avant lui. C'était elle qui avait dégagé l'entrée. Après quoi, elle était remontée et avait continué avant que je l'aie vu tourner, lui.

Je posai la main sur le capot du pick-up, repris mon calme, puis je m'écartai sur la gauche en me dissimulant derrière la cabine. J'entendais le bruit sourd et régulier d'une pelle. Il creusait. Ils enterraient l'arme ou bien ils la déterraient ? Je me hissai sur la pointe des pieds. Il avait posé la torche sur le sol. Par moments, l'ombre déformée de l'un ou de l'autre coupait le rai de lumière à mesure que le travail avançait. Ils se disputaient, mais je ne parvins pas à saisir de quoi il s'agissait. J'ignorais s'ils avaient collaboré dès le départ ou si Cornell s'était chargé du meurtre et qu'elle avait fini par comprendre. Mon cœur se mit à cogner et une onde de peur, comme une indigestion, me brûla la poitrine. Je tâchai de me repérer : deux arbres de Josué et des buissons de sauge à ma gauche qui formaient un tumulus de la dimension d'une petite tente. Juste de l'autre côté de la route, j'avisai un arbuste en fleurs sur lequel des phalènes blanches, grosses comme des colibris, s'étaient massées pour butiner. Leurs battements d'aile froissaient l'air immobile de la nuit ; on aurait dit la vibration de pales d'hélicoptère dans le lointain.

Je me retournai, soudain consciente que les coups de pelle avaient cessé. Je regardai de nouveau. Cornell, à genoux, plongeait son bras dans le trou. Il en retira le démonte-pneu et l'enveloppa dans un morceau de tissu. Tous deux commencèrent à remettre la terre en place, la tassant à coups de pied, s'appliquant à supprimer les traces de leur passage. Justine ramassa la pelle et en utilisa le plat comme une spatule pour lisser le sable, comme si elle glaçait un gâteau. Lui se pencha, saisit la torche et balaya rapidement les lieux pour s'assurer qu'ils n'avaient rien oublié. Ils se dirigèrent vers moi.

Je pivotai vivement et me baissai, revenant sans bruit sur mes pas, espérant atteindre le virage avant qu'ils arrivent au pick-up. S'ils montaient dans leur véhicule respectif et repartaient vers l'autoroute, leurs deux jeux de phares allaient me débusquer comme un petit lapin effarouché. Deux portières claquèrent. Je quittai la chaussée asphaltée et me réfugiai prestement dans l'obscurité. J'aperçus comme une tranchée, un fossé peu profond creusé par une crue subite. Je me laissai tomber à plat ventre et me propulsai sur les coudes, rampant jusqu'au fossé dans lequel je me laissai rouler. La tête baissée, les bras pliés sous moi, j'attendis. Un moteur seulement se mit en marche. Je guettai l'éclair des phares, mais rien. Je relevai prudemment la tête et eus juste le temps de voir les feux arrière du pick-up. Un des deux, les deux peut-être, allait au Tuley-Belle. Je me relevai aussitôt et me mis à courir. Si j'avais mal calculé et qu'elle faisait le guet près de la Ford, je courais au-devant d'ennuis. Je ralentis en abordant le virage. La Ford stationnait toujours au bord de la route ; aucun signe d'elle.

M'approchant du véhicule, je jetai un coup d'œil par la portière du côté du conducteur. Elle avait laissé ses clés sur le contact. Je montai et enclenchai le moteur. Je baissai le frein à main, laissai les phares éteints et décrivis un grand arc de cercle qui me fit quitter un moment la route, puis j'accélérai, roulant cette fois, comme eux, vers le vaste ensemble de bâtiments. S'ils avaient l'intention d'y cacher le démonte-pneu, on risquait de ne jamais le retrouver.

Arrivée aussi près que la prudence l'autorisait, je levai le pied et laissai la familiale rouler au point mort et s'immobiliser. Je coupai le moteur et mis les clés dans ma poche, neutralisant une fois de plus le plafonnier avant d'ouvrir la portière. Je sortis le Smith & Wesson de Dolan. M'écartant de la route, je tournai sur ma gauche, m'approchant du complexe par une parcelle de terrain restée vierge. Elle m'offrait nettement plus de protection. Les ombres se regroupaient en petites masses changeantes, alors que le vent chassait des boules d'herbe sèche sur le sol inégal. J'aperçus le pick-up garé entre les deux bâtiments inachevés, menaçant, silencieux, sombre. Dans le second bâtiment, à l'étage, je distinguai une lueur mouvante. Je m'avançai avec précaution, en espérant que Cornell avait laissé ses clés sur le contact, comme elle l'avait fait. Si je parvenais à subtiliser leur unique moyen de transport, ils seraient obligés de faire à pied les deux kilomètres jusqu'à l'autoroute. Le temps qu'ils y arrivent, j'aurais eu le temps de gagner Creosote et de revenir avec du renfort. À eux d'expliquer à Todd Chilton ce qu'ils fichaient là. Tout était calme dans la zone d'ombre qui cernait le pick-up.

Je fis le tour du véhicule et remarquai que la vitre du conducteur était baissée. Je jetai un coup d'œil à l'intérieur ; les clés luisaient là où je l'avais espéré. Je me voyais déjà ouvrir la portière et me glisser au volant. Je mettais le contact, j'abaissais violemment le frein à main et je filais en les laissant tous les deux en rade. Sauf que… j'avais pavoisé trop vite. J'entendis du bruit derrière moi et une petite voix intérieure qui me susurrait « Oh oh… », mais trop tard. Je me retournai en croyant voir Cornell, mais c'était Justine qui fonçait sur moi. Cheveux filasse au vent et yeux verts de serpent, elle ressemblait à une fée maléfique jaillie de l'obscurité. Cornell avait dû lui demander de jouer les sentinelles au cas où une bande d'ados en goguette auraient rappliqué au Tuley-Belle pour la baise du milieu de semaine. Peut-être n'avais-je pas été aussi silencieuse que je le croyais. Peut-être, vu l'acoustique particulière du désert, avait-elle entendu le moindre de mes pas et simplement attendu.

Elle tenait la pelle. Je la vis lever les bras et la brandir comme une hache. Honnêtement, sa force me laissa pantoise. Pas commode, son petit numéro. La pelle semblait peser une tonne et je n'aurais pas cru qu'elle avait autant travaillé ses pectoraux. Évidemment, de son point de vue à elle, c'était une situation d'urgence et elle faisait sans doute appel à des réserves dont elle-même ne soupçonnait pas l'existence.

Comme souvent dans les périodes de crise, les faits s'enchaînèrent avec une telle rapidité qu'elle parut se démultiplier, créant une impression de film au ralenti, de vision rêvée. De même que dans une séquence de prises de vue image par image, les bras de Justine continuèrent de monter jusqu'au moment où la pelle atteignit son point culminant. Je vis scintiller les premières secondes du mouvement descendant. Je m'enroulai sur la gauche et levai mon bras droit, pour viser et tirer avant que la pelle ne s'abatte sur moi. Si elle l'avait brandie avec le tranchant perpendiculaire à moi, me frappant ainsi d'un mouvement oblique, elle m'aurait probablement sectionné le bras jusqu'à l'os. Mais là, le plat de la pelle buta sur mon avant-bras et le coup se perdit dans l'obscurité. Dieu sait où il atterrit. De nouveau la pelle s'abattit. Une douleur aiguë irradia dans mon épaule gauche et disparut. C'était curieux. Je savais qu'elle m'avait frappée, mais la poussée d'adrénaline avait gommé la douleur. Je vacillai, mes genoux plièrent, presque fauchés par l'impact.

J'aperçus le Smith & Wesson à deux mètres de là. La pelle s'abattit une fois encore, claquant cette fois sur le toit de la cabine du pick-up avec une telle violence que l'outil s'envola. Je me précipitai sur Justine, lui rentrant dedans sans aucune retenue. Elle trébucha en arrière, mais réussit à se rattraper avant de tomber. Elle émettait des grognements, essayant sans doute de rassembler son énergie pour appeler Cornell à la rescousse. Je saisis la pelle et l'utilisai comme une faux en visant ses mollets. Elle hurla. Je me retournai et la vis à terre. Cornell sortit en courant du bâtiment. Au moment où il me repérait, je vis Justine se relever en titubant et s'agripper à la portière du pick-up. Elle l'ouvrit et s'installa au volant en beuglant : « Monte ! Monte ! »

Je me penchai, récupérai le pistolet et en ôtai la sécurité.

Il se jeta sur le hayon alors qu'elle mettait le contact. Elle fit une marche arrière, emballa le moteur, braqua et partit. Je le vis se hisser sur le côté du plateau arrière et disparaître. Je me retournai et tendis les bras, tenant l'arme à deux mains tandis que je visais. Ma rage m'aidait. Je parlais tout haut, me suppliant de prendre mon temps. Inutile de s'affoler. Le terrain était plat, ils allaient rester un bon moment dans mon champ de vision. Fermant un œil, je cadrai un de leurs feux arrière dans le viseur. Je n'avais pas fait attention aux munitions qu'avait choisies Dolan, mais, d'après mes souvenirs, la balle standard de 100 grains d'un 9 mm se déplace dans le canon à une vitesse initiale de 325 à 565 mètres par seconde, selon la vitesse de rotation. Mes statistiques dataient peut-être, mais pas trop. Je tirai. Le recul me fit l'effet d'un brusque éternuement, qui releva le canon. Je ratai ma cible, ajustai le tir, fis feu de nouveau et entendis un pneu exploser. Cornell s'était aplati dans le plateau de son pick-up. Je modifiai légèrement ma visée et tirai – à côté. Je visai de nouveau et fis feu à quatre reprises, veillant à ce que chaque coup porte. Quand je m'arrêtai, les quatre pneus étaient à plat. Le pick-up partit sur le côté et s'immobilisa presque de son plein gré. Je m'en approchai à pied, prenant mon temps, sachant qu'il me restait assez de balles pour redresser la situation au cas où Justine et Cornell auraient encore eu envie de discuter.

ÉPILOGUE

Justine fut arrêtée et accusée de deux meurtres avec préméditation, auxquels on rattacha une tripotée d'infractions et de délits pour faire bonne mesure. Edna et Ruel persuadèrent Cornell de prendre personnellement un avocat, lequel avocat le convainquit à son tour de transiger avec le procureur. Après tout, il n'avait rien à voir avec le meurtre de Charisse Quinn et n'avait pas trempé dans l'assassinat de Pudgie Clifton. Le samedi après que j'étais passée chez elle pour l'interroger, Justine avait paniqué et supplié Cornell de l'aider à déplacer le corps de Pudgie et à enterrer ensuite le démonte-pneu avec lequel elle l'avait tué. Cornell plaida coupable pour complicité après le meurtre, écopant d'une peine d'un an d'emprisonnement qu'il purge actuellement à la prison du comté. Edna et Ruel se sont vus confier la garde d'Amelia, Mary Francis et Cissy McPhee jusqu'à la libération de leur père.

Les motivations de Justine s'expliquaient aisément. Elle avait tué Charisse pour avoir séduit Cornell et voulu la priver de la vie qu'elle s'était choisie. C'était bien Pudgie qui avait volé la Mustang et chargé le corps de Charisse dans le coffre. Alors que Justine empaquetait les vêtements de la morte et fabriquait un mot pour expliquer un départ purement inventé, Pudgie avait conduit le corps jusqu'à Lompoc et s'en était délesté dans la carrière dont Iona lui avait parlé. Justine avait attendu une semaine, puis avait appelé le bureau du shérif du comté de Riverside, en se faisant passer pour la mère de Charisse et en affirmant que sa fille était bien rentrée.

Lorsque Pudgie avait refait surface à Quorum avec la nouvelle qu'on reprenait l'enquête, Justine avait été forcée de l'éliminer. Elle avait requis l'aide de Cornell pour se débarrasser du corps de Pudgie, de la même façon qu'elle avait fait autrefois appel à Pudgie pour se défaire de celui de Charisse. Vu son volume, elle ne pouvait certes pas se débarrasser seule du cadavre de Pudgie. Le jour où je l'avais surprise dans la buanderie, elle lavait ses propres vêtements, souillés de sang et de cervelle. Je compris plus tard que cette histoire de portes grandes ouvertes chez Medora était également une manœuvre de Justine pour me soutirer des informations sur les indices que j'avais glanés.

Pour une fois, Frankie Miracle était innocent de toute complicité dans ces crimes, circonstance qui ne manqua pas de redorer son blason.

La date du procès se rapprochant, l'avocat de Justine demanda instamment son dépaysement, au motif qu'elle n'aurait jamais un procès équitable dans le comté de Riverside après l'effervescence suscitée dans les médias par sa mise en examen. J'adore voir les assassins chipoter sur ce qui est équitable ou non.

Pour terminer sur une note plus souriante, Stacey vit toujours avec Dolan, solution qui leur convient au-delà de toute espérance. Tous deux sont aujourd'hui en bonne santé ; ils ont réduit leur consommation de nicotine et de bouffe rapide et ne cessent de pester l'un contre l'autre, comme on le constate souvent entre bons amis. Quant à moi, j'ai réintégré mon bureau de Santa Teresa et je vide mes cartons en attendant de voir ce que la vie me réserve encore.

Avec l'expression de ma considération,

Kinsey Millhone

NOTE DE L'AUTEUR

Au sujet de ce roman…

On trouvera ici un long post-scriptum sur l'écriture de ce roman. *Q… comme querelle* est fondé sur un homicide non élucidé survenu dans le comté de Santa Barbara en août 1969. L'idée de ce livre est née d'une conversation que j'ai eue avec le Dr Robert Failing lors d'un dîner chez nos amis Susan et Gary Gulbransen au début de septembre 2000. Médecin-légiste, le Dr Failing a travaillé, sous contrat, pour le bureau du shérif du comté de Santa Barbara de 1961 à 1996. Je venais d'achever et de remettre à mon éditeur le manuscrit de *P comme péril*[1], et au cours du dîner la conversation en vint, naturellement, à ce qui pourrait faire le sujet de mon prochain roman. Bob fit allusion à une victime non identifiée dont le corps avait été abandonné près d'une carrière à Lompoc, Californie, à une heure de voiture environ au nord de Santa Barbara. C'était lui qui avait effectué l'autopsie, et il mentionna, au passage, que le bureau du coroner avait conservé le maxillaire et la mandibule de la victime. D'après lui, la dentition très reconnaissable de l'inconnue aurait dû permettre à des témoins de se manifester. Malheureusement, à l'époque, soit sa disparition n'avait pas été signalée, soit les inspecteurs chargés de l'enquête n'avaient pas eu connaissance du rapport sur les personnes disparues. Malgré des mois d'efforts, ils n'avaient jamais réussi à identifier la victime ni à mettre la main sur son assassin. Aujourd'hui encore, personne ne sait qui elle était, d'où elle venait, ni non plus qui l'a tuée.

1. Publié dans cette même collection.

En ma qualité de romancière, d'innombrables sujets d'intrigue, scénarios, anecdotes personnelles, faits divers « authentiques » et meurtres « réels » m'ont été soumis – tous importants pour qui m'en parlait, mais, pour une raison ou une autre, ne m'inspirant pas ou ne stimulant pas mon imagination. Or cette idée prit racine. Je me dis aussitôt intéressée, tout en sachant que nul ne peut prédire ce qu'il adviendra d'une idée. J'avais rencontré plusieurs fois l'enquêteur du coroner, Larry Gillepsie, aujourd'hui à la retraite, à l'occasion de recherches sur les titres précédents de la série. Bob me proposa de lui demander de me montrer la mâchoire. Il était prêt aussi à me présenter à des inspecteurs du bureau du shérif avec qui il avait travaillé pendant ses années de collaboration avec les forces de l'ordre.

Je tiens un journal pendant que j'écris ces romans, un rituel inauguré sous une forme rudimentaire avec *A comme alibi* et que j'ai peu à peu développé et approfondi au fil des dix-sept romans que compte aujourd'hui la série. Les premières sections du journal, et ce quel que soit le roman, recensent mes tâtonnements pour parvenir à définir une intrigue satisfaisante. Je médite, discute avec moi-même, m'agite, expérimente. Curieusement, d'après moi en tout cas, les premières notes de mon journal sur *Q comme querelle* date du 8 novembre 2000, soit deux mois seulement après ma conversation avec Bob Failing. À ce moment-là, j'avais déjà retenu l'idée comme point de départ, même s'il me fallut beaucoup de mois encore pour en élaborer les détails. Le mot « *quarry*[1] » m'enchantait car on pouvait jouer sur ses deux acceptions, surtout dans ce cas précis : « carrière », renvoyant à l'endroit où on avait découvert le corps, et « gibier », à celui pourchassé par les enquêteurs.

Le 11 janvier 2001 Bob Failing et moi retrouvions le sergent-inspecteur Bill Turner, puis le commissaire divisionnaire Bruce Correll, de la division des enquêtes criminelles au bureau du shérif de Santa Barbara, et nous partîmes tous les quatre en voiture à Lompoc pour jeter un coup d'œil à la

1. Figurant dans le titre anglais, *Q is for Quarry.*

carrière en question. Je revis Bruce Correll et Bill Turner le 19 janvier 2001. Là, avec une générosité incroyable, ils me remirent une photocopie du dossier de police relatif à l'affaire. Il renfermait des notes, des rapports d'enquête et des photographies en noir et blanc et en couleurs du corps et du périmètre où il avait été découvert. On me donna aussi des photographies de ses effets personnels, dont celles de ses sandales en cuir et de son pantalon à pâquerettes bleu foncé et cœur rouge sur fond blanc, de confection artisanale.

Au cours des années suivantes, et avec la bénédiction du shérif de l'époque, Jim Thomas, je vis souvent ces deux inspecteurs. Bill Turner, en particulier, devint pour moi une précieuse source d'information, m'expliquant les problèmes de procédure, les détails techniques et les innombrables subtilités de son métier. Il répondit à mes questions sans fin (et parfois idiotes) avec une patience et une bonne volonté à toute épreuve, me fournissant les détails qui illuminent le travail de l'écrivain. Aussi toute erreur dans ces pages est-elle imputable à ma compréhension défaillante ou aux libertés que j'ai prises au profit de l'intrigue.

L'intérêt que je portais à ce dossier ranima celui du bureau du shérif, qui eut l'idée d'exhumer le corps afin d'effectuer une reconstruction faciale dans l'espoir d'identifier enfin la victime. Je n'ai pas connaissance des discussions qui se déroulèrent en coulisses. Dans le comté de Santa Barbara, les exhumations ne sont pas monnaie courante et il fallut prendre en compte des considérations d'ordre budgétaire, non seulement en raison des coûts de l'opération, mais aussi du recours à un spécialiste de médecine légale pour reconstituer les traits de l'inconnue à partir du crâne et de la mâchoire. À quoi s'ajouta le problème d'une nouvelle inhumation qui permettrait à l'inconnue d'être enterrée en bonne et due forme, ce que nous jugions tous indispensable. Je proposai de soutenir le projet, car j'espérais, aussi, qu'il déboucherait sur une piste.

L'exhumation fut fixée au 17 juillet 2001. Ce jour-là, nous retournâmes à Lompoc, cette fois au cimetière où l'inconnue avait été enterrée trente-deux ans auparavant. Le Dr Failing arriva en avion de sa maison de vacances du Colorado. Mon mari, Steve Humphrey, fit le trajet avec nous, de même que le sergent-inspecteur Bill Turner. Étaient également présents : l'inspecteur Hugo Galante, l'inspecteur Kathryn Galante, sa femme, et l'inspecteur Terry Flaa, de l'unité d'enquête de la police judiciaire du comté de North ; l'inspecteur David Danielson ; le sergent Darin Fotheringham, enquêteur du coroner ; Joe Ayala, standardiste au bureau du shérif, et sa femme, Erin Ayala ; la secrétaire du bureau du coroner ; Danielle Goldman, en stage au bureau du shérif ; le lieutenant Ken Reinstadler, du commissariat de Santa Maria, division de la police de la route ; le commissaire divisionnaire Deborah Linden, du bureau du shérif de Santa Barbara, division de la police de la route de la côte sud ; et M. Mark Powers, administrateur du cimetière. Les formalités et l'exhumation proprement dite occupèrent la plus grande partie de la journée. Après quoi, le corps de la victime fut remis au bureau du coroner du comté de Santa Barbara.

En prévision de l'exhumation, Bill Turner avait contacté Betty Gatliff dans l'Oklahoma, réputée dans le monde entier pour ses travaux de plasticien-légiste. Betty Gatliff, aujourd'hui à la retraite, s'est spécialisée en illustration médicale ; pratiquant la reconstruction médico-légale en trois dimensions, elle dirige aussi des ateliers et des séminaires dans tout le pays. Elle est membre de l'Académie américaine de science médico-légale, membre émérite de l'Association des illustrateurs médicaux et membre associé de l'Association internationale d'identification. Le crâne, le maxillaire et la mandibule de la victime furent envoyés à Mlle Gatliff, dont on avait requis les services.

Entre-temps, j'avais entamé ma reconstruction personnelle de l'histoire entièrement imaginaire d'une jeune fille qui connaissait le même sort que la victime. Chaque fois que possible, j'ai exploité des détails du dossier de police : fragments du rapport d'autopsie, notes, rapports d'enquête établis par les inspecteurs alors affectés à cette affaire. Deux points sont néanmoins à signaler. Un : il n'y avait pas de bâche ; j'ai imaginé ce détail pour permettre à mes inspecteurs et détective fictifs d'élargir leurs recherches. Deux : sur la scène du crime on avait retrouvé une chemise d'homme en denim, style cow-boy, boutons-pression à tête blanche, tour de col 37, tachée de sang. J'ai omis ce détail pour simplifier. Cela précisé, je certifie à mon lecteur que tous les personnages de ce roman sont purement fictifs. Tous les faits ont été inventés. Quelles que soient la personnalité et la nature de la « vraie » inconnue, ce que j'en dis relève de mon imagination et ne vise en aucun cas à donner d'elle une image réelle, authentique, ou fidèle. J'insiste sur ce point par respect pour elle et par considération pour ceux qui l'ont sûrement aimée et se sont étonnés de son silence à mesure que les années passaient.

À la mi-septembre 2001, Betty Gatliff avait reconstitué les traits probables de la victime et elle renvoya le crâne avec le maxillaire et la mandibule. Elle y joignit de nombreuses photographies en couleurs de l'inconnue, dont quatre sont reproduites ici en noir et blanc. La victime fut de nouveau inhumée le mardi 26 février 2002 ; une garde d'honneur en uniforme du bureau du shérif la conduisit du bureau du coroner jusqu'au cimetière. Un aumônier du shérif s'occupa du service et des fleurs, et les prières sincères de ceux d'entre nous qui avions joué un petit rôle dans sa vie l'accompagnèrent. Nous espérons qu'un lecteur reconnaîtra peut-être cette jeune femme dans le roman et les photos, et nous fournira des informations sur elle. Bruce Correll et Bill Turner ont pris leur retraite à l'été 2002, mais, pour tout supplément d'information, on peut joindre Bill Turner à l'adresse suivante : Sheriff's Department, County of Santa Barbara, 4434 Calle Real, P.O. Box 6427, Santa Barbara, CA 93160-6427, ou par mail sur le site Internet du bureau : www.sbsheriff.org.

Avec l'expression de ma considération,
Sue Grafton

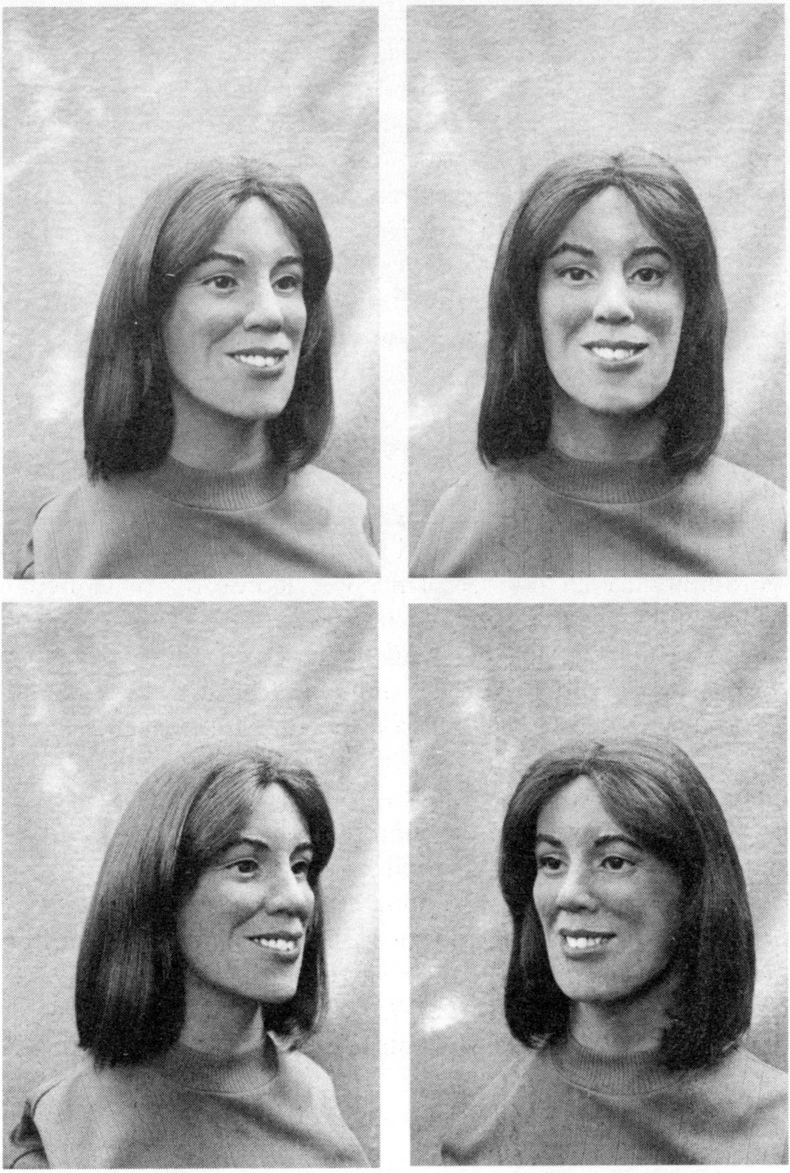

Victime sans nom patronymique, comté de Santa Barbara, août 1969. Reconstruction médico-légale par Betty Pat. Gatliff, septembre 2001.

Du même auteur

A… comme alibi
Pocket, 1992
(Gérard de Villiers, 1990)

B… comme brûlé
Pocket, 1993

C… comme cadavre
Pocket, 1993
(Gérard de Villiers, 1989)

D… comme dérapage
Pocket, 1993

E… comme explosif
Pocket, 1994

F… comme fugitif
Pocket, 1994

G… comme gibier
Pocket, 1994

H… comme homicide
Pocket, 1995

I… comme innocent
Pocket, 1995
(Un innocent aux mains pleines, *Presses de la Cité, 1993*)

J… comme jugement
Pocket, 1996
(Le jour du jugement, *Presse de la Cité, 1993*)

K… comme killer
Seuil, 1996
Pocket, 1997

L… comme lequel ?
Seuil, 1997
Pocket, 1998

M… comme machination
Seuil, 1998
Pocket, 1999

N… comme nausée
Seuil, 1999
Pocket, 2000

O… comme oubli
Seuil, 2000
Pocket, 2001

P… comme péril
Seuil, 2001
Pocket, 2003

COMPOSITION : NORD COMPO
IMPRESSION : NORMANDIE ROTO IMPRESSION S.A.S. À LONRAI
DÉPÔT LÉGAL : FÉVRIER 2004. N° 059262 (04-0065)
IMPRIMÉ EN FRANCE

Dans la même collection

Brigitte Aubert
Les Quatre Fils du docteur March
La Rose de Fer
La Mort des bois
Requiem caraïbe
Transfixions
La Mort des neiges
Funérarium

Lawrence Block
La Balade entre les tombes
Le Diable t'attend
Tous les hommes morts
Tuons et créons c'est l'heure
Le Blues du libraire
Même les scélérats
La Spinoza connection
Au cœur de la mort
Ils y passeront tous
Le Bogart de la cambriole
L'Amour du métier
Les Péchés des pères
La Longue Nuit du sans-sommeil
Les Lettres mauves
Trompe la mort
Cendrillon mon amour

C.J. Box
Détonations rapprochées

Jean-Denis Bruet-Ferreol
Les Visages de dieu

Jan Burke
En plein vol

Leonard Chang
Pour rien, ou presque
Brûlé

Sarah Cohen-Scali
Les Doigts blancs

Michael Connelly
Les Égouts de Los Angeles
La Glace noire
La Blonde en béton
Le Poète
Le Cadavre dans la rolls
Créance de sang
Le Dernier coyote
La Lune était noire
L'Envol des anges
L'Oiseau des ténèbres
Wonderland Avenue
Darling Lilly
Lumière morte

Robert Crais
L'ange Traqué
Casting pour l'enfer
Meurtre à la sauce cajun

Eno Daven
L'Énigme du pavillon aux grues

David Laing Dawson
La Villa des ombres
Minuit passé, une enquête du Dr Snow

Ed Dee
Des morts à la criée
L'Ange du Bronx

William Olivier Desmond
L'Encombrant

Bradley Denton
Blackburn

Robert Ferrigno
Pas un pour sauver l'autre

Stephen W. Frey
Offre Publique d'Assassinat
Opération vautour

Sue Grafton
K… comme killer

L... comme lequel?
M... comme machination
N... comme nausée
O... comme oubli
P... comme péril

George Dawes Green
La Saint Valentin de l'homme des cavernes

Dan Greenburg
Le Prochain sur la liste

Denise Hamilton
La Filière du jasmin

Jack Hitt
Meurtre à cinq mains

Anthony Hyde
China Lake

David Ignatius
Nom de code: SIRO

Faye Kellerman
Les Os de Jupiter
Premières armes

Jonathan Kellerman
La Clinique
La Sourde
Billy Straight
Le Monstre
Dr la Mort
Chair et Sang
Le Rameau brisé

Philip Kerr
Une enquête philosophique

Paul Levine
L'Héritage empoisonné
Cadavres incompatibles
Trésors sanglants

Elsa Lewin
Le Parapluie jaune

Herbert Lieberman
Nécropolis
Le Tueur et son ombre
La Fille aux yeux de Botticelli
Le Concierge
Le Vagabond de Holmby Park

Michael Malone
Enquête sous la neige
Juges et Assassins

Henning Mankell
Le Guerrier solitaire
La Cinquième femme
Les Morts de la Saint-Jean
La Muraille invisible
Les Chiens de Riga

Dominique Manotti
Sombre Sentier

Alexandra Marinina
Le Cauchemar
La Mort pour la mort
La Mort et un peu d'amour
La Liste noire
Je suis mort hier

Andreu Martín
Un homme peut en cacher un autre

Deon Meyer
Jusqu'au dernier
Les Soldats de l'aube

Chris Mooney
Déviances mortelles

Walter Mosley
Le Casseur

Dallas Murphy
Loverman

Kyotaro Nishimura
Les Dunes de Tottori

Sara Paretsky
Refus de mémoire

Michael Pearce
Enlèvements au Caire

Michael Pye
Destins volés

Sam Reaves
Le Taxi mène l'enquête

Barbara Seranella
Tous des rats
Sans penser à mal

Edward Sklepowich
Mort dans une cité sereine
L'Adieu à la chair

April Smith
Montana avenue

Mike Stewart
Mon frère en Alabama

Austin Wright
Tony et Susan

L. R. Wright
Le Suspect
Mort en hiver
Pas de sang dans la clairière